메가스터디

분석노트

시즌1

2025 수능연계 문학작품

고전 문학편

목차

🪐 고전 시가

🪐 고전 산문

목차

고전 수필

구성과 특징

수능 · 평가원 · 교육청 기출 여부, 국어 · 문학 교과서의 수록 여부를 제시하여 수능 연계 문학 작품의 이력을 확인할 수 있도록 하였습니다.

○ 핵심 포인트
수능 연계 문학 작품을 학습하면서 꼭 알아 두어야 할 핵심 내용과 개념을 정리하여 효율적 학습이 가능하도록 하였습니다.

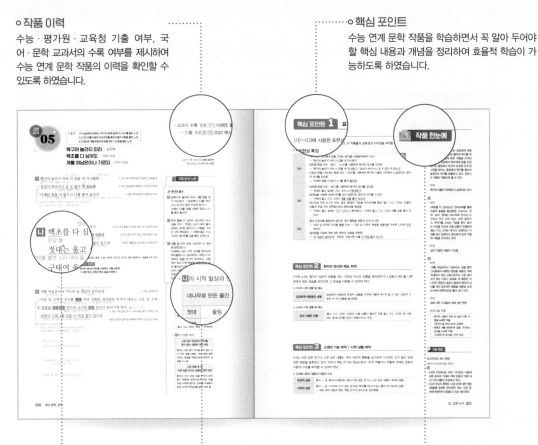

○ 지문 분석
수능의 지문 연계 원리에 따라 전문을 수록하거나 지문을 재구성하여 수록하였습니다.

○ 작품 분석 노트
작품을 이해하는 데 기본이 되는 핵심 요소를 한눈에 파악할 수 있도록 정리하였습니다.

○ 작품 한눈에
작품의 해제, 주제 등 작품 정보를 충실하게 제시하여 작품의 빠른 분석과 이해가 가능하도록 하였습니다.

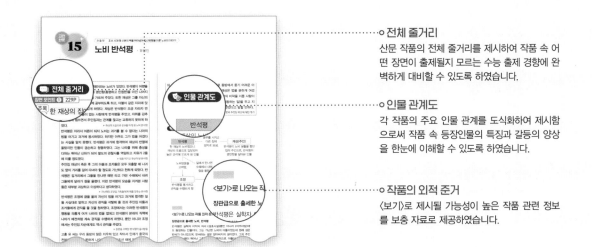

○ 전체 줄거리
산문 작품의 전체 줄거리를 제시하여 작품 속 어떤 장면이 출제될지 모르는 수능 출제 경향에 완벽하게 대비할 수 있도록 하였습니다.

○ 인물 관계도
각 작품의 주요 인물 관계를 도식화하여 제시함으로써 작품 속 등장인물의 특징과 갈등의 양상을 한눈에 이해할 수 있도록 하였습니다.

○ 작품의 외적 준거
〈보기〉로 제시될 가능성이 높은 작품 관련 정보를 보충 자료로 제공하였습니다.

영역별 찾아보기

2025 수능 연계 작품
메가스터디 분석노트

고전 시가

한 줄 평 | '기파랑'의 인품을 자연물에 빗대어 찬양하는 노래

찬기파랑가 ▶ 충담사

··· 교과서 수록 문학 금성, 미래엔, 좋은책

흐느끼며 바라보매
대상의 부재로 인한 정서 – 더 이상 기파랑을 볼 수 없어 슬픔에 잠김

이슬 밝힌 달이 ▨▨: 기파랑의 인품과 관련된 소재
만인이 우러러보는 대상. 광명과 염원의 대상 – 기파랑의 고매한 인품과 연관됨

흰 구름 따라 떠간 언저리에
　　　　기파랑의 맑고 깨끗한 인품

모래 가른 물가에
　　　　① 화자의 시선이 머무는 대상. 기파랑의 모습을 떠올리게 하는 대상
　　　　② 기파랑의 고매한 인품을 상징한다고 보기도 함

기랑의 모습이올시 수풀이여.
물가의 수풀을 보고 기파랑의 모습인 줄 앎 → 기파랑을 떠올림
　　　　　　　　　　　　　　　　▶ 1~5구: 기파랑의 부재에 대한 슬픔과 그리움

일오내 자갈 벌에서
화자가 현재 있는 공간. '일오'는 지명으로 추정됨

낭이 지니시던
기파랑. 예찬의 대상. 고매한 인품을 지닌 존재

「마음의 갓을 좇고 있노라.」 ♪: 기파랑의 뜻을 따르려는 마음
기파랑이 지녔던 것(고귀한 뜻) – 화자가 도달하려는 지향점
　　　　　　　　　　　　　　　　▶ 6~8구: 기파랑의 인품을 따르고 싶은 마음

아야 잣나무 가지가 높아 ▢: 고결한 이미지. 기파랑의 지조와 절개, 드높은 기상을 환기함
낙구의 감탄사 – 10구체 향가의 특징

눈이라도 덮지 못할 고깔이여.
　　　　　　　　　　　　　　　　▶ 9~10구: 기파랑의 고고한 절개 예찬
시련, 고난, 불의　　　화랑의 웃머리 – 잣나무의 윗가지 부분이 기파랑의 고깔처럼 보임

감상 포인트
시적 대상의 인품을 비유한 소재를
찾아 그 의미를 파악한다.

늣겨곰 ᄇ라매

이슬 ᄇᆞᆯ갼 ᄃ라리

힌 구룸 조초 ᄠᅥ간 언저레

몰이 가ᄅᆞᆫ 믈서리여히

기랑(耆郎)이 즈시올시 수프리야.

일오(逸烏)나릿 ᄌᆡ벼긔

낭(郎)이여 디니더시온

ᄆᆞᅀᆞᆷᄆᆡ ᄀᆞᆺ을 좃ᄂᆞ라져.

아야 자싯가지 노포

누니 모ᄃᆞᆯ 두폴 곳가리여.

〈김완진 역〉

✏ 현대어 풀이

(내가) 흐느끼며 바라보니
이슬 밝힌 달이
흰 구름을 따라 떠간 언저리에
모래가 펼쳐진 물가에
기파랑의 모습과도 같은 수풀이여.
일오에 있는 냇가의 자갈 벌에서
기파랑이 지니시던
마음의 끝을 좇고 있노라.
아아, 잣나무 가지가 높아
눈이라도 덮지 못할 고깔이여.

• '기파랑'과 관련된 상징적 시어

달	만인이 우러러보는 기파랑의 고결한 모습
물가	기파랑의 맑고 깨끗한 모습
잣나무 가지	기파랑의 고고한 절개. 드높은 기상

↓

자연물에 빗대어 기파랑의 모습과 인품을 예찬함

5구 '수풀'을 정정하고 우뚝한 모습으로 기파랑의 고매한 인품을 나타내는 시어로 보기도 한다.

• 시어의 대비

잣나무 가지		눈
• 고난과 역경에 굴하지 않는 존재 • 푸른색	←→	• 시련, 고난, 불의, 부정한 세력 • 흰색

→ '잣나무 가지'는 높이 솟아 있어 눈조차 덮을 수 없으므로 '눈'과 대립되는 이미지를 지니며, 색채 면에서도 푸른색과 흰색으로 대비된다. 이러한 대비를 통해 기파랑의 높은 기상을 강조하고 있다.

핵심 포인트 **1** 시어 · 시구의 의미 파악

시적 대상인 '기파랑'과 관련된 소재들을 찾아 각각의 의미를 이해하고, 이를 바탕으로 화자의 태도를 파악할 수 있어야 한다.

+ 시어 · 시구의 의미

시어 · 시구	의미
달	① 광명과 염원의 대상. 만인이 높이 우러러보는 존재인 기파랑의 고결한 모습 ② 기파랑의 고매한 인품
물가	맑고 깨끗한 물가 → 기파랑의 맑고 깨끗한 성품
수풀	① 기파랑의 모습을 떠올리게 하는 대상 ② 기파랑의 고매한 인품
일오내 자갈 벌	화자가 머무르는 공간
마음의 갓	① 기파랑이 지녔던 뜻 ② 화자가 살아가면서 도달하고자 하는 지향점
잣나무 가지	기파랑의 높은 절개, 드높은 기상, 강직한 인품
눈	시련, 불의, 유혹, 부정한 세력 → 기파랑의 기상을 꺾을 수 없다는 점에서 기파랑의 절개를 부각하는 소재임

핵심 포인트 **2** 해독에 따른 차이 파악

이 작품은 향찰로 쓰인 작품으로, 해독자에 따라 해석의 차이를 파악해 두어야 한다.

	김완진 해독		양주동 해독	
형식	화자의 독백		화자와 달의 문답	
구성	• 5 – 3 – 2의 3단 구성		• 3 – 5 – 2의 3단 구성	
	1~5구	기파랑의 부재에 대한 안타까움	1~3구	화자의 물음 – 달에게 무엇을 따르는지 물음
	6~8구	기파랑의 고매한 인품을 본받으려는 화자의 마음	4~8구	달의 대답 – 기파랑의 인품을 찬양하며 그를 따르려 한다고 대답함
	9~10구	기파랑의 강직한 인품에 대한 예찬과 사모의 정	9~10구	화자의 독백 – 기파랑의 곧은 절개 예찬
분위기	애상적, 안타까움, 예찬적		미래 지향적, 진취적, 예찬적	

핵심 포인트 **3** 낙구의 감탄사의 기능과 특징 이해

10구체 향가의 낙구에 나타나는 감탄사를 시조 종장 첫머리에 주로 나오는 영탄구의 기원으로 본다는 점에서 이 작품에 쓰인 낙구의 감탄사 '아야'의 기능과 의의를 파악할 수 있어야 한다.

+ 낙구의 감탄사 '아야'의 특징

기능	의의
• 시상의 마무리 • 시상의 집약(압축) → 기파랑을 추모하는 화자의 고양된 정서를 나타냄	• 한국 문학의 형식적 특징 계승 → 10구체 향가의 감탄사를 시조의 종장 첫 구에 주로 등장하는 영탄구의 연원으로 보아, 향가를 시조 형식의 기원으로 보는 근거가 됨

※ 낙구: '시상의 제기 → 시상의 심화 또는 전이 → 감탄사 → 서정적 완결'과 같은 시의 구조에서, 감탄사 다음의 서정적 완결 부분을 말하며, 보통 감탄사로 시작되는 부분을 말함

🔵 작품 한눈에

• 해제
〈찬기파랑가〉는 신라 경덕왕 때 승려 충담사가 화랑인 기파랑의 인물됨을 찬양하여 지은 10구체 향가이다. 직접적인 묘사가 아닌, 상징과 비유를 통해 기파랑의 모습과 인격을 형상화하고 있다는 점이 특징적이다. 화자는 그의 인물됨을 여러 가지 자연물에 빗대어 표현하며 기파랑을 사모하는 마음을 드러내고 있다.

• 화자와 시적 상황
이 시의 화자는 화랑이었던 기파랑의 부재를 안타까워하며 그의 높은 인격을 흠모하여 찬양하고 있다.

• 주제
기파랑의 고매한 인품에 대한 예찬과 그를 따르고자 하는 마음

• 연계 학습 작품

> • 추모의 마음을 그린 향가
> 〈제망매가〉_월명사
> • 화랑을 그리워하여 지은 향가
> 〈모죽지랑가〉_득오

한 줄 평 | (가) 아버지의 사랑보다 더 깊은 어머니의 사랑을 예찬하는 노래
(나) 나무로 만든 닭이 우는 불가능한 상황 설정을 통해 어머니에 대한 마음을 표현한 노래

사모곡 ▸ 작자 미상 / 오관산 ▸ 문충

… 교과서 수록 (가) 국어 동아

가

아버지의 사랑 — 연장의 가장 얇고 날카로운 부분
호미도 날이건마는 ☐ : 부모의 사랑을 농기구에 비유함(화자의 신분 암시 – 일반 서민(농민))

호미보다 낫이 더 잘 듦 → 어머니의 사랑이 더 크다는 것을 표현함
낫같이 들 리 없어라 ▸ 1~2행: 호미와 낫의 비교
어머니의 사랑

아버님도 어버이시건마는
부모

위 덩더둥셩
여음구

어머님같이 사랑하실 이 없어라

비교를 통해 어머니의 사랑을 부각함
▸ 3~5행: 아버지와 어머니의 사랑 비교

「아소 님이시여 『♪: 시상 고양
감탄사 – 10구체 향가의 흔적

반복을 통해 어머니의 사랑을 강조함

어머님같이 사랑하실 이 없어라 ▸ 6~7행: 어머니의 사랑 예찬

나

닭의 한 종류
「나무토막으로 조그만 당닭을 깎아 木頭雕作小唐鷄
목 두 조 작 소 당 계

『: 실현 불가능한 상황의 설정(역설적 표현) – 나무토막으로 깎은 닭이 '꼬끼오'하고 울 리 없음

횟대에 얹어 벽에 올려 두었네 筋子拈來壁上栖
옛날에 옷을 걸 수 있게 만든 막대 저 자 념 래 벽 상 서

그 닭이 꼬끼오 하고 때를 알릴 때에야」 此鳥膠膠報時節
차 조 교 교 보 시 절
▸ 1~3행: 나무로 만든 닭이 우는 불가능한 상황

늙으신 어머니를 비유함
어머님 얼굴이 비로소 서쪽으로 기우는 해 같기를 慈顔始似日平西
어머니가 늙지 않기를 바람(반어적 표현). 어머니에 대한 영원한 사랑을 표현함 자 안 시 사 일 평 서
▸ 4행: 어머니가 늙지 않기를 바람

감상 포인트
작품에서 주제를 형상화하는 방식을
파악하고, 그러한 방법이 주는 효과를
이해한다.

■ 작품 분석 노트

✏ 현대어 풀이

가 호미도 날이 있지마는
낫같이 잘 들 리가 없구나.
아버지도 어버이시지마는
어머님같이 사랑하실 분이 없도다.
아아, 임이시여.
어머님같이 사랑하실 분이 없도다.

• **가** 비유적 표현

호미		낫
아버지의 사랑	<	어머니의 사랑

→ 은유법을 활용하여 어머니의 사랑
(원관념)을 '낫'(보조 관념)에, 아버지
의 사랑(원관념)을 '호미'(보조 관념)에
비유하고 있다. 호미와 낫은 모두 농
기구이지만, 호미보다 낫이 더 날카롭
듯이 아버지보다 어머니의 사랑이 더
깊음을 나타내고 있다.

• **나**의 창작 배경
〈오관산〉에 대한 《고려사》 악지 속악
조의 기록은 다음과 같다.

〈오관산〉은 효자인 문충이 지은 것
이다. 문충은 고려 사람으로 어머니
를 매우 효성스럽게 모시면서 오관
산 영토사의 골짜기에 살았는데 개경
과의 거리가 30리나 되었다. 그는 어
머니 봉양을 위해 벼슬살이를 하였는
데, 아침에 나갔다가 저녁에 돌아오
면서 얼굴 뵙고 잠자리 살피기를 조
금도 게을리하지 않았다. 그는 어머
니가 늙어 감을 한탄하면서 이 노래
를 지었다.

• **나** 불가능한 상황 설정

나무로 만든 닭이 울음소리를 내어 때를 알림	→	어머님이 늙게 됨
▼		▼
선행 조건		결과

→ 나무로 만든 닭이 우는 것은 현실
적으로 불가능하다. 화자는 이렇게 실
현 불가능한 일이 일어날 때 어머니
가 늙게 될 것이라고 말한다. 이는 어
머니가 늙지 않기를 바라는 화자의
소망을 나타내고 있는 것이다.

(가)의 1~2행에서 비교 대상인 '호미'와 '낫'의 관계는 3~5행에서 비교 대상인 '아버님'와 '어머님'의 관계와 병치를 이룬다. 이렇게 유사한 의미나 상황이 나란히 제시되었으므로, 1~2행을 통해 3~5행의 의미를 유추해 낼 수 있다. 따라서 이런 구조를 통해 시상을 전개하고 있다는 점을 파악할 수 있어야 한다. 또한 고려 가요로서의 특징을 이해하고 다른 갈래와 비교할 수 있어야 한다.

+ 병치적 구성

1~2행	호미와 낫의 비교	
3~5행	아버지와 어머니의 사랑 비교	'호미–낫'의 관계와 '아버님–어머님'의 관계를 병치하여 부모님의 애정을 비교함
6~7행	어머니의 사랑 예찬	

+ 형식상 특징

- 고려 가요의 특성인 3음보 율격과 여음구가 나타나지만, 일반적인 고려 가요와 달리 단연시로 되어 있음
- 6행에 '아소'라는 감탄사가 쓰였다는 점에서, 낙구의 첫머리에 감탄사가 사용된 10구체 향가와도 형식상 유사함
- 여음구를 제외하면 3장 6구로 구성된 시조와도 유사하다고 볼 수 있음

(나)는 불가능한 상황 설정을 통한 역설적 표현으로 어머니가 늙지 않기를 바라는 마음을 드러내고 있다. 이처럼 불가능한 상황을 가정하여 주제를 형상화하는 유사한 작품과 비교, 감상할 수 있어야 한다.

+ 고려 가요 〈정석가〉와의 비교

	[현대어 풀이]
삭삭기 셰몰애 별헤 나는 삭삭기 셰몰애 별헤 나는 구은 밤 닷 되를 심고이다 그 바미 우미 도다 삭 나거시아 그 바미 우미 도다 삭 나거시아 유덕하신 임을 여희아와지이다　〈제2연〉	바삭바삭 소리가 나는 가는 모래로 된 벼랑에 바삭바삭 소리가 나는 가는 모래로 된 벼랑에 구운 밤을 다섯 되를 심습니다. 그 밤이 움이 돋아 싹이 나야만 그 밤이 움이 돋아 싹이 나야만 유덕하신 임을 이별하고 싶습니다.

→ 〈정석가〉의 화자는 모래 벼랑에 구운 밤을 심어 그 밤에서 싹이 나면 임과 헤어지겠다고 한다. 이는 불가능한 상황을 설정하여 대상과 영원히 함께하고자 하는 마음을 드러낸다는 점에서 〈오관산〉과 연관 지어 볼 수 있다.

고려 가요는 조선의 건국 이념에 부합하는 주제를 가진 경우 궁중의 악장·악부로 수용되었다. 이런 외적 준거를 바탕으로 (가)와 (나)의 수용·전승 과정이나 내용 등을 파악할 수 있어야 한다.

+ 궁중의 악장·악부로 수용된 고려 가요

고려 사회에서 유행한 민간의 노래 중 아내의 일편단심이나 이별의 상황에서 임을 향한 변함없는 사랑, 부모님에 대한 효심 등을 주제로 하는 노래들이 조선 시대 궁중에서 행사 때 쓰이는 궁중 음악인 악장·악부로 수용되어 향유되었다. 〈사모곡〉과 〈오관산〉이 바로 이에 해당한다.
송축과 찬양을 주된 목적으로 하는 악장의 일반적인 성격을 고려했을 때, 〈사모곡〉은 모성애로 상징되는 절대적인 사랑을 기리는 작품으로 볼 수 있다. 한편 고려 때 문충이 목계(나무로 만든 닭)를 앞에 두고 어머니가 늙지 않기를 기원하며 부른 노래인 〈목계가〉가 사람들의 입에 회자되었고, 이제현에 의해 그중 일부가 한역시 〈오관산〉으로 전해졌다.

+ 〈오관산〉의 전승 과정

우리말 노래		이제현에 의해 한역됨		악부로 수용됨
문충의 〈목계가〉	→	〈오관산〉	→	《고려사》 악지의 〈오관산곡〉

가

• 해제

〈사모곡〉은 호미와 낫에 아버지의 사랑과 어머니의 사랑을 빗대어 표현하고, 아버지의 사랑과 어머니의 사랑을 비교하여 어머니의 지극한 사랑을 예찬하고 있는 고려 가요이다. 부모님의 사랑을 농기구에 비유하여 표현하고 있다는 점에서 작가가 농경 생활을 하는 인물이었다고 짐작할 수 있다.

• 화자와 시적 상황

화자는 농경 문화에 익숙한 인물로, 호미와 낫의 날카로움을 비교한 뒤, 아버지보다 어머니의 사랑이 더 깊음을 말하고 있다.

• 주제

어머니의 깊은 사랑 예찬

• 연계 학습 작품

- 부모님에 대한 효(孝)를 주제 의식으로 다루는 작품
  〈상저가〉_작자 미상

나

• 해제

〈오관산〉의 원래 노래 제목은 〈목계가〉이다. 이제현이 〈목계가〉의 일부를 한문으로 번역한 작품이 〈오관산〉이다. 모친의 늙음을 안타까워한다는 내용이 '효'와 관련이 있어 조선 시대 궁중의 악부에 수용되었다. 불가능한 상황을 설정한 뒤, 그것이 실현될 때 어머니가 늙게 될 것이라고 하며 어머니가 늙지 않기를 바라는 마음을 드러내고 있다. 우리말 노래 사설은 현재 전해지지 않고 노래의 창작 배경과 한역시만 남아 있다.

• 화자와 시적 상황

화자는 효심이 깊은 인물로, 나무로 만든 닭이 울면 그때에야 어머니가 늙게 될 것이라고 말한다. 이는 불가능한 상황을 가정하여 어머니가 늙지 않기를 바라는 효심을 드러내는 것이다.

• 주제

어머니가 늙지 않기를 바라는 마음

• 연계 학습 작품

- 불가능한 상황을 가정하여 소망을 드러내는 작품
  〈정석가〉_작자 미상
  〈황계사〉_작자 미상

한 줄 평 | 유학에서 강조하는 인간의 다섯 가지 도리인 오륜의 가르침을 담은 노래

오륜가 ▸ 작자 미상

判陰陽 位高下 天尊地卑
판 음 양 위 고 하 천 존 지 비

生萬物 厚黎民 代作聖賢
생 만 물 후 려 민 대 작 성 현

仁義禮智 三綱五常 秉彝之德
인 의 예 지 삼 강 오 상 병 이 지 덕

위 萬古流行ㅅ 景 긔 엇더ᄒ니잇고
　　　만 고 유 행　　경

葉 伏羲神農 皇帝堯舜 伏羲神農 皇帝堯舜
　　복 희 신 농　황 제 요 순　복 희 신 농　황 제 요 순

위 立極ㅅ 景 긔 엇더ᄒ니잇고
　　입 극　경

음양을 나누고 고하를 자리 지우니 하늘은 높고 땅은 낮으며
　　　　　　　　　귀함과 천함을 구분하는 것을 의미함(수직적 상하 질서)

만물을 내고 백성들을 두터이 하려 대대로 성현을 내도다
　　　　　　　　　　　　　① 항상 변하지 않는 떳떳한 도리 ② 항상 지켜야 할 도리

인의예지 삼강오륜 상도를 지키는 덕
유학의 덕목. '인의예지'는 '어질고, 의롭고, 예의 바르고, 지혜로움'의 네 가지 성품을, '삼강오륜'은 '군위신강, 부위자강, 부위부강'의 세

아아, 만고에 널리 퍼져 행하는 광경 그 어떠합니까
ㅡㅡㅡ : 반복(경기체가의 형식적 특징)

[엽(葉)] 복희신농 황제요순 『복희신농 황제요순』
우리 전통 음악의 한 형식 — 본곡의 뒤에 추가된 악절

아아, 도를 세운 광경 그 어떠합니까　　　　　　　　　　　　〈제1장〉
근본. 법칙　　　　　　　　　　　　▸ 만고로부터 이어져 온 오륜을 지켜 도를 세운 광경

가지 강령과 '부자유친, 군신유의, 부부유별, 장유유서, 붕우유신'의 다섯 가지 도리를 가리킴

『: 하늘이 낸 성현들, 도를 세움 → 중국의 임금을 나열하여 조선 임금의 성덕을 드러냄

★주목

父爲天 母爲地 生我劬勞
부 위 천 모 위 지 생 아 구 로

養以乳 教以義 欲報鴻恩
양 이 유 교 이 의 욕 보 홍 은

泣竹笋生 扣氷魚躍 至誠感神
읍 죽 순 생 구 빙 어 약 지 성 감 신

위 養老ㅅ 景 긔 엇더ᄒ니잇고
　　양 로　경

葉 曾參閔子 兩先生의 曾參閔子 兩先生의
　　증 삼 민 자　양 선 생　　증 삼 민 자　양 선 생

위 定省ㅅ 景 긔 엇더ᄒ니잇고
　　정 성　경

『아버지는 하늘이요 어머니는 땅으로서 나를 낳으시느라 애쓰셨도다
『 : 부모를 자연물에 비유하여 부모의 은혜를 드러냄 → 유교적 가치인 효 강조

젖으로 기르시고 의리로 가르치셨으니 큰 은혜 갚으려네」

『대밭에서 눈물 흘리니 죽순이 나고 얼음을 두드리니 고기가 튀어 올라 지극한 정
　　　　　효와 관련한 맹종의 고사　　　　　　　효와 관련한 왕상의 고사

성 귀신을 감동시켰으니　『 : 효행으로 이름난 인물들의 고사나
　　　　　　　　　　　　　인물들을 열거하고 반복함

아아, 늙은 부모 봉양하는 광경 그 어떠합니까

[엽(葉)] 증삼 민자 두 선생의 증삼 민자 두 선생의」
공자의 제자인 증자와 민자건을 가리킴

아아, 혼정신성하는 광경 그 어떠합니까　　　　　　　　　　　〈제2장〉
밤에는 부모의 잠자리를 보아 드리고 이른 아침에는 부모의 밤새 안부를 묻는다는　　　▸ 부모에게 효도를 다하는 광경
뜻으로, 부모를 잘 섬기고 효성을 다함을 이르는 말. 《예기》에 나오는 말

• 증삼과 민자
증삼은 매일 아버지께 고기반찬을 올려 효도를 다했으며, 민자는 자신을 학대하는 계모를 아버지가 쫓아내려 하자 이를 만류하고 효도를 다했다고 함

현대어 풀이

〈제1장〉
음과 양을 나누고 위와 아래를 구분 지으니 하늘은 높고 땅은 낮으며
만물을 내고 백성들을 두텁게 하기 위해 대대로 성현을 내었도다.
인의예지와 삼강오륜은 (인간이) 항상 지켜야 하는 덕이로다. / 아아, 오랜 세월 동안 널리 퍼져 행하는 광경 그 어떠합니까.
(고대 중국의 제왕인) 복희씨 신농씨 헌원씨 요임금 순임금과 복희씨 신농씨 헌원씨 요임금 순임금
아아, 도를 세운 광경 그 어떠합니까.

〈제2장〉
아버지는 하늘이요, 어머니는 땅과 같아서 나를 낳으시느라 애쓰셨도다.
젖을 먹여 기르시고 의리로 가르치셨으니 큰 은혜를 갚으려 하네.
(맹종이) 대밭에서 눈물을 흘리니 죽순이 나오고 (왕상이) 얼음을 두드리니 고기가 튀어 올라 지극한 정성이 귀신을 감동시켰으니 / 아아, 늙은 부모를 봉양하는 광경 그 어떠합니까.
(공자의 제자로 효행이 뛰어났던) 증삼과 민자 두 선생의, 증삼과 민자 두 선생의
아아, 아침저녁으로 부모를 섬기는 광경 그 어떠합니까.

• 작품의 구성

〈제1장〉	서사	
〈제2장〉	부자유친	
〈제3장〉	군신유의	각 장에서 유학의 오륜을 하나씩 읊음
〈제4장〉	부부유별	
〈제5장〉	장유유서	
〈제6장〉	붕우유신	

• 〈제2장〉 관련 고사

맹종의 고사
중국 삼국 시대 때 맹종은 늙고 병든 어머니가 죽순이 먹고 싶다고 하였는데 겨울이라 죽순을 구할 수가 없어서 이에 대밭에서 눈물을 흘렸다. 그러자 홀연히 죽순이 땅 위로 올라왔다.

왕상의 고사
중국 삼국 시대 때 왕상은 어느 겨울에 계모가 생선을 먹고 싶다고 하자 강으로 나갔으나, 강물이 꽁꽁 얼어 있었다. 그래도 왕상이 물고기를 잡으려 애쓰자 얼음이 저절로 깨지고 잉어가 튀어 나왔다.

納諫君 盡忠臣 居仁有義
납 간 군 진 충 신 거 인 유 의

向文德 韜武功 民得其所
상 문 덕 도 무 공 민 득 기 소

耕田鑿井 含飽鼓腹 太平聖代
경 전 착 정 함 포 고 복 태 평 성 대

위 復唐虞ㅅ 景 긔 엇더ᄒ니잇고
　　복 당 우　　경

葉 麒麟必至 鳳凰來儀 麒麟必至 鳳凰來儀
　기 린 필 지 봉 황 래 의 기 린 필 지 봉 황 래 의

위 祥瑞ㅅ 景 긔 엇더ᄒ니잇고
　　상 서　　경

　　　　　　이상적인 군신의 모습
간언 듣는 임금 충성 다하는 신하 인과 의에 거하며
임금에게 옳지 못하거나 잘못된 일을 고치도록 하는 말
문덕을 숭상하고 무공을 감추니 백성이 그 처할 곳을 얻었도다
　　전쟁이 없어 무기를 사용하지 않는 상황　　　백성의 생활이 안정된 상황
밭 갈고 우물 파서 배불리 먹는 태평성대에
　함포고복: 잔뜩 먹고 배를 두드린다는 뜻으로, 먹을 것이 풍족하여 즐겁게 지냄을 나타냄

아아, 요순시절 회복한 광경 그 어떠합니까
　　중국의 전설에 등장하는, 상서로움을 상징하는 상상의 새
[엽(葉)] 「기린이 반드시 오고 봉황이 늠름하게 오니 기린이 반드시 오고 봉황이 늠
　　　성인이 이 세상에 나올 징조로 나타난다고 하는 상상 속의 짐승
름하게 오니
　　　　　「 」: 성인 또는 성군의 등장에 대한 확신 또는 조선을 건국한 성군에 대한 경탄

아아, 상서로운 광경 그 어떠합니까」　　　　　　　　　　〈제3장〉
　복되고 길한 일이 일어날 조짐이 있는
　　　　　　　　　　　　　▶ 군신의 조화와 정치의 안정으로 태평성대를 이룬 광경

男有室 女有家 天定其配
남 유 실 여 유 가 천 정 기 배

納雙雁 合二姓 文定厥祥
납 쌍 안 합 이 성 문 정 궐 상

情勢好合 如鼓瑟琴 夫唱婦隨
정 세 호 합 여 고 슬 금 부 창 부 수

위 和樂ㅅ 景 긔 엇더ᄒ니잇고
　　화 락　　경

葉 百年偕老 死則同穴 百年偕老 死則同穴
　백 년 해 로 사 즉 동 혈 백 년 해 로 사 즉 동 혈

위 言約ㅅ 景 긔 엇더ᄒ니잇고
　　언 약　　경

남자는 아내 얻고 여자는 시집갈새 하늘이 배필을 정해 주고
　《예기》에 나오는 '이성지합(二姓之合)': 남녀의 혼인을 가리킴　혼례를 위한 길일을 정하는 것
쌍기러기 들이어 두 성이 합할새 아름답게 그 상서 정해지며
　혼례 때, 신랑이 기러기를 가지고 신부의 집에 가서 상 위에 놓고 절하는 '전안(奠雁)'의 예
정세가 호합하여 거문고와 비파를 두드리듯 부부가 서로 따르니
　《시경》에 나오는 '여고슬금': 두 악기가 어우러져 아름다운 소리를 내는 것 같은 부부간의 사랑

아아, 화락한 광경 그 어떠합니까
　　　《시경》에 나오는 '사즉동혈': 부부가 죽은 뒤에 한 무덤에 묻힌다는 뜻으로, 부부의 사이가 매우 좋음을 뜻하는 말
[엽(葉)] 백년까지 함께 살고 죽어 함께 묻힐지니 백년까지 함께 살고 죽어 함께
　《시경》에 나오는 '백년해로': 부부가 되어 한평생을 사이좋게 지내고 즐겁게 함께 늙음
묻힐지니

아아, 언약하는 광경 그 어떠합니까　　　　　　　　　　〈제4장〉
　부부간에 굳게 약속하는, 또는 약속을 굳게 지키는 모습
　　　　　　　　　　　　　▶ 남녀가 부부의 연을 맺어 화합하는 광경

📝 **현대어 풀이**

〈제3장〉
(신하의) 간언을 듣는 임금과 (임금에게)
충성을 다하는 신하는 인과 의에 살며
학문의 덕을 숭상하고 무기를 감추니 백
성이 그 처할 곳을 얻었도다.
밭을 갈고 우물을 파서 배불리 먹는 태평
성대에
아아, (태평성대였던) 요임금과 순임금 시
절을 회복한 광경 그 어떠합니까.
(복되고 길한 일이 일어날 조짐인) 기린이
반드시 오고 봉황이 늠름하게 오니, 기린
이 반드시 오고 봉황이 늠름하게 오니
아아, 상서로운 광경 그 어떠합니까.

〈제4장〉
남자는 (장가들어) 아내를 얻고 여자는 시
집가니(남편을 얻으니) 하늘이 배필을 정
해 주고
(혼례식에서) 기러기 한 쌍을 받아들여 두
성이 합하니 아름답게 그 길함이 정해지며
부부의 정이 좋게 잘 만나서 거문고와 비
파를 연주하듯 부부가 서로 따르니
아아, 어울려 즐거운 광경 그 어떠합니까.
(부부가) 평생 함께 살고 죽어서도 함께
묻힐지니, 평생 함께 살고 죽어서도 함께
묻힐지니
아아, 언약하는 광경 그 어떠합니까.

• **〈제4장〉의 '백년해로' 유래**
死生契闊(사생계활) 與子成說(여자성설)
執子之手(집자지수) 與子偕老(여자해로)

죽든 살든 그대와 했던 약속 이루리라.
그대의 손을 잡고 백년해로하리라고.
　　　　　　　　　　　　 — 《시경》의 '격고(擊鼓)' 중

→ '격고(북을 두드리다는 뜻)'는 전란 중에
한 병사가 말을 잃은 채 전쟁터를 헤매며
돌아갈 기약도 없이 고향에 남기고 온 여
인을 생각하며 부른 노래이다.

• **유학의 오륜**

부자유친 (父子有親)	아버지와 아들 사이의 도리는 친애에 있음을 이름
군신유의 (君臣有義)	임금과 신하 사이의 도리는 의리에 있음을 이름
부부유별 (夫婦有別)	남편과 아내 사이의 도리는 서로 침범하지 않음에 있음을 이름
장유유서 (長幼有序)	어른과 어린이 사이의 도리는 엄격한 차례와 복종해야 할 질서에 있음을 이름
붕우유신 (朋友有信)	벗과 벗 사이의 도리는 믿음에 있음을 이름

• **경기체가의 특징 – 동일 구절의 반복**

> 위 ~ 景 긔 엇더ᄒ니잇고
> (아아 ~ 광경 그 어떠합니까)

• 각 장의 전절과 후절 끝에 반복되
는 후렴구와 같은 역할을 하는 구
절로서 경기체가의 형식적 특징임
→ '경기체가'라는 갈래의 이름이
붙여진 것과 관련됨
• 제시된 광경에 대한 감탄을 드러내
면서 화자의 자부심을 담은 표현으
로 볼 수 있음

兄及弟 式相好 無相猶矣
형 급 제 식 상 호 무 상 유 의

鬩于墻 外禦侮 死生相救
격 우 장 외 어 모 사 생 상 구

兄恭弟順 秩然有序 和樂且湛
형 공 제 순 질 연 유 서 화 락 차 담

위 讓義ㅅ 景 긔 엇더ᄒ니잇고
양 의 경

葉 伯夷叔齊 兩聖人의 伯夷叔齊 兩聖人의
백 이 숙 제 양 성 인 백 이 숙 제 양 성 인

위 相讓ㅅ 景 긔 엇더ᄒ니잇고
상 양 경

미워하고 시기하는 것을 의미함
형와 아우는 서로 친하고 의심이 없으며
　　　　　　형제간의 우애 강조
울타리 안에서 싸워도 밖에서는 남의 업신여김 막아 생사 간에 서로 구해 줄새
　　　　　　　　　외부의 위기에 단합하여 함께 대처하는 형제의 모습
형은 공손하고 아우는 형을 따라 질서 정연하고 화락하며 즐거우니
　　윗사람(형)과 아랫사람(아우) 사이의 질서 강조
　　아아, 사양하는 의리의 광경 그 어떠합니까

[엽(葉)] 백이숙제 두 성인의 백이숙제 두 성인의
　　　　중국 은나라 말기의 형제 성인인 백이와 숙제
　　아아, 서로 양보하는 광경 그 어떠합니까　　　　　　　〈제5장〉
　　　　왕자였던 백이와 숙제가 서로 왕위를 양보한 일　　▶ 형제간에 서로 위하며 양보하는 광경

益友三 損友三 擇其善從
익 우 삼 손 우 삼 택 기 선 종

補其德 責其善 無忘故舊
보 기 덕 책 기 선 무 망 고 구

有酒湑我 無酒沽我 蹲蹲舞我
유 주 서 아 무 주 고 아 준 준 무 아

위 表誠ㅅ 景 긔 엇더ᄒ니잇고
표 성 경

葉 晏平仲의 善如人交 晏平仲의 善如人交
안 평 중 선 여 인 교 안 평 중 선 여 인 교

위 久而敬之ㅅ 景 긔 엇더ᄒ니잇고
구 이 경 지 경

사귀어서 해가 되는 친구
좋은 친구 셋 나쁜 친구 셋 가운데 좋은 이를 가려 따라
사귀어 유익함이 있는 친구　　　　　　좋은 친구를 따르라는 의미
그 덕을 보충하고 착함을 취하며 옛 친구를 잊지 아니하여
　　친구 간에 덕을 채우고 선을 권하는 모습
술 있으면 거르고 술 없으면 술 사다가 휘적휘적 춤을 추니
　　　　　　　　　　　　　　친구와 어울리는 모습
　　아아, 정성을 드러내는 광경 그 어떠합니까

[엽(葉)] '안평중의 좋은 사귐 안평중의 좋은 사귐'
　　『』《논어》의 구절 '안평중 선여인교 구이경지' 인용
　　아아, 오랠수록 공경하는 광경 그 어떠합니까.　　　　〈제6장〉
　　오랜 친구 사이일수록 공경하는 모습　　　　　　　▶ 친구 간에 정성을 다하며 공경하는 광경

감상 포인트
작품에서 강조하고 있는 유교적 가치를
살펴보고, 이를 드러내는 화자의 태도
를 파악한다.

✏ 현대어 풀이

〈제5장〉
형과 아우는 서로 친하고 의심이 없으며
울타리 안에서는 싸워도 밖에서는 남의
업신여김을 막아 살거나 죽거나 서로 구
해 주니
형은 공손하고 아우는 형을 따라 질서가
가지런하고 화목하고 평안하며 즐거우니
아아, 사양하는 의리의 광경 그 어떠합니까.
(형제인) 백이와 숙제 두 성인의, 백이와
숙제 두 성인의
아아, 서로 양보하는 광경 그 어떠합니까.

〈제6장〉
좋은 친구가 셋이고 나쁜 친구가 셋이니
그 가운데 좋은 친구를 가려서 따라
그 덕을 보충하고 착함을 취하며 옛 친구
를 잊지 아니하여
술이 있으면 걸러 오고 술이 없으면 술을
사다가 휘적휘적 춤을 추니
아아, 정성을 나타내는 광경 그 어떠합니까.
(공자가 칭찬한) 안평중의 좋은 사귐, 안
평중의 좋은 사귐
아아, 오랠수록 공경하는 광경 그 어떠합
니까.

• 〈제5장〉 관련 고사

백이숙제 고사

은나라의 고죽군은 세상을 떠나며 왕
위를 셋째 아들인 숙제에게 물려주
었지만, 숙제는 큰형인 백이에게 양
보하려 하였다. 이에 백이는 나라 밖
으로 달아났고 숙제도 왕위를 버리고
떠났으며, 왕위는 둘째 아들이 이었
다. 이후 백이와 숙제는 주나라 무왕
이 은나라 주왕을 치려 하자 이를 만
류하였으나 뜻대로 되지 않았다. 이
에 이들은 주나라 땅에서 나는 것은
아무것도 먹지 않기로 결심하고 수양
산에 들어가 고사리를 캐 먹으며 살
다가 굶어 죽었다.

• 〈제6장〉에 인용된 《논어》 구절

子曰(자왈) 晏平仲(안평중) 善與人交
(선여인교) 久而敬之(구이경지)

공자께서 말씀하셨다.
"안평중은 남과 잘 사귀도다. 오래되
어도 그를 존경하는도다."

→ 안평중은 제나라의 대부이다. 공자
는 안평중이 다른 사람과 친구로
서 사귀는 데 뛰어났는데 서로 사
귐이 오래되어도 친구를 존경했다
고 평하며, 친구를 사귀는 데 공경
이 중요하다는 점을 제시하였다.

핵심 포인트 1   화자의 정서와 태도 파악

이 작품은 경기체가로서, 조선 왕조를 개국하는 데 주도적 역할을 하였던 신진 사대부 계층의 자신 감과 이념을 기반으로 한다. 따라서 이와 관련하여 화자의 정서와 태도를 파악할 수 있어야 한다.

+ 〈오륜가〉에 드러난 화자의 정서와 태도

제1장	유학의 도가 세워진 광경 찬양
제2장	부모에게 효도하는 광경 찬양
제3장	태평성대를 이룬 광경 찬양
제4장	부부가 화합하는 광경 찬양
제5장	형제가 서로 위하며 양보하는 광경 찬양
제6장	친구가 서로 공경하는 광경 찬양

→ 오륜의 도리가 세워지는 광경 제시 및 이에 대한 찬양
→ 확신에 찬 태도와 자부심 및 유교적 이상 실현에 대한 염원을 드러냄

핵심 포인트 2   표현상 특징 파악

이 작품은 경기체가의 형식적 특징이 잘 나타나 있으므로, 표현상 특징을 파악할 수 있어야 한다.

+ 경기체가의 정형적 형식

1행	父爲天∨母爲地∨生我劬勞 3·3·4 / 3음보	전절
2행	養以乳∨敎以義∨欲報鴻恩 3·3·4 / 3음보	
3행	泣竹笋生∨扣氷魚躍∨至誠感神 4·4·4 / 3음보	
4행	위 養老ㅅ 景 긔 엇더ᄒ니잇고	
5행	曾參閔子∨兩先生의∨曾參閔子∨兩先生의 4·4·4·4 / 4음보	후절
6행	위 定省ㅅ 景 긔 엇더ᄒ니잇고	

• 각 장에서 1~4행은 전절, 5~6행은 후절로 구분되며, 각 절의 끝에서 '위 ~ 景 긔 엇더ᄒ니잇고'가 반복됨
• 1~3행, 5행의 음수율, 음보율이 고정되어 반복됨
• 5행은 같은 어구가 반복됨

+ 작품에 사용된 표현 방법

영탄, 의문형 종결 표현	각 장의 4, 6행에 나타나는 '아아, ~ 광경 그 어떠합니까(위 ~ 景 긔 엇더ᄒ니잇고)' → 감탄사와 의문형 종결 표현을 통해 격앙된 감정 및 이상적 광경을 강조하여 표현함
반복	• 각 장의 4, 6행에서 '아아, ~ 광경 그 어떠합니까(위 ~ 景 긔 엇더ᄒ니잇고)' 반복 • 각 장의 5행은 동일한 어구 반복('증삼 민자 양선생의 증삼 민자 양선생의' 등) → 화자의 정서와 주제 의식을 강조하여 표현함
열거	오륜의 덕목과 관련된 인물, 고사, 성어 등 나열('복희신농 황제요순 복희신농 황제요순' 등) → 의미를 강조하여 표현함

핵심 포인트 3   다른 작품과의 비교

'오륜가'라는 제목은 경기체가뿐만 아니라 시조, 가사 등 다양한 갈래에서 찾아볼 수 있다. '오륜가' 라는 제목을 가진 작품들은 대체로 유교적 덕목의 실천을 권유하는 교훈적 내용으로 목적성과 교술 적 성격이 나타난다는 공통점이 있으므로, 이를 바탕으로 여러 작품들을 비교할 수 있어야 한다.

+ 김상용의 〈오륜가〉 제1수, 주세붕의 〈오륜가〉 제2수

어버이 자식 사이 하늘 삼긴 지친(至親)이라
부모곧 아니면 이 몸이 이실소냐
오조(烏鳥)도 반포(反哺)를 하니 부모 효도하여라
　까마귀　자식이 커서 부모를 봉양하는 일
　　　　　　　　　　　　　– 김상용의 〈오륜가〉 제1수

아버님 날 낳으시고 어머님 날 기르시니
부모곧 아니시면 내 몸이 없으렷다
이 덕을 갚으려 하니 하늘 끝이 없으샷다
　　　　　　　　　　　　– 주세붕의 〈오륜가〉 제2수

	차이점	공통점
경기체가 〈오륜가〉 제2장	효와 관련한 인물과 고사들을 나열해 효행을 강조함	부모의 은혜를 제시하며, 부모로 인해 화자가 존재할 수 있었음을 밝힘
김상용의 〈오륜가〉 제1수	자연물(까마귀)을 통해 효도의 당위성을 강조함	
주세붕의 〈오륜가〉 제2수	부모의 은덕을 갚기 어려움을 직접적으로 제시함	

• **해제**
〈오륜가〉는 조선 세종 때 지은 것으로 추정되는 작자 미상의 경기체가이다. 총 6장으로 구성되어 있는데, 제1장은 서사이고 제2장~제6장은 유학에서 내세우는 오륜의 도리를 하나씩 다루고 있다. 각 장은 6행으로 이루어져 있으며, 경기체가의 전형적인 형식이 나타난다. 조선 초기에 국가의 안정과 유교 윤리를 바탕으로 한 사회 질서 확립을 위해 창작된 작품으로 볼 수 있다.

• **화자와 시적 상황**
화자는 유학의 도가 오랜 세월 동안 이어진 광경, 부모를 문안하며 섬기는 광경, 임금과 신하의 충의로 태평성대를 이룬 광경, 부부가 화합하여 해로하는 광경, 형제가 서로 양보하는 광경, 친구 간에 정성을 다하는 광경을 신념에 찬 태도로 노래하면서, 오륜의 덕목을 실천할 것을 강조하고 있다.

• **주제**
사람이 지켜야 할 다섯 가지 도리인 오륜의 가르침

• **연계 학습 작품**

> • 유학의 오륜을 노래한 작품
> 〈오륜가〉_주세붕
> 〈오륜가〉_김상용

한 줄 평 | 유교적 가치관을 바탕으로 사람의 올바른 도리를 자손에게 가르치기 위한 노래

훈계자손가 ▸ 김상용

★주목

훈계의 대상 　　♪ 말을 건네는 방식

「**이봐 아이들아 내 말 들어 배우스라**」 : 명령형 어미 → 바람직한 행동을 하거나
　　　　　　　　　　　　　　　　　교훈을 주고자 하는 창작 의도가 드러남　그릇된 행동을 하지 말 것을 촉구함

어버이 효도(孝道)하고 어른을 공경하여
　　　　효도와 어른 공경이라는 유교적 덕목을 강조함

일생에 효제(孝悌)를 닦아 어진 이름 얻어라　　　　　　　　　〈제1수〉
　　　　훈계의 궁극적 의도
　　　　　　　　　　　　　　　▸ 제1수: 효제를 실천할 것을 당부함

남의 말 이르지 말고 내 몸을 살펴보아
　　　　자아 성찰의 자세

허물을 고치고 어진 데 나아가라

내 몸에 온갖 흉 있으면 남의 말을 이르랴　　　　　　　　　〈제2수〉
　　　　자신을 먼저 돌아보는 자세를 권유함. 설의법
　　　　　　　　　　　　　　　▸ 제2수: 남의 허물을 말하지 말고 어진 일을 행할 것을 당부함

　　　　　　기특하고 장한, 착한
사람이 되어 있어 용한 길로 다녀스라
　　　　　　사람의 도리를 행하라는 뜻

언충신(言忠信) 행독경(行篤敬)을 염려(念慮)에 잊지 마라
《논어》의 '위령공편'의 내용. 말이 진실하고 믿음이 있으며 행실이 돈독하고 공경함이 있다는 뜻

내 몸이 바르지 않으면 동네 안인들 다니랴　　　　　　　　　〈제3수〉
　　　　올바른 언행의 중요성 강조. 설의법
　　　　　　　　　　　　　　　▸ 제3수: 올바른 언행을 할 것을 당부함

말을 삼가 노(怒)한 제 더 참아라
　　　화가 났을 때 말실수를 하기 쉬우므로 말을 삼가라는 의미

한 번을 실언(失言)하면 일생(一生)에 뉘우치리
　　　　실수로 잘못 말함　　실언의 결과

이 중의 조심할 것이 말씀인가 하노라　　　　　　　　　　　〈제4수〉
　　　　말의 중요성 강조
　　　　　　　　　　　　　　　▸ 제4수: 말을 삼가고 신중할 것을 당부함

★주목　남과 싸움 마라 싸움이 해 많으니라
　　　　　　싸움을 금해야 하는 이유

「**크면 관송(官訟)이요 적으면 수욕(羞辱)이라**」 : 싸움을 했을 때 생길 수 있는 문제 상황 제시. 대구법
　　　관가의 송사　　　　　수치와 모욕

무슨 일로 내 몸을 그릇 다녀 부모 수욕(父母羞辱) 먹이리　　〈제5수〉
　　　　자신의 잘못된 행동의 결과가 부모에게까지 미치게 됨. 설의법
　　　　　　　　　　　　　　　▸ 제5수: 남과 싸우지 말 것을 당부함

> • 〈제1수〉의 '효제(孝悌)'
> '효제'는 사전적 의미로 '부모에 대한 효도와 형제에 대한 우애'를 뜻함. 《논어》에서는 "군자는 근본에 힘써야 하니, 근본이 확립되면 도가 생겨나는 것이다. 효성스럽고 공경스러운 것은 인(仁)을 실천하는 근본일 것이다.(君子務本 本立而道生 孝弟也者 其爲仁之本與)"라고 하여 효제를 효도와 공경으로 보았음.

작품 분석 노트

🔖 현대어 풀이

〈제1수〉
이봐 아이들아, 내 말 들어 배워라.
부모님께 효도하고 어른을 공경하여
평생 동안 효도와 공경함을 닦아 어진 이름을 얻어라.

〈제2수〉
남의 말을 하지 말고 내 몸을 살펴보아
허물을 고치고 어진 데로 나아가라.
내 몸에 온갖 흉 있으면서 남의 말을 하겠느냐.

〈제3수〉
사람이 되어서 착한(바른) 길로 다녀라.
말은 미덥게 하고 행동은 공손하게 하는 것을 마음속에 잊지 마라. / 내 몸이 바르지 않으면 동네 안인들 다니겠느냐.

〈제4수〉
말을 삼가 화가 났을 때 더 참아라.
한 번 말을 실수하면 평생 동안 뉘우치리.
이 중에 조심할 것이 말씀인가 하노라.

〈제5수〉
남과 싸움하지 마라. 싸움이 해가 많으니
크면 관가의 송사요, 적으면 수치와 모욕이라. / 무슨 일로 내 몸을 그르게 다녀 부모 욕을 먹이리.

• 〈훈계자손가〉의 의도 및 훈계 내용

창작 의도	자손들이 지켜야 할 올바른 도리를 가르치고자 함 (훈계)
훈계 대상	아이들
훈계 내용	• 부모에게 효도하고 어른을 공경할 것 • 남의 말을 하지 말고 어진 일을 행할 것 • 말을 진실하고 믿음 있게 하고, 행실을 돈독하고 공경함이 있게 할 것 • 말을 삼가 신중하게 할 것 • 남과 싸움하지 말 것 • 잘못을 뉘우치면 다시 하지 말 것 • 부귀빈천에 연연하지 말고 어진 일을 행할 것 • 욕심을 부려 몹쓸 행동을 하지 말 것 • 일상에서 효를 실천하고 학업에 충실할 것
지향하는 인간상	어진 사람: 어진 일을 하고 어진 이름을 남기는 사람

그른 일 몰라 하고 뉘우치면 다시 마라
_{같은 잘못을 반복하지 말라는 뜻}

알고도 또 하면 끝끝내 그르리라
_{부정적인 결과를 제시함으로써 잘못된 행동을 경계함}

진실로 허물을 고치면 어진 사람 되리라 〈제6수〉
_{화자가 제시하는 바람직한 인간상}

▶ 제6수: 잘못을 고쳐 어진 사람이 될 것을 당부함

_{자신의 처지에 만족하라는 의미. 대구법}
빈천(貧賤)을 슬퍼 말고 부귀(富貴)를 부러워 마라
「 」: 부귀빈천에 연연해하지 않고 자신의 처지에서 최선을 다하는 삶을 권고함

인작(人爵)을 닦으면 천작(天爵)이 오느니라
_{사람으로서 할 일을 꾸준히 하면 좋은 일이 생긴다는 의미}

만사를 하늘만 믿고 어진 일만 하여라 〈제7수〉
_{여러 가지 온갖 일 └ 어진 일을 행하면 하늘의 복을 받게 됨을 의미함}

▶ 제7수: 자신의 처지에 만족하고 어진 일을 행할 것을 당부함

★주목 욕심(慾心)난다 하고 몹쓸 일 하지 마라
_{욕심대로 행동하면 몹쓸 일을 저지르게 될 수 있음을 경계함}

나는 잊어도 남이 양자(樣子) 보느니라
_{모양새, 모습}

한번 악명(惡名)을 얻으면 어느 물로 씻으리 〈제8수〉
_{악명을 얻으면 벗어나기 어려움을 비유적으로 표현함. 설의법}
_{– 욕심부리지 말고 신중하게 행동할 것을 훈계함}

▶ 제8수: 욕심을 부려 악명을 얻지 않을 것을 당부함

일찍 일어나 세수하고 부모께 문안(問安)하고
_{일상생활 속에서 효를 실천하기 위한 구체적인 행동}

좌우(左右)를 모셔 있어 공경(恭敬)하여 섬기되
_{일상에서 어른 공경을 실천하기 위한 구체적인 행동}

여가(餘暇)에 글 배워 읽어 못 미칠 듯하여라 〈제9수〉

▶ 제9수: 효를 실천하고 학업에 충실할 것을 당부함

■ 인작: 사람이 정하여 주는 벼슬이라는 뜻으로, 공경(公卿)·대부(大夫)의 지위를 이르는 말.
■ 천작: 하늘에서 받은 벼슬이라는 뜻으로, 남에게서 존경을 받을 만한 선천적 덕행을 이르는 말.

감상 포인트
각 장에서 권장하는 바람직한 행동과 경계해야
할 행동을 살펴보며 훈계 내용을 파악한다.

🖊 현대어 풀이

〈제6수〉
그른 일은 몰라 하고 (그른 일을) 뉘우치면 다시 하지 마라.
알고도 또 하면 끝끝내 잘못되리라.
진실로 허물을 고치면 어진 사람이 되리라.

〈제7수〉
가난하고 천함을 슬퍼하지 말고 재산과 지위를 부러워하지 마라.
사람이 정하여 주는 벼슬을 닦으면 하늘에서 받는 벼슬이 오느니라.
모든 일을 하늘만 믿고 어진 일만 하여라.

〈제8수〉
욕심난다고 하여 몹쓸 일을 하지 마라.
나는 잊어도 남이 (내) 모습 보느니라.
한번 나쁘다는 평판을 얻으면 어느 물로 씻으리.

〈제9수〉
일찍 일어나 세수하고 부모께 문안을 올리고 좌우를 (살피며) 모셔서 공경하여 섬기되 남는 시간에 글 배워 읽어 못 미칠 듯하여라.

• 가정적 표현

행위 가정	행위로 인해 부정적 결과
〈제3수〉 내 몸이 바르지 않음	동네 안도 다닐 수 없음
〈제4수〉 한 번 실언을 함	일생 동안 뉘우치게 됨
〈제5수〉 싸움을 함	관송을 하게 되고 부모를 욕되게 함
〈제6수〉 그른 일을 알고도 또 함	끝끝내 그르게 됨
〈제8수〉 욕심을 부려 악명을 얻음	어떤 것으로도 악명을 씻기 어려움

↓

잘못된 행동이 일어나는 상황을 가정하여 올바른 행동을 할 것을 권고함

핵심 포인트 1 표현상 특징 파악

이 작품의 화자가 훈계의 의도를 효과적으로 전달하기 위해 사용한 표현 방법과 그 효과를 파악할 수 있어야 한다.

✚ 표현상 특징

- '이봐 아이들아'와 같이 말을 건네는 어조를 통해 시상을 전개함
- '그른 일 몰라 하고 뉘우치면 다시 마라'와 같은 직설적 표현으로 대상을 훈계하고자 하는 화자의 의도를 드러냄
- '내 말 들어 배워스라', '남과 싸움 마라' 등에서 '–라'와 같은 명령형 어미를 활용하여 바람직한 행동을 촉구하거나 바람직하지 못한 행동을 금지함
- '남의 말을 이르랴', '동네 안인들 다니랴' 등에서 의문형을 활용한 설의적 표현을 통해 올바른 언행의 중요성을 강조함
- '끝끝내 그르리라', '어진 사람 되리라' 등에서 '–리라'와 같은 추측을 나타내는 종결 어미를 활용하여 미래의 결과를 예측하며 훈계함
- '한 번을 실언하면 일생에 뉘우치리', '크면 관송이요 적으면 수욕이라' 등에서 가정적 표현을 활용하여 발생할 수 있는 부정적 결과를 제시함으로써 언행을 조심할 것을 훈계함

핵심 포인트 2 시어의 의미 파악

유교의 도덕적 규범을 바탕으로 한 작가의 창작 의도를 고려하여 시어의 의미를 파악할 수 있어야 한다.

✚ 시어의 의미

어버이, 어른	효도하고 공경해야 할 대상
사람	도덕적 행위의 주체
실언	말실수. 평생의 후회를 불러일으키는 행위
관송, 수욕, 부모 수욕	그릇된 행위로 인한 결과
인작	사람이 주는 벼슬. 사람이 닦아야 할 도리
천작	하늘이 주는 벼슬. '인작'을 닦음으로써 얻게 되는 결과
하늘	도덕적 당위의 근거. 인간의 행위를 심판하는 존재
양자	다른 사람들에게 평가되는 자신의 모습이나 언행
글	효를 실천하면서 힘써야 할 대상

핵심 포인트 3 외적 준거에 따른 감상

이 작품의 중심 내용은 유교 사상을 바탕으로 한 훈계이므로, 유교의 도덕적 가치관과 관련된 내용이 〈보기〉로 제시될 수 있다. 이러한 외적 준거를 바탕으로 각 구절에 나타나는 화자의 인식과 태도를 파악할 수 있어야 한다.

✚ '효'와 '수신(修身)'의 중요성

맹자가 말하였다.
"섬기는 데는 무엇이 가장 큰일인가? 부모를 섬기는 일이 가장 큰일이다. 지키는 데는 무엇이 가장 큰일인가? 자기 몸의 올바름을 잃지 않고 그의 부모를 잘 섬긴 사람이 있다는 말을 나는 들어 본 일이 있으나, 자기 몸의 올바름을 잃고서도 그의 부모를 잘 섬긴 사람이 있다는 말을 나는 들어 본 일이 없다."

→ • '일생에 효제'를 닦기를 권유하는 것은 부모를 섬기는 일이 가장 중요한 일이라는 인식을 보여 주는군.
- '그른 일 몰라 하고 뉘우치면 다시 마라'를 통해 자기 몸을 지키기 위해 어떤 태도를 가져야 하는지 알 수 있군.
- '남의 말', '실언', '싸움', '욕심'과 같은 것들은 결국 자기 몸의 올바름을 잃는 행위라고 볼 수 있겠군.
- 나의 허물이 부모의 허물과 같으므로 남과 싸우지 않고 스스로 몸을 삼가는 것이 효라고 할 수 있겠군.

○ 작품 한눈에

- 해제
  〈훈계자손가〉는 조선 중기의 문신이자 유학자인 김상용이 사람으로서 지녀야 할 올바른 도리를 자손에게 가르치기 위해 지은 총 9수의 연시조이다. 훈계의 내용은 유교적 규범에 바탕을 둔 덕목으로, 작가는 부모께 효도하고 어른을 공경하며 어진 행실을 할 것 등을 당부하고 있다. 교훈적인 성격이 강한 작품으로, 병자호란 때 명나라와의 대의를 지키기 위해 청나라와 맞서 싸우자는 신념을 굽히지 않다가 청나라에게 강화 산성이 함락되자 자결한 작가의 유교적 가치관을 엿볼 수 있다.

- 화자와 시적 상황
  화자는 청자인 '아이들(자손들)'에게 사람으로서 지켜야 할 도리와 올바른 삶에 대한 가르침을 전달하고 있다.

- 주제
  사람의 올바른 도리와 바람직한 삶에 대한 가르침

- 연계 학습 작품
  - 교훈적 의도를 담고 있는 작품
    〈훈민가〉_정철
    〈오륜가〉_주세붕

한 줄 평 | (가) 임금에게 버림받고 백구와 함께 놀겠다는 의지를 읊은 노래
(나) 대나무를 이용한 언어유희를 통해 이별의 아픔을 읊은 노래
(다) 얄미운 개를 원망하며 임을 향한 그리움을 읊은 노래

백구야 놀라지 마라 ▸ 김천택
백초를 다 심어도 ▸ 작자 미상
개를 여남은이나 기르되 ▸ 작자 미상

⋯ 교과서 수록 (다) 국어 미래엔, 좋은책
⋯ 기출 (다) 평가원 2022 예시 문항

가
백구. 의인화 　　■ : 감탄형 종결 어미
백구야 놀라지 마라 너 잡을 내 아니로다
갈매기 → 청자. 말을 건네는 방식
▸ 초장: 백구에게 놀라지 말라는 당부를 함

성상이 바리시니 갈 곳 없어 예 왔노라
자연
임금에게 버림받은 상황
▸ 중장: 임금에게 버림받아 이곳에 오게 됨

이제란 찾을 이 없으니 너를 좇아 놀리라
한가한 상황을 맞이함　　화자의 의지 반영 → 자신의 상황에 대한 긍정적 인식
▸ 종장: 백구를 좇아 놀겠다는 의지

임금에게 버림받은 부정적 상황을 백구와 함께 놀 수
있는 기회로 여기는 모습 → 상황의 합리화

나
젓대, 살대, 붓대를 만드는 대나무
백초를 다 심어도 대는 아니 심을 것이
온갖 풀
▸ 초장: 온갖 풀을 다 심어도 대는 심지 않겠다고 함

젓대는 울고 살대는 가고 그리느니 붓대로다
젓대를 불면 소리 내어 욺　살대를 쏘면 날아감　붓대로 그림을 그림
▸ 중장: 대로 만든 젓대, 삿대, 붓대의 기능

구태여 울고 가고 그리는 대를 심을 줄이 있으랴
젓대, 살대, 붓대의 기능을 임과 이별하여　설의법, 화자의 의지 반영
울고 가고 그리는 상황과 연결함 → 언어유희, 해학성
▸ 종장: 대를 심지 않으려는 이유와 의지

■ 젓대: 우리나라의 전통적인 목관 악기 가운데 하나. 삼금(대금, 중금, 소금) 가운데 가장 큰 것으로, 묵은 황죽이나 쌍골죽으로 만든다. = 대금.
■ 살대: 화살의 몸을 이루는 대. = 화살대.

감상 포인트
화자의 정서와 태도를 이해하고 이를 표현하기 위한 발상, 표현상 특징 등을 파악한다.

다
임에 대한 원망을 전가하고 있는 대상 – 애꿎은 원망의 대상
개를 여남은이나 기르되 요 개같이 얄미우랴
열이 조금 넘게　　　　설의법
▸ 초장: 얄미운 개

미운 임 오면은 꼬리를 홰홰 치며 치뛰락 내리뛰락 반겨서 내닫고 고운 임 오면
가볍게 자꾸 휘두르거나 휘젓는 모양　　뛰어올랐다 내리뛰었다

은 뒷발을 버둥버둥 무르락 나으락 캉캉 짖어서 돌아가게 한다　■ : 음성 상징어
개의 행동을 사실적으로 묘사함
▸ 중장: 미운 임은 반기고 고운 임은 돌아가게 하는 개

쉰밥이 그릇그릇 난들 너 먹일 줄이 있으랴
설의법, 개에 대한 응징, 원망을 노골적으로 표현함
▸ 종장: 쉰밥도 얄미운 개에게는 먹이고 싶지 않은 마음

얄미운 개의 대조적 행동,
화자는 마치 개가 고의적으로 자신의 마음과는
반대로 행동하는 것처럼 표현함 → 해학성

• **다의 시상 전개**

대상과 그에 대한 화자의 감정(얄미운 개) 제시

↓

대상에게 화자가 특정 감정을 가진 이유
(개가 얄미운 이유) 제시

↓

대상에 대한 화자의 대응(개에 대한 응징)

작품 분석 노트

현대어 풀이

가 갈매기야, 놀라지 마라. 너를 해칠 내가 아니로다. / 임금께서 (나를) 버리시니 갈 곳이 없어 이곳에 왔구나. 이제는 (나를) 찾을 사람이 없으니 너를 좇아 놀리라.

나 온갖 풀을 다 심어도 대나무는 아니 심을 것이 / 젓대는 (소리 내어) 울고 살대는 (쏘면) 날아가고 (그림을) 그리는 것이 붓대로다. / 구태여 울고 가고 그리는 대나무를 심을 줄이 있겠느냐.

다 개를 열 마리 넘게 기르지만 이 개처럼 얄밉겠느냐.
미워하는 임이 오면 꼬리를 휘저으며 뛰어올랐다가 내리뛰었다 하면서 (미워하는 임을) 반기며 맞이하고, 사랑하는 임이 오면 뒷발을 바둥거리며 뒤로 물러났다 앞으로 나아갔다 캉캉 짖어서 (사랑하는 임을) 돌아가게 한다. 쉰밥이 그릇그릇 난들 너 먹일 줄이 있겠느냐.

• **나의 시적 발상과 언어유희**

대나무로 만든 물건		화자의 이별 상황
젓대	울림	화자가 욺
살대	날아감	임이 떠나감
붓대	그림을 그림	임을 그리워함

↓

'울고 가고 그리는' 특징 → 언어유희

• **다의 다양한 해석**

고운 임이 변심하여 화자를 찾지 않는 상황에 대한 변명
화자는 고운 임이 자신을 찾지 않는 것이 고운 임을 내쫓는 개의 방해 때문이라는 관점을 취함으로써 부정적 감정을 다스림

고운 임을 둔 채 미운 임을 만나는 상황에 대한 변명
화자는 개가 미운 임을 반겨서 맞이했기 때문에 부득이하게 미운 임을 만날 수밖에 없다는 이유를 내세움으로써 도덕적 부담감을 덜어 보려 함

핵심 포인트 1 표현상 특징 파악

(가)~(다)에 사용된 표현상 특징을 살펴보고, 이 작품들의 공통점과 차이점을 파악할 수 있어야 한다.

+ 표현상 특징

(가)	• '백구'라는 청자에게 말을 건네는 방식을 사용함(대화적 어조) → '백구야 놀라지 마라 너 잡을 내 아니로다' • 감탄형 종결 어미 '-로다', '-노라'를 사용하여 화자의 정서를 강조함. → '백구야 놀라지 마라 너 잡을 내 아니로다 / 성상이 바리시니 갈 곳 없어 예 왔노라' • 다짐의 뜻을 나타내는 종결 어미 '-리라'를 사용하여 백구와 더불어 자연에서 노닐겠다는 화자의 의지를 강조함 → '이제란 찾을 이 없으니 너를 좇아 놀리라'
(나)	• 감탄형 종결 어미 '-로다'를 사용하여 화자의 정서를 강조함 → '젓대는 울고 살대는 가고 그리느니 붓대로다' • 설의법을 사용해 대(대나무)를 심지 않겠다는 화자의 의지를 드러냄 → '구태여 울고 가고 그리는 대를 심을 줄이 있으랴' • 대나무로 만든 도구인 젓대, 살대, 붓대의 기능을 언어유희를 통해 '울고 가고 그리는' 이별의 상황과 연결 지어 표현함으로써 해학성을 확보함 → '젓대는 울고 살대는 가고 그리느니 붓대로다 / 구태여 울고 가고 그리는 대를 심을 줄이 있으랴'
(다)	• 음성 상징어를 활용하여 얄미운 개의 행동을 생동감 있게 묘사함 → '미운 임 오면은 꼬리를 홰홰 치며 ~ 고운 임 오면은 뒷발을 버동버동 무르락 나으락 캉캉 짖어서' • 설의법을 사용해 개에 대한 원망의 마음을 표현함 → '요 개같이 얄미우랴', '쉰밥이 그릇그릇 난들 너 먹일 줄이 있으랴'

핵심 포인트 2 화자의 정서와 태도 파악

(가)와 (나)는 화자가 심리적 갈등을 겪는 가운데 자신의 상황을 합리화하거나 갈등의 원인을 다른 곳에서 찾는 모습을 보이므로 그 양상을 이해할 수 있어야 한다.

+ (가)의 시적 상황 및 태도

임금에게 버림받은 상황	임금에게 버림받은 부정적 상황을 자연에 머물며 백구와 놀 수 있는 긍정적 기회로 여기며 상황을 합리화함

+ (나)의 시적 상황 및 태도

임과 이별한 상황	'울고 가고 그리는' 임과의 이별 상황이 벌어진 것을 울고 가고 그리는 데 사용되는 대(대나무)를 심었기 때문이라고 여김

핵심 포인트 3 소재의 기능 파악 / 시적 상황 파악

(다)는 미운 임은 반기고 고운 임은 내쫓는 개의 대조적 행동을 묘사하여 기다려도 오지 않는 임에 대한 원망을 표현하고 있다. 따라서 책임 전가의 대상으로서 '개'의 역할이나 작품에 내재된 갈등의 이중적 구조를 파악할 수 있어야 한다.

+ (다)에 나타난 갈등의 이중적 구조

표면적 갈등	화자 ↔ 개: 화자의 마음과는 달리 미운 임은 반기고 고운 임은 내쫓는 개와의 갈등
이면적 갈등	화자 ↔ 임: 기다려도 오지 않는 임 또는 화자를 만나지 않고 돌아가는 임과의 갈등 → 개에 대한 미움과 원망, 책임 전가의 방식으로 표면화됨

가

• 해제

〈백구야 놀라지 마라〉는 임금에게 버림받은 화자가 자연으로 돌아와 백구를 벗 삼아 노니는 삶에 대한 지향을 드러낸 시조이다. 초장에서 백구에게 말을 건넨 화자는 중장에서 자신이 이곳에 오게 된 사연을 밝히고, 종장에서 백구를 좇으며 놀겠다는 의지를 표출하고 있다. 강호가도 계열의 작품으로 볼 수 있다.

• 주제

백구와 더불어 자연에서 노닐겠다는 의지

나

• 해제

〈백초를 다 심어도〉는 언어유희를 통해 이별의 슬픔을 형상화한 시조이다. 젓대·살대·붓대는 대나무로 만드는 도구로서 각각 소리 내고, 쏘면 날아가고, 무언가를 그리는 기능을 한다. 화자는 이것을 자신의 이별 상황과 연결하여 '울고 가고 그리는 대'라고 표현하고, 이 대를 심지 않겠다고 함으로써 임과 이별한 아픔을 드러내고 있다.

• 주제

임과 이별한 아픔과 그리움

다

• 해제

〈개를 여남은이나 기르되〉는 임을 향한 그리움에서 비롯된 원망을 애꿎은 개에게 돌리고 있는 사설시조이다. 고운 임이 오지 않는 이유가 실제로 개 때문은 아니지만 원망의 대상이 필요한 화자의 심리를 개의 대조적인 행동을 생동감 있게 묘사하여 해학적으로 풀어 내고 있다.

• 주제

임에 대한 그리움과 개에 대한 원망

• 연계 학습 작품

  • 백구와 더불어 자연 속 삶에 대한 지향을 노래한 작품
    〈백구야 말 무러 보자〉_김천택
  • 애꿎은 개를 원망하며 임을 기다리는 심정을 노래한 작품
    〈시비에 개 짖거늘〉_작자 미상

기출 확인

2022학년도 예시 문항

[화자의 정서와 태도 파악]

다

• (나)와 (다)에서는 모두 기다리는 사람에 대한 화자의 기대와 개의 반응이 다른 데서 시적 상황이 조성되고 있다.

• (다)가 만나지 못하는 '고운 임'에 대한 원망(怨望)을 표현한 것이라면, 개는 '고운 임' 탓에 부당하게 대접받고 있는 셈이겠군.

고전 시가 06

한 줄 평 | (가) 자연과 더불어 살고자 하는 마음을 표현한 노래
(나) 간신의 횡포를 비판한 노래
(다) 세간의 소문에 속지 말 것을 경계하는 노래

말 없는 청산이오 ▶ 성혼
구름이 무심탄 말이 ▶ 이존오
대천 바다 한가운데 ▶ 작자 미상

『 』: 대구법

가 『말 없는 청산(靑山)이오 태(態) 없는 유수(流水)로다』　■■: 자연　▶ 초장: 의연하고 자유로운 자연
　　묵묵하고 변함없는 푸른 산(자연)　자유롭고 유연하게 흐르는 물(자연)　■: 대조법
　　■■: 속세
　값 없는 청풍(淸風)이오 임자 없는 명월(明月)이라,　　　　　▶ 중장: 마음껏 누릴 수 있는 자연
　값을 매길 수 없는 맑은 바람(자연)　누구나 마음껏 누릴 수 있는 밝은 달(자연)

　『이 중(中)에 병(病) 없는 이 몸이 분별(分別)없이 늙으리라,』『 』: 물아일체, 자연 친화
　속세의 삶에 대한 작가의 부정적 인식　　걱정, 근심 없이　▶ 종장: 자연 속에서 걱정 없이 살고자 함

사실, 욕심이 없음

나 구름이 무심(無心)탄 말이 아마도 허랑(虛浪)하다　　　　▶ 초장: 간신의 부정한 마음
　간신(임금의 총애를 믿고 국정을 어지럽힌 신돈)　허무맹랑하다, 거짓이다

　『중천(中天)에 떠 있어 임의(任意)로 다니면서』　　　　　　▶ 중장: 조정을 어지럽히는 간신
　　조정의 중심　　　마음대로　횡포를 부리는 간신의 모습

　구태여 광명(光明)한 날빛을 따라가며 덮나니,
　일부러　　임금(공민왕)의 총명　　　▶ 종장: 간신의 방해로 임금의 총명함이 백성에게 전달되지 못함

(나)의 시대적 배경: 고려 시대 공민왕에 의해 등용된 승려 신돈은 공민왕의 총애를 받아 집권하며 국정
을 어지럽히고 횡포를 저질렀다. 이 시조의 작가이자 충신인 이존오는 신돈을 탄핵하기 위해 상소문을
올렸으나 공민왕의 노여움을 사서 좌천되었다.

다 『대천(大川) 바다 한가운데 중침 세침(中針細針) 빠지거다』　▶ 초장: 바늘이 큰 바다 한가운데에
　　　　　중간 크기의 바늘과 가느다란 바늘　　　　　　　　　 빠졌다는 소문

　여남은 사공(沙工) 놈이 끝 무딘 상앗대를 끝끝이 둘러메어 일시(一時)에 소리치
　열이 조금 넘는 수의　배를 가게 할 때 쓰는 긴 막대　저마다 『 』: 현실적으로 불가능한 일, 터무니없는 소문

　고 귀 꿰어 냈단 말이 있소이다 님아 님아　　　　　▶ 중장: 여러 사공들이 바다에 빠진 바늘의 귀를 꿰었다는
　바늘귀　　　　　분별하소서　　　　　　　　　　허무맹랑한 소문의 내용

　『온 놈이 온 말을 하여도 님이 짐작하소서,』　　　　▶ 종장: 소문을 분별하여 수용하라는 당부
　온 세상 사람들이 온갖 말을 하여도 『 』: 자신을 믿어 주기를 임에게 호소함

감상 포인트
작품 속 소재를 대하는 화자의 태도와
해당 소재가 내포하는 의미 등을 파악
한다.

작품 분석 노트

✎ 현대어 풀이

가 말이 없는 푸른 산이오. 모양 없는(잘
난 체하지 않는) 흐르는 물이로다.
값을 매길 수 없는(내지 않아도 되는)
맑은 바람이오. 주인이 없는 밝은 달
이로다.
이러한 자연 속에서 병 없는 이 몸이
걱정 없이 늙으리라.

나 구름이 아무런 욕심이 없다는 말이 아
마도 허무맹랑하다.
하늘 한가운데 떠 있어 마음대로 다
니면서
구태여 밝고 환한 햇빛을 따라가며 덮
는구나.

다 넓은 바다 한가운데 중간 크기의 바늘
과 가느다란 바늘이 빠졌다.
열 명이 넘는 사공들이 끝이 무딘 긴
막대를 저마다 둘러메어 한번에 소리
치고 (바다에 빠진) 바늘의 귀를 꿰어
건져 냈다는 말이 있습니다. 임아 임아.
모든 사람이 온갖 말을 하여도 임이
분별하여 들으소서.

• 가의 자연과 속세의 관계

자연		속세
• 청산, 유수, 청풍, 명월 • 화자가 더불 어 살고자 하는 대상	↔	• 말, 태, 값, 임자, 병 • 화자가 부정 적으로 인식 하는 대상

• 나의 '구름'과 '날빛'의 관계

구름		날빛
간신	↔	임금의 총명

→ 자연물을 통해 말하고자 하는 바
를 우의적으로 드러냄

• 다의 시상 전개 과정

초장, 중장	터무니없는 소문이 퍼지고 있는 세태 제시

↓

종장	화자가 임에게 이성적 판 단을 부탁함, 화자 자신을 믿어 주기를 임에게 호소함

핵심 포인트 **1** 　표현상 특징 파악

(가)~(다)는 모두 '말(言)'에 대해 언급한 작품들로 '말'과 주제 의식의 관련성을 파악하고, 작품의 표현상 특징과 효과를 이해할 수 있어야 한다.

+ 표현상 특징

(가)	• '말 없는 청산'에서 '청산'을 의인화함 → '청산'은 침묵의 미덕을 지님 • 세속적 삶과 자연의 모습을 대조하여 주제 의식을 부각함 • 대구적 표현을 사용하고, '없는'을 반복하여 운율을 형성함 　→ '말 없는 청산이오 태 없는 유수로다 / 값 없는 청풍이오 임자 없는 명월이라'
(나)	• '구름'을 의인화하여 간신을 비판함 → '구름이 무심탄 말이 아마도 허랑하다' • 자연물을 인간에 빗대어 주제를 효과적으로 드러냄 → '구름'을 간신에 비유함 • 우의적 방식을 통해 부정적 대상('구름')을 비판함
(다)	• 초장, 중장에서 과장된 표현을 사용하여 '말'(소문)의 허구성을 드러냄 • 종장에서 구체적 청자('님')에게 말을 건네는 방식을 사용하여 '온 말'에 대한 경계의 의도를 전달함

핵심 포인트 **2** 　화자의 인식과 태도 비교

(가)~(다)의 화자는 모두 특정 대상에 대해 긍정적 인식과 부정적 인식을 드러내고 있다. 그러므로 (가)~(다)에서 긍정적 대상과 부정적 대상이 무엇인지 파악하고, 그에 대한 화자의 인식과 태도를 비교할 수 있어야 한다.

+ 화자의 인식과 태도

구분	(가)	(나)	(다)
인식	자연을 화자 자신이 함께 살고자 하는 긍정적 대상으로, 속세를 부정적 대상으로 인식함	'구름'(간신)을 국정을 어지럽힌 부정적 대상으로, '날빛'(임금의 총명)을 긍정적 대상으로 인식함	'말'을 진실하지 않은 허무맹랑한 소문 또는 화자 자신을 모함하는 참언으로 인식함
태도	자연 속에서 아무런 근심과 걱정 없이 살아가겠다는 의지를 드러냄	간신을 비판하고 임금에게는 충정을 드러내며 나라를 걱정하는 마음을 표현함	임에게 소문 및 참언의 내용을 분별하여 올바르게 판단하라고 당부함

핵심 포인트 **3** 　외적 준거에 따른 감상

(가)~(다)는 모두 자연을 주요 소재로 활용하여 주제를 형상화하고 있다. 따라서 조선 시대 선인들의 자연관이 드러나는 작품과 (가)~(다)를 연관 지어 해석할 수 있어야 한다.

+ 자연의 의미 비교

도덕적 지향점	청산(靑山)은 어찌하여 만고(萬古)에 푸르며 유수(流水)는 어찌하여 주야(晝夜)에 그치지 아니하는가 우리도 그치지 말아 만고상청(萬古常靑)하리라　　　　　　– 이황, 〈도산십이곡〉 → 불변하는 '청산'과 '유수'를 도덕적 지향점, 학문 수양의 목표로 삼음
정치적 현실을 비유한 대상	까마귀 눈비 맞아 희는 듯 검노매라 야광명월(夜光明月)이 밤인들 어두우랴 임 향한 일편단심(一片丹心)이야 고칠 줄이 있으랴　　　　　– 박팽년 → 간신을 '까마귀'에, 충신인 자신을 '야광명월'에, 단종을 '임'에 비유함
사실적 노동 공간	논밭 갈아 김매고 베잠방이 대님 쳐 신들메고 / 낫 갈아 허리에 차고 도끼를 벼려 둘러메고 울창한 산속에 들어가서 삭정이 마른 섶을 베거니 자르거니 지게에 짊어져 지팡이 받쳐 놓고 샘을 찾아가서 점심 도시락 다 비우고 곰방대를 톡톡 털어 잎담배 피워 물고 콧노래 부르면서 졸다가 / 석양이 재 넘어갈 때 어깨를 추스르며 긴 소리 짧은 소리 하며 어이 갈고 하더라　　　　　　　　　　　　　　　　　　　　– 작자 미상 → '논밭', '산속'이 노동의 공간으로 나타남
아름다움과 유희의 대상	삼춘가절(三春佳節)이 좋을씨고 도화 만발 점점홍(桃花滿發點點紅)이로구나 / 어주 축수 애삼춘(漁舟逐水愛三春)이라던 무릉도원이 여기 아니냐　　– 작자 미상, 〈유산가〉 → '도화'를 아름다움의 대상으로 여기고 완상함

○ 작품 한눈에

가

• **해제**

〈말 없는 청산이오〉는 청산과 흐르는 물, 맑은 바람과 밝은 달이 있는 자연 속에서 근심 없이 살고자 하는 화자의 바람을 나타낸 작품이다. 화자는 속세와 자연을 대비하고 있는데 속세의 삶을 '병'으로 표현하며 부정적 인식을 드러내고, 자연과 동화된 물아일체의 삶을 추구하는 모습을 보이고 있다.

• **화자와 시적 상황**

화자는 자연 속에서 자연과 더불어 근심 없이 지내겠다는 의지를 드러내고 있다.

• **주제**

자연과 더불어 근심 없이 사는 삶에 대한 지향

• **연계 학습 작품**

> • 자연 친화적 삶과 안빈낙도를 형상화한 작품
> 〈만흥〉_윤선도
> 〈십 년을 경영하여〉_송순

나

• **해제**

〈구름이 무심탄 말이〉는 고려 시대의 간신 신돈이 공민왕의 총애를 믿고 국정을 어지럽혔던 정치적 상황을 표현한 작품이다. 화자는 상징적 소재인 '구름'과 '날빛'을 대비하여 간신을 비판함과 동시에 임금에 대한 자신의 충성심을 드러내고 있다.

• **화자와 시적 상황**

화자는 밝고 환한 햇빛을 따라가며 가리는 구름을 비판하고 있다.

• **주제**

간신의 횡포에 대한 비판

다

• **해제**

〈대천 바다 한가운데〉는 터무니없는 소문, 화자에 대한 참언이 퍼지고 있는 상황을 제시하며, 임에게 소문 및 참언의 내용을 분별하여 수용할 수 있는 지혜를 발휘하라고 요구하는 작품이다. 화자는 허무맹랑한 소문이 떠도는 세태를 풍자하면서도 임에게 올바른 판단을 당부하고 있다.

• **화자와 시적 상황**

화자는 자신을 모함하는 말에 현혹되지 말 것을 임에게 당부하고 있다.

• **주제**

세간의 소문에 속지 말라는 당부

한 줄 평 | 임에 대한 그리움, 사랑, 믿음을 드러낸 노래

마음이 어린 후이니 ▶ 서경덕
연 심어 실을 뽑아 ▶ 김영
마음이 지척이면 ▶ 작자 미상
가슴에 구멍을 둥시렇게 뚫고 ▶ 작자 미상

중장·종장에서 구체화되는 내용

가 「마음이 어린 후이니 하는 일이 다 어리다」
　　어리석은　　　　　　　　　　어리석다　　▶ 초장: 스스로의 어리석음을 자책함
　　　　　　　　　　　　　　　　　『 』: 자신의 어리석음에 대한 탄식
　만중운산에 어느 님 오리마는
　임이 찾아오기 매우 힘든 여건. 임과의 만남의 장애물　▶ 중장: 만중운산에 임이 올 리 없음을 앎
　지는 잎 부는 바람에 행여 그인가 하노라
　화자에게 일시적인 기대감을 갖게 하는 소재　▶ 종장: 지는 잎 바람 소리에 임이 온 줄 착각함
　－ 간절한 그리움에서 비롯된 화자의 착각으로 이어짐
　초장의 어리석어서 '하는 일'→ 임이 올 리 없다는 것을 알면서도
　지는 잎 부는 바람에 임인가 하는 착각을 함

■ 만중운산: 첩첩이 겹쳐 구름이 덮인 산.

나 「연(蓮) 심어 실을 뽑아 긴 노 비벼 걸었다가」
　　　　　노끈을 만드는 과정　　　　『 』: 연속적인 행위　▶ 초장: 연 심어 실을 뽑아 노끈을 만듦
　사랑이 그쳐 갈 제 찬찬 감아 매오리라
　사랑을 지속시키기 위한 행위. 사랑(추상적 개념)을 노끈으로 감아 맬 수 있는 대상인 것처럼 표현함　▶ 중장: 사랑이 그쳐 갈 때 노끈으로 묶겠다는 의지
　우리는 마음으로 맺었으니 그칠 줄이 있으랴
　임과의 사랑이 그치지 않을 것이라고 생각한 이유　설의적 표현. 임과의 사랑이 그치지 않았으면 하는 소망이 반영됨　▶ 종장: 임에 대한 변함없는 사랑의 마음

■: 심리적 거리의 표현　■: 물리적 거리의 표현

다 마음이 지척이면 천리(千里)라도 지척이오
　마음이 서로 가까우면　　먼 거리도 가깝게 느껴짐　대구, 대조　▶ 초장: 마음이 가까우면 천 리 먼 곳도 가까움
　마음이 천리오면 지척도 천리로다
　마음이 서로 멀면　　아주 가까이 있어도 천 리 먼 곳에 있는 것처럼 느껴짐　▶ 중장: 마음이 멀면 가까이 있어도 멂
　우리는 각재(各在) 천리오나 지척인가 하노라
　임과 멀리 떨어져 있지만 마음만은 가까이 있다고 생각함. － 자신과 임과의 사랑에 대한 믿음을 드러냄　▶ 종장: 임과 마음으로는 가까이 있다고 느낌

🔺 감상 포인트
화자의 정서와 태도를 형상화하기 위해
사용한 공통적인 방식에 주목한다.

왼쪽으로 꼰 새끼

라 「가슴에 구멍을 둥시렇게 뚫고 왼새끼를 눈 길게 너슷너슷 꼬아」
　　　　　　　　　　　그물 따위에서 코와 코를 이어 이룬 구멍　　　『 』: 연속적인 행위
　그 구멍에 그 새끼 넣고 두 놈이 두 끝 마주 잡아 이리로 훌근 저리로 훌적 훌근
　　극단적인 시련의 상황을 견딜 수 있다고 하는 것 → 화자의 변함없는 사랑을 강조
　훌적 할 적에는 나남즉 남대되 그는 아무쪼록 견디려니와　▶ 중장: 가슴의 구멍에 새끼줄을 넣어
　　　　　　　　　　　　　　　　　　　　　　　　　이리저리 당기는 시련은 견딜 수 있음
　아마도 임 외오 살라 하면 그는 그리 못하리라
　　　　　여의고　　　　임과 헤어질 수 없다는 의지를 담음　▶ 종장: 임을 여의고 살 수 없음
　가상의 상황 설정

📗 작품 분석 노트

🖋 현대어 풀이

가 마음이 어리석으니 하는 일이 다 어리
석다.
첩첩이 겹쳐 구름이 덮인 산속에 어느
임이 찾아오겠느냐마는
떨어지는 잎 부는 바람 소리에 행여나
임인가 하고 생각하노라.

나 연을 심어 실을 뽑아 긴 노끈을 비비
어 걸었다가
사랑이 그쳐 갈 때 (그 노끈으로) 찬찬
히 (사랑을) 감아 매오리라.
(하지만) 우리는 마음으로 맺었으니
(사랑이) 그칠 줄이 있으랴.

다 마음이 가까우면 천 리라도 아주 가까
운 것이요.
마음이 천 리로 멀면 아주 가까이에
있어도 천 리처럼 멀도다.
우리는 각자 천 리 밖 먼 곳에 있으나
(마음은) 아주 가까운가 하노라.

라 가슴에 구멍을 둥그렇게 뚫고 왼쪽으
로 꼰 새끼를 눈이 길도록 느슨하게
꼬아
(가슴에 난) 그 구멍에 그 새끼줄을 넣
고 두 놈이 (새끼줄의) 두 끝을 마주
잡아 이리로 훌적 저리로 훌적 훌근훌
적 할 적에는 나나 남이나 다 그는 아
무쪼록 견디겠지만
아마도 임 여의고 살라 하면 그는 그
리 못하리라.

핵심 포인트 1   표현상 특징 파악

(가)~(라)에 사용된 표현상 특징을 알아 두고, 이들의 공통점·차이점을 파악할 수 있어야 한다.

(가)	• '첩첩이 겹쳐 구름이 덮인 산'이라는 공간의 특성에 기반하여 어느 임이 이곳에 올 수 있겠느냐는 화자의 생각에 근거를 제시함 → 만중운산에 어느 님 오리마는 • 대구적 표현을 활용하여 운율감을 확보함 → 지는 잎 부는 바람

(나)	• 대비되는 의미를 지닌 시어의 사용이 나타남
	  → 사랑이 그쳐 갈 제 ↔ 마음으로 맺었으니
	• '사랑'이라는 추상적 개념을 노끈으로 감아 맬 수 있는 물리적 대상인 것처럼 구체화함
	  → 사랑이 그쳐 갈 제 찬찬 감아 매오리라

(다)	• 대구적 표현을 활용하여 운율감을 확보하면서, 대비되는 의미를 지닌 시어를 활용함
	  → 마음이 지척이면 천리라도 지척이오 / 마음이 천리오면 지척도 천리로다
	• '마음'이라는 추상적 개념을 측량·측정할 수 있는 시각적인 대상인 것처럼 구체화함
	  → 마음이 지척이면 ~ 마음이 천리오면

(라)	• 극단적인 상황 설정을 통해 변함없는 사랑의 의지를 표현함 → 가슴에 구멍을 동시렇게 뚫고 ~ 이리로 훌근 저리로 훌적 훌근훌적

핵심 포인트 2   외적 준거에 따른 감상

(가)는 작가가 사제지간으로 지내던 황진이를 기다리며 지은 시조로 알려져 있다. 이에 화답한 것으로 알려져 있는 황진이 시조와의 관련성을 파악할 수 있어야 한다.

+ 황진이 시조와의 비교

내 언제 무신(無信)하여 님을 언제 속였관대 ⎤ 월침삼경(月枕三更)에 온 뜻이 전혀 없네 [A] 추풍에 지는 잎 소리야 낸들 어이하리오 ⎦ – 황진이	[현대어 풀이] 내 언제 믿음이 없어서 임을 언제 속였기에 달도 없는 깊은 밤에라도 찾아오려는 뜻이 전혀 없네 가을바람에 떨어지는 잎 소리야 (임이 오시는 소리로 들리는 것을) 낸들 어이하리오
형식	(가)와 [A] 간에 '만중운산'과 '월침삼경', '지는 잎 부는 바람'과 '추풍에 지는 잎 소리'가 대응함
내용	(가)를 아무런 소식 없는 임에 대한 원망을 담은 노래라고 해석할 경우 → [A]의 첫 구절 '내 언제 무신하여 님을 언제 속였관대'는 자신이 임을 속인 적이 없음을 들어 스스로를 변호하는 내용으로 볼 수 있음

핵심 포인트 3   다른 작품과의 비교

(라)와 유사한 내용의 노래가 《대은선생실기》에 전해지는데, 이 작품과 비교 감상할 수 있어야 한다.

+ 《대은선생실기》 中

내 가슴에 말[斗]만 한 구멍 뚫고 길고 긴 새끼줄 꿰어 앞뒤로 끌고 당겨 갈고 쓸지라도 네가 하는 대로 내 마다치 않겠으나 내 임 빼앗고자 한다면 이런 일엔 내 굽히지 않으리라 – 변안열 [B]	**창작 맥락** • 태조 이성계가 조선 건국을 계획하던 당시, 고려의 재상들을 초청하였는데, 이때 그의 아들 이방원이 그들을 회유하기 위한 노래를 부름 • 정몽주와 변안열은 이방원의 노래에 고려에 대한 변함없는 충절을 드러내는 답을 함

+ (라)와 변안열의 시조 [B]의 비교

• (라)와 [B]는 모두 가슴에 구멍을 뚫고 여기에 새끼줄을 넣어 당기는 극단적인 상황을 가정함
  → (라)의 '두 놈'과 [B]의 '네'는 각각 화자의 의지를 보여 주기 위해 설정한 상황 속 인물에 해당함
  → (라)의 '훌근훌적' 하는 것과 [B]의 '앞뒤로 끌고 당'기는 것은 화자가 겪을 시련의 정도를 나타냄
  → 극단적인 상황을 (라)는 임을 여의고 사는 것과, [B]는 임을 빼앗기는 것과 비교함으로써 임에 대한 사랑, 고려에 대한 충절을 지키기 위해서는 그 어떤 시련이라도 견딜 수 있다는 의지를 효과적으로 드러냄

작품 한눈에

가

• 해제

〈마음이 어린 후이니〉는 임을 향한 그리움을 담고 있는 시조이다. 화자는 만중운산에 임이 올 리 없음을 알면서도 '지는 잎 부는 바람'과 같은 미세한 움직임에도 임이 온 것은 아닌지 떠올리는 자신의 모습을 가리켜 어리석다고 하고 있다. 이는 화자가 얼마나 간절하게 임을 기다리고 있는지를 보여 준다.

• 주제

임을 기다리는 마음

나

• 해제

〈연 심어 실을 뽑아〉는 임과의 사랑이 그치지 않기를 바라는 마음을 담고 있는 시조이다. 화자는 순수함, 질긴 생명력의 상징인 연에서 실을 뽑아 그것으로 노끈을 만들어 두었다가 사랑이 그쳐 갈 때 그 끈으로 사랑을 감아 임과의 사랑을 지속하겠다고 하고 있다. 이는 마음으로 맺은 임과의 사랑이 영원하기를 소망하는 화자의 간절함, 의지를 보여 준다.

• 주제

임을 향한 변함없는 사랑의 의지

다

• 해제

〈마음이 지척이면〉은 마음의 거리를 물리적 거리에 빗대어 사랑에 대한 믿음을 표현한 시조이다. 화자는 마음이 가까우면 멀리 있어도 지척에 있는 듯 느껴지고, 마음이 멀어지면 가까이 있어도 멀리 있는 듯 느껴진다면서 '우리'는 멀리 있어도 마음은 가까운 사이라며 사랑에 대한 믿음과 확신을 드러내고 있다.

• 주제

① 임과 자신의 사랑에 대한 확신
② 멀리 있어도 가까이 느껴지는 마음

라

• 해제

〈가슴에 구멍을 동시렇게 뚫고〉는 임을 향한 강렬한 사랑을 담아낸 시조이다. 화자는 가슴에 구멍을 뚫고 그곳에 새끼줄을 넣어 훌근훌적 하는 시련의 상황을 설정하고 있다. 그리고 이는 견딜지라도 임을 여의는 것은 받아들일 수 없다고 함으로써 임을 향한 사랑, 임과 절대로 헤어질 수 없다는 의지를 드러내고 있다.

• 주제

임을 향한 변함없는 사랑

• 연계 학습 작품

• 불가능한 상황을 가정하여 임에 대한 사랑을 노래한 작품
〈오관산〉_문충, 〈정석가〉_작자 미상

한 줄 평 | (가) 술을 마시기 위해 지인의 집을 찾아가는 모습을 해학적으로 나타낸 노래
(나) 병든 남편에 대한 아내의 사랑을 해학적으로 나타낸 노래

재 너머 성 권농 집에 ▶ 정철
서방님 병들여 두고 ▶ 김수장

「♪」 화자가 '성 권농 집'을 찾아가게 된 이유

가 「재 너머 성 권농** 집에 술 익닷 말 어제 듣고」
    성씨가 '성'인 권농. '권농'은 농사를 장려하는 직책을 이름   └ 눌러 타고
누운 소 발로 박차 언치** 놓아 지즐 타고
술을 마시고 싶은 마음에 급히 가는 화자의 모습을 해학적으로 표현함
아이야 네 권농 계시냐 정 좌수** 왔다 하여라
    청자(아이)   화자 자신(정철의 분신 같은 존재로 볼 수 있음)

▶ 초장: 벗의 집 술이 익었다는 소식을 들음

▶ 중장: 서둘러 벗의 집에 찾아감

▶ 종장: 벗의 집에 자신이 도착했음을 알림

나 서방님 병들여 두고 쓸 것 없어
    필요한 것을 살 수 있는 돈이나 값나가는 물건이 없어
종루 저자에 다리** 팔아 배 사고 감 사고 유자 사고 석류 샀다 아차아차 잊었구나
    돈을 마련하기 위해 머리카락을 팖   시장에서 구입한 과일을 열거
오화당**을 잊어버렸구나
수박에 술 꽂아 놓고 한숨 겨워하노라
    숟가락   자신의 실수에 대한 한탄

▶ 초장: 병든 남편을 둔 여인의 가난한 형편
    감탄사를 통해 당황한 여인의 모습을 표현(영탄법)

▶ 중장: 머리카락을 팔아 물건을 샀으나 사탕을 빠뜨림

▶ 종장: 화채를 만들면서 실수를 한탄함

■ 권농: 조선 시대에, 지방의 방(坊)이나 면(面)에 속하여 농사를 장려하던 직책. 또는 그 사람.
■ 언치: 말이나 소의 안장이나 길마 밑에 깔아 그 등을 덮어 주는 방석이나 담요.
■ 좌수: 조선 시대에, 지방의 자치 기구인 향청(鄕廳)의 우두머리.
■ 다리: 예전에, 여자들의 머리숱이 많아 보이라고 덧넣었던 딴머리.
■ 오화당: 오색으로 물들여 만든 둥글납작한 사탕.

감상 포인트
작품에 나타난 시적 상황 및 이에 대
한 화자의 정서를 살펴보고, 이를 표
현하는 방식의 공통점을 파악한다.

작품 분석 노트

✏ 현대어 풀이

가 고개 너머 성 권농 집에 술이 익었다
는 말을 어제 듣고
누운 소를 발로 박차 등에 깔개를 얹
어 눌러 타고
아이야, 네 권농 계시냐 정 좌수가 왔
다고 고하여라.

나 서방님이 병이 들었는데 돈이 될 만한
것이 없어
종로 시장에 가서 머리카락을 팔아 배
사고, 감 사고, 유자 사고, 석류 샀다
아차아차 잊었구나, 오색 사탕을 잊었
구나.
수박에 숟가락 꽂아 놓고 한숨에 겨워
하노라.

· **가**, **나**의 화자

(가)의 화자
종장의 '정 좌수'는 화자 자신을 가리 키는 말로, '좌수'라는 벼슬로 보아 화 자는 지방에 거하는 관리임을 알 수 있음

(나)의 화자
초장의 '서방님'과 중장의 '종루 저자 에 다리 팔아' 등으로 보아 화자는 여 염집 여인임을 알 수 있음

(가), (나)에 나타난 시적 상황을 각각 살펴보고, 이 상황에서 화자가 한 행위를 바탕으로 화자의 정서를 파악할 수 있어야 한다.

(가)	구분	(나)
재 너머 성 권농 집에 술 익닷 말 어제 듣고 → 벗의 집 술이 익었다는 소식을 들음	시적 상황	서방님 병여 두고 쓸 것 없어 → 남편이 병들었는데 돈 될 만한 게 없음
누운 소 발로 박차 언치 놓아 지즐 타고 → 누워 있는 소를 발로 차서 안장을 얹어 올라 타 벗의 집으로 감	화자의 행위	• 종루 저자에 다리 팔아 배 사고 감 사고 유자 사고 석류 샀다 → 머리카락을 팔아 돈을 마련하고 화채에 쓸 재료들을 구입함 • 아차아차 잊었구나 오화당을 잊어버렸구나 / 수박에 술 꽂아 놓고 한숨 겨워하노라 → 재료 중 사탕이 빠졌음을 뒤늦게 앎
벗의 집에 얼른 찾아가서 함께 술을 마시고 싶은 기대감과 즐거움	화자의 정서	• 병든 남편에 대한 사랑 • 재료 하나를 잊은 실수에 대한 한탄과 아쉬움

(가), (나) 두 작품에 공통적으로 나타나는 표현상 특징을 파악할 수 있어야 한다.

+ 해학적 표현

(가)		(나)
중장 '누운 소 발로 박차 언치 놓아 지즐 타고' → 빨리 벗의 집으로 가 술을 마시고 싶은 마음을 해학적으로 표현함	해학	중장의 '아차아차'라는 감탄사를 통해 남편에게 줄 화채에 들어갈 재료 중 하나를 빼먹은 심정을 해학적으로 표현함

+ 생략을 통한 압축적 표현

(가)		(나)
중장의 소를 타는 장면이 바로 종장의 벗의 집에 도착한 장면으로 이어짐 → 벗의 집으로 가는 과정을 생략하여 생동감 있고 압축적으로 표현함	생략	중장은 시장에서 물건을 사는 장면이 바로 화채를 만들며 재료를 빠뜨린 것을 깨닫는 장면으로 이어짐 → 집에 도착하여 준비하는 과정을 생략하여 압축적으로 표현함

(가)의 '성 권농'은 정철과 친하게 지냈던 성혼을 가리킨다고 알려져 있다. 성혼의 〈말 없는 청산이오〉 역시 전원에서 유유자적하는 화자의 삶을 형상화한 작품인데, 두 작가와 친분을 나누었던 한호(한석봉)의 시조 〈짚방석 내지 마라〉 역시 이와 비슷한 주제를 다루고 있다.

+ 한호, 〈짚방석 내지 마라〉

> 짚방석 내지 마라 낙엽엔들 못 앉으랴
> 솔불 혀지 마라 어제 진 달 돋아 온다
> 아이야 박주산채(薄酒山菜)일망정 없다 말고 내어라
>
> [현대어 풀이]
> 짚방석 내지 마라. 낙엽엔들 못 앉겠느냐?
> 솔불을 켜지 마라. 어제 진 달이 다시 떠오른다.
> 아이야! 변변하지 못한 술과 산나물일지라도 없다 말고 내오너라.

작품 한눈에

가

• 해제

〈재 너머 성 권농 집에〉는 벗의 집에 술이 익었다는 말을 전해 들은 후 소를 타고 부랴부랴 찾아가는 화자의 모습을 익살스럽게 그리고 있다. 전원에 살면서 벗과 함께 술을 마시며 풍류를 만끽하고자 하는 화자의 설렘과 즐거움을 해학적 표현을 통해 효과적으로 나타내고 있다.

• 화자와 시적 상황

화자는 성 권농의 집에 술이 익었다는 소식을 듣고 술을 먹기 위해 소를 타고 가서 자신이 왔음을 전하라고 이르고 있다. 얼른 벗의 집에 가서 함께 술을 마시고 싶어 신이 난 화자의 모습이 제시되고 있다.

• 주제

전원에서 벗과 함께하는 풍류

나

• 해제

〈서방님 병들여 두고〉는 병든 남편을 둔 가난한 집의 아내가 자신의 머리카락을 팔아 남편에게 줄 화채를 만들 재료를 구입했지만 재료 하나를 잊어버리고 돌아온 뒤 자신의 실수를 한탄하는 내용을 담고 있다. 실수를 깨닫고 당황한 순간을 감탄사를 통해 해학적으로 표현하고 있다.

• 화자와 시적 상황

화자는 형편이 어려운 여염집 부녀자로, 남편이 병이 들자 자신의 머리카락을 팔아 아픈 남편의 입맛을 돋굴 화채 재료를 산다. 그러나 돌아와서 재료 중 중요한 사탕이 빠졌음을 깨닫고 안타까워하는 모습을 보이고 있다.

• 주제

병든 남편을 위한 정성과 사랑

• 연계 학습 작품

> • 술과 관련하여 풍류를 노래한 사설시조 작품
> 〈장진주사〉_정철
> • 실수를 소재로 한 사설시조 작품
> 〈님이 오마 하거늘〉_작자 미상

한 줄 평 │ 세상의 이치에 어두운 자신을 한탄·탄식하는 심정을 담은 노래

우활가 ▶ 정훈

어찌 생긴 몸이 이대도록 우활(迂闊)한가
└ 사리에 어둡고 세상 물정을 모르는 자신에 대한 한탄

「우활도 우활할샤 그토록 우활할샤」 ▣ : 자신의 어리석음을 자탄하는 동일 시행 반복 → 의미 강조
└ 「」: a-a-b-a 구조 - 운율감 형성

이봐 벗님네야 우활한 말 들어 보소 ▶ 서사(1~3행): 자신의 우활함에 대해 토로함
○ : 청자(벗님네, 아희)를 설정하여 말을 건네는 방식을 취하고 있으나 내용상 독백에 가까움

이내 젊었을 때 우활함이 그지없어

이 몸 생겨남이 금수(禽獸)와 다르므로
└ 날짐승과 길짐승. 곧 모든 짐승   └ 자신의 분수에 맞는 한도의 일

애친경형(愛親敬兄)과 충군제장(忠君第長)을 분내사(分內事)만 생각했더니
└ 부모님을 사랑하고 형을 공경하며 임금께 충성하고 어른을 공경함. 유교의 기본 덕목

한 일도 못 되며 세월이 늦어지니
└ ① 자신이 원하는 바를 이루지 못한 처지임을 드러냄 ② 나이 먹도록 입신양명하지 못한 자신의 신세를 드러냄

평생(平生) 우활은 날 따라 길어 간다
└ 젊었을 때 그지없던 우활함이 평생토록 이어져 옴

「아침이 부족한들 저녁을 근심하며
「 」: 우활함으로 인한 궁핍한 삶(의식주)

일간 모옥(一間茅屋)이 비 새는 줄 알았던가 □ : 의문형 문장을 사용하여 화자의 정서를 부각함. 설의법

현순백결(懸鶉百結)이 부끄러움 어이 알며」
└ 옷이 해어져서 백 군데나 기웠다는 뜻. 가난한 삶의 비유

어리석고 미친 말로 남의 미움받을 줄 알았던가
└ 다른 사람을 의식하지 않고 한 화자의 말(어리석고 미친 말)이 남에게 미움 받음

우활도 우활할샤 그토록 우활할샤

「춘산(春山)의 꽃을 보고 도라올 줄 어이 알며 ▣ : 춘하추동의 사계절
「 」: 사계절의 아름다움에 빠져 자연의 정취를 즐기며 유유자적한 지내옴 → 젊은 시절의 우활한 모습

하정(夏亭)에 잠을 들어 꿈 깰 줄 어이 알며

추천(秋天)의 달 맞아 밤드는 줄 어이 알며

동설(冬雪)에 시흥(詩興) 겨워 추움을 어이 알리」

사시(四時) 가경(佳景)을 어찌할 줄 모르도다
└ 사계절의 아름다운 경치

말로(末路)에 버린 몸이 무슨 일을 사렴(思念)할까 ▶ 본사 1(4~18행): 젊은 시절의 우활함을 한탄함
└ 말년. 나이 먹어 늙은 자신의 처지   └ 근심하고 염려함

인간(人間) 시비(是非) 듣도 보도 못하거든
└ 세속

일신(一身) 영고(榮枯) 백년(百年)을 근심할까
└ 번성함과 쇠퇴함

우활도 우활할샤 그토록 우활할샤

아침에 누워 있고 낮에도 그러하니

하늘이 생기게 한 우활을 내 설마 어이하리 ▶ 본사 2(19~24행): 말년의 우활함을 한탄하고 체념함
└ 우활을 하늘이 준 자신의 천성으로 여김. 운명으로 수용함

감상 포인트
우활의 의미에 주목하여 화자의 태도를 파악해야 한다.

■ 우활: 사리에 어둡고 세상 물정을 잘 모름.
■ 애친경형: 어버이를 사랑하고 형을 공경함.
■ 충군제장: 임금에게 충성하고 어른에게 공손함.
■ 현순백결: 옷이 해어져서 백 군데나 기웠다는 뜻으로, 누덕누덕 기워 짧아진 옷을 이르는 말.

■ **작품 분석 노트**

🖊 **현대어 풀이**
어찌 생겨 난 몸이 이토록 우활한가.
우활하기도 우활하구나 그토록 우활하구나.
이봐 벗님들아 우활한 말 들어 보소.
내가 젊었을 때 우활함이 그지없어
이 몸 생겨남이 짐승과 다르므로
부모님을 사랑하고 형을 공경하는 것과
임금께 충성하고 어른을 모시는 것을 내
분수에 맞는 일로 생각했더니
한 가지 일도 이루지 못하며 세월이 늦어지니
평생 우활은 나를 따라 길어 간다.
아침이 부족한들 저녁을 근심하며
한 칸의 초가집이 비 새는 줄 알았던가.
누덕누덕 기운 옷의 부끄러움을 어찌 알며
어리석고 미친 말로 남의 미움 받을 줄을
알았던가.
우활하기도 우활하구나 그토록 우활하구나.
봄산의 꽃을 보고 돌아올 줄 어찌 알며
여름 정자에서 잠이 들어 꿈을 깰 줄 어
찌 알며
가을 하늘에 달을 맞아 밤새는 줄 어찌
알며
겨울에 내리는 눈에 시를 짓고 싶은 마음을
못 이겨 추위를 어찌 알리.
사계절의 아름다운 경치를 어찌할 줄 모
르노라.
일생의 마지막 무렵에 버린 몸이 무슨 일
을 근심할까.
인간 세상의 옳고 그름을 따지는 것을 듣
지도 보지도 못하는데
이 몸의 처지(영고성쇠)를 백년을 근심할
까.
우활하기도 우활하구나 그토록 우활하구나.
아침에 누워 있고 낮에도 그러하니
하늘이 만든 우활을 내 설마 어찌하리.

• 화자가 스스로를 '우활하다'고 인식하
는 이유

- 애친경형과 충군제장을 분수로 여
  겼지만 원하는 바를 이루지 못한
  채 세월이 늦음
- 가난하여도 가난한 줄 모르며 근심
  하거나 부끄러워하지 않음
- 어리석고 미친 말로 남의 미움을
  받을 줄 모름
- 사계절의 경치를 즐기느라 시간도
  추위도 모름
- 아첨하거나 아름다운 얼굴로 꾸밀
  줄 모름

↓

화자가 자신이 우활하다고 인식하는
이유를 통해 유교적 가치를 지키며
살아가고자 하였음이 드러남

그래도 애달프다 고쳐 앉아 생각하니
시대를 잘못 타고남을 애달파 함
이 몸이 늦어 나 애달픈 일 많고 많다
희황과 요순시대의 사람
일백(一百) 번 다시 죽어 옛사람 되고 싶어
과거로 회귀하고자 하는 소망 → 현실에 대한 불만이 드러남
「희황 천지(羲皇天地)■에 잠깐이나 놀아 보면
태평성대
요순■ 일월(堯舜日月)을 조금이나마 쬘 것을」「」: 태평성대에 살고 싶은 마음 → 화자가 처한 현실에 대한 부정적 인식
「순풍(淳風)이 이원(已遠)하니 투박(偸薄)이 다 되었다」「」: 풍속이 순박하지 않은 현실에 대한 비판적 태도
순박한 풍속 / 박정하고 불성실함
한만(汗漫)한 정회(情懷)를 누구에게 이르리오
되는대로 내버려 둔 어지러운 생각과 마음
태산(泰山)에 올라가 천지팔황(天地八荒)이나 다 바라보고 싶네■
태산에 올라 천하를 작게 여긴 공자의 고사와 관련됨
추노(鄒魯)에 두루 살펴 성현강업(聖賢講業)하던 자취나 보고 싶네
추나라와 노나라. 공자와 맹자의 나라로 공자와 맹자를 지칭함 / └ 성현(공자와 맹자)께서 학문하던
주공(周公)■은 어디 가고 꿈에도 보이지 않는가
주공 같은 이가 없어 정치적 기틀이 잡히지 않은 현실에 대한 한탄
「이심(已甚)한 이내 쇠(衰)를 슬퍼한들 어이하리」「」: 자신의 처지에 대한 자조와 체념
지나치게 심한 / 쇠함. 늙음
만리(萬里)에 눈 뜨고 태고(太古)에 뜻을 두니
희황 천지, 요순 일월, 성현강업, 주공 같은 옛일, 옛사람을 동경함. 현실적 고뇌를 해소하기 위한 행동
우활한 심혼(心魂)이 가고 아니 오는구나
자신의 마음을 털어놓을 대상이 없어 답답함
인간(人間)에 혼자 깨어 누구에게 말을 할까
▶ 본사 3(25~38행): 우활함으로 인한 갈등을 해소하고 싶어함

「축타(祝鮀)■의 영언(佞言)을 이제 배워 어이하며
투박한 풍속의 구체적인 모습
송조(宋朝)■의 미색(美色)을 얽은 낯에 잘할는가」「」: 아첨과 미색을 갖추지 못한 자신의 우활함을 탄식함 → 아첨과 미색으로 출세하는 현실에 대한 비판적 인식
얼굴에 우묵우묵한 마맛자국이 생긴
우첨산초실(右詹山草實)■를 어디서 얻어먹으려노
미움받고 사랑받지 못함이 다 우활의 탓이로다
▶ 본사 4(39~42행): 우활함에서 벗어나지 못하는 상황을 한탄함

이리 헤아리고 저리 헤아리고 다시 헤아리니
일생사업(一生事業)이 우활 아닌 일 없도다
일생에 해 온 모든 일이 우활한 일이라고 규정하고 한탄함
이 우활 거느리고 백년(百年)을 어이하리
화자의 우활함이 남은 생애에 계속될 것에 대한 탄식
아희야 잔 가득 부어라 취(醉)하여 내 우활 잊자
술을 통해 갈등을 잊고자 함
▶ 결사(43~46행): 술로써 우활함을 잊고자 함

■ 희황 천지: 복희씨 때의 태평한 시대.
■ 요순: 요임금과 순임금이 덕으로 천하를 다스리던 태평한 시대.
■ 태산에 올라가 ~ 바라보고 싶네: 《맹자》의 진심장 상편에 실린 내용으로, "공자께서 동산에 올라 노나라를 작게 여기셨고, 태산에 올라 천하를 작게 여기셨다."라는 데서 유래함.
■ 주공: 중국 고대 주나라의 기틀을 확립한 정치가.
■ 축타: 아첨하는 말을 잘 하여 권력을 잡은 인물.
■ 송조: 잘생긴 얼굴로 권력을 잡은 인물.
■ 우첨산초실: 《박물지》에 실린 내용으로, "우첨산에 사는 제녀가 변하여 첨초가 되었는데, 그 잎은 무성하고 꽃은 누렇고 열매는 콩과 같아서, 이 열매를 먹으면 사람을 미혹시킨다."라고 함.

현대어 풀이

그래도 애달프다 다시 앉아 생각하니
이 몸이 늦게 태어나 애달픈 일 많고 많다.
일백 번 다시 죽어 옛사람이 되고 싶어
태평성대에 잠깐이나 놀아 보면
요순시대의 해와 달을 조금이나마 쬘 것을
순박한 풍속이 멀어지니 거친 풍속 다 되었다.
어지러운 정회를 누구에게 말하겠는가.
(공자처럼) 태산에 올라가 온 세상을 다 바라보고 싶네.
공자 맹자 살던 옛 세상 두루 살펴 성현께서 학문하던 자취를 보고 싶네
주공은 어디 가고 꿈에도 보이지 않는가?
이토록 심한 나의 삶을 슬퍼한들 어찌하리.
만 리에 눈뜨고 태고에 뜻을 두니
우활한 마음이 가고 안 오는구나.
인간 세상에 혼자 깨어 누구에게 말을 할까?
축타의 아첨하는 말솜씨를 이제 배워 어찌하며
송조의 미모를 얽은 얼굴로 잘하겠는가?
산에 나는 사람을 미혹시킨다는 풀과 열매를 어디서 얻어먹으려는가?
미움 받고 사랑 받지 못함이 다 우활의 탓이로다.
이리 헤아리고 저리 헤아리고 다시 헤아려 보니
일생에 해 온 일이 우활 아닌 일이 없구나.
이 우활 거느리고 백년을 어찌하리.
아이야, 잔 가득 부어라 취하여 내 우활 잊자.

• 시상 전개 과정

서사	자신의 우활함에 대해 토로함
↓	
본사	자신의 우활함을 한탄하고 체념함
↓	
결사	술로써 자신의 우활함을 잊고자 함

• 시어의 의미

일간 모옥, 현순백결	화자의 가난한 처지를 보여 줌
희황 천지, 요순 일월	어진 임금이 잘 다스리어 태평한 세상이나 시대 → 화자가 동경하는 유교적 이상 사회
축타, 송조	아첨과 미색으로 출세한 인물 → 화자가 갖지 못한 것을 가진 존재로 성리학적 수양만으로는 벼슬을 얻지 못하는 세태를 보여 줌
술	화자가 자신의 우활함을 달래기 위한 수단

작품에 나타난 표현상의 특징 및 효과를 파악하고, 이를 바탕으로 화자가 말하고자 하는 의도를 이해할 수 있어야 한다.

＋ 작품에 나타난 표현상 특징과 효과

말을 건네는 방식	'이봐 벗님네야 우활한 말 들어 보소', '아희아 잔 가득 부어라 취하여 내 우활 잊자' → 청자('벗님네', '아희')에게 말을 건네는 방식을 사용하여 자신의 처지와 정서를 드러냄
설의법	'일간 모옥이 비 새는 줄 알았던가', '어리석고 미친 말로 남의 미움받을 줄 알았던가', '말로써 버린 몸이 무슨 일을 사람할까', '일신 영고 백년을 근심할까' → 설의법을 사용해 시적 상황에 대한 화자의 한탄과 탄식을 강조함
중국의 고사, 특정 인명, 지명의 인용	'희황', '요순', '태산', '추노', '주공', '축타', '송조' 등 → 중국의 고사, 특정 지명과 인명을 인용하여 태평성대에 살고 싶은 마음이나 성현에 대한 동경, 현실에 대한 부정적 인식을 드러냄
특정 단어, 시행의 반복	'우활한가', '우활한', '우활도 우활할샤 그토록 우활할샤' → '우활'이 들어간 시구 · 시행을 반복적으로 사용하여 주제 의식을 강조함

이 작품에서 화자는 자신이 우활한 존재가 된 원인으로 부정적 현실을 제시하고 있다. 따라서 화자가 자신이 처한 현실과 처지에 대해 지니고 있는 인식과 이에 대응하는 태도를 확인하는 것이 중요하다.

＋ 화자의 현실 인식과 대응 태도

- 잠깐이라도 희황 천지, 요순 일월(태평성대)의 옛사람이 되고자 함 → 태평성대와는 거리가 먼 현실
- 순풍이 구현되지 않는 투박한 시대
- 공맹이 가르치던 자취를 보고자 함 → 공맹의 가르침이 실현되지 않는 현실
- 주공의 자취가 꿈에도 보이지 않음 → 정치적 기반이 바로서지 않은 현실
- 축타와 송조처럼 영언과 미색으로 출세하는 현실

화자의 대응 태도	자신의 우활을 '하늘이 생기게 한' 것이라고 보며 술에 취하여 자신의 우활함을 잊고자 함 → 우활한 천성으로 태어난 스스로에 대한 체념이자 부정적 현실에 대한 체념으로 볼 수 있음

이 작품은 강호가도형 가사와 다르게 작가의 현실적인 삶의 모습을 담고 있으므로 작가의 삶 또는 작품의 창작 배경과 관련된 외적 준거를 바탕으로 화자가 자신을 우활하다고 한탄하는 이유를 파악할 수 있어야 한다.

＋ 작가의 삶과 작품의 특징

작가인 정훈이 살았던 시기는 임진왜란의 발발과 거듭되는 당쟁 등으로 나라 안팎이 모두 혼란스러운 시대였다. 특히 당쟁이 심화되던 사회 현실로 인해 작가는 정계 진출의 기회조차 얻을 수 없었고, 이러한 불우한 처지에서 작가는 현실에 대한 안타까움과 슬픔을 느끼며 자신을 어리석다고 여기거나 부정적으로 인식하는 우활 의식을 갖게 된다. 이처럼 작가의 우활 의식은 자신이 가졌던 포부나 가치를 이루지 못하고 시대 현실에 대한 처신을 제대로 하지 못했다는 자책과 자기반성적 의식의 소산이라고 볼 수 있다.

- **해제**
  〈우활가〉는 사리에 어둡고 세상 물정을 잘 모르는 자신의 우활함을 한탄하는 심정을 노래한 가사이다. 화자는 스스로를 우활하다고 여기며 탄식하고 있는데, 이러한 화자의 모습에는 명문 가문의 후손으로 성리학적 수양의 길을 걸어 왔으나 부정적인 현실로 인해 관직 진출의 기회조차 얻을 수 없었던 처지에 대한 작가의 인식이 반영되어 있다. 화자는 가난한 생활 속에서 자신의 어리석음을 운명으로 여기며 살아가겠다는 체념적 태도를 보이면서도, 자신의 우활함을 한탄하며 우활을 잊고자 하는 마음을 드러내고 있다.

- **화자와 시적 상황**
  이 시의 화자는 스스로를 두고 우활하기가 이루 말할 수 없다고 자탄하고 있다. 화자는 젊었을 때 유학자로서 추구해야 할 가치를 지키며 살아가고자 하였으나 이를 제대로 실현할 수 없었으며, 사계절의 자연을 배경으로 은거하며 지냈음을 밝히고 있다. 그러면서 자신이 말년에 버려진 처지라고 하면서 자신의 우활조차 하늘이 만들어 준 것이므로 어찌할 수 없다는 체념적 인식을 드러내고 있다. 화자는 태평성대를 떠올리며 아득한 옛날로 돌아가고자 하는 희망을 품기도 하지만 이내 그 뜻을 이룰 수 없는 시대임을 깨닫고 자신의 일생을 우활함으로 규정하면서 평생 우활에서 벗어날 수 없다고 토로하고 있다. 그리고 잠시라도 술에 의존하여 그 상황을 잊고자 한다.

- **주제**
  자신의 우활함에 대한 탄식

- **연계 학습 작품**
  > - 가난한 처지를 한탄하며 안빈낙도를 노래한 작품
  > 〈누항사〉_박인로

한 줄 평 | 늙어서 쓸모없게 된 소의 모습을 통해 삶의 회한을 읊은 노래

늙은 소의 탄식 ▶ 이광사

고난 앞에서 무력한 소의 모습, 청각적 이미지

「진창에 빠지고 흙덩이에 넘어져 다만 음머 하고 울고」
동적 이미지(시각적 이미지)   「♪: 늙은 소가 겪는 고난이 구체적으로 드러남

높든 평지든 무거운 짐 끌고 감이 어림없네
　　　　노쇠하여 제 역할을 해내지 못하는 소의 모습

아침엔 초록 언덕에 누워 해그림자에 의지하다
　　　　　　　시각적 이미지

밤엔 외양간에서 배곯으며 날 밝기만 기다린다

갈까마귀 등을 쪼다 「수척한 것 슬퍼하고
늙은 소에 대한 연민을 가진 존재   의인법, 감정 이입

「♪: 현재와 과거를 대비하여 소의 현재 처지를 부각함
망가진 쟁기 허리에 걸쳐 밭 갈던 일 생각하네.」
　　　힘이 넘치던 소의 과거 모습을 강조함

쓸모없어 버려짐은 예부터 그러하니
토사구팽(필요할 때는 쓰고 필요 없을 때는 야박하게 버림)

　　　　　　화자의 정서가 직접적으로 나타남
저기 다만 하비에서 명성 있음이 불쌍쿠나
　　　　공연히 실속도 없이 이름만 남음

陷泥蹶塊但雷鳴
함 니 궐 괴 단 뢰 명

無望高平引重行
무 망 고 평 인 중 행
▶ 기: 쇠약한 늙은 소의 모습

朝臥綠坡依日晷
조 와 록 파 의 일 귀

夜饑空囤待天明
야 기 공 돈 대 천 명
▶ 승: 할 일 없이 연명하는 늙은 소의 모습

寒鴉啄背悲全瘠
한 아 탁 배 비 전 척

敗耒橫腰認舊耕
패 뢰 횡 요 인 구 경
▶ 전: 수척해진 현재와 밭 갈던 과거의 대비

用盡身捐終古事
용 진 신 연 종 고 사

憐渠祇得下邳名
련 거 지 득 하 비 명
▶ 결: 비정한 세상사와 허무한 현재의 삶에 대한 한탄

의욕을 잃은
수동적인 삶의 태도

늙은 소의 모습

감상 포인트
시적 대상인 늙은 소에 대해 화자가 지닌 정서와
태도를 중심으로 이 작품에서 전하고자 하는 주제
의식을 파악한다.

작품 분석 노트

• 시상 전개 과정

기(1, 2구)	노쇠한 소의 고난

↓

승(3, 4구)	근근이 살아가는 소외된 늙은 소의 하루

↓

전(5, 6구)	수척한 현재와 힘이 넘치던 과거의 대비

↓

결(7, 8구)	쓸모가 없어져 버림받는 세상의 이치에 대한 슬픔과 한탄

• '하비명'의 의미

마지막 구의 '下邳名(하비명)'은 당나라 한유가 소 가죽신을 의인화하여 쓴 가전 〈하비후혁화전〉에서 유래한 것이다. 이 작품에서는 공연히 실속도 없이 이름만 남았다는 자조적 의미로 활용되고 있다.

핵심 포인트 1 　외적 준거에 따른 감상

이 작품은 작가의 삶과 관련지어 화자의 정서, 시어·시구의 의미 등을 파악할 수 있어야 한다.

+ '늙은 소'에 투영된 이광사의 삶

> 이광사는 대대로 판서 이상을 지낸 명문가 출신으로, 개성 있는 서체인 원교체를 완성하여 후대에 많은 영향을 미쳤다. 그러나 소론의 중심 인물이었던 부친이 노론과의 다툼 과정에서 유배당하고, 이후 이광사 본인도 역모 사건에 연루되어 23년간 유배지에서 머물다가 죽음에 이르게 된다. 이러한 작가의 생애를 고려할 때, 〈늙은 소의 탄식〉은 유배지에서 쓸쓸하게 지내는 자신의 모습을 늙은 소에 투영한 작품으로도 볼 수 있다.

→ '저기 다만 하비에서 명성 있음이 불쌍쿠나'는 유배지에서 늙고 소외된 자신에 대한 연민과 회한으로 해석할 수 있다.

핵심 포인트 2 　소재의 의미와 기능 파악

이 작품은 '늙은 소'의 모습을 통해 주제 의식을 드러내고 있으므로, 주제 의식과 연관 지어 소재에 담긴 의미와 기능을 파악할 수 있어야 한다. 그리고 이 작품에서 '늙은 소'는 화자가 관찰한 대상으로도, 화자 자신을 형상화한 것으로도 해석이 가능하므로 이를 염두에 두고 감상할 수 있어야 한다.

늙은 소	• 젊은 시절에는 주인을 위해 열심히 밭을 갈았으나, 이제는 늙고 쓸모없어 아무도 거들떠보지 않는 존재 → 화자가 늙은 소를 관찰하며 자신의 삶을 투영하여 인생무상을 표현함 → 화자가 늙은 소를 시적 화자로 내세워 자신의 삶을 형상화함
갈까마귀	• 늙은 소를 괴롭히는 존재이나 야윈 소의 등을 보고 연민을 느낌 • 늙고 수척해진 소의 현재 처지를 부각함
망가진 쟁기	• 무력한 현재의 모습과 달리 힘이 넘치던 소의 과거 모습을 부각함

핵심 포인트 3 　표현상 특징 파악

이 작품의 표현상 특징을 알아 두고, 각 표현을 통해 나타내고자 하는 것이 무엇인지 파악할 수 있어야 한다.

시각적 이미지	동적 이미지	진창에 빠지고 흙덩이에 넘어져	늙고 힘없는 소의 모습과 늙은 소가 처한 상황을 효과적으로 보여 줌
	색채어	초록 언덕에 누워 해그림자에 의지하다	
청각적 이미지		음머 하고 울고	
의인법, 감정 이입		갈까마귀 등을 쪼다 수척한 것 슬퍼하고	

핵심 포인트 4 　다른 작품과의 비교

이 작품은 쓸모가 없어 버려져 유배지에서 생을 보내는 화자의 처지를 늙은 소에 빗대어 표현한 작품이다. 유배지에서 자신의 처지를 한탄하며 임금이 불러 주기를 기다리는 화자가 등장하는 다른 작품과 비교 감상할 수 있어야 한다.

+ 한시 〈야좌문견〉과의 비교

궁궐에서 먼 남쪽이라 수목도 무성한데	披垣南畔樹蒼蒼
꿈속에서도 혼은 멀리 옥당에 올라가네	魂夢迢迢上玉堂
두견새 우는 소리에 산죽도 짜개지는데	杜宇一聲山竹裂
외로운 신하의 백발은 이 밤도 길어지네	孤臣白髮此時長　　– 정철, 〈야좌문견〉

→ 〈늙은 소의 탄식〉과 〈야좌문견〉은 모두 자연물을 활용하여 사회적 권력으로부터 멀어진 상황에서 느끼는 화자의 정서를 표현한 한시이다. 그러나 〈야좌문견〉은 사회적 권력으로부터 배제된 현재 상황에 대한 슬픔과 더불어 복권에 대한 소망을 지니고 있으나, 〈늙은 소의 탄식〉은 희망은 배제하고 현재 상황에 대한 슬픔과 탄식만을 표현하고 있다.

작품 한눈에

• **해제**

〈늙은 소의 탄식〉의 화자는 늙은 소의 쇠약해진 모습에서 명성만 남은 자신의 처지를 떠올리며 이를 탄식하고 있다. 쓸모도 없고 의욕도 없는 늙은 소의 모습에 화자의 모습을 투영하여 자신의 삶을 한탄한 것으로 볼 수도 있고, 늙은 소를 화자로 내세워 자신의 삶을 형상화한 것으로 볼 수도 있다. 이 작품의 작가 이광사는 명문가 출신으로 한때 자신만의 서체로 명성을 이루었으나, 역모 사건에 연루되어 오랜 기간 유배지에 머물다 생을 마쳤다는 면에서 명성만 남은 '늙은 소'의 모습과 유사하다고 볼 수 있다.

• **주제**

쓸모를 다한 삶에 대한 한탄

• **연계 학습 작품**

> • 유배지에서의 정서를 담은 작품
〈만분가〉_조위
〈임이 헤오시매〉_송시열

한 줄 평 | 시집살이의 고통과 설움을 해학적으로 풀어낸 노래

시집살이 노래 ▶ 작자 미상

··· 기출 평가원 2014 6월 AB형

「형님온다 형님온다 분고개로 형님온다」
　　 a　　　 a　　 b　　　　 a
『』a-a-b-a 구조(민요에서 많이 나타나는 구조)

형님마중 누가갈까 형님동생 내가가지
시집 간 사촌 형님이 친정을 찾아가고 사촌 동생이 맞이하러 가는 것으로 시작

형님형님 사촌 형님 시집살이 어떱뎁까
사촌 동생의 질문

▶ 사촌 동생이 사촌 형님을 마중 나가
시집살이에 대해 물어봄

이애이애 그말마라 시집살이 개집살이
사촌 형님의 답변 – 시집살이의 어려움을 직접적으로 드러냄

앞밭에는 당추심고 뒷밭에는 고추심어
유사한 시어의 반복, 대구 표현 – 리듬감, 음악성

고추당추 맵다해도 시집살이 더맵더라

둥글둥글 수박식기 밥담기도 어렵더라
수박처럼 둥글게 생긴 밥그릇

도리도리 도리소반 수저놓기 더어렵더라
둥글게 생긴 조그마한 상

오리물을 길어다가 십리방아 찧어다가

아홉솥에 불을때고 열두방에 자리걷고

시집살이의 육체적 고통 – 며느리가 맡은 가사
노동을 제시하여 시집살이의 어려움을 드러냄

외나무다리 어렵대야 시아버니같이 어려우랴

나뭇잎이 푸르대야 시어머니보다 더푸르랴

「시아버니 호랑새요 시어머니 꾸중새요
호랑이같이 무서움　　　 꾸중을 잘함

동세하나 할림새요 시누하나 뾰족새요
남의 허물을 일러바침　　 불만이 가득참

시아지비 뾰중새요 남편하나 미련새요
통명스럽고 성을 잘 냄　 어리석고 둔함

자식하난 우는새요 나하나만 썩는샐세」
『』 시집 식구들과 자신을 새에 비유하여 해학적으로 표현함

시집살이의 정신적 고통 – 시집 식구들과 자신을
새에 비유한 후 나열하여 시집 식구들로 인한 시집
살이의 고통을 드러냄

귀먹어서 삼년이요 눈어두워 삼년이요

말못해서 삼년이요 석삼년을 살고나니
시집살이로 9년을 보냄

눈, 귀, 입을 막고 견뎌야 하는 시집살이의 어려움

「배꽃같던 요내얼굴 호박꽃이 다되었네
『』 고통스러운 시집살이 때문에 아름다웠던 용모가 흉해짐

삼단같던 요내머리 비사리춤이 다되었네
댑싸리비 모양으로 거칠고 뭉툭해진 머리털

백옥같던 요내손길 오리발이 다되었네」

열새무명 반물치마 눈물씻기 다젖었네

두폭붙이 행주치마 콧물받기 다젖었네

▶ 사촌 형님이 시집살이의 어려움과 한(恨)을 토로함

울었던가 말았던가 베갯머리 소이졌네
소(연못)를 이뤘네 – 눈물이 연못을 이루었다고 과장되게 표현함

그것도 소이라고 거위한쌍 오리한쌍
자식들이 화자의 품으로 들어오는 모습을 해학적으로 표현함. 시집살이에 대한 해학적 체념이 담김

쌍쌍이 때들어오네
▶ 시집살이에서 비롯된 눈물을 해학적인 체념으로 견디고 있음

감상 포인트
작품에서 인물의 정서와 주제 의식을
드러내기 위해 어떤 표현을 사용하고
있는지 파악한다.

작품 분석 노트

현대어 풀이

형님 온다 형님 온다 분고개로 형님 온다.
형님 마중을 누가 갈까? 형님 동생인 내
가 가지 / 형님 형님 사촌 형님 시집살이
어떻습디까?
이애 이애 그 말 말아라 시집살이 개집살
이다.
앞밭에는 당추 심고, 뒷밭에는 고추 심어
고추와 당추가 맵다고 해도 시집살이가
더 맵더라.
둥글둥글한 수박처럼 둥근 그릇에 밥 담
기도 어렵더라. / 둥글고 작은 밥상에 수
저 놓기는 더 어렵더라.
오 리 떨어진 곳에서 물을 길어다가 십
리 떨어진 곳에서 방아를 찧어다가
아홉 개의 솥에 불을 때고, 열두 개의 방
에 자리를 치우고
외나무다리가 어렵다고 한들 시아버지같
이 어렵겠느냐. / 나뭇잎이 푸르다고 한
들 시어머니 서슬보다 더 푸르겠느냐.
시아버지는 무서운 호랑새요, 시어머니는
혼내는 꾸중새요
동서 하나는 일러바치는 할림새요, 시누
하나는 불만이 많은 뾰족새요
시아주버니는 퉁명스러운 뾰중새요, 남편
하나는 어리석고 둔한 미련새요.
자식 하나는 우는 새요, 나 하나만 속이
썩는 새네.
귀 먹은 채 삼 년을 보내고, 눈 감은 채
삼 년을 보내고 / 말 못한 채 삼 년을 보
내 시집살이 구 년을 살고 나니
배꽃 같던 이내 얼굴이 호박꽃이 다 되었
네.
삼단 같던 이내 머리카락이 비사리춤이
다 되었네.
백옥 같던 이내 손길이 오리발이 다 되었
네. / 고운 무명 남색 치마는 눈물 씻느
라 다 젖었네.
아주 좁은 행주치마는 콧물 받느라 다 젖
었네 / 울었던가 말았던가 베갯머리에 눈
물이 연못을 이뤘네.
그것도 연못이라고 거위 한 쌍, 오리 한
쌍 / 쌍쌍이 떼로 들어오네.

• 화자의 정서와 태도

'시집살이 개집살이', '시집살이 더맵더라'	모진 시집살이에 대한 한탄, 하소연
'나하나만 썩는샐세', '눈물씻기 다젖었네', '콧물받기 다젖었네'	힘든 시집살이에 속 썩고 눈물 흘림
'그것도 소이라고 거위한쌍 오리한쌍 / 쌍쌍이 때들어오네'	시집살이의 고통을 수용하며 체념함

핵심 포인트 1 　표현상 특징 파악

이 작품은 사촌 동생과 사촌 형님의 대화 형식과 다양한 표현 방식을 활용하여 시집살이의 한과 체념을 드러내고 있으므로 표현상의 특징과 효과를 파악할 수 있어야 한다.

+ 표현상의 특징

대화의 형식	사촌 동생이 '시집살이 어떱뎁까'라고 묻고, 사촌 형님이 이에 답변을 하는 형식으로 구성됨
일상적 소재의 활용	'당추', '고추', '둥글둥글 수박식기', '도리도리 도리소반' 등에서 일상적인 소재를 활용해 시집살이의 어려움을 드러냄
반복법	• 시어나 시구의 반복: '앞밭', '뒷밭'과 '고추', '당추'와 같은 유사한 시어나 '형님온다', '삼년이요', '다되었네' 등과 같은 동일한 시구를 반복하여 운율감을 형성함 • 유사한 통사 구조의 반복과 대구: '외나무다리 어렵대야 시아버니같이 어려우랴 / 나뭇잎이 푸르대야 시어머니보다 더푸르랴'에서 시집살이의 어려움을 부각함
비유법	시집 식구들과 자신을 '새'에 비유해 시집 식구들에 대한 부정적 인식과 신세 한탄을 나타냄
언어유희	'시집'과 '개집'의 발음의 유사성을 이용한 언어유희로 시집살이의 고됨을 해학적으로 표현함

핵심 포인트 2 　다른 작품과의 비교

이 작품과 허난설헌의 〈규원가〉는 남성 중심의 가부장적 사회에서 살아가는 기혼 여성의 한스러운 삶을 담고 있으면서, 차이점이 있으므로 두 작품을 비교하며 감상할 수 있어야 한다.

+ 내방 가사 〈규원가〉와의 비교

> 장안 유협 경박자를 꿈같이 만나 있어 / 당시의 용심하기 살얼음 디디는 듯
> 삼오이팔 겨우 지나 천연여질 절로 이니 / 이 얼굴 이 태도로 백년 기약 하였더니
> 연광이 홀홀하고 조물이 다시하여 / 봄바람 가을 물이 뵈오리 북 지나듯
> 설빈화안 어디 두고 면목가증 되었구나 / 내 얼굴 내 보거니 어느 님이 날 괼소냐
> 스스로 참괴하니 누구를 원망하리　　　　　　　　　　　　　　　 – 허난설헌, 〈규원가〉

	작자 미상, 〈시집살이 노래〉	허난설헌, 〈규원가〉
향유 계층	평민층 부녀자들	양반 사대부층 부녀자들
화자의 태도	시집살이의 고통을 솔직하게 토로함 → 솔직한 여인상	남편의 방탕함과 부재에서 비롯된 한을 토로함 → 인고의 여성상
중심 내용	부당한 시집살이의 고충을 고발함	눈물과 한숨으로 외로운 결혼 생활을 견딤

핵심 포인트 3 　외적 준거에 따른 감상

시집살이 노래는 시집살이의 경험을 토대로 서러운 사연을 노래한 부녀자들의 민요로 장르적 특성을 고려해 작품을 감상해야 한다.

+ 시집살이 노래의 장르적 특성

> 시집살이 노래는 여인들의 비극적 삶이나 신세를 한탄하는 내용이 중심을 이루며 그 분포가 거의 전국적이고 여성 민요의 대표적인 위치를 차지한다. 시집살이 노래에는 이본에 따라 다양한 유형이 있고, '사촌 형님과 사촌 동생 사이의 대화로 이루어진 노래'는 〈사촌 형님 노래〉에 해당한다. 〈사촌 형님 노래〉는 내용에 따라 세 가지 유형으로 나눌 수 있다.

한탄형	사촌 형님이 사촌 동생에게 시집살이에 대해 하소연함
항의형	사촌 형님이 밥을 해 주지 않자 이에 대해 항의함
접대형	사촌 형님이 친정을 방문하자 동생이 여러 음식을 장만해 대접함

+ 〈시집살이 노래〉에 형상화된 보편적인 시집살이 경험

시집살이가 어떻게 어려운지 구체적으로 말함	화자가 시집살이 중 어렵게 느끼는 것들을 나열함
시집살이 전후로 자신의 모습이 어떻게 변했는지 말함	얼굴, 머리, 손길이 못나게 된 것을 시집살이 탓으로 돌림
시집 식구들의 부정적 행태를 드러냄	시집 식구를 각 인물의 속성과 닮은 동물에 빗대어 부정적 행태를 표현함

한 줄 평 | (가) 앞 못에 갇힌 고기들을 보며 동병상련을 드러낸 노래
(나) 처녀 적 친구들과 함께 놀던 시절을 그리워하는 노래

앞 못에 든 고기들아 ▶ 작자 미상

기녀반 ▶ 허난설헌

외부와 차단된 좁은 공간   선택의 의미   ▨ : 의문형 종결 어미의 반복 → 화자의 정서 강조

가 앞 못에 든 고기들아 네 와 **든다** 뉘 너를 몰아다가 엿커를 잡히여 **든다**
청자. 연못에 갇힌 존재 → 자유롭지 못한 처지의 화자와 유사한 상황에 있음   강제의 의미   ▶ 초장: 연못에 갇힌 고기들

북해 청소(北海淸沼)▨ 어듸 두고 이 못에 와 **든다**
넓고 자유로운 공간   ▶ 중장: 넓고 맑은 연못에 가지 못하고 앞 못에 갇힌 고기들

들고도 못 나는 정(情)이오 네오 내오 다르랴   ▶ 종장: 고기들에게 동병상련을 느끼며 처지를 한탄함
설의적 표현. 앞 못에 갇힌 고기들에게 동병상련의 심정을 느낌
→ 자유롭지 못한 처지의 신세 한탄

■ 북해 청소: 북쪽의 바다와 같은 맑은 연못

나 예 놀던 길가에 초가집 짓고서   結廬臨古道
옛날. 처녀 적 친구들과 놀던 때   결 려 임 고 도

날마다 큰 강물을 바라만 본다.   日見大江流
일 견 대 강 류
▶ 수: 초가집을 짓고 날마다 강물을 바라봄

거울에 새긴 난새는 혼자서 늙어 가고   鏡匣鸞將老
거울 속 자신의 모습에 대한 비유 → 홀로 외롭게 늙어 가는 처지   경 갑 난 장 로

▨ 계절적 배경의 활용
꽃동산의 나비도 **가을** 신세란다.   園花蝶已秋
나비가 힘을 잃는 상황. 소멸·쇠락의 이미지   원 화 접 이 추
▶ 함: 홀로 늙어 가는 난새와 같은 자신의 처지

쓸쓸한 모래밭에 기러기 내리고   寒沙初下雁
한 사 초 하 안
화자의 정서를 심화하는 풍경 묘사
– 쓸쓸한 이미지
저녁 비에 조각배 홀로 돌아오는데,   暮雨獨歸舟
모 우 독 귀 주
▶ 경: 쓸쓸함을 자아내는 자연의 배경

사창
하룻밤에 **비단** 창문 닫힌 내 신세니   一夕紗窓閉
규방에 갇혀 외롭고 쓸쓸하게 살아가는 처지. 친구들과 놀던 과거와 대비됨   일 석 사 창 폐

어찌 옛적 놀이를 생각이나 하랴.   那堪憶舊遊
1. 친구들과 놀이를 하던 옛 처녀 시절에 대한 그리움   나 감 억 구 유
2. 과거와 달리 규방에서 외롭게 살아가는 현재의 상황에 대한 안타까움   ▶ 미: 친구들과 함께했던 옛 시절을 그리워함

감상 포인트
시적 공간에 주목하여 화자가 느끼는
정서와 태도를 파악한다.

작품 분석 노트

현대어 풀이

가 앞 못에 든 고기들아 네가 (스스로) 와
들었느냐. 누가 너를 몰아다가 넣었기
에 잡혀 들었느냐.
북쪽의 바다와 같은 맑은 연못은 어디
에 두고 이 못에 와 들었느냐.
(못에) 들어와 못 나가는 사정이야 너
와 내가 다르겠느냐.

• **가**의 작가에 대한 논의

• (가)는 작자 미상의 시조이지만 전
하는 기록에 따라 어느 궁녀의 시
조로 보기도 한다.
• 조선 시대 궁녀는 궁에 들어와 궁
궐의 엄격한 규율 아래 일평생 왕
실을 위해 일하면서 수절해야만 했
다. 환관(宦官, 내시) 외의 남자와는
절대로 접촉하지 못하는 등 외부와
의 접촉이 상당히 제한되었다.
• 어느 궁녀의 시조로 볼 때, (가)는
앞 못에 든 고기들이 연못을 벗어
나지 못하는 처지는 궁중에 들어와
나가지 못하는 화자의 신세를 빗댄
것으로 이해할 수 있다.

• **나**의 작가 및 창작 배경

• 허난설헌은 15세 무렵 김성립과 혼
인하였으나 부부 사이가 원만하지
못하여 고독하게 살았다고 전한다.
• 조선 시대 부녀자들은 결혼을 하면
그 가문을 위해 헌신하는 것이 당
연한 도리였으며 친구들과의 모임
이나 친정 나들이까지도 거의 금기
가 되었다.
• 이를 종합적으로 고려할 때, (나)는
당시 규방 부인의 삶과 정한을 담고
있는 작품으로, 봉건적 가부장 사회
에서 규방에 머물며 고독하게 살아
가는 여인이 결혼 전 친구들과 함께
놀며 즐거웠던 시절을 그리워하고
있는 것이라고 이해할 수 있다.

핵심 포인트 1 **표현상 특징 파악**

(가), (나)에 사용된 표현상 특징을 알아 두고, 이들의 공통점·차이점을 파악할 수 있어야 한다.

(가)	• 연못의 '고기들'에게 말을 건네는 방식으로 시상을 전개함 → 앞 못에 든 고기들아 • '든다'와 같이 동일한 단어(-ㄴ다의 의문형 종결 어미)를 반복하여 화자의 정서를 강조함 → 네 와 든다 ~ 엿커를 잡히여 든다 ~ 이 못에 와 든다 • 설의적 표현을 활용하여 '고기들'과 자신의 처지가 다르지 않다는 동병상련의 정서를 드러냄 → 들고도 못 나는 정이오 네오 내오 다르랴
(나)	• 계절적 배경을 활용하여 애상적 분위기를 조성함 → 꽃동산의 나비도 가을 신세란다. / 쓸쓸한 모래밭에 기러기 내리고 • 거울에 비친 자신의 모습을 '난새'에 비유하여 홀로 늙어 가는 처지를 나타냄 → 거울에 새긴 난새는 혼자서 늙어 가고 • 배경 묘사를 통해 화자의 쓸쓸하고 외로운 정서가 심화하는 상황을 나타냄 → 쓸쓸한 모래밭에 기러기 내리고 / 저녁 비에 조각배 홀로 돌아오는데.

핵심 포인트 2 **소재·배경의 의미 파악**

(가)의 화자가 바라보는 '고기들'과 (나)의 화자는 모두 외부와 단절된 공간에 머물며 자유롭지 못한 처지에 있다는 점을 고려하여 각 공간의 특성을 알아 두어야 한다.

＋ **(가)의 공간 대비**

앞 못		북해 청소
• 좁고 답답한 공간 • 화자의 생활 공간과 유사한 공간 • 거부의 대상(부정적 공간)	↔	• 넓고 자유로운 공간 • 화자의 생활 공간과는 다른 이상적 공간 • 지향의 대상(긍정적 공간)

＋ **(나)의 시적 공간**

비단 창문 닫힌 곳
• 규방(부녀자가 거처하는 방) • 독수공방하며 홀로 늙어 가는 곳 • 친구들과 함께 놀며 즐거웠던 과거와 달리 외로움을 느끼는 공간

핵심 포인트 3 **외적 준거에 따른 감상**

(가)는 어느 궁녀의 시조라는 기록과 관련하여, (나)는 작가의 생애 및 창작 당시의 사회·문화적 배경과 관련지어 작품을 감상할 수 있어야 한다.

＋ **(가)의 시구에 대한 이해**

앞 못에 든 고기들아 ~ 이 못에 와 든다	앞 못에 갇혀 자유롭게 오가지 못하는 고기들에 궁궐의 엄격한 생활에 매인 화자의 모습을 투영한 것으로 볼 수 있음
들고도 못 나는 정이오 네오 내오 다르랴	엄격한 규율 아래 궁에 갇혀 살며 외부와의 접촉이 제한되었던 궁녀의 고충을 표현한 것으로 볼 수 있음

＋ **(나)의 시구에 대한 이해**

거울에 새긴 난새는 혼자서 늙어 가고	• 경란(鏡鸞, 거울 속 난새)은 이별의 슬픔을 지닌 부부를 가리키기도 함 • 혼자서 늙어 가는 '난새'는 남편에게 사랑받지 못하고 규방에 갇혀 고독하게 살아 가는 화자의 처지를 표현한 것으로 볼 수 있음
꽃동산의 나비도 가을 신세란다.	꽃동산의 나비가 가을이 되어 처량한 신세가 된 것은 규방 안에서 화자가 느끼는 외로움이 반영된 표현으로 볼 수 있음

작품 한눈에

가
• **해제**
〈앞 못에 든 고기들아〉는 자유롭지 못한 처지에 대한 한탄을 담아낸 작자 미상의 사설시조이다. 이 작품은 1885년(고종 22)에 간행된 것으로 추정되는 《화원악보(花源樂譜)》에는 어느 궁녀의 시조로 기록되어 있기도 하다. 작가의 신분을 궁녀로 본다면 연못에 갇혀 사는 물고기에 빗대어 궁궐에 갇혀 사는 화자 자신의 신세를 드러낸 것으로, 궁녀의 처량함을 토로한 작품으로도 볼 수 있다.

• **화자와 시적 상황**
화자는 앞 못 속에 갇힌 고기들을 바라보며 물고기들과 자신의 처지가 다르지 않다며 자유롭지 못한 처지에 대한 동병상련의 마음을 드러내고 있다.

• **주제**
① 자유롭지 못한 처지에 대한 한탄
② 궁궐에서 벗어나고 싶은 간절한 마음

나
• **해제**
〈기녀반〉의 제목은 '처녀 적 친구들에게 부침'이라는 뜻으로 허난설헌이 지은 오언 율시이다. 처녀 시절 친구들과 놀이하며 즐거워하던 과거를 추억하면서 규방에 갇혀 살아가는 현재의 불행한 처지를 그려 내고 있다. 허난설헌의 삶과 관련지어 볼 때, 15세에 김성립과 결혼한 후 유교 사회의 규범에 따라 규방에 갇혀 지냈던 허난설헌의 쓸쓸하고 외로운 삶과 그 속에서 느낀 정서를 담아낸 작품으로 볼 수 있다.

• **화자와 시적 상황**
화자는 처녀 시절 친구들과 놀던 길가에 초가집을 짓고 날마다 강물을 바라보며 홀로 늙어 가는 자신의 처지를 확인하고 있다. 또한 창밖의 풍경에 쓸쓸함을 느끼고 친구들과 놀이하며 즐거워하던 옛 시절에 대한 그리움을 드러내고 있다.

• **주제**
친구들과 즐겁게 놀던 처녀 시절에 대한 그리움

• **연계 학습 작품**
• 갇혀 사는 여성의 삶과 대비되는, 사대부 남성의 자연에서의 풍류적인 삶을 노래한 작품
〈어부사시사〉_윤선도
〈강호사시가〉_맹사성

한 줄 평 | 월별로 농가에서 해야 할 일과 세시 풍속을 읊은 노래

농가월령가 ▶ 정학유

··· 기출 수록 평가원 2016 6월 A형 교육청 2019 10월

정월령
일월령

정월(正月)은 맹춘(孟春)이라 입춘(立春) 우수(雨水) 절기로다
　　물이 흐르는 골짜기　초봄　　　　　　　　정월의 절기 소개
▶ 정월의 절기 소개

산중 간학(澗壑)에 빙설은 남았으나
　　　　　　　　　　　　　　　　　정월의 경치 묘사

평교(平郊) 광야에 운물(雲物)이 변하도다
　　　겨울이 지나고 봄이 오고 있음
▶ 정월의 정경 제시

어와 우리 성상 애민중농(愛民重農)하오시니
　　　　　임금　백성을 사랑하고 농사를 중시함 → 농업을 중요하게 생각하는 당시 지배층의 가치관을 엿볼 수 있음

간측(懇惻)하신 권농(勸農) 윤음(綸音) 방곡(坊曲)에 반포하니
간절하고 지성스러운　　농사를 권하는 임금의 말씀

슬프다 농부들아 아무리 무지한들

네 몸 이해(利害) 고사하고 성의(聖意)를 어길쏘냐
　　임금의 뜻을 명분으로 제시하여 농업의 중요성을 강조하면서 농사일에 힘쓸 것을 촉구함. 설의법

산전 수답(山田水畓) 상반하게 힘대로 하오리라
　　　밭농사와 논농사를 균형 있게 하라는 의미

일년 풍흉(豊凶)은 측량하지 못하여도
　　　풍년과 흉년　　　　자연 현상으로 일어나는 재난

인력(人力)이 극진하면 천재(天災)를 면하나니
　　　　　지성이면 감천　　명령형 어미 사용 → 근면한 생활 태도를 강조함

제각각 권면(勸勉)하여 게을리 굴지 마라
농민을 계몽하고 교훈을 주려는 의도를 직접적으로 드러냄
▶ 농사일에 힘쓰도록 권면함

일년지계(一年之計) 재춘(在春)하니 범사를 미리 하라
봄은 일 년의 계획을 세우는 시기임　　　　모든 일

봄에 만일 실시(失時)하면 종년(終年) 일이 낭패되네
　　　　농사에서 정월의 중요성을 나타냄

농기(農器)를 다스리고 농우(農牛)를 살펴 먹여

재거름 재워 놓고 일변으로 실어 내어
재로 만든 거름

「맥전(麥田)에 오줌 치기 세전보다 힘써 하소」
　보리밭　　　　　『』 비옥한 땅을 만들기 위한 행위 권장

늙은이 근력 없고 힘든 일은 못 하여도
　　　↓ 노인의 역할 분배

낮이면 이엉 엮고 밤이면 새끼 꼬아
　지붕이나 담을 이기 위해 짚이나 새 따위로 엮은 것

때 미쳐 집 이으면 큰 근심 덜리로다

실과(實果)나무 보굿 깎고 가지 사이 돌 끼우기
굵은 나무줄기에 비닐 모양으로 덮여 있는 겉껍질　그해 과일이 많이 열리기를 바라는 민속 의식

정조(正朝)날 미명시(未明時)에 시험조로 하여 보소
설날 아침　　　　날이 밝기 전

며느리 잊지 말고 소국주(小麴酒) 밑하여라
　　　　　　　막걸리의 하나　　걸러라

삼춘(三春) 백화시(白花時)에 화전 일취(花煎 一醉)하여 보자
온갖 꽃이 만발한 춘삼월　　　화전을 안주 삼아 취하여
▶ 정월에 농가에서 해야 할 일

상원(上元)날 달을 보아 수한(水旱)을 안다 하니
정월 대보름날　　어떤 징조를 경험함 장마와 가뭄

노농(老農)의 징험(徵驗)이라 대강은 짐작나니
농사일에 경험이 많은 농부

「정조에 세배함은 돈후(敦厚)한 풍속이라」 『』 정조의 세배 풍속
　　　　　　인정이 두터운

새 의복 떨쳐 입고 친척 인린(隣)隣) 서로 찾아
　　　　　　　　　이웃

노소 남녀 아동까지 삼삼오오 다닐 적에

작품 분석 노트

✎ **현대어 풀이**

[정월령]

일월은 초봄이라 입춘, 우수의 절기로다.
산속 골짜기에 얼음과 눈이 남아 있으나
넓은 들과 벌판에는 경치가 변하기 시작하도다.
어와 우리 임금께서 백성을 사랑하시고 농사를 중히 여기시어
농사를 권장하시는 간절하고 지성스러운 말씀을 방방곡곡에 알리시니
슬프다 농부들아. 아무리 무지하다고 한들
네 자신의 이해관계를 제쳐 놓고라도 임금의 뜻을 어기겠느냐.
밭과 논을 반반씩 균형 있게 힘대로 하오리라.
일 년의 풍년과 흉년을 예측하지는 못한다 해도
사람의 힘을 다 쏟으면 자연의 재앙을 면하나니
제각각 서로 권하고 격려하여 게을리 굴지 마라.
일 년 계획은 봄에 하는 것이니 모든 일을 미리 하라.
봄에 만약 때를 놓치면 한 해를 마칠 때까지 일이 낭패되네.
농기구를 정비하고 농사지을 소를 잘 보살펴서
재거름 (잘 썩도록) 재워 놓고 한편으로 실어 내어
보리밭에 오줌 주기를 새해가 되기 전보다 힘써 하소.
늙은이는 기운 없어 힘든 일은 못 하여도
낮이면 이엉 엮고 밤이면 새끼 꼬아
때맞추어 지붕을 이으면 큰 근심을 덜리로다.
과일나무 껍질을 벗겨 내고 가지 사이에 돌 끼우기.
정월 초하룻날 날이 밝기 전에 시험 삼아 하여 보소.
며느리는 잊지 말고 소국주를 걸러라.
온갖 꽃이 만발한 춘삼월에 화전을 안주 삼아 한번 취해 보자.
정월 대보름날 달을 보아 (그 해의) 장마와 가뭄을 안다 하니
농사짓는 노인의 경험이라 대강은 짐작하네.
정월 초하룻날 세배하는 것은 인정이 두터운 풍속이라.
새 옷을 차려입고 친척과 이웃을 서로 찾아
남녀노소에 아이들까지 몇 사람씩 떼를 지어 다닐 적에

와삭버석 울긋불긋 물색이 번화(繁華)하다
물건의 빛깔 / 번성하고 화려하다
음성 상징어를 활용하여 정월 초하룻날의 풍경을 생동감 있게 그려 냄

사내아이 연 띄우고 계집아이 널 뛰우고

윷 놀아 내기하기 소년들의 놀이로다

사당에 세알(歲謁)하니 병탕(餅湯)에 주과(酒果)로다
설날 사당에 인사하는 일 / 떡국 / 술과 과일

엄파와 미나리를 무엄에 곁들이면
움파. 겨울에 움 속에서 자란, 빛이 누런 파

보기에 신신하여 오신채(五辛菜)를 부러하랴   ▶ 설날의 풍속
신선하여   자극성이 있는 다섯 가지 채소

보름날 약밥 차례 신라 적 풍속이라
약식

묵은 산채 삶아 내어 육미를 바꿀쏘냐
고기로 만든 음식

귀 밝히는 약술이며 부럼 삭는 생률이라
설익밥   생밤

먼저 불러 더위팔기 달맞이 횃불 켜기
정월 대보름날에 남에게 더위를 파는 풍속

흘러오는 풍속이요 아이들 놀이로다   ▶ 정월 대보름의 풍속

(중략)

칠월령

칠월이라 맹추되니 입추 처서 절기로다   ▶ 칠월의 절기 소개
이른 가을   칠월의 절기 소개

화성(火星)은 서류하고 미성(尾星)은 중천이라
서쪽으로 감   하늘의 한가운데

「늦더위 있다 한들 절기야 속일쏘냐
절기의 차례, 또는 차례로 바뀌는 절기   「 」: 늦더위가 있더라도 절기의 변화(계절의 순환)에 따라
가을이 오고 있다는 말

비도 밑이 가볍고 바람 끝도 다르도다
계절의 변화가 나타나고 있음

가지 위의 저 매미 무엇으로 배를 불려

공중에 맑은 소리 다투어 자랑하는고
음력 칠월 초이렛날의 밤. 견우와 직녀가 오작교에서 일 년에 한 번 만난다는 전설이 있음

「칠석에 견우 직녀 이별 눈물 비가 되어
「 」: 설화를 차용하여 비가 내리는 상황을 비유적으로 나타냄

섞인 비 새로 개고 오동잎 떨어질 제
가늘고 길게 굽어진 아름다운 눈썹

아미 같은 초승달은 서천에 걸리거다   ▶ 칠월의 계절적 특징 제시
비유적 표현(직유법)   서쪽 하늘

슬프다 농부들아 우리 일 거의로다
농사일이 얼마 남지 않음

얼마나 남았으며 어떻게 되나 하노

마음을 놓지 마소 아직도 멀고 멀다
부지런히 일할 것을 권면함

꼴 거두어 김매기 벼 포기에 피 고르기
말이나 소에게 먹이는 풀

낫 벼려 두렁 깎기 선산에 벌초하기
갈아

거름풀 많이 베어 더미 지어 모아 놓고
질 좋은 자채벼를 심을 만큼 땅이 기름지고 농사가 잘 되는 논

자채논에 새 보기와 오조밭에 정의아비
일찍 여무는 조   허수아비

밭가에 길도 닦고 복사도 쳐 올리소
물에 밀려 논밭에 쌓인 모래

살지고 연한 밭에 거름하고 익게 갈아
기름지고

질월에 해야 할
농사일을 열거함

(설빔 새 옷이) 와삭버석거리고 울긋불긋
하여 빛깔이 화려하다.
남자아이들은 연을 띄우고 여자아이들은
널뛰기를 하며,
윷 놀아 내기하기 소년들의 놀이로다.
설날 사당에 인사를 드리니 떡국과 술과
과일이 제물이로다.
움파와 미나리를 무 싹에 곁들이면
보기에 신선하니 오신채를 부러워하겠는
가.
보름날 약밥 지어 먹고 차례를 지내는 것
은 신라 때의 풍속이라.
묵은 산나물을 삶아 내어 고기로 만든 음
식과 바꾸겠는가.
귀 밝으라고 마시는 약술이며, 부스럼 삭
으라고 먹는 생밤이라.
먼저 불러서 더위팔기와 달맞이 횃불 켜
기는
옛날부터 전해 오는 풍속이요 아이들의
놀이로다.

[칠월령]
칠월이라 이른 가을이 되니 입추, 처서의
절기로다.
화성은 서쪽으로 가고 미성은 하늘 가운
데에 있다.
늦더위가 있다고 한들 절기의 순서야 속
일 수 있겠느냐.
비 온 뒤끝도 가볍고 바람 느낌도 다르구
나.
나뭇가지 위의 저 매미는 무엇을 먹고 배
를 불려
공중에 맑은 소리를 다투어 자랑하며 우
는고.
칠석에 견우와 직녀의 이별하는 눈물이
비가 되어
섞인 비가 지나가고 오동나무 잎이 떨어
질 때
눈썹 같은 초승달은 서쪽 하늘에 걸리었
다.
슬프다 농부들아, 우리 할 일은 거의 끝나
가는구나.
얼마나 남았으며 어떻게 된다 하나.
마음을 놓지 마소 (일할 철은) 아직도 멀
고 멀다.
꼴 거두어 김매기, 벼 포기에 피 고르기
낫 갈아 두렁 깎기, 선산에 벌초하기
거름용 풀을 많이 베어 더미 지어 모아
놓고
자채논에 (날아오는) 새 쫓기와 올조밭에
허수아비를 세우고
밭가에 길도 닦고 물에 밀려 논밭에 쌓인
모래도 쳐 올리소.
기름지고 부드러운 밭에 거름 주고 익게
갈아

김장할 무 배추 남 먼저 심어 놓고

가시 울 진작 막아 잃는 것이 없게 하소
　　농작물 관리에 힘쓸 것을 당부함　　　　　　　▶ 칠월에 농가에서 해야 할 일
부녀들도 헴이 있어 앞일을 생각하소
　　헤아림
베짱이 우는 소리 자네를 위함이라
　　부녀자를 깨우는 소리
저 소리 깨쳐 듣고 놀라서 다스리소

장마를 겪었으니 집안을 돌아보아
　　곡식이 썩거나 의복이 상하지 않도록 하는 행위
곡식도 거풍하고 의복도 포쇄하소
　　　바람을 쏘임　　젖거나 축축한 것을 바람에 쐬고 볕에 바램
명주 오리 어서 뭉쳐 생량 전에 짜내어
　　　　　　　　가을이 되어 서늘한 기운이 생김
늙으신네 기쇠하매 환절 때 조심하여

추량이 가까우니 의복을 유의하소
　　가을의 서늘한 기운
「빨래하여 바래이고 풀 먹여 다듬을 제
　「 」: 추워질 때를 대비하여 의복을 준비하는 모습
월하의 방추 소리 소리마다 바쁜 마음」
　　　　　　베를 짜는 도구
실가의 골몰함이 일변은 재미로다
　집 또는 가정　　　농가의 노동이 고통스러운 것만은 아님
소채 과실 흔할 적에 저축을 생각하여
　온갖 푸성귀와 나물
박 고지 호박 고지 켜고 오이 가지 짜게 절여
　겨울에 먹을 반찬 준비　　귀중한 물건
겨울에 먹어 보소 귀물이 아니 될까
　　　　　설의법. 겨울 식량 준비를 권함
면화밭 자로 살펴 올 다래 패었는가
　목화밭　　　　　　목화 열매
가꾸기도 하려니와 거두기에 달렸느니　　　　　▶ 칠월에 부녀자들이 해야 할 일

(중략)

십이월령

★주목　십이월은 계동(季冬)이라 소한 대한 절기로다　　　　　　▶ 십이월의 절기 소개
　　　음력 12월. 늦겨울　　　　십이월의 절기 소개
설중(雪中)의 봉만(峰巒)들은 해 저문 빛이로다
뾰족하게 솟은 산봉우리에 눈이 내린 해 질 녘의 풍경 – 십이월의 경치 묘사
세전에 남은 날이 얼마나 걸렸는고　　　　　　▶ 십이월의 정경과 한 해가 얼마 남지 않은 상황
　설을 쇠기 전
집안의 여인들은 세시 의복(歲時衣服) 장만하니
　　　　　　　　　　물감을 들인 빛깔
「무명 명주 끊어 내어 온갖 무색 들여 내니
　「 」: 옷감을 마련하여 세시 의복을 준비하는 과정
자주 보라 송화색(松花色)에 청화(靑華) 갈매 옥색(玉色)이라
열거법. 다양한 색채를 활용하여 세시 의복의 빛깔을 감각적으로 표현함
일변으로 다듬으며 일변으로 지어 내어

상자에도 가득하고 횃대에도 걸었도다」
　　　　　　　　　　옷을 걸 수 있게 만든 막대
입을 것 그만하고 음식 장만하오리라
　　　　　　　　　세시 음식
「떡쌀은 몇 말인고 술쌀은 몇 말인고
　「 」: 열거법. 세시 음식의 재료를 준비하고 음식을 장만하는 과정
콩 갈아 두부하고 메밀쌀 만두 빚소

세육(歲肉)은 계를 믿고 북어는 장에 사세
　　설에 쓰는 고기　　　짐승을 꾀어서 잡는 틀
　　　　　　　협동 조직
납평(臘平) 날 창애 묻어 잡은 꿩 몇 마린고
민간이나 조정에서 조상이나 종묘 또는 사직에 제사 지내던 날
아이들 그물 쳐서 참새도 지져 먹세

깨강정 콩강정에 곶감 대추 생률(生栗)이라
　　　　　　　　열거법
주준(酒樽)에 술 들이니 돌 틈에 새암 소리
술을 담아 두는 큰 통　　　　　　샘물 소리　　　청각적 이미지
앞뒷집 타병성(打餠聲)은 예도 나고 졔도 나네
　　　　떡을 치는 소리
새 등잔 새발심지 장등하여 새울 적에
　　　　　　　　밤새도록 켜 두어
윗방 봉당 부엌까지 곳곳이 명랑하다
　　섣달 그믐날 저녁에 그해를 보내는 인사로 웃어른께 하는 절
초롱불 오락가락 묵은세배 하는구나　　　　　▶ 세시 의복과 음식을 장만하여 한 해의 마지막을 보냄
　　십이월의 풍속

결사

어와 내 말 듣소 농업이 어떠한고
　　말을 건네는 방식
　　　　　고된 농사일 속에서도 즐거움을 찾음
종년 근고(終年勤苦)한다 하나 그중에 낙이 있네
　한 해를 마칠 때까지 고생한다 하지만
「위으로 국가(國家) 봉용(奉用) 사계(私計)로 제선(祭先) 봉친(奉親)
　　　　　　　받들어 씀　　사사롭게는　　　조상께 제사하고 어버이를 받들어 섬김
형제 처자 혼상(婚喪) 대사(大事) 먹고 입고 쓰는 것이
　　　　혼인과 초상에 관한 일　　　　　감당
토지 소출(所出) 아니러면 돈 지당을 뉘가 할꼬」
「♩」 농업이 국가와 개인의 삶을 지탱하는 토대가 됨
예로부터 이른 말이 농업이 근본이라　　　　　　　　　▶ 농업의 가치와 중요성
　　　농업의 중요성 강조. 중농 사상
배 부려 선업(船業)하고 말 부려 장사하기
　　배로 사람이나 물건을 실어대 주는 영업
전당 잡고 빚 주기와 장(場)판에 체계(遞計) 놓기　　　　　상품 화폐 경제가 발달한 상황
　장에서 비싼 이자로 돈을 꾸어 주고 장날마다 본전의 일부와 이자를 받아들이던 일
술 장사 떡 장사며 술막질 가게 보기
　　생활이 넉넉하여 아쉬움이 없으나　─── 주막 영업
아직은 흔전하나 한번을 뒤뚝하면
재산이나 세력이 있는 집안의 자손으로서 집안의 재산을 몽땅 털어먹는 난봉꾼　　농업 이외의 일에 대한
파락호(破落戶) 빚꾸러기 사던 곳 터도 없다　　　　　부정적 시각 및 경계
　　　자칫하다가는 삶의 터전을 잃을 위험이 있음
농사는 믿는 것이 내 몸에 달렸느니
　　농사일은 자기 노력에 따라 달라짐
절기도 진퇴 있고 연사도 풍흉 있어
　　　　　　　　농사가 되어 가는 형편
수한풍박(水旱風雹) 잠시 재앙 없다야 하랴마는　　　　자연의 이치에 따라 농사일에도
장마와 가뭄, 바람과 우박 등 농사에 타격을 주는 자연재해　　　기복이 있지만 온 가족이 한마음으로
극진히 힘을 들여 가솔(家率)이 일심하면　　　　　　최선을 다하면 굶주림은 피할 수 있음
아무리 살년(殺年)에도 아사를 면하느니　　굶어 죽음
　크게 흉년이 든 해　───사람이 놀라거나 흥분하여 시끄럽게 법석거리고 떠들어 대는 일
제 시골 제 지키어 소동(騷動)할 뜻 두지 마소
　　　　농민들의 이농 현상에 대한 경계
황천(皇天)이 인자하사 노하심도 일시로다　　　📖 감상 포인트
　　하늘을 인간에게 우호적인 대상으로 인식함　　월별로 농가에서 해야 할 일을 파악
자네도 헤어 보아 십 년을 가량하면　　　　　하고 작가의 창작 의도를 이해한다.

칠분은 풍년이요 삼분은 흉년이라

설에 쓸 고기는 계에서 갈라 사기로 하고
북어는 장에 가서 사세.
납평 날에 덫을 묻어서 잡은 꿩이 몇 마리
인가.
아이들 그물 쳐서 참새도 잡아 지져 먹세.
깨강정, 콩강정에 곶감, 대추, 생밤이라.
술통에 술을 따라 부으니 바위 틈에 (새어
흐르는) 샘물 소리 같구나.
앞뒷집에서 (설에 먹을) 떡 치는 소리가 여
기도 나고 저기도 나네.
새 등잔의 새발심지에 불 켜 놓고 밤 새울
적에
윗방과 봉당 부엌까지 곳곳이 밝고 환하
다.
(거리거리에) 초롱불을 들고 오락가락 (다
니는 것이) 묵은세배를 하는구나.

[결사]
어와 내 말 듣소. 농업이 어떠한고
일 년 내내 고생한다고 하나 그중에 즐거
움이 있네.
위로는 나라를 받들고 사사로이는 조상
제사와 부모 봉양
형제와 처자식의 혼인과 장례 같은 큰일
을 치르며 먹고 입고 쓰는 것이
논밭에서 나는 소출이 아니라면 돈 감당
을 누가 할꼬.
예로부터 이르는 말이 농업이 모든 일의
근본이라.
배를 부려 뱃일을 하고 말을 부려 장사하
기
전당 잡고 돈 꿔 주기와 시장판에 이자
놓기
술 장사, 떡 장사며 주막 운영 가게 보기
아직은 생활이 넉넉하여 아쉬움이 없겠
지만 한번 기울어지면
집안의 재산 몽땅 털어먹은 난봉꾼 빚꾸
러기가 되어 살던 곳 터도 없어진다.
농사는 믿는 것이 내 몸에 달려 있으니
절기도 진퇴 있고 농사에도 풍년과 흉년
이 있어
홍수, 가뭄, 바람, 우박과 같은 재앙이 없
다고야 하랴마는
정성을 다해 힘을 들여 온 가족이 한마음
으로 노력하면
아무리 큰 흉년이 들어도 굶어 죽는 것은
면하니
제 고향을 제가 지키어 떠날 뜻을 두지
마소.
하늘이 인자하시어 노하시는 것도 잠깐
동안이로다.
자네도 헤아려서 십 년을 대강이나마 짐
작해 보면
열에 일곱은 풍년이요, 셋은 흉년이라.

<u>천만 가지 생각 말고 농업을 전심하소</u>　　　　　　　　　　▸ 농업에 전심할 것을 권함
성실하게 농사일에 임하기를 권함 → 주제 의식

하소정(夏小正)* 빈풍시(豳風詩)*를 성인이 지었으니 ┐
　　　　　　　　　　　　　　　　　　　　　　　　├ 창작 경위
지극한 뜻 받아서 대강을 기록하니 　　　　　　┘

이 글을 자세히 보아 힘쓰기를 바라노라　　　　　　▸ 창작 경위 및 농업에 힘쓰기를 권고함

■ 하소정: 옛 중국의 기후 관련 저서. 천문·농업·목축업 등에 관한 풍부한 기록을 담고 있음.
■ 빈풍시: 주나라 주공이 백성들이 농사짓는 어려움을 인식시키기 위해 지었다는 시.

> 천만 가지 생각지 말고 농업에 온 마음을 다하소.
> 하소정 빈풍시를 성인이 지었으니
> 지극한 뜻을 본받아서 대강을 기록하니
> 이 글을 자세히 보아서 (농업에) 힘쓰기를 바라노라.

• 〈농가월령가〉에 반영된 작가 의식

중농주의
농업을 모든 일의 근본이라 여김

실학사상
경제적인 관점에서 농업을 국가와 개인을 지탱하는 물적 토대로 인식함

• 〈농가월령가〉의 창작 배경

상품 화폐 경제가 발달하며 농민들이 더 많은 이익을 좇아 농업을 버리고 도시로 이탈하는 현상이 나타남

↓

향촌 사회의 동요 발생

↓

〈농가월령가〉를 통해 농업을 장려하고 농가의 삶을 긍정적으로 그림으로써 농민들의 향촌 이탈을 막고자 함 → 농업을 기반으로 한 향촌 사회 안정화의 목적

핵심 포인트 1 표현상 특징 파악

화자가 자신의 의도를 효과적으로 드러내기 위해 사용한 표현상의 특징을 알아 두어야 한다.

+ 표현상 특징

일상어의 사용	농촌 생활, 세시 풍속과 관련된 구체적 어휘가 다양하게 나타남 → 농우, 이엉, 새끼, 김매기, 피 고르기, 떡쌀, 술쌀, 묵은세배 등
명령형 표현	'-하라', '-하소', '-마소' 등의 명령형 표현으로 농부들을 향한 권면과 훈계의 의도를 드러냄 → 제각각 권면하여 게을리 굴지 마라, 일년지계 재춘하니 범사를 미리 하라, 가시 울 진작 막아 잃는 것이 없게 하소, 제 시골 제 지키어 소동할 뜻 두지 마소, 천만 가지 생각 말고 농업을 전심하소
열거법	• 색채어를 나열하여 세시 의복의 빛깔을 감각적으로 표현함 → 자주 보라 송화색에 청화 갈매 옥색이라 • 음식의 재료를 열거하고 세시 음식을 장만하는 과정을 나타내어 농촌 생활을 구체적으로 보여 줌 → 떡쌀은 몇 말인고 술쌀은 몇 말인고 / 콩 갈아 두부하고 메밀쌀 만두 빚소 ~ 깨강정 콩강정에 곶감 대추 생률이라 • 농업 이외의 일들을 열거하면서 이들에 대한 부정적 시각 및 경계의 태도를 드러냄 → 배 부려 선업하고 말 부려 장사하기 / 전당 잡고 빚 주기와 장판에 체계 놓기 / 술 장사 떡 장사며 술막집 가게 보기
설의법	• 임금의 뜻을 명분으로 제시하여 농사일에 힘쓸 것을 권면함 → 간측하신 권농 윤음 방곡에 반포하니 ~ 네 몸 이해 고사하고 성의를 어길쏘냐 • 정월 대보름에 먹는 음식이 매우 맛있음을 표현함 → 보기에 신신하여 오신채를 부러하랴, 묵은 산채 삶아 내어 육미를 바꿀쏘냐

핵심 포인트 2 작품의 내용 이해

이 작품은 농가에서 일 년 동안 해야 할 일과 세시 풍속을 달마다 읊은 월령체 가사이므로 전체 내용을 정리해 둘 필요가 있다.

+ 〈농가월령가〉의 전체 내용

서사	일월 성신의 역대의 월령 및 당시에 쓰이는 역법의 기원
정월령	정월의 절기와 일 년 농사 준비, 정초와 보름날 풍속
이월령	2월의 절기와 봄갈이와 가축 기르기, 약재 캐기 등
삼월령	3월의 절기와 논농사, 파종, 과일 나무 접붙이기, 장 담그기 등
사월령	4월의 절기와 모내기, 초파일 등불 달기, 고기 잡기 등
오월령	5월의 절기와 보리타작, 고치 따기, 그네뛰기, 민요 화답 등
유월령	6월의 절기와 간작, 북돋우기, 유두의 풍속, 삼 수확, 길쌈 등
칠월령	7월의 절기와 칠석 견우직녀의 이별 이야기, 김매기, 피 고르기, 벌초하기 및 무·배추 파종하기 등
팔월령	8월의 절기와 곡식의 무르익음과 수확, 중추절(한가위)을 위한 장 흥정하기, 며느리 친정 보내기 등
구월령	9월의 절기와 늦어지는 추수의 이모저모, 이웃 간의 온정
시월령	10월의 절기와 무·배추 수확, 겨울 준비, 화목 권장 등
십일월령	11월의 절기와 메주 쑤기, 동지의 풍속, 거름 준비 등
십이월령	12월의 절기와 새해 준비, 묵은세배 등
결사	농업에 전심하기를 권고함

핵심 포인트 3 시적 공간의 이해 / 다른 작품과의 비교

이 작품의 배경이 되는 자연(농촌)은 조선 전기 가사에 주로 나타나는 관념적 자연과는 차이를 보인다. 따라서 이 둘을 비교하여 공간의 특성을 알아 두어야 한다.

+ 조선 전기 가사와 〈농가월령가〉에 나타난 '자연'의 비교

조선 전기의 '자연'	〈농가월령가〉의 '자연'
• 안빈낙도를 추구하는 공간 • 질서와 조화를 갖춘 이상적 공간 • 세속과 대조를 이루는 공간으로 완상의 대상	• 노동의 현장이자 삶의 터전 • 삶의 고달픔과 기쁨, 보람이 모두 있는 구체적인 생활 공간

작품 한눈에

• **해제**

〈농가월령가〉는 농가에서 일 년 동안 해야 할 농사에 관한 실천 사항과 철마다 다가오는 풍속, 지켜야 할 예의범절을 달에 따라 노래한 월령체 가사이다. 권농(勸農)을 목적으로 한다는 점에서 교훈성·목적성이 강하다. 서사와 열두 달을 노래한 본사, 결사가 차례로 구성되어 월령체 가운데 가장 길고 짜임새 있는 작품이라 평가받는다. 한편, 농민들에게 필요한 농사일을 구체적으로 열거하여 실생활에 도움이 되도록 했다는 점에서도 중요한 의미를 지닌다.

• **화자와 시적 상황**

화자는 열두 달의 순서에 맞춰 각 달에 해야 할 농사일과 세시 풍속을 소개하고 있다. 작품의 마지막 부분인 결사에 이르러서는 작품을 지은 경위를 밝히며 농업에만 힘쓰기를 권장하고 있다.

• **주제**

① 농가에서 해야 할 농사일과 세시 풍속 소개
② 농업 권면

• **연계 학습 작품**

> • 농사일을 권하는 내용의 작품
> 〈농부가〉_이세보
> • 농촌(자연)을 배경으로 한 작품
> 〈상춘곡〉_정극인
> 〈면앙정가〉_송순

밭매는 소리 ▸ 작자 미상

★주목 불같이도 더운 날에 뫼같이도 우거진 밭을
계절적 배경: 여름　　　□: 공간적 배경 변화

한 골 매고 두 골 매고 삼세 골로 매고 나니

「땅이라 내려다보니 먹물로 품은 듯하고
색채 이미지(검은빛)

하늘이라 쳐다보니 별이 총총 나왔구나」　　　▸ 더운 여름날 밭에서 고된 노동을 함
「 ♪: 시간의 경과(날이 어두워지고 별이 뜸) - 오랜 노동 시간」

행주치마 떨쳐입고 집이라고 돌아오니

시어머님 하신 말씀

아가 아가 며늘아가 무슨 일로 그렇게 늦게 했느냐
일을 늦게 마쳤다는 시어머니의 핀잔

친정어머니 죽었다고 부고 왔다 그렇게 말씀하니　　　▸ 집에 돌아와 친정어머니의 부고를 들음
사람의 죽음을 알림

마음이 산란하여 친정으로 향하여

한 고개라 넘어가니 상두꾼이 행상소리 길길 나네
상여를 메는 사람　상여꾼들이 상여를 메고 가면서 부르는 구슬픈 소리

★주목 아고 답답 울 엄마요 살아생전 못 본 얼굴
시집온 후 친정어머니를 만나지 못함

뒷세상에나 보려 했는데
내세 - 죽은 뒤에 다시 태어나 산다는 미래의 세상을 말함

하마 행상길이 가는군요
'벌써'의 방언

「서른둘 행상꾼요 잠시 조금 머물러 주소
「 ♪: 화자의 요청 - 죽은 어머니의 얼굴이라도 보고 싶은 간절함

우리 엄마 얼굴 주검이나마 한번 봅시다」

아이고 아이고 울 어머니
감탄사(영탄적 표현) - 어머니의 죽음으로 인한 슬픔

들은 체도 아니 하고 상두꾼 황천길로 가는구나　　　▸ 친정으로 가는 길에
화자의 요청이 받아들여지지 않음 - 화자의 슬픔 심화　　　　　■ : 감탄형 종결 어미　친정어머니의 상여를 만남
　　　　　　　　　　　　　　　　　　　　　　　　→ 영탄적 표현

친정에 들어오니 친정 올케 하신 말씀
오빠의 아내

시누아가 어제아래 왔었으면 엄마 주검이라도 볼 건데
'엊그저께'의 방언

무슨 일이 그리 많아 지금에 왔느냐 하니

형님 형님 그 말 마소 시집살이 살다 보니

「귀 어두워 삼 년 살고 눈 어두워 삼 년 살고
「 ♪: 민요 〈시집살이 노래〉의 일부와 유사한 내용

말 못 해 삼 년 살고 석삼년을 시집 살고」

저물도록 밭을 매고 집에 오니 어떻까

어머님이 하신 말씀을 듣고 왔습니다 하니　　　▸ 친정에 와서 늦은 이유와 시집살이의 고통을 말함

작품 분석 노트

• 표현상 특징

직유	• 불같이도 더운 날: 뜨거운 여름 날씨를 '불'에 빗댐 • 뫼같이도 우거진 밭: 거친 밭의 모습을 '뫼(산)'에 빗댐 • 땅이라 내려다보니 먹물로 품은 듯하고: 날이 어두워진 상황을 '먹물을 품은' 데에 빗댐
대구	'불같이도 더운 날에 뫼같이도 우거진 밭을', '땅이라 내려다보니 먹물로 품은 듯하고 / 하늘이라 쳐다보니 별이 총총 나왔구나', '귀 어두워 삼 년 살고 눈 어두워 삼 년 살고 / 말 못 해 삼 년 살고' → 유사한 구조의 어구를 짝지음
영탄	'아이고 아이고 울 어머니 / 들은 체도 아니 하고 상두꾼 황천길로 가는구나' → 감탄사와 감탄형 종결 어미를 통해 화자의 감정 표출
문답	'시누아가 어제아래 왔었으면 ~ 지금에 왔느냐', '형님 형님 그 말 마소 ~ 어머님이 하신 말씀을 듣고 왔습니다' → 친정 올케의 물음과 화자의 대답 제시
반복	'아가 아가', '아이고 아이고', '형님 형님' → 운율 형성

• 민요 〈시집살이 노래〉와의 유사성

> 형님 형님 사촌 형님 시집살이 어떱데까
> 이애 이애 그 말 마라 시집살이 개집살이
> 　　　　(중략)
> 귀먹어서 삼 년이요 눈 어두워 삼 년이요
> 말 못해서 삼 년이요 석삼년을 살고 나니
> 배꽃 같던 요내 얼굴 호박꽃이 다 되었네

이 작품과 〈시집살이 노래〉는 모두 시집살이의 괴로움을 드러내고 있다는 공통점이 있다. 또한 이처럼 유사한 구절이 여러 작품에서 나타난다는 점은 구전되는 민요의 특성 중 하나이다.

동생 말이 그렇거든 배고프니 밥이나 요기하라카네
_{시장기를 면할 정도로 먹음}

「삼 년 묵은 보리밥을 식기 굽에 발라 주고
_{'굽'은 그릇의 밑바닥에 붙은 나지막한 받침을 뜻함 – 매우 적은 양을 줌}

삼 년 묵은 둥개장을 종지에다 발라 주니」
_{「」: 형편없는 음식을 그나마도 적게 주는 올케의 푸대접}

어안이 하도 막혀 개야 개야 검둥개야

내 안 먹는 거 너나 많이 먹어라　　　　　　　▶ 친정 올케가 형편없는 밥상을 차려 줌
_{개밥 같은 밥상을 받은 화자의 어이없는 심정 부각}

개를 불러 밥을 주고 하도 하도 서러워서

형님 형님 울 형님아 너무나도 무정쿠마

「쌀 한 접시 찾았으면 구정물이 남았던들」「」: 남은 음식이라도 가까이 있는 대상에게 주기 마련인데 올케
_{는 멀리 시댁에 있다가 친정에 돌아온 화자를 되려 박대함}

곁에 있는 니 개 주지 니 소 주지

먼 데 있는 내 소 주나

누룽지가 남았던들

곁에 있는 니 개 주지 먼 데 있는 내 개 주나」

그렇게 섧던 맘이 호천망극(昊天罔極)[▪] 통곡하니

어느 누가 이내 심정 알아주리　　　　　　　▶ 서러운 마음을 토로함
_{화자의 서러움을 알아줄 사람이 없음(설의적 표현) – 친정에서도 시댁에서도 박대 당하는 며느리의 처지}

그럭저럭 [집]에 돌아오니 시어머님 하신 말씀

「어제아래 아니 오고 저 김을 누가 매노
_{「」: 며느리가 늦게 돌아와 할 일이 밀렸다며 핀잔을 주는 시어머니}

저 밭을 누가 맬꼬」하니 어머님요 제가 합니다 하매　　　▶ 집에 돌아와 시어머니에게 타박을 받음
_{화자의 대답}

행주치마 떨쳐 입고 몽당호미 손에 들고
_{밭일을 하기 위한 채비 – 상을 당한 슬픔을 달래기도 전에 노동에 내몰리는 처지}

[밭]에 가 엎드렸으니 눈물은 비가 되어
_{밭에서 시작해 다시 밭으로 돌아온 회귀적 구조}

서산에 오는 비를 부슬부슬 뿌려 주고
_{음성 상징어 – 처량한 정서 환기}

한숨은 바람 되어 오초동남(吳楚東南)[▪] 부는 바람

쓸쓸히도 희롱하소　　　　　　　▶ 일하러 밭에 나가 눈물과 한숨으로 한탄함

▪ 호천망극: 어버이의 은혜가 넓고 큰 하늘과 같이 다함이 없음을 이르는 말. 주로 부모의 제사에서 축문(祝文)에 쓰는 말.
▪ 오초동남: '동쪽의 오나라, 남쪽의 초나라'라는 뜻으로, 중국의 옛 나라인 오와 초의 경계가 동남쪽으로 갈렸음을 가리킴.

감상 포인트
작품에 나타난 여성의 삶과 관련하여 시적 상황 및 화자의 정서와 태도를
파악한다.

• 표현상 특징

대구	'삼 년 묵은 보리밥을 식기 굽에 발라 주고 / 삼 년 묵은 둥개장을 종지에다 발라 주니', '구정물이 남았던들 / 곁에 있는 니 개 주지 니 소 주지 / 먼 데 있는 내 소 주나 / 누룽지가 남았던들 / 곁에 있는 니 개 주지 먼 데 있는 내 개 주나' → 화자의 상황과 정서 부각 및 운율 형성
반복	'개야 개야', '하도 하도', '형님 형님' → 운율 형성
설의	'어느 누가 이내 심정 알아주리' → 화자의 서러운 마음 강조
문답	'어제아래 아니 오고 ~ 저 밭을 누가 맬꼬', '어머님요 제가 합니다' → 시어머니의 물음과 화자의 대답 제시

• 여성 민요인 〈밭매기 소리〉

이 작품은 여성들이 실생활에서 불렀던 여성 민요에 해당하며 작품 속에 여성들의 생활상이 반영되어 있다.

여성 민요의 유형
• 노동할 때 부르는 노동요: 〈밭매는 소리〉, 〈베틀 노래〉, 〈연자방아 찧는 소리〉 등
• 놀이할 때 부르는 유희요: 〈강강술래 노래〉, 〈그네 뛰는 소리〉 등

여성 민요의 특징
• 화자의 감정 토로: 주로 부녀자의 신세 한탄을 표현함
• 시집살이에 대한 느낌과 생각을 대화체로 표현: 사촌 형님과 동생 간의 대화를 통해 시집살이의 고충에 대한 하소연, 사촌 형님에게 받은 박대에 대한 분노 등을 드러냄
• 서사성: 길고 단조로운 노동의 지루함과 고단함을 달래기 위해 서사적 구조를 갖춤

↓

〈밭매기 노래〉는 친정과 시댁에서 박대 당한 며느리의 신세 한탄을 '시어머님 – 며느리', '올케 – 시누(며느리)'의 대화를 통해 보여 줌. 혼자서 밭매기를 하는 노동의 상황에서 불렸으며 일정한 서사를 갖추고 있다는 점에서 여성 서사 민요의 특징을 보여 줌.

핵심 포인트 1   시상 전개 방식 파악

이 작품은 서사성을 갖는 민요로, 화자의 이동에 따른 공간적 배경의 변화를 중심으로 사건의 진행 양상을 파악할 수 있어야 한다. 작품 속에 나타난 평민 여성의 고단한 삶에 주목할 수 있다.

+ 공간의 이동과 사건 전개

공간	밭	시집	고갯길	친정	시집	밭
사건	무더운 여름 날 우거진 밭을 매며 장시간 노동함	시어머니에게 늦게 돌아왔다는 핀잔과 친정어머니의 부고를 들음	친정어머니의 상여 행렬을 만나 시신이라도 보고자 했으나 무시당함	시집살이의 고충을 토로함. 올케에게 성의 없는 밥상을 받고 서러워함	늦게 돌아와 할 일이 밀렸다는 시어머니의 핀잔에 밭일을 하러 가겠다고 대답함	눈물과 한숨으로 슬픔과 쓸쓸함을 쏟아 냄

회귀적 구조

▼

- 시집과 친정에서 모두 소외된 주변인으로서의 여성 제시
- 긍정적 미래에 대한 전망이 부재하는 닫힌 세계 속에서의 단절감 부각

핵심 포인트 2   화자의 정서와 태도 파악

이 작품에서 화자가 자신이 겪는 사건에 대해 어떠한 정서를 표출하고 있는지 파악할 수 있어야 한다.

+ 화자의 정서와 태도

친정어머니의 죽음을 뒤늦게 접한 슬픔과 한	'아고 답답 울 엄마요', '아이고 아이고 울 어머니 / 들은 체도 아니 하고 상두꾼 황천길로 가는구나' → 출가 후 제대로 얼굴을 못 본 어머니의 얼굴을 시신이라도 보고자 했으나 무산되어 슬프고 답답함을 드러냄
친정 올케에게 홀대 받은 후의 서러움	'개를 불러 밥을 주고 하도 하도 서러워서 / 형님 형님 울 형님아 너무나도 무정 쿠마 ~ 그렇게 섧던 맘이 호천망극 통곡하니 / 어느 누가 이내 심정 알아주리' → 친정에 왔으나 올케에게 먹지도 못할 형편없는 밥상을 받고 개에게 줘 버린 후 서러움을 토로하며 자신의 마음을 알아줄 이 없음을 한탄함
시어머니에게 타박 받고 일하러 나가서 느끼는 슬픔과 쓸쓸함	'눈물은 비가 되어 / 서산에 오는 비를 부슬부슬 뿌려 주고 / 한숨은 바람 되어 오 초동남 부는 바람 / 쓸쓸히도 희롱하소' → 시집으로 돌아오자마자 늦었다는 핀잔을 듣고 바로 밭으로 노동하러 가서 자신의 처지에 대한 서러움과 슬픔 등을 토로함

핵심 포인트 3   외적 준거에 따른 감상

이 작품은 시집살이를 하는 평민 부녀자를 주인공으로 하는 서사 민요로 볼 수 있으므로, 이에 대한 외적 준거를 바탕으로 작품을 해석할 수 있어야 한다.

+ 서사 민요와 여성의 현실

서사 민요는 특정 인물과 사건이 나타나는 이야기의 성격을 지닌 민요로, 주로 여성들이 밭을 매거나 길쌈을 하거나 기타 집안일을 하는 등의 노동을 하면서 불렀다. 따라서 서사 민요에는 여성의 현실이 잘 반영되어 있으며, 이는 조선 시대의 유교적 사회 질서 및 규범과 밀접한 관련이 있다. 조선 시대에 여성은 유학의 덕목인 오륜 중 하나인 '부부유별'에서 비롯된 내외법의 시행과 여성을 대상으로 하는 각종 규범의 영향으로 사회적 역할이 제한되었으며, 행동 반경 또한 가정 내로 축소되었다. 서사 민요에는 이러한 당대 여성의 현실과 위상에 대한 인식이나 태도가 드러난다.

작품에 나타난 여성의 현실	• 밭일 등으로 종일토록 노동함 • 고된 노동 후나 모친상을 당한 후에도 구박을 당하는 냉혹한 시집살이에 순종해야 함 • 혼인 후 친정과의 왕래가 어려워 친정어머니의 임종도 지키지 못함 • 친정에서도 제대로 된 식사 대접조차 받지 못함(출가외인)
현실에 대한 화자의 태도	이 작품의 화자는 시집살이와 노동으로 힘겨운 삶을 이어 가지만 적극적으로 맞서거나 항거하는 모습을 나타내지는 않으며, 자신의 처지와 심정을 알아줄 사람이 없음을 한탄하는 데 그침

🔍 작품 한눈에

• **해제**

〈밭매는 소리〉는 제목에서도 알 수 있듯 여성들이 밭매기를 하면서 불렀던 노동요이다. 밭매기 민요는 불린 지역에 따라 다양한 이본이 존재하는데, 이 작품은 경상북도 영천에서 채록된 것으로, 부녀자의 힘겨운 현실과 이로부터 느끼는 감정을 표출하고 있다. 작품 속에서 무더운 여름날 밭에서 별이 뜰 때까지 일을 하는 모습, 며느리를 노동력으로만 여기는 시어머니의 모습 등은 기혼 여성의 고단한 삶을 보여주며, 이에 친정어머니의 죽음이라는 비극적 상황이 더해지면서 고단한 삶의 모습은 극대화된다. 작품의 마지막은 처음과 마찬가지로 밭에서 노동하는 장면으로 맺어지고 있으나 친정어머니의 죽음으로 의지할 곳을 상실한 화자의 한과 삶의 무게는 더욱 심화되었을 것이라고 볼 수 있다.

• **화자와 시적 상황**

화자는 시집살이를 하고 있는 여성이다. 고된 밭일에 시달리다가 귀가한 화자는 친정어머니의 죽음을 알리는 부고를 듣고, 친정으로 가는 도중 어머니의 상여 행렬을 마주치게 된다. 친정에 도착했지만 어머니가 부재하는 집에 화자를 위로 줄 사람은 없고 올케에게 먹지도 못할 밥상을 받는다. 서러운 마음으로 시집에 돌아온 화자를 기다리는 것은 할 일이 많은데 늦게 돌아왔다는 시어머니의 구박뿐이다. 다시 밭으로 나간 화자의 마음은 슬픔과 쓸쓸함으로 가득하다.

• **주제**

시집살이와 고된 노동에 시달리는 여성의 삶과 어머니를 여읜 슬픔

• **연계 학습 작품**

- 시집살이의 고충을 나타낸 민요
〈시집살이 노래〉_작자 미상
- 노동을 하면서 불렀던 민요
〈논매기 노래〉_작자 미상
〈어사용〉_작자 미상

한 줄 평 | 도덕적으로 타락한 세 우부를 교훈 삼아 어리석은 행동을 하지 말 것을 훈계하는 노래

우부가 ▸ 작자 미상

화자가 하는 말이 미친 소리가 아니라는 의미, 화자 자신의 말에 확신을 지님

내 말씀 광언(狂言)인가 저 화상을 구경하게 : 개똥이에 대한 화자의 부정적 평가가 나타남
　　　　　　　　　　　　어떤 사람을 마땅치 않게 여기어 낮잡아 이르는 말
▨ : 세 명의 우부 가운데 한 명

남촌 한량(閑良) 개똥이는 부모덕에 편히 놀고
일정한 벼슬 없이 놀고먹던 양반 계층(풍자의 대상)

호의호식(好衣好食) 무식하고 미련하고 용통하여
좋은 옷을 입고 좋은 음식을 먹음　　소견머리가 없고 매우 미련하여

「눈은 높고 손은 커서 가량(假量)없이 주제넘어
　　　　　　자기 능력이나 처지에 대한 어림짐작이 없이　: 개똥이의 과시하는 성격을 비판적으로 평가함

시체(時體) 따라 의관(衣冠)하고 남의 눈만 위하겠다」
그 시대의 풍습과 유행　　　　남에게 과시하는 것을 좋아함　▸ 개똥이에 대한 구경 권유와 개똥이의
　　　　　　　　　　　　　　　　　　　　　　　　성격 제시 및 비판적 평가

장장춘일(長長春日) 낮잠 자기 조석으로 반찬 투정
기나긴 봄날　　　　　　아침저녁으로

매팔자로 무상출입(無常出入) 매일 장취 게트림과
빈둥빈둥 놀면서 먹고사는 걱정이 없는 팔자　거나스럽게 거드름을 피우며 하는 트림

이리 모여 노름 놀기 저리 모여 투전질에
　　　　　　　　노름질

기생첩 치가(置家)하고 오입장이 친구로다
첩을 얻어 집을 차림　　방탕한 일을 하는 사람을 낮잡아 이르는 말

사랑에 조방(助幇)꾼이 안방에는 노구(老嫗) 할미
　　　부부가 아닌 남녀를 주선하는 사람

명조상(名祖上)을 떠세하고 세도(勢道) 구멍 기웃기웃
이름난 조상　권문세가에 뇌물을 바침　　세도가를 찾아 기웃거림

염량(炎凉) 보아 진봉(進奉)하기 재업(財業)을 까불리고
더위와 추위 - 세력의 성쇠　　　　　　재산을 낭비하고

허욕(虛慾)으로 장사하기 남의 빚이 태산이라
헛된 욕심

내 무식은 생각 않고 어진 사람 미워하기

「후(厚)할 데는 박(薄)하여서 한 푼 돈에 땀이 나고
　　　　　　　　　　　　　적은 돈도 아까워함

박할 데는 후하여서 수백 냥이 헛것이라」
「 ♪ 대구법, 대조법. 효율적으로 돈을 쓰지 못하는 개똥이의 행위에 대한 비판

승기자(勝己者)를 염지(厭之)하니 반복소인(反覆小人) 허기진다
자신보다 나은 사람을 싫어함　　　언행을 이랬다저랬다 하는 옹졸한 사람

내 몸에 이(利)할 대로 남의 말을 탄치 않고
　　　　　　　　　　　탓하여 나무라지 않고

친구 벗은 좋아하며 제 일가(一家)는 불목(不睦)하며
　　　　　　　　　　　　　서로 사이가 좋지 아니함

병날 노릇 모다 하고 인삼 녹용 몸 보(補)키와

주색잡기(酒色雜技) 모도 하여 돈 주정을 무진하네
술과 여자와 노름　　　　　　돈을 함부로 쓰는 일

부모 조상 돈망(頓忘)하여 계집자식 재물 수탐(搜探) 일가친척 구박하며
부모와 조상을 섬기는 일에 관심이 없음

내 인사(人事)는 나중이요 남의 흉만 잡아낸다　▸ 개똥이의 용렬된 인물됨에 대한 비판
언행이 몹시 더러운 사람　경계하고 삼가야 할 규범이 쓰인 판

「내 행세는 개차반에 경계판(警戒板)을 짊어지고
「 ♪ 자신의 나쁜 행실은 돌아보지 않고 남의 행동에 대한 시비를 가리기 좋아함. 개똥이의 모순된 행위 비판

없는 말도 지어내고 시비의 선봉(先鋒)이라」
　　　　　　　　　　　앞장서다

날 데 없는 용전여수(用錢如水) 상하탱석(上下撑石)하여 가니
　　　　　　돈을 물처럼 흔하게 씀　아랫돌 빼서 윗돌 괴기. 임시변통

손님은 채객(債客)이요 윤의(倫義)는 나 몰라라
　　　　　　　빚쟁이　　　윤리와 의리

입 구멍이 제일이라 돈 날 노릇 하여 보세

작품 분석 노트

🖊 현대어 풀이

내 말이 미친 소리인가 저 인간을 구경하게
남촌의 한량 개똥이는 부모덕에 편히 놀고
호의호식하지만 무식하고 미련하고 소견
머리가 없고
눈은 높고 손은 커서 대중없이 주제넘어
유행에 따라 옷을 입어 남의 눈만 즐겁게
한다.
긴긴 봄날 낮잠 자기 아침저녁으로 반찬
투정
놀고먹는 팔자로 (술집에) 돈 없이 드나들
고 매일 취해 게트림을 하고
이리 모여 노름하기 저리 모여 투전질에
기생첩을 얻어 살림을 차리고 난봉꾼이
친구로다.
사랑방에는 조방꾼이, 안방에는 중매 할
미가 드나들고
조상을 팔아 위세를 떨고 세도를 찾아 기
웃거리며
세도를 따라 뇌물을 바치느라고 재산을
날리고
헛된 욕심으로 장사를 하여 남의 빚이 태
산처럼 많다.
자기의 무식은 생각하지 않고 어진 사람
을 미워하며
후하게 할 곳에는 야박하여 한 푼을 주는
데도 아까워하고
박하게 할 곳에는 후덕하여 수백 냥을 낭
비한다.
자기보다 나은 사람을 싫어하니 소인들
이 비위 맞추느라 배가 고플 지경이다.
자기에게 유리하면 남의 잘못된 말도 따
지지 않고
친구들은 좋아하면서 제 친척들과는 화
목하지 못하며
건강 해칠 일은 모두 하고 인삼, 녹용으로
몸보신하고
주색잡기를 모두 하여 돈을 함부로 쓰네.
부모와 조상은 아주 잊어버리고 계집과
재물만 좋아하며 일가친척을 구박하고
자기가 할 도리는 나중 일이요, 남의 흉만
잡아낸다.
자기 행동은 개차반이면서 경계판을 짊
어지고 다니며
없는 말도 지어내고 시비 거는 일에 앞장
선다.
돈이 나올 데가 없는데도 돈을 물처럼 쓰
고 나서 임시변통하기에 바쁘고
손님은 빚쟁이 취급을 하고 사람의 도리
는 모른 체한다.
먹는 것이 제일 중요하니 돈 나올 일을
하여 보세.

전답 팔아 변돈 주기 종을 팔아 월수 주기
<small>이자를 무는 빚돈   본전에 이자를 합하여 다달이 갚는 빚</small>

구목(丘木) 베어 장사하기 서책 팔아 빚 주기와
<small>몰락한 양반의 모습 – 무덤가에 가꾼 나무(구목)와 책을 팔아 버림</small>

「동네 상놈 부역이요 먼 데 사람 행악(行惡)이며
<small>「」: 양반의 지위를 이용하여 횡포를 부리는 개똥이의 모습</small>

잡아 오라 꺼물리라 자장격지(自將擊之) 몽둥이질
<small>꿇어앉혀라   남에게 시키지 않고 손수 함</small>

전당 잡고 세간 뺏기 계집 문서 종 삼기와

살결박에 소 뺏기와 불호령에 솥 뺏기와」
<small>옷을 벗기고 알몸인 상태로 묶음</small>

<small>■: 개똥이의 탐욕적인 행위를 나열함</small>

여기저기 간 곳마다 적실인심(積失人心)허겠구나
<small>인심을 많이 잃음</small>

사람마다 도적이요 원망하는 소리로다
<small>개똥이에 대한 사람들의 부정적인 평가</small>

이사나 하여 볼까 가장(家藏)을 다 팔아도 상팔십이 내 팔자라
<small>집안의 물건   가난하게 살았던 앞선 여든 해, 중국 주나라의 강태공이 80년간은 가난하게 살다가 그 뒤 80년간은 정승이 되어 잘살았다는 데서 유래함</small>

종손 핑계 위전(位田) 팔아 투전질이 생애로다
<small>제사 경비에 쓰기 위해 마련하는 토지</small>

제사 핑계 제기(祭器) 팔아 관재구설(官災口舌) 일어난다
<small>제사에 사용하는 그릇   관청에서 비롯되는 재앙과 시비</small>   ▶ 개똥이의 허랑방탕하고 탐욕스러운 행실 열거

뉘라서 돌아볼까 독부(獨夫)가 되단 말가
<small>설의적 표현. 개똥이를 아무도 돌보지 않음. 자업자득(自業自得)</small>

가련타 저 인생아 일조(一朝) 걸객(乞客)이라
<small>몰락한 개똥이에 대한 화자의 평가   몰락한 양반으로서 의관을 갖추고 다니며 빌어먹던 사람. 패가망신함</small>

「대모관자(玳瑁貫子) 어디 가고 물렛줄은 무슨 일고
<small>물렛줄로 갓끈을 한 것. 개똥이의 가난한 처지를 드러냄</small>

통영갓은 어디 가고 헌 파립(破笠)에 통모자라
<small>술을 마셔서 생기는 체증   해어지거나 찢어져 못 쓰게 된 갓</small>

주체로 못 먹던 밥 책력(冊曆) 보아 밥 먹는다
<small>개똥이의 몰락한 처지를 단적으로 드러냄. 매우 가난한 생활</small>

양볶이는 어디 가고 씀바귀를 단물 빨듯
<small>소의 위를 볶아 만든 음식   술찌끼를 물에 타서 뿌옇게 걸러 낸 탁주</small>

죽력고(竹瀝膏) 어디 가고 모주 한 잔 어려워라
<small>대나무 줄기를 구우면 나오는 끈끈한 진액을 뽑아 만든 술</small>

울타리가 땔나무요 동네 소금 반찬일세
<small>집 울타리를 땔감으로 쓰고 소금을 반찬으로 먹어야 할 만큼 가난함</small>

각장장판(角壯壯版) 소란(小欄) 반자 장지문이 어디 가고
<small>두꺼운 종이에 기름을 먹여 바른 장판</small>

벽 떨어진 단칸방에 거적자리 열두 잎에
<small>짚으로 엮은 깔개</small>

호적 종이 문 바르고 신주보가 갓끈이라
<small>신주를 모셔 두는 나무 궤를 덮던 보</small>

은안 준마 어디 가며 선후 구종(驅從) 어디 간고
<small>은으로 장식한 안장과 빠르게 잘 달리는 말   말을 타고 갈 때 앞에서 고삐를 잡고 끌거나 뒤에서 따르는 하인</small>

석새짚신 지팡이에 정강말이 제격이라
<small>끈이 매우 성글고 굵은 짚신   말이나 가마 등을 타지 않고 제 발로 걷는 것을 빗댄 표현</small>

삼승 버선 태사혜가 어데 가고 끄레발이 불쌍하고
<small>비단이나 가죽으로 만든 남자 신발   단정하지 못하고 어수선한 옷차림</small>

비단 주머니 십륙사 끈 화류면경(樺榴面鏡) 어디 가고
<small>화류 나무로 손잡이를 단 거울</small>

버선목 주머니에 삼노끈 꿰어 차고

돈피 배자 담비 휘양 어디 가며 능라주의(綾羅紬衣) 어디 간고
<small>담비 종류 동물의 모피   추울 때 쓰던 모자   비단옷과 명주옷</small>

동지섣달 베창옷에 삼복 다림 바지 거죽」
<small>가난으로 인해 계절에 맞지 않는 옷을 입는 상황</small>   <small>「」: 부유하고 화려했던 개똥이의 과거와 거지가 된 개똥이의 현재 처지를 대비하여 몰락한 상황을 강조함</small>

궁둥이는 울근불근 옆걸음질 병신같이
<small>■: 음성 상징어를 사용하여 인물의 행동을 묘사함</small>

담배 없는 빈 연죽(煙竹)을 소일 조로 손에 들고
<small>담뱃대</small>

어슷비슥 다니면서 남의 문전걸식하며
<small>이 집 저 집 돌아다니며 빌어먹음</small>

논밭을 팔아서 이자 주고 종을 팔아서 이잣돈을 주고
무덤가의 나무를 베어 장사하고 서책을 팔아 빚을 주고
동네 상놈을 불러서 일을 시키고 먼 데서 온 사람에게 행패를 부리며
잡아 오라 꿇어앉혀라 제 손으로 직접 몽둥이질하고
전당 잡아 세간을 뺏으며 계집 문서로 종을 삼고
알몸으로 몸을 결박하여 소를 뺏고 불호령으로 솥을 뺏으니
여기저기 가는 곳마다 인심을 많이 잃겠구나.
사람마다 그를 도적이라 하여 원망하는 소리가 높구나.
이사나 해 볼까 집안의 물건을 다 팔아도 가난살이 내 팔자라.
종손이라고 핑계하고 위전을 팔아 노름하는 것이 일이로다.
제사를 핑계 삼아 제기를 팔아먹고서 관가로부터 봉변을 당한다.
아무도 그를 돌아보지 않으니 완전히 외톨이가 되단 말인가.
가련하다 저 인생아, 하루아침에 거지가 되었구나.
고급스러운 관자는 어디 가고 물렛줄로 갓끈을 맨 것은 무슨 일인가.
(품질이 좋은) 통영갓은 어디 가고 찢어진 갓에 통모자를 썼구나.
술을 마셔서 생긴 체증으로 못 먹던 밥 이제는 달력을 보아 가며 밥을 먹는구나.
양볶이(좋은 음식)는 어디 가고 씀바귀를 단물 빨 듯 먹고
죽력고(좋은 술)는 어디 가고 모주 한 잔 먹기도 어렵구나.
울타리가 땔감이요, 동네 소금이 반찬이네.
비싼 장판과 반자, 장지문은 어디 가고 벽이 떨어진 단칸방에 거적자리 열두 잎에 호적을 썼던 종이로 문을 바르고 신주 싸던 보자기를 갓끈으로 쓰는구나.
호사스럽게 꾸민 좋은 말은 어디 가며 앞에서 말을 끌고 뒤에서 따르는 하인은 어디 갔는가.
성글고 굵은 짚신과 지팡이에 두 발로 걷는 것이 제격이라.
삼승 버선과 태사혜가 어디 가고 단정하지 못한 옷차림이 불쌍하고
비단 주머니에 고운 끈이 달린 고급 거울은 어디 가고
버선목 주머니에 삼노끈을 꿰어 차고
담비 가죽으로 만든 옷과 담비로 만든 모자 어디 가며 비단옷과 명주옷은 어디 갔는가.
동지섣달에는 베로 만든 옷옷에 삼복더위에는 두꺼운 바지 입고
궁둥이는 울근불근 옆걸음질 병신같이 하고
담배 없는 빈 담뱃대를 할 일 없이 손에 들고
어슷비슷 다니면서 남의 집에 문전걸식하며

역질 핑계 제사 핑계 야속하다 너의 인심 원망할사 팔자타령
동네 사람들이 전염병, 제사를 핑계로 개똥이를 도와주지 않음(개똥이가 동네에서 인심을 잃음)

▶ 패가망신하여 거지가 된 개똥이의 모습

★주목 저 건너 **꼼생원**은 제 아비의 덕분으로 **돈천**이나 가졌더니
　　　　　: 세 명의 우부 가운데 한 명　　　　적지 않은 돈

술 한잔 밥 한술을 친구 대접하였던가
주위 사람들에게 인색함

주제넘게 아는 **체**로 **음양 술수** 탐혼하여
길흉화복을 점치는 방법

당대발복(當代發福) 구산하기 피란 곳 찾아가며
부모를 좋은 묘지에 장사 지냄으로써 자식이 부귀를 누리기 위해 명산을 찾아다님

올 적 갈 적 **행로상(行路上)**에 처자식을 흩어 놓고
집안의 가장임에도 처자식에게는 무관심한 꼼생원

유무상조(有無相助) 아니 하면 **조석 난계(難計)**할 수 없다
아침저녁을 잇기 어려움

「**기인취물(欺人取物)**하자 하니 두 번째는 아니 속고
사람을 속이고 재물을 빼앗음

공납범용(公納犯用)하자 하니 **일갓집**에 부자 없고 「┌ 대구법. 남을 속이거나 국가의 세금을
국가의 세금을 마음대로 씀　　　　친척집　　　　횡령하려고 하는 모습을 통해 꼼생원
　　　　　　　　　　　　　　　　　　　　의 도덕적 타락을 강조함

뜬재물 경영하고 **경향(京鄕)** 없이 싸다니며
우연히 얻은 재물　　　서울과 시골　　여기저기를 채신없이 분주히 돌아다님

재상가에 **청(請)**질하다 봉변하고 물러서고
권세 있는 사람에게 부탁하여 그 힘을 빌리는 일

남의 골에 **검태** 갔다 **혼검**에 쫓겨 와서
체면을 돌아보지 않고 재물을 얻음 └ 관가에서 잡인의 출입을 금하던 일

혼인 중매 혼자 들다 **무렴(無廉)** 보고 **뺨** 맞으며
염치가 없음을 느껴 마음이 부끄럽고 거북함

가대문서(家垈文書) **구문** 먹기 핀잔먹고 자빠지기
집문서　　　　　흥정을 붙여 준 대가로 받는 돈

불리 행세 찌그렁이 위조문서 **비리호송(非理好訟)**
남에게 억지로 떼를 씀　　이치에 맞지 않는 송사를 잘 일으킴

부자나 후려 볼까 **감언이설(甘言利說)** 꾀어 보세
보(狀)를 막기 위하여 둑을 쌓거나 고치는 일 └ 귀가 솔깃하도록 남의 비위를 맞추거나 이로운 조건을 내세워 꾀는 말

언막이며 **보막**이며 **은점**이며 **금점**이며
논에 물을 대기 위하여 막아 쌓은 둑

대로변에 **색주가(色酒家)**며 노름판에 푼돈 떼기
　　　　　술집

남북촌에 뚜쟁이로 **인물초인(人物招引)**하여 볼까
남촌과 북촌 중매쟁이　　　사람을 꾀어 끌어감

산진매 수진매에 사냥질로 놀러 갈 제
　　매의 종류

대종손(大宗孫) 양반 자랑 산소나 팔아 볼까
큰 종갓집의 맏자손

혼인 핑계 어린 딸은 백 냥짜리 되었구나
집안의 가장임에도 무책임하고 비윤리적인 모습을 보이는 꼼생원

아낙은 친정살이 자식들은 고생살이

일가에 눈이 희고 친구의 손가락질
친척들이 눈을 흘기고

부지거처(不知去處) 나가더니 소문이나 들어 볼까 ▶ 꼼생원의 악한 행실과 그에 대한 비판
간 곳을 모름

산 너머 **꽁생원** 그야말로 **하우(下愚)**로다 ▓: 세 명의 우부 가운데 한 명　아주 어리석은 사람 ▓: 꽁생원에 대한 화자의 부정적 평가가 나타남

거들어서 한 말 자랑 대장부의 결기로다
반어적 표현. 꽁생원의 거들먹거리는 태도를 비판함

동네 **존장** 몰라보고 **이소능장(以少凌長)** 욕하기와
　　어른　　　　젊은 사람이 나이 많은 사람을 업신여김

의관열파(衣冠裂破) 사람 치고 맞았다고 떼쓰기와
옷과 갓을 찢고 부수며 싸움　　　　떡 달라고 하기

남의 과부 겁탈하기 **투장(偷葬)** 간 곳 청병하기
남의 산이나 묏자리에 몰래 자기 집안의 묘를 쓰는 일

친척 집의 소 끌기와 주먹다짐 일쑤로다

부잣집에 긴한 체로 친한 사람 이간질과

돌림병 제사 핑계하는 동네 인심을 야속
하다 탓하면서 팔자를 원망하는구나.
저 건너 꼼생원은 제 아비의 덕분으로 많
은 돈을 가졌더니
술 한잔 밥 한술을 친구에게 대접하였
던가.
주제넘게 아는 체로 길흉화복 점치기에
빠져
당대에 복을 받고자 좋은 묏자리를 찾아
다니며
올 때 갈 때 길바닥에 처자식을 흩어 놓고
있는 사람들이 돕지 않으면 끼니를 잇기
어렵다.
사람을 속여 재물을 빼앗자 하니 두 번째
는 아니 속고
국가의 세금을 횡령하자 하니 친척집에
부자 없고
허황된 재물을 바라면서 여기저기 분주
히 돌아다니며
재상가에 부탁하다 봉변당하여 물러서고
남의 고을에 재물 얻으러 갔다 관아의 출
입 금지에 쫓겨 와서
혼인 중매를 혼자 들다 무안을 당하고 뺨
맞으며
집문서를 가지고 흥정비를 받으려다 핀
잔 듣고 자빠지기
이롭지 않은 행동을 하고 생떼 쓰며 위조
문서로 송사를 일으키고
부자나 속여 볼까 달콤한 말로 꾀어 보세.
언막이며 보막이며 은광이며 금광이며
(찾아다니고)
큰길가에 술집이며 노름판에 푼돈 떼기
남북촌에 뚜쟁이로 사람들을 끌어 볼까.
산진매, 수진매에 사냥질로 놀러 갈 때
대종손 양반 자랑 산소나 팔아 볼까.
결혼을 핑계로 어린 딸은 백 냥짜리가 되
었구나.
아내는 친정살이 자식들은 고생살이
친척들은 눈을 흘기고 친구들은 손가락질
어디론가 나가더니 소문이나 들어 볼까.
산 너머 꽁생원은 그야말로 아주 어리석
은 사람이로다.
거들먹거리며 한 말 자랑 대장부의 결기
동네 어른 몰라보고 업신여기고 욕하기와
의관 찢고 싸우며 사람 때리고 맞았다고
떼쓰기와
남의 과부 겁탈하고 몰래 무덤을 쓰는 곳
에 가서 떡 달라고 하기
친척 집의 소 끌고 가기와 주먹다짐 일쑤
로다.
부잣집에 아첨하고 친한 사람을 이간질
하고

국어 영역_문학

<u>월숫돈 일숫돈 장변리(場邊利) 장체계(場遞計)</u>며
　　　　　　　사채와 고리대금과 관련된 행위

「제 부모의 몹쓸 행사 투전꾼은 좋아하며 손목 잡고 술 권하며

제 처자는 몰라보고 노리개로 정표 주며

자식 노릇 못하면서 제 자식은 귀히 알며

며느리는 들볶으며 봉양 잘못 호령한다」『　노름꾼이나 다른 여자에게는 쓸데없이 잘하면서.
　　　　윗어른을 받들어 모심　　　　가족은 돌보지 않는 꾕생원

기둥 베고 벽 떠러라 천하 난봉 자칭하니 부끄럼을 모르고서
　　　　언행이 허황하고 착실하지 못하며 주색에 빠져 행실이 더러운 사람

<u>주리 틀려 경친 것을</u> 웃을 벗고 자랑하며
　　　형벌을 받은 것

술집이 안방이요 투전방이 사랑이라

「늙은 부모 병든 처자 손톱 발톱 제쳐 가며
『　가족들이 손발이 상해 가며 잠 못 자고 길쌈한 것을 도박에 탕진함

잠 못 자고 <u>길쌈</u>한 것 술 내기로 장기 두고」
　　　　　실을 내어 옷감을 짜는 모든 일

<u>책망(責望)</u> 없이 버린 몸이 무슨 생애 못하여서
아무도 잘못된 것에 대해 책망하지 않고 그냥 놔두는 버려진 신세

누이 자식 조카자식 색주가로 <u>환매(還賣)</u>하며
　　　　　　　　　　　물건과 물건을 직접 서로 바꿈

부모가 걱정하면 와락더락 부르대며

아낙이 사설하면 밥상 치고 계집 치기
　　　잔소리나 푸념을 늘어놓으면

도망산에 <u>뫼를 썼나 저녁 굶고 또 나간다</u>
언어유희를 통해 집 안에 있지 않고 밖을 나돌아 다니는 꾕생원을 풍자함

<u>포청 귀신</u> 되었는지 듣도 보도 못할레라
포도청에 잡혀가서 죽은 귀신

▶ 꾕생원의 악한 행실과 그에 대한 비판

감상 포인트

작품에 나열된 인물의 행동을 중심으로 작품의 주제 의식을 파악해야 한다.

월숫돈, 일숫돈, 이자 받기며
자기 부모에게 몹쓸 짓하고 투전꾼은 좋아하며 손목 잡고 술 권하며
제 처자식은 몰라보고 (다른 여자에게) 노리개를 정표로 주며
자식 노릇 못하면서 제 자식은 귀히 알며
며느리는 들볶으며 봉양을 잘못한다고 호령한다.
기둥 베고 벽 떨어라 천하에 난봉꾼이라 스스로 칭하니 부끄러움을 모르고서
주리 틀려 혹독하게 벌 받은 것을 웃을 벗고 자랑하며
술집이 안방이요 투전방이 사랑이라.
늙은 부모 병든 처자 손톱 발톱을 젖혀 가며
잠 못 자고 길쌈한 것 술 내기로 장기 두고
책망 없이 버린 몸이 무슨 생애 못하여서
누이 자식, 조카자식을 술집에 팔아넘기고
부모가 걱정하면 와락 달려들어 거친 말로 야단스럽게 떠들어 대며
아내가 푸념하면 밥상 치고 아내 때리기
도망산에 묘를 썼나 저녁 굶고 또 나간다.
포도청 귀신이 되었는지 듣지도 보지도 못하겠더라.

• 작품의 성격

교훈적	세 우부의 도덕적 타락상을 보여 줌으로써 바람직한 삶의 태도를 일깨움
풍자적	윤리를 지키지 않고 타락한 삶을 사는 세 우부를 비판하며 풍자함
사실적	몰락한 양반의 삶과 서민 사회의 모습을 묘사함

• 작품의 구성

개똥이 ↓ 꼼생원 ↓ 꾕생원	서사	비판의 대상이 되는 인물 제시
	본사	각 인물의 비윤리적 일탈 행위 열거
	결사	각 인물의 패가망신한 모습과 그 이후 상황 제시

작품의 주제 의식을 나타내기 위해 사용된 다양한 표현상의 특징 및 효과를 파악할 수 있어야 한다.

✦ 표현상 특징

대상과 거리 두기	행동의 주체를 3인칭으로 제시하여 의도적으로 거리를 둠 → '저 화상을 구경하게 / 남촌 한량 개똥이는', '저 건너 꼼생원은', '산 너머 꾕생원'
열거, 반복	대상의 타락한 행동을 구체적이고 적나라하게 나열함 → '이리 모여 노름 놀기 ~ 오입장이 친구로다', '가대문서 구문 먹기 ~ 위조문서 비리호송', '동네 존장 몰라보고 ~ 주먹다짐 일쑤로다' 등
대조, 대구	대조와 대구를 통해 대상의 잘못된 행위와 현재 상황을 부각함 → '후할 데는 박하여서 한 푼 돈에 땀이 나고 / 박할 데는 후하여서 수백 냥이 헛것이라', '대모관자 어디 가고 물렛줄은 무슨 일고 / 통영갓은 어디 가고 헌 파립에 통모자라'
직접적 제시	대상의 성격을 직접적으로 제시하여 대상에 대한 화자의 비판적 태도를 드러냄 → '무식하고 미련하고 용통하여', '가량없이 주제넘어',
반어	반어적 표현을 활용하여 대상에 대한 부정적 평가를 드러냄 → '거들어서 한 말 자랑 대장부의 걸기로다'

이 작품에는 '개똥이' 외에도 두 명('꼼생원', '꾕생원')의 우부가 더 등장하고 있다. 이들의 공통적인 모습을 통해 작품의 주제 의식을 파악할 수 있어야 한다.

✦ 작품에 형상화된 '개똥이'의 특성

시적 상황		'개똥이'의 모습
'시체 따라 의관하고 남의 눈만 위하겠다'	→	남의 눈을 의식하고 남에게 과시하는 성격이 드러남
'명조상을 떠세하고 세도 구멍 기웃기웃 / 염량 보아 진봉하기'	→	권력자에게 아부하고 뇌물을 바치는 기회주의적인 인물의 면모가 드러남
'내 무식은 생각 않고 어진 사람 미워하기', '승기 자를 염지하니'	→	덕망이 있는 사람을 시기하고 미워하는 '개똥이'의 용렬한 성격이 드러남
'내 행세는 개차반에 경계판을 짊어지고 ~ 시비의 선봉이라'	→	자신의 잘못된 행동은 돌아보지 않고 남의 시비만 가리며 싸우기를 좋아하는 '개똥이'의 위선적인 면모가 드러남
'동네 상놈 부역이요 먼 데 사람 행악이며 / 잡아오라 꺼물리라 자장격지 몽둥이질'	→	남에게 폭력을 가하고 횡포를 부리는 '개똥이'의 포악한 성격이 드러남
'전당 잡고 세간 뺏기 계집 문서 종 삼기와 / 살결박에 소 뺏기와 불호령에 솥 뺏기와'	→	남의 재물을 빼앗는 탐욕적인 '개똥이'의 성격이 드러남

✦ 작품에 형상화된 세 우부(어리석은 남자)의 공통적 모습

개똥이		꼼생원		꾕생원
부모덕에 호의호식하나 재물을 사치와 낭비로 탕진하고 가난한 서민을 대상으로 악질적인 고리대금업을 하여 인심을 잃음	=	조세를 함부로 쓰고 문서를 위조하는 등 사기 행각을 벌임. 개똥이와 마찬가지로 무절제한 삶을 살아감	=	평생 빚에 의지하여 술과 노름에 빠져 살면서 돈 때문에 가족 간에 지켜야 할 윤리마저 파괴하는 타락한 삶을 살아감

↓

작품의 주제 의식
세 명의 우부는 타락한 삶을 살아가다 비참한 말로를 맞이한다는 공통점이 있음 → 도덕적 타락에 대한 비판과 부정적 행동을 해서는 안 된다는 훈계의 목적을 담고 있음

◉ 작품 한눈에

• **해제**

〈우부가〉는 제목을 통해 밝히고 있는 바와 같이 어리석은 짓을 일삼는 남자들의 행태를 제시하며, 이에 대한 비판과 경계의 필요성을 강조하고 있는 가사이다. 이 작품에 등장하는 우부는 '개똥이', '꼼생원', '꾕생원'으로, 화자는 패륜과 패악을 일삼는 이들에 대해 강한 비판의 의도를 드러내고 있다. 그러면서 무위도식하거나 분별없이 행동하는 이들의 비윤리적인 일탈 행위를 다양한 표현 방법을 사용하여 다채롭게 묘사함으로써 설득력을 높이고 시상 전개상의 흥미를 유발하고 있다. 또한 이들의 파렴치한 행동에 따른 비참한 결과를 제시하여 처세를 조심해야 함을 부각하는 동시에, 도덕적인 삶의 중요성을 강조하고 있다.

• **화자와 시적 상황**

화자는 '개똥이', '꼼생원', '꾕생원' 등 세 명의 어리석은 남성의 부패한 행태를 나열하며 풍자하고 있다. 화자는 이 세 인물과 거리를 두며 비판적 시선으로 그들의 삶을 그려 내고 있다.

• **주제**

어리석은 남자들(우부)의 도덕적 타락에 대한 비판과 경계

• **연계 학습 작품**

> • 부정한 인물에 대한 경계의 태도를 드러낸 작품
> 〈용부가〉_작자 미상
> 〈복선화음가〉_작자 미상

• **다른 작품과의 비교**

〈우부가〉와 유사한 인물형이 나타나는 〈용부가〉와 비교하여 감상할 수 있다.

> 남문 밖 뺑덕어미 천성(天性)이 저러한가 배워서 그러한가 본데없이 자라나서 여기저기 무릎맞춤 싸움질로 세월이며 남의 말 말전주와 들으면 음식 공론 제 조상은 부지(不知)하고 불공(佛供)하기 위업(爲業)할 제
> (중략)
> 무식한 창생(蒼生)들아 저 거동(擧動)을 자세 보고
> 그른 일 알았거든 고칠 개(改) 자 힘을 쓰소
> 옳은 말을 들었거든 행하기를 위업(爲業)하소
> – 작자 미상, 〈용부가(庸婦歌)〉

→ 〈용부가〉는 인륜이나 도덕을 어기고 온갖 악행을 저지르는 두 여인을 풍자함으로써 도덕적 교훈을 전달하는 작품이다. 〈우부가〉와 〈용부가〉는 등장인물의 성별만 다를 뿐, 모두 부도덕한 대상의 행실을 열거하여 풍자함으로써 세태를 비판하고 잘못된 행동을 경계하려는 작가의 의도를 드러내고 있다.

한 줄 평 | (가) 백성의 뜻이 전달되지 못하는 현실을 비판하는 노래
(나) 부조리한 현실에서 고통받는 백성들의 삶을 읊은 노래

벌의 줄 잡은 갓을 ▸ 신헌조
착빙행 ▸ 김창협

⋯ 기출 수록 교육청 (나) 2008 7월

감상 포인트
현실을 바라보는 화자의 정서·태도에 주목한다.

가

벌레가 친 줄
벌의 줄 잡은 갓을 쓰고 헌 옷 입은 저 백성(百姓)이
초라한 외관으로 고통받는 백성의 모습을 제시함
　　　　　　　　　▸ 초장: 전할 뜻이 있어 관아를 찾아온 초라한 백성의 모습

그 무슨 정원(情願)으로 두 손에 소지(所志) 쥐고 공사문(公事門) 들이달아 앉는
　　진정으로 바람　　예전에, 청원이 있을 때에 관에 내던 서면　　다급한 상황에 처한 백성의 모습

고나 동헌(東軒) 뜰의 쥐 같은 형방(刑房) 놈과 범 같은 나졸(邏卒)들이 아뢰어라
　　　　　　　　　백성의 뜻이 제대로 전달되는 것을 막는 중간 관리들(직유법)　　형방과 나졸의 발화 인용

한 소리에 혼비백산(魂飛魄散)하여 하올 말 다 못 하니 옳은 송리(訟理) 굽어지네
　　관리들의 호령에 위축되어 말을 제대로 못함　　올바른 송사가 이루어지지 않음 ▸ 중장: 형방과 나졸들의 태도에
　　　　　　　　　　　　　　　　　　　　　　　　　　　　　　제 뜻을 제대로 전하지 못하는 백성

아마도 평이근민(平易近民)하여야 도달민정(到達民情) 하리라
　　평소에 백성과 가까이함　　백성들의 속사정을 잘 알게 됨 ▸ 종장: 백성들의 뜻을 알기 위한
　　　　　　　　　　　　　　　　　　　　　　　　평이근민하는 태도의 중요성

■ 동헌: 지방 관아에서 공사를 처리하던 건물.

나

공간적 배경
동지섣달 한강이 처음 꽁꽁 얼어붙자　　　　　　　季冬江漢氷始壯
계절적 배경. 11~12월(음력)　　　　　　　　　　　　계 동 강 한 빙 시 장

천 사람 만 사람이 강 위로 나와서는　　　　　　千人萬人出江上
얼음 채취 부역에 동원되어 고통받는 백성들　　　　천 인 만 인 출 강 상

쩡쩡 도끼 휘두르며 얼음을 깎아 내니　　　　　丁丁斧斤亂相斲
의성어. 청각적 이미지로 현장의 느낌을 생생하게 전달함　정 정 부 근 란 상 착

은은한 그 소리가 용궁까지 울리누나　　　　　隱隱下侵馮夷國
과장 → 백성이 하는 노동의 힘겨움을 강조함 ▸ 1~4행: 겨울철 얼음 채취 부역에 시달리는 백성들　은 은 하 침 빙 이 국

깎아 낸 층층 얼음 흡사 설산 같아　　　　　　　斲出層氷似雪山
비유를 통한 시각화. 과장법　　　　　　　　　　　　착 출 층 빙 사 설 산

쌓인 음기 싸늘히 뼛속까지 스며드네　　　　　積陰凜凜逼人寒
촉각적 이미지　　　　　　　　　　　　　　　　　　적 음 늠 름 핍 인 한

「**아침마다 등에 지고 빙고에 저장하고**　　　　　朝朝背負入凌陰
얼음을 넣어 두는 창고　　　　　　　　　　　　　　조 조 배 부 입 릉 음

밤마다 망치 끝을 들고 강에 모이누나」　　　　夜夜椎鑿集江心
「 」: 밤낮을 가리지 않는 노동의 과중함 ▸ 5~8행: 겨울밤까지 과중하게 노동하는 백성들　야 야 추 착 집 강 심

낮은 짧고 밤은 긴데 밤새 쉬지 않고　　　　　書短夜長夜未休
백성들이 밤에도 고된 일을 하는 상황　　　　　　　주 단 야 장 야 미 휴

강 위에서 노동요를 서로 주고받네　　　　　　勞歌相應在中洲
청각적 이미지　　　　　　　　　　　　　　　　　노 가 상 응 재 중 주

정강이 가린 짧은 홑옷에 짚신도 없어　　　　短衣至骭足無屝
짧은 홑옷, 맨발 차림으로 일을 하는 백성들의 모습 시각화　단 의 지 한 족 무 비

강가 모진 바람에 손가락 떨어지네　　　　　　江上嚴風欲墮指
강가의 매서운 바람에 손가락이 떨어짐. 과장법. 촉각적 이미지 ▸ 9~12행: 백성들이 겪는 노동의 비참함　강 상 엄 풍 욕 타 지

유월이라 푹푹 찌는 여름 고당 위에는　　　　高堂六月盛炎蒸
계절적 배경　　　높다랗게 지은 집　　　　　　　　고 당 유 월 성 염 증

「**미인이 고운 손으로 맑은 얼음 전해 주니**　　美人素手傳淸氷
노동하지 않는 손 → 고통받는 백성들의 모습과 대비됨　「 」: 시각적 이미지　　미 인 소 수 전 청 빙

난도로 내리쳐서 온 자리에 나눠 주면　　　　鸞刀擊碎四座徧
　　　　　　　　　　　　　　　　　　　　　　난 도 격 쇄 사 좌 편

허공 밝은 태양 아래 하얀 눈발 흩날린다」　　空裏白日流素霰
무더위 속에서 얼음을 즐기는 양반들　　　　　　　공 리 백 일 류 소 산

당에 가득 즐기는 사람은 무더위를 모르거니　滿堂歡樂不知暑
고당 ↔ 한강　　　▸ 13~17행: 백성들의 고통과 희생을 모르는 양반들　만 당 환 락 부 지 서

얼음 깨는 수고로움을 그 누가 말해 주랴　　誰言鑿氷此勞苦
설의법. 백성들의 수고를 알아주는 사람이 없는 현실　수 언 착 빙 차 로 고

「**그댄 못 보았나 길가에서 더위에 죽어 가는 백성들을**　君不見道傍暍死民
무더위 속에서 얼음을 즐기는 양반들의 모습과 대비됨　군 불 견 도 방 갈 사 민

대부분 강 위에서 얼음 캐던 사람이라네」　　多是江中鑿氷人
「 」: 말을 건네는 방식과 도치법 활용 ▸ 18~20행: 백성들이 죽음으로 몰리는 부조리한 현실 비판　다 시 강 중 착 빙 인
　　　　　　　　　　→ 백성들의 참상을 강조함(문제 제기)

▤ **작품 분석 노트**

✏ **현대어 풀이**

가

벌레가 줄을 친 갓을 쓰고 헌 옷을 입은 저 백성이 그 무슨 진정한 바람이 있기에 두 손에 소지 쥐고 공사문을 들이달아 앉는구나. 동헌 뜰의 쥐 같은 형방 놈과 범 같은 나졸들이 '아뢰어라' 외치는 소리에 (백성이) 혼비백산하여 할 말을 다 못 하니 올바른 송사가 이루어지지 않는구나. 아마도 평소에 백성과 가까이해야 백성들의 속사정을 잘 알게 되리라.

• **가**의 비유적 표현

쥐 같은 형방 놈과 범 같은 나졸들

형방을 쥐에 빗대고 나졸을 범에 빗대어 관리들의 간사하고 무서운 성격을 나타냄

• **나**의 '한강'과 '고당'의 공간 대비

한강	고당
백성들이 얼음을 채취하며 노동에 힘겨워 하는 공간	양반들이 무더위 속에서 얼음을 즐기는 공간

• **나**의 소재의 의미와 기능

고운 손	• 얼음을 나눠 주는 손 • 미인의 노동하지 않은 손
하얀 눈발	얼음을 깨자 햇살 쨍쨍한 공중으로 흩날리는 얼음 조각

↓

더운 날 얼음을 즐기는 양반들의 모습 형상화

겨울에는 얼음을 채취하고 여름에는 무더위에 시달리는 백성들의 상황과 대비를 이룸

핵심 포인트 1 　시상 전개 방식 파악

(가)와 (나)의 화자가 시적 상황을 인식하는 과정을 바탕으로 작품의 구조와 주제를 파악할 수 있어야 한다.

+ (가)의 구조

전할 뜻이 있어 관아를 찾아온 초라한 백성의 모습
↓
형방과 나졸 등 관리들을 두려워하며 할 말을 제대로 못하는 백성에 대한 안타까움
↓
관리들이 평상시에 백성들과 가까이 지내야 한다는 개선책 제시

+ (나)의 구조

얼음 채취 부역에 동원된 백성들의 비참한 모습
↓
무더위 속에서 얼음을 즐기는 양반들의 모습
↓
고통받는 백성들의 삶에 대한 문제의식 제기, 부조리한 현실 비판

핵심 포인트 2 　표현상 특징 파악

(가)와 (나)는 주제를 형상화하는 과정에서 다양한 표현상 특징을 활용하고 있으므로 이를 알아 두어야 한다.

+ (가)와 (나)의 표현상 특징

(가)	• 구체적 외양 묘사를 통해 백성의 모습을 시각적으로 나타냄 　→ '벌의 줄 잡은 갓을 쓰고 헌 옷 입은 저 백성' • 비유적 표현을 통해 형방과 나졸의 성격을 짐작하게 함(직유법) 　→ '쥐 같은 형방 놈과 범 같은 나졸들' • 형방과 나졸의 발화를 인용하여 이들이 백성에게 호령하는 상황을 생생하게 그림 　→ '쥐 같은 형방 놈과 범 같은 나졸들이 아뢰어라 한 소리에'
(나)	• 시각적·청각적·촉각적 이미지 등 다양한 감각적 이미지의 활용이 나타남 • 계절적·시간적 배경을 활용하여 대상이 처한 상황을 강조함 　→ '동지섣달 한강이 처음 꽁꽁 얼어붙자 ~ 얼음을 깎아 내니', '유월이라 푹푹 찌는 여름 ~ 맑은 얼음 전해 주니' 　→ '아침마다 등에 지고 빙고에 저장하고 / 밤마다 망치 끌을 들고 강에 모이누나' • 설의법을 사용해 백성들의 수고를 알아주는 사람이 없는 현실에 대한 안타까움을 드러냄 　→ '얼음 깨는 수고로움을 그 누가 말해 주랴' • 말을 건네는 방식과 도치법을 활용하여 부조리한 현실에 대한 각성과 성찰을 유도함 　→ '그댄 못 보았나 길가에서 더위에 죽어 가는 백성들을 / 대부분 강 위에서 얼음 캐던 사람이라네'

핵심 포인트 3 　다른 작품과의 비교

(나)는 백성들의 비참한 삶을 다룬 다른 작품과 비교하여 감상할 수 있어야 한다.

+ 김창협의 〈산민〉과의 비교

> 말에 내려 인가를 찾아가 보니 / 아낙네 문간에 나와 맞이하네. / 띠집 처마 아래 손을 앉게 하고 / 나를 위해 밥과 반찬 내어 오네.　손님
> 남편은 어디에 나가 있냐 하니 / 아침에 따비를 메고 산에 올라 / 산밭을 일구느라 고생을 하며 / 저물도록 돌아오지 못한다네.　풀뿌리를 뽑거나 밭을 가는 데 쓰는 농기구
> 사방을 둘러봐도 이웃은 없고 / 개와 닭도 산기슭에 의지해 사네. / 숲속에는 사나운 호랑이 많아 / 나물도 마음대로 못 뜯는다네.
> 슬프다 산속 외딴 살이 무엇이 좋아서 / 가파른 이 산중에 있는고. / 평지에 살면 더없이 좋으련만 / 가고 싶어도 벼슬아치 두렵다네.
> 　　　　　　　　　　　　　　　　　　　　　　　　– 김창협, 〈산민〉

→ (나)와 〈산민〉의 시적 화자는 모두 사대부로서 백성들의 비참하고 고된 삶을 제시하고 이에 대한 연민의 감정을 드러내고 있다. 또한 백성들의 고달픈 삶의 원인이 되는 부당한 사회 현실을 고발하고 있다.

작품 한눈에

가
• **해제**

〈벌의 줄 잡은 갓은〉은 작가 신헌조가 강원 관찰사로 재직했을 때의 경험을 바탕으로 창작한 작품이다. 형방과 나졸의 고압적인 태도에 혼비백산하여 할 말조차 제대로 하지 못하는 백성의 모습을 통해 당시 공공연하게 행해졌던 중간 관리들의 횡포의 한 단면을 보여 주고 있다. 작가는 이와 같은 모습을 비판하는 데 그치지 않고 선정(善政)을 위해서는 '평이근민'하는 태도가 필요함을 제시하고 있다.

• **화자와 시적 상황**

화자는 초라한 모습을 하고 전할 뜻이 있어 관아에 어려운 걸음을 한 백성을 바라보고 있다. 그리고 백성이 형방과 나졸들의 호령에 겁을 먹고 말을 제대로 하지 못하면서 올바른 송사가 이루어지지 못하는 데 대해 안타까움을 느끼며 관리들이 평이근민하는 태도를 지녀야 한다고 말하고 있다.

• **주제**

선정(善政)을 위한 평이근민하는 태도의 중요성

나
• **해제**

〈착빙행〉은 한겨울에 얼음을 채취해야 하는 백성들의 고통과 무더위 속에서 얼음을 즐기는 양반들의 환락을 대조적으로 제시하여 백성들의 비참한 현실을 부각하고 있는 작품이다. 마지막 구절에서 특히 '그대'라는 청자에게 말을 건네는 듯한 표현을 사용하여 부조리한 현실에 대한 각성과 성찰을 유도하고 있다.

• **화자와 시적 상황**

화자는 동지섣달 한강에서 밤낮없이 얼음을 채취하는 백성들의 고통스러운 모습을 그리고 있다. 그리고 유월 여름이 되어 양반들은 얼음을 즐기는데, 겨울철 얼음을 캐던 백성들은 더위로 인해 길가에서 죽어 가는 상황을 안타까워하고 있다.

• **주제**

고통받는 백성들의 비참한 현실 고발

• **연계 학습 작품**

> • 백성들의 비참한 삶과 관리들의 횡포를 노래한 작품
　〈견여탄〉_정약용
> • 백성들의 고달픈 삶을 통해 부조리한 현실을 고발하는 작품
　〈산민〉_김창협

홍무 정사년 일본에 사신으로 가서 지음 ▶ 정몽주

★주목

계절적 배경, 시각적 이미지: 화자의 처지와 대비되는 상황

섬나라에 봄빛이 움직이지만
공간적 배경, 일본　『 』: 고향에 돌아가지 못하는 처지 → 괴로움의 원인이 됨

하늘가의「길손은 못 돌아가네」
먼 길을 가는 나그네 – 화자의 처지를 비유함

풀은 천 리 잇달아 푸르러 있고
고향과의 공간적 거리감　색채 이미지　▨: 고향에 대한 그리움을 심화하는 객관적 상관물

「달은 타향 고향에 함께 밝구나」
『 』 화자가 바라보는 달이 고향도
시각적 이미지　밝게 비출 것이라고 여김

유세에 황금 죄다 써 없어지고
사신으로서의 임무 수행의 어려움

고향이 그리워서 흰머리 나네
화자의 주된 정서　타지에서의 고생과 고향에 대한 그리움을 시각적으로 형상화함

사나이가 사방에 뜻 두는 것은
사신으로서의 임무를 생각함 – 시상의 전환

공명만을 위한 것은 아닐 터인데
일본에서 머무는 이유가 개인적 공명만을 위한 것이 아니라,
나라와 임금을 위한 것임을 드러냄

水國春光動
수 국 춘 광 동

天涯客未行
천 애 객 미 행

草連千里綠
초 연 천 리 록

月共兩鄕明
월 공 양 향 명

遊說黃金盡
유 설 황 금 진

思歸白髮生
사 귀 백 발 생

男兒四方志
남 아 사 방 지

不獨爲功名
불 독 위 공 명

〈제3수〉

▶ 제3수: 고향에 돌아가지 못하는 안타까움과 대장부의 큰 뜻

감상 포인트

계절적 배경 및 다양한 소재를 통해 드러나는
화자의 정서에 유의하며 작품을 감상한다.

평생 동안 남과 북에 분주했지만

마음먹은 일은 자꾸 빗나가도다
사신의 임무를 뜻대로 수행하지 못함을 탄식함

고국은 바다 서편 언덕에 있고
공간적 거리감을 통해 고국과 멀리 떨어진 화자의 처지를 나타냄

외로운 배는 하늘 이쪽에 있네
의인법, 감정 이입의 대상　　계절감, 시각적 이미지

매화 핀 창가에는 봄빛 이르고
화자가 거처하는 공간

판잣집엔 빗소리 크게 나누나
고향 생각으로 인한 화자의 괴로운 심정 반영 – 청각적 이미지

홀로 앉아 긴 해를 보내거니와

집 생각의 괴로움 어찌 견디랴
괴로움의 근본적 원인　　설의법

平生南與北
평 생 남 여 북

心事轉蹉跎
심 사 전 차 타

故國海西岸
고 국 해 서 안

孤舟天一涯
고 주 천 일 애

梅窓春色早
매 창 춘 색 조

板屋雨聲多
판 옥 우 성 다

獨坐消長日
독 좌 소 장 일

那堪苦憶家
나 감 고 억 가

〈제4수〉

▶ 제4수: 사신으로서의 괴로움과 고향에 대한 그리움

꿈꾸는 건 계림의 우리 옛집뿐인데
고향에 돌아가고 싶은 간절한 마음

해마다 무슨 일로 돌아가지 못하나
고향으로 돌아가지 못하는 처지에 대한 탄식

반평생을 괴로이 허무한 공명에 묶여
사신으로서의 책무, 자책감

만 리 밖 풍속 다른 나라에 있네
고향과의 거리감　이국땅인 일본

바다가 가까워서 먹을 고기 제공하나
고향에 소식을 전달하는 매개체

「하늘 멀어 소식 전할 기러기 없네」
『 』: 고향에 소식을 전하고 싶지만 단절된 상황

배 돌아갈 때는 매화를 얻어 가서
고국으로 돌아가는 때

시내 남쪽에 심고 성긴 모양 보리라

夢繞鷄林舊弊廬
몽 요 계 림 구 폐 려

年年何事未歸歟
연 년 하 사 미 귀 여

半生苦被浮名縛
반 생 고 피 부 명 박

萬里還鄕異俗居
만 리 환 향 이 속 거

海近有魚供旅食
해 근 유 어 공 려 식

天長無雁寄鄕書
천 장 무 안 기 향 서

舟回乞得梅花去
주 회 걸 득 매 화 거

種向溪南看影疏
종 향 계 남 간 영 소

〈제5수〉

▶ 제5수: 고향에 대한 그리움과 고향에 돌아가고 싶은 마음

작품 분석 노트

• 계절적 이미지의 활용

〈제3수〉	• 섬나라에 봄빛이 움직이지만 • 풀은 천 리 잇달아 푸르러 있고
〈제4수〉	매화 핀 창가에는 봄빛 이르고

이 작품에서는 '봄빛이 움직이지만', '봄빛 이르고'라는 표현과, '풀', '매화'와 같은 소재를 통해 봄이라는 계절적 배경을 드러내고 있다. 이렇게 화자가 이국땅에서 맞이한 봄은 고국을 그리워하는 화자의 정서를 부각하는 계절적 배경이라고 할 수 있다.

• 화자와 '배'의 관계

화자		배
이국땅에 머물며 고향으로 돌아가지 못함	=	바다 서편 언덕(고국)과 멀리 떨어져 있는 외로운 존재

• 화자의 주된 정서

사신으로서의 책무와 괴로움	고향에 대한 그리움
• 사신으로서의 임무 수행의 어려움 • 사신의 임무를 마음먹은 대로 수행하지 못하는 것에 대한 탄식	• 고향으로 돌아가지 못하는 처지에서 느끼는 외로움 • 집(가족) 생각으로 인한 괴로움

• 이 작품의 창작 배경

정몽주는 1377년 9월 일본에 사신으로 갔다가 이듬해 7월에 귀환하였다. 〈홍무 정사년 일본에 사신으로 가서 지음〉은 이 기간에 지은 총 11수의 한시로, 위국충절과 향수를 담고 있다. 그 당시 고려에는 왜구의 침입이 빈번했는데, 이에 조정은 화친을 도모하기 위해 일본에 사신을 보냈다. 많은 신하들이 사신으로 가는 것을 위태롭게 여겼으나 정몽주는 두려워하는 기색 없이 일본에 건너가 맡은 임무를 수행하고, 왜구에게 붙잡혀 간 고려 백성 수백 명을 귀국시켰다고 한다. 이 작품에는 일본의 풍광과 함께 외교 사명을 띠고 일본으로 온 그의 처지와 태도, 고향을 그리는 마음이 조화롭게 나타나 있다.

각 수에 나타난 표현상의 특징 및 효과를 파악하고 이를 바탕으로 화자의 정서와 태도를 이해할 수 있어야 한다.

+ 표현상의 특징

시적 배경	타국에서 맞는 봄이라는 시적 배경을 제시하여 화자가 느끼는 고향에 대한 그리움을 환기함 → '봄빛', '푸르러 있는' '풀', '매화 핀 창가'(계절적 배경) 　 '섬나라', '판잣집'(공간적 배경)
감각적 이미지	• 시각적 이미지와 색채 이미지를 통해 시간적 배경을 드러냄 　→ '봄빛이 움직이지만', '풀은 천 리 잇달아 푸르러 있고', '달은 타향 고향에 함께 밝구나', '매화 핀 창가에는 봄빛 이르고' • 청각적 이미지를 통해 고향과 떨어져 있는 괴로운 심경을 표현함 　→ '빗소리 크게 나누나'
감정 이입	특정 사물에 화자의 정서를 투영하여 타국에서 느끼는 외로움을 드러냄 → '외로운 배는 하늘 이쪽에 있네'
설의법	의문의 방식을 사용하여 고향(가족)에 대한 그리움을 부각함 → '집 생각의 괴로움 어찌 견디랴'

핵심 포인트 **2** 시어의 의미와 기능 파악

이 작품에서 화자는 다양한 시어를 통해 타국에서 느끼는 고향과 가족에 대한 그리움을 표출하고 있다. 따라서 작품에 등장하는 다양한 시어의 의미와 기능을 파악할 수 있어야 한다.

+ 시어의 의미와 기능

봄빛, 풀, 매화	봄이 찾아오는 이국땅에서 고향을 그리워하는 화자의 마음을 부각함
달	화자가 타국에서 바라보는 대상으로, 달이 고향도 비출 것이라 생각함 → 화자로 하여금 고향을 떠올리게 하는 매개체 → 고향에 대한 그리움이라는 화자의 정서를 심화함
배	고향으로 돌아가지 못하고 외로움을 느끼는 화자의 처지를 나타냄
빗소리	고향 생각으로 인해 괴로운 화자의 심정을 반영함
기러기	고향에 소식을 전하고 싶은 화자의 마음을 드러냄

핵심 포인트 **3** 다른 작품과의 비교

이 작품에는 타국에서 느끼는 고향에 대한 그리움이 나타나 있다. 따라서 이 작품과 창작 동기 및 주제가 유사한 다른 작품과 비교하여 감상할 수 있어야 한다.

+ 양태사의 〈야청도의성〉과의 비교

서리 내린 달밤 은하수 밝은데 나그네 돌아갈 생각에 시름이 깊어라 긴 밤 앉아 새우자니 시름겨워 견딜 길 없는데 문득 이웃 아낙네의 다듬이 소리 들려오누나 바람결에 끊어질 듯하다가 이어지면서 밤 깊어 별 지도록 잠시도 멎지를 않네 고국을 떠난 뒤로 저 소리 듣지 못했더니 먼 이역 땅에서 듣는 소리 서로 비슷하구나 　　　　　　　　　　　　 – 양태사, 〈야청도의성〉	霜天月照夜河明 客子思歸別有情 厭坐長宵愁慾死 忽聞隣女擣衣聲 聲來斷續因風至 夜久星低無暫止 自從別國不相聞 今在他鄕聽相似

	〈홍무 정사년 일본에 사신으로 가서 지음〉	〈야청도의성〉
공통점	• 화자 자신을 '길손(나그네(客))'로 표현함 • 타국(일본)에서 느끼는 고향에 대한 간절한 그리움을 노래함	
차이점	• 계절적 배경: 봄 • 화자의 정서를 심화하는 소재: 풀, 달, 매화, 기러기	• 계절적 배경: 가을 • 화자의 정서를 심화하는 소재: 다듬이 소리

○ **작품 한눈에**

가

• **해제**

　〈홍무 정사년 일본으로 가서 지음〉은 정몽주가 일본으로 건너가 사신의 임무를 수행하면서 느끼는 어려움과 고향과 가족에 대한 그리움을 표현한 한시이다. 화자는 타국의 일렁이는 봄빛 속에서 고향에 대한 그리움과 가족과 떨어져 홀로 지내는 외로움을 드러내고 있다. 그리고 이러한 화자의 정서는 '달', '배', '매화', '빗소리' 등의 다양한 소재와 감각적 이미지를 통해 효과적으로 나타나고 있다.

• **화자와 시적 상황**

　화자는 타국(일본)에서 사신 임무 수행에 대한 어려움을 토로하며 고향에 대한 그리움과 고향으로 돌아갈 수 없는 처지로 인한 괴로움, 나라와 임금에 대한 충정을 드러내고 있다.

• **주제**
　타국에서 느끼는 고향에 대한 그리움

• **연계 학습 작품**

• 사신으로서의 임무 수행이 창작의 동기가 된 작품 　〈연행가〉_홍순학 　〈일동장유가〉_김인겸 　〈야청도의성〉_양태사 • 타국에서 느끼는 고향에 대한 그리움을 노래한 작품 　〈야청도의성〉_양태사 　〈추야우중〉_최치원

• 각 수의 주제

〈제1수〉	타국 사람들의 인정(人情)과 타국에서의 흥취
〈제2수〉	이국땅에서 맞는 봄과 보국의 공을 세우지 못한 고뇌
〈제3수〉	고향에 대한 그리움과 대장부의 큰 뜻
〈제4수〉	이국땅에서 홀로 지내는 외로움과 고향에 대한 그리움
〈제5수〉	고향에 대한 그리움과 고향에 돌아가고 싶은 마음
〈제6수〉	뜻을 이루지 못한 것에 대한 자책과 고향에 대한 그리움
〈제7수〉	이국땅의 지리 및 풍속과 문화인으로서의 자부심
〈제8수〉	이국땅의 낯선 풍속과 고국으로 돌아가고 싶은 절실한 마음
〈제9수〉	이국땅의 풍경 및 풍속과 고국에 대한 그리움
〈제10수〉	이국땅에서 느끼는 쓸쓸함과 고향에 대한 그리움
〈제11수〉	이국땅의 풍속과 새해의 풍경, 타국에서 홀로 지내는 외로움

한 줄 평 │ 은거지의 정경에 대한 예찬과 왕명을 받들어 먼 길을 떠나는 심회를 읊은 노래

봉산곡 ▶ 채득기
일명 '천대별곡'이라고도 함

○: 작가가 은거하는 곳의 명소

★주목 **가노라 옥주봉아, 있거라 경천대야.**
심양으로 떠나기 전의 작별 인사. 도치법, 대구법, 돈호법

「요양 만릿길이 멀어야 얼마 멀며, 「 」: 먼 길을 떠나기 전에 스스로를 위로하는 말
중국 심양에 있는 도시(문맥상 심양을 의미)

그곳에서의 일 년이 오래되었다 하랴마는
자신이 보필해야 하는 소현 세자와 봉림 대군이 중국 심양에 볼모로 끌려간 지 1년이 됨

상봉산 별천지를 처음에 들어올 때
화자가 현재 은거하고 있는 곳을 이상적인 공간으로 여김(별천지: 특별히 경치가 좋은 곳)

노련의 분노 탓에 속세를 아주 끊고
명나라를 버리고 청나라와 강화하는 정세에 대한 분노 → 화자가 속세를 떠나 은거한 이유를 고사에 빗댐

발 없는 구리솥 하나 전나귀에 싣고서
소박하고 단출한 살림살이

추풍(秋風) 부는 돌길로 와룡강 찾아와서,
제갈공명이 은거하던 곳에 있는 강 → 작가가 은거하는 곳의 강을 비유

천주봉 석굴 아래 초가 몇 칸 지어 두고
수간모옥 – 청빈한 생활   무우정(舞雩亭) – 유유자적한 삶에 대한 소망을 담아 지은 이름

고슬단(鼓瑟檀) 행화방(杏花坊)에 정자 터를 손수 닦아,
'거문고를 타는 곳'이라는 뜻   '살구꽃이 피는 터'라는 뜻   「 」: 자연에 은거하려는 화자의 의지가 나타남

낮에야 일어나고 새 달이 돋아올 때
세속적 생활에서 벗어난 한가하고 여유로운 생활

「지도리 없는 거적문과 울 없는 가시사립, 「 」: 소박한 거처의 모습
돌쩌귀, 문장부 따위를 통틀어 이르는 말   가시나무로 엮어 만든 사립문

적막한 산골에 손수 일군 마을이 더욱 좋다.   ▶ 서사: 화자가 지금의 은거지를 찾게 된 내력
속세의 번잡함에서 벗어난 공간   └ 현재 지내는 곳에 대한 자족감

■ 노련의 분노: 노련은 제나라의 장수 노중련으로, 그는 위나라와 조나라가 주나라의 천자를 버리고 진나라 왕을 천자로 추대하려 하자 진나라가 천하를 차지한다면 동해에 빠져 죽겠다며 분노했다고 함.

작품 분석 노트

• 소재의 의미

| • 발 없는 구리솥 하나
• 초가 몇 칸
• 지도리 없는 거적문
• 울 없는 가시사립 | ⇨ | 소박하고
청빈한 삶 |

생애는 내 분수라 담박한들 어찌하리.
안분지족(安分知足)의 태도

밝은 세상 한 귀퉁이에 버린 백성 되어서
병자호란으로 인해 자연에 은거하게 된 화자

솔과 국화 쓰다듬고 잔나비와 학을 벗하니
자연과 동화되어 사는 삶 – 사대부의 관념적 표현

어와, 이 강산이 경치도 좋고 좋다.
영탄적 표현, 자연 경관에 대한 만족감

높다란 금빛 절벽 허공에 솟아올라
경천대   주체: 금빛 절벽

구암을 앞에 두고 경호 위에 선 모양은
구암 주변을 잔잔하게 흐르는 강물

삼신산 제일봉이 여섯 자라 머리에 벌인 듯.
중국 전설상의 세 산   고사의 활용

붉은 놀, 흰 구름에 곳곳이 그늘이요
색채 대비, 아름다운 풍경

유리 같은 온갖 경치 빈 땅에 깔렸으니

용문(龍門)을 옆에 두고 펼쳐진 모래밭은
경천대 주변의 절경 예찬

여덟 폭 돌병풍을 옥난간에 두른 듯.
직유법: 절벽에 둘러싸인 모래밭의 아름다움

맑은 모래 흰 돌이 굽이굽이 경치로다.
자연 경관에 대한 예찬

그중에 좋은 것이 무엇이 더 나은가.
여러 경관 중에서도 경천대가 가장 뛰어남

구암이 물을 굽혀 천백 척 솟아올라
물 위로 높이 솟아 있는 구암의 형태, 과장법

구름 위로 우뚝 솟아 하늘을 괴었으니
'경천(하늘을 숭배함)'이라는 이름을 붙인 까닭

「어와, 경천대야. 네 이름이 과연 헛된 것 아니로다.」「」: 영탄법, 의인법
본래의 명칭은 '자천대'였으나 작가가 '경천대'로 바꾸어 부름

시인이 뛰어난들 누가 시로 다 써내며
글이나 그림으로 표현할 수 없을 정도로 경관이

화가가 신묘한들 붓으로 다 그릴까.
빼어난 경천대에 대한 예찬, 대구법
설의적 표현

가을바람 건듯 불어 잎마다 붉으니
계절적 배경: 가을

물들인 비단을 물 위에 걸친 듯.
직유법: 붉은 단풍이 맑은 물에 비친 모습

꽃향기 코에 들고 온갖 과실 익었는데
후각적 이미지   가을의 풍요로움

매화, 치자 심은 화분 황백 국화 섞였구나.
노란 국화와 하얀 국화가 핌   시각적 이미지

풍경도 좋거니와 물색(物色)도 그지없다.
단풍과 매화, 치자, 황백 국화 등의 빛깔

빈산의 두견 소리 소상반죽을 때리는 듯.
청각적 이미지 → 고요하고 적막한 분위기 강조
직유법, 대구법, 시각 · 청각적 이미지

모래밭의 기러기는 포구의 석양을 꿈꾸는 듯.
평화로운 이미지

한밤중 강 가운데에 옥빛 달을 걸었으니
밤중에 하늘에 뜬 달이 강물 위에 비치는 장면을 표현함

소동파의 적벽 흥취를 저 혼자 자랑할까.
경천대 주변의 가을 정취를 즐기는 것을 소동파가 적벽강에서 뱃놀이하던 정취에 견줌

추운 날 가난한 집에 흰 눈이 흩뿌리니
계절적 배경: 겨울   └ 화자의 집

「온갖 바위 골짜기가 경요굴이 되었구나.」「」: 눈 내린 상봉산의 겨울 풍경
달 속에 있다는, 아름다운 구슬로 된 굴. 상봉산의 눈 내린 아름다운 경치

푸른 솔 봉일정은 절개를 굳게 지켜
눈 속에서도 푸르름을 잃지 않는 소나무의 모습에서 절개를 떠올림(관습적 상징물)

바위 위에 우뚝 솟아 추운 날에 더욱 귀하다.
고고한 자태   예찬적 태도

어부가 나를 불러 고기잡이 하자거늘
생계를 위한 활동

석양을 비껴 띠고 낚시터로 내려가서

• 〈봉산곡〉의 공간적 배경에 대해 기록한 글

> 세 개의 봉우리가 그 뒤에 솟아 있고, 큰 강이 그 앞을 지나간다. 절벽이 병풍처럼 둘러 있고, 기암괴석이 펼쳐져 있다. 그 가운데 널찍하고도 시커멓게 물이 고인 곳이 우담(雩潭)이다. (…) 험준하게 절로 솟구친 것이 자천대(自天臺)다. 그 기이하고 교묘함이 특이하여 사람의 힘으로 만든 것이 아니다. 새로 그 위에 정자를 얹고 무우정(舞雩亭)이라 하였다. (…) 산에서부터 정자까지, 정자에서 우담까지 흰 모래로 띠를 두르고, 푸른 소나무로 울타리를 삼았다. 또 아름다운 나무와 희한한 꽃들, 이름난 화초와 기이한 풀들이 봄가을 화장하고 예쁘게 꾸며 아래위로 어리비친다. 이 지역의 빼어난 경관과 아름다운 경치는 진실로 한두 마디로 말할 수 없다.
> – 김상헌, 〈채씨우담신정기〉

• 소재의 상징성

• '구름 위로 우뚝 솟아 하늘을 괸' 경천대의 구암 • 눈 속에 '푸른 솔 봉일정'	⇨ 화자의 지조와 절개 상징

• 화자의 공간 인식

• 속세를 벗어난 공간
• 유유자적한 삶이 가능한 공간
• 자연의 아름다움을 만끽할 수 있는 공간
• 화자의 은둔처이자 안식처

↓

화자의 이상이 구현되어 있는 공간. 무릉도원

배 한 척 손수 저어 그물을 걷어 내니
겨울의 고기잡이 – 자급자족하는 소박한 생활

은빛 나는 물고기가 그물코마다 걸렸구나.

드는 칼로 회를 치고 고기 팔아 빚은 술을

깊은 잔에 가득 부어 취하도록 먹은 후에,
가난하지만 풍류를 즐기는 생활

두건을 비껴쓰고 영귀문(詠歸門) 돌아들어
'시를 읊으며 돌아오는 문'이라는 뜻. 은거지로 들어오는 입구를 의미

「경천대 위 바둑판돌 높이 베고 기대니
신선 같은 삶

장송에 내린 눈은 취기를 깨우는 듯.」
「 」: 자연과 더불어 살아가는 삶을 형상화함

쌀쌀한 추동(秋冬)에도 경물이 이러하니
아름다우니. 절경이니   설의적 표현

꽃피는 봄, 녹음의 여름이야 한 입으로 다 이르랴.
봄과 여름의 풍경은 말로 표현하기 어려운 정도로 아름다움. 자부심

산수 경치 혼자 좋아 부귀공명 잊었으니
세속적인 가치

인간 세상 황량(黃粱)은 몇 번이나 익었는가.
메조 → 부귀영화의 덧없음을 비유적으로 이르는 말

「유정문(幽靜門) 낮에 닫아 인적이 끊겼으니
주체: 화자

천지가 무너진들 그 누가 전할쏘냐.」
「 」: 속세와 단절된 삶

고사리 손수 캐어 돌샘에 씻어 먹고
소박한 음식

명나라를 떠받들고 목숨이나 유지하면
화자의 정치적 가치관이 드러남: 숭명배청(崇明排淸)

장성(長城) 만 리 밖에 백골이 쌓인들

이곳이 별천지니 청춘을 부러워하리.
그 어떤 것도 부럽지 않다는 자족의 태도

「거문고 줄을 골라 자지곡(紫芝曲) 노래하니 「 」: 세상일을 잊고 풍류를 즐김
중국 진시황 때에 난리를 피하여 상산(商山)에 들어가 숨어 지낸 은사들이 지은 노래

소금도 장도 없이 맛 좋구나, 강산이여.
초라하고 단출한 음식

거친 밥 풀죽에 배부르구나, 풍경이여.
안빈낙도, 안분지족의 태도. 대구법. 영탄법
▶ 본사 1: 경천대 주변의 아름다운 정경과 자족감

★주목 시비(是非) 영욕(榮辱) 다 버리고 갈매기와 늙자더니
세속적인 삶   자연에 은거하는 삶

무슨 재주 있다고 나라에서 아시고
스스로를 낮춤

쓸 데 없는 이 한 몸을 찾으시니 망극하구나.
자신을 겸손하게 표현함

상주 십이월에 심양 가라 부르시니
청나라의 심양에서 볼모로 잡혀 있는 세자와 대군을 보필하는 임무를 맡음 → 은거지를 떠나게 된 이유

어느 누구 일이라 잠시인들 머물겠는가.
설의적 표현

임금 은혜 감격하여 행장을 바삐 챙기니
자신의 재주를 인정하고 큰 임무를 맡긴 은혜

삼 년 입은 옷가지로 이불과 요 겸하였네.
먼 길을 떠나야 하는 준비 – 검소하고 단출한 행장

남쪽의 더운 땅도 춥기가 이렇거든
화자가 지내는 곳(상주)   중국 심양

한겨울 깊은 때에 우리 임 계신 데야.
12월   소현 세자와 봉림 대군

다시금 바라보고 우리 임 생각하니
(우리 임 계신 곳을)

이국의 겨울달을 뉘 땅이라 바라보며
청나라

타국 풍상을 어이 그리 겪으신가.
청나라   많이 겪은 세상의 어려움과 고생을 비유적으로 이르는 말

심양에서 고초를 겪고 있는
'우리 임(세자와 대군)'에 대한 안타까움

• 화자의 정서와 태도

• 소동파의 적벽 흥취를 저 혼자 자랑할까
• 산수 경치 혼자 좋아 부귀공명 잊었으니
• 꽃피는 봄, 녹음의 여름이야 한 입으로 다 이르랴

↓

세속적 가치를 멀리하며 여유롭게 자연을 즐기며 사는 삶에 대해 만족감과 자부심을 드러냄

• 화자의 삶의 모습

직접 일을 해 생계를 꾸려 가는 생활	유유자적하게 풍류를 즐기는 생활
• 배 한 척 손수 저어 그물을 걷어 내니 • 고사리 손수 캐어 돌샘에 씻어 먹고	• 고기 팔아 빚은 술을 / 깊은 잔에 가득 부어 취하도록 먹은 후에 • 거문고 줄을 골라 자지곡 노래하니

↓

세상과 단절된 곳에서 소박하고 여유롭게 살아가는 은일의 삶

• 작품에 반영된 시대적 상황

1636년 병자호란이 발발함

↓

• 1637년 조선이 항복함
• 청과 군신 관계를 맺음(삼전도의 굴욕)
• 소현 세자와 봉림 대군이 볼모로 심양에 끌려감

↓

1638년 작가가 볼모로 잡혀간 소현 세자와 봉림 대군을 보필하기 위해 심양으로 떠남

높은 언덕에 뻗은 칡이 삼 년이 되었구나.
<small>조선이 병자호란으로 청나라에 굴욕을 당한 지 삼 년이 됨</small>

굴욕이 이러한데 꿇은 무릎 언제 펼까.
<small>조선이 청나라의 신하국이 된 상황 └ 청나라의 속박에서 벗어나고픈 소망</small>

조선에 사람 없어 오랑캐 신하 되었으니
<small>병자호란에서 패해 청나라와 군신 관계를 맺은 일</small>

삼백 년 예악문물 어디로 갔단 말고.
<small>조선의 주체성이 사라진 상황에 대한 한탄</small>

오늘날 포로들이 다 옛날 관주빈(觀周賓)이라.

태평 시절 막히고 찬란한 문물 사라지니
<small>병자호란으로 인해 정치적, 경제적, 문화적으로 피폐해진 상황</small>

동해물 어찌 퍼올려 이 굴욕 씻을런가.
<small>청나라에 대한 적개심과 복수심</small>

오나라 궁궐에 섶을 쌓고 월나라 산에 쓸개 매다니■
<small>와신상담(臥薪嘗膽) → 청나라에 당한 굴욕을 갚고 함</small>

「임금이 굴욕당하면 신하는 죽어야 고금의 도리인데
<small>조선의 임금(인조)이 청나라의 장수에게 절을 하며 항복했던 삼전도의 굴욕을 의미</small>

하물며 우리 집이 대대로 은혜 입었으니

아무리 힘들다고 대의를 잊겠는가.」
<small>「 」 유교적 충의 사상 – 당시 사대부들의 일반적 가치관</small>

어리석은 계략으로 거센 물결 막으려니
<small>명나라를 쇠퇴시킨 청나라의 위세를 비유</small>

재주 없는 약한 몸이 기운 집을 어찌할까.
<small>청나라의 신하국이 된 상황을 비유</small>

방 안에서 눈물 내면 아녀자의 태도로다.
<small>상황 개선을 위한 실천 없이 한탄만 하는 것은 옳지 않음 → 자신이 할 수 있는 일을 하겠다는 의지</small>

이 원수 못 갚으면 무슨 얼굴 다시 들까.

악비의 손에 침을 뱉고 조적의 노에 맹세하니■
<small>청나라에 당한 굴욕을 씻으려는 의지</small>

내 몸의 생사야 깃털처럼 여기고
<small>왕명을 수행하기 위해 죽음을 무릅쓰겠다는 다짐</small>

동서남북 만 리 밖에 왕명 좇아 다니리라.
<small>왕명에 따라 심양으로 가겠다는 결심</small>

▶ 본사 2: 왕명을 수행하기 위해 은거지를 떠나는 심정

오른쪽 여백 주석

조선이 병자호란으로 청나라에 굴욕을 당한 지 삼 년이 됨

병자호란 이후 조선의 정치적 상황에 대한 울분

'현재 청나라에 인질로 끌려간 사람들이 예전에는 중국에 사신으로 가던 사람들'이라는 의미
[다른 해석] 오늘날 청나라의 인질이 된 사람들이 마치 옛날 주나라를 방문한 손님 같다는 뜻으로, 굴욕을 당한 나라가 복수를 생각지 않고 오히려 침략국에 동화되는 상황을 비판하는 말

위기에 빠진 나라에 도움이 되지 못하는 안타까움

감상 포인트

병자호란 직후의 시대상을 중심으로 하는 반영론적 관점에서 화자의 태도와 정서를 감상할 수 있어야 한다.

작품에 나타난 작가의 사상

숭명배청 사상	• 명나라를 떠받들고 목숨이나 유지하면 • 조선에 사람 없어 오랑캐 신하 되었으니 → 명나라에 대한 의리를 중요시하고, 청나라를 오랑캐로 여기며 배척함
유교적 충의 사상	• 아무리 힘들다고 대의를 잊겠는가 • 내 몸의 생사야 깃털처럼 여기고 / 동서남북 만 리 밖에 왕명 좇아 다니리라 → 임금의 은혜에 보답하기 위해 왕명을 따르고자 함

↓

병자호란이라는 역사적 사건과 관련된 작가의 정신 세계가 드러남

- 여섯 자라 머리: 발해에 동쪽 바다에 떠 있는 다섯 신산을 머리에 이고 있는 여섯 마리 큰 자라의 머리.
- 소상반죽: 중국 동정호 남쪽의 소수와 상강 지역에서 나는 얼룩무늬 반점이 있는 대나무. 이 반점은 순 임금이 죽자 왕비인 아황과 여영이 사모하는 정을 이기지 못해 상강에 몸을 던지며 흘린 눈물이 얼룩이 져서 생겼다고 함.
- 황량: 찰기가 없는 조.=메조. 중국 당나라 때 노생이라는 소년이 한단의 여관에서 여옹의 베개를 빌려 잠을 잤는데, 꿈속에서 80년 동안 부귀영화를 누렸으나 깨어 보니 여관 주인이 짓던 메조밥이 채 익지 않았다는 고사에서 유래한 말임.
- 오나라 ~ 매다니: 불편한 섶에 누워 몸을 눕히고 쓸개를 핥으며 복수를 다짐한다는 '와신상담'을 가리킴. 중국 춘추시대 오나라의 왕 부차가 월나라 왕 구천에 죽은 아버지의 원수를 갚기 위해 장작더미 위에서 잠을 자며 복수를 맹세하였고, 결국 부차에게 패한 구천이 십여 년 간 매일 쓸개를 핥으면서 복수를 다짐한 데서 유래한 말임.
- 악비의 ~ 맹세하니: 악비와 조적의 고사를 인용한 구절임. 중국 송나라 고종 때의 충신 악비는 손에 침을 뱉으면서 금나라와의 강화를 반대했고, 중국 동진 원제 때 조적은 뱃전에 노를 치며 중원을 회복할 것을 맹세했다고 함.

있거라, 가노라, 가노라, 있거라.
동일한 시어를 반복, 변주하여 리듬감을 형성함. 떠나야 하는 아쉬움

무정한 갈매기들은 맹세 기약 웃지마는
굴욕을 씻고 다시 돌아오겠다는 기약

성은이 망극하니 갚고 다시 돌아오리라.
신하의 도리를 다하고 은거지로 돌아오겠다는 다짐

▶ 결사: 심양으로 떠나는 상황과 은거지로 돌아오겠다는 다짐

• 시구의 비교

서사	결사
가노라 옥주봉아, 있거라 경천대야.	있거라, 가노라. 가노라, 있거라.

↓

• 동일한 시어 사용
• 대구적 표현
• 떠나는 아쉬움을 드러냄

핵심 포인트 1 　화자의 정서와 태도 파악

화자는 시적 상황이나 대상에 대해 각기 다른 태도를 취하고 있다.

자연 정경	은거지의 아름다운 경치를 예찬하며 그 속에서 풍류를 즐김
자신의 삶	욕심 없는 소박한 삶에 대한 만족감과 안빈낙도의 태도를 드러냄
정치적 현실	청나라의 속국이 된 정치 현실에 대해 안타까워하며 그것을 설욕하고 싶어 함
왕명(王命)	유교적 충의 정신을 바탕으로 왕명을 적극적으로 따름

핵심 포인트 2 　외적 준거에 따른 감상

이 작품은 창작 당시의 시대상과 밀접한 관련성이 있다. 따라서 병자호란 직후의 역사적 상황을 외적 준거로 하여 작품을 이해할 수 있어야 한다.

✚ 〈봉산곡〉의 창작 당시 상황

이 작품은 1636년 병자호란이 일어난 뒤 조선이 굴욕적인 항복을 한 그 이듬해인 1638년 겨울에 지어졌다. 당시 삼전도에서 조선의 항복을 받은 청나라는 조선과 군신 관계를 맺은 뒤에 소현 세자와 봉림 대군 등 왕족을 볼모로 끌고 갔다. 이런 치욕적인 상황은 명나라를 숭상하던 당시 조선 사대부들의 반발을 불러일으켰고 병자호란의 치욕을 씻고 청나라를 정벌하자는 북벌론이 대두되었다. 이런 상황에서 작가 채득기는 청나라를 사대의 예로 섬길 수 없다며 상주 경천대 근처에 은거하는 삶을 선택하였다. 그러다가 청나라에 볼모로 끌려간 소현 세자와 봉림 대군을 보필하라는 왕명을 받고 심양으로 떠나면서 은거지의 풍경을 예찬하며 그곳을 떠나는 심회를 읊은 〈봉산곡〉을 지었다.

핵심 포인트 3 　다른 작품과의 비교

이 작품은 병자호란 이후 소현 세자와 봉림 대군, 그리고 청나라와의 강화를 반대했던 신하들이 중국 심양으로 끌려 간 일을 배경으로 하는 다른 작품과 비교 감상할 수 있어야 한다.

이역(異域)에서 봄을 맞으나 봄인 줄 모르다가	絶域逢春未覺春
아침결에 눈송이 새로 날리는 것 놀라며 보네	朝來警見雪花新
외물(外物)의 변화에 즐거워하거나 슬퍼하지 말지니	莫將外物爲欣慼
봄날의 기운은 분명히 이 몸에 있기에	春意分明在此身
	— 최명길, 〈춘설유감〉

	〈봉산곡〉	〈춘설유감〉
공통점	병자호란 이후의 상황을 배경으로 함	
차이점	• 임금의 은혜와 대의를 생각하며 청나라로 떠나는 화자의 심회가 나타남 • 화자의 상황 변화가 드러남 (경천대에서 은거함 → 심양으로 떠남)	• 청나라 볼모로 끌려가 억류되어 있는 화자의 심정이 나타남 • 화자의 상황 변화가 드러나 있지 않음

반 밤중 혼자 일어 묻노라 이내 꿈아
만 리 요양(遼陽)을 어느덧 다녀온고
반갑다 학가(鶴駕) 선객(仙客)을 친히 뵌 듯하여라　　〈제1수〉

풍설(風雪) 섞어 친 날에 묻노라 북래 사자(北來使者)야
소해 용안(小海容顔)이 얼마나 추우신고
고국(故國)의 못 죽는 고신(孤臣)이 눈물겨워 하노라　　〈제2수〉
　　　　　　　　　　　　　　　　　　　　　— 이정환, 〈비가〉

	〈봉산곡〉	〈비가〉
공통점	• 병자호란의 치욕에 대한 비통한 심정이 나타남 • 청나라에 볼모로 붙잡혀 간 소현 세자와 봉림 대군에 대한 그리움이 나타남	
차이점	국치에 대한 울분과 함께 그것을 설욕하고자 하는 의지와 청나라에 대한 적개심이 나타남	국치를 당하고도 목숨을 연명하는 자신을 부끄러워하는 화자의 비관적 태도가 나타남

작품 한눈에

• **해제**
〈봉산곡〉은 병자호란 이후 청을 사대의 예로 섬겨야 하는 현실을 거부하고 상주의 경천대 주변에서 은일하던 화자가, 심양에 볼모로 잡혀 있던 소현 세자와 봉림 대군을 보필하라는 왕명을 받아 심양으로 떠나면서 그 심정을 노래한 가사 작품이다. 작품의 전반부에서는 은거지의 소개와 그곳에 깃들게 된 내력, 은거지 주변의 다채로운 지형과 빼어난 경관, 은거지에서 여유와 흥취를 즐기는 소박한 삶의 모습을 제시하고, 작품의 후반부에서는 당시 정치 현실에 대한 안타까움과 왕명을 받아 심양으로 떠나는 심회를 제시하고 있다. 일반적인 은일 가사가 자연에 귀의하면서 창작된 것과 달리 이 작품은 자신의 은거지를 떠나면서 창작되었다는 특징이 있다.

• **화자와 시적 상황**
경천대에서 은일하던 화자가, 심양에 볼모로 잡혀 있던 소현 세자와 봉림 대군을 보필하라는 왕명을 받고 은거지를 떠나야만 하는 처지가 되자, 화자는 경천대를 떠나는 아쉬움과 함께 왕명을 받들어 신하로서 충성을 다하겠다는 다짐을 드러내고 있다.

• **주제**
왕명을 받아 먼 길 떠나는 심회와 은거지에 대한 예찬

• **연계 학습 작품**

> • 병자호란을 배경으로 하는 작품
> – 〈춘설유감〉_최명길, 〈비가〉_이정환, 〈가노라 삼각산아〉_김상헌, 〈이별하던 날에〉_홍서봉

한 줄 평 | 귀양살이의 고달픔과 임금에 대한 충정을 표현한 노래

단가육장 ▶ 이신의

⋯ 기출 수록 평가원 2011 9월

장부(丈夫)의 하올 사업(事業) 아는가 모르는가
　　　　　　　　　　　　　□ : 의문형 어미를 사용하여 효제충신의 실천을 강조함
효제충신(孝悌忠信)밖에 하올 일이 또 있는가
화자가 지향하는 도덕적 가치
어즈버 인도(人道)에 하올 일이 다만 인가 하노라 ▶ 효제충신이 장부의 할 일임　　　　　〈제1장〉
감탄사　사람이 마땅히 지켜야 할 도리, 여기서는 '효제충신'을 의미함

남산(南山)에 많던 솔이 어디로 갔단 말고
　　한양(대유법)　　충정을 지킨 수많은 인재(많던 솔들)이 숙청을 당한 일을 의미함
난후(亂後) 부근(斧斤)이 그다지도 날랠시고
'솔'을 없앤 대상으로 숙청을 주도한 세력을 가리킴
두어라 우로(雨露) 곧 깊으면 다시 볼까 하노라　　　　　　　　　　　　　　　　　〈제2장〉
　　① 우로(비와 이슬): 임금의 은혜를 상징함
　　② 앞으로의 상황 변화에 대한 기대감을 담은 표현　▶ 당대의 정치적 상황과 임금의 은혜에 대한 기대

창(窓)밖에 세우(細雨) 오고 뜰 가에 제비 나니
　　　　　　　　　　　　　　화자의 심회 유발
적객(謫客)의 회포(懷抱)는 무슨 일로 끝이 없어
화자의 처지(귀양당함)를 드러냄
저 제비 비비(飛飛)를 보고 한숨 겨워하나니 ▶ 유배된 자신의 처지에 대한 한탄　　　　〈제3장〉
제비와 달리 유배당해 자유롭지 못한 자신의 처지에 대한 탄식

적객의 벗이 없어 공량(空樑)의 제비로다
유배지에서 느끼는 외로운 심정　　들보
종일(終日) 하는 말이 무슨 사설(辭說) 하는지고
　　　　　　　　제비 우는 것을 시름의 말을 하는 것으로 여김(청각적 심상)
어즈버 내 품은 시름은 널로만 하노라 ▶ 유배 생활에서 느끼는 외로움과 시름　　　〈제4장〉
우국지정　　　① 너만(이) 하노라 ② 너보다 많노라

인간(人間)에 유정(有情)한 벗은 명월(明月)밖에 또 있는가
　　　　　　　　　　　　　화자의 시름을 달래 주는 대상
천 리(千里)를 멀다 아녀 간 데마다 따라오니
　　화자가 '명월'을 벗으로 여기는 이유 - 변함없이 함께함
어즈버 반가운 옛 벗이 다만 녠가 하노라　　　　　　　　　　　　　　　　　　　〈제5장〉
'달'을 의인화함　　　▶ 변함없이 자신과 함께하는 달을 통해 시름을 달램

설월(雪月)의 매화(梅花)를 보려 잔을 잡고 창(窓)을 여니
　　지조와 절개의 상징
섞인 꽃 여원 속에 잦은 것이 향기(香氣)로다
유배 생활로 야윈 화자의 모습　　임금에 대한 충성심(후각적 심상)
어즈버 호접(蝴蝶)이 이 향기(香氣) 알면 애 끊일까 하노라　　　　　　　　　　　〈제6장〉
호랑나비, 임금을 상징함　　임금이 자신의 지조와 절개를 알아주길 바람
　　　　　　　　　　　　　▶ 임금에 대한 변함없는 충정을 알아주기를 바람

- 효제충신: 어버이에 대한 효도, 형제끼리의 우애, 임금에 대한 충성과 벗 사이의 믿음을 통틀어 이르는 말.
- 부근: 큰 도끼와 작은 도끼.
- 적객: 귀양살이하는 사람.

감상 포인트

작품에 나타난 시적 상황(귀양살이)을 바탕으로 화자의 정서와 태도
및 시어의 의미를 파악한다.

작품 분석 노트

🖉 현대어 풀이

〈제1장〉
사나이로서 할 사업을 아느냐 모르느냐.
효제충신밖에 할 일이 또 있겠느냐.
아, 사람의 도리로 할 일이 다만 이것뿐인
가 하노라.

〈제2장〉
남산에 많던 소나무가 어디로 갔단 말이냐.
난리 이후에 도끼가 그처럼 날랬단 말이냐.
두어라, 임금의 은혜가 많으면 다시 볼까
하노라.

〈제3장〉
창밖에 가는 비 내리고 뜰 가에 제비가 나니
귀양살이하는 사람의 회포는 무슨 일로
끝이 없어
저 제비가 나는 것을 보고 한숨 겨워하나니.

〈제4장〉
귀양살이하는 사람에게 벗이 없어 들보
의 제비뿐이로다.
하루 종일 하는 말이 무슨 말을 하려고
하는 것이냐.
아, 내가 품은 시름은 너만이 풀어 주노라.

〈제5장〉
사람에게 다정한 벗은 밝은 달밖에 또 있
겠느냐.
천 리를 멀다고 하지 않고 가는 곳마다
따라오니
아, 반가운 옛 벗이 다만 너뿐인가 하노라.

〈제6장〉
눈 내린 밤에 비추는 달빛에 매화를 보려
고 잔을 잡고 창을 여니
뒤섞여 있는 꽃 시들은 속에 가득한 것이
향기로다.
아, 나비가 이 향기를 알면 몹시 슬퍼할까
하노라.

- 소재의 의미와 기능 – 제비

제비

〈제3장〉	〈제4장〉
화자의 처지와 달리 자유롭게 날아다님 → 화자의 시름을 심화하는 대상	고독한 화자의 마음을 사설로 달래 줌 → 화자의 시름을 풀어 주는 대상

핵심 포인트 1   표현상 특징 파악

이 작품에 나타난 표현상 특징과 효과를 파악하고, 이를 바탕으로 화자의 처지, 태도, 정서 등을 이해할 수 있어야 한다.

✛ 표현상 특징

의문형 표현	'장부의 하올 사업 아는가 모르는가 / 효제충신밖에 하올 일이 또 있는가' → 의문형 표현을 반복하여 효제충신을 지켜야 한다는 화자의 생각을 강조함
대구	'창밖에 세우 오고 뜰 가에 제비 나니' → 운율을 형성하고 화자의 정서를 심화하는 환경을 제시함.
대조	'적객의 회포는 무슨 일로 끝이 없어 / 저 제비 비비를 보고 한숨 겨워하나니' → 유배지에 묶인 '적객'과 자유롭게 날아다니는 '제비'를 대조하여 화자(적객)의 처지를 부각함
의인	'인간에 유정한 벗은 명월밖에 또 있는가', '어즈버 반가운 옛 벗이 다만 넨가 하노라' → 자연물인 '달'을 '벗'으로 의인화하여 친근감을 드러냄

핵심 포인트 2   외적 준거에 따른 감상

이 작품은 작가가 유배지에서 지은 것으로, 작가의 삶에 대한 외적 준거를 바탕으로 작품을 해석할 수 있어야 한다.

✛ 작가 이신의의 삶

이신의는 조선 중기의 문신으로, 임진왜란 때 향군을 이끌고 나가 왜적과 싸워 공을 세우기도 하였다. 임진왜란 이후 조정에서는 광해군과 영창 대군 간 세자 책봉 문제를 놓고 정치적 대립이 발생하였다. 광해군을 왕으로 추대하려 한 신하들은 영창 대군을 죽이고 영창 대군의 어머니인 인목 대비를 폐위하려 하였으나, 이신의를 비롯하여 이에 반대하는 신하들은 인목 대비의 폐위에 반대하는 상소문을 올렸다. 이 사건으로 인해 광해군이 왕위에 오르는 과정에서 많은 신하들이 숙청당했으며 이신의 역시 함경도 회령으로 유배를 가게 되었다. 훗날 인조반정으로 이신의는 유배에서 풀려나게 된다.

〈제1장〉	유교적 이념에 대한 실천 의지를 나타냄 → 유배지에서도 임금에 대한 '충(忠)'을 잃지 않는 화자의 태도 강조
〈제2장〉	당대의 정치적 상황을 상징적으로 표현함 → 정계 복귀에 대한 화자의 기대감 제시
〈제3장〉~〈제6장〉	다양한 자연물을 통해 유배지에서의 소회를 드러냄 → 유배지에서의 고독, 시름, 변치 않는 충정 등 표출

핵심 포인트 3   시어의 의미 파악

이 작품은 유배지에서의 심정을 노래한 것으로, 화자의 상황과 내면을 드러내기 위해 사용된 시어의 상징적 의미를 파악할 수 있어야 한다.

✛ 시어의 상징적 의미

시어	표면적 의미	상징적 의미
솔	사계절 내내 푸른 소나무	절개를 지키는 충신
부근	크고 작은 도끼들	인목 대비 폐위를 주도한 정치 세력(화자의 반대파)
매화	겨울에 피는 매화	화자의 절개(매화의 '향기'는 임금에 대한 화자의 충성심을 상징함)
호접	매화의 향기를 맡는 나비	화자의 절개를 알게 된 임금

🔵 작품 한눈에

• 해제

〈단가육장〉은 작가가 인목 대비 폐위를 반대하는 상소를 올렸다가 유배당했을 때의 심정을 담은 연시조이다. 작가는 '효제충신'을 대장부가 추구해야 할 가치이자 인간의 당연한 도리로 여겨야 함을 천명하고 '남산'과 '솔', '부근(도끼)' 등의 소재를 활용하여 당대에 벌어졌던 정치적 숙청을 상징적으로 나타내면서, 임금의 은혜에 대한 막연한 기대감을 '우로'가 깊어질 것으로 표현하고 있다. 또한 자연물인 '제비'를 활용하여 유배된 상황 속에서 자유롭지 못한 처지에 대한 한탄과 유배객으로서의 시름을 표출하기도 하고, 자신의 곁에 변함없이 함께 있어 주는 '달'을 벗으로 삼으며 시름을 달래는 등 유배객으로서의 복잡한 심경을 드러내고 있다. 작가는 유배된 처지에서도 임금에 대한 변함없는 자신의 충정을 '매화'에 빗대어 표현하고, 임금이 자신의 지조를 알아주기를 바라는 마음을 드러내며 시상을 맺고 있다.

• 화자와 시적 상황

화자는 귀양살이를 하는 처지로서, 유교적 도리에 대한 신념을 지니고 있다. 귀양지에서 당대의 정치적 혼란상을 떠올리기도 하고 고독감을 느끼기도 하며 자연을 벗 삼아 시름을 달래기도 한다. 또한 변함없는 자신의 충정을 임금이 알고 은혜를 베풀어 주기를 소망하고 있다.

• 주제

유배지에서의 고달픔 및 임금에 대한 변함없는 지조와 충정

• 연계 학습 작품

• 유배지에서의 처지와 심정을 노래한 작품
〈만분가〉_조위
〈견회요〉_윤선도

🔵 기출 확인

2011학년도 9월 평가원

[작품 간의 공통점 파악]
• 자연물과의 관계를 통해 화자의 현재 상황을 제시한다.

[외적 준거에 따른 감상]

┤ 보기 ├
「단가 육장」에서 작가는 귀양살이가 단기간에 끝나지 않으리라는 우려 속에서도 정계에 복귀할 수 있으리라는 기대감을 드러내고 있다.

한 줄 평 | (가) 세월의 흐름도 잊은 채 자연과 함께 지내는 탈속적 경지를 담아낸 노래
(나) 반달의 유래에 대한 참신한 상상력이 돋보이는 노래

불일암 인운 스님에게 ▶ 이달
반월 ▶ 이양연

⋯ 기출 수록 교육청 (가) 2004. 4월

가
스님이 거처하는 공간
절집이 <u>흰 구름</u>에 묻혀 있기에, ■■: 시각적 이미지
공간적 배경   속세와 단절된 공간

　　　　寺在白雲中
　　　　사 재 백 운 중
　▶ 기: 흰 구름에 묻힌 산사의 정경

시적 대상
<u>흰 구름</u>을 스님은 쓸지를 않아.
절을 찾아오는 손님이 전혀 없음

　　　　白雲僧不掃
　　　　백 운 승 불 소
　▶ 승: 흰 구름을 쓸지 않는 스님

바깥손님 와서야 문 열어 보니,
시간이 흘렀음을 일깨워 주는 존재

　　　　客來門始開
　　　　객 래 문 시 개
　▶ 전: 손님의 방문으로 비로소 문을 엶

┌시간의 경과를 알려 주는 소재
「온 산의 <u>송화</u>는 하마 쇠었네.」
　소나무의 꽃 이미, 벌써
「 」: 계절이 바뀜. 시간의 흐름을 잊은 채 자연과
동화되어 살아가는 모습(물아일체)

　　　　萬壑松花老
　　　　만 학 송 화 로
　▶ 결: 손님이 오고 나서야 시간이 흘렀음을 알게 됨

감상 포인트
시상의 중심을 이루는 소재의 의미와 기능에 주목하여 시적 상황을 파악한다.

나
달빛이 밝은 이유
<u>옥거울</u> 맑게 닦아 <u>푸른 하늘</u>에 걸어 놓았더니
달   색채어, 시각적 이미지, 화자의 상상력이 동원됨

　　　　玉鏡磨來掛碧空
　　　　옥 경 마 래 괘 벽 공
　▶ 기: 옥거울을 닦아 하늘에 걸어 놓은 것 같은 달

화자가 주목한 달의 속성
거울 빛 밝고 맑아서 여자들 단장에 그만이었는데
　　　　　　　여자들이 외모를 꾸밀 때 활용하기에 안성맞춤임

　　　　明光正合照粧紅
　　　　명 광 정 합 조 장 홍
　▶ 승: 달빛이 여자들이 치장하기에 알맞음

중국 고대 전설상의 제왕인 복희씨의 딸
「<u>복비</u>와 <u>직녀</u>가 서로 가지려 다투다
　　건우직녀 설화에 나오는 여자 주인공
「 」: 복비와 직녀가 각각 물과 하늘에 사는 설화 속의 인물이라는 것에서 착안함
　　→ 반달의 유래를 상상함

　　　　宓妃織女爭相取
　　　　복 비 직 녀 쟁 상 취
　▶ 전: 복비와 직녀가 달을 두고 다툼

<u>반쪽은 구름 속에 다른 반쪽은 물에 있게 되었네.</u>
하늘에 떠 있는 반달이 물 위에 비친 모습을 두 인물이 거울을 나누어 가진 것으로 표현함
→ 구름 속의 반달: 직녀가 가진 거울
　　물에 비친 반달: 복비가 가진 거울

　　　　半在雲間半水中
　　　　반 재 운 간 반 수 중
　▶ 결: 달의 반쪽은 구름 속에, 다른 반쪽은 물에 있게 됨

■ 복비: 복희씨의 딸. 낙수에 빠져 죽어 물의 신이 되었다고 함.

작품 분석 노트

• **가**의 시상 전개 과정

기(1구)	구름에 묻힌 절집 (고적한 분위기)

↓

승(2구)	구름을 쓸지 않는 스님 (달관의 경지)

↓

전(3구)	손님의 방문으로 비로소 문을 엶 (자각의 계기)

↓

결(4구)	시간이 흐름 (탈속적 삶의 모습)

• **나**의 시상 전개 과정

기·승 (1~2구)	푸른 하늘에 걸린 옥거울 (달)이 여자들이 치장하기에 알맞음 (달의 속성: 밝고 맑음)

전·결 (3~4구)	복비와 직녀가 옥거울(달)을 두고 다투어 옥거울이 반으로 나뉘게 됨 (반달의 유래: 작가의 상상)

핵심 포인트 **1** 표현상 특징 파악

(가)와 (나)에 나타난 표현상의 특징 및 효과를 파악하고, 이를 바탕으로 각 작품의 내용을 파악할 수 있어야 한다.

+ 표현상 특징

(가)	• 색채 이미지('흰 구름', '송화')를 나타내는 시어를 통해 시적 상황과 분위기를 형상화함 • 탈속적 이미지('절집', '흰 구름')를 나타내는 시어를 통해 주제 의식을 효과적으로 드러냄
(나)	• 하늘에 떠 있는 달을 깨끗하게 닦은 '옥거울'에 비유함 • 시각적 이미지('푸른 하늘', '거울 빛 밝고 맑아서')를 활용하여 대상의 특징을 부각함 • 달을 묘사하는 과정에서 시선의 이동(하늘 → 물)이 나타남 • 설화 속 인물을 활용하여 대상의 유래에 대한 참신한 생각을 드러냄

핵심 포인트 **2** 소재의 의미와 기능 파악

(가)와 (나)는 시상의 중심을 이루는 자연물을 이용하여 시적 상황을 나타낸다는 유사성을 가지고 있으므로 이들의 의미와 기능을 파악할 수 있어야 한다.

+ 주요 소재의 의미와 기능

(가)	흰 구름	• 절이 속세와 단절된 공간임을 나타냄 • 자연 속에 묻혀 사는 시적 대상의 초월적인 삶을 드러냄 • 한적하고 고요한 산사의 분위기를 시각적으로 드러냄
	송화	• 봄에 피는 꽃으로, 시간의 경과를 나타냄 • 한적하고 고요한 절 주변의 분위기를 시각적으로 드러냄
(나)	반달	• 밝고 맑은 속성을 지니며, 반원의 모양을 띠는 존재 • 구름 사이에 떠 있고, 물 위에 비치는 존재
	복비, 직녀	• 설화에 등장하는 인물로, 복비는 낙수에 사는 물의 신이며, 직녀는 은하수 서쪽 하늘에 사는 하느님의 손녀임 • 달을 두고 다투는 싸움의 주체

핵심 포인트 **3** 다른 작품과의 비교

(나)는 설화를 차용하여 반달을 거울 반쪽으로 빗댄 참신한 비유가 돋보이는 작품이다. 따라서 (나)와 동일한 설화와 자연물을 활용하여 참신한 발상을 드러낸 다른 작품과 비교 감상할 수 있어야 한다.

+ 황진이의 〈영반월〉과의 비교

누가 곤륜산 옥을 잘라 직녀의 빗을 만들어 주었던고 직녀는 견우님 떠나신 뒤에 시름하며 허공에 던져두었네 　　　　　　　－ 황진이	誰斷崑山玉 裁成織女梳 牽牛離別後 愁擲碧空虛	〈견우직녀 설화〉를 차용하여 하늘에 떠 있는 반달이 견우와 헤어진 뒤에 직녀가 던져 버린 빗이라고 표현함 → 임과 이별한 슬픔을 드러냄

→ 〈반월〉과 〈영반월〉은 모두 '반달'의 형태에 착안하여 달을 여성들이 주로 사용하는 사물(거울, 빗)에 빗대어 나타내고 있으며, 〈견우직녀 설화〉를 차용하여 설화 속 인물인 직녀를 등장시키고 있다. 그러나 〈영반월〉은 자연물을 활용하여 임과 이별한 화자의 정서를 드러내고 있다는 점에서 〈반월〉과 차이가 있다.

가

• 해제

〈불일암 인운 스님에게〉는 5언 절구의 한시로, 계절의 변화도 잊은 채 자연 속에 묻혀 살아가는 탈속의 경지를 보여 주는 작품이다. '절집', '흰 구름'과 같은 탈속적 이미지의 시어를 활용하여 속세와의 단절감을 강조하고 '흰 구름', '송화'와 같은 시각적 이미지를 통해 산속 절의 고요하고 신비로운 분위기를 표현하고 있다. 손님이 와서야 문을 열어 보고 계절의 변화를 알게 되는, 세상일에 무심한 스님의 모습에서 자연과 하나가 되어 살아가는 탈속적 은둔자의 모습을 엿볼 수 있다.

• 화자와 시적 상황

화자는 자연 속에 묻혀 시간의 흐름마저 잊고 사는 스님을 통해 탈속적 세계를 그리고 있다.

• 주제

자연 속에서 시간의 흐름을 초월하여 살아가는 탈속적 경지

• 연계 학습 작품

> • 탈속적인 삶의 모습을 표현한 작품
　〈추강에 밤이 드니〉_월산 대군
　〈산중문답〉_이백

나

• 해제

〈반월〉은 7언 절구의 한시로, 자연물에 대한 기발한 해석이 나타나 있는 작품이다. 하늘에 떠 있는 달을 옥거울을 깨끗이 닦아 걸어 놓은 것으로 표현하고, 설화 속 인물인 직녀와 복비를 활용하여 반달의 유래를 상상하는 것에서 작가의 참신한 발상이 돋보인다. 주로 시각적 이미지를 사용하여 달의 모습을 형상화하고 있으며, 특별한 기교 없이 깔끔하게 한시의 미감을 살리고 있다.

• 화자와 시적 상황

화자는 하늘에 떠 있는 달에서 옥거울을 연상하고, 설화와 연결하여 하늘에 떠 있는 반달이 물 위에 비친 모습을 통해 반달의 유래를 상상하고 있다.

• 주제

달을 보며 느끼는 심회

• 연계 학습 작품

> • 〈견우직녀 설화〉를 활용한 작품
　〈견우의 노래〉_서정주
　〈영반월〉_황진이
• 달을 소재로 하여 화자의 정서를 노래한 작품
　〈영반월〉_황진이
　〈오우가〉_윤선도

고전
시가
21

한 줄 평 | 제비를 비롯한 다양한 새들의 모습을 읊은 노래

제비가 ▸ 작자 미상

만첩산중(萬疊山中) 늙은 범 살진 암캐를 물어다놓고 에− 어르고 노닌다
판소리 〈춘향가〉의 '사랑가' 중 한 대목
▸ 늙은 범이 살진 암캐를 물어다 놓고 노닒

광풍(狂風)의 낙엽처럼 벽허(碧虛) 둥둥 떠나간다
직유   푸른 하늘   ▪ : 음성 상징어 사용

일락서산(日落西山) 해는 뚝 떨어져 월출동령(月出東嶺)에 달이 솟네
유사한 의미의 어구 중첩, 상투적 한자어 사용

만리장천(萬里長天)에 울고 가는 저 기러기
아득히 높고 먼 하늘   ▸ 높은 하늘에 기러기가 울고 감

「제비를 후리러 나간다 제비를 후리러 나간다」 「♩ 판소리 〈흥부가〉 중 놀부가 제비를 몰러 나가는 대목과
동일 어구 반복   관련됨

복희씨(伏羲氏)▪ 맺힌 그물을 두루쳐 메고서 나간다

망탄산(芒宕山)으로 나간다 우이여−어허어 어이고 저 제비 네 어디로 달아나노
▀ : 여음구 반복

백운(白雲)을 박차며 흑운(黑雲)을 무릅쓰고 반공중에 높이 떠
└── 흑백의 대비 ──┘   땅으로부터 그리 높지 아니한 허공

우이여−어허이 어이고 달아를 나느냐

내 집으로 훨훨 다 오너라

양류상(楊柳上)에 앉은 꾀꼬리 제비만 여겨 후린다
꾀꼬리를 제비로 보고 후림 − 제비를 잡고 싶은 욕망

아하 이에이 에헤이 에헤야 네 어디로 행하느냐」
여음구   ▸ 제비를 잡으려 함

공산야월(空山夜月) 달 밝은데 슬픈 소래 두견성(杜鵑聲) 슬픈 소래 두견제(杜鵑啼)
청각적 심상, 유사 어구 반복

월도천심야삼경(月到天心夜三更)에 그 어느 낭군이 날 찾아오리 ▸ 깊은 밤에 임을 그리워하며
〈춘향가〉와 관련됨. '삼경'은 밤 열한 시에서 새벽 한 시 사이를 가리킴   슬프고 고독함을 느낌

「울림비조(鬱林飛鳥) 뭇 새들은 농춘화답(弄春和答)에 짝을 지어
나무가 빽빽하게 우거진 숲에서 나는 새   고독한 춘향의 처지와 대조됨

쌍거쌍래(雙去雙來) 날아든다
쌍쌍이 오고 감

┌── 말 잘하는 앵무새 춤 잘 추는 학두루미
│── 다양한 종류의 새를 열거
│   문채(紋彩) 좋은 공작 공기 적다 공기 뚜루루루루룩
│   무늬와 빛깔
│   숙궁 접동 스르라니 호반새 날아든다」 「♩ 남도 잡가 〈새타령〉의 일부
│   다양한 새들의 울음소리
└── 「기러기 훨훨 방울새 떨렁 다 날아들고」

날아드는 새들
과 달아나는
제비 대조

제비만 다 어디로 달아나노」 「♩ 판소리 〈흥부가〉와 관련됨
제비를 잡지 못함 − 욕망의 좌절
▸ 다양한 새들이 날아들고 제비는 달아남

▪ 복희씨: 중국 고대 전설상의 제왕. 그물을 발명하여 고기잡이의 방법을 가르쳤다고 함.
▪ 망탄산: 중국에 있는 산. 〈삼국지〉에서 장비가 전투에서 패한 후 이 산에 숨었다고 제시됨.
▪ 농춘화답: 봄의 정취에 겨워 서로 노래로 답함.

감상 포인트
작품의 갈래적 특성, 표현상 특징을 파악하고 관련한 다른 작품들과
비교한다.

▬ 작품 분석 노트

✎ 현대어 풀이
겹겹이 둘러싸인 산중에 늙은 범이 살진
암캐를 물어다 놓고 에− 어르고 노닌다.
거센 바람에 날리는 낙엽처럼 푸른 하늘
에 둥둥 떠나간다.
서쪽 산에 지는 해는 뚝 떨어져 동쪽 고
개에 달이 솟네.
아득한 하늘에 울고 가는 저 기러기
제비를 후리러 나간다. 제비를 후리러 나
간다.
(중국 전설상의 제왕인) 복희씨가 만든 그
물을 둘러메고서 나간다.
망탄산으로 나간다. 우이여−어허어 어이
고 저 제비 네 어디로 달아나느냐.
흰 구름을 박차며 검은 구름을 무릅쓰고
허공에 높이 떠
우이여−어허이 어이고 달아를 나느냐.
내 집으로 훨훨 다 오너라.
버드나무 위에 앉은 꾀꼬리를 제비로 여
겨 후린다.
아하 이에이 에헤이 에헤야 네 어디로 가
느냐.
사람 없는 산중의 밤 달 밝은데 슬픈 노
래 소리 두견의 울음소리 슬픈 노래 소리
두견의 울음소리
달이 하늘 한가운데에 이른 깊은 밤에 그
어느 낭군이 날 찾아올까.
나무가 빽빽이 우거진 숲에서 나는 여러
새들은 봄의 정취에 겨워 지저귀며 짝을
지어
쌍쌍이 오고 가며 날아든다.
말 잘하는 앵무새 춤 잘 추는 학두루미
화려한 무늬와 빛깔 좋은 공작 공기 적다
공기 뚜루루루루룩
숙궁 접동 스르라니 호반새 날아든다.
기러기 훨훨 방울새 떨렁 다 날아들고
제비만 다 어디로 달아나느냐.

• 〈제비가〉에 나타난 욕망

욕망의 주체
• 제비를 잡으려 하는 놀부
• 춘향을 갈구하는 이몽룡(늙은 범)
• 이몽룡과 짝을 짓고 싶은 춘향

욕망의 좌절
• 다른 새들만 날아들고 제비를 잡지 못함
• 현실적 제약으로 춘향과 맺어지기 어려움
• 이몽룡과 이별하고 고독한 처지가 됨

이 작품에 나타난 다양한 표현 방식과 그 효과를 파악할 수 있어야 한다.

+ 표현상 특징과 효과

반복	'제비를 후리러 나간다 제비를 후리러 나간다', '슬픈 소래 두견성 슬픈 소래 두견제', '우이여ㅡ어허어 어이고', '우이여ㅡ어허이 어이고' → 의미를 강조하고 운율을 형성함
음성 상징어	'둥둥, 뚝, 훨훨, 떨렁' 등 의태어와 '뚜루루루루룩, 숙궁 접동 스라니' 등 의성어 사용 → 대상을 생동감 있게 표현하거나 운율을 형성함
색채 대비	'백운을 박차며 흑운을 무릅쓰고' → 흑백의 대비로 역동적인 이미지를 선명하게 구현함
대조	'울림비조 뭇 새들은 ~ 방울새 떨렁 다 날아들고'와 '제비만 다 어디로 달아나노'에서 날아드는 다양한 새들과 달아나는 제비 대조 → 제비를 잡고 싶은 욕망과 그 좌절로 인한 안타까움을 강조함
열거	앵무새, 학두루미, 공작, 호반새, 기러기, 제비 등의 특징과 모습 나열 → 제재(다양한 새들)를 강조하고 운율을 형성함
중첩	유사한 의미의 한자, 우리말 어구 중첩: '일락서산 해는 뚝 떨어져 월출동령에 달이 솟네' 　　　　　　　　　　　　　　해가 떨어짐　　　　　달이 솟음 → 의미를 강조함

이 작품의 갈래인 잡가에 대한 외적 준거를 바탕으로 작품을 이해하고, 관련성이 있는 다른 작품들과 비교하여 해석할 수 있어야 한다.

+ 잡가에 대한 이해

잡가는 조선 후기에 기존의 가사, 시조, 민요, 판소리 등 다양한 시가를 받아들여 새로운 방향을 모색한 노래이다. 주로 전문 가객에 의해 서민들의 놀이판에서 가창된 노래로, 남녀 간의 사랑과 이별, 아름다운 경물, 주변의 소박한 자연 풍경이나 자연물, 인생무상과 향락 등 다양한 소재를 다루고 있다. 서울과 경기 지방에서 발전한 십이잡가(〈유산가〉·〈적벽가〉·〈제비가〉·〈소춘향가〉·〈선유가〉·〈집장가〉·〈형장가〉·〈평양가〉·〈달거리〉·〈십장가〉·〈출인가〉·〈방물가〉)가 대표적이다. 십이잡가에는 내용상 유기적 관계를 갖는 것과 비유기적 관계를 갖는 것이 혼재하며, 전자에는 〈유산가〉, 〈적벽가〉, 〈방물가〉 등이 있고 후자에는 〈제비가〉, 〈선유가〉 등이 있는데 그 형태는 다양한 양상으로 나타난다. 이러한 잡가는 조선 후기 서민들의 향상된 생활과 활발해진 활동을 배경으로 하여 대두된 것으로 볼 수 있다.

+ 〈제비가〉 관련 고전 문학 작품

• 만첩산중 늙은 범 살진 암캐를 물어다놓고 에ㅡ 어르고 노닌다 • 월도천심야삼경에 그 어느 낭군이 날 찾아오리	판소리 〈춘향가〉의 '사랑가' 중 이몽룡이 춘향을 업고 놀려는 장면, 춘향이 이몽룡과 헤어진 후 탄식하는 내용
• 제비를 후리러 나간다 제비를 후리러 나간다 ~ 아하 이에이 에헤이 에헤야 네 어디로 행하느냐 • 기러기 훨훨 방울새 떨렁 다 날아들고 / 제비만 다 어디로 달아나노	판소리 〈흥부가〉 중 놀부가 제비를 몰러 다니는 장면
• 슬픈 소래 두견성 슬픈 소래 두견제 • 울림비조 뭇 새들은 농춘화답에 짝을 지어 ~ 숙궁 접동 스르니 호반새 날아든다	남도 잡가 〈새타령〉의 일부

→ 다른 시가 작품을 다양하게 차용하여 내용상 일관성이 약함

+ 남도 잡가 〈새타령〉 중 〈제비가〉 관련 부분

산고곡심무인처(山高谷深無人處) 울림비조 뭇 새들이 / 농춘화답에 짝을 지어 쌍거쌍래 날아든다
말 잘하는 앵무새 춤 잘 추는 학두루미 / 소탱이 쑤꾹 앵매기 뚜리루 대천(大川)에 비우(飛羽) 소루기
남풍 좇아 떨쳐 나니 구만리 장천(長天) 대붕새 / 문왕(文王)이 나 계시사 기산조양(岐山朝陽)의 봉황새
무한기우(無恨忌憂) 깊은 밤 울고 남은 공작(孔雀)이
소선적벽시월야(蘇仙赤壁十月夜) 알연장명(戛然長鳴) 백학(白鶴)이
(중략)
저 두견이가 우네 저 두견이가 울어 야월공산 깊은 밤에 울어 저 두견새 울음 운다
저 두견새 울음 운다 야월공산 깊은 밤에 울어 저 두견새 울음 운다

• 해제
〈제비가〉는 십이잡가 중 하나로, 제비를 중심으로 한 각양각색 새들의 모습을 생동감 있게 나타낸 작품이다. 한자로는 〈연자(燕子)가〉라고도 한다. 민요 〈새타령〉, 판소리 〈춘향가〉와 〈흥부가〉 등 다른 시가 작품의 차용이 복합적으로 나타나 내용상 일관성이 약한 편이나, 장단과 곡조의 변화가 역동적인 노래로 당대에 큰 인기를 얻었다고 알려져 있다.

• 주제
제비를 비롯한 여러 새들의 각양각색 모습

• 연계 학습 작품

> • 〈제비가〉와 관련 있는 민요 및 판소리 작품
> 〈새타령〉_작자 미상
> 〈춘향가〉_작자 미상
> 〈흥부가〉_작자 미상

한 줄 평 | 자연에 묻혀 한가롭게 살며 학문을 닦는 즐거움을 읊은 노래

낙지가 ▸ 이이

공명(功名)은 하늘이라 생각도 아니 하니
자신에게는 하늘이 부귀공명의 복을 내려주지 않았기에 아예 기대도 안 함(운명론적 인생관)

공부를 힘써 하여 적은 녹봉 얻자 하더니
관리의 삶

재주 식견 모자르고 학문이 허술하여
아홉 번이나 장원 급제한 작가의 이력을 볼 때 자신을 낮추어 겸손하게 표현한 것임

이십 년 노력 중에 헛수고뿐이로다.
자신의 벼슬살이에 대한 평가

꽃다운 내 세월을 속절없이 다 보내고
청년기와 장년기를 모두 벼슬살이를 하며 보냈으나 덧없게 느껴짐

도성 큰길 홍진(紅塵)을 창연히 돌아보니 ○ : 자신의 지난 삶을 부정적으로 여기는 심정이
'번거롭고 속된 세상'을 비유적으로 나타냄   직접적으로 드러남

영욕(榮辱)이 반반이라 도리어 겁이 난다.
좋은 일과 나쁜 일이 엇비슷함   이유

좌우에 함정이요 앞뒤에 구덩이라.
관료들 간 시기나 질투, 정쟁으로 인한 모함 등

만일에 실족(失足)하면 몸 보전도 못 하리라.
행동을 잘못함

차라리 다 떨치고 산중에 은거하여
화자의 현재 상황

신야(莘野)에서 따비 잡고 윗들에서 밭을 갈아
이윤이 은거하며 농사짓던 땅 ┗ 농기구의 하나

밭이랑에 마음 붙여 고기 잡고 나무하여 스스로 즐거우니
전원에서의 생활에 대한 만족감   《시경》 '국풍'의 편 이름. 당대의 평화로운 풍습을 노래함

이윤(伊尹)의 세상이요 소남(召南)의 생애로다.
중국 은나라의 전설상의 명재상

장통(長統)의 뜻을 즐겨 좋은 밭과 넓은 집 살 곳을 정하고
사회에 대한 비판 의식이 투철하기로 유명한 중국 후한의 학자인 중장통 『 』 자신에 대한 세상의 평가에 신경 쓰지 않겠다는 의미

강절(康節)의 도를 좇아 뫼꼬리와 꽃나무 즐기기를 겸하리라.
중국 북송의 학자인 소강절. 학문이 높으나 벼슬을 대부분 사양함 『 』 벼슬살이에 연연하지 않고 유유자적하게 살겠다는 의미

맑은 시내 위 푸른 물 아래에 수간초옥 지어 두니
풍광이 아름다운 자연 속에서 청빈하고 소박하게 사는 삶

산기운이 서리고 좋은 풍취 옷깃을 희롱하여
자연에 동화된 삶   경치

도인(道人)의 연경(烟景)이요 무이(武夷)의 경개(景槪)로다.
신선이 사는 곳처럼 아름다운 풍경   주자(주희)가 은거하며 학문을 닦던 곳 → 학문 연마에 대한 화자의 의지

맑고 넓은 백운(白雲) 속에 한가히 앉았으니
흰 구름(색채 이미지)

베개 아래 물소리요 지게 밖에 산빛이라.
청각적 심상   시각적 심상

무성한 숲 큰 대나무 울 삼아 집을 짓고

맑은 시내 흰 돌은 구름같이 벋었으니
색채 이미지   직유

산새는 벗이 되고 사슴이 이웃이라.
자연 친화적인 태도, 의인화

「자지곡(紫芝曲)」 마친 뒤에 흰 깃 부채 손에 들고
중국 진시황 때에 상산(商山)에 들어가 숨은 은사들이 불렀다는 노래

수수로 빚은 맑은 술을 표주박에 가득 채워

두세 잔 먹은 뒤에 명정(酩酊)히 몹시 취해
몸을 가눌 수 없을 정도로 술에 몹시 취함

줄 없는 거문고 한 곡조로 솔바람에 화답하니
무현금(無絃琴)

매화 창문 밝은 달의 미인이 들어오고
매화를 심어 둔 창문을 통해 달빛이 들어오는 상황

작품 분석 노트

• 작품의 전체 구조

〈낙지가〉는 총 313구에 이르는 장편 가사로 크게 '서사 – 본사 – 결사'로 나눌 수 있으며, 본사는 네 계절에 따라 다시 네 부분으로 나눌 수 있다.

서사		전원에 은거하며 사는 삶의 만족감
본사	춘사	봄의 정경과 일상
	하사	여름의 정경과 일상
	추사	가을의 정경과 일상
	동사	겨울의 정경과 일상
결사		자연 속에서 학문을 익히며 사는 삶의 즐거움

• 화자의 과거와 현재

과거	→	현재
홍진(속세)	처소	산중
벼슬길에 나아가 영욕을 겪음	상황	밭일, 고기잡이, 나무하기 등을 함
헛수고	평가	소남의 생애
창연함(서운하고 섭섭함)	정서	즐거움

• '줄 없는 거문고(무현금)'의 의미

옛 문인들은 직접 연주할 수는 없지만 줄이 없는 거문고를 두고 마음으로 울리는 음악을 즐기곤 하였다. 특히 무현금과 관련한 도연명의 일화가 유명하다.

중국 동진의 시인인 도연명은 줄이 없는 거문고를 자주 어루만지곤 했는데, 그 이유를 묻자 "거문고의 흥취를 알면 되지 어찌 줄을 퉁겨 소리를 내야만 하겠는가?"라고 답하였다.

대숲 섞인 바람 옛 벗이 찾아온다.「」: 전원에서 술을 마시고 노래를 부르며 자연을 즐기는 풍류
대나무 숲에서 바람이 불어오는 상황

거친 베옷과 검은 두건으로 표연히 홀로 앉아
수수하나 격식을 차린 옷차림

산천(山川)의 맑은 복을 나 혼자 누렸으니
현재의 삶에 대한 만족감

희황(羲皇)의 상인(上人)이요 회갈(懷葛)적 백성이라.
어떠한 근심이나 걱정도 없는 태평성대의 백성(화자 자신)

공명(功名)은 가짜 몸이요 부귀(富貴)는 뜬구름이라.
세속적 가치에 대한 화자의 인식(부귀공명은 덧없음)

이 강산의 맑은 복을 삼공(三公)과 바꿀런가.   ▶ 전원에 은거하여 유유자적하는 삶의 즐거움
영의정, 좌의정, 우의정

(중략)

밭둑의 일을 마치고 일신이 한가하니
늦가을이 되어 농사일이 대부분 끝남

앞내의 고기 낚아 부모 봉양이나 하오리라.

대나무 장대를 둘러메고 낚시터로 내려가니

편편(翩翩)한 백구(白鷗)들아, 날 보고 나지 마라.
나는 모양이 가볍고 날쌘

너 잡을 내 아니라, 너를 따라 예 왔노라.
자연 친화적 태도

쓸데없는 이내 몸을 찾을 이 아주 없다.
세상과 단절되어 지냄

반평생 세월을 덧없이 다 보내고
벼슬살이를 했던 지난날을 덧없게 여김

깊고 깊은 외진 곳에 할 일이 전혀 없다.
세상과 단절된 은거지   농사철이 다 지나간 상황

화표주(華表柱) 어젯밤에 원학(猿鶴)과 맹세하고
무덤 앞의 양쪽에 세우는 한 쌍의 돌기둥 └─ 원숭이와 학(관념적으로 제시되는 자연물)

백로주(白鷺洲) 오늘날에 너를 좇아 이리 오니
백구

한가함은 하나로다, 넌들 설마 모를쏘냐.
화자와 백구가 모두 한가함(물아일체)

「홍료화(紅蓼花) 떨어지고 갈대 꽃이 희었는데,」「」: 색채 대비, 가을의 계절적 배경
단풍이 들어 꽃처럼 빨갛게 된 풀

「단풍나무 숲 찾아 앉아 낚싯대 드리우니」

잔잔한 물결이요 물 튀기는 고기로다.
정적 이미지   동적 이미지

한동안 잠갔다가 찌를 보고 채쳐 내니

뛰노나니 은빛 비늘이요 걸리나니 옥척(玉尺)이라.
시각적 심상, 동적 이미지   '옥척'은 '옥으로 만든 자'를 가리킴 – 큰 물고기를 낚았다는 의미

부드러운 버들가지 한 가지 꺾어 내어

작은 고기 도로 넣고 굵은 것 골라내어
강물로 돌려보내고

하나 꿰고 둘 꿰어서 한 꿰미 다 차거든

낚싯줄 대에 감고 짚신을 찾아 신고
낚시를 끝내고 돌아갈 준비를 함

석양과 짝을 하여 달 속으로 돌아오니
저녁 늦게까지 낚시를 하다가 돌아옴(유유자적)

아내가 뜰에 내려 솥 씻고 기다린다.「」: 낚시를 하고 귀가하는 과정이 시간의 흐름에 따라 제시됨
낚아 온 물고기로 음식을 만들 준비를 함

회 치고 속을 발라 늙은 부모께 드리니
부모에 대한 효를 중시하는 태도

이 역시 맛이라, 그 아니 다행한가.

앞산에 단풍 들고 정원 국화 만발하니
가을이 완연해짐

꽃 밑에 술을 먹고 머리에 수유(茱萸) 꽂고
중양절의 풍습 – 국화주를 마시고 붉은 수유 열매를 머리에 꽂음

• '희황의 상인'과 '회갈적 백성'의 의미

희황의 상인
'희황'은 중국 고대 전설상의 제왕인 '복희씨'를 가리킴. '희황상인'은 복희씨 이전의 오랜 옛적의 사람이라는 뜻으로, 세상일을 잊고 한가하게 태평하게 숨어 사는 사람을 이름

회갈적 백성
'회갈'은 중국 고대의 제왕인 '무회씨'와 '갈천씨'를 가리킴. 이 시절은 태평하고 풍속이 순박하여 백성들의 근심, 걱정이 없었다고 전해짐

• 소재의 의미와 기능 – 백구
'백구'는 다양한 갈래의 고전 시가에 종종 등장하는 자연물로, 시적 화자의 자연과의 합일(물아일체)의 경지를 드러내는 관습적 표현에 활용되었다.

• 백구야 놀라지 마라 너 잡을 내 아니로다 / 성상이 버리시니 갈 곳 없어 예 왔노라 / 이제는 찾을 이 없으니 너를 좇아 놀리라
          – 김천택의 시조
• 백구야 펄펄 나지 마라 너 잡을 내 아니란다 / 성상이 버리시니 너를 쫓아 예 왔노라……
          – 작자 미상의 가사 〈백구사〉

저물도록 멀리 보며 기다리니 그 뉘런고.
_{학수고대}

그리던 동생들과 생각하던 친척들이
_{화자가 기다리던 대상}

짧은 처마 초가 몇 칸에 역력히 화목하게 모여 앉아

술잔을 손에 들고 성은(聖恩)을 노래하니
_{태평하고 화목하게 사는 것을 모두 임금의 은혜로 여김}

감격의 눈물 앞을 가려 갈수록 망극하다.

남산(南山)같이 높아 있고 북해(北海)같이 깊었으니
_{임금의 은혜가 매우 큼(대구, 직유)}

살아서 머리 숙이고 죽어서 결초한들
_{결초보은}

하늘 같은 이 은혜를 만분의 일이나 갚을런가.

한 입으로 다 못 하니 붓으로나 적으리라.

〔유교적 충의 사상 강조〕

▶ 가을의 일상과 임금의 은혜에 대한 감사

（중략）

빈 배를 홀로 저어 학문의 바다를 찾으리라.
_{학문적 욕구를 충족하지 못한 상태 └ 화자가 추구하는 대상}

「예의(禮義)로 돛을 달고 충신(忠信)으로 노를 저어 『 』: 대구, 은유
_{예의, 충신: 학문을 위한 자세}

마음이 머슴 되어 참된 근원을 찾아가니
_{성현의 말에 순종하는 마음(은유)}

사나운 물결이 하늘에 닿고 흐린 물결 솟구쳐 △: 학문 연마에 장애가 되는 요소

멀고 넓은 큰 바다 중에 갈 길이 아득하다.
_{닦아야 할 학문의 범위가 매우 넓음 정이천의 학문 경지}

명도께 길을 물어 이천의 큰 바닷물을 ○: 성리학의 주요 학자들
_{북송의 유학자 정호 북송의 유학자 정이}

내 양껏 다 마시고 주무숙을 찾으리라.
_{북송의 유학자 주돈이}

「염계(濂溪)로 들어가니 광풍제월(光風霽月)이 넓고 크게 끝이 없고 『 』: 주돈이의 학문을 익힘
_{주돈이의 호 주돈이의 학문적 경지}

주회암은 어디 있나, 창주(滄洲)로 찾아가니
_{송나라의 유학자 주희(주자) 주희가 다스린 창주 땅, 혹은 주희가 무이산에 세운 '창주정사'}

무이수(武夷水) 아홉 굽이 차례로 깊었도다. 『 』: 주희의 학문을 익힘
_{주희가 쓴 〈무이구곡가〉를 의미함(이이는 이를 본떠 〈고산구곡가〉를 지음)}

맑은 강이 어디런가, 한담(寒潭)이 맑았으니
_{학문의 진수 차가운 못}

깊고 넘치는 넓은 물에 가슴속 바다가 시원하게 틔는구나.
_{성현의 학문을 배우는 즐거움을 비유함}

관내곡(欸乃曲) 한 소리를 뱃노래로 화답하고
_{뱃노래의 곡조 - 성현이 남긴 글을 의미함}

지국총 닻을 들어 민중(閩中) 낙양(洛陽)을 다 건너서
_{의성어(배에서 노를 젓거나 닻을 감는 소리) └ 성현들의 학문을 익힘('민중'은 주희, '낙양'은 정호와 정이가 활동하던 곳)}

기수(沂水)에서 목욕하고 수사(洙泗)로 들어가니
_{공자의 학문을 익힘('기수'는 공자가 태어난 노나라의 강, '수사'는 공자의 고향과 가까운 강임)}

도(道)의 물결이 활발하여 참된 근원이 여기로다.」 『 』: 공자의 학문을 성리학의 정수이자 근원으로 여김
_{도의 근원, 본성}

★주목 여파(餘波)에 정을 품고 그 근원을 생각해 보니
_{잔잔하게 이는 물결(학문 수양 후 맑고 깨끗한 무욕의 상태)}

연못의 잔물결은 맑고 깨끗이 흘러가고
_{□: 인간의 올바른 본성(심리적으로 안정된 상태)}

오래된 우물에 그친 물은 담연(淡然)히 고여 있다.
_{맑고 깨끗하게}

짧은 담에 의지하여 고해(苦海)를 바라보니
_{△: 부정적인 속세를 의미함(비판의 대상)}

「욕심의 거센 물결이 하늘에 차서 넘치고

탐욕의 샘물이 세차게 일어난다.」
_{『 』: 탐욕이 만연한 세태에 대한 비판}

흐르는 모양이 막힘이 없고 기운차니 나를 알 이 누구인가.
_{탐욕에 빠져 본성을 잃어버린 세태 또는 세상 사람들이 화자의 가치를 알아보지 못하는 상황에 대한 한탄}

감상 포인트
작품에 나타난 비유적 표현의 의미와 그 속에 담긴 작가의 의도를 파악한다.

인간의 마음을 물에 빗대어 바람직한 삶의 태도를 제시함

• 임금에 대한 화자의 태도

임금의 은혜 찬양
• 가족, 친척이 모여 앉아 즐기는 중에 임금의 은혜를 떠올리며 감격함 • 평안한 일상과 가정의 화목이 모두 임금의 은혜 때문이라는 인식이 나타남

↓

당시 사대부들의 보편적 충의 정신 표출

• 은유적 표현의 이해
작가인 율곡 이이는 평생 성리학을 연마했던 학자로서, 은유적 표현을 통해 학문 추구라는 작가의 지향을 드러내고 있다.

보조 관념	원관념
빈 배	학문적 욕구를 채우고자 하는 상태
돛	예의
노	충신
머슴	학문을 하려는 겸허한 마음
사나운 물결, 흐린 물결	학문 연마의 장애 요소
큰 바닷물, 넓은 물	성현의 학문
물을 마심, 목욕함, 물에 들어감	학문을 익힘
맑은 강	학문의 진수

• 시어의 대비

긍정적	부정적
• 여파 • 연못의 잔물결 • 오래된 우물에 그친 물	• 고해 • 욕심의 거센 물결 • 탐욕의 샘물

↓	↓
사람의 올바른 본성, 안정된 심리 상태	부정적인 속세의 모습, 불안정한 심리 상태

평생을 다 살아도 백 년(百年)이 못 되는데
<small>인간 삶의 유한성에 대한 인식 → 세속적 가치를 벗어나 학문을 닦으며 사는 삶의 추구</small>

공명(功名)이 무엇이라고 일생에 골몰할까
<small>부귀공명의 덧없음</small>

낮은 벼슬을 두루 거치고 부귀에 늙어서도
<small>자신의 지난 삶에 대한 회고</small>

남가(南柯)의 한 꿈이라 황량(黃粱)이 덜 익었네.
<small>남가지몽(南柯之夢): 부귀영화의 덧없음을 이르는 말</small>

나는 내 뜻대로 평생을 다 즐겨서
<small>자연 속에서 은일하며 학문을 연마하는 삶 추구</small>

천지(天地)에 넉넉하게 놀고 강산에 누우니
<small>자연 친화적 태도, 유유자적하는 삶</small>

「사시(四時)의 내 즐김이 어느 때 없을런가.」「¬ 일 년 내내 계절의 변화를 즐기며 살아감
<small>네 계절</small>　　　　　<small>편안히 지냄</small>

누항(陋巷)에 안거(安居)하여 단표(簞瓢)에 시름없고
<small>화자가 지내는 곳 ↔ 진계</small>　　　<small>잘 먹고 잘살기를 욕망하지 않음</small>

「세로(世路)에 발을 끊어 명성(名聲)이 감추어져」「¬ 공명을 욕심내지 않음
<small>세상길</small>　　　　　　　　　　<small>충의, 효행, 우애 등 유교적 도리</small>

은거행의(隱居行義)* 자허(自許)하고 요순지도(堯舜之道) 즐기니
<small>세상에 드러나지 않고 자신의 의지로 도리를 지키며 살아감</small>

내 몸은 속인(俗人)이나 내 마음은 신선(神仙)이오.
<small>신체적으로는 속세 사람과 같으나 정신적으로는 신선과 같이 지냄(자신의 삶에 대한 자부심)</small>

「진계(塵界)가 지척이나 지척이 천 리(千里)로다.」「¬ 속세와 물리적 거리는 가까우나 심리적 거리는
<small>티끌세상</small>　　　　　　　　　　　　　　　매우 멂(역설적 표현)

제 뜻을 고상(高尚)하니 제 몸이 자중(自重)하고
<small>정신을 고상하게 하면 말이나 행동 등이 자연스럽게 조심스러워짐</small>

일체의 다툼이 없으니 시기할 이 누구인가.

○뜬구름이 시비(是非) 없고 ○날아다니는 새가 한가하다.「¬ 시비 다툼 없이 한가롭게 살려는
<small>○: 긍정적 대상(화자가 추구하는 삶의 모습을 나타내는 자연물)</small>　마음을 드러냄

여년(餘年)이 얼마런고 이 아니 즐거운가.
<small>남은 인생</small>　　　　　<small>현재의 삶에 대한 만족감</small>

제 뜻을 제 즐기고 제 마음 제 임의(任意)라.
<small>화자 자신이 바라는 대로 살아가면서 스스로 그것을 즐김</small>

먹으나 못 먹으나 이것이 세상이며
　　　　　　　　　　　　　　　　　<small>• 물질적 조건에 집착하지 않는 삶의 태도(대구)</small>

입으나 못 입으나 이것이 지락(至樂)이다.
<small>더할 나위 없는 즐거움</small>　　　　<small>• 단사표음(청빈하고 소박한 생활)</small>
　　　　　　　　　　　　　　　　　<small>• 안분지족(제 분수를 지키며 만족할 줄 앎)</small>

아내가 베를 짜니 의복(衣服)이 걱정 없고
<small>입는 것을 걱정하지 않음(검소한 의복에 만족함)</small>　　　<small>자급자족</small>

앞 논에 벼 있으니 양식인들 염려하랴.
<small>먹을 것을 걱정하지 않음(소박한 음식에 만족함)</small>

늙은 부모가 건강하니 내 무슨 시름이며
<small>걱정이 없음</small>

형제가 화목하니 즐거움이 또 있는가.
<small>즐거움이 지극함</small>

내 뜻에 내 즐거워 낙지가(樂志歌) 지어 내니
<small>〈낙지가〉를 지은 계기</small>

문노라 청허자(淸虛子)야, 이를 능히 좋아하면
<small>마음을 비운 맑고 깨끗한 존재</small>　　　　　<small>교훈적 의도를 드러냄</small>

평생에 이를 즐겨 죽도록 잊지 마라.
<small>부귀영화를 탐내지 않고 소박하게 사는 것</small>　　　▶ 학문을 연마하며 안분지족하는 삶의 즐거움

■ 광풍제월: 마음이 넓고 쾌활하여 아무 거리낌이 없는 인품을 비유적으로 이르는 말. 황정견이 주돈이의 인품을 평한 데서 유래한다.
■ 은거행의: 숨어서 의로운 일을 행함.
■ 자허: 자기 힘으로 넉넉히 할 만한 일이라고 여김.

• '황량' 관련 고사

'황량'은 찰기가 없는 곡식인 조를 의미하는데, 이와 관련하여 '황량일취몽'이라는 고사성어가 있다.

> 당나라 소년 노생이 어느 여관에서 도사인 여옹을 만나 자신의 가난을 한탄하다가, 그의 베개를 빌려 베고 잠이 들어 부귀영화를 누리며 80세까지 산 꿈을 꾸었는데, 깨어 보니 여관 주인이 짓던 조밥이 채 익지 않았다. 이로부터 유래한 '황량일취몽'은 인생이 덧없고 부귀영화도 부질없음을 비유적으로 이른다.

• 역설적 표현의 의미

'진계가 지척이나 지척이 천 리로다.'

• 삶에 대한 화자의 인식과 태도

인간 삶에 대한 화자의 인식
• 인간은 백 년도 안 되는 유한한 생을 살아감 • 일생 동안 공명과 부귀를 추구하는 것은 헛되고 덧없음

화자가 추구하는 삶의 태도
• 자연 속에서 시비 다툼 없이 소박하게 살아감 • 자급자족하면서 화목한 가정을 이루어 시름없이 즐겁게 살아감

핵심 포인트 1   화자의 정서와 태도 파악

이 작품에 나타난 과거와 현재의 삶에 대한 화자의 정서와 인식, 태도 등을 파악하고 비교할 수 있어야 한다.

+ 과거의 삶과 현재의 삶 대조

과거의 삶		현재의 삶
• '홍진', '고해', '세로', '진계' 등 → 속세, 벼슬길 • '함정'과 '구덩이', '욕심의 거센 물결', '탐욕의 샘물' 등 → 욕망을 추구하며 다툼을 일삼는 삶 • '헛수고', '가짜 몸'과 '뜬구름', '남가의 한 꿈' 등 → 덧없음	↔	• '산중', '외진 곳', '누항' 등 → 자연, 은거 • '한가함', '여파', '연못의 잔물결', '오래된 우물에 그친 물' 등 → 시비 다툼과 욕심 없이 유유자적하는 삶 • '맑은 복', '즐김', '지락' 등 → 즐거움, 만족감
부정적 인식		긍정적 인식(화자의 지향)

핵심 포인트 2   표현상 특징 파악

이 작품에 나타난 주요 표현상의 특징과 그 효과를 파악할 수 있어야 한다.

+ 표현상 특징

비유	'빈 배를 홀로 저어 학문의 바다를 찾으리라 ~ 도의 물결이 활발하여 참된 근원이 여기로다', '여파에 정을 품고 그 근원을 생각해 보니 ~ 흐르는 모양이 막힘이 없고 기운차니 나를 알 이 누구인가' 등 → 학문의 과정과 인간의 마음을 '바다'와 '물'에 비유하여 의미를 효과적으로 제시함
대구	'좌우에 함정이요 앞뒤에 구덩이라', '이윤의 세상이요 소남의 생애로다', '희황의 상인이요 회갈적 백성이라', '내 몸은 속인이나 내 마음은 신선이오', '먹으나 못 먹으나 이것이 세상이며 / 입으나 못 입으나 이것이 지락이다' 등 → 운율을 형성하고 의미를 강화함
의문형 표현	'이 강산의 맑은 복을 삼공과 바꿀런가', '하늘 같은 이 은혜를 만분의 일이나 갚을런가', '사시의 내 즐김이 어느 때 없을런가', '여년이 얼마런고 이 아니 즐거운가', '앞 논에 벼 있으니 양식인들 염려하랴' 등 → 의문문 형식을 활용하여 의미를 강화함

핵심 포인트 3   외적 준거에 따른 감상

이 작품은 작가가 벼슬에서 물러난 뒤 시골에서 은거할 때 지은 작품이므로, 작가의 삶과 관련한 외적 준거를 바탕으로 작품을 해석할 수 있어야 한다.

+ 작품에 반영된 사대부의 삶

> 〈낙지가〉는 과거 시험에서 9번이나 장원 급제를 하고 고위 관직을 두루 거친 뒤 은퇴한 작가가 시골에 은거하면서 쓴 작품이다. 조선 시대 사대부들은 관직에서 물러난 후 대부분 고향으로 돌아가 여생을 보냈다. 이러한 때에 창작된 문학 작품에는 어지러운 속세와 단절되어 자연에서 유유자적하는 풍류적 삶, 안빈낙도의 소박한 삶의 모습이 묘사되는 경우가 많았다. 이는 사대부들의 관념 속에서 이상적으로 여겨지던 삶의 방식이 반영된 것이라 볼 수 있다. 또한 개인적 흥취를 제시하는 데에서 더 나아가 탐욕을 경계하고 자기 수양과 학문의 성취를 이루어야 한다는 교훈을 전달하는 경향이 나타나기도 하였다.

화자가 직접 고기잡이를 하고 밭일 등을 하는 모습	사대부의 실제 삶의 모습이라기보다는 관념적 인식의 반영으로 볼 수 있음
속세의 삶에 대한 부정, 자연에 은거하는 삶에 대한 긍정	당대 사대부들이 이상적으로 생각하던 삶의 모습이 반영된 것으로 볼 수 있음
학문(성리학)의 길 제시, 탐욕에 대한 비판 의식	탐욕에서 벗어나기 위한 자기 수양과 학문의 성취를 이루어야 한다는 교훈을 전달하려는 의도로 볼 수 있음

작품 한눈에

• 해제

〈낙지가〉는 자연에 묻혀 사는 즐거움을 표출한 장편 은일 가사이다. 이 작품은 '서사, 춘사, 하사, 추사, 동사, 결사'의 6단 구성을 취하고 있다. 서사에서는 세속적 가치에 매몰되어 시비가 끊이지 않는 속세에 대한 부정적 인식을 바탕으로 이와 대비되는 자연 속에서의 삶에 대한 만족감을 드러내고 있고, 본사에서는 은거지의 계절별 정경과 일상생활의 모습을 제시하면서 전원에서 소박하면서도 유유자적하게 살아가는 삶의 즐거움을 나타내고 있다. 마지막으로 결사에서는 학문에의 정진, 단표누항과 안분지족 등 화자가 추구하는 삶의 태도를 제시하고 있다. 한편 혼탁한 속세에서 떠나 자연에 은거하면서도 임금의 은혜를 떠올리는 모습, 효행과 우애를 실천하는 모습에서 사대부로서의 유교적 가치관을 찾아볼 수 있다.

• 화자와 시적 상황

화자는 혼란한 속세를 떠나 자연에서 안빈낙도하며 은거하는 유학자로, 자연을 즐기고 학문을 익히면서 한가롭게 지내는 자신의 삶에 대해 만족감을 나타내고 있다.

• 주제

자연에 은거하며 유유자적하게 사는 삶의 즐거움

• 연계 학습 작품

> • 자연에 은일하는 삶의 즐거움을 노래한 작품
〈어부단가〉_이현보
〈강호사시가〉_맹사성
〈상춘곡〉_정극인

한 줄 평 | 전원에 은거하며 사는 삶의 즐거움을 동·서·남·북을 기준으로 한 수씩 읊은 노래

호아곡 ▶ 조존성

□ : 제목('아이를 부르는 노래')과 관련된 시구. 통일성 부여

아이야, 구럭 망태 찾아라, 서산에 날 늦겠다.
　아이에게 일을 시킴　　　　　　서산에 빨리 가야 한다는 의미

밤 지낸 고사리 벌써 아니 자랐으랴.
　시간이 더 지나기 전에 고사리를 빨리 뜯고 싶은 마음

이 몸이 이 나물 아니면 끼니 어이 이으랴.
　　　　고사리　　　　밥을 어떻게 먹겠는가(고사리 = 일상의 양식 → 넉넉지 않은 형편. 소박한 삶)

〈제1수〉
▶ 제1수: 서쪽 산에서 고사리 캐기

※〈제1수〉와 관련된 고사: 백이숙제 고사
백이와 숙제는 제후국인 주(周)나라의 무왕이 천자국인 은(殷)나라의 폭군 주왕을 토벌하자, 천자를 공격한 주나라 땅에서 난 곡식을 먹을 수 없다 하고 수양산에 들어가 고사리를 캐어 먹다 죽었다. 이들이 남긴 〈채미가〉에 '저 서산에 올라 고사리를 캐도다.(登彼西山兮 采其薇矣)'라는 구절이 있다.

아이야, 도롱이 삿갓 차려라. 동쪽 골짜기 비 내린다.
　비를 막기 위한 도구　　　　동쪽에 있는 골짜기의 시내

기나긴 낚싯대에 미늘 없는 낚시 매어,
　　　　　고기를 낚을 뜻이 없음 → 무욕(無慾)의 삶 또는 때를 기다림

저 고기야, 놀라지 마라. 내 흥 겨워 하노라.
　고기에게 말을 건넴(자연 친화적)　낚시질 자체만 즐기려는 태도

〈제2수〉
▶ 제2수: 동쪽 골짜기에서 낚시하기

※〈제2수〉와 관련된 고사: 여상(강태공) 고사
주나라 사람 여상은 70세까지 관직에 나가지 않고 공부만 했다. 그는 집 근처 위수 강변에서 낚시를 즐겼는데, 이때 끝이 곧은 낚싯 바늘로 낚시를 했다고 전해진다. 그러다 주나라 문왕의 눈에 띄어 중용된 뒤 주나라에 큰 공을 세웠다.

아이야, 죽조반 다오. 남쪽 논밭에 일 많구나.

서투른 따비는 누구와 마주 잡을꼬?
　농사일에 서투른 화자의 처지(벼슬을 하다가 낙향한 상황이 엿보임)

두어라, 성대에 밭 갈기도 임금님 은혜이시니라.
　　　　직접 농사짓는 상황을 임금의 은혜로 여김(유교적 충의) → 전원에 은거하면서도 임금을 생각함

〈제3수〉
▶ 제3수: 남쪽 논밭에서 밭 갈기

아이야, 소 먹여 내어 북쪽 마을에 새 술 먹자.

잔뜩 취한 얼굴을 달빛에 실어 오니,　　전원에 은거하며 흥겹게 사는
　　　　　　　　　　　　　　　　　　　삶을 구체적으로 형상화함

「아아, 태평시대 백성을 오늘 다시 보는구나.」
　화자 자신의 모습 → 현재 삶의 만족감과 흥의 함축. 안분지족의 태도　「」: 현재 자신의 삶에 대한 만족감. 영탄적 표현

〈제4수〉
▶ 제4수: 북쪽 마을에서 술 마시기

감상 포인트
작품의 구성을 바탕으로 현재 자신의 삶에 대한 화자의 정서 및 태도를 파악해야 한다.

작품 분석 노트

🖊 현대어 풀이

〈제1수〉 – 서산
아이야, 구럭 망태를 찾아 챙겨라, 서산에 해가 지겠다.
밤을 지낸 고사리는 벌써 자라지 않았겠느냐.
내 몸이 이 고사리가 아니면 어찌 끼니를 잇겠느냐.

〈제2수〉 – 동쪽 골짜기
아이야, 도롱이와 삿갓을 준비해라. 동쪽 골짜기에 비 내린다.
기나긴 낚싯대에 갈고리 없는 낚싯바늘을 매었으니
저 고기들아, 놀라지 마라. (너를 잡으려는 것이 아니라) 내가 흥에 겨워 (낚시질 하는 흉내를) 하노라.

〈제3수〉 – 남쪽 논밭
아이야, 아침 먹기 전에 일찍 먹는 죽을 다오. 남쪽 논밭에 일이 많구나.
서투른 솜씨로 따비(농기구의 일종)는 누구와 마주 잡을꼬.
두어라, 태평한 시대에 몸소 농사를 짓는 것도 또한 임금님의 은혜이시니라.

〈제4수〉 – 북쪽 마을
아이야, 소 먹여 내어 북쪽 마을에 가서 새로 빚은 술을 먹자.
(술에) 잔뜩 취한 얼굴을 달빛 맞으며 돌아오니,
아아, 태평한 시대의 행복한 백성을 오늘 다시 보는 것 같구나.

• 시상 전개 방식

네 방위에 따른 시상 전개

- 〈제1수〉는 서산에서의 고사리 캐기를, 〈제2수〉는 동쪽 골짜기에서의 고기 낚기를, 〈제3수〉는 남쪽 논밭에서의 밭갈이를, 〈제4수〉는 북쪽 마을에서의 음주를 노래함
- '서 – 동 – 남 – 북'의 네 방위로 배열됨
- 공간의 변화에 따른 시상 전개

〈제1수〉	서산채미 (西山採薇)	생계를 위한 일
〈제2수〉	동간관어 (東澗觀魚)	일상의 흥겨움
〈제3수〉	남묘궁경 (南畝躬耕)	생계를 위한 일
〈제4수〉	북곽취귀 (北郭醉歸)	일상의 흥겨움

• 각 수의 구조
초장 앞 구에서 아이에게 일을 시키고, 뒷구에서 그 까닭을 제시함. 그리고 중장에서 화자가 할 일이나 행위를 구체화하고, 종장에서 이에 대한 감흥을 제시함

아이야, 구럭 망태 찾아라.	아이에 대한 명령
서산에 날 늦겠다.	명령의 이유
밤 지낸 고사리 벌써 아니 자랐으랴.	화자가 할 일 제시
이 몸이 이 나물 아니면 끼니 어이 이으랴.	중장의 일에 대한 감흥

핵심 포인트 1　표현상 특징 및 각 수의 내용

작품 전체에서 드러나는 시상 전개 방식과 각 수에서 반복되는 구조, 의미를 효과적으로 전달하기 위한 주요 표현 방법 등을 중심으로 작품을 이해할 수 있어야 한다.

+ 표현상 특징

방향의 전환과 공간의 이동에 따른 시상 전개	〈제1수〉는 서산, 〈제2수〉는 동쪽 골짜기, 〈제3수〉는 남쪽 논밭, 〈제4수〉는 북쪽 마을이 공간적 배경으로 제시되면서 '서-동-남-북'의 네 방위를 중심으로 시상이 전개됨
'아이야'의 반복과 말을 건네는 방식	• 동일 시어의 반복: 각 수의 초장 첫 음보에서 '아이야'를 반복하여 통일성을 부여하고 운율을 형성함 • 말을 건네는 방식: '아이'에게 말을 건네는 방식을 활용하여 자신의 삶의 모습과 가치관을 드러냄
설의적 표현	'밤 지낸 고사리 벌써 아니 자랐으랴', '끼니 어이 이으랴' 등에서 설의적 표현을 활용하여 전원에 은거하며 사는 소박한 삶을 노래함

+ 각 수의 내용 정리

	활동	활동의 의미	삶의 자세	주제 의식
제1수	'서산'에서 고사리 캐기	생계 활동	지조를 지키는 삶	
제2수	'동쪽 골짜기'에서 낚시하기	일상의 풍류	무욕(無慾)의 삶	전원에서 누리는 안분지족의 삶
제3수	'남쪽 논밭'에서 밭 갈기	생계 활동	충(忠)의 가치관	
제4수	'북쪽 마을'에서 술 마시기	일상의 풍류	풍류를 즐기는 삶	

핵심 포인트 2　외적 준거에 따른 감상

작가의 삶과 가치관을 바탕으로 구절의 함축적 의미를 파악할 수 있어야 한다. 이때 당대 사대부가 지녔던 일반적인 인식도 고려해야 한다.

+ 작가의 삶과 작품의 관계

이 작품은 작가가 정쟁에 연루되어 파직된 후 용인에서 칩거할 때 쓴 작품으로 알려져 있다. 당시 용인은 정치의 중심지에서 벗어난 서울 외곽이었으며, 당시의 정치적 상황을 고려할 때 작가가 이곳에 칩거한 것은 당쟁하에서 자신을 지키기 위한 은거로 볼 수 있다. 유교적 가치에 충실한 사대부들에게 임금이 있는 서울은 '출(出)'의 공간이고, 관직에 있지 않은 상태의 시골은 '처(處)'의 공간이다. '출'의 상황에서는 정치적 이상을 실현하기 위해 온 힘을 다하지만, '처'의 상황에서는 자연이나 현재 상황을 즐기며 유유자적하게 지낸다. 그런데 '출'과 '처'는 상황에 따른 선택의 문제이기에 언제든지 바뀔 수 있다. 이를 고려할 때 작가는 변방에 위치했지만 언제든지 서울로 돌아가 정치적으로 재기하려는 마음을 지녔던 것으로 볼 수 있다.

이 몸이 이 나물 아니면 끼니 어이 이으랴	백이, 숙제와 같이 당장의 이익에 휘둘리지 않고 정치적 지조를 지키고자 하는 태도
기나긴 낚싯대에 미늘 없는 낚시 매어	주나라의 강태공처럼 정치적인 능력을 펼칠 수 있는 때를 기다리는 태도
성대에 밭 갈기도 임금님 은혜이시니라	전원에 은거하고 있으면서도 임금을 생각하는 모습
잔뜩 취한 얼굴을 달빛에 실어 오니	낙향하여 은거하면서 유유자적하고 태평하게 지내는 모습

핵심 포인트 3　주요 소재의 의미

고사리, 도롱이	소박한 삶의 모습
미늘 없는 낚시	무욕(無慾)의 생활 태도, 자연과 융화된 삶의 모습
죽조반	부지런하게 일하기 위한 준비
따비	화자가 직접 농사일을 하는 상황
술	유유자적하게 풍류를 즐기는 삶
태평시대 백성	화자 자신의 모습, 현재 상황에 대한 흥겨움과 만족감

• 해제

전원에 은거하며 유유자적하고 소박하게 살아가는 삶의 흥취를 노래하고 있는 전 4수의 연시조이다. 각 수의 초장은 모두 '아이야'로 시작되며, 네 곳의 공간(서산, 동쪽 골짜기, 남쪽 논밭, 북쪽 마을)을 배경으로 고사리 캐기, 낚시하기, 밭 갈기, 술 마시기 등과 같은 화자의 일상이 구체적으로 제시되고 있다. 이때 강태공 고사 같은 중국의 고사를 활용하여 전원에서 지내면서도 현실 정치에 대한 관심을 아예 버리지는 않았음을 암시하고 있다.

• 화자와 시적 상황

화자는 사대부로서 전원에서 소박하게 살아가는 자신의 삶에 만족하고 있다. 구체적으로 보면, 제1수에서는 고사리를 캐며 사는 소박한 삶을 보여 주고, 제2수에서는 갈고리 없는 낚싯대로 낚시를 하며 자연을 즐기는 무욕의 삶의 태도를 보여 준다. 그리고 제3수에서는 직접 농사를 지으며 임금의 은혜에 감사하는 충의 태도를 보이며, 제4수에서는 취하도록 술을 마시는 풍류의 삶의 태도를 보여 준다. 이런 상황은 당시 사대부들이 관념적으로 꿈꾸었던 삶의 모습으로 볼 수 있다.

• 주제

전원에서 은거하는 소박한 삶의 즐거움과 한가로운 흥취

• 연계 학습 작품

> • 전원에서 유유자적하게 사는 풍류적인 삶을 노래한 연시조
> 〈전원사시가〉_신계영
> 〈한거십팔곡〉_권호문

한 줄 평 │ 관서 지방을 둘러본 감상을 기록한, 우리나라 최초의 기행 가사

관서별곡 ▶ 백광홍

제목 아래에
붙어 있는 서
문 역할의 글
(작자가 쓴
글이 아님)

을묘년에 공(公)이 평안 평사(平安評事)가 되어 국경 지대 방위 상황을 두루 살펴보
　　1555년　　작가 백광홍　　　　　　　　　　　　　　관서별곡을 지은 계기
고, 민간의 노래를 채집하여 〈관서별곡〉을 지어 임금을 사랑하고 변방을 걱정
　　　　민요를 채집함　　　　　　　　　　　　　관서별곡에 담긴 작가의 마음
하는 충정을 펴내었다.

　　　　　　　　　　　　　· 한반도의 북서부 지방, 현재의 평안남도, 평안북도, 평양시, 자강도 일대를 포함하는 지역
★주목 관서 명승지에 왕명(王命)으로 보내심에
　　　관서 지방을 둘러보게 된 계기 – 관리로서 공적인 임무를 수행하기 위한 것

행장을 꾸리니 칼 하나뿐이로다.
　　단출한 행장(무인으로서의 모습)

연조문 내달아 모화고개 넘어드니　　　※□: 화자의 여정
현재의 독립문 자리에 있던 문　무악재, 관서로 가는 시발점

임지로 가고픈 마음에 고향을 생각하랴.　　　▶ 왕명을 받고 임지로 떠나는 심정: [서사]
임지에 빨리 가고픈 마음. 설의적 표현

「벽제(碧蹄)에 말 갈아 임진(臨津)에 배 건너 천수원(天壽院) 돌아드니」『♪ 빠른 속도감이 느껴
경기도 고양시의 지명　임진 나루 – 관서와 북관의 분기점　개성 동부에 있는 역원(공공 여관)　지는 전개 → 임지로
　　　　　　　　　　　　　　　　　　　　　　　　　　　　　　　　　　　향하는 들뜬 마음

개성(開城)은 망국(亡國)이라 만월대(滿月臺)도 보기 싫다.
고려의 수도 → '고려'를 의미　조선은 고려 왕조를 무너뜨리고 건국한 나라이기에 고려의 수도인 개성의 경관을 보려 하지 않음

「황주는 전쟁터라 가시덤불 우거졌도다.」『♪ 자연물을 통해 황주의 현재 모습을 제시함
황해북도의 지명　중의적 표현 ① 고려 때 황주에 있던 극성(가시나무 성)에서 착안한 표현 ② 쇠락하여 가시덤불만 무성한 황주의 상태

석양이 지거늘 채찍으로 재촉해 구현원(駒峴院) 넘어드니
시간적 배경　　　　　　　　　　　　황해도와 평안도의 경계에 있는 역원

생양관(生陽館) 기슭에 버들까지 푸르다.　　　▶ 한양에서 생양관까지의 노정: [본사①]
평안남도 남부에 있는 객관　　계절적 배경 – 봄

재송정(栽松亭) 돌아들어 대동강 바라보니 ──────
평양의 초입에 있는 여각　　　평양 한가운데를 가로지르는 강

여정	재송정	
견문	대동강과 화선의 여인들	
감상	매우 아름다움	

십 리의 물빛과 안개 속 버들가지는 위아래에 엉기었다.
　　화자의 흥겨움이 드러남　　대동강의 아름다운 풍경

춘풍이 야단스러워 화선을 비껴 보니
정재(춤과 노래로 하는 궁중 연회)를 베풀 때 쓰는 배로, 무희나 기생 여러 명이 탈 수 있을 만큼 큼

녹의홍상 비껴 앉아 가냘픈 손으로 거문고 짚으며
곱게 차려 입은 젊은 여인의 옷차림: 기생

붉은 입술과 흰 이로 채련곡을 부르니
단순호치(丹脣皓齒): 아름다운 여인

신선이 연잎 배 타고 옥빛 강으로 내려오는 듯
비유적 표현. 아름다운 풍경 속에서 신선처럼 여유롭게 풍류를 즐기는 모습

	대동강가의
여정	부벽루
견문	능라도의 풀과 금수산의 꽃
감상	봄빛 자랑

슬프다, 나랏일 신경 쓰이지만 풍경에 어찌하리.
　　내적 갈등(왕명도 중요하지만 풍경이 너무나 아름다워 어찌할 수 없음)

연광정(練光亭) 돌아들어 부벽루(浮碧樓)에 올라가니
대동강가에 있는 정자　대동강가에 있는 누각(경치가 아름답기로 유명함)

능라도(綾羅島) 꽃다운 풀과 금수산(錦繡山) 안개 속 꽃은 봄빛을 자랑한다.
　　　　부벽루에서 본 대상　　　　　　　　시간적 배경

천 년 평양의 태평문물(太平文物)은 어제인 듯하다마는
평양은 고조선부터 고구려까지 오랫동안 수도였음　　회고의 정

풍월루(風月樓)에 꿈 깨어 칠성문(七星門) 돌아드니
평양에 있는 누각　　　평양에 있는 고구려 평양성의 북문

① 아름다운 풍경과 회고의 정에 빠져
있다가 꿈에서 깨어나듯 현실로 돌
아옴
② 평양에서 하룻밤을 잤음을 암시

단출한 무관 차림에 객수(客愁) 어떠하냐.　　　▶ 대동강과 부벽루의 풍경 및 칠성문까지의 여정: [본사 ①]
　　　화자의 차림새　　　화자의 심정(쓸쓸함)

누대도 많고 강과 산도 많건마는
사람이 만든 누각과 자연이 만든 아름다운 풍경이 많음

백상루(百祥樓)에 올라앉아 청천강(淸川江) 바라보니
평안남도 안주읍에 있는 누각(여정)　백상루에서 본 대상(견문)

여정	백상루	
견문	청천강	
감상	세 갈래 물줄기가 장함	

세 갈래 물줄기는 장하기도 끝이 없다.
　청천강에 대한 감상

작품 분석 노트

· 〈관동별곡〉의 도입부와의 비교

〈관동별곡〉의 도입부(서사)
강호에 병이 깊어 죽림(竹林)에 누웠더니 관동 팔백 리에 방면(方面)을 맡기시니, 아아 성은(聖恩)이야 갈수록 망극하다. 연추문 달려들어 경회 남문 바라보며 하직하고 물러나니 옥절(玉節)이 앞에 섰다. 평구역 말을 갈아 흑수(黑水)로 돌아드니 섬강은 어디메오 치악(雉岳)이 여기로다. – 정철, 〈관동별곡〉

공통점과 차이점

[두 작품의 공통점]
· 기행의 계기가 왕명임(관리로 임지
부임)
· 속도감 있는 전개(단순 교통로로서
의 지역은 지명만 제시함)
· 서울(임금이 있는 곳)에서 출발함
· 임금에 대한 충정을 드러냄

[두 작품의 차이점]

관서별곡	관동별곡
· 관서로 부임하기 전의 화자 처지는 언급되지 않음 · 화자의 직책이 언급되지 않음(서문에서 '평안 평사'로 제시됨)	· 강원도로 부임하기 전의 화자 처지가 제시됨 · 화자의 직책이 제시됨('관동 팔백 리에 방면을 맡기시니' → 강원도 관찰사)

· 〈관동별곡〉의 유사한 구절과 비교 ①

관서별곡	관동별곡
나랏일 신경 쓰이지만 풍경에 어찌하리	왕정(王程)이 유한하고 풍경이 싫지 않으니

관리로서의 공적 임무와 아름다운 풍
경을 보는 사적 감흥 간의 내적 갈등

하물며 결승정(決勝亭) 내려와 철옹성(鐵瓮城) 돌아드니
　　　　　　평안북도 영변에 있는 정자　　　부임지(최종 목적지), 평안북도 영변에 있는 고구려의 성곽

구름에 닿은 성곽은 백 리에 벌여 있고
　　　　　철옹성의 웅장함

여러 겹 산등성이는 사면에 뻗어 있네.

사방의 군사 진영(陣營)과 웅장한 경관이 팔도에 으뜸이로다.
　　　　　　　　　　　　우리나라 전체　　영탄적 표현

여정	철옹성
견문	철옹성과 주변의 경관
감상	팔도에 으뜸

▶ 백상루의 풍경 및 철옹성의 위용: [본사 ①]

동산에 배꽃 피고 진달래꽃 못다 진 때
　　　　　　봄이 한창인 시절

진영에 일이 없어 산수를 보려고
화자가 관찰하는 지역이 태평함(자신이 임무에 충실했음을 은근히 과시함) → 산수를 즐기는 풍류에 정당성 부여

약산동대에 술을 싣고 올라가니
평안북도 영변의 약산에 있는 천연의 대(臺)　　흥을 돋우기 위한 수단

눈 아래 구름 낀 하늘이 끝이 없구나.
　　　　일망무제(一望無際)

백두산 내린 물이 향로봉 감돌아

여정	약산동대
견문	대 앞을 흐르는 물과 기생들
감상	선경(仙境)처럼 아름다움

천 리를 비껴 흘러 대(臺) 앞으로 지나가니
　　　　　　　약산동대

굽이굽이 늙은 용이 꼬리 치며 바다로 흐르는 듯
약산동대 앞에 흐르는 굽이치는 물줄기를 꼬리 치며 나아가는 용에 빗댐. 직유, 동적 이미지

· 약산동대에서 본 풍경

형승(形勝)도 끝이 없다, 풍경인들 아니 보랴.
뛰어난 지세나 풍경　　설의적 표현

선녀처럼 가냘프고 아름다운 기생들이

화려하게 단장하고 좌우에 늘어선 채

거문고, 가야금, 생황, 피리를 불거니 타거니 하는 모양은
　　　약산동대에서 기생들과 음주가무를 즐김

주목왕 요대에서 서왕모 만나 노래 부르는 듯

주(周)나라 목왕이 서왕모의 연회에 초대받아, 서왕모의 거처인 요대에서 노래를 주고받았다는 고사를 활용하여 기생들과의 풍류를 비유적으로 표현함

서산에 해 지고 동쪽 고개 달 오르고
　　시간의 흐름 → 낮부터 밤이 되도록 연회를 펼침

아리따운 기생들이 교태 머금고 잔 받드는 모양은

낙포의 선녀가 양대에 내려와 초왕(楚王)을 놀래는 듯

초(楚)나라 회왕이 연회를 즐기다가 잠깐 낮잠이 들어, 꿈속에서 아름다운 여인을 만나 정을 통했는데, 그 여인이 양대에서 비와 구름이 되어 회왕을 그리워하겠다고 말하며 사라졌다는 고사를 활용하여, 술잔을 받드는 기생들의 아름다운 모습을 비유적으로 표현함

이 경치도 좋거니와 근심인들 잊을쏘냐.
　관리로서 나랏일은 한순간도 잊지 않겠다는 의지

· 약산동대의 경관과 기생들의 아름다운 모습: [본사 ②]

어진 소백과 엄격한 주아부가
어진 관리 → 문신　엄격한 장군 → 무신

일시에 동행하여 강변으로 내려가니
문무 관리가 모두 출동하여 관할 지역을 순시함

· 소백: 중국 주(周)나라의 왕족인 소공(召公). 선정을 펼친 인물로 유명함
· 주아부: 중국 한(漢)나라의 장수. 군대의 군율을 엄격하게 다스렸다는 일화가 전함

빛나는 옥절(玉節)과 휘날리는 깃발은
관직을 받을 때에 증서로서 받은 신표(信標)

넓은 하늘 비껴 지나 푸른 산을 떨치고 간다.
하늘을 찌를 듯 깃발을 높이 들고 산길을 위풍당당하게 행진하는 모습

도남(都南)을 넘어들어 배고개 올라앉아
평안북도 강계의 지명으로 추정됨　강계에 있는 고개로 추정됨

설한령(雪寒嶺) 뒤에 두고 장백산(長白山) 굽어보니
　강계에 있는 고개　　　　　　강계에 있는 백산(白山)

여정	배고개
견문	설한령, 장백산
감상	언덕과 관문이 힘겨움

연이은 언덕과 관문은 갈수록 어렵도다.
갈수록 고개와 관문이 많아짐 → 변방을 순시하는 어려움

백이중관과 천리검각도 이러하던가.
중국 진나라 때 설치한 수많은 관문　중국 장안에 촉으로 들어가기 위해 통과해야 했던 매우 험난한 길

팔만 용사(勇士)는 앞으로 내달리고

삼천 기병(騎兵)은 뒤에서 달려오니
　　　　　　대구. 조선 군대의 위세

「♪ 압록강가에 오랑캐(여진족) 마을이 하나도 없음 → 조선이 오랑캐를 모두 복속시켰다는 자부심

「오랑캐 마을이 우러러 항복하여

백두산 내린 물에 한 곳도 없도다.」
　　압록강가　　땅의 형세에 따라 얻는 이로움이나 편리함

긴 강이 요새인들 지리(地利)로 혼자 하며
압록강이 오랑캐의 침입을 막는 천연의 요새 역할을 한들

· 〈맹자〉의 한 구절을 차용함
　'천시(天時: 하늘의 도움이 있는 시기)는 지리(地利: 지리의 유리함)만 못하며, 지리는 인화(人和: 사람들의 화합)만 못하다.(天時不如地利 地利不如人和)'

· 화자(작가)가 직접 간 장소와 그곳에서 바라보거나 떠올린 장소

직접 간 장소 [여정]	바라보거나 떠올린 장소
재송정	대동강
부벽루	능라도, 금수산
백상루	청천강
배고개	설한령, 장백산
통군정	봉황성

· 〈관동별곡〉의 유사한 구절과 비교 ②

관서별곡	관동별곡
동산에 배꽃 피고 진달래꽃 못다 진 때 / 진영에 일이 없어 산수를 보려고	영중(營中)이 무사하고 시절이 삼월인 제 / 화천 시냇길이 풍악으로 뻗어 있다

↓

· 관할지가 태평하여 별달리 신경 쓸 일이 없는 상황
· 봄이 한창인 시기

↓

산수를 즐기는 풍류를 정당화하는 조건

· 〈관동별곡〉의 유사한 구절과 비교 ③

관서별곡	관동별곡
천 리를 비껴 흘러 대(臺) 앞으로 지나가니 / 굽이굽이 늙은 용이 꼬리 치며 바다로 흐르는 듯	천 년 늙은 용이 굽이굽이 서려 있어 / 밤낮으로 흘러내려 넓은 바다에 이었으니

↓

굽이굽이 흐르며 바다로 향하는 물줄기를 늙은 용의 움직임에 빗댐

· 〈관동별곡〉의 유사한 구절과 비교 ④

관서별곡	관동별곡
· 행장을 꾸리니 칼 하나뿐이로다. · 빛나는 옥절과 휘날리는 깃발은 / 넓은 하늘 비껴 지나 푸른 산을 떨치고 간다.	· 행장을 다 떨치고 돌길에 막대 짚어 · 깃발을 떨치니 오색(五色)이 넘노는 듯 / 북과 나발을 섞어 부니 바다 위 구름이 다 걷히는 듯

↓

출발할 때는 단촐했던 행장의 규모가 커지고 화려해짐

군사와 병마(兵馬) 강한들 인화(人和) 없이 하겠는가.
우리나라 군대와 무기가 강하다고 한들　　　　백성들의 화합이 가장 중요함

「시대가 태평함도 성인(聖人)의 교화로다.」『→ 모든 공을 임금에게 돌림 → 유교적 충의 사상
　　　　　　　임금
　　　　　　　　　　　　　　　　　　　　　　　　▶ 변방의 순시와 감흥: [본사 ②]

봄날도 쉬이 가고 산수도 한가할 때 아니 놀고 어찌하리.
　　시간의 흐름(늦봄이 됨)　　　　　공적 임무 ⇒ 사적 흥취 → 진영에 일이 없음을 암시

수항루(受降樓)에 배를 타 압록강 내려오는데
압록강가에 있는 누각

강변의 진영은 장기알 벌인 듯하였거늘
군대의 진지가 압록강을 따라 쭉 줄지어 늘어서 있음 → 배 위에서 본 풍경

오랑캐 땅을 역력히 지내보니

「황성평은 언제 쌓았고 황제묘는 뉘 무덤인가.」『→ 배 위에서 오랑캐 땅을 바라보며
중국 금(金)나라의 도읍　　금(金)나라 황제의 묘　　　옛 나라의 흥망성쇠를 생각함

지난 일 감회 젖어 잔 다시 부어라.

비파곶 내리 저어 파저강(婆猪江) 건너가니 층암절벽 보기도 좋도다.
황해도 또는 평안도에 있는 곳　　중국 라오닝성에서 발원하여 압록강에 합류하는 강

구룡연(九龍淵)에 배를 매고 통군정(統軍亭)에 올라가니
평안도 의주 압록강가에 있는 못　　평안도 의주에 있는 군사용 누각

「웅장한 누대와 해자는 오랑캐와 중국 사이에 있도다.」『→ 성 주위에 둘러 판 인공 못 중국 당나라 시인 왕발의 〈등왕각서〉의 한 구절을 인용하여 통군정의 모습을 묘사함

「황제국이 어디인가 봉황성 가깝도다.」『→ 중국 땅을 보며 중국 대륙을 호령했던 고구려를 회상함
　　　　　　　　　중국에 있는 고구려 산성(동명왕이 있던 성으로 알려짐)

서쪽 가는 이 있으면 좋은 소식이나 보내고 싶네.
고구려에 대한 회고의 정 + 고구려의 후예로서 번성한 조선의 모습을 과시하고픈 마음

천 잔 먹고 크게 취해 덩실덩실 춤추니
술을 많이 마심. 과장법

저물녘 추운 날 북, 피리 소리 울리는구나.　　　　▶ 압록강의 풍경과 통군정에서의 풍류: [본사 ②]
해질 녘까지 술자리가 요란스럽게 계속됨

「하늘은 높고 땅은 멀고 흥진비래하니 이 땅이 어디인가.」『→ 중국 당나라 시인 왕발의 〈등왕각서〉의
흥청대던 술자리가 끝난 뒤에 느껴지는 객수　　　　한 구절을 인용한 표현

어버이 그리는 눈물은 절로 흐르는구나.
부모에 대한 그리움. 망운지정(望雲之情)

서쪽 변방 다 보고 감영으로 돌아오니

장부의 마음 조금이나마 풀리겠네.
변방 순시를 하면서 느꼈던 복잡한 심사가 조금 편안해짐

슬프도다, 화표주의 천년학인들 나 같은 이 또 보았는가.

어느 때 풍광을 기록하여 임금께 아뢰리오.
화자가 부임지로 오는 과정에서 본 것과 부임지에서 본 것들

조만간 임금께 글로 알려드리리라.　　　　　　　▶ 어버이에 대한 그리움과 임금에 대한 충정: [결사]
　　　　　화자의 포부

※ 화표주의 천년학: 중국 전한 시대의 사람 정영위가 신선이 되는 도를 배운 뒤 학으로 변해서 날아갔다가 천년 만에 돌아와 성문의 화표주 위에 앉았는데, 한 소년이 활로 쏘려 하자 하늘로 날아오르면서 무덤이 늘어나고 있는 세상을 한탄하였다는 고사 → 화자는 관서 지방을 순시하고 돌아온 자신을 천년 만에 돌아온 학(천년학)에 빗대어 표현함

■ 흥진비래: 즐거운 일이 다하면 슬픈 일이 닥쳐온다는 뜻으로, 세상일은 순환되는 것임을 이르는 말.
■ 감영: 조선 시대에, 관찰사가 직무를 보던 관아.

🔊 감상 포인트

여러 '여정' 중에서 화자가 특히 중요하게 여기는 장소와 그곳에서
의 '견문' 및 그것에 대한 '감상'을 파악해야 한다.

- 공간의 이동에 따른 구성

전체 여정
한양[연조문 → 모화고개] → 경기도 [벽제 → 임진] → 천수원(개성) → 황주 → 구현원 → 생양관 → 평양[재송정 → 연광정 → 부벽루 → 풍월루 → 칠성문] → 안주[백상루] → 영변[결승정 → 철옹성 → 약산동대] → 강계[도남 → 배고개 → 수항루] → 압록강 → 비파곶 → 파저강 → 의주[구룡연 → 통군정]

- 〈관서별곡〉에서 장소를 제시하는 방법

'연조문, 모화고개, 벽제, 임진' 등과 같이 단순한 교통로의 의미를 지닌 곳은 지명을 중심으로 간략하게 제시한 반면 '평양(대동강, 부벽루), 안주(백상루), 영변(철옹성, 약산동대), 의주(통군정)' 등과 같이 경치가 아름답거나 역사적 의미가 있는 곳은 풍경이나 화자의 감상을 자세히 제시함 → 기행 가사의 일반적인 성격

- 결사 부분의 충정(忠情)

〈관서별곡〉은 작가가 '왕명'을 받고 관서 지방을 돌아본 후에 지은 작품이므로 왕에 대한 충정으로 마무리하고 있다. 하지만 여정을 단순히 제시하는 부분과 부임지에서 국경의 오랑캐 지역을 바라보는 부분을 제외한 작품 대부분은 작가가 사적인 입장에서 본 풍경과 연회에 대한 감탄으로 이루어져 있다. 이런 맥락에서 본다면 결사 부분에서 나타나는 왕에 대한 충정은 개인적 여행의 흥취를 정당화하기 위한 장치 또는 사대부의 관습적인 표현으로 볼 수 있다.

- 〈관서별곡〉의 전체 구조

서사: 기행의 계기	왕명을 받아 임지로 출발함
본사 1: 부임지까지의 노정	한양에서 생양관까지의 노정
	대동강과 부벽루의 풍경
	백상루와 철옹성의 풍경
본사 2: 부임지에서의 행적	약산동대의 풍경과 풍류
	변방의 순시와 감흥
	압록강의 풍경과 통군정에서의 풍류
결사: 충효의 마음	어버이에 대한 그리움과 임금에 대한 충정

화자의 태도 및 정서 등을 기준으로 작품에서 제시되는 여러 공간이 지닌 성격을 파악할 수 있어야 한다. 이때 하나의 공간이 둘 이상의 성격을 지니는 경우도 있다.

+ 구체적 공간의 성격

단순한 이동로로서의 공간	'연조문, 모화고개, 벽제, 임진, 천수원, 개성, 황주, 구현원, 생양관, 연광정, 칠성문, 결승정, 도남, 수향루, 비파곶, 파저강, 구룡연' 등 화자가 다른 목적지를 가기 위해 거쳐가는 공간. 가장 많음
자연의 아름다움을 보여 주는 공간	'재송정, 대동강, 부벽루, 능라도, 금수산, 백상루, 청천강' 등 화자의 예찬이 이루어지는 공간
풍류 및 유흥의 공간	'대동강, 약산동대' 등 화자 또는 다른 주체에 의한 유흥이 이루어지는 공간
이념 및 도덕적 인식의 공간	'철옹성, 배고개, 통군정' 등 관리로서의 임무나 태도가 드러나는 공간

작품의 내용과 화자의 정서 등을 바탕으로, 표현상의 특징과 효과를 파악할 수 있어야 한다.

+ 표현상 특징

추보식 구성		시간의 흐름과 공간의 이동에 따라 시적 대상이 달라지며, 그에 대한 화자의 태도 및 정서를 제시하는 구성을 취함 → 기행 가사로서의 성격
속도감 있는 전개		특정 목적지까지 가는 이동 과정을 간략하게 제시하여 속도감 있게 전개함 • 연조문 내달아 모화고개 넘어드니 • 벽제에 말 갈아 임지에 배 건너 천수원 돌아드니
수사법	비유	• 신선이 연잎 배 타고 옥빛 강으로 내려오는 듯 • 굽이굽이 늙은 용이 꼬리 치며 바다로 흐르는 듯 • 선녀처럼 가냘프고 아름다운 기생들　• 강변의 진영은 장기알 벌인 듯
	설의	• 고향을 생각하랴　• 풍경에 어찌하리　• 풍경인들 아니 보랴 • 근심인들 잊을쏘냐　• 인화 없이 하겠는가
	영탄	• 구름 낀 하늘이 끝이 없구나　• 보기도 좋도다　• 슬프도다
	대구	• 서산에 해 지고 동쪽 고개 달 오르고 • 팔만 용사는 앞으로 내달리고 / 삼천 기병은 뒤에서 달려 오니
	과장	• 구름에 닿은 성곽　• 천 잔 먹고
청각적 이미지		• 붉은 입술과 흰 이로 채련곡을 부르니　• 북, 피리 소리 울리는구나
고사의 활용		• 주목왕 요대에서 서왕모 만나 노래 부르는 듯 • 낙포의 선녀가 양대에 내려와 초왕을 놀래는 듯 • 어진 소백과 엄격한 주아부　• 화표주의 천년학

이 작품은 우리나라 최초의 한글 기행 가사로, 수십 년 뒤에 창작된 정철의 〈관동별곡〉에 많은 영향을 주었다고 평가된다. 따라서 이 작품과 〈관동별곡〉과의 공통점과 차이점을 비교 분석할 수 있어야 한다. 특히 작품의 마지막에 해당하는 결사 부분을 주의 깊게 비교해야 한다.

	관서별곡	관동별곡
결사 부분	천 잔 먹고 크게 취해 덩실덩실 춤추니 저물녘 추운 날 북, 피리 소리 울리는구나. (중략) 서쪽 변방 다 보고 감영으로 돌아오니 장부의 마음 조금이나마 풀리겠네. 슬프도다, 화표주 천년학인들 나 같은 이 또 보았는가. 어느 때 풍광을 기록하여 임금께 아뢰리오. 조만간 임금께 글로 알려드리리라.	이 술 가져다가 사해(四海)에 고루 나누어 수많은 백성을 다 취하게 만든 후에 그제야 다시 만나 또 한 잔 하자꾸나. 말 끝내자 학(鶴)을 타고 공중에 올라가니 공중의 옥퉁소 소리 어제런가 그제런가. 나도 잠을 깨어 바다를 굽어보니 깊이를 모르는데 끝인들 어찌 알리. 명월(明月)이 온 세상에 아니 비친 데 없다.

• 해제
　〈관서별곡〉은 작가가 평안도 평사(評事)가 되어 부임지까지 가는 과정에서 본 자연 정경과 부임지에서 본 풍경을 노래한 작품이다. 당시 관서 지방으로 가는 일반적인 경로가 드러나며, 그 과정에서 본 정경에 대한 주관적 감상을 제시하고 있다. 우리나라 최초의 기행 가사로 정철의 〈관동별곡〉을 비롯하여 다양한 기행 가사에 영향을 주었다. 하지만 여행한 곳의 풍습이나 그곳 사람들의 삶 등이 거의 드러나지 않는 점과 관념적인 풍경 묘사 등은 한계로 지적된다.

• 화자와 시적 상황
　화자는 관서 지방에서 평사 임무를 수행해야 하는 관리로서, 부임지까지 가는 여정에서 본 명승지의 아름다운 경치를 예찬하고, 부임지에 도착해서도 그곳의 아름다운 경치를 감상한다. 하지만 관리로서의 임무를 잊지는 않는다.

• 주제
　관서 지방의 아름다운 경치를 보는 흥취와 임금에 대한 충정

• 연계 학습 작품

> • 관리로서 공적인 임무를 수행하는 과정에서 여러 곳을 구경한 흥취를 노래한 기행 가사
　〈관동별곡〉_정철
　〈일동장유가〉_김인겸
　〈연행가〉_홍순학

영역별 찾아보기

고전 산문

한 줄 평 | 양반 자제인 남자 주인공과 기생 신분인 여자 주인공의 신분을 초월한 사랑을 다룬 이야기

눈을 쓸며 옥소선을 엿보다 ▶ 임방

💬 전체 줄거리

성종 임금 시절에 이름난 재상이 감사가 되어 평양에 왔다. 평양은 옛날부터 경치가 아름답기로 유명했기 때문에 경치를 구경하거나 아름다운 옷을 입고 노는 놀이가 전국에서 으뜸이었다. 평양의 기생 중에 이름은 자란이나 옥소선이라고 불리는 열두 살의 기생이 있었다. 옥소선은 아름답고 재주가 뛰어나 평안도에서 최고의 기생으로 유명했다. ▶ 평안도에서 최고의 기생으로 유명한 옥소선

한편 새로 부임해 온 평안 감사에게는 열두 살의 아들이 있었는데 신동이라고 불릴 정도로 재주가 뛰어났다. [장면 포인트 ① 086P] 하루는 감사의 생일을 맞아 잔치를 열었는데, 감사는 아들에게 기녀와 함께 춤을 추기를 권유하였다. 사람들은 가장 아름다운 기녀인 옥소선이 도련님의 짝이 되어야 한다고 생각하였고, 나이도 같았던 두 사람은 함께 춤을 추게 되었다. 두 사람이 춤을 추는 모습이 너무도 아름다워 지켜보던 사람들이 모두 감탄하였다. 감사는 옥소선을 불러 상을 주고는 자신의 아들을 시봉하는 기녀로 남으라는 명령을 내렸다. 이때부터 옥소선은 감사의 아들과 함께 몇 해를 보냈고, 두 사람은 사랑하는 사이가 되었다. ▶ 평안 감사의 아들인 생과 연인이 된 옥소선

몇 해가 더 지난 후 감사는 육 년의 임기를 마치고 중앙으로 복귀하게 되었다. 감사와 그 부인은 옥소선과 이별해야 할 아들에 대한 걱정이 커졌고, 장가를 가지 않은 아들의 앞길에 방해라도 될까 봐 옥소선을 데려갈 수도 없어 고민이었다. [주목] 감사 부부는 아들 생을 불러 옥소선을 어떻게 했으면 좋겠는지를 물었는데, 그들의 걱정과 달리 아들은 기생과의 이별을 걱정하냐며 옥소선과의 이별은 해진 짚신을 버리는 일처럼 아무렇지 않다고 말하였다. 감사 부부는 아들의 말에 진짜 대장부라고 기뻐하며 아들과 함께 서울로 떠났다. 옥소선은 이별을 슬퍼하며 눈물을 흘리는데, 생은 아쉬워하거나 연연해하는 기색을 조금도 보이지 않았다. 이 모습을 보던 사람들은 생의 의연함에 탄복하였다. ▶ 옥소선과 생의 이별

생은 시간이 지나자 점차 옥소선을 그리워하고 있음을 깨닫게 되었다. 그즈음 과거가 열린다는 소식이 들렸고, 생은 아버지의 명에 따라 친구들과 산사에 들어가 시험 준비를 하게 되었다. 그러던 어느 날, 생은 잠이 오지 않아 뜰 앞에 서성대는데 옥소선을 그리워하는 마음에 가슴이 메어 왔다. 생은 그리움에 미칠 것 같아 홀린 듯 평양을 향해 길을 떠났다. 그는 갖은 고생을 하다 한 달 만에 평양에 도착하여 옥소선의 집을 찾아갔다. 그런데 옥소선은 없고 옥소선의 어미만 있었으나 생을 알아보지 못했다. 생이 옥소선의 어미에게 자신의 정체를 밝혔으나 어미는 생이 돌아온 것을 기뻐하지 않았다. 옥소선의 어미는 생에게 옥소선이 새로 온 사또 자제를 모시는 일을 하고 있으며, 밖에 나가는 것을 허락 받지 못해 집에도 오지 못하고 있다는 소식을 전하였다. ▶ 옥소선을 그리워하여 평양에 돌아온 생

생은 옥소선을 만나지 못하자 일단은 예전에 자신이 도움을 주었던 구실아치(각 관아의 벼슬아치 밑에서 일을 보던 사람) 아무개의 집 [장면 포인트 ② 088P] 을 찾아갔다. 그 구실아치는 감영에서 눈을 치우는 부역을 할 때 생이 인부들 사이에 섞여 옥소선이 있는 산정에 들어가 그녀를 만날 수 있도록 도와주었다. 생은 구실아치의 계획에 따라 산정에 들어가 눈을 치우는 일을 하다가 사또의 아들을 모시는 옥소선과 재회하게 되었다. 옥소선은 생을 물끄러미 한번 쳐다보고는 방으로 들어가 버렸다. ▶ 구실아치의 도움으로 옥소선과 재회하게 된 생

방으로 돌아온 옥소선은 눈물을 흘렸다. 이를 본 사또의 자제가 우는 이유를 묻자 옥소선은 혼자 있는 늙은 어머니가 걱정이 된다며 내일이 아버지의 기일인데 어머니 혼자 제사를 준비할 생각을 하니 눈물이 난다고 말하였다. 옥소선에게 빠진 사또의 자제는 그 말을 의심하지 않고, 제사를 지내고 돌아올 것을 허락하였다. 집에 돌아온 옥소선은 어머니에게 도련님의 행방을 묻고는 어머니가 도련님을 매정하게 대했다며 원망하는 말을 하였다. 그 후 옥소선은 낭군이 아무개 구실아치에 집에 있을 것이라고 생각하여 그곳을 찾아가 생과 재회하였다. 옥소선과 생은 의논 끝에 몰래 달아났다. 두 사람은 평안도의 깊은 산속에 있는 한 촌가에서 숨어 살았다. ▶ 재회 후 도망쳐 숨어 살게 된 옥소선과 생

한편 생이 없어진 소식이 전해지고 감사 부부는 아들을 찾을 수 없자 아들이 죽었다고 생각하고 장례까지 치렀다. 또한 사또의 자제는 몇 달을 수소문해도 사라진 옥소선을 찾지 못하자 이내 포기하였다. [장면 포인트 ③ 090P] 생활이 안정된 후 옥소선은 생에게 과거에 합격하게 되면 자신들의 죄를 씻을 수 있다며 공부할 것을 권유하였다. 그리고 옥소선은 과거를 준비할 수 있는 책을 구해 생에게 주었고, 생은 열심히 공부하였다. ▶ 사라진 생과 옥소선을 찾는 사람들과 과거를 준비하는 생

삼 년이 지난 어느날 마침내 나라에서 알성과를 치른다는 소식이 들렸고, 생은 서울로 올라와 과거 시험을 치렀다. 생이 장원으로 뽑히자 임금은 이조 판서인 생의 아버지를 불러 과거 답안지를 보여 주고는 장원한 사람이 그의 아들 생인지를 확인하였다. 생의 아버지가 자신의 아들이 맞다며 아들이 죽은 줄 알았는데 삼 년 동안 어디 있다가 시험에 응시한 것인지 모르겠다고 하자 임금은 신기한 일이라며 생을 불렀다. 임금이 삼 년 동안의 행적을 묻자 생은 옥소선과의 일을 사실대로 말하였다. 임금은 이조 판서에게 아들의 잘못을 용서하고 옥소선을 정실부인으로 삼게 하라고 명령하였다. 생의 부모는 임금의 명령대로 옥소선을 집으로 데려와 성대한 연회를 열고는 생의 정실부인으로 삼았다. ▶ 과거에 급제한 후 옥소선을 정실로 맞은 생

생은 벼슬이 병조 좌랑 후 정승 반열에 올랐고 옥소선과도 해로하여 자식 둘을 두었는데 자식들도 모두 과거에 급제하였다. 옥소선이 예전에 살던 마을은 지금도 '좌랑촌'이라고 불린다. ▶ 높은 벼슬에 오르고 해로하는 옥소선과 생 부부

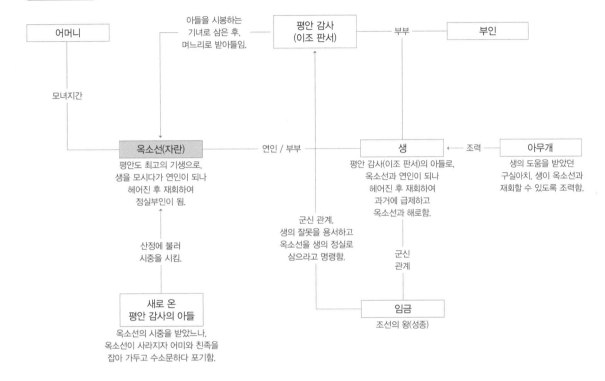

<보기>로 나오는 작품 외적 준거

〈눈을 쓸며 옥소선을 엿보다〉 주인공의 특징

─── 보기 ───

이 작품은 신분이 다른 남녀 간의 사랑을 다룬 애정 소설이다. 작품 속 주인공들은 사회적으로 중시되는 효나 입신양명과 같은 유교적 가치와, 신분 질서로부터 완전히 벗어나지는 못한다. 하지만 주인공들이 인간의 본질적 욕망인 사랑을 성취하는 과정에서는 이러한 구속에서 벗어나려는 모습을 보이기도 한다. 한편 사랑을 성취한 후 현실적인 문제를 해결하는 과정에서 여성 인물의 역할이 확대되었다는 것은 주목할 만하다.

- 2020년 11월 고2 교육청

〈눈을 쓸며 옥소선을 엿보다〉 주인공의 인물 유형

생이 보여 주는 인물의 성격은 전기적(傳奇的 - 기이하여 세상에 전할 만한) 인물의 성격을 띠고 있다. 고요한 산사의 뜰을 홀로 거니는 외로운 생의 모습이나 달 속에서 옥소선의 얼굴을 떠올리자 옥소선을 향해 치달아가는 생의 충동적인 행동, 당시의 관습이나 윤리를 벗어 버린 채 평양을 향해 가고, 옥소선의 얼굴을 한 번 보기 위해 위엄을 팽개치고 일꾼들 틈에 끼는 생의 행동은 반봉건적이고 반인습적이다. 그러나 사랑의 성취를 위해서는 놀라운 정도의 충동과 추진력을 보여 주었던 생이 사랑이 성취된 이후에 현실 세계에 대해서는 소극적이 되어 옥소선의 뒤에 숨어 버리고 만다. 생이 지닌 이러한 특질들은 전기 소설의 인물들이 드러내는 미적 특질과 상통한다.

반면, 생이 사랑을 버리고 떠나자 기생이라는 자신의 신분에 부응하여 새 도련님에게 정을 주었던 옥소선은 생과의 도주를 감행한 이후에는 현실적 욕망을 이루는 성취 지향적인 야담(민간에서 사사로이 기록한 역사를 바탕으로 흥미 있게 꾸민 이야기)적 인물의 성격을 드러낸다. 생의 충동적인 행동으로 빚어진 현실을 타개하기 위해 목표를 설정하고 생이 공부에 전념할 수 있도록 의식주를 해결하고 책을 구하고 과거를 볼 수 있도록 준비해 준다. 이러한 옥소선의 모습은 현실의 고난에도 결코 꺾이지 않고 삶에 지혜롭게 대처하는 야담계 인물의 전형성을 띠고 있다.

- 장진숙, 옥소선 이야기의 전변양상과 그 서사적 의미, 2008

• 이 작품은 임방이 지은 조선 후기의 야담집 《천예록》에 수록된 이야기이다. 사대부 신분인 생과 기생인 자란의 신분을 초월한 사랑 이야기를 다루고 있다.

• 해당 장면은 생과 자란이 처음 만나 인연을 맺고 사랑에 빠졌지만 불가피하게 이별을 하게 되는 상황이다.

• 생과 자란이 이별을 겪게 된 이유와 생의 심리 변화에 주목하여 작품을 감상하도록 한다.

공간적 배경
감사의 생일날이었다. 추향당(秋香堂)에서 손님들과 술자리를 벌여 놓고 기녀들
생과 자란이 처음 만나게 되는 시간적 배경
을 불러다 노래도 부르고 춤도 추게 하였다. 술이 거나해지고 왁자지껄 웃음소리가
술이 어느 정도 취함
주위를 덮으며 한창 분위기가 고조되었을 무렵, 「감사는 아들에게 일어나 춤을 추라
생
고 하였다. 그러면서 수기(首妓)를 불러 젊은 기녀 중에 하나를 골라 아들과 짝이 되
우두머리 기생
어 춤을 추게 하라 일렀다. 연희의 흥을 더하려 한 것이다. 」기녀들이나 관영의 사람
「」: 생과 자란이 처음 만나게 된 계기   각 지방의 요충지에 있던 관청과 군인들의 집
들은 너나 할 것 없이 예쁜데다 재주까지 뛰어난 자란이 당연히 도련님의 상대가
자란의 특성을 직접적으로 제시함
되어야 한다고 여겼다. 둘이서 만들어 내는, 여린 버들처럼 감돌다가 다시 제비같이
생과 자란의 아름답고 조화로운 춤사위를 비유적으로 표현함
가볍게 돌아 나는 듯한 춤사위는 절묘하였다. 지켜보던 사람들은 그 모습에 감탄하
며 입을 다물 줄 몰랐다. 「관찰사도 너무 기뻐서 자란을 불러다 술상 앞에 앉아 보라
= 감사
하였다. 그러고는 맛있는 음식을 권하며 상으로 비단까지 듬뿍 내려 주었다. 그는
자란에게 자신의 아들을 시봉하는 기녀로 남아 있으라 일렀다. 이때부터 자란은 아
모시어 받드는
들 옆에서 차를 올리거나 먹을 가는 일을 하게 되었다. 늘 그의 주위에 있으면서 함
께 장난치며 놀기도 하였다. 」그렇게 몇 해가 지나 둘은 사랑하는 사이가 되었고 서
「」: 생의 아버지의 주선으로 가까워지게 된 생과 자란
로에게 깊이 빠져들었다. 「정생(鄭生)과 이와(李娃)가, 장랑(張朗)과 앵앵(鶯鶯)이 나
당대의 대표적 애정 전기 소설 〈이와전〉과 〈앵앵전〉에 등장하는 남녀 주인공
눈 유명한 사랑의 이야기도 이들에게는 미치지 못할 정도였다. 」
「」: 애정 소설 속 연인들을 언급하며 생과 자란의 깊은 애정 관계를 부각함   ▶ 생과 자란이 만나 사랑하는 사이가 됨
감사의 임기가 만료되었는데도 조정에서는 그가 평안도를 잘 다스렸다 하여 다시
생의 아버지
그 직임을 맡겼다. 이렇게 모두 육 년을 지낸 후에야 비로소 임기를 마치고 중앙으
생과 자란이 이별하게 된 이유
로 복귀하였다. 돌아갈 일이 가까워지자 감사와 그의 부인은 자란과 이별해야 할 아
들 생각에 걱정이 태산 같았다. 버리고 가자니 상심한 아들이 상사병에라도 걸려 괴
로워하면 어쩌나, 그렇다고 데려가자니 장가도 안 간 아들의 앞길에 행여 방해라도
자란과 이별해야 하는 아들을 염려하는 감사와 부인
되면 어쩌나 하는 걱정이었다. 이러기도 저러기도 곤란하기는 마찬가지여서 선뜻 판
진퇴양난의 상황
단을 못 내리던 감사 내외는 직접 물어보기로 하고 아들을 불렀다.

★주목 "사내대장부가 좋아하는 것이면 비록 아비라 해도 자식에게 하지 말라고 강요하
진 못하는 법이란다. 그러니 난들 마음대로 막을 수 있겠느냐? 너하고 자란이가
이미 정이 들대로 들어 헤어지기도 어려울 것 같고, 그렇다고 아직 장가도 안 든
6년이라는 오랜 세월을 함께 지냈기 때문임
네가 그 애와 함께 지낸다는 건 혼인에 방해될 일인 듯싶어 걱정이 되는구나. 다
기생인 자란을 아들의 혼인 상대로 생각하지 않음
만 남자가 첩을 두는 건 세상에 흔한 일이니, 혹시 네가 그 애를 너무 사랑해서 도
당시의 가부장적 사회의 모습   자란을 아들의 첩으로 둘 생각은 하고 있음
저히 잊을 수 없다면 어쩔 수 없지 않겠느냐? 네 뜻에 따라 결정할 생각이니 숨기
아들의 의견을 존중하는 감사

작품 분석 노트

• 〈눈을 쓸며 옥소선을 엿보다〉의 구성

발단	• 평안도 관찰사의 생일에 생과 기녀 자란이 춤을 추게 됨 • 생과 자란은 서로 사랑하는 연인이 되어 6년간 함께 지냄
전개	• 관찰사의 임기가 만료되어 관찰사의 가족이 서울로 올라가게 되면서 생과 자란이 이별함 • 자란을 잊지 못한 생은 자란을 만나고자 길을 떠남
위기	• 생은 자란의 집을 찾아가며 추위와 배고픔에 시달림
절정	• 자란은 새로 부임한 사또 아들의 사랑을 받고 있어 산정에서 나오지 못함 • 과거에 생이 목숨을 구해 준 구실아치의 도움으로 생과 자란이 재회함 • 생과 자란은 마을에서 도망쳐 촌가에 숨어 지냄
결말	• 자란의 권유로 생은 과거 공부에 몰두하고, 장원으로 급제한 생은 아버지와 재회함 • 생의 사정을 들은 왕은 생과 자란의 혼인을 허락하고, 자란은 생의 정실부인이 됨

지 말고 다 말해 보거라."

뜻밖에도 아들은 아무렇지 않은 듯 대답하였다.

「"아버님께서는 어찌 제가 고작 기생 따위와 이별했다 하여 상사병으로 몸이 상할
『: 생은 오랜 기간 함께 지내 왔던 자란과 헤어지는 것을 대수롭지 않게 여김
까 걱정하십니까? 비록 한동안 분간을 못하고 한눈을 팔긴 했지만, 그 애를 버리

고 돌아가는 것은 해진 짚신을 버리는 일처럼 쉽습니다. 아버님께서는 더는 걱정
　　　　　　　　자란을 버릴 수 있다고 장담함
안 하셔도 되옵니다.」"

감사 부부는 너무 기뻤다.
내심 아들이 자란을 포기하기를 바랐음이 드러남
"우리 아들이 진짜 대장부로구나!"

이렇게 감사 일행은 서울로 떠났다. 떠나는 날, 자란은 목이 메어 차마 눈도 마주

치지 못하고 흐르는 눈물만 삼키는데, 생은 아쉬워하거나 연연해하는 기색이 조금도
　　　　　　　　　　　　　　자란과는 대조적으로 이별에 의연한 모습을 보이는 생
없었다. 이 모습을 지켜보던 관영 안의 사람들은 그의 남다른 의연함에 탄복할 뿐이

었다. 왜냐면 둘이서 함께 생활한 지가 오륙 년이고 단 하루도 떨어져 본 적 없다가
　　　　　　　　　　　　관영의 사람들이 생의 담담한 태도에 탄복하는 이유
세상에 둘도 없는 이별을 하면서 이렇게 가뿐하게 떠날 줄은 몰랐기 때문이다.

　　　　　　　　　　　　　　　　　　　▶ 생이 담담한 태도로 자란과 이별함

　　　감사는 평양에서의 직임을 마치고 대사헌이 되어 조정으로 복귀하였고, 생도 부

모님을 따라 서울로 돌아오게 되었다. 그런데 생은 자신이 점점 자란을 그리워하고
공간적 배경의 이동: 평양(평안도) → 서울　　　　생의 심리 변화: 담담함, 의연함 → 자란에 대한 그리움
있음을 깨닫게 되었다. 하지만 감히 말로도 표정으로도 드러낼 수 없는 일이었다.
　　　　　　　　　　　　　　　사대부 신분이기 때문에 기녀에 대한 그리움을 자유롭게 표출할 수 없음
　　　이런 즈음 과거를 본다는 방이 나붙었다. 아버지의 명에 따라 생은 친구 두셋과

함께 산사로 들어가 시험 준비를 하게 되었다. 산사에서 지내던 어느 날 밤이었다.
산속에 있는 절
친구들은 모두 잠이 들었고 생도 잠자리에 들었으나 웬일인지 잠이 오질 않았다. 그
　　　　　　　　　　　　　　자란에 대한 그리움으로 잠을 이루지 못함
래서 혼자 일어나 뜰 앞을 서성대었다. 한겨울 눈 내린 밤, 달빛이 눈부시게 환하였
　　　　　　　　　　　　　　　　　　자란에 대한 그리움을 고조시키는 배경
다. 깊은 산속의 고요함에 온갖 소리들이 스며들었다. 달을 바라보며 자란을 그리워
　　　　　　　　　　　　　　자란에 대한 그리움을 심화시키는 소재
했던 생은 울컥 가슴이 메어 왔다. 자란의 얼굴을 한 번만 봤으면 하는 마음을 누를

길 없고 점점 미쳐 버릴 것만 같았다. 아직도 밤은 반이나 남아 있는데, 급기야 생
자란에 대한 생의 그리움이 걷잡을 수 없이 커짐. 오매불망(寤寐不忘: 자나 깨나 잊지 못함)
은 뭐에 홀린 듯 평양을 향해 길을 떠났다. 입고 있던 다 해어진 명주옷에 가죽신을
　　　　과거 시험 준비를 포기하고 자란을 찾아가는 것에서 생이 아버지의 명보다 자신의 욕구를 우선시함을 알 수 있음
신은 채로 걸어서 길을 떠났으니 채 십여 리도 못 가 발이 퉁퉁 부어올라 더는 갈 수

조차 없게 되었다.　　　　　　　　　　　　▶ 그리움을 이기지 못하고 자란을 찾아가는 생

・공간의 이동에 따른 서사 전개

평양 (평안도)	생과 자란이 처음 만나 서로 사랑하는 관계로 발전하였으나 이별하게 됨
↓	
서울, 산사	생이 자란을 그리워하고 있음을 깨닫고, 자란에 대한 생의 그리움이 점차 고조됨
↓	
평양 (평안도)	자란에 대한 그리움으로 생이 자란의 집을 찾아가지만, 자란을 만나지 못함

🔔 **감상 포인트**

인물 간의 관계를 이해하고, 이를 바탕으로 인물의 심리 및 태도의 변화를 파악한다.

・'생'의 심리 변화

이별 전	자란과의 이별을 '해진 짚신을 버리는 일'에 빗대며 대수롭지 않게 여김
↓	
이별	자란과 달리 울지 않고 의연하고 담담한 태도를 보임
↓	
이별 후	자란에 대한 사랑을 깨닫고, 이후 그리움이 깊어짐

・'생'의 태도

자란을 보기 위해 산사를 떠남
가부장적 질서와 입신양명의 길을 거부한 채 신분적 제약에 얽매이지 않고 자란과의 사랑을 선택함
↓
・주체적인 태도 ・애정 지상주의적인 태도

- 해당 장면은 자란을 그리워하던 생이 구실아치의 도움을 받아 잠시 자란의 얼굴을 보게 되고, 이후 자란이 생을 만나기 위해 사또 아들에게 거짓말을 하고서 집으로 돌아오는 부분이다.
- 조력자의 역할을 하는 구실아치가 자란을 만나고 싶어 하는 생에게 어떤 도움을 주었는지에 주목하여 작품을 감상하도록 한다.

[앞부분의 줄거리] 기녀 자란과 사랑에 빠진 평안 감사의 아들 생은, 아버지의 감사 임기가 끝나자 자란을 두
            └ 신분을 초월한 사랑
고 미련 없이 서울로 떠난다. 뒤늦게 자란에 대한 자신의 마음을 깨달은 생은 평안도로 돌아가지만 자란을 만
나지 못한다. 갈 곳이 없었던 생은 과거에 자신이 도와주었던 구실아치의 집에서 신세를 지게 된다.

구실아치의 집
    그곳에서 며칠을 묵으며 생은 구실아치와 함께 어떻게 하면 자란을 만나 볼 수 있
      └ 각 관아의 벼슬아치 밑에서 일을 보던 사람. 과거에 생에게 은혜를 입은 인물로 은혜를 잊지 않고 적극적으로 생을 도움
을지 방도를 궁리하였다. 그러던 중에 구실아치가 이런 제안을 하였다.

    "조용히 만나 보기는 아무래도 어려울 것 같고……. 한 번만이라도 얼굴을 보고

싶으시다면야 제가 한 가지 꾀를 내보겠습니다. 헌데 도련님께서 따라 주실 수 있
      └ 조력자의 역할을 하는 구실아치

을런지요?"

감상 포인트

조력자의 역할을 하는 인물이 누구인지, 조력자가 누구에게 어떤 도움을 주는지 파악한다.

    "물론이지. 어서 말하게."

    "지금은 눈이 내린 뒤라 감영에서는 제설하는 부역이 있을 겝니다. 이 일은 으레
      └ 관찰사가 직무를 보던 관아   └ 쌓인 눈을 치우는   └ 국가나 공공 단체가 공익사업을 위해 보수 없이 의무적으로 하는 노동
          └ 생이 자란과의 재회를 이루게 되는 계기로 작용하는 소재
성안에 사는 백성들에게 분담시켜 왔고 소인이 이 일의 책임을 지고 있습죠. 도
                                        └ 산속 정자
련님께서 부역하는 인부들 사이에 섞여 산정으로 들어가 비를 들고 눈을 쓸고 계
              └ 구실아치가 생을 위해 자란을 볼 수 있는 위한 방법을 강구함. 생에게 인부인 척하며 산정의 눈을 쓸라고 함
시는 겁니다. 그러다 보면 산정에 있는 자란의 얼굴을 볼 수 있지 않을까요? 그것

말고는 지금으로선 별다른 방도가 없습니다요."

    생은 그 계획을 따르기로 하였다. 다음 날 이른 아침, 여러 인부들과 함께 산정으
        └ 인부인 척 산정에 들어가 눈을 쓰는 생 → 자란을 보고 싶어 사대부인 생이 인부로 위장함. 자란에 대한 절절한 그리움이 드러남
로 들어가 뜰에서 비를 들고 눈을 쓸기 시작하였다. 사또의 아들은 그때 마침 창을

열고 문턱에 기대어 앉아 있었고 그 옆으로 자란도 있었으나 밖에서는 보이지 않았

다. 한편, 건장한 다른 인부들은 별 어려움 없이 기세 좋게 눈을 치우는데 생은 비

를 다루는 게 서툴러 다른 사람들과 확연히 차이가 났다. 「사또의 자제는 그런 그의
          └ 신분이 높은 생은 비질을 해 본 적이 없어 일하는 것이 서툼   「 」: 자란이 산정에서 생을 보게 되는 계기로 작용함
모습을 보고 웃음을 터뜨리며 자란을 불러 그 꼴을 같이 보자 하였다.」 이윽고 자란
      └ 사또의 아들은 생의 정체를 알아차리지 못함
이 부름을 받고 방 안에서 밖으로 나와 난간 앞쪽으로 섰다. 생은 이때다 싶어 털모
                                                    └ 작품의 제목 '눈을 쓸며 옥소선을 엿보다'와 연관되는 부분
자를 뒤로 젖힌 채 앞으로 지나가면서 자란을 쳐다보았다. 그러나 자란은 간절한 눈
    └ 자란이 자신을 알아봐 주기를 바라는 데서 비롯된 행동
빛으로 자신을 보는 생을 그저 물끄러미 한 번 쳐다보았을 뿐 바로 방으로 들어가 문
      └ 자란은 어색하게 비를 다루는 인부가 도령인 줄 알아차렸지만 사또 아들에게 자신의 마음을 들킬까 봐 조심스럽게 행동함
을 닫아 버렸다. 그러더니 다시 나오지 않았다. 순간의 해후는 그렇게 무참히 끝나
  └ 자란과 함께할 수 없는 상황   └ 오랫동안 헤어졌다가 뜻밖에 다시 만남
버렸다. 생은 아쉬움과 서글픔을 안은 채 구실아치의 집으로 돌아올 수밖에 없었다.
                  └ 자란의 특성을 직접적으로 제시함
평소 총명하고 지혜로운 자란은 행색이 달라졌긴 해도 단번에 그가 도련님이란 걸
                    └ 자란이 산정에 잠입한 생을 한눈에 알아봄
알 수 있었다.   ▶ 구실아치의 묘책으로 자란을 보게 된 생

                              └ 아버지 기일에 올릴 제삿밥을 마련하지 못할까 봐 걱정된다고 거짓말을 함
[중략 부분의 줄거리] 자란은 생을 만나기 위해 사또 아들에게 거짓말을 하고 집으로 돌아온다. 자란은 생
이 자신의 집을 찾아왔으나 그가 어머니로부터 자란을 만날 수 없다는 말을 듣고서 떠났음을 알게 된다.

작품 분석 노트

- '구실아치'의 역할

생에게 도움을 받은 구실아치
과거에 구실아치는 큰 죄를 짓고 죽을 날을 기다리고 있었음. 구실아치를 불쌍하게 여긴 생이 아버지에게 그를 살려 달라고 요청한 결과 그는 목숨을 구하게 됨

↓

생에게 도움을 주는 구실아치 = 조력자
구실아치는 제설하는 인부인 척 몰래 산정으로 들어가면 자란의 얼굴을 볼 수 있을 것이라고 생에게 조언함

- 인물에 대한 이해

생	과거 준비를 하라는 아버지의 명을 어기고, 자란을 만나기 위해 평안도로 돌아가는 고난의 길을 선택함
자란	새로 부임한 사또 아들의 사랑을 받고 있으나, 생을 만나기 위해 사또 아들에게 거짓말을 하고 산정을 떠남

→ 생과 자란 모두 사랑을 위해 일시적으로 자신의 본분에서 벗어나 일탈하는 모습을 보임

「이 말을 들은 자란은 그동안 감추고 있던 울분을 토해 내듯 엉엉 소리 내어 울며
생이 자란의 집을 찾아왔으나 자란의 어머니로부터 자란을 만날 기약이 없다는 말을 듣고 떠남
어머니를 탓하였다.」『 ♪ 생에 대한 자란의 간절한 그리움이 드러남

"사람으로서 할 짓이 아닌데도 우리 엄마가 그걸 하셨군요. 나와 도련님이 어떤
생을 붙잡지 않고 보내 버린 어머니를 원망함   생일에 음식을 차려 놓고 여러 사람이 모여 즐김
사이예요?「♪ 동갑내기 우리 둘, 열두 살 때 수연에서 함께 춤추던 날 관영에서는 모
        『 ♪ 과거에 일어난 사건을 요약적으로 제시함
두들 내가 그의 짝이 된다고 하였지요. 비록 남을 통해서 인연이 되긴 했지만 하
                        감사(생의 아버지)가 수기(首妓)를 불러 생과 함께 춤을 출 기녀를 고르게 한 것
늘이 맺어 준 배필이라 생각했어요. 도련님과는 한시도 떨어지는 일 없이 함께 지
생과의 인연을 천생연분으로 생각함 → 자란의 운명론적 가치관을 엿볼 수 있음
내며 성장하였고 사또께서도 나를 미천하다 내치시지 않고 도련님의 배필이라 생
            감사가 기생인 자란을 생의 곁에 두게 한 일
각하여 위로하고 후하게 배려해 주셨지요. 제가 어디서 그런 극진한 사랑을 받겠
어요? 그리고 평양 땅에 아무리 많은 귀족들이 왕래해도 도련님같이 기품 있고 재
                                생에 대한 자란의 인식이 나타남
주가 뛰어나신 분은 없었어요. 그래서 더욱 도련님과 부부로 믿고 의지하며 살아
                            신분을 뛰어넘는 사랑을 추구한 자란
야지 하는 마음을 품고 있었지요. 그런데 목숨이라도 끊어 절개를 지켰다면 떳떳
했을 텐데, 그러지도 못하고 목숨 부지하겠다고 위세에 눌려 다른 남자에게 마음
                        자신이 사랑하지 않는 사또 아들의 산정에서 지내야만 하는 신세
이 없는 아양이나 떨며 살고 있는 처지가 되어 버렸잖아요. 귀하신 도련님이 뭐가
아쉬워 천 리 길도 마다 않고 오셨겠어요? 아무리 집에 제가 없어도 그렇지, 낭패
를 무릅쓰고 힘들게 걸어서 오신 그런 분에게, 옛날 그 댁에서 내려 주신 은혜와
정은 까맣게 잊은 채 밥 한 그릇 따뜻하게 대접하기는커녕 어디로 가셨는지 모르
다니요. 사람으로서는 할 짓이 아닌데도 우리 어머니가 매정하게 하셨단 말이죠?
자신의 감정을 적극적으로 표출하는 자란의 모습   ▶ 자란이 생을 붙잡지 않고 보내 버린 어머니를 원망함
어찌 그럴 수가 있어요?"

이런 이야기를 늘어놓으며 한참 동안을 목 놓아 울던 자란은 이내 마음을 진정시
키고는 한 가지 생각을 떠올렸다.

'이 성안에는 낭군이 거처할 만한 곳이 없지. 필시 아무개 구실아치 집에 있을 거
        인물의 내적 독백, 생의 거처를 추측하는 데서 자란이 지혜롭다는 것을 알 수 있음
야!'

그녀는 뛸 듯이 밖으로 나가 곧장 구실아치 집으로 달려갔다. 과연 그곳에 도련님
            자란과 생이 극적으로 재회하는 공간
이 있었다. 둘은 서로의 손을 잡고 눈물만 흘릴 뿐, 아무 말도 하지 못했다. 한참 뒤
                    재회의 기쁨
에 자란은 도련님을 집으로 모시고 가서 술과 안주를 풍성하게 갖춰 대접하였다. 밤
이 되자 자란이 생에게 말을 건넸다.

"내일이면 다시 볼 수 없을 텐데 어쩌지요?"

의논 끝에 두 사람은 몰래 달아나기로 했다. 「자란은 옷상자에서 비단으로 수놓은
애정을 성취을 위해 주체적인 선택을 함   『 ♪ 도망한 후의 생계를 위해 돈이 되는 물건을 챙기는 자란
옷가지를 꺼내어 옷 속의 솜은 다 빼내고 약간의 금은과 비녀, 패물 등 돈이 될 만한
것을 보자기 두 개에 나누어 싸 놓았다.」둘은 밤이 깊어지자 어미가 깊이 잠든 틈을
타, 미리 싸 둔 짐을 짊어지고 몰래 달아났다.   ▶ 함께 살기 위해 도망치는 생과 자란
        야반도주(夜半逃走)

• '자란'이 사또의 아들에게 한 거짓말

거짓말을 한 상황	자란이 인부인 척 산정에 몰래 들어온 생을 알아본 상황
거짓말을 한 이유	생을 만나러 가기 위해
거짓말의 내용	자란은 아버지의 기일을 맞았지만 제삿밥을 마련하지 못할까 봐 걱정이 되어 울고 있다고 말함
거짓말에 대한 사또 아들의 반응	자란을 사랑하는 사또 아들은 자란을 의심하지 않고 믿음. 또한 자란에게 제사 음식을 가득 챙겨 주며 집에 가서 제사를 지내고 오라고 함

• '자란'에 대한 이해

예쁘고 재주가 뛰어남	기녀들과 관영의 사람들은 자란이 생의 춤 상대가 되어야 한다고 여김
대범하고 기지가 있음	생을 만나기 위해 사또 아들에게 거짓말을 함
지혜로움	• 인부 행색으로 산정에 들어온 생을 단번에 알아봄 • 자신의 집에 왔던 생이 구실아치의 집에 있을 것이라고 짐작함
주체적임	애정을 성취하기 위해 생과 함께 도망감

장면 포인트 ❸

- 해당 장면은 자란의 조언으로 생이 과거를 보기로 결심하는 부분과 장원 급제한 생이 임금에게 지금까지 겪은 일들을 실토하고 아버지와 재회하는 부분이다.
- 생과 자란이 어떤 방식으로 당면한 문제를 해결해 나가는지를 주목하여 작품을 감상하도록 한다.
- 생과 자란이 과거의 잘못을 용서받고 행복한 결말을 맞이하는 과정과 작품의 주제 의식을 연관 지어 이해할 수 있도록 한다.

자란이 거처를 마련하여 안정을 찾은 후, 생에게 이런 말을 건넸다.

"재상집 독자인 당신이 어쩌다가 나 같은 창기한테 홀려 부모도 저버리고 궁벽한
_{생의 신분이 사대부임을 알 수 있음   몸을 파는 기생}
산골짜기로 도망 와서 숨어 지내게 됐는지, 집에서는 살았는지 죽었는지도 아실

리 없으니 이런 불효가 또 어디 있을까요? 행동을 조신하게 하여 불효의 죄를 깨
_{생이 자란을 찾으러 산사를 떠난 이후 생의 부모는 아들의 생사조차 알지 못하는 상황임}
끗이 씻어야 할 텐데요……. 마냥 지금처럼 이곳에서 이렇게 늙을 수는 없는 일이
_{사랑을 성취하고 부모에 대한 효성이라는 가치를 추구하는 모습}
구요. 그렇다고 빤빤한 얼굴로 집에 돌아갈 수도 없구요. 서방님께서는 장차 어찌
_{사랑을 위해 부모를 버리고 도망 온 것을 부끄러운 일로 여김   생의 미래에 대해 염려함}
하실 요량이세요?"

생은 이 말을 듣고 눈물이 줄줄 흘렀다.

"실은 나도 그걸 걱정하고 있었소. 다만 어떻게 해야 할지 방도가 떠오르지 않을
_{걱정만 할 뿐 해결 방법을 찾지 못하는 생의 무능한 모습}
뿐이오."

"한 가지 방법이 있긴 합니다. 과거의 허물도 덮고, 위로는 어버이를 다시 모시며
_{문제를 해결할 수 있는 방법을 마련하는 지혜로운 자란의 모습}
아래로는 세상에 다시 설 수 있는 일이니까요. 서방님께서는 해 보실 의향이 있으

신지요?"

> **감상 포인트**
> 인물들이 문제를 해결하는 방법과
> 그 과정을 파악한다.

생은 마음이 바빴다.

"어서 말해 보시오. 어서요."

"오직 하나, 과거에 합격하여 이름을 큰길에 날리는 것이옵니다. 더는 말을 하지
_{과거 급제. 입신양명을 통해 사회에 다시 진입하는 방법을 제시함}
않더라도 서방님이 아실 거예요."

생은 너무 기뻤다.

"낭자가 말한 방도가 참으로 극진하오. 그런데 어디서 책을 구해 읽는단 말이오?"
_{자란의 제안대로 과거 급제. 입신양명을 통해 사회로 복귀하고자 함}
"그것은 걱정하지 마세요. 어떻게든 제가 마련해 볼게요."

▶ 자란의 조언에 따라 과거를 준비하고자 하는 생

(중략)

★**주목** ▶ 마침 나라에서 알성과를 치른다는 소식이 들렸다. 「자란은 마침내 건량(乾糧)을 준
_{임금이 공자를 모신 사당에 참배한 뒤 실시하던 비정규적인 과거 시험   먼 길을 가는 데 지니고 다니게 쉽게 만든 양식}
비하고 여행 채비를 단단히 꾸려 놓고 생에게 과거를 치러 떠나라 하였다.」 생은 걸
_{「 」: 적극적으로 생을 돕는 자란}
어서 서울로 올라와 성균관의 시험장으로 들어갔다. 임금이 친히 행차하여 표제를
_{신하가 임금에게 올리는 글의 제목}
내었다. 표제를 받은 생은 생각이 샘솟듯 하여 일필휘지로 금세 다 쓰고 나왔다. 방
_{글씨를 단숨에 죽 내리씀   과거 합격자 명부}
이 나오고 임금이 그 자리에 뜯어보게 하였더니 장원은 바로 생이었다. 그때 생의
_{과거에 일등으로 급제함}
아버지는 이조 판서의 직함으로 어탑 앞에 입시해 있었다. 임금은 이조 판서를 불러
_{임금이 앉는 상탑   대궐에 들어가서 임금을 뵘}
물어보았다.

작품 분석 노트

- 문제를 대하는 인물의 태도

자란	과거의 잘못을 덮고, 사회에 재진입하기 위한 구체적인 방안(과거 급제)을 생각해 냄 → 계책을 마련해 내는 현명한 모습
생	• 미래에 대해 걱정하지만 걱정을 해소할 방법을 생각해 내지 못함 → 스스로 문제를 해결하지 못하는 모습 • 자란의 조언에 따라 과거 공부를 하여 장원 급제함

- '과거 합격'의 의미와 기능

과거 합격
아무런 말없이 산사를 떠나던 생이 잘못을 용서받고, 다시 부모님을 모시고 세상에 다시 설 수 있는 방법 → '효'라는 가치를 다시 실현할 수 있는 계기, 사회에 재진입할 수 있는 계기

"지금 장원을 한 자가 경의 자식인 것 같은데, 다만 자기 아버지의 직함을 '대사헌'
『」임금이 생의 아버지의 직함을 이조 판서가 아닌 대사헌이라 적은 것을 의아하게 여김

이라고 썼으니 이 무슨 까닭인고?"
생이 자란을 찾아 떠날 당시 아버지의 직함이 '대사헌'이었음

그러면서 시지(試紙)를 꺼내 이조 판서에게 보여 주도록 하였다. 생의 아버지는
과거 시험에 쓰던 종이

그 시지를 보더니 자리에서 물러나 눈물을 흘리면서 아뢰었다.
죽은 줄 알았던 아들이 살아 있는 것에 대한 기쁨

"이놈, 신의 자식이 맞사옵니다.『삼 년 전에 친구들과 함께 산사에서 글을 읽다가
생의 필적을 보고 장원을 한 자가 아들임을 알게 됨 『」과거에 발생한 사건을 요약적으로 제시함

하룻밤 사이에 갑자기 종적을 감춰 끝내 찾을 수 없었나이다. 필시 맹수에 물려

죽었거니 생각하고 절 뒤편에다 가묘를 쓰고 지금은 탈상까지 마친 상태옵니다.』
정식으로 묘를 쓰기 전에 임시로 쓰는 묘   삼년상을 마침

신에게는 자식이라곤 이 아이 하나뿐이었는데 재주와 품성이 뛰어난 편이었사옵
생의 성격을 직접적으로 제시함

니다. 뜻밖에 자식을 잃은 슬픈 심정은 그때나 지금이나 마찬가지옵니다. 지금 이
생이 죽었다고 생각하여 계속 슬퍼하며 지냄

시지를 보니 과연 이 아이의 필적이 맞사옵니다. 아이를 잃었을 때의 신의 직함이
분수에 지나침   생이 시지에 아버지의 직함을 대사헌이라고 쓴 이유

외람되게도 대사헌이었기에 그렇게 쓴 것으로 사료되옵니다. 허나 이놈이 삼 년

동안 어디서 어떻게 살다가 이번 시험에 응시했는지는 전혀 모르겠나이다."
▶ 아들이 장원 급제했다는 사실을 알게 된 이조 판서

임금은 이 말을 듣고 참 신기한 일이라 여겨 곧바로 생을 불러들여 인견(引見)하
윗사람이 아랫사람을 불러서 만나 봄

였다. 생은 장원의 홍패(紅牌)가 내려지기도 전에 불려 나갔기에 입고 있던 유생 복
문과의 두 번째 시험인 회시에 급제한 사람에게 주는 증서   유학을 공부하는 선비

장 그대로 입대를 하게 되었다. 임금은 산사에서 무슨 연유로 내려왔으며 삼 년 동
궁중에 들어가 임금을 뵘

안 어디서 살았는지 등을 직접 하문하였다. 이에 생은 자리를 파하여 머리를 숙이고

아뢰었다.

"신은 면목이 없사옵니다. 부모를 저버리고 도망을 쳤으니 사람으로서 크나큰 죄
자신의 죄를 고하며 임금에게 처벌을 요청함

를 지었사옵니다. 저에게 엄한 벌을 내리옵소서."

"임금과 부모 앞에서 숨기는 일이 있어서는 안 되느니라. 비록 과실이 있긴 하나

과인은 너에게 죄 주지 않을 것이니라. 그러니 너는 숨기지 말고 모든 사실을 낱
임금이 생의 잘못을 용서함

낱이 아뢰거라."

이에 생은 전후 일어났던 사실과 자신의 행동을 하나하나 아뢰었다. 주위 사람들
생이 산사를 떠나 겪은 일을 임금에게 상세히 말함

은 귀를 종긋하며 듣지 않을 수 없었다. 임금도 누누이 놀라고 기이해하더니 마침내

이조 판서에게 하교하였다.
임금이 명령을 내림

"경의 아들이 지금 과오를 뉘우치고 과업에 힘써 이름을 신적(臣籍)에 올리고 조
신하의 명부

정에 서게 되었소. 남자가 젊었을 때 잠시 여색에 빠지는 일이야 크게 우려할 바

는 아니니, 이제 지난날의 죄는 다 용서하고 이를 계기로 훗날 큰 사람이 되도록

독려하시오. 자란과 함께 산속으로 숨어 들어간 일도 기이하고,『그녀가 과오를 보
궁중 또는 관청에 속해 가무, 기악 등을 하던 기생

충하고자 생에게 책을 사 주어 과업에 힘쓰도록 한 것도 갸륵하오.』관기(官妓)라
『」생을 도와 온 자란의 노고를 인정하고 칭찬함

고 해서 천하게만 여겨서는 안 될 것 같소. 이 아이는 따로 아내를 얻을 것 없이
기생을 천한 신분으로 여긴 당대의 고정 관념을 깸   자란의 신분이 기생에서 생의 정실부인으로 상승됨

자란을 정실로 삼도록 하시오. 내, 여기서 낳은 자식은 청환현직에 오르는 데 구애
청환(학식과 문벌이 높은 사람에게 시키던 벼슬과 현직(문무 양반만이 하는 벼슬을 이르는 말

됨이 없도록 할 것이니."
▶ 임금에게 잘못을 용서받은 생과 신분이 상승한 자란

02 고전 산문 **091**

· '시지'의 의미와 기능

시지(과거 시험을 보는 종이)
과거를 볼 때 시지에 응시자의 성명 뿐만 아니라 사조(四祖: 아버지 · 할아버지 · 증조할아버지 · 외할아버지) 등을 쓰도록 함

↓

· 생이 관례에 따라 자신의 아버지의 이름과 직함을 적고, 이것을 본 임금이 생의 아버지(이조 판서)를 불러들임
· 생의 아버지가 시지에 쓰인 필적을 보고 장원 급제한 사람이 아들임을 알게 됨

· 야담의 의미와 특징

야담(野談)
· 민간에서 사사로이 기록한 야사(野史)를 바탕으로 흥미 있게 꾸민 이야기로, 조선 후기에 한문으로 기록된 짧은 이야기를 말함
· 당시의 세태와 사회상이 반영되어 있음
· 설화와 소설의 중간자적 위치에 자리함
· 서사적 요소가 강하고 구전된 이야기가 많음
· 교훈적인 요소와 흥미를 유발하는 요소를 두루 갖추고 있음
· 대표적인 야담집으로 유몽인의 《어우야담》, 작자 미상의 《청구야담》 등이 있음

· 임금의 태도

· 부모를 저버린 생과 기생 신분으로 양반 자제와 도망간 자란을 용서함
· 자란이 생의 과거 급제에 도움을 준 사실을 높이 칭찬하고 생의 정실부인으로 삼게 함
· 생과 자란의 자식이 벼슬에 구애를 받지 않도록 조치함

↓

기생을 천시하지 않고 자란의 신분을 상승시킴

↓

애정 지상주의와 신분 상승의 요소를 결합한 작품으로, 중세적 신분 질서를 부정적으로 보는 독자층의 욕구를 충족하기 위한 것으로 볼 수 있음

인물의 심리 변화 파악

사건이 전개되는 과정에서 나타나는 공간적 배경의 변화와 그에 따른 주요 인물의 심리 변화를 파악할 수 있어야 한다.

+ '자란'에 대한 '생'의 심리 변화

평안도		서울로 떠나는 이별 상황		서울, 산사
자란과 함께 지내며 사랑하는 사이로 발전함	→	슬퍼하는 자란과 달리 이별을 쉽게 수용하며, 이별에 대해 의연한 태도를 보임	→	자란에 대한 자신의 깊은 사랑을 깨닫고, 부모의 뜻을 저버리고 자란을 찾아 나섬

인물 간의 관계와 역할 파악

작품에 등장하는 다양한 인물 간의 관계를 파악하고, 이들이 서로에게 어떤 영향을 주고받는지를 이해할 수 있어야 한다.

+ 인물 간의 관계

구실아치	인부 사이에 섞여 산정으로 들어가 눈을 쓸다 보면 자란을 볼 수 있을 것이라고 생에게 조언함		생
자란	• 과거에 합격하여 입신양명하면 잘못을 덮고 부모님을 다시 모실 수 있을 것이라고 생에게 조언함 • 생에게 과거 공부에 필요한 책을 사다 주고 공부를 독려함	도움을 줌 →	• 구실아치의 조언을 따라 자란의 얼굴을 보게 됨 • 자란의 도움으로 장원 급제함

다른 작품과의 비교

이 작품과 같이 '신분이 다른 남녀 간의 사랑'을 제재로 한 다른 고전 산문과 인물의 태도, 결말 방식 등 다양한 측면에서 비교, 감상할 수 있어야 한다.

+ 고전 소설 〈심생전〉과의 비교

〈심생전〉의 줄거리
어느 날 심생이 종로에서 임금의 행차를 구경하고 돌아오다가 계집종에게 업혀 가는 한 소녀를 본다. 심생은 소녀의 아름다움에 반해 뒤를 따라가고, 그 소녀가 한 중인의 딸임을 알게 된다. 심생은 소녀를 사랑하는 마음을 억누를 수가 없어 밤마다 그녀의 집 담을 넘어가기를 20일 동안 계속했으나 좀처럼 만날 수가 없었다. 그러다가 심생의 진실된 사랑을 안 소녀가 심생이 자신을 기다린 지 30일이 되는 날 심생을 불러들이고 자신의 부모를 설득한다. 그 뒤 심생은 밤마다 그녀를 찾았고 이를 눈치챈 심생의 부모는 심생에게 북한산성으로 올라가 공부하도록 한다. 부모의 명을 거스를 수가 없어 산사에 들어간 심생은 그녀가 보낸 유서를 받는다. 자신의 처지를 한탄하는 내용이 담겨 있는 그녀의 유서를 읽고 난 뒤, 심생도 슬픔에 싸여 일찍 죽고 만다.

	〈눈을 쓸며 옥소선을 엿보다〉	〈심생전〉
제재 및 주제	• 제재: 신분이 다른 두 남녀의 사랑 • 주제: 신분을 초월한 남녀 간의 사랑	
인물의 태도	• 걷잡을 수 없는 사랑에 빠진 남자 주인공이 적극적으로 연인을 찾아 나섬 • 여자 주인공은 자신의 의견을 당당히 밝히며 사랑을 성취함(여성의 의식 성장 및 역할 강화)	
결말	행복한 결말(고난을 극복하고 백년해로함) → 봉건적 신분 질서를 부정적으로 인식하는 독자층의 기대를 충족시키고 민중의 신분 상승에 대한 욕망을 반영함	비극적 결말(남녀 모두 비극적 죽음을 맞이함) → 신분의 벽을 넘지 못한 데서 오는 이별, 이에 따른 여자 주인공의 죽음을 통해 당시 신분 제도를 비판함

• 해제
〈눈을 쓸며 옥소선을 엿보다〉는 사대부 남성과 기생과의 신분을 초월한 사랑 이야기를 다루고 있는 작품이다. 야담이면서 소설이기도 한 이 작품은 세상의 어려움을 모르던 귀공자가 연인과의 이별 뒤에 비로소 사랑을 깨달은 후 모든 것을 버리고 연인을 찾아 나서 결국 사랑을 성취한다는 내용을 담고 있다. 남녀 주인공은 사랑을 이루기 위해 마을에서 도망치는 일탈적 행위를 하지만, 과거 급제를 통해 사회에 다시 복귀하며 과거의 잘못을 용서받게 된다. 이 작품은 장원 급제를 한 남자 주인공이 정승에 오르고, 정실부인으로 신분 상승한 여자 주인공이 남자 주인공과 함께 부귀영화를 누리는 결말로 마무리된다.

• 제목 〈눈을 쓸며 옥소선을 엿보다〉의 의미
– 원제목인 '소설인규옥소선(掃雪因窺玉簫仙)'을 풀어 쓴 것으로, 생이 인부인 척 몰래 산정에 들어가 눈을 쓸며 자란(= 옥소선)을 본 장면에서 비롯되었음
양반인 남자 주인공이 이별한 연인을 보기 위해 신분을 위장해 재회한 뒤 함께 도망가 살다가 과거 급제를 통해 사랑을 인정받는 이야기로, 양반과 기생 간의 신분적 제약을 뛰어넘어 사랑을 성취하는 모습이 잘 드러나 있는 애정 소설이다.

• 주제
신분을 초월한 기생과 사대부의 사랑

02

위경천전 ▸ 권필

💬 전체 줄거리

명나라 때 위생이라는 사람이 있었다. 그는 이름이 악이고 자는 경천으로, 당나라 때의 현인이었던 위응물의 후예였다. 위생은 남들이 부러워할 정도로 총명하고 재주가 뛰어나서 일찍이 이름을 떨쳤다. 늦은 봄의 어느 날, 위생은 장생과 함께 장사의 북쪽을 지나게 되었다. 장생은 위생에게 계절이 좋으니 악주의 뛰어난 경치를 즐기다 가자고 하였다. 그 말에 동의한 위생은 장생과 함께 악양성으로 갔는데, 성에 도착하니 날이 이미 어두워져 있었다. 하는 수 없이 두 사람은 어부의 집을 빌려서 잤다. 위생과 장생은 이튿날 아침 강촌에서 술을 사서 배에 싣고는 동정호 남쪽 지역을 유람하였다. 위생과 장생은 시를 읊기도 하고 거문고 가락에 맞춰 노래도 부르며 신선이 된 듯한 풍류를 즐겼다. 두 사람은 술을 다 마신 후 배 안에서 그만 잠이 들었다. 한참 후 위생이 먼저 깨어나 보니, 날은 이미 어두워져 있었다. 위생은 장생을 흔들어 깨웠으나 술에 취한 장생은 깊은 잠에 빠져 일어나지 않았다. ▸ 봄을 맞아 뱃놀이를 나간 위생

위생은 배에서 내려 주변을 살피다 앞마을에서 들려오는 노랫소리를 듣고는 그곳을 찾아갔다. 붉은 누각이 있는 집의 안뜰에 몰래 들어가 보니 사람들이 악공들의 음악을 들으며 온갖 놀이를 즐기고 있었다. 잠시 후 손님들이 돌아가고 십여 명의 여인들만 남아 춤을 추며 노는데, 한 사내가 나타나 여인들에게 행랑에 들어가 자라고 하니 여인들이 안으로 들어갔다. 누각의 기둥 옆에 숨어 있던 위생은 선잠을 청하며 대문이 열리기만을 기다렸다. 하지만 불안한 마음에 잠이 오지 않았다. ▸ 노랫소리를 따라 낯선 집에 들어가게 된 위생

그래서 잠시 뜰을 산책하던 위생은 후원에서 선녀 같은 자태의 여인을 보았다. 위생은 여인의 침실까지 쫓아가 여인에게 자신이 여기까지 오게 된 사연을 이야기하였다. 그러자 여인은 자신의 이름은 소숙방이며, 아버지는 조정 대신으로 벼슬을 지내다 지금은 물러나 쉬고 있다는 것을 알렸다. 여인과 하룻밤을 함께 보낸 위생은 다음에 다시 만날 것을 약속하고는 장생이 있는 곳으로 돌아왔다. 위생은 장생을 깬 후 지난밤에 있었던 일을 모두 이야기해 주었으나 장생은 위생의 말을 믿지 않았다. 그러다 떠날 채비를 하던 중에 위생이 슬퍼하자, 장생은 위생이 슬퍼하는 까닭을 듣고는 위생의 말이 사실임을 믿게 되었다. ▸ 아름다운 소숙방을 만나 인연을 맺은 위생

그 후 위생은 소숙방에 대한 그리움이 점점 심해져 마침내 병이 들고 말았다. 위생은 스스로 분하고 한스러운 마음을 담은 시를 지어 책상 위에 붙였다. 〔장면 포인트 ❶ 096P〕 어느 날 저녁, 위생의 부모가 위생을 끌어안고 눈물을 흘리며 후회하지 말고 가슴속에 쌓은 것을 다 털어놓아 보라고 말하였다. 〔주목〕 위생은 장생과 함께 남쪽 지방을 유람하다가 소상국 댁에 잘못 들어가 소숙방과 인연을 맺은 일로 마음에 병이 생겼다고 고백하였다. 위생의 부모는 급히 하인을 불러, 소상국의 집에 가서 혼인을 청하여 혼례 날짜를 정하고 오라고 명하였다. 그런데

하인이 출발하기도 전에 소상국 댁에서 온 심부름꾼이 소상국의 편지를 가지고 찾아왔다. 편지에는 위생이 우연히 자신의 집에 들렀다가 딸아이를 만난 일로 인해 딸아이와 위생이 인연을 맺게 되었으니 좋은 날을 잡아 혼례를 올릴 수 있게 해 달라는 내용이 쓰여 있었다. 심부름꾼은 위생이 떠난 뒤 소숙방이 위생을 그리워하다가 병이 들었다는 소식을 전하였다. 또한 심부름꾼은 소상국이 딸의 마음을 헤아리지 못하다가 그리움을 노래한 딸의 시를 본 후, 딸로부터 그간의 사연을 듣게 되었다며, 소숙방이 지은 시를 전해 주었다. 위생의 부친은 심부름꾼을 후하게 대접한 후 소상국에게 편지를 써 보냈다. 이후 두 집안은 서로 끊이지 않고 연락을 했으며, 마침내 좋은 날을 잡아 혼례를 행하였다.
▸ 상사병에 걸린 후 소숙방과 혼례를 올리는 위생

〔장면 포인트 ❷ 099P〕
그런데 이해 팔월에 왜적이 조선을 침략하였다. 조선의 왕은 황제에게 계속 사신을 보내서 구원을 요청하였다. 이에 황제는 전국 각지에서 병사를 징집하고 위생의 부친을 왜군을 정벌하는 장군에 임명하였다. 위생의 부친은 격서를 쓸 서기관을 구하기 어렵자 즉시 편지를 써서 위생을 급히 불러들였다. 위생은 부친의 편지를 받고서 소숙방과 이별해야 한다는 생각에 마음을 잡지 못하였다. 소숙방은 술자리를 마련하여 전쟁터로 향하는 위생을 달랬다. 이후 위생은 소숙방을 떠나 부친의 군행에 참여하였다. 위생은 마음이 극히 허한 상태로 산을 넘고 강을 건너는 등 온갖 고생을 겪은 데다가, 제대로 먹거나 자지도 못해 예전의 병이 다시 도지고 말았다. 위생은 고향으로 돌아가고 싶은 생각만 간절하여 다른 사람들과 말을 하지 않았다. 위생의 부친은 아들의 이런 모습을 보고 크게 근심하였다. 어느 날 저녁 위생은 병이 더욱 심해져서 잠을 이룰 수 없자 시를 한 수 지어 벽에 붙였다. 그때 막사 안에 있던 김생이라는 사람이 위생의 부채를 빼앗아 시 한 수를 적어 주었다. 김생의 시를 본 위생은 김생의 시는 호방하고 자신의 시는 처량하다고 말하였다. ▸ 소숙방과 헤어져 참전한 위생

몇 개월이 지난 후, 위생의 기운과 맥박은 나날이 희미해져 갔다. 이에 부하 한 사람이 급히 위생의 부친인 장군에게 소식을 전하였다. 장군은 허겁지겁 달려와 위생을 만나 위로하였으나, 위생은 자신의 유골을 고향의 선산에 묻어 달라는 유언을 남기고는 죽었다. 장군은 초상 준비를 서두르고, 위생의 시신을 고향의 선영 곁에 묻도록 명하였다. 그런데 상여를 보내던 날 위생의 혼이 장군의 꿈에 나타나 소숙방과 한 무덤에 묻히고 싶다는 말을 남기고 사라졌다. 그래서 장군은 상여 행렬을 소숙방이 있는 악주로 돌렸다. 소숙방은 위생의 상여가 도착했다는 소식을 듣고는 목을 매어 자결하였다. 소상국은 이를 애통해하며 구의산 아래에 위생과 소숙방의 시신을 함께 묻었다. ▸ 위생의 사망 소식을 들은 소숙방의 자결

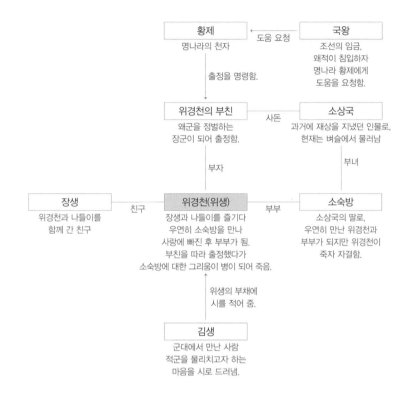

황제
명나라의 천자

→ 도움 요청 →

국왕
조선의 임금.
왜적이 침입하자
명나라 황제에게
도움을 요청함.

출정을 명령함.

위경천의 부친
왜군을 정벌하는
장군이 되어 출정함.

사돈

소상국
과거에 재상을 지냈던 인물로,
현재는 벼슬에서 물러남

부자

부녀

장생
위경천과 나들이를
함께 간 친구

친구

위경천(위생)
장생과 나들이를 즐기다
우연히 소숙방을 만나
사랑에 빠진 후 부부가 됨.
부친을 따라 출정했다가
소숙방에 대한 그리움이 병이 되어 죽음.

부부

소숙방
소상국의 딸로,
우연히 만난 위경천과
부부가 되지만 위경천이
죽자 자결함.

위생의 부채에
시를 적어 줌.

김생
군대에서 만난 사람
적군을 물리치고자 하는
마음을 시로 드러냄.

〈보기〉로 나오는 작품 외적 준거

〈위경천전〉의 결말 처리 방식

〈위경천전〉의 두 주인공 위경천과 소숙방은 두 번의 만남과 두 번의 이별을 경험한다. 즉 이 작품은 만남과 이별의 과정이 반복되는 구조로 되어 있다. 우연한 첫 만남과 애틋한 이별이 두 주인공의 결연을 위한 예비 장치였다면, 두 번째 만남(혼례) 이후에 다시 찾아온 두 번째 이별(죽음)은 비극적으로 파국을 맞는 두 주인공의 슬픈 사랑을 가장 극단적으로 표현하는 장치이다. 이 비극적 결말에 등장하는 역사적 사건이 바로 임진왜란이다. 작가는 〈주생전〉과 〈위경천전〉의 두 작품에서 모두 전쟁(임진왜란)을 통한 이별의 방식을 서사 구조의 결말부에서 활용하고 있다. 〈주생전〉에서는 두 주인공이 전쟁으로 인한 이별로 결말을 맺고 있고, 〈위경천전〉에서는 죽음이라는 극단적 결과로 끝맺고 있다. 작가가 체험했던 임진왜란의 비극은 두 작품에 고스란히 반영되어 있는데, 결국 현실적으로 피할 수 없는 거대한 운명의 소용돌이에 놓여 있을 때 개인이 겪는 비극적 좌절이 얼마나 큰 것인가에 대해 극명하게 보여 주고 있다. 44세라는 짧은 생을 살다 간 권필의 삶 앞에 놓인 역사는 한 번도 그의 편이 되지 않았다. 시대와 불화했던 비판적 지식인으로서의 그의 삶은 고난에 찬 역정 그 자체였던 것이다. 여기에 전란이라는 비극은 우리 민족 전체의 수난이기도 했거니와 권필의 삶에도 큰 영향을 끼친 사건이었다. 이처럼 거대한 역사의 흐름, 특히 전란으로 인한 상처는 권필에게 많은 영향을 끼치게 된다. 여기에 고단했던 개인의 생애가 겹쳐지면서 그의 삶은 좌절과 절망으로 이어진다. 〈위경천전〉에서 허망하게 죽음을 맞이하는 두 주인공처럼, 권필 역시 왕에게 강한 어조로 비판했다가 모진 고문 끝에 죽음에 이르는 과정은 꼿꼿하면서도 현실에 대해 비판적 태도를 보여 준 작가의 현실 대응 방식을 잘 보여 주고 있다.

— 조도현, 〈위경천전〉에 나타난 전환기 사대부의 현실 대응 방식, 2010

• 이 작품은 중국의 강남 지역을 공간적 배경으로, 임진왜란이라는 역사적 사건을 시대적 배경으로 하여 청춘 남녀의 비극적 사랑을 그린 애정 소설이다. '만남'과 '이별'이 반복되는 서사 구조와 주인공의 운명을 비극으로 이끄는 현실적 제약에 주목하여 작품을 감상하도록 한다.

• 해당 장면은 동정호로 유람을 간 위생(위경천)이 소숙방을 만나 인연을 맺고 집으로 돌아온 이후의 상황이다.

• 소숙방의 집에서 온 '편지 한 통'과 '소숙방의 시'에 담긴 의미와 기능을 파악하도록 한다.

[앞부분의 줄거리] 임진년 봄에 명나라 금릉 사람인 위생은 친구 장생과 함께 봄 경치를 즐기기 위해 동정 호에 배를 띄우고 논다. 위생은 장생이 술에 취해 잠이 들자 혼자 밖을 거닐다가 노랫소리가 들리는 마을에 서 소숙방과 인연을 맺는다. 집으로 돌아온 위생은 소숙방에 대한 그리움으로 병이 든다.

어느 밤, <u>위생</u>의 부모가 위생이 누워 있는 침상 앞에 와서 위생을 부둥켜안고 눈
위경천
물을 흘리며 말했다.

"옛날 성인(聖人)께서 '부모는 오직 자식의 병을 근심할 뿐'이라고 하셨거늘, <u>네 병</u>
소숙방에 대한 간절한 그리움으로 인한 상사병
을 보니 이제 스무 날 서른 날이 지났을 뿐인데 날이 갈수록 증세가 심해져 목숨
을 건지기 어려운 지경에까지 이를 듯하구나. 이러니 우리도 근심에 시달리다 너
를 따라 죽을 것 같다. 네가 무슨 마음을 먹었기에 숨기고 말하지 않는 게냐? <u>가</u>
<u>슴속에 있는 생각을 남김없이 말해서 후회가 없도록 하거라.</u>"
병이 난 이유를 자세히 말하라고 위생을 설득함

★주목 위생이 이 말을 듣고는 놀라 눈물을 흘리더니 잠시 마음을 가다듬고 작은 목소리
로 말했다.

"부모님께서는 저를 낳으시어 정성을 다해 길러 주셨습니다. 하늘 같은 그 은혜에
보답하고자 하나, 소자가 불초하여 <u>증삼</u>과 같은 효성은 본받지 못하고 결국 <u>자하</u>
효자로 유명했던 공자의 제자인 증자   아들의 죽음을 슬퍼해 실명한 공자의 제자
의 아픔만 끼쳐 드리고 말았으니 <u>불효막심한 죄가 이승과 저승에 쌓일 것입니다.</u>
소숙방에 대한 그리움으로 병이 들어 부모님께 심려를 끼침
바라옵건대 <u>제 속마음을 모두 말씀드려 유감이 없도록 했으면 합니다.</u>
소숙방과의 인연을 말하기로 결심함
「지난날 친구와 함께 좋은 절기를 맞아 배에 술을 싣고 남쪽 지방을 유람한 일이
「」: 소숙방과의 만남을 요약적으로 제시
있습니다. 이때 그만 소상국 댁에 잘못 들어가 경박한 행동으로 <u>담장을 엿보는</u>
<u>죄를 범했으니</u> 만 번 죽어 마땅할 것입니다. <u>붉은 누각에서 한번 이별하고 나서</u>
선비로서 하지 말아야 할 경박한 행동을 했기 때문   위생의 병은 소숙방에 대한 사랑과 그리움으로 인한 것임
<u>는 만 리 강물에 산길도 험하여 소식을 통할 방도가 없었습니다.</u> 오직 <u>그 한 가</u>
<u>지 생각이 가슴에 맺혀</u> 결국 <u>미친병</u>이 생겼으니, 죽은 뒤에야 편안해질 것이요
소숙방에 대한 애절한 사모의 정   상사병
다른 방법은 없는 듯합니다."   ▶ 위생이 소숙방과의 인연을 부모님께 말함

부모가 손으로 눈물을 훔치고는 눈을 크게 뜨고 말했다.

"우리가 그런 사정을 일찍 알았다면 너를 이 지경으로 만들었겠느냐?"

급히 늙은 하인을 불러 소상국 댁에 보내며, <u>혼인을 청하여 혼례 날짜를 정하고</u>
<u>오도록 분부하였다.</u> 하인이 미처 문을 나서다 말고 허둥지둥 뛰어 들어오더니 <u>기쁜</u>
위생의 문제를 해결하기 위해 부모가 적극 개입함
<u>목소리로 외쳤다.</u>
소상국 댁에서 보낸 심부름꾼이 먼저 도착했기 때문

"상국 댁에서 보낸 심부름꾼이 먼저 도착했습니다요!"

작품 분석 노트

• '만남'과 '이별'이 반복되는 서사 구조

만남
동정호로 유람을 간 위생이 소숙방을 만나 하룻밤 인연을 맺음

↓

이별
• 집으로 돌아온 위생이 소숙방에 대한 그리움으로 병이 듦 • 소숙방도 위생과 이별한 후 위생에 대한 그리움으로 병이 들어 위독해짐

↓

만남
• 소숙방의 부친 소상국이 위생의 집으로 편지를 보내 위생과 소숙방의 혼례를 추진함 • 위생과 소숙방이 혼례를 올리고 함께 지냄

↓

이별
• 위생이 임진왜란에 참전하여 소숙방과 이별함 • 소숙방에 대한 그리움으로 인해 위생이 죽음 • 위생의 소식을 들은 소숙방이 자결함

위생의 부친이 급히 사랑채로 나가 심부름꾼을 불러들였다. 붉은 관을 쓰고 쇠로
　　　　　　　　　　　　　　　소상국 댁에서 보낸 심부름꾼
만든 띠를 찬 8척 장신의 남자가 뜰에서 두 번 절하고는 무릎을 꿇고 상국의 편지를
바쳤다. 산호로 만든 함 속에 얇은 비단 몇 폭과 함께 좋은 종이에 쓴 편지 한 통이
　　　　　　　　　　　　　　　　　　　　　　　　　　위생의 고민을 해결하는 기능
들어 있었다. 편지의 내용은 다음과 같았다.　－ 소숙방의 집에서 먼저 혼약을 제의하는 내용이 담김

　　저는 대대로 높은 벼슬을 지낸 가문의 사람으로, 조정에서 벼슬하여 재상의 지
　　　　　　　소숙방의 집안이 명문가이며 부친이 고관임을 알 수 있음
위에 오르고 부귀도 누렸습니다. 지금은 여생을 편안히 보내기 위해 벼슬에서 물
러나 집에서 쉬면서 멀리 고적을 답사하기도 하며 지내고 있습니다. 물고기와 새
　　　　　소숙방의 부친이 현재 벼슬에서 물러나 한가롭게 지내고 있음을 알 수 있음
를 벗으로 삼고 꽃과 대나무를 즐기며 맑은 흥취를 돕기도 하고, 손님을 맞아 술
자리를 열고는 하루를 보내기도 합니다. 지난날 아드님께서 아름다운 경치를 따
　　　　　　　　　　　　　　　　　　　　　　　위경천
라 우연히 저희 집에 들른 일이 있었습니다. 제 딸아이가 정이 많아 문득 그 미천
　　　　　　　　　　　　　　　　　　　　소숙방
한 몸으로 꽃이 이슬에 젖듯 달이 구름에 헤치듯, 홀로 지내며 생긴 원한을 떨치
지 못하였으니, 모든 것이 이 늙은 애비의 죄입니다. 일이 이미 이렇게 되고 말았
으니 후회한들 어쩌겠습니까? 「초나라의 진귀한 옥이 이미 깨지고 진나라의 난새
　　　　　　　　　　　　　　　「 」 고사를 인용하여 두 사람의 이별과 그로 인한 한을 드러냄
는 모여들지 않으니, 이별의 한이 결국 병이 되어 남은 목숨이 실낱과 같습니다.」
　　　진나라의 소사와 농옥이 퉁소를 불면 봉황새가 날아들었다는 고사
난새가 죽으면 봉황새도 스러지나니, 만일 부부의 정을 가로막는다면 천지가 다
소숙방　　　　　위경천
하도록 부모의 마음이 어떻겠습니까?
　　　　　자식을 둔 부모의 심정에 호소하여 말함
　　속히 좋은 날을 잡아 혼례를 올리게 해 주시기 바랍니다. 「모쪼록 귀댁에서 저희
　　　　　　　　　　　　　　　　편지를 보낸 목적
집의 한미함을 탓하지 말아 주시기를 빕니다.」　　　▶ 소숙방의 집에서 먼저 혼인을 제의함
형편이나 지체가 구차하고 변변하지 못함　　　「 」 자신의 집안을 낮추면서 상대 집안을 존중하는 자세를 보임

편지를 다 읽자, 심부름꾼이 두 번 절한 다음 저간의 사정을 아뢰었다.
　　　　　　　　위생과 헤어진 이후 소숙방의 상황을 알려 주는 역할
"저희 집 아씨가 귀댁의 아드님과 헤어진 뒤로 늘 꽃밭 가운데서 기다리다가 며칠
　　　　소숙방
전 어린 종 하나를 강촌으로 보내 아드님의 소식을 수소문하게 했습니다. 그랬더
니 마을 사람들이 이렇게 답했다고 합니다.
　　　　　　위생과 장생
　　'접때 젊은이 두 사람이 건강부에서 와 호숫가에 배를 대고 한바탕 즐기다가 돌
　　　　　　　　　　남경의 강소성 일대
아갔는데, 그 뒤로는 못 봤구려.'
　　돌아와 들은 대로 알리자 아씨는 마침내 자리에 누워 일어나지 못했습니다. 주
　　　　　　　　　　　　위생을 다시 만나지 못할 것이라는 절망감과 위생에 대한 그리움으로 병이 듦
인 어르신께서는 아씨의 마음을 헤아리지 못하고 계셨는데, 어느 날 아씨가 잠든
틈을 타 아씨의 비단 상자를 들춰 보다가 '그리움'을 노래한 시 몇 수를 발견하시
　　　　　　　　　　　　　　　　　소숙방의 부친이 소숙방의 병의 원인을 알게 되는 소재
게 되었습니다. 이 일을 가지고 아씨에게 캐묻자 아씨도 더는 숨기지 못하고 모든
　　　　　　　　　　소숙방의 부친은 소숙방에게 직접 사정을 듣게 됨
사정을 남김없이 털어놓았습니다. 주인 어르신께서 이 말을 듣고는 즉시 말을 달
　　　　　　　　　　소숙방의 부친
려 혼인을 청하고 오라는 명을 내리셨기에 감히 귀댁에 오게 된 것입니다."
심부름꾼은 손수 파란색 주머니를 열더니 시를 적은 종이를 꺼내 책상에 올려놓

• '편지 한 통'의 의미와 기능 파악

편지 한 통
• 소상국이 자신의 가문과 지위, 현재 상황에 대한 정보를 제공함 • 위생과 소숙방의 만남, 소숙방의 현재 상황에 관한 정보를 제공함 • 위생과 소숙방의 혼례를 정중하게 제의함

↓

위생과 소숙방이 겪고 있는 문제 상황을 해결하는 계기가 됨

으며 말했다.

"아씨가 지은 시입니다."

위생의 부친이 종이를 펼쳐 보았다.

감상 포인트
'만남'과 '이별'이 반복되는 서사 구조에 대한 이해를 바탕으로 '소숙방의 시'를 파악한다.

버드나무 한들한들 연못엔 물 가득

꽃떨기 우거진 속에 꾀꼬리 지저귀네.
　　　　　슬픔을 유발하는 자연물
슬퍼서 〈상사곡(相思曲)〉 연주하노라니

가락이 비감해 줄이 끊어지누나.
줄이 끊어짐을 통해 이별의 상황을 비유적으로 드러냄

배꽃에 바람 불고 누각은 찬데
계절적 배경: 봄　　　　　공간적 배경
향로엔 향 꺼지고 밤은 깊었네.

등불에 비친 눈물 자국 남이 모르게

붉은 연지 찍어 가리고 난간에 기대네.

주렴에 제비 울고 꽃은 어지러이 나는데

봄바람 불어오니 비단 장막에서 꿈을 꾸누나.

강남의 방초는 한이 서렸는데
강남의 향기로운 풀로, 소숙방을 비유함
천 리 밖 내 임은 돌아올 줄 모르네.
　　　위생이 돌아오기를 바라는 마음

(후략)

위생의 부친이 손바닥을 어루만지며 한숨을 쉬더니 이렇게 말했다.

"기이한 재주가 소약란보다도 뛰어나구나!"
　　위생의 부친이 소숙방의 재능을 높게 평가함
위생은 그 시를 보고 그리움이 더했지만, 혼인할 날이 멀지 않았기에 마음을 누그
　　　　　　　　위생과 소숙방의 위기 상황을 해소함
러뜨리게 되었다. 위생의 병이 차츰 나아 가자 온 집안에 기쁨이 가득했다.
　　　　　　　　　　　　　　　　▶ 소상국 댁 심부름꾼이 소숙방의 시를 전달함

■ 소약란: 남북조 시대 전진 사람인 소혜를 가리킴. 자신을 버리고 첩만 사랑하는 남편의 마음을 돌리기 위해 오색 비단에 800여 자로 된 회문시를 지어 보내 결국 남편의 사랑을 되찾았다는 고사가 전함.

・ '소숙방의 시'에 담긴 의미와 기능

'소숙방의 시'에 담긴 의미
・비유적 표현을 통해 이별의 상황을 암시함 ・공간적 배경을 통해 위생에 대한 그리움과 홀로 남겨진 슬픔을 드러냄 ・계절적 배경을 활용하여 위생을 기다리는 소숙방의 슬픔을 드러냄

↓

기능
・소숙방의 처지와 정서를 드러내는 기능을 함 ・위생의 부친이 소숙방의 재능을 판단하는 계기가 됨

・ 남녀 주인공의 위기와 극복

이별로 인한 위기
・위생과 소숙방은 인연을 맺은 후 붉은 누각에서 이별함 ・이별 후 위생과 소숙방은 각자의 집에서 서로에 대한 그리움으로 인해 병이 듦

↓

양가 부모님의 조력
・위생의 부모와 소숙방의 부친이 위생과 소숙방의 관계와 서로에 대한 그리움을 알게 됨 ・위생의 부모가 소숙방 댁에 하인을 보내 혼례 날짜를 정하고 오도록 분부하고, 소숙방의 부친 또한 위생과 소숙방의 혼례를 추진하고자 하는 뜻을 담은 편지를 보냄

↓

위기의 극복
위생과 소숙방은 혼례를 올림으로써 이별로 인한 위기를 극복함

장면 포인트 ❷

· 해당 장면은 전쟁터로 떠난 위생(위경천)이 소숙방을 그리워하다 병이 들어 죽는 상황이다.
· 조선에서 일어난 '임진왜란'이 서사 전개에서 어떠한 기능을 하는지를 살피고, 두 번째 이별의 상황을 대하는 소숙방과 위생의 태도를 파악하도록 한다.

이해 8월, 왜군이 조선을 쳐들어왔다. 조선의 국왕은 수도를 버리고 멀리 신의주
<u>조선에 임진왜란이 발발함</u>
까지 피난을 와서 <u>중국으로 끊임없이 사신을 보내 구원을 요청했다.</u>
<u>조선에서 명나라에 원군을 청함</u>

황제는 병사를 징집하는 <u>격문을 보내고, 위생의 부친을 왜군을 정벌하는 장군으</u>
<u>군병을 모집하기 위한 글</u>
로 임명하여 3만 병사를 거느리고 멀리 요양으로 가게 했다. 전쟁터는 사지(死地)인
<u>중국 요령성의 지명</u>
데다가 멀리 동쪽 변방에 들어갔다가 언제 돌아오는지 알 수 없는 일이었다. 한편
위생의 부친은 그 막하에서 <u>서기관(書記官)의 임무를 수행할 만한 마땅한 사람을 구</u>
<u>위생이 전쟁에 참여하게 되는 직접적인 계기</u>
하기가 어려웠다. 그리하여 그는 즉각 위생에게 편지를 보내 함께 계문으로 가자고
<u>북경성 서쪽의 지명</u>
했다. ▶ 임진왜란에 참전하게 된 위생의 부친이 위생에게 참전하기를 요청함

위생은 부친의 편지를 읽고는 <u>눈물을 흘리며 식음을 전폐한 채 마음을 잡지 못했</u>
<u>소숙방과 이별하는 것에 대한 슬픔을 드러냄</u>
다. 소숙방이 문득 슬픔을 억누르고 사리를 따져 가며 위생을 타일렀다.

"들건대 <u>남자는 세상에 태어나 붉은 활을 들고 백마를 타고 싸움터에 나아가 죽</u>
<u>당대 남성이 지향해야 할 보편적 가치를 드러냄</u>
<u>음을 무릅쓰고 싸울 뜻을 가져야 하며, 철기(鐵騎)를 타고 병부를 꿰어 차고는 마</u>
<u>침내 큰 무공을 세워야 한다고 하더군요.</u> 하물며 천하의 굳센 병사를 모아 변방의
흉악한 무리를 섬멸하고자 하는 지금, 산을 누를 듯한 기세는 있으되 땅이 무너질
듯한 근심은 없으니, 훌륭한 공적을 세우고자 하신다면 지금이 바로 그 기회입니
다. 어찌 <u>오활한 선비의 모습을 보이며 끝내 서재를 지키고 앉아 계시려 합니까?</u>
<u>사리에 어두운</u>
<u>더구나 지금 아버님께서 변경 먼 곳에서 근심을 안고 계시건만, 아들 된 사람으로</u>
<u>자식으로서의 도리를 내세워 위생이 참전하도록 설득함</u>
<u>서 아버님의 괴로움을 어찌 모른 척할 수 있겠어요? 속히 돌아올 수 있을 테니 아</u>
<u>버님의 뜻을 어기지 마셔요.</u>

다만 제 팔자가 기구해서 세상사가 자주 어그러지더니, 좋은 인연을 맺자마자
슬픈 이별이 또 찾아오는군요. 인생이 얼마나 된다고 함께 기쁨을 누리는 날이 이
리도 짧은지요? 이제 뜰의 오동나무 잎이 지고 바닷가 기러기가 구슬피 울며 달빛
이 섬돌을 비출 때 누가 제 피리 소리를 들어 주겠어요? 새하얀 벽에 벌레만 울고
원앙새의 꿈도 차갑게 식어 저는 다시 애태우며 망부석이 되리니, 오직 낭군께서
하루빨리 돌아오시기만을 바랄 뿐입니다."

말을 마치자 술을 마련하여 안채에서 작별의 자리를 가졌다. 소숙방은 아이종 몇
명으로 하여금 〈채련곡〉을 부르게 했다.
<u>남녀가 서로 그리워하는 마음을 담은 노래</u>

(중략)

작품 분석 노트

· 역사적 배경('임진왜란')의 기능

임진왜란으로 인한 사건 전개
위생의 부친이 황제의 명으로 장군이 되어 참전하게 됨 → 위생의 부친이 서기관을 구하지 못하자 위생에게 참전할 것을 권함 → 어쩔 수 없이 위생이 전쟁에 참가하게 됨 → 소숙방에 대한 그리움으로 병이 든 위생이 결국 전장에서 죽게 됨

↓

기능
· 위생과 소숙방이 다시 이별하게 되는 계기로 작용함 → 사건을 새로운 상황으로 전환하는 기능을 함 · 위생과 소숙방의 죽음이라는 비극적 결말의 계기가 됨 → 개인의 운명에 영향을 미치는 사건으로 기능함

· '소숙방'의 말하기 방식

작중 상황
· 임진왜란이 발발하여 위생이 전장에 참전해야 함 · 다시금 위생과 소숙방이 이별해야 하는 상황이 발생함 · 위생이 식음을 전폐한 채 마음을 잡지 못함

↓

소숙방의 설득
· 당대 남성이 지향해야 할 가치를 언급함 · 자식으로서의 도리를 내세워 위생에게 참전할 것을 권유함

★주목 노래가 끝나자 좌중에 있던 사람 모두가 눈물을 흘렸다. 위생은 억지로 취토록 마시고는 부축을 받아 말을 타고 떠나갔다. 소숙방은 집 밖까지 따라 나가 통곡하다가
_{위생과 이별하는 소숙방의 슬픈 심정을 알 수 있음}
혼절했는데, 한참 뒤에야 깨어났다. 보는 이들이 모두 가련히 여겼다.
▶ 임진왜란으로 인해 위생과 소숙방이 이별함

위생이 말을 달려 집에 이르러 보니, 장군은 북을 울리며 군사를 막 출발시키려던
_{위생과 위생 부친이 함께 전장으로 떠남}
참이었다. 위생은 간신히 그 뒤를 따랐다.

「위생은 마음이 극도로 허한 데다 산을 넘고 강을 건너며 바람과 서리를 맞다 보니, 잠도 제대로 자지 못하고 밥도 제대로 먹을 수 없어 결국 예전의 병이 재발하고
_{「」: 소숙방에 대한 그리움으로 병든 위생의 상황}
말았다. 낯선 땅 낯선 곳에서 돌아갈 생각만 더욱 간절하여, 보는 것마다 마음을 슬
_{소숙방에 대한 간절한 그리움으로 쇠약해진 위생의 모습}
프게 할 뿐이요 사람을 마주해도 아무 말이 없었다.」 이런 위생을 보고 있자니 장군
의 근심 또한 매우 컸다.
▶ 소숙방에 대한 그리움으로 위생이 병이 듦

어느 날 밤 군대가 흥부(興府)에 이르렀다. 병이 매우 위독해져 잠을 이룰 수 없던
_{의주에 있던 진을 가리키는 것으로 추정됨}
위생은 침상에 기대앉은 채 시 한 편을 써서 벽에 붙였다. 그 시는 다음과 같다.

감상 포인트
작품의 내용과 연관하여 삽입 시의 의미와
표현상 특징을 파악한다.

「서리 가득한 외로운 성에 군대 머무니
_{외로움의 정서가 드러남}
지는 달빛 아래 뿔피리 소리 군막에 울리네.」「」: 전쟁 상황임이 드러남
_{청각적 이미지 → 쓸쓸함 부각}
등불 앞에서 괴로이 강남의 밤 생각노라니
_{소숙방에 대한 그리움이 드러남}
기러기는 울며 초나라로 돌아가누나.
_{초나라로 돌아가는 기러기와 달리 강남으로 돌아가지 못하는 화자의 처지를 대비하여 그리움의 정서를 부각함}

군막 안에 김생(金生)이란 사람이 있었는데, 그 또한 글재주가 뛰어난 인물이었다. 김생은 위생의 병이 위독한 것을 보고는 곁을 떠나지 않고 우스갯소리로 위생의 마음을 편안하게 해 주었다. 그러던 중에 위생의 금란선을 빼앗아 부채 위에 시 한
_{금빛 난새가 그려진 부채}
편을 썼다. 그 시는 다음과 같다.

「힘차게 우는 백마 타고서
_{「」: 용맹을 떨쳐 적군을 물리치고자 하는 김생의 마음을 드러냄}
용검(龍劍) 휘둘러 누란 쳐부술 날 그 언제런가.」
_{오랑캐, 적군을 의미함}
「가을바람은 만 리 밖 변방에 불고
_{「」: 감각적 이미지를 통해 전장의 분위기를 드러냄}
피리 소리에 강남의 조각달 서늘하구나.」

위생이 웃으며 말했다.

"자네의 시는 이렇게 호방한데 나는 슬프고 괴로운 소리만 내니, 우리 생각이 참
_{김생은 군인으로서 적을 물리치고자 하는 기개를 드러내는 시를 씀}
으로 다르구만."
▶ 위생이 시를 통해 소숙방에 대한 그리움을 드러냄

이러구러 몇 달이 지났다. 위생의 맥이 실낱같아 금방이라도 목숨이 끊어질 듯하
_{시간의 경과} _{명재경각(命在頃刻): 거의 죽게 되어 곧 숨이 끊어질 지경에 이름}
자 부하 한 사람이 급히 장군에게 소식을 알렸다. 장군은 전투 계획을 뒤로 미루고
_{위생의 부친}

• 삽입 시의 의미와 기능

위생의 시	• 참전한 상황에서 외로움의 정서를 직접적으로 표출함 • '뿔피리 소리 군막에 울리네.'에서 청각적 이미지를 활용하여 쓸쓸함을 부각함 • 소숙방과 처음 만났던 밤('강남의 밤')을 떠올리며 소숙방에 대한 그리움을 드러냄 • 초나라로 돌아가는 '기러기'와 고향으로 돌아가지 못하는 자신의 처지를 대비하여 그리움의 정서를 부각함
김생의 시	• '힘차게 우는 백마 ~ 그 언제런가.'에서 전쟁에 참전한 군인으로서 적을 물리치고자 하는 호방한 기개를 표현함 • 감각적 이미지를 활용하여 가을밤의 풍경을 묘사함으로써 전장의 분위기를 드러냄

황급히 달려와 위생의 이마를 어루만지며 말했다.

"내 황제의 명을 받들어 천 리 길을 함께 왔다만, 부자간의 도리가 중하니 네 목

숨을 꼭 구할 것이다. 너를 데리고 온 건 병약한 아비를 도와 달라는 뜻이었는데,

늙은 아비가 덕이 없어 네가 먼저 중병이 들고 말았구나. 하늘 끝에 칼 한 자루 들
　　　　　　　　　　　　　　　　　　　　　　　이별의 아픔으로 인해 위생이 죽을병에 걸리게 됨

고 선 나는 이제 누구를 의지해야 할지? 전쟁터에 나와 약을 쓸 겨를도 없었으니,

내 참담한 마음이야 너도 잘 알겠지. 고향 땅이 비록 멀지만 돌아갈 길이 험하지
　　몹시 슬프고 괴로운

않으니 배를 타고 하룻밤이면 강남에 도착할 수 있을 게다. 마음을 편히 먹고 조

금도 근심하지 말거라."
「　」: 아버지의 위로와 한탄, 아들에 대한 배려심이 동시에 드러남

위생이 부친의 말을 듣고 고개를 드는데, 서글픔에 눈물이 줄줄 흘러내렸다. 마침

내 장군의 손을 꼭 잡고 목메어 울며 이렇게 고하였다.

"소자의 남은 목숨은 재앙을 면하지 못할 것 같습니다. 전쟁터에서 지병이 더욱
　　　　　　　　　　　　　　　　　　　　자신의 죽음을 예감함

심해져 편작이 온다 해도 고치지 못하리니, 운명을 어쩌겠습니까? 다만 마음에
　　　전국 시대의 명의　　위생의 병세가 매우 위독함　　자신의 죽음을 운명으로 수용함

걸리는 건 아버지께서 변방에 와 아직 교전 한 번 못하신 채 자식의 죽음에 곡하

며 상심하게 될 일입니다. 어려서는 재주가 없어 부모님께 영예를 끼치지 못했고,

커서는 부모님보다 먼저 세상을 떠서 평생 곁에서 모실 수 없게 되었으니, 이승에

서나 저승에서나 제 죄는 용서받지 못할 것입니다. 저승에서도 이 원통함이 사라
　　　　　　　　　　　자신이 부모보다 먼저 죽는 것을 불효를 저지른 것으로 생각함

지지 않으리니, 어찌 제가 눈을 감을 수 있겠습니까? 저는 황량한 산에 떠도는 외

로운 혼과 다를 것이 없습니다. 바라옵건대 제 뼈를 고향 선산에 묻어 주십시오."
　　　　　　　　　　　　　　　　　　　　　위생의 유언

위생은 말을 마치자마자 돌연 숨을 거두었다. 장군이 통곡하며 초상 준비를 서두
　　　　　　　　　　　　　　　　조상의 무덤

르는 한편, 고향에서 장례를 치르고 선영(先塋) 곁에 묻도록 명하였다.
　　　　　　　위생의 유언을 들어줌　　　　　　　　　▶ 위생이 전장에서 숨을 거둠

상여를 떠나보내는 날, 위생이 장군의 꿈에 나타나 이렇게 말했다.
　　　　　　　　　　인물의 간절한 소망(죽어서라도 소숙방과 한 무덤에 묻히고 싶음)을 드러내는 장치

"소씨 댁 낭자와는 정을 다 나누지 못했습니다. 살아서는 함께 살지 못했지만, 죽

어서는 한 무덤에 묻히고 싶습니다."
위생의 마지막 소원 – 아내에 대한 애절한 사랑, 소숙방이 자결하고 한 무덤에 묻히는 결말로 본다면 일종의 복선임

그러고는 홀연 보이지 않았다. 장군이 놀라서 깨니 꿈이었다.
　　　　　　　　　　　　　　　　　▶ 위생이 부친의 꿈에 나타나 소숙방과 한 무덤에 묻히기를 소망함

• 17세기 애정 소설의 경향

임진왜란과 병자호란, 명청 교체기의 전란 등은 동아시아 주변국에도 영향을 미치는 중요한 사건이었다. 문학에서도 많은 변화가 나타나는데 〈위경천전〉, 〈주생전〉, 〈최척전〉과 같은 17세기 애정 소설은 동아시아의 전란을 배경으로 한 작품으로 사실성의 강화, 인물 설정에서의 변화, 시간적·공간적 배경의 변화, 결말 처리 방식의 변화 등으로 이전의 고전 소설과 다른 양상을 보여 준다.

• '꿈'의 내용과 기능 파악

내용
장군의 꿈에 위생이 나타나 죽어서는 소숙방과 한 무덤에 묻히고 싶다고 말함

↓

기능
• 소숙방에 대한 위생의 지극한 사랑을 드러냄 • 청춘 남녀의 비극적인 사랑이라는 주제를 부각함

서사 구조에 대한 이해

이 작품은 '만남'과 '이별'이 반복되는 서사 구조를 통해 남녀 간의 비극적 사랑을 형상화하고 있다. 따라서 이러한 서사 구조를 중심으로 작품의 내용을 파악할 수 있어야 한다.

+ '만남'과 '이별'이 반복되는 서사 구조와 비극적 결말

만남	위생이 친구 장생과 동정호로 유람을 떠남 → 소상국 집의 담장을 넘어가 소숙방을 만남
이별	위생이 소숙방과 이별한 후 집으로 돌아옴 → 위생이 소숙방에 대한 그리움으로 병이 듦
만남	위생과 이별한 소숙방이 위생에 대한 그리움으로 역시 병이 들어 위독해짐 → 소상국이 위생의 집으로 편지를 보내 두 사람의 혼인을 청하자 위생의 부친이 화답함 → 위생과 소숙방이 혼인함
이별	조선에 임진왜란이 발발하여 위생의 부친이 장군이 되어 병사를 이끌고 참전하게 됨 → 서기관을 구하지 못한 위생의 부친이 위생을 참전하도록 함
비극적 결말	전장에서 소숙방을 그리워하다 병이 든 위생이 결국 죽게 됨 → 위생이 숨을 거두었다는 소식을 듣고 소숙방이 자결함

소재의 의미와 기능 파악

이 작품의 서사 전개에 중요한 기능을 하는 소재의 의미와 기능을 파악할 수 있어야 한다.

+ 소재의 의미와 기능

소상국의 편지	• 소숙방의 부친인 소상국이 자신의 삶의 내력을 요약적으로 제시함 • 위생과의 만남 이후 현재 소숙방이 처한 상황을 전달함 • 위생과 소숙방을 혼인시키고자 하는 의사를 드러냄 → 위생이 겪고 있는 문제 상황을 해결하는 기능을 함
소숙방의 시	• 위생과 이별한 소숙방의 상황을 암시하며 위생에 대한 그리움을 드러냄 • 위생의 부친이 소숙방의 재능을 평가하는 계기가 됨
전쟁(임진왜란)	위생과 소숙방이 다시 이별하게 되는 원인이 되며 비극적 결말의 주된 요인으로 작용함 → 사건을 새로운 상황으로 몰아가며 위기감을 조성함
위생 부친의 꿈	• 죽어서라도 소숙방과 한 무덤에 묻히고 싶은 위생의 간절한 소망이 담겨 있음 • 소숙방에 대한 위생의 지극한 사랑을 드러냄 → 작품의 주제 의식(청춘 남녀의 비극적 사랑)을 부각하는 기능을 함

외적 준거에 따른 작품 감상

이 작품은 17세기에 창작된 애정 소설이므로 당대의 사회·문화적 맥락과 17세기 애정 소설의 경향을 바탕으로 작품을 감상할 수 있어야 한다.

+ 〈위경천전〉에 나타난 17세기 애정 소설의 특징

사실성		남녀 주인공의 만남과 이별, 임진왜란의 발발, 죽음 등에서 알 수 있듯이 사건 전개에서 전기적 요소가 약화되고 현실적 요소와 사실성이 강화됨
배경	공간적	중국의 강남 지역을 공간적 배경으로 함
	역사적	임진왜란이라는 역사적 사건이 사건 전개에 중요한 배경이 됨
인물		• 영웅이 아닌 평범한 인물을 주인공으로 내세움 • 남주인공 위경천은 개인의 애정을 중시하는 경향을 보임 　– 영웅적 능력을 발휘하는 인물이거나 사회 문제를 해결하고자 하는 인물이 아님 • 여주인공 소숙방 또한 사랑을 삶의 중요한 가치로 여기는 모습을 보임 　– 참전한 위경천이 죽자 위경천의 뒤를 따라 자결하는 장면에서 확인됨
결말		애정 추구를 중시하는 주인공들의 의지가 전란이라는 외적 상황에 의해 좌절됨 → 비극적 결말

작품 한눈에

• 해제
　〈위경천전〉은 '만남'과 '이별'이 반복되는 서사 구조를 통해 청춘 남녀의 비극적 사랑을 그린 애정 소설이다. 즉, 이 작품은 애정을 성취하고자 하는 남녀 주인공의 개인적 욕망이 사회의 보편적 가치나 예기치 못한 외부 세계의 개입으로 인해 좌절되는 비극적 운명을 그리고 있다. 위경천은 유람을 떠난 곳에서 남몰래 인연을 맺은 소숙방을 잊지 못해 병이 든다. 위경천은 양가 부모의 주선으로 소숙방과 혼인하지만 타국에서 발발한 전란(임진왜란)에 참전하면서 소숙방과 이별하게 된다. 위경천은 전쟁터에서 소숙방에 대한 그리움으로 병이 들어 죽고, 이 소식을 들은 소숙방도 자결한다. 이처럼 〈위경천전〉의 두 주인공은 사랑을 삶의 유일한 가치로 여기며 사랑이 깨어졌을 때 삶의 의욕을 갖지 못하는 인물로 등장한다. 특히 남주인공 위경천은 사랑하는 여인과 이별한 상황을 의지적으로 극복하지 못하고 좌절감에 휩싸여 병이 들어 죽는 나약한 남성으로 형상화되어 있다.

• 제목 〈위경천전〉의 의미
　– 위경천의 비극적인 사랑 이야기
　〈위경천전〉은 우여곡절 끝에 소숙방과 혼인한 위경천이 임진왜란에 참전하여 전장에서 소숙방을 그리워하다 병이 들어 죽자 그 소식을 들은 소숙방도 자결하는 비극적 결말의 애정 소설이다.

• 주제
　청춘 남녀의 비극적이고 애절한 사랑

한 줄 평 | 생사를 초월한 남녀 간의 사랑을 그린 이야기

만복사저포기 ▸ 김시습

💬 전체 줄거리

장면 포인트 ❶ 106P

남원에 사는 양생은 일찍이 부모를 여의고, 아직 결혼을 못 한 채 만복사 동쪽 방에서 혼자 살고 있었다. 그의 방 밖에는 배나무 한 그루가 있었는데, 봄이 되면 배꽃이 흐드러지게 피었다. 양생은 달빛이 그윽한 밤이면 늘 그 배나무 아래에서 서성거리며 시를 읊었다. 하루는 시를 다 읊었는데 갑자기 공중에서 "그대가 아름다운 배필을 얻고 싶다면 어찌 이루어지지 않을까 근심하리오?"라는 소리가 들려왔다. 양생은 그 소리를 듣고 마음속으로 기뻐하였다.
▸ 배필을 얻고 싶어 하는 양생

다음 날은 마침 삼월 스무나흘이었는데, 이날이면 만복사에 등불을 밝히고 복을 비는 풍속이 마을에 있었다. 많은 남녀가 제각기 소원을 빌기 위해 만복사에 모여들었다. 날이 저물고 범패(석가여래의 공덕을 찬미하는 노래. 절에서 재를 올릴 때 부름.)도 끝나자 인적이 드물어졌다. 양생은 법당에 들어가 소매 속에서 저포(윷으로 추정되는 놀이 도구)를 꺼내어 불상 앞에 던지면서 만약 자신이 진다면 법연을 베풀어 제사를 올리고, 부처님이 지면 아름다운 여인을 얻는 소원을 이루어 달라고 빌었다. 양생은 곧바로 저포를 던졌는데, 결과는 양생의 승리였다. 양생은 불상 아래에 숨어 약속이 이루어지기를 기다렸다. 잠시 후 열대여섯쯤 된 아름다운 여인이 나타나 한숨을 쉬며 축원문을 꺼내 불상 앞 탁자 위에 바쳤다. 축원문에는 여인이 왜적을 피해 정절을 지켰으나 삼 년째 부모님에 의해 초야에 묻혀 살면서 헛되게 세월을 보냈으니 이제는 운명의 배필을 만나게 해 달라는 내용이 적혀 있었다. 양생은 여인 앞에 나타나 축원문을 올린 까닭을 묻고는 여인을 행랑채의 협소한 마루방으로 데려가 서로 이야기를 나누며 시간을 즐겼다.
▸ 부처와 저포 놀이에서 이긴 후 여인을 만난 양생

이윽고 밤이 깊어지자 여인의 시중을 드는 아이가 나타나 여인에게 이곳까지 온 이유를 물었다. 여인은 하늘과 부처님의 도움으로 임을 만나 백년해로하게 되었다며 시중을 드는 아이에게 집에 가서 돗자리와 주과(술과 안주)를 가져오라고 말하였다. 양생은 아이가 가져온 술이 인간 세상의 맛이 아닌 것이 괴이하다고 생각하였으나, 여인의 몸가짐이 귀한 집 처자 같았으므로 더 이상 의심하지 않았다. 여인은 양생에게 자신을 저버리지 않으면 끝까지 정성으로 섬기겠다고 말하였다. 이에 양생은 감격하였다. 먼동이 트려 하자 여인은 시녀를 돌려보낸 후 양생과 손을 잡고 사람들이 사는 마을을 지나갔다. 그런데 지나가는 사람들은 양생이 여인과 함께 있다는 것을 알아차리지 못하였다. ▸ 여인과 주과를 나눈 후 마을로 내려오는 양생

새벽녘이 되었을 무렵 여인은 양생을 이끌고 무성한 풀숲 사이로 들어갔다. 양생은 여인과 함께 개령동에 다다랐는데, 쑥대와 가시덤불로 뒤덮인 곳에 작은 집이 한 채 있었다. 양생은 여인의 집에서 사흘을 머물면서 인간 세상이 아니라는 생각을 얼핏 하였으나, 여

인과 정이 깊이 들어서 더 이상 걱정하지 않았다. 여인은 양생에게 이곳의 사흘은 인간 세상의 삼 년과 같다며 이제 집으로 돌아가 생업을 돌보라고 이별 잔치를 열어 주었다. 이때 여인은 양생에게 자신의 이웃들을 만날 것을 권유하였다. 여인의 이웃들은 모두 성품이 온화하였으며, 양생에게 이별 선물로 시를 지어 주었다. 잔치가 끝난 후 여인은 은그릇 하나를 양생에게 주며 자신의 부모가 내일 보련사에서 음식을 베풀 것이니 자신과 함께 절로 가서 부모님을 뵙자고 하였다. ▸ 여인의 집에서 세월을 보낸 후 다시 만날 것을 약속하는 양생

장면 포인트 ❷ 109P

주목 이튿날 양생은 여인의 말대로 은그릇을 들고 보련사로 가는 길가에서 여인을 기다리고 있었다. 그때 귀족이 딸의 대상(사람이 죽은 지 두 돌 만에 치르는 제사)을 치르려고 보련사로 올라가고 있었다. 그 귀족의 하인이 양생의 모습을 보고는 주인에게 어떤 사람이 아가씨의 무덤에서 은그릇을 훔쳐 가지고 있다고 고하였다. 귀족이 양생에게 은그릇을 지니게 된 경위를 묻자 양생은 전날 여인과 약속한 대로 대답하였다. 여인의 부모는 놀라며 자신에게 딸아이 하나가 있었는데 왜적에게 해를 입어 죽었다며 약속대로 딸아이와 함께 오라고 말한 후 보련사로 떠났다. ▸ 여인의 부모를 만난 양생

양생은 약속 시간에 맞추어 나타난 여인과 함께 보련사로 갔다. 여인은 절 문에 들어서자 먼저 부처에게 예를 드리고 곧 흰 휘장 안으로 들어갔다. 여인은 오직 양생에게만 보였기에, 여인과 함께 왔다는 양생의 말을 아무도 믿지 않았다. 이윽고 양생이 여인과 함께 식사를 하자 산 사람이 식사하는 것처럼 수저 소리가 났다. 그제야 여인의 부모가 놀라 탄식하면서, 양생에게 권하여 휘장 곁에서 같이 잠자게 하였다. 한밤중에 말소리가 낭랑하게 들렸는데, 사람들이 가만히 엿들으려 하면 갑자기 그 말이 끊겼다. 여인은 양생에게 이제 저승으로 가야 한다며 이별을 고하였다. 여인의 영혼이 문밖에 이르자 부모님께 작별 인사를 하는 목소리가 들려왔고, 그제야 여인의 부모는 양생의 말이 사실임을 깨달았다. 양생은 여인이 귀신이었음을 알고는 슬퍼하며 여인의 부모와 함께 눈물을 흘렸다. 여인의 부모는 양생에게 은그릇과 밭, 노비를 주며 딸을 잊지 말아 달라고 부탁하였다. ▸ 보련사에서 재회한 후 다시 이별하는 양생과 여인

다음 날 양생은 고기와 술을 마련하여 전날의 자취를 더듬어 찾아갔다. 양생은 제물을 차려 놓고 울면서 여인의 장례를 치러 주었다. 이후 양생은 여인에 대한 애정과 슬픔을 이기지 못하고, 밭과 집을 모두 팔아 사흘 저녁을 계속해서 재를 올렸다. 그러자 공중에서 여인의 목소리가 울리며, 자신은 다른 나라에서 남자의 몸으로 다시 태어났으니 양생도 업을 닦아 윤회의 굴레에서 벗어나기를 바란다고 하였다. 양생은 이후 장가를 들지 않고 지리산에 들어가 약초를 캐며 살았는데 어떻게 생을 마감했는지는 아무도 알지 못하였다. ▸ 여인의 장례 후 환생 소식을 들은 양생

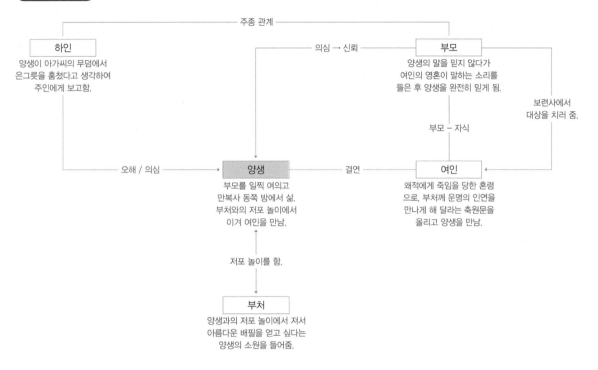

🎭 인물 관계도

- 주종 관계 -

하인
양생이 아가씨의 무덤에서
은그릇을 훔쳤다고 생각하여
주인에게 보고함.

의심 → 신뢰

부모
양생의 말을 믿지 않다가
여인의 영혼이 말하는 소리를
들은 후 양생을 완전히 믿게 됨.

보련사에서
대상을 치러 줌.

부모 − 자식

오해 / 의심

양생
부모를 일찍 여의고
만복사 동쪽 방에서 삶.
부처와의 저포 놀이에서
이겨 여인을 만남.

결연

여인
왜적에게 죽임을 당한 혼령
으로, 부처께 운명의 인연을
만나게 해 달라는 축원문을
올리고 양생을 만남.

저포 놀이를 함.

부처
양생과의 저포 놀이에서 져서
아름다운 배필을 얻고 싶다는
양생의 소원을 들어줌.

〈보기〉로 나오는 작품 외적 준거

'양생'의 욕망 성취의 한계

┤ 보기 ├

〈만복사저포기〉의 양생은 불우한 삶으로 인해 현실 속에서 자신의 욕망을 실현하지 못하는 인물이다. 양생은 결국 현실에서 문제 해결의 출구를 만들지 못하다가 환상 세계의 존재와 교류하게 됨으로써 욕망의 충족을 경험한다. 하지만 현실 세계와 환상 세계는 서로 다른 질서로 이루어져 있다. 그래서 환상 세계에서 이룬 욕망의 성취는 현실 세계에까지 이어지지 못한다.

– 2016년 10월 고3 교육청

근원적 상실감을 깨닫는 환상 체험, 〈만복사저포기〉

〈만복사저포기〉에서 양생은 부모를 일찍 잃었다는 서술 외에 구체적인 상실 경험과 상실 대상은 언급되지 않는다. 양생은 환상 체험을 하기 전에는 근원적으로 상실의 상태에 있으면서도 상실감을 체감하지 못한 채 홀로 사는 외로움만 느끼며 지냈다. 그런데 양생은 귀신과의 결연이라는 환상 체험을 통해 망자의 상실을 경험함으로써 자신이 느끼는 외로움이 망자가 느끼는 상실감과 동일한 뿌리에서 기인함을 인식하였다. 한 사람이 자신이 이룰 수 없는 불가능한 욕망의 대상을 상정한다면 그는 지속적으로 상실감을 경험할 수밖에 없다. 양생의 상실감은 외로움을 극복하고자 하는 욕망에 근원을 두고 있다. 하지만 외로움에서 벗어나고자 하는 가장 인간적인 욕망은 양생의 처한 조건으로는 불가능한 욕망에 가깝다. 그렇기 때문에 양생이 느끼는 외로움의 이면에는 근원적 상실감이 자리한다. 양생은 환상 체험을 통해 자신의 외로움에서 눈길을 돌려 타인의 아픔을 들여다보았고 여인의 삶과 상실을 자신의 체험처럼 느낌으로써 자신이 느끼는 외로움 이면에 근원적 상실감이 뿌리내리고 있음을 알게 되었다. 그리고 이 상실감은 망자들이 느낀 상실감과 근원적으로 동일하며 상실의 원인이 전란과 같은 폭력적인 세계에 있다는 것을 깨닫고 망자의 삶을 내면화하였다.

– 김지혜, 〈금오신화〉 속 인물의 환상 체험과 애도의 의미, 2023

- 이 작품은 만복사에서 곁방살이를 하는 양생이 왜구가 침입하여 난리가 났을 때 해를 입어 죽은 여인의 환신과 만나 사랑을 나누다 이별하는 내용을 그리고 있으므로, 남녀 주인공의 만남과 이별의 과정에 주목하여 감상하도록 한다.
- 해당 장면은 양생이 부처님과 저포 놀이를 하여 자신이 이기면 아름다운 여인을 만나게 해 달라고 소원하고, 내기에서 이긴 양생이 아름다운 여인과 만나 즐거운 시간을 보낸 후 서로가 부부가 되기로 약속하는 상황이다.
- 만남 과정에서 나타난 양생과 여인의 심리와 태도를 파악하도록 한다.

남원 땅에 양생(梁生)이라는 사람이 있었다. 그는 일찍이 부모님을 여의고 아직
_{구체적 지명으로 사실성 확보}
결혼도 못 한 채 만복사의 동쪽 방에서 홀로 살고 있었다. 방 밖에는 배나무 한 그루
_{양생의 외로운 처지가 드러남} _{양생의 외로운 처지를 형상화함}
가 서 있었는데 바야흐로 봄이 되어 배꽃이 흐드러지게 피었다. 그 모양이 마치 옥
으로 나무를 깎은 것 같기도 하고, 은 무더기 같기도 하였다. 양생은 달빛이 그윽한
_{낭만적 배경 묘사}
밤이면 늘 그 배나무 아래를 서성거리곤 했다. 낭랑한 목소리로 시도 읊었다.
_{글의 단조로움 탈피. 주인공의 심리 부각}

(중략)

시를 다 읊었을 때 홀연 공중에서 소리가 들려왔다.
_{전기적 요소 - 비현실적 요소}
"그대가 아름다운 배필을 얻고 싶다면 어찌 이루어지지 않을까 근심하리오?"

양생은 이 말을 듣고 마음속으로 기뻐하였다.
_{양생의 심리 변화: 외로움 → 걱정 → 기대감} ▶ 홀로 살아가는 양생이 외로움을 토로하자 공중에서 응답이 옴
다음 날은 마침 삼월 스무나흘이었다. 이 고장에서는 이날이면 만복사에 등불을
켜 달고 복을 비는 풍속이 있었다. 그날도 많은 남녀가 만복사에 모여들어 제각기
_{양생과 여인이 만나게 되는 계기}
소원을 빌었다.

날이 저물고 범패도 끝나자 인적이 드물어졌다. 양생은 법당으로 들어가 불상 앞
_{석가여래의 공덕을 찬미하는 노래}
에 섰다. 그러고는 소매 속에서 저포를 꺼내어 앞으로 던지며 말하였다.
_{이 작품의 제목 '만복사저포기'와 관련된 부분}
"제가 오늘 부처님과 더불어 저포 놀이를 한판 하려고 합니다. 만약 제가 진다면
_{백제 때에 있었던 놀이의 하나. 주사위 같은 것을 나무로 만들어 던져서 그 끗수로 승부를 겨루는 것으로, 윷놀이와 비슷함}
법연을 베풀어서 제사를 올리겠습니다. 하지만 부처님께서 지시면 아름다운 여인
_{부처님을 기리고 불법(佛法)을 선양하는 집회}
을 얻어 제 소원을 이루어 주셔야 합니다."
_{좋은 배필을 얻는 것} _{「」: 내기의 내용}
양생은 축원을 마치고 저포를 던졌다. 결과는 양생의 승리였다. 그는 즉시 불상
_{신적 존재에게 자기의 뜻을 아뢰고 그것이 이루어지기를 비는 일 사건의 전개 방향 암시 → 여인과의 만남}
앞에 꿇어앉아 아뢰었다.

"일이 이미 정해졌으니 절대로 속이시면 안 됩니다." ▶ 양생이 부처와의 저포 놀이에서 이김
_{자신이 이겼으니 아름다운 여인을 만날 수 있도록 해 줄 것을 부처님께 청함}
양생은 말을 마치고 불상을 모셔 놓은 자리 아래 숨어서 약속이 이루어지기를 기
다렸다. 잠시 후 어떤 아름다운 여인이 나타났다. 나이는 열대여섯쯤 되었을까, 양
갈래로 땋아 내린 머리와 수수한 옷차림이 얌전한 아가씨였다. 하늘의 선녀나 바다
_{재자가인형 인물}
의 여신처럼 아름다운 그녀는 바라볼수록 단정한 모습이었다. 여인이 기름병을 들어
_{귀족 집안의 규수로 젊은 나이에 목숨을 잃음. 부처의 도움으로 양생과 인연을 맺고 소원을 풂}
등잔에 기름을 부은 후 향을 꽂았다. 그리고 부처 앞에 세 번 절을 올린 후 꿇어앉아
슬픈 한숨을 내쉬며 말하였다.
_{① 복이 없고 팔자가 사나운 ② 수명이 짧은}
"사람의 인생이 아무리 박명한들 어찌 이와 같을까?"
_{여인의 기구한 운명을 엿볼 수 있음}

작품 분석 노트

- '양생'의 시

'양생'의 시의 내용
한 그루 배꽃나무 외로움을 함께하누나. 가련하여라, 달 밝은 이 밤을 허송하다니. 젊은이 홀로 누운 외로운 창가로 어디서 아름다운 임이 통소를 불어 보내나. 물총새 쌍을 이루지 못해 외로이 날고 원앙도 짝을 잃고 맑은 물에 멱을 감네. 누구의 집에 약속 있나 바둑 두는 저 사람 한밤 등불꽃 점을 치며 창에 기대어 시름하네.

↓

기능
'배꽃나무', '물총새', '원앙' 등 자연물을 통해 양생의 외로운 처지와 배필을 소망하는 간절한 마음을 드러냄

- '저포 놀이'의 기능

저포 놀이
• 양생과 여인을 이어 주는 매개체 • 양생과 여인의 만남에 필연성을 부여함

그녀는 품속에서 축원문을 꺼내어 불상 앞 탁자 위에 바쳤다. 그 글의 내용은 다
_{축원문의 기능: ① 과거 사건의 요약적 제시 ② 현재 처지에 대한 한탄 ③ 여인의 소망 제시}
음과 같았다.

아무 고을 아무 지역에 사는 아무개가 아룁니다. 「전에 변방의 방어가 무너져 왜구
가 쳐들어왔을 때 칼날이 눈앞을 가득 채우고 봉화가 해마다 피어올랐습니다. 왜구
_{「: 왜구의 침략으로 백성들이 피해를 입은 상황}
들이 집들을 불살라 버리고 백성들을 노략질하니 사람들은 동서로 달아나 숨고 사방
_{떼를 지어 돌아다니며 사람을 해치거나 재물을 강제로 빼앗은 짓}
으로 도망가기 바빴습니다.」 이 와중에 친척과 하인들이 뿔뿔이 흩어지고 말았습니
_{난리를 겪으며 가족들과 헤어지게 됨}
다. 소녀는 냇버들처럼 연약한 몸으로 멀리 갈 수가 없었습니다. 그래서 규방 깊숙
이 숨어 끝까지 정절을 지키고 깨끗한 행실을 보전하면서 나라의 화를 면하였습니
_{정절을 지키다 목숨을 잃게 되었음을 짐작할 수 있음}
다. 부모님께서는 딸자식이 정절을 지켜 낸 것을 기특하게 여기시고 한적한 곳으로
피신시켜 임시로 초야에 묻혀 살게 하셨습니다. 그게 이미 삼 년이 되었습니다. 하
_{여인의 무덤이 들판에 있음을 암시함}   _{난리 중에 죽은 여인이 가매장된 지 3년이 됨}
지만 가을 달밤과 꽃 피는 봄날을 상심한 채 헛되이 보내면서 정처 없이 떠다니는 구
름, 흘러가는 강물처럼 무료하게 하루하루를 보낼 따름입니다. 인적 없는 빈 골짜기
_{지루하게}   _{여인의 무덤이 있는 곳}
에서 쓸쓸히 지내면서 박명한 한평생을 한탄하였습니다. 또 맑게 갠 밤을 홀로 지새
_{시집가지 못하고 젊은 나이에 죽은 자신의 운명에 대해 한탄함}
우면서 아름다운 난새의 독무(獨舞)를 슬퍼하였습니다. 날이 가고 달이 갈수록 혼백
_{중국 전설에 나오는 상상의 새. 여인의 외로운 처지를 드러냄(객관적 상관물)}
이 상해 가고, 여름낮 겨울밤에는 간담이 찢어지고 창자마저 끊어질 듯합니다. 부처
님께서는 부디 연민의 정을 드리워 주시옵소서. 「일생의 운명은 이미 정해진 것이고,
_{여인이 부처님께 자신의 처지를 불쌍히 여겨 주기를 호소함}
전생의 업보도 피할 수 없겠지만 저에게 부여된 운명에 인연이 있다면 어서 빨리 만
_{선악의 행업으로 말미암은 현재의 행과 불행}   _{혼백의 처지이지만 인연을 만나 부부의 연을 맺고자 하는 바람을 드러냄}
나 즐거움을 누릴 수 있도록 해 주시옵소서.」 간절히 비옵나이다.
_{「: 여인의 운명론적 인생관이 드러남. 여인도 양생처럼 배필을 얻기를 소망함}   ▶ 아름다운 여인이 나타나 축원문을 올림

여인은 글을 내던지고 소리를 내며 흐느껴 울었다. 양생은 틈새를 통해 여인의 자
태를 보고 연정을 주체할 수 없었다. 그래서 불쑥 뛰쳐나가 여인에게 말을 건넸다.
_{아름다운 여인의 모습을 보고 첫눈에 반한 양생}
"조금 전에 글을 올린 것은 무슨 일 때문입니까?"
여인의 축원문을 읽어 본 양생의 얼굴에는 기쁜 빛이 넘쳐 흘렀다.
_{기다리던 배필을 만난 기쁨}
"그대는 어떤 사람이기에 홀로 여기에 왔습니까?"
_{양생의 의심}
여인이 대답하였다.
"소녀 역시 사람입니다. 무슨 의아한 일이라도 있으신지요? 그대는 아름다운 배
_{여인의 방어적 태도}
필만 얻으면 그만이지 이름은 물어 무엇하시렵니까? 그렇게 당황하실 것 없습니
_{배필을 얻기를 바라는 양생의 소망을 여인이 이미 알고 있음}
다."
이때 만복사는 이미 퇴락하여 승려들은 절 한구석에 머물고 있었다. 법당 앞에는
행랑채만이 쓸쓸히 남아 있을 뿐이었고, 행랑이 끝나는 곳에는 아주 협소한 마루방
_{좁고 작은}
이 있었다.
양생이 여인을 유혹하여 그리로 데리고 가자 여인도 주저하는 빛 없이 따라갔다.
_{양생과 여인이 처음 만나 서로 인연을 맺음}

• '축원문'의 내용과 기능

축원문의 내용
• 왜구의 침략으로 인해 여인이 정절을 지키다 죽게 됨 • 여인을 가매장한 무덤이 들판에 있음 • 여인이 무료하게 시간을 보내며 박명한 인생을 한탄함 • 여인이 자신의 운명에 정해진 배필을 만나기를 소망함

↓

기능
• 과거 사건을 요약적으로 제시함 • 현재 처지에 대한 여인의 한탄과 배필을 얻어 부부의 연을 맺고 싶어 하는 여인의 소망을 드러냄 • 여인의 운명론적 인생관을 드러냄 • 여인이 양생과 인연을 맺게 되는 계기가 됨 • 정절을 중요시 여기는 시대 상황이 드러남

• '양생'과 '여인'의 대화 양상

양생	여인
여인의 존재에 대해 의심을 품음	양생의 의심에 대해 방어하는 형식을 취함

↓

• 긴장감을 유발함
• 여인의 출현이 비현실적이고 환상적인 요소임을 짐작하게 함

서로 이야기를 나누며 즐기는 것이 보통 사람과 다름없었다. ▸여인과 양생이 인연을 맺음
_{여인이 보통 사람이 아님을 은연중에 암시함}

이윽고 밤이 깊어 달이 동산 위로 떠올랐다. 달그림자가 창살에 어른거리는데 갑자기 밖에서 발자국 소리가 들려왔다. 여인이 물었다.

"게 누구냐? 시중드는 아이가 온 게냐?"

"예. 평소에 아가씨께서 중문 바깥에 나가시는 적 없고 서너 걸음 이상을 떼지 않으시더니 어제저녁에는 우연히 나가신 후 어찌 이곳까지 오셨습니까?"

여인이 대답했다.

"오늘 일은 우연이 아니다. 하늘이 돕고 부처님이 돌보셔서 고운 임을 만나 백년
_{여인이 양생과의 만남을 운명으로 생각함}   _{양생}
해로하게 된 것이지. 부모님께 고하지 않고 혼인을 한 것은 비록 예법에는 어긋
_{유교적 가치관이 드러남}
나는 일이지만 서로 즐거이 맞이하게 된 것은 분명 평생의 기이한 인연이라 할 수 있을 게야. 너는 집에 가서 돗자리와 주과(酒果)를 가져오너라."
_{술과 과일}

시녀는 명을 받들고 가서 뜨락에 술자리를 베풀었다. 시간은 벌써 사경(四更)이나
_{새벽 1시~3시}
되었다. 차려 놓은 방석과 주안상은 소박하여 아무 꾸밈이 없었다. 그러나 술에서 풍기는 향내는 정녕코 인간 세상의 맛이 아니었다.
_{여인이 이 세상 사람이 아님을 암시함}

양생은 의아하고 괴이하였다. 하지만 여인의 말소리와 웃음소리는 맑고 고왔다.
_{여인의 정체에 대한 양생의 의심}
얼굴과 몸가짐도 점잖고 얌전하여 분명 귀한 집 처자가 담을 넘어 나온 것이라 여기
_{여인의 아름다운 모습과 고상한 태도에 의심을 가라앉힘}
고 양생은 더 이상 의심하지 않았다. ▸여인과 양생이 술자리를 가짐

(중략)

노래가 끝나니 여인이 서글픈 표정으로 말했다.

"지난날 봉도(蓬島)에서 만나자던 약속은 지키지 못했지만 소상강가에서 옛 임을
_{당나라 현종과 양귀비가 봉래산에서 만나기로 약속했다고 함}
만났으니 어찌 하늘이 내린 행운이 아니겠습니까? 낭군께서 만일 저를 버리지 않으신다면 끝까지 건즐(巾櫛)을 받들겠습니다. 그러나 만일 제 소원을 들어주시지
_{지아비로 정성껏 섬기겠다는 의미}
않는다면 우리는 영원히 하늘과 땅처럼 떨어지게 될 것입니다."

양생이 이 말을 듣고 한편으로는 감격하면서도 한편으로는 놀라서 대답하였다.

"어찌 감히 그대의 말을 따르지 않겠소."
_{여인의 말에 따라 부부가 되기로 함}

그러나 여인의 태도가 범상치 않았으므로 양생은 유심히 그 행동을 살펴보았다.
_{양생이 여인을 의심함}

이때 달이 서산 봉우리에 걸리고, 닭 울음소리가 외진 마을에 울려 퍼졌다. 절에
_{시간의 흐름}
서 울리는 첫 종소리와 함께 이내 먼동이 트기 시작했다.
_{귀신들이 돌아갈 시간이 됨}

여인이 말하였다.

"얘야, 자리를 거두어 돌아가거라."

시녀는 대답을 하자마자 사라졌는데 어디로 갔는지 알 수가 없었다.
_{비현실적 요소}   ▸여인과 양생이 부부가 되기로 약속함

• '여인'의 말에 나타나는 가치관

오늘 일은 우연이 아니다. ~ 분명 평생의 기이한 인연이라고 할 수 있을 게야.
인연을 중요하게 여기는 불교적 가치관이 드러남

+

부모님께 고하지 않고 혼인을 한 것은 비록 예법에는 어긋나는 일이지만
부모의 허락이 있어야 남녀가 혼인할 수 있다는 유교적 가치관이 드러남

• '양생'과 '여인'의 심리와 태도

양생	• 처음 본 여인을 유혹해 인연을 맺음 • 여인을 의아하고 괴이하게 생각함 • 여인의 아름다운 모습과 고상한 태도에 귀한 집 처자가 몰래 담을 넘어 나온 것이라 생각하며 여인에 대한 의심을 가라앉힘 • 부부가 되고자 하는 여인의 뜻을 따르기로 함
여인	• 양생의 유혹에 주저하지 않고 인연을 맺음 • 부모에게 알리지 않고 양생과 인연을 맺은 것은 예법에 어긋나지만 양생과의 만남을 운명으로 생각함 • 양생이 자신을 버리지 않으면 양생을 끝까지 남편으로 받들겠다고 함

- 해당 장면은 양생을 위한 이별 잔치가 벌어지고, 양생이 여인의 부모를 만나 여인의 사연에 대해 알게 되는 상황이다.
- 여인이 양생과 다시 만나기로 약속하면서 건넨 '은그릇'의 서사적 기능에 주목하여 작품을 감상하도록 한다.
- 또한 여인이 죽은 사람임을 알게 된 이후의 양생의 태도에 주목하여 이 작품의 비극적 결말을 통해 작가가 드러내고자 하는 주제 의식을 이해하고 작가의 가치관을 파악하도록 한다.

양생 또한 글줄이나 아는 처지라 그들의 시법이 맑고도 운치가 높으며 음운이 금
여인의 이웃 처녀들
옥과 같이 아름다운 것을 보고 칭찬해마지 않았다. 그리고 즉석에서 고풍(古風) 장
당나라 이전의 시 형식. 법식에 얽매이지 않고 자유로운 것이 특징임
단편 한 장을 단숨에 지어 화답하였다.

이 밤이 어인 밤이기에 / 이 같은 선녀를 만났던가.
여인을 만난 데 대한 양생의 감격
꽃 같은 얼굴 어이 그리 고운지 / 붉은 입술은 앵두 같아라.
여인의 아름다운 외모를 나타냄
「지은 시구마저 더욱 교묘하니 / 이안(易安)도 입을 다물리라.」
「 」: 여인의 시적 재능이 뛰어남을 드러냄   송나라 여류 시인 이청조
직녀가 북실 던지고 은하 나루 내려왔다.
여인의 비유
상아가 약 방아 버리고 달나라를 떠났다.
달 속에 사는 선녀. 여인의 비유
정갈한 단장은 대모연(玳瑁筵)을 비추고
바다거북 껍질로 장식한 술상을 차린 잔치
오가는 술잔 속에 잔치 자리 즐겁구나.

(중략) ▶ 양생이 여인의 이웃들과 함께 시를 지으며 잔치를 즐김

술을 다 마신 후 헤어질 때 여인이 은그릇 하나를 양생에게 주면서 말하였다.
여인과 양생의 신표 → 사건 전개에 필연성 부여
"내일 저의 부모님께서 저를 위하여 보련사에서 음식을 베푸실 것이옵니다. 만약
여인의 제사를 지내는 것을 의미함
당신이 저를 버리지 않으실 거라면 보련사 가는 길에서 기다리고 있다가 저와 함
께 절로 가서 제 부모님을 뵙는 것이 어떠신지요?"
부모에게 혼인 관계를 승낙받고자 하는 의도
양생이 대답하였다.

"그러겠소." ▶ 여인이 은그릇을 주며 보련사 가는 길에서 만나기로 약속함

★주목 ▶ 이튿날 양생은 여인의 말대로 은그릇을 들고 보련사로 가는 길가에서 기다리고
있었다.

그런데 과연 어떤 귀족 집안에서 딸자식의 대상(大祥)을 치르려고 수레와 말을 길
사람이 죽은 지 두 돌 만에 지내는 제사
게 늘여 세우고 보련사로 올라가는 것이었다. 그러다가 길가에서 한 서생이 은그릇
양생
을 들고 서 있는 것을 보고, 하인이 아뢰었다.

"아가씨의 무덤에 묻은 물건을 벌써 어떤 사람이 훔쳤습니다."
은그릇
주인이 말하였다. / "그게 무슨 말이냐?"

하인이 대답하였다.

"이 서생이 들고 있는 은그릇 말씀입니다."

작품 분석 노트

- 〈만복사저포기〉의 특징

  - 우리나라의 구체적인 지역을 배경으로 하여 우리나라 사람을 주인공으로 삼음
  - 귀신과의 사랑이라는 비현실적인 사건을 다룸
  - 행복한 결말을 통해 권선징악의 주제 의식을 보여 주는 고전 소설의 일반적인 결말과 달리 비극적 결말을 보여 줌
  - 삽입 시를 통해 인물의 정서를 압축적으로 드러냄

- '은그릇'의 의미와 기능

  은그릇

  - 여인이 죽었을 때 여인의 무덤에 묻은 부장품
  - 양생과 여인의 부모를 연결하는 매개체
  - 여인이 부모에게 자신과 양생이 특별한 관계임을 알리는 매개체

  ↓

  사건 전개에 필연성을 부여함

감상 포인트
서사 전개에 중요한 기능을 하는 소재의 의미와 기능을 파악한다.

주인이 마침내 양생 앞에 말을 멈추고 어찌 된 것인지, 은그릇을 지니게 된 경위
_{여인의 아버지}
를 물었다. 양생은 전날 여인과 약속한 그대로 대답하였다. 여인의 부모가 놀랍고도
_{여인이 은그릇을 주며 자신과 함께 부모님을 만나자고 한 말}
의아하게 여기다가 한참 후에 말하였다.
_{양생에게 죽은 딸과 만났다는 이야기를 들었기 때문임}

「"나에게는 오직 딸아이 하나만이 있었는데 왜구가 침입하여 난리가 났을 때에 적
_{여인이 죽게 된 원인이 밝혀짐}
에게 해를 입어 죽었다네. 미처 장례도 치르지 못하고 개령사 골짜기에 임시로 묻

어 주었지. 이래저래 미루다가 오늘에 이르게 되었다네. 오늘이 벌써 대상 날이라

재나 올려 저승길을 추도하려고 한다네.」 자네는 약속대로 딸아이를 기다렸다가
_{「 」 여인의 부모의 말을 통해 여인이 죽은 사연이 모두 밝혀짐 - 요약적 제시}
함께 오게. 부디 놀라지 말게나."

그는 말을 마치고 먼저 보련사로 떠났다. ▶양생이 여인의 부모를 만나 여인이 목숨을 잃은 사연을 듣게 됨
_{여인의 부모와 양생, 여인이 만나는 공간(현실계와 비현실계가 교섭하는 공간)}

양생은 우두커니 서서 기다렸다. 약속한 시간이 되자 과연 어떤 여인이 계집종을
_{여인과의 약속을 지키려는 마음}
거느리고 나긋한 자태로 걸어오는데 바로 그 여인이었다. 양생과 여인은 서로 기뻐

하면서 손을 잡고 보련사로 향하였다. ▶양생과 여인이 함께 보련사로 감
_{죽은 여인임을 알고도 기쁘게 맞이하는 양생 - 여인에 대한 사랑이 지극함}

여인은 절 문에 들어서자 부처님께 예를 올리더니 흰 휘장 안으로 들어갔다. 그

러나 여인의 친척들과 절의 승려들은 모두 그것을 믿지 않았다. 오직 양생만이 혼자
_{여인의 모습이 보이지 않으므로 여인의 존재를 믿지 않음}
볼 수 있을 뿐이었다.
_{양생이 비현실적 존재와 소통할 수 있음을 나타냄. 전기적 요소}

여인이 양생에게 말하였다.

"함께 차와 음식이나 드시지요."

양생은 그 말을 여인의 부모에게 고하였다. 여인의 부모는 시험해 보고자 양생에
_{오직 양생만 여인을 볼 수 있으므로 양생의 말을 의심하여 시험하고자 함}
게 함께 식사를 하라고 시켰다. 그랬더니 오직 수저를 놀리는 소리만 들렸는데 마치
_{여인의 부모가 양생의 말을 믿게 되는 계기로 작용함}
산 사람이 식사하는 소리와 같았다.

그제야 여인의 부모가 놀라 탄식하면서 양생에게 휘장 곁에서 같이 잠자기를 권
_{여인의 부모가 양생과 여인의 관계를 인정함}
하였다. 한밤중에 말소리가 낭랑히 들렸는데 사람들이 자세히 엿들으려 하면 갑자기
_{여인과 양생이 대화를 나누는 것이 비현실적인 일임을 드러냄}
그 말이 끊어졌다.

여인이 양생에게 말하였다.

"제가 법도를 어겼다는 것은 저 스스로 잘 알고 있어요. 어려서 《시경》과 《서경》
_{어린 시절 경전을 읽으며 예법을 익혔음}
을 읽었으므로 예의가 무언지 조금이나마 알지요. 《시경》의 《건상(褰裳)》이 얼마
_{《시경》의 〈정풍〉에 실린 시편으로 음탕한 여인이 남자를 유혹하는 시}
나 부끄럽고, 《상서(相鼠)》가 얼마나 얼굴 붉힐 만한 것인지 모르는 것이 아닙니
_{《시경》의 〈용풍〉에 실린 시편으로 예의가 없는 것을 풍자한 시}
다. 그러나 오랫동안 쑥 덤불 우거진 속에 거처하며 들판에 버려져 있다 보니 사
_{왜구가 침입했을 때 적에게 해를 입어 죽은 후 들판에 묻혀 있었음}
랑하는 마음이 한번 일어나자 끝내 걷잡을 수가 없었답니다.
_{애정 추구의 욕망}
지난번에 절에 가서 복을 빌고 부처님 앞에서 향을 사르며 일생 운수가 박복함

을 혼자 탄식하다가 뜻밖에도 삼세의 인연을 만나게 되었지요. 그래서 머리에 가
_{양생과의 운명적인 만남}
시나무 비녀를 꽂은 가난한 살림이라도 낭군의 아낙으로서 백 년 동안 높은 절개
_{양생의 아내로 살아가고자 한 여인의 마음을 알 수 있음}
를 바치고, 술을 빚고 옷을 지으며 한평생 지어미로서의 도리를 닦으려 했던 것이

• '보련사'의 의미와 기능

보련사
• 여인의 부모가 여인을 위한 재를 지내는 곳 • 여인은 양생에게 보련사로 가는 길에서 기다리고 있다가 자신과 함께 부모를 만나자고 청함

↓

양생과 죽은 여인의 환신, 여인의 부모가 만나는 공간으로, 현실적 세계와 비현실적 세계가 교섭하는 공간임

• 이 장면에 나타나는 전기적 요소

• 다른 사람들은 여인을 보지 못하고 양생만이 여인을 볼 수 있었음 • 수저 놀리는 소리만 들렸지만 산 사람이 식사하는 소리와 같았음 • 양생과 여인의 말소리가 낭랑히 들렸지만 사람들이 자세히 엿들으려 하면 갑자기 중지됨

양생과 여인의 인연이 신비롭고 특별한 것임을 강조함

• '여인'에 대한 인물들의 태도

• 양생은 여인의 부모를 통해 여인이 죽었음을 알고도 여인에 대한 사랑을 드러냄 • 양생의 말을 들은 여인의 부모는 양생에게 딸과 함께 보련사로 올 것을 당부함 → 양생과 여인에게 식사를 하도록 한 후 여인의 수저 소리를 듣고 양생의 말을 믿음 • 여인의 친척들과 승려들은 여인의 모습이 보이지 않으므로 여인의 존재를 믿지 않음

랍니다. 하지만 한스럽게도 업보는 피할 수가 없어서 저승길로 떠나야만 하게 되
양생과 여인이 이별하게 된 원인. 운명

었어요. 즐거움을 다 누리지도 못했는데 슬픈 이별이 갑작스레 닥쳐왔군요.
부부의 즐거움을 다 누리지 못하고 이별하게 됨

이제 제 발걸음이 병풍 안으로 들어가면 신녀 아향이 수레를 돌릴 것이고, 구

름과 비는 양대에서 개고, 까치와 까마귀는 은하수에서 흩어질 거예요. 이제 한번
여인이 양생과 이별하게 될 것임을 비유적으로 표현함

헤어지면, 훗날 다시 만나기를 기약하기 어렵겠지요. 작별을 당하고 보니 정신이
양생과 여인이 영원히 이별하게 될 것임을 의미함

아득하기만 해서 무어라 말씀드려야 할지 모르겠군요."

이윽고 여인의 영혼을 전송하자 울음소리가 그치지 않았다. 영혼이 문밖에 이르

자 다만 은은하게 다음과 같은 소리만이 들려왔다.
▶ 여인이 자신의 사연을 전달하고 양생에게 이별을 고함

저승길이 기한 있어 / 슬프게도 이별합니다.
저승길로 가야 하는 시간이기에 슬프지만 이별함. 여인의 정서가 직접적으로 드러남

우리 임께 바라오니 / 저를 멀리 마옵소서.
양생에게 자신을 멀리하지 말 것을 당부함

애달파라, 우리 부모님 / 나를 짝지워 주지 못하셨네.

아득한 저승에서 / 마음에 한 맺히리.
양생과 이별한 후 저승에서 겪게 될 여인의 심정이 드러남

소리가 차츰 잦아들면서 우는 소리와 분별할 수 없게 되었다. 여인의 부모는 이

제야 그동안의 일이 사실임을 깨닫고 다시는 의심하지 않았다. 양생 또한 그 여인이
양생의 말(여인의 환신과 양생이 인연을 맺은 일)이 사실임을 완전히 믿게 됨

귀신이었음을 알고는 슬픔이 더해져서 여인의 부모와 함께 머리를 맞대고 흐느꼈다.

여인의 부모가 양생에게 말하였다.

"은그릇은 자네가 맡아서 쓰고 싶은 대로 쓰게나. 딸아이 몫으로 밭 몇 마지기와

노비 몇 명이 있으니 자네는 이것을 신표로 삼아 내 딸을 잊지 말아 주게."
딸의 한을 풀어 준 데 대한 감사의 표시. 여인의 부모로부터 부부의 인연을 인정받음

다음 날 양생은 고기와 술을 마련하여 전날의 자취를 더듬어 찾아갔다. 그랬더니
제물　　　　　　　　　　여인을 따라 여인의 집으로 간 일

과연 그곳은 시체를 임시로 묻어 둔 곳이었다. 양생은 제물을 차려 놓고 슬피 울면
여인을 가매장한 무덤

서, 그 앞에서 종이돈을 불사르고 장례를 치러 주었다.

(중략)

이후에도 양생은 여인에 대한 애정과 슬픔을 이기지 못하였다. 밭과 집을 모두 팔
여인에 대한 양생의 지극한 사랑을 알 수 있음

아 사흘 저녁을 계속해서 재를 올리니 공중에서 여인의 목소리가 울렸다.

"당신이 지성을 드려 주신 덕분에 저는 다른 나라에서 남자의 몸으로 다시 태어나
여인이 남자로 환생함 – 불교의 윤회 사상

게 되었습니다. 비록 이승과 저승이 멀리 떨어져 있다고 해도 당신의 은혜에 깊이

감사드립니다. 당신은 부디 다시 깨끗한 업을 닦아 함께 윤회의 굴레를 벗어나시
여인이 양생은 윤회에서 벗어나기를 바람 → 인간의 운명에 대한 비극적 인식을 보여 줌

기 바랍니다."

양생은 이후 다시 장가들지 않았다. 지리산에 들어가 약초를 캐며 살았는데 그가
비극적 결말

어떻게 생을 마감했는지 아무도 알지 못한다.
▶ 양생은 여인의 장례를 치른 후 속세를 떠남

■ 구름과 비는 양대에서 개고: 양대는 중국 사천성 무산현 동쪽에 있는 땅으로 초나라 회왕과 양왕이 꿈에 선녀를 만났던 곳. 무산
선녀가 양왕을 모셨다가 떠나면서 아침에는 구름이 되고 저녁에는 비가 되어 아침저녁으로 양대에 있겠다고 하였다 함.

• 삽입 시의 기능
〈만복사저포기〉에서는 삽입 시를 활
용하여 사건을 전개하고 있는데, 특히
인물의 내면 심리를 드러내는 부분에
서 삽입 시를 사용하여 인물의 심리
를 효과적으로 묘사한다.

삽입 시의 기능
• 인물의 심리나 정서를 드러내면서 분위기를 형성하는 데 기여함 • 산문이라는 단조로움에서 벗어나 변화를 주는 역할을 함

↓

〈만복사저포기〉에서 삽입 시의 기능
• 서사 문학의 단조로움을 극복하게 함 • 작중 상황을 압축적으로 전달하고, 양생과 여인의 심리를 효과적으로 보여 줌 • 작품의 낭만적 분위기를 조성하고 서정성을 강화하는 역할을 함

• 결말 처리 방식과 작가 의식
〈만복사저포기〉의 결말 부분에서 여
인과 이별한 양생은 죽은 여인의 장
례를 정성껏 치른 후 장가도 들지 않
은 채 지리산으로 잠적한 것으로 이
야기를 마무리하고 있다. 이러한 양생
의 모습은 고전 소설의 전형적인 특
징인 행복한 결말과는 다른 것으로,
인간의 운명에 대한 작가 김시습의
비극적 인식을 반영하고 있다고 볼
수 있다.

결말 부분
여인은 다른 나라에서 남자의 몸으로 다시 태어났다며 양생에게 윤회의 굴레를 벗어나기를 바란다고 말함 → 사랑을 성취하고자 하는 주인공의 소망이 좌절되는 결말을 보여 줌

↓

인간의 운명에 대한 작가의 비극적 인식이 드러남

핵심 포인트 1 배경·소재의 의미와 기능 파악

이 작품은 산 사람과 죽은 사람이 사랑을 나눈다는 비현실적인 내용의 전기 소설이다. 이승의 존재와 저승의 존재가 만나는 사건 전개 과정에서 나타나는 공간적 배경과 주요 소재들의 의미를 알아둘 필요가 있다.

+ 공간적 배경의 의미

만복사	현실계의 존재인 양생과 비현실계의 존재인 여인이 처음으로 만나는 공간
여인의 집	• 여인의 무덤이 있는 공간 • 잔치를 열어 이웃 처녀(귀신)들과 함께 시를 지으며 노는 공간
보련사	여인의 부모와 양생, 여인이 다같이 만나는 공간(현실계와 비현실계가 교섭하는 공간)
지리산	양생이 속세를 등지고 삶을 마감한 곳

+ 주요 소재의 의미와 기능

저포 놀이	양생과 여인을 이어 주는 매개체 → 사건 전개(양생과 여인의 만남)에 필연성을 부여함
축원문	• 여인이 과거에 겪었던 일을 요약적으로 제시한 글 • 현재 처지에 대한 신세 한탄과 배필을 얻고 싶어 하는 여인의 소망이 드러난 글
은그릇	• 양생과 여인의 부모를 연결하는 매개체, 여인이 부모에게 자신과 양생이 특별한 관계임을 알리는 매개체 → 사건 전개에 필연성을 부여함 • 현실계와 비현실계의 매개물

핵심 포인트 2 외적 준거에 따른 감상

김시습의 《금오신화》에 실린 작품들의 공통적 특징을 이해하고, 이를 이 작품에 구체적으로 적용하여 감상할 수 있어야 한다.

+ 《금오신화》에 실린 작품들의 공통적 특징과 〈만복사저포기〉에 나타난 구체적 양상

《금오신화》에 실린 작품들의 공통적 특징	〈만복사저포기〉에 나타난 구체적 양상
등장인물은 주로 현실과의 갈등 속에 불우한 인생을 보냄	외로운 처지의 양생과 왜구의 침략으로 억울하게 죽은 여인이 등장함
우리나라가 배경이며 우리나라 사람이 주인공으로 등장함	전라도 남원이라는 구체적 공간과 왜구의 침략이라는 역사적 배경이 드러남
대체로 현실과는 거리가 먼 전기적(비현실적)인 내용을 다룸	인간과 귀신의 사랑이라는 비현실적 내용을 다룸
행복한 결말로 끝맺는 다른 고전 소설 작품들과 달리, 비극적 결말 구조를 지님	• 양생과 여인이 생사를 초월한 사랑을 하지만 결국 헤어짐 • 양생은 여인과 헤어진 후 세상을 등지고 산속으로 들어감

핵심 포인트 3 작가의 가치관 이해

이 작품은 설화적 소재에 불교적 색채와 작가의 가치관을 담아 생사를 초월한 남녀 간의 사랑을 그리고 있다. 따라서 작품 속에 드러난 작가의 가치관을 살필 필요가 있다.

+ 〈만복사저포기〉에 드러나는 작가의 가치관

애정 지상주의	이승의 양생과 저승의 여인이 사랑을 나눈다는 점에서 사랑은 생사를 초월한다는 애정 지상주의를 엿볼 수 있음
불교의 윤회 사상	여인의 전생이 현생과 연결된다는 점에서 불교의 윤회 사상을 엿볼 수 있음
운명에의 순종	이승의 양생과 저승의 여인이 사랑을 나누지만, 여인이 업보로 인해 저승으로 떠나면서 영영 만날 수 없게 되는 결말을 맞이한다는 점에서 운명은 거스를 수 없다는 생각을 엿볼 수 있음

📀 작품 한눈에

• 해제

〈만복사저포기〉는 김시습이 쓴 한문 소설집 《금오신화》에 실린 다섯 편의 소설 중 하나로, 인간과 귀신의 사랑을 그린 애정 전기 소설이다. 이 작품은 전라도 남원의 양생이 만복사에서 부처님과 저포 놀이를 한 후 죽은 여인의 환신을 만나 사랑을 나누고 이별한다는 비현실적인 이야기이다. 불교 사상을 바탕으로 '이승 사람과 저승 영혼의 만남 – 사랑 – 이별 – 이승 사람의 탈속'의 사건 전개를 보인다. 한편 작가인 김시습은 5세에 신동이라 불릴 정도로 재능 있는 인물이었으나 과거를 준비하던 무렵에 수양 대군이 단종을 폐위했다는 소식을 듣고 책을 불태우고 출가하여 방랑하며 지냈다. 그는 평생 단종에 대한 절의를 지킨 생육신의 한 사람으로 평가받지만 불우하게 일생을 보낸 인물이다. 《금오신화》는 이러한 그의 삶을 허구의 형식으로 담고 있다.

• 제목 〈만복사저포기〉의 의미
– 만복사의 양생이 아름다운 배필을 만나기 위해 부처와 저포 놀이를 한 이야기

〈만복사저포기〉는 만복사에 의탁하여 사는 양생이 부처님과의 저포 놀이에서 이겨서 자신의 소원대로 아름다운 여인을 만나 사랑을 나누지만, 그 여인이 이미 죽은 사람이었기에 운명의 법도에 따라 이별하게 되는 비극적 내용의 애정 전기 소설이다.

• 주제
생사를 초월한 남녀 간의 사랑

🔍 기출 확인

2010학년도 수능

[작품의 내용 파악]
• 여인은 시녀와의 대화에서 자기 행위의 명분을 제시했다.
• 양생은 여인의 언행을 보고 그녀에 대한 의심을 풀었다.

[공간적 배경의 의미 파악]
• ㉠(협소한 마루방)은 인연을 맺는, ㉡(흰 휘장 안)은 인연을 인정받는 공간이다.

한 줄 평 | 기생의 딸과 양반 남성의 신분을 초월한 사랑을 그린 이야기

춘향전 ▸ 작자 미상

💬 전체 줄거리

조선 숙종 대왕 즉위 초에 전라도 남원부에 월매라는 기생이 있었다. 월매는 일찍이 기생의 자리에서 물러나 성 참판과 함께 살며 세월을 보냈으나 자식이 없는 것이 한이 되었다. 월매는 성 참판과 함께 이름난 산을 찾아다니며 자식을 얻기를 빌었는데, 오월 어느 날 선녀가 찾아와 품으로 달려드는 꿈을 꾸고는 태기가 있었다. 열 달 후 딸을 낳은 월매는 이름을 '춘향'이라 하고 보물처럼 길렀다.
▸ 춘향의 출생

한편 한양 삼청동에 이 한림이라는 명문 집안의 양반이 있었는데, 남원 부사로 임명되어 부임하였다. 사또의 아들 이몽룡의 나이가 16세가 되던 어느 날, 이 도령은 방자에게 고을에서 경치가 좋은 곳이 어딘지를 묻고는 광한루 오작교로 구경을 갔다. 이때는 오월 단오일이라 월매의 딸 춘향도 그네를 타려고 향단과 함께 광한루에

장면 포인트 **①** 116P

갔다. 그네를 타는 춘향의 모습을 본 이 도령은 선녀를 본 것처럼 생각하며 방자에게 그네를 타던 여인이 누구인지 물었다. 방자는 그녀가 고을 기생 월매의 딸 춘향이지만 기생이 아니라고 말하였다. 이 도령은 방자를 시켜 춘향을 데려오게 하나 춘향은 이 도령의 부름을 거절하고 집으로 돌아갔다. 춘향의 집에 찾아온 방자는 춘향을 기생으로 부른 것이 아니라는 이 도령의 말을 전하였고, 간밤에 푸른 용 꿈을 꾸었다는 월매는 사또 자제 도령님의 이름이 몽룡임을 신기해하며 딸 춘향에게 이 도령을 만나고 올 것을 권유하였다.
▸ 춘향과 이몽룡의 만남

춘향과 만나 이 도령은 인연을 맺자고 하고 밤에 다시 만날 것을 약속한다. 이 도령은 사또가 잠자리에 들기를 기다렸다가 밤중에 춘향의 집을 찾아갔다. 월매와 춘향은 이 도령을 대접하고, 이 도령은 춘향과 평생을 함께할 연분을 맺기로 한다. 이 도령이 집으로 돌아가지 않고 춘향과 함께 지내던 어느 날, 방자가 급하게 찾아와 사또가 이 도령을 찾는다고 알렸다. 이 도령이 집으로 돌아오자 사또는 동부승지로 임명되어 서울로 올라가게 되었다며 내일 떠나라고 명하였다. 이 도령은 어머니에게 춘향과의 일을 말하나 꾸지람만 듣고 춘향의 집으로 갔다. 춘향의 집에 도착한 이 도령이 눈물을 쏟으며 울자 깜짝 놀란 춘향이 이 도령에게 우는 이유를 물었다. 이 도령은 아버지가 동부승지가 되었다며 춘향을 데려갈 수 없다고 말하였다. 이 말을 들은 춘향은 화를 내고 악을 쓰며 자신의 신세를 한탄하였다. 이 도령은 결국 춘향과 헤어져 서울로 떠나게 되었고, 춘향은 이 도령이 빨리 과거에 급제하여 지방으로 벼슬살이 나가기를 바랐다.
▸ 춘향과 이몽룡의 결연과 이별

이 부사가 떠난 후 몇 달 만에 한양 자하문의 변학도라는 양반이 신관 사또로 임명되어 남원에 내려왔다. 변 사또는 성질이 괴팍하고 고집불통이라는 흠이 있었다. 변 사또는 이방을 불러 춘향에 대해 묻고는 기생을 점고(점을 찍어 가며 사람의 숫자를 세는 일)하

장면 포인트 **②** 120P

라고 명령하였다. 아름답고 고운 기생이 많았지만 소문으로 들었던 춘향의 이름이 없자, 변 사또는 수노를 불러서 기생 점고가 다 끝나도록 춘향을 부르지 않는 이유를 물었다. 수노는 춘향이 근본은 기생의 딸이 맞지만 지난번 구관 사또의 자제인 이 도령과 백년가약을 맺은 후 이 도령이 오기를 기다리며 수절하고 있다고 말해 주었다. 이를 들은 변 사또는 화를 내며 춘향을 불러오라 명하고, 사령과 관노는 춘향을 데리러 갔다.
▸ 변학도의 등장과 횡포

춘향을 본 변 사또는 그녀의 미모에 반하여 수청을 들 것을 강요하였다. 춘향은 일부종사를 바라기 때문에 변 사또의 분부를 시행할 수 없다고 거절하였으나, 변 사또는 춘향을 회유하기 위해 오히려 춘향이 열녀라며 칭찬한다. 그러나 춘향이 계속해서 수청 들기를 거절하자 회계가 나서며 천한 기생에게 '충렬(忠烈)'은 가당하지 않다며 꾸짖고, 춘향은 '충효 열녀'에는 상하가 없다며 기생을 모함하지 말라고 소리친다. 또한 춘향은 이 도령에 대한 자신의 정절은 굴복할 수 없으며 남편을 배반할 수 없으니 처분대로 하라고 말한다. 이를 들은 변 사또는 화를 내며 관장을 거역하는 죄는 형벌을 주고 귀양을 보낼 수 있으니 죽는다고 서러워하지 말라고 말한다. 춘향이 유부녀를 겁탈하는 것도 죄라며 악을 쓰자 변 사또는 춘향을 잡아 내리라고 명령하고, 춘향은 모질게 매를 맞은 후 큰칼을 쓰고 옥에 갇히게 되었다.
▸ 변학도의 수청을 거절하고 옥에 갇히는 춘향

이때 한양에 간 이 도령은 과거에 장원 급제한 뒤 어사가 되었다. 전라도로 암행을 나가게 된 이 도령은 자신의 신분을 감추기 위해 거지 행세를 하였다. 길을 가던 이 도령은 농부들의 대화를 통해 춘향이 새로 온 사또의 수청을 거절한 죄로 매를 맞고 옥에 갇혔다는 소식을 듣게 되었다. 이 도령은 남원에 있는 춘향의 집에 가 장모인 월매를 만난다. 월매는 딸을 살려 줄 이 도령이 왔음을 기뻐하다 이 도령의 거지 행색을 보고는 기가 막혀 한다. 이 도령은 춘향이 갇힌 옥을 찾아가 춘향과 만나고, 춘향은 이 도령에게 자신이 내일 본관 사또 생일에 죽을 것이라고 말하며 장례를 부탁한다. 이 도령은 하늘이 무너져도 솟아날 구멍이 있다며 춘향을 위로한다.
▸ 어사가 된 이몽룡의 등장과 춘향과의 재회

다음 날 변 사또의 생일 잔치에 나타난 어사또 이몽룡은 한시 두 구를 지어 바치고, 이를 본 운봉은 어사또가 나타났음을 눈치챈다. 어사또는 역졸들을 데리고 어사출또를 단행하고 본관 사또 변학도를 파직한다. 어사또는 자신이 이몽룡임을 숨기고 춘향에게 수청을 강요하여 정절을 시험하고, 끝까지 수절을 지키는 춘향에게 자신이 이몽룡임을 밝혀 두 사람은 재회한다. 이몽룡은 춘향을 서울로 데려가 부인으로 맞이하여 백년해로하고, 자손 대대로 부귀영화를 누린다.
▸ 암행어사 출또와 행복한 결말

🎭 인물 관계도

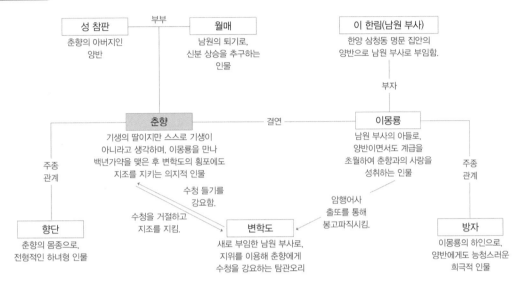

성 참판
춘향의 아버지인
양반

──부부──

월매
남원의 퇴기로,
신분 상승을 추구하는
인물

이 한림(남원 부사)
한양 삼청동 명문 집안의
양반으로 남원 부사로 부임함.

부자

춘향
기생의 딸이지만 스스로 기생이
아니라고 생각하며, 이몽룡을 만나
백년가약을 맺은 후 변학도의 횡포에도
지조를 지키는 의지적 인물

──결연──

이몽룡
남원 부사의 아들로,
양반이면서도 계급을
초월하여 춘향과의 사랑을
성취하는 인물

주종
관계

향단
춘향의 몸종으로,
전형적인 하녀형 인물

수청 들기를
강요함.

수청을 거절하고
지조를 지킴.

변학도
새로 부임한 남원 부사로,
지위를 이용해 춘향에게
수청을 강요하는 탐관오리

암행어사
출또를 통해
봉고파직시킴.

주종
관계

방자
이몽룡의 하인으로,
양반에게도 능청스러운
희극적 인물

<보기>로 나오는 작품 외적 준거

〈춘향전〉에 나타난 사랑의 기능

〈춘향전〉의 주제는 춘향이 지켜 낸 순수한 사랑의 힘이라고 할 수 있다. 춘향은 어떠한 난관에서도 자신이 선택한 사랑을 지키려고 노력한 결과로 인해 여러 가지 사회적 변화를 가져오게 되었다. 이것은 춘향이 처음부터 의도적으로 한 것이 아니라, 순수한 사랑을 지속한 결과로 얻어진 것이다. 순수한 사랑의 힘은 다음과 같은 기능을 한다.

첫째, 춘향은 이몽룡의 사랑과 마음을 얻게 되었다. 이몽룡은 춘향을 한때의 여인으로 보았지만, 그런 이몽룡의 마음을 되돌려 춘향 자신을 진실로 사랑하게끔 바꾸어 놓았다. 이몽룡은 거지가 되어 온 자신의 모습에도 변함이 없는 춘향의 마음을 확인하고 춘향을 진실로 사랑하는 마음을 갖게 되었다. 그리고 이몽룡은 절개가 높은 춘향이 사랑하는 남자를 위해 목숨까지 바치려고 한다는 순수한 사랑을 듣고 자신을 뒤돌아보며 생각을 바꾸게 된다. 그래서 춘향은 이몽룡의 사랑을 얻고 백년해로하며 행복하게 남은 생을 살게 되는 것이다.

둘째, 순수한 사랑은 제도나 법보다 우위에 있음을 보여 주고 있다. 변학도는 당시의 법이나 제도를 상징하는 인물이다. 춘향은 사랑을 지키기 위해 변학도의 수청을 거절하였고 이는 순수한 사랑을 지속하려는 욕구의 표출이라고 볼 수 있다. 춘향은 수청을 거부함으로써 이몽룡과의 불확실한 미래의 사랑과 확실한 고난의 길을 택하였다. 춘향이 변학도를 물리치고 승리를 얻게 된 것은 순수한 사랑이 비인간적이고 반유교적인 제도나 법보다 우위에 있음을 드러내는 것이다.

셋째, 춘향의 순수한 사랑은 왕이 춘향에게 정렬부인을 하사하게 만들었다. 왕은 제도와 법을 준수하여 사회 질서를 유지해야 될 필요가 있는데, 신분을 초월한 순수한 사랑을 지키기 위해 제도와 법을 무시하고 맞선 춘향에게 정렬부인을 하사하고 칭송하였다. 이는 춘향이 보여 준 순수한 사랑이 정렬이라는 지배 이념인 유교적 윤리 덕목과 일치하였기 때문에 가능한 것이었다고 볼 수 있다. 또한 왕이 춘향에게 정렬부인을 하사하자, 이몽룡의 부모는 왕의 은혜에 감사하는 태도를 보인다. 이는 그들이 기생의 딸인 춘향을 며느리로 받아들였음을 의미하는 것이다. 춘향의 수절은 근본적 유교 이념의 틀을 벗어나지 않으면서 순수한 사랑을 성취하기 위해 새롭게 시도된 방법이라고 할 수 있다.

– 강현모, 〈완판 「열녀춘향수절가」의 주제 일고〉, 2012

- 이 작품은 남원 부사의 아들 몽룡과 퇴기 월매의 딸 춘향의 신분을 초월한 사랑을 그린 애정 소설이다. 춘향이 몽룡에 대한 절개를 지켜 자신의 사랑을 성취하는 과정에서 겪는 고난에 주목하여 작품을 감상하도록 한다.
- 해당 장면은 단옷날 광한루에서 그네를 뛰던 춘향이 몽룡의 눈에 띄어 두 사람이 만나게 되는 상황을 제시하고 있다.
- 춘향에 대한 몽룡과 방자의 인식을 살펴보고 이들을 대하는 춘향의 태도를 통해 춘향의 성격을 파악하도록 한다.

[앞부분의 줄거리] 숙종 대왕 시절, 전라도 남원의 퇴기 월매와 성 참판 사이에서 태어난 춘향은 미모와 행실이 뛰어났다. 남원 부사의 아들 이몽룡은 명문대가의 후손으로 풍채와 문장이 뛰어났다. 오월 단옷날, 이몽룡은 남원의 명소인 광한루로 나간다.

"통인아."
조선 시대, 지방관아의 관장 밑에 딸려 잔심부름을 하던 사람

"예."

"저 건너 화류(花柳) 중에 오락가락 희뜩희뜩 어른어른하는 것이 무엇인지 자세히
춘향이 그네 뛰는 모습
보아라."

통인이 살펴보고 여쭙되,

"다른 무엇 아니오라 이 고을 기생 월매 딸 춘향이란 계집아이로소이다."

도련님이 엉겁결에 하는 말이,

"매우 좋다. 훌륭하다."

통인이 아뢰되,

"제 어미는 기생이오나 춘향이는 도도하여 기생 구실 마다하고 백화초엽에 글자
┌ ┐ 신분은 천하나 여염 처자의 재질을 갖춤   온갖 꽃과 풀잎
도 생각하고, 여공 재질이며 문장을 겸전하여 여염 처자와 다름이 없나이다."
           여러 가지를 완전하게 갖춤   춘향을 여느 기생과 다르게 생각하는 통인 └   ┘

도련님이 허허 웃고 방자를 불러 분부하되,

"들은즉 기생의 딸이라니 급히 가 불러오너라."
춘향을 기생으로 생각하는 몽룡의 태도

방자 놈 여쭈오되,
눈처럼 흰 살갗과 꽃처럼 고운 얼굴이라는 뜻으로, 미인의 용모를 이르는 말
"절부화용이 남방(南方)에 유명하기로 방첨사(防僉使) 병부사(兵府使) 군수(郡守)
                        주나라 문왕의 어머니와 처인 태임과 태사. 덕성 있는 여성을 의미함
현감(縣監) 관장(官長)님네 양반 외입쟁이들도 무수히 보려 하되 장강의 색과 임사
               외도를 일삼는 남성을 가리킴   춘추 시대 위나라 장공의 아내로, 아름다운 외모로 유명함
의 덕행(德行)이며, 이두의 문필이며 태사(太姒)의 화순심(和順心)과 이비(二妃)의
           이백과 두보   주나라 무왕의 어머니 온화하고 순한 마음 순임금의 부인인 아황과 여영
정절(貞節)을 품었으니 금천하지절색이요 만고여중군자오니 황공하온 말씀으로
           빼어난 미모와 재주와 덕을 갖춘 여자 – 춘향에 대한 방자의 평가
불러오기 어렵나이다."

도련님이 대소(大笑)하고,

┌"방자야 네가 물각유주를 모르는도다. 형산의 백옥과 여수의 황금이 임자 각각 있
            물건에 제각각 임자가 있음
느니라. 잔말 말고 불러오라."
└ ♪ 자신감 넘치는 몽룡의 성격이 드러남   ▶ 몽룡이 방자를 보내 춘향을 불러오게 함

방자 분부 듣고 춘향 부르러 건너갈 제 맵시 있는 방자 녀석 서왕모 요지연에 편
                               요지에서 벌이던 잔치. '요지'는 주나라 목왕이 서왕모와 만나는 선경을 뜻함
지 전하던 청조같이 이리저리 건너가서,
반가운 사자(使者)나 편지를 이르는 말. 푸른 새가 온 것을 보고 동방삭이 서왕모의 사자라고 한 한무(漢武)의 고사에서 유래함

"여봐라, 이 애 춘향아."

작품 분석 노트

- 주요 등장인물

춘향	- 퇴기 월매의 딸이나 자신을 기생이라 생각하지 않음 - 이몽룡과 백년가약을 맺고 그에 대한 절개를 지킴 - 변학도의 횡포에도 굴하지 않고 지조를 지키는 주체적이고 의지적인 성격을 지닌 인물
이몽룡	- 남원 부사의 아들 - 신분을 초월하여 사랑을 성취하는 인물
방자	- 이몽룡의 하인 - 양반을 상전으로 모시면서도 능청스럽게 조롱함
변학도	- 신임 남원 부사 - 전형적인 탐관오리

- 판소리계 소설 〈춘향전〉의 서술상 특징

- 의성어, 의태어를 활용하여 대상이나 상황을 생동감 있게 표현함
- 산문체와 운문체의 결합이 나타남
- 상투적·관용적 표현, 고사, 한문 어구 등이 사용됨
- 비속어, 언어유희, 희화화 등을 활용한 해학적·풍자적인 표현이 나타남
- 편집자적 논평을 통해 인물의 행위나 상황에 대한 서술자의 주관적 견해를 직접적으로 드러냄
- 열거, 대구, 반복 등을 활용하여 특정한 장면을 확장하는 '장면의 극대화'가 나타남
- 판소리 사설의 어투가 나타남

부르는 소리에 춘향이 깜짝 놀라,

"무슨 소리를 그따위로 질러 사람의 정신을 놀라게 하느냐."
『 』: 춘향과 방자는 서로 반말을 함 → 신분이 비슷함

"이 애야, 말 마라. 일이 났다."

"일이라니 무슨 일?"

"사또 자제 도련님이 광한루에 오셨다가 너 노는 모양 보고 불러오란 영이 났다."
　　　　　　　　공간적 배경　　　　　　　　　　　　　　　　　　　명령

춘향이 화를 내어,

"네가 미친 자식이다. 도련님이 어찌 나를 알아서 부른단 말이냐. 이 자식 네가 내
　춘향의 당돌한 성격

말을 종달새 열씨 까듯 하였나 보다."
종달새가 삼씨를 까먹는 것처럼 조잘거렸다는 의미

"아니다. 내가 네 말을 할 리가 없으되, 네가 그르지 내가 그르냐. 너 그른 내력을
　　　　　　　　　　　　　　　　　　 몽룡이 춘향을 부르는 원인이 춘향에게 있다는 뜻

들어 보아라. 계집아이 행실로 추천(鞦韆)을 할 생각이면 네 집 후원 담장 안에 줄
　　　　　　 당대 시대상 반영 – 여성의 바깥출입이 제한되며 행동에 제약이 많음

을 매고 남이 알까 모를까 은근히 매고 추천하는 게 도리(道理)에 당연함이라. 광

한루 멀지 않고 또한 이곳을 논지할진대 녹음방초승화시(綠陰芳草勝花時)라.『방
　　　　　　　　　　　　　　　　 우거진 나무 그늘과 풀이 향기로울 때가 꽃 피는 시절보다 좋음

초는 푸르렀고 앞내 버들은 초록장 두르고 뒷내 버들은 유록장(柳綠帳) 둘러 한

가지 늘어지고 또 한 가지 펑퍼져 광풍을 겨워 흔들흔들 춤을 추는데,』광한루 구경
　　　　　　　　　　　　　　　　　『 』: 대구, 음성 상징어를 활용하여 초여름 풍경을 묘사함

처(求景處)에 그네를 매고 네가 뛸 제, 외씨 같은 두 발길로 백운 사이에 노닐 적

에 홍상(紅裳) 자락이 펄펄 백방사(白紡紗) 속곳 가래 동남풍에 펄렁펄렁, 박속 같
　　　　　　　　　　　　　 비유, 음성 상징어를 통해 춘향의 그네 뛰는 모습을 묘사함 → 춘향의 행실이 단정하지 못했다고 지적함

은 네 살결이 백운 사이에 희뜩희뜩, 도련님이 보시고 너를 부르실 제 내가 무슨

말을 한단 말인가. 잔말 말고 건너가자."

춘향이 대답하되,

"네 말이 당연하나 오늘이 날이라 비단 나뿐이랴. 다른 집 처자들도 예 와 함께 그
　　　　　　　　　 단오
　　　　 춘향이 몽룡의 부름을 거절한 이유 ①　　　　　　 기생 등이 그 매인 마을에서 맡은 일을 함

네를 뛰었으되, 그럴 뿐 아니라 설혹 내 말을 할지라도 내가 지금 시사가 아니거
　　　　　　　　　　　　　　　　　　　　　　 춘향이 몽룡의 부름을 거절한 이유 ②

늘, 여염 사람을 호래척거로 부를 리도 없고 부른데도 갈 리도 없다. 당초에 네가
　　　　　 사람을 오라고 불러 놓고 곧바로 내쫓음

말을 잘못 들은 바라."　　　　　　　　　　　　　▶ 춘향이 몽룡의 부름을 거절함

방자 이면이 붉어져 광한루로 돌아와 도련님께 여쭈오니 도련님 그 말 듣고,
　　　　　　　　　　 말인즉 옳음
"기특한 사람이다. 언즉시야로되 다시 가 말을 하되 이리이리 하여라."
춘향의 거절 이유가 타당하다고 생각함. 자신이 부른다고 쉽게 오지 않는 춘향에게 더욱 호감을 품게 됨
방자 전갈 받들어 춘향에게 건너가니 그새에 제집으로 돌아갔거늘 저의 집을 찾

아가니 모녀간(母女間) 마주 앉아 점심밥이 방장이라. 방자 들어가니
　　　　　　　　　　　　　　　바야흐로 한창임
"너 왜 또 오느냐."
　　　　　　　　　　　[감상 포인트]
　　　　　　　　　　　인물의 말과 행동을 통해 인물의 성격을 파악한다.
"황송하다. 도련님이 다시 전갈하시더라. '내가 너를 기생으로 앎이 아니라 들으

니 네가 글을 잘한다기로 청하노라. 여가(閭家)에 있는 처자 불러 보기 청문에 괴
　　 춘향을 부르기 위해 몽룡이 내세운 표면적 이유　　 남녀의 자유로운 만남이 제한된 당대 사회상 반영

이(怪異)하나 혐의로 알지 말고 잠깐 와 다녀가라.' 하시더라."
　　 꺼리지 말고
춘향의 너그러운 마음에 연분이 되려고 그런지 갑자기 갈 마음이 난다. 모친의 뜻
　　　　　 몽룡의 두 번째 전갈을 받고 춘향이 몽룡에게 호감을 갖게 됨
을 몰라 한동안 한참 말 않고 앉았더니, 춘향 어미 썩 나앉아 정신없게 말을 하되,

• 춘향과 이몽룡의 만남

이몽룡	광한루에서 그네 뛰는 춘향이 기생이라 생각하여 방자를 시켜 춘향을 불러 오도록 함

↓

춘향	거절하는 구체적인 이유를 제시하며 가지 않음

↓

이몽룡	춘향이 글을 잘한다고 하여 부른다며 다시 불러오 도록 함

↓

춘향	이몽룡을 만나러 감

▼

• 춘향과 이몽룡의 만남이 이루어지는 '광한루'는 남원에 실재하는 공간으로 서사에 사실감을 부여함
• 춘향에게 반한 이몽룡의 마음과 춘향의 당당한 태도가 드러남
• 여성의 바깥출입이 제한되었던 당대의 사회상이 나타남

"꿈이라 하는 것이 모두 허사는 아니로다. 간밤에 꿈을 꾸니 난데없이 연못에 잠긴
『♪ 지난밤에 꾼 꿈을 근거로 춘향과 몽룡의 만남을 우연이 아니라고 생각하는 월매

청룡 하나 보이기에 무슨 좋은 일이 있을까 하였더니 우연한 일 아니로다. 또한 들
이몽룡

으니 사또 자제 도련님 이름이 몽룡이라 하니 '꿈 몽(夢) 자 용 룡(龍) 자' 신통하게

맞추었다. 그나저나 양반이 부르시는데 아니 갈 수 있겠느냐, 잠깐 다녀오라."
                                          ① 양반의 부름 ② 신분 상승의 욕구   ▶ 몽룡이 방자를 보내 춘향을 다시 불러오게 함

춘향이가 그제야 못 이기는 모습으로 겨우 일어나 광한루로 건너갈 제, 「대명전(大

明殿) 대들보의 명매기걸음으로, 양지(陽地) 마당의 씨암탉걸음으로, 흰모래 바다의
        맵시 있게 아장거리며 걷는 걸음   아기작아기작 가만히 걷는 걸음

금자라 걸음으로, 달 같은 태도 꽃다운 용모로 천천히 건너간다. 월(越)나라 서시(西
                                              월나라에서 오왕에게 미인 서시를 바치기 위해 3년 동안 걸음걸이 연습을 시켰다는 고사

施)가 배우던 걸음걸이로 흐늘흐늘 건너온다.」도련님 난간에 절반만 비켜서서 그윽
『♪ 춘향이 몽룡에게 가는 모습을 다양한 대상에 비유하여 묘사함

이 바라보니 춘향이가 건너오는데 광한루에 가까이 온지라. 도련님 좋아라고 자세히

살펴보니 요염하고 정숙하여 그 아름다움이 세상에 둘도 없는지라. 얼굴이 빼어나니

『청강(淸江)에 노는 학이 설월(雪月)에 비친 것 같고, 흰 치아 붉은 입술이 반쯤 열렸
『♪ 비유를 활용하여 춘향의 빼어난 미모를 묘사함

으니 별도 같고 옥도 같다. 연지를 품은 듯, 자줏빛 치마 고운 태도는 석양에 비치는

안개 같고, 푸른 치마가 영롱하여 은하수 물결 같다.」고운 걸음 단정히 옮겨 천연히
                                                            자연스럽게

누각에 올라 부끄러이 서 있거늘, 통인 불러 말한다.   ▶ 춘향이 몽룡을 만나려 감

"앉으라고 일러라."

춘향의 고운 태도 단정하다. 앉는 거동 자세히 살펴보니「갓 비가 내린 바다 흰 물

결에 목욕재계하고 앉은 제비가 사람을 보고 놀라는 듯, 별로 꾸민 것도 없는 천연

한 절대가인이라. 아름다운 얼굴을 대하니 구름 사이 명월이요, 붉은 입술 반쯤 여
세상에 견줄 만한 사람이 없을 정도로 뛰어나게 아름다운 여인. 춘향의 미모에 대한 단적인 평가

니 강 가운데 핀 연꽃이로다. 신선을 내 몰라도 하늘나라 선녀가 죄를 입어 남원에
         은유법, 대구법   선녀라고 할 수 있을 정도로 춘향이 아름다운 외모와 태도를 지님

내렸으니, 달나라 궁궐의 선녀가 벗 하나를 잃었구나. 네 얼굴 네 태도는 세상 인물

아니로다.」
        『♪ 가까이서 본 춘향의 아름다운 모습을 다양한 대상에 빗대어 표현함
        → 춘향의 아름다운 모습에 반한 몽룡의 심리가 드러남

이때 춘향이 추파를 잠간 들어 이 도령을 살펴보니 천하의 호걸(豪傑)이요 세상의
          미인의 맑고 아름다운 눈길

기이한 남자라. 이마가 높았으니 젊은 나이에 공명을 얻을 것이요, 이마며 턱이며
          춘향의 시선을 통해 몽룡의 외양과 인물 됨됨이를 제시함. 몽룡이 입신양명할 것임을 암시함

코와 광대뼈가 조화를 얻었으니 충신이 될 것이라. 흠모하여 눈썹을 숙이고 무릎을

모아 단정히 앉을 뿐이로다. 이 도령 하는 말이,

"옛 성현도 같은 성끼리는 혼인하지 않는다 했으니 네 성은 무엇이며 나이는 몇
          동성혼을 금지하는 시대상이 드러남

살이뇨?"

"성은 성(成)가옵고 나이는 십육 세로소이다."

이 도령 거동 보소.
        판소리 사설 문체

"허허 그 말 반갑도다. 네 연세 들어 보니 나와 동갑 이팔이라. 성씨를 들어 보니
                                                          16세 무렵의 꽃다운 청춘

하늘이 정한 인연 일시 분명하다. 혼인하여 좋은 연분 만들어 평생 같이 즐겨 보
    천생연분   몽룡의 청혼 – 경솔하고 몽룡의 태도와 자신의 의사에 따라 혼인하려는 자유연애 사상이 드러남

자. 너의 부모 모두 살아 계시냐?"

"편모슬하로소이다."
    홀로 남은 어머니를 모시고 있는 처지

• 인물에 대한 묘사

춘향	• 이몽룡의 시선을 통해 춘향의 아름다운 외모와 태도를 드러냄 • '절대가인', '달나라 궁궐의 선녀' 등으로 평가됨 • 다양한 대상에 비유하여 춘향의 미모를 묘사함
이몽룡	• 춘향의 시선을 통해 이몽룡의 외양과 인물 됨됨이를 제시함 • '천하의 호걸', '세상의 기이한 남자' 등으로 평가됨 • 이몽룡의 관상을 통해 입신양명할 것임을 암시함

• '춘향'과 '이몽룡'의 성격과 태도

춘향	• 이몽룡의 부름을 거절할 정도로 당돌한 성격을 지녔으나 이몽룡과의 만남에서는 단아하고 순종적인 태도를 보임 • 유교적 가치관을 내세우며 이몽룡의 청혼을 거절
이몽룡	• 춘향을 보자마자 청혼하는 경솔하고 철이 없는 태도를 보임 • 부모의 결정이 아닌 자신의 의사에 따라 혼인을 결정하려 함

"형제는 몇이나 되느냐?"

"올해 육십 세를 맞은 나의 모친이 무남독녀라. 나 하나요."
_{아들 없는 집의 외동딸}

"너도 귀한 딸이로다. 하늘이 정하신 연분으로 우리 둘이 만났으니 변치 않는 즐
_{춘향과의 만남을 천정(天定)으로 여기며 춘향과 혼인하고자 하는 몽룡의 태도 - 춘향에게 첫눈에 반한 몽룡의 심리를 드러냄}
거움을 이뤄 보자."

춘향이 거동 보소. 고운 눈썹 찡그리며 붉은 입술 반쯤 열고 가는 목소리 겨우 열
_{판소리 사설 문체}
어 고운 음성으로 여쭈오되,

"충신은 두 임금을 섬기지 않고 열녀는 지아비를 바꾸지 않는다고 옛글에 일렀으
_{충신불사이군(忠臣不事二君) 열녀불경이부(烈女不更二夫) - 유교적 가치관}
니, 도련님은 귀공자요 소녀는 천한 계집이라. 한번 정을 맡긴 연후에 바로 버리
_{여염집 여인이라고 하면서도 신분적 차이를 의식하고 있는 춘향의 모습}
시면 일편단심 이내 마음, 독수공방 홀로 누워 우는 한(恨)은 이내 신세 내 아니면
_{몽룡에게 버림받으면 홀로 쓸쓸한 처지가 될 것임을 걱정하며 몽룡의 제안을 거절하는 춘향}
누구일꼬? 그런 분부 마옵소서."
▶ 춘향이 몽룡의 청혼을 거절함

• 중심인물이 겪는 갈등의 원인

시대적 배경
신분제가 있고 유교적 가치관이 지배하던 조선 시대

↓

• 서로 다른 신분인 춘향과 이몽룡이 사랑을 하는 것은 일반적인 일이 아님
• 개인의 자유 의지에 따른 연애는 봉건 사회의 도덕적 규범에 어긋나는 행동에 해당함

- 해당 장면은 몽룡이 서울로 떠난 후 남원 부사로 변학도가 부임하여 춘향에게 수청 들 것을 강요하는 상황을 제시하고 있다.
- 춘향의 신분에 대한 주변 인물들의 인식과 태도 및 수청을 강요하는 변 사또에 대응하는 춘향의 태도를 파악하도록 한다.
- 인물들이 자신의 의도를 효과적으로 드러내기 위해 활용하고 있는 말하기 방식을 파악하도록 한다.

연연히 고운 기생 그중에 많건마는 사또께옵서는 근본 춘향의 말을 높이 들었는
아름답고 어여쁘게   춘향의 명성이 널리 알려졌음
지라, 아무리 들으시되 춘향 이름 없는지라.

★주목 ▶ 사또가 수노를 불러 묻는 말이,
관노의 우두머리

"기생 점고 다 되어도 춘향은 안 부르니 퇴기냐?"
명부에 일일이 점을 찍어 가며 사람의 수효를 조사함   지금은 기생이 아니지만 전에 기생 노릇을 하던 여자

수노 여쭈오되,

> **감상 포인트**
> 작품의 핵심 갈등을 중심으로 춘향에 대한
> 주변 인물들의 태도와 인식을 파악한다.

"춘향 모는 기생이되 춘향은 기생이 아닙니다."
                              춘향의 신분에 대한 수노의 인식

사또 묻기를,

"춘향이가 기생이 아니면 어찌 규중에 있는 아이 이름이 높이 났느냐?"
                          춘향을 기생으로 인식하고 있는 변 사또

수노 여쭈오되,

"근본 기생의 딸이옵고 덕색(德色)이 있는 까닭에 권문세족 양반네와 일등재사 한

량들과 내려오신 관리마다 구경코자 간청하지만 춘향 모녀 거절하옵니다. 양반
            춘향이 남성들에게 유명함을 드러냄

상하 막론하고 한동네 사람 소인들도 십 년에 한 번쯤이나 얼굴을 보되 말 한마디
          춘향의 행실이 기생이 아님을 드러냄 → 춘향이 자신을 기생으로 인식하지 않음을 보여 줌

없었더니, 하늘이 정한 연분인지 구관 사또 자제 이 도련님과 백년가약 맺사옵고,
            천생연분   젊은 남녀가 혼인하여 평생을 함께할 것을 다짐하는 아름다운 언약

도련님 가실 때에 장가든 후에 데려가마 당부하고, 춘향이도 그렇게 알고 수절하
                                                                정절을 지킴
여 있습니다."

사또가 화를 내어,

"이놈, 무식한 상놈인들 무슨 소리냐? 어떠한 양반이라고 엄한 아버지가 계시고
        수노의 말이 이치에 맞지 않다고 생각하는 변 사또

장가도 들기 전인 도련님이 시골에서 첩을 얻어 살자 할꼬? 이놈 다시 그런 말을
    몽룡의 행실이 양반가 자제로서 용납될 수 없다고 생각하는 변 사또

입 밖에 내면 죄를 면치 못하리라. 이미 내가 저 하나를 보려는데 못 보고 그냥 두
                                          춘향을 기생으로 여기는 변 사또의 태도
랴. 잔말 말고 불러오라."

춘향을 부르란 명령이 나는데, 이방과 호장이 여쭈오되,

"춘향이가 기생도 아닐 뿐 아니오라 전임 사또 자제 도련님과 맹세가 중하온데,
        춘향을 기생으로 여기지 않으며, 몽룡과의 백년가약을 존중하는 이방과 호장의 태도가 드러남

나이는 다르다 하지만 같은 양반이라, 춘향을 부르면 사또 체면이 손상할까 걱정
          「 」: 춘향을 불러오라는 변 사또의 명이 부당하다는 인식이 깔려 있음
하옵니다."

사또 크게 성을 내어,

"만일 춘향을 늦게 데려오면 호장 이하 각 부서 두목들을 모두 내쫓을 것이니 빨
                        아전들에 대한 변 사또의 횡포
리 대령하지 못할까?"

육방이 소동하고, 각 부서 두목이 넋을 잃어,

"김 번수야 이 번수야. 이런 별일이 또 있느냐. 불쌍하다 춘향 정절, 가련케 되기
쉽다. 사또 분부 지엄하니 어서 가자 바삐 가자."   ▶ 신관 사또 변학도가 춘향을 불러오라고 함

사령과 관노가 뒤섞여서 춘향 집 앞에 당도하니, 이때 춘향이는 사령이 오는지 관
노가 오는지 모르고 주야로 도련님만 생각하여 우는데, 망측한 환을 당해 놓았으니
소리가 화평할 수 있으리오. 남편 잃고 독수공방하는 계집아이라 청승이 들어 자연
히 슬픈 목소리가 되었으니 보고 듣는 사람의 심장인들 아니 상할쏘냐. 임 그리워
서러운 마음, 입맛 없어 밥 못 먹고 잠자리가 불안하여 잠 못 자고, 도련님 생각 오
래되어 마음이 상했으니 피골이 상접이라. 양기가 쇠진하여 진양조란 울음이 되어,

갈까 보다 갈까 보다 / 임을 따라 갈까 보다
천 리라도 갈까 보다 / 만 리라도 갈까 보다

비바람도 쉬어 넘고 / 날진수진, 해동청 보라매도 쉬어 넘는

높은 산꼭대기 동선령 고개라도 / 임이 와 날 찾으면

나는 발 벗어 손에 들고 / 나는 아니 쉬어 가지

한양 계신 우리 낭군 / 나와 같이 그리는가

무정하여 아주 잊고 / 나의 사랑 옮겨다가 / 다른 임을 사랑하는가

이렇게 서럽게 울 때, 사령 등이 춘향의 슬픈 소리를 듣고 사람이 목석이 아니거
든 어찌 감동하지 않겠느냐.   ▶ 춘향이 이별한 몽룡을 그리워함

(중략)

★주목 ▶ 사또 대혹하여,

"책방에 가 회계(會計) 나리님을 오시래라."

회계 생원이 들어오던 것이었다. 사또 대희하여,

"자네 보게. 저게 춘향일세."

"하, 그 계집 매우 예쁜데. 잘생겼소. 사또께서 서울 계실 때부터 '춘향, 춘향' 하
시더니 한번 구경할 만하오."

사또 웃으며, / "자네 중신하겠나?" / 이윽히 앉았더니,

"사또가 당초에 춘향을 부르시지 말고 매파(媒婆)를 보내어 보시는 게 옳은 일이었을
것을, 일이 좀 경(輕)히 되었소마는 이미 불렀으니 아마도 혼사할 밖에 수가 없소."

사또 대희하여 춘향더러 분부하되,

"오늘부터 몸단장 정히 하고 수청으로 거행하라."

"사또 분부 황송하나 일부종사 바라오니 분부 시행 못 하겠소."

사또 웃어 왈,   ▶ 춘향이 변 사또의 수청 요구를 거부함

• 〈춘향전〉에 나타나는 삽입 시가

┌─────────────────────────┐
│   〈춘향전〉의 삽입 시가   │
├─────────────────────────┤
│ • 시가를 여럿 삽입하여 작품의 분위 │
│   기를 나타냄   │
│ • 사설시조, 한시, 가사 등이 다양하 │
│   게 차용되는 모습을 보임   │
└─────────────────────────┘

↓

┌─────────────────────────┐
│ '갈까 보다 ~ 다른 임을 사랑하는가' │
│   – 사설시조 차용   │
├─────────────────────────┤
│ 바람도 쉬어 넘는 고개, 구름이라도 │
│ 쉬어 넘는 고개   │
│ 산지니 수지니 해동청 보라매도 쉬어 │
│ 넘는 고봉 장성령 고개   │
│ 그 너머 임이 왔다 하면 나는 아니 한 │
│ 번도 쉬어 넘어가리라   │
└─────────────────────────┘

↓

• 진양조의 곡조로 임에 대한 춘향의
  그리움과 이몽룡과의 이별로 인한
  슬픔을 효과적으로 드러냄
• 사설시조 속의 임을 기다리는 화자
  와 이몽룡을 기다리는 춘향이 동일
  시되어 춘향의 심정을 잘 보여 줌

"아름답고 아름답도다. 계집이로다. 네가 진정 열녀로다. 네 정절 굳은 마음 어찌
〔춘향의 마음을 돌리기 위한 의도로 하는 칭찬〕
그리 어여쁘냐? 당연한 말이로다. 그러나 이수재(李秀才)는 경성 사대부의 자제로
　　　　　　　　　　　　　　　　이몽룡　　　〔춘향의 마음을 돌리기 위한 의도로 하는 거짓말〕
서 명문 귀족 사위가 되었으니, 일시 사랑으로 잠깐 노류장화(路柳墻花)하던 너를
　　　　　　　　　　　　　　　　　　〔아무나 쉽게 꺾을 수 있는 길가의 버들과 담 밑의 꽃. 기생을 비유적으로 이름〕
일분 생각하겠느냐? 너는 근본 정행(正行) 있어 「오로지 수절하였다가 아름다운 얼
〔잠시라도〕　　　　　　　　　〔올바른 행실〕
굴이 늙어 가고 백발이 날리면 물같이 흘러간 무정한 세월을 탄식할 제 불쌍코 가
　　　　　　　　　　　　〔「」: 몽룡을 기다리며 수절하는 것은 홀로 늙어 가는 것에 불과함〕
련한 게 너 아니면 누구겠느냐?」네 아무리 수절한들 열녀 칭찬 뉘가 하랴? 그것은
　　　　　　　　　　　　　　　　　〔수절이 춘향에게 도움이 되지 않음을 언급함〕
다 버려두고 네 고을 관장에게 매임이 옳으냐, 동자 놈에게 매인 게 옳으냐? 네가
　　　　　　　　　　　〔변 사또〕　　　　　　　　　　〔이몽룡〕
말을 좀 하여라."

감상 포인트
자신의 의도를 효과적으로 드러내기
위한 인물들의 말하기 방식을 파악한다.

춘향이 여쭈오되,

"충신불사이군이요 열녀불경이부라 절(節)을 본받고자 하옵는데 수차 분부 이러
〔충신은 두 임금을 섬기지 않고 열녀는 두 남편을 섬기지 않음 → 춘향의 수절에 명분이 되는 유교적 가치관〕
하니 사는 것이 죽는 것만 못하옵고 열녀불경이부오니 처분대로 하옵소서."
　　〔죽게 되더라도 변 사또의 수청을 들 수 없다는 춘향의 의지〕

이때 회계 나리가 썩 나서 하는 말이,

"네 여봐라. 어 그년 요망한 년이로고. 좁은 세상에 하루살이 같은 인생, 빼어난
　　　　　　　　　　　　　　　　〔인생이 허망한 것임을 들어 춘향에게 수청을 권유함〕
미모라도 네 여러 번 사양할 게 무엇이냐? 사또께옵서 너를 추앙하여 하시는 말씀
이지「너 같은 창기 무리에게 수절이 무엇이며 정절이 무엇인가? 구관은 전송하고
　　　　〔몸을 파는 천한 기생〕　　〔「」: 춘향을 기생으로 인식하고 변 사또의 수청을 들어야 한다는 회계 나리의 태도〕
신관 사또 영접함이 법전(法典)에 당연하고 사리에도 합당하거늘 괴이한 말 내지
　　　　　　　　〔기생이 마땅히 해야 할 일임을 들어 변 사또의 수청을 들 것을 명령함〕
말라. 너희 같은 천한 기생 무리에게 충렬이자(忠烈二字) 왜 있으랴?"
　　　　　　　　　　　　　　　〔기생은 '충렬'의 윤리를 지킬 필요가 없음〕

이때 춘향이 기가 막혀 천연히 앉아 여쭈오되,
　　　　　　〔춘향이 회계 나리에게 항변함 → 의지적〕

「"충효 열녀 상하 있소? 자세히 들어 보시오. 기생으로 말합시다. 충효 열녀 없다
〔기생에게는 충렬이 없다는 회계 나리의 신분 차별적 발언에 대한 반박〕
하니 낱낱이 아뢰리다. 해서(海西) 기생 농선이는 동선령(洞仙嶺)에 죽어 있고, 선
　　　　　　　　　　　□: 주장에 대한 근거가 되는 인물들을 구체적으로 제시함
천(宣川) 기생 아이로되 칠거(七去) 학문 들어 있고, 진주 기생 논개는 우리나라
　　　　　　　　　　　　〔여성의 도리인 칠거지악을 능히 안다는 의미〕
충렬로서 충렬문(忠烈門)에 모셔 놓고 천추향사 하여 있고, 청주 기생 화월이는
　　　　　　　　　　　　　　　　　　　〔길이 제사를 받들어 모심〕
삼층각(三層閣)에 올라 있고, 평양 기생 월선이도 충렬문에 들어 있고, 안동 기생
일지홍은 생열녀문 지은 후에 정경 가자 있사오니 기생 해폐(害弊) 마옵소서."」
　　　　〔살아 있을 때 열녀문을 지은 후에 정경부인의 품계를 받음〕　〔「」: 충렬을 지킨 기생들을 열거하여 회계 나리의 발언을
춘향이 다시 사또 전에 여쭈오되,　　　　　　　비판하고 수절하고자 하는 자신의 의지를 정당화함〕

「당초에 이수재 만날 때에 지닌 태산 서해 굳은 마음, 소첩의 일심정절(一心貞節)
맹분 같은 용맹인들 빼어 내지 못할 터요, 소진과 장의의 말솜씨인들 첩의 마음
〔대단한 힘과 용기를 지녔던 제나라 사람〕　　　〔중국 전국 시대의 달변가〕
옮겨 가지 못할 터요, 공명 선생 높은 재주 동남풍은 빌었으되 일편단심 소녀 마
〔중국 삼국 시대 촉한의 뛰어난 군사 전략가. 조조의 대군을 동남풍을 이용해 대파함〕
음 굴복시키지 못하리라. 기산(箕山)의 허유는 요임금의 천거도 거절했고 서산(西
　　　　　　　　　　〔요임금이 왕위를 물려주려 하자 도리어 자신의 귀가 더러워졌다며 영천(穎川)에서 귀를 씻은 후 기산으로 들어가 은거함〕
山)의 백이숙제 양인(兩人)은 주나라 곡식을 먹지 않았으니, 만일 허유 없었으면
〔주나라 무왕이 은나라 주왕을 치려는 것을 반대하였으나 받아들여지지 않자 수양산으로 들어가 굶어 죽었음〕
누가 속세를 떠나 은거하는 선비 되며, 만일 백이숙제 없었으면 난신적자(亂臣賊
　　　　　　　　　　　　　　　　　　　　　〔나라를 어지럽히는 불충한 무리〕
子) 많으리라. 첩의 몸이 비록 천한 계집인들 소부 허유와 백이숙제를 모르리까?
사람의 첩이 되어 지아비를 배반하는 일은 벼슬하는 관장님네 나라를 망치고 임
　　　　　　〔남편에 대한 아내의 정절은 임금에 대한 신하의 충절과 같다는 인식(유추)〕

• '변 사또'의 말하기 방식

> • 춘향의 미모와 정절을 칭찬함
> • 이몽룡이 훌륭한 가문의 사위가 되
> 　었다는 거짓말을 함
> • 춘향과 이몽룡의 신분 차이를 일깨움
> • 이몽룡을 위해 수절하는 것보다 자
> 　신의 수청을 드는 것이 현명한 선
> 　택임을 강조함

> • 설의적 표현을 반복하여 춘향에게
> 　수절이 무의미한 행위임을 일깨워
> 　주고자 함
> • 춘향이 수청을 들도록 회유하고자
> 　하는 의도를 담고 있음

• '회계 나리'의 말에 대한 '춘향'의 말
하기 방식

> 정절이나 충렬을 지킨 기생들의 사례
> 를 열거하여 충효 열녀에 상하가 없
> 다는 자신의 주장에 대한 근거를 제
> 시함

↓

> 상대방의 발언을 반박하고 수절하고
> 자 하는 자신의 의지를 정당화함

• '변 사또'의 말에 대한 '춘향'의 말하
기 방식

> • 구체적인 인물들과 관련된 고사를
> 　열거함
> • 남편에 대한 아내의 정절과 임금에
> 　대한 신하의 충절을 동일시함

↓

> 수청을 요구하는 상대에게 수절하고
> 자 하는 자신의 의지를 강조함

금을 배반하는 것과 같사오니 처분대로 하옵소서."

『』 다양한 인물들의 고사를 활용하여 수절 의지를 드러냄

사또 대로하여,
크게 노하여

"이년 들어라. 「모반 대역하는 죄는 능지처참하여 있고, 관장 조롱하는 죄는 법률
『』 수청 들기를 거부하는 춘향에 대한 분노와 춘향에게 국법을 명분으로 죄를 물으려 하는 의지가 부각됨
대역죄를 범한 자에게 과하던 극형

(法律)에 써 있고, 관장 거역하는 죄는 엄형(嚴刑) 정배(定配) 하느니라.」 죽노라 설
엄하게 형벌을 내리는 것   죄인을 귀양 보내는 일

워 마라."

춘향이 악을 쓰며,

"유부녀 겁탈하는 것은 죄 아니고 무엇이오?"
자신은 유부녀와 같으므로 자신에게 수청을 요구하는 것 또한 죄라는 춘향의 항변

사또가 기가 막혀 어찌 분하시던지 책상을 두드릴 제 탕건이 벗어지고 상투 고가

탁 풀리고 대마디에 목이 쉬어,
한두 마디의 짧은 말, 또는 첫마디의 말

"이년을 잡아 내려라."

호령하니 골방의 수청통인,
수령의 명령을 받드는 통인

"예."

하고 달려들어 춘향의 머리채를 주루루 끌어내며,

"급창!"
관노

"예."

"이년을 잡아 내려라."

춘향이 떨치며,

"놓아라."

중간 계단에 내려가니 급창이 달려들어,
존귀한 사람의 앞

"요년 요년, 어떠하신 존전(尊前)이라고 대답이 그러하고 살기를 바랄쏘냐?"
춘향이 관장인 변 사또를 조롱하고 거역하는 죄를 저질렀다고 말함

「대뜰 아래 내리치니 맹호 같은 군노 사령 벌 떼같이 달려들어 김 감태같은 춘향의
『』 비유와 음성 상징어를 활용하여 가혹하게 시달리는 춘향의 모습을 묘사함

머리채를 젊은이들 연실 감듯, 뱃사공이 닻줄 감듯, 사월 초파일 등대 감듯 휘휘칭

칭 감아쥐고 동댕이쳐 엎지르니,」 불쌍타 춘향 신세, 백옥 같은 고운 몸이 육(六) 자
춘향의 시련에 대한 서술자의 감정이 직접 드러남. 서술자의 개입

모양으로 엎더졌구나.   ▶ 변 사또의 수청을 거절하여 춘향이 시련을 겪게 됨

• 〈춘향전〉에 나타난 주제 의식

표면적	• 여성의 정절 의식 • 권선징악
이면적	• 인간 존중 의식, 평등 의식 • 신분 상승에의 욕구 • 부패한 권력에의 저항 의식 • 자유연애 사상

이 작품에서 인물이 겪는 갈등과 이를 통해 드러나는 작품의 주제 의식을 파악할 수 있어야 한다.

+ 〈춘향전〉의 갈등 양상

춘향 ↔ 이몽룡	• 춘향을 기생으로 인식하고 방자를 시켜 불러오도록 하나 춘향이 거절함 • 춘향이 거절한 뜻을 알아차리고 글을 잘한다는 이유로 다시 불러옴 • 춘향과 인연을 맺고자 하는 이몽룡의 뜻을 춘향이 거절함
춘향 ↔ 사회	• 이몽룡과 혼인하고자 하는 춘향에게 신분제 사회가 장애 요소가 됨 • 춘향이 이몽룡의 정실부인이 됨으로써 신분적 제약을 극복함(수록 외 장면) → 신분제가 와해되어 가던 당대의 사회적 상황과 서민의 신분 상승 욕구가 반영됨
춘향 ↔ 변학도	• 이몽룡에 대한 절개를 지키고자 하는 춘향과 춘향을 기생으로 인식하여 수청을 요구하는 변학도 사이에 갈등이 형성됨 • 권력을 이용하여 개인적 욕망을 이루고자 하는 변학도와 이에 저항하는 춘향의 갈등을 통해 부당한 권력에 맞서는 민중의 저항 의지를 드러냄

이 작품은 당대의 큰 인기로 인해 다른 갈래의 작품들에도 영향을 미쳤다. 특히 조선 후기의 잡가 〈소춘향가〉와 〈춘향전〉의 관련 장면을 비교하여 감상할 수 있어야 한다.

+ 잡가 〈소춘향가〉와의 비교

춘향의 거동 보아라 / 오른손으로 일광을 가리고 / 왼손 높이 들어 저 건너 죽림 보인다 대 심어 울 하고 솔 심어 정자라 / 동편에 연당(蓮塘)이요 서편에 우물이라 노방(路傍)에 시매오후과(時賣五候瓜)요 문전(門前)에 학종선생류(學種先生柳)라 긴 버들 휘늘어진 늙은 장송 / 광풍에 흥을 겨워 우줄우줄 춤을 추니 저 건너 사립문 안에 삽살개 앉아 / 먼 산만 바라보며 꼬리 치는 저 집이오니 황혼에 정녕 돌아오소	춘향의 말
떨치고 가는 형상 사람의 뼈다귀를 다 녹인다 너는 웬 계집이건대 나를 종종 녹이느냐 너는 웬 계집이건대 장부의 간장을 다 녹이나	이몽룡의 말
녹음방초승화시(綠陰芳草勝華時)에 해는 어이 더디 가고 오동추야(梧桐秋夜) 긴긴 달에 밤은 어이 수이 가노 일월무정(日月無情) 덧없도다 옥빈홍안(玉鬢紅顔) 공노(空老)로다 우는 눈물 받아 내면 배도 타고 가련마는 / 지척동방 천 리인가 어이 그리 못 보는고	춘향의 말

→ 〈소춘향가〉는 판소리 〈춘향가〉의 일부를 보여 준다는 의미에서 붙여진 제목으로, 조선 후기 전문 예능인에 의해 불린 잡가이다. 잡가는 사건의 개연성을 토대로 한 서사 갈래와 달리 논리적 연관성 없이 특정 장면을 축약·변형·확대하여 편집하는 방식으로 사설을 구성하는 경향을 보인다. 흥행을 목적으로 공연되는 잡가의 노랫말은 청중의 정서를 자극하기 위해 판소리, 가사, 시조, 민요, 한시 등 기존 작품의 익숙함을 바탕으로 대중적 취향과 욕구를 충족할 수 있는 표현들로 재구성된다.

이 작품의 주인공 춘향은 죽음도 두려워하지 않는 용기와 의지로 절개를 지키고자 하는 인물이다. 따라서 춘향의 이러한 행위가 지니는 의미를 중심으로 작품을 감상할 수 있어야 한다.

+ 〈춘향전〉에 나타난 '정절'의 의미

정절은 남성에 의해 강요된 양반 사회 내부의 규범으로 양반 여성이 양반 남성에 대하여 짊어지는 도덕적 의무이며 남편에게 무조건 순종하게 하는 구속의 윤리이다. 따라서 여성에게 요구되던 정절은 개인의 욕구와 자유를 억압하고 수직적인 신분 질서를 안정시키는 구실을 한다. 그런데 〈춘향전〉에서는 양반 여성에게 요구되던 윤리를 하층 여성이 자신의 필요에 의해 유리하게 활용함으로써 실질적 성격과 기능이 달라져 버린다. 춘향에게 정절은 억압적으로 요구되는 의무적 윤리가 아니라 자발적·의지적으로 실천하고자 하는 권리로 인식되고 있으며, 중세적 윤리인 정절을 수단으로 중세적 신분 질서를 극복한다는 점에서 역설적 의미를 지닌다.

• **해제**

〈춘향전〉은 조선 후기의 서민 예술인 판소리 〈춘향가〉가 소설로 정착된 판소리계 소설이다. 판소리는 서민들에 의해 발생·향유되었기 때문에 그것의 기록 문학 형태인 판소리계 소설의 밑바탕에는 서민 의식이 자리 잡고 있다. 〈춘향전〉은 영웅적 인물을 주인공으로 하는 전대의 작품들과 달리 천한 신분의 춘향을 주인공으로 하여 서민들의 신분 상승에 대한 욕구를 담고 있는데, 120여 종이 되는 다양한 이본을 통해 당대의 높은 인기를 짐작할 수 있다. 다양한 이본이 존재하지만 '기생의 딸 춘향이 변학도의 수청을 거부하고 절개를 지켜 양반가 자제인 이몽룡의 정실부인이 된다.'라는 공통적인 서사 전개 양상이 나타나는데 이를 통해 신분을 초월한 남녀 간의 사랑과 신분적 제약에서 벗어난 인간 해방이라는 주제 의식을 보여 준다.

• **제목 〈춘향전〉의 의미**

– '춘향'을 주인공으로 하는 이야기

〈춘향전〉은 기생의 딸이라는 천한 신분의 주인공 춘향이 수청을 요구하는 변학도의 횡포에 당당히 저항하여 자신의 절개를 지키고 신분 상승을 이루는 과정을 그리고 있다.

• **주제**

① 신분을 초월한 남녀 간의 사랑
② 신분 상승에 대한 서민의 욕망
③ 부패한 권력에 대한 서민들의 저항 의지

한 줄 평 | 꿈을 매개로 전쟁의 참상과 전쟁 영웅들의 공과에 대한 평가를 그린 이야기

달천몽유록 ▶ 윤계선

💬 전체 줄거리

경자년(1600년) 봄에 파담자(윤계선)는 서청(왕의 문서 작성 기관인 홍문관)에서 여러 날 숙직을 하고 있었다. 그러던 어느 날 새벽에 은대(왕명의 출납 담당 기관인 승정원)로부터 충청도를 암행하라는 봉서(암행어사 임명장이자 어사가 수행할 업무를 적은 명령서)를 받는다.
　　　　　　　　　　　　　　　　▶ 충청도를 암행하게 된 파담자

파담자는 충주에 이르러 달천 강가에서 하얗게 된 뼈가 무더기로 쌓여 있는 것을 보게 되었다. 파담자는 임진왜란 때 계책이 없는 장군 신립을 만나 무고하게 희생된 사람들을 생각하며 슬픈 마음을 담은 시 세 편을 지었다. 장면 포인트 ① 128P 그 후 암행을 마친 파담자는 얼마 안 되어 화산의 수령으로 부임하였다. 어느 날 잠을 자던 중 꿈에 큰 나비가 날아와 앞으로 가니 나비를 쫓아 산 넘고 물을 건너 한 곳에 이르렀다. 그곳은 살기가 가득하며 어두워 지척을 분간할 수 없었다. 그때 갑자기 많은 사내들의 시끄러운 소리가 점차 가까이 들려왔고 파담자는 긴장한 채 그들을 엿보다가 몸을 피하였다. 그 사내들 중 어떤 이는 머리가 없고, 어떤 이는 팔이 잘렸으며, 어떤 이는 다리가 잘렸고, 어떤 이는 물에 빠져 죽은 듯 배가 불러 비틀거렸다. 그들은 울부짖고 가슴을 치며 통곡하였다.
　　　　　　　　　▶ 충주 달천 강가에서 임진왜란 때 죽은 혼령들을 만남

여러 귀신들은 한목소리로 노래를 부른 후 이야기를 시작하였다. 한 귀신이 늙은 부모님과 젊은 아내를 걱정하는 말을 하였다. 주목 이를 듣던 다른 귀신이 속세에서 온 손님이 엿듣고 있다고 말한다. 이 말을 들은 파담자는 귀신들이 자신의 존재를 눈치챘다는 것을 알고, 귀신들 앞에 나아가 인사하였다. 귀신들은 예전에 자신들에게 시를 남겨 준 사람이 아니냐며 파담자를 알아보고, 자신들의 이야기를 말해 줄 테니 세상에 전해 달라고 부탁하였다. 귀신들은 삼군의 목숨을 담당하는 자리에 있는 사람이 장수인데 만일 장수가 현명하지 못한 사람이면 반드시 일을 망치게 된다면서, 신 공(신립)이 요충지인 충주의 지세를 이용한 계책을 세우지 않고 자기 위엄을 내세워 고집만 부리며 남의 말을 귀담아듣지 않았다고 말했다. 또한 병사들은 큰 힘을 가졌지만 장수가 어리석었던 까닭에 병사들이 죽임을 당했다고 말하며 눈물을 흘렸다.
　　　　　　　　　　　　　▶ 귀신들을 만나 억울하게 죽은 사연을 들음

장면 포인트 ② 131P
잠시 후 얼굴에 부끄러운 빛이 가득한 한 장부(신립)가 고개를 숙이고 배회하다가 머뭇거리며 다가와 말하였다. 장부는 자신이 본래 장수 집안의 후예이며, 자신의 재주가 임금께 잘못 알려지는 바람에 변방을 지키는 장수가 되어 여진을 소탕하는 업적을 세웠다고 말하였다. 그 후 석 달 동안이나 적의 침입이 계속되자 임금은 도성 밖의 장수들을 통솔하는 대장군의 권한을 자신에게 주었고, 자신의 의견만 고집하면 작아진다는 옛사람들의 가르침을 잊고 적을 가벼이 여겼다는 점에서 잘못을 저질렀다고 고백하였다. 그러나 자신의

계책만 나빴던 것이 아니라 하늘도 자신을 도와주지 않았다면서 유리한 지형을 가지고 있었으나 큰일을 그르치고 말았다고 한탄하였다. 장부는 수치를 씻기 어렵다고 하소연하며, 오랫동안 자신의 답답한 마음을 펴지 못했는데 파담자를 만나 속마음을 토로할 수 있어 다행이라고 말하였다. 그리고 장부는 하늘이 정한 일을 인간의 힘으로 어찌할 수 없다며 서글프게 노래하고는 눈물을 흘렸다.
　　　　　　　　　　　　　▶ 전투에서 패한 일을 뉘우치는 장부(신립)

그러자 장부의 옆에 있던 한 사람이 이미 지나갔고 결정된 일을 다시 말해 무엇하겠느냐며, 마침 방외인(파담자)이 찾아왔으니 우리들의 즐거운 놀이를 보여 주는 것이 좋겠다고 말했다. 그러자 갑자기 요란한 소리가 나면서 사방에서 귀신들이 모여들었다. 그들은 이순신 장군을 비롯하여 임진왜란 때 희생당한 인물들이었다. 파담자도 말석에 앉고 나니 금으로 된 소반에 화려한 음식이 놓이고 음악이 연주되었다. 귀신들은 이리저리 날뛰며 춤을 추고 함성을 질렀다.
　　　　　　　　　　　▶ 임진왜란 때 희생당한 인물들이 모임

병사들을 물러가게 한 다음, 남은 인물들은 차례로 자신의 전쟁 경험에 대해 이야기한 후, 마음을 담은 시를 지어 읊었다. 귀신들이 장면 포인트 ② 133P
파담자에게 화답의 노래를 이으라고 하자 파담자는 붓을 휘둘러 화답하는 시를 지었다. 파담자의 시를 본 귀신들은 파담자의 재주가 높으나 시를 읊는 것은 나라는 지키는 데 도움이 되지 못한다며 탄식하였다. 그리고 파담자에게 문장은 나라를 빛내고 무예는 모욕을 막을 수 있다며, 자신들은 이미 끝났으니 파담자는 부디 힘쓰라고 조언하였다. 이를 들은 파담자가 감사하며 하직하고 내려갔다. 파담자는 잔치에 참여하지 못한 원균을 비웃는 귀신에게 동조하다가 기지개를 켜고 깨어났다. 그것은 한바탕 꿈이었다.
　　　　　　　　　　　▶ 시를 읊는 혼령들과 조롱당하는 원균

파담자가 자신의 꿈을 돌이켜 보니 귀신들 무리에 있던 사람들의 이름이 모두 생각이 났다. 파담자는 그들의 절개를 기리며 운명을 슬퍼하였다. 그리고 제문을 지어 화산 위에 올라 서해를 굽어보며 꿈에서 만난 귀신들의 넋을 불러 제사를 지냈다.
　　　　　　　　　▶ 임진왜란 때 희생된 혼령들을 위로하는 제사를 지냄

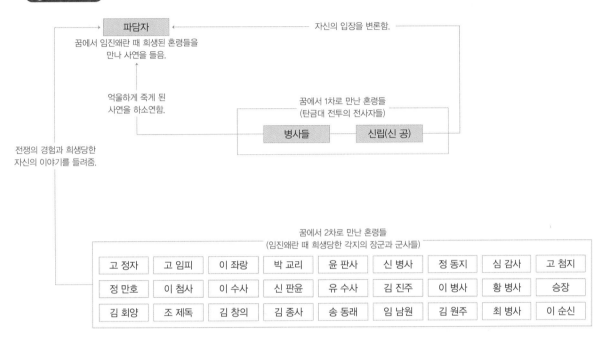

<보기>로 나오는 작품 외적 준거

신립에 대한 변호의 목소리, 윤계선의 <달천몽유록>

윤계선의 <달천몽유록>에서 파담자는 꿈을 꾸기 전에 왕명으로 여러 고을을 암행하다가 충주에 이르렀고, 그곳에서 달천을 돌아보면서 좋은 무기를 갖고도 패전하고 만 장군을 회상한다. 그 후 파담자는 패전에 대한 분한 기운을 품은 채 시 세 편을 지은 뒤 꿈속으로 들어간다. 그리고 파담자는 꿈속에서 신립 장군으로 인하여 패전에 이르렀음을 슬퍼하는 원혼들과 만나게 된다. 그 원혼들에 이어 부끄러운 기색을 지닌 장부, 즉 신립 장군이 나타나 그에게로 기울어진 원한을 안타까워하며 그동안 쌓였던 속마음을 파담자에게 털어놓는다. 신립은 비록 부끄러운 안색과 머뭇거리는 발걸음으로 등장하였지만, 자신을 둘러싼 원혼들에게 용서만을 구하지는 않는다. 그는 탄금대의 전투 상황은 마치 항우가 오강에서 패하고 만 상황이나 제갈공명이 기산에 나가 성과 없이 돌아온 상황과 다르지 않다고 호소한다. 제아무리 뛰어난 장수라 한들 세상이 등을 돌리는 상황에서 어떻게 혼자만의 힘으로 승리를 거머쥘 수 있겠는지 하소연한 것이다. 그런 점에서 윤계선의 <달천몽유록>은 비록 패전에 대한 분노를 품고 꿈속으로 들어가는 파담자의 모습과 신립에게 원망이 가득한 원혼들의 등장이 인상적일지라도 신립의 안타까운 심회를 열어 놓는 데 초점이 맞추어져 있다. 따라서 윤계선의 <달천몽유록>은 신립을 비판하는 듯 변호하는 측면이 있는 작품이다.

– 강미정, <달천몽유록>의 현재적 의의, 2015

- 이 작품은 꿈의 형식을 통해 임진왜란의 비극성을 드러내고 전쟁의 공과를 논평하는 내용을 담은 몽유록계 소설이다. '몽유록' 소설이 지닌 특성에 주목하여 작품을 감상하도록 한다.
- 해당 장면은 파담자의 꿈속에서 귀신들(탄금대 전투에서 죽은 병사들)이 신립 장군의 잘못으로 전투에 패배했음을 비판하는 상황을 제시하고 있다.
- 인물들의 대화나 발언에 나타난 말하기 의도와 말하기 방식을 파악하도록 한다.

[앞부분의 줄거리] 임진왜란이 끝나고 시간이 흘러 선조 33년에 파담자는 암행어사가 되어 충주를 순시하던 중, 달천강 주변에 수북이 쌓인 뼈를 보고 죽은 원혼을 위로하기 위해 시 세 편을 짓는다.

파담자가 돌아와 임금께 보고하고 몇 달이 지나지 않아 화산 수령으로 나가게 되
작가 자신을 가리킴('파담'은 작가의 호임)   황해도 옹진
었다. 고을 일이 한가롭고 처리할 문서도 적어 문집을 펼쳐 보고 있었다. 「변방의 성
「 」: 조용한 밤 풍경 묘사
위로 달이 떠올랐고, 동헌은 고요하여 설렁 소리도 들리지 않았다.」 맑은 밤이 한창
관아의 수령이 사람을 부를 때 잡아당기면 소리를 내는 방울
깊어갈 때 베개를 베고 잠을 청했다. ▶ 파담자가 책을 읽다가 깊은 밤에 잠을 청함

비몽사몽간에 커다란 나비 한 마리가 유유히 날아오더니 파담자를 인도해 앞으로
나아갔다. 순식간에 산을 넘고 강을 건너 문득 한 곳에 이르렀다. 「구름과 안개는 서
「 」: 비유적 표현을 통해 비극적 분위기 형성
글픔을 띠고, 바위와 시내는 원망을 쏟아 내는 듯했다.」 모든 짐승은 보금자리에 들
었고, 눈을 들어 봐도 사람이라곤 보이지 않았다. 방황하며 홀로 걷다가 나무에 기
적막한 분위기
대어 생각에 잠겼다.

잠시 후 성난 질풍 소리가 몰아치더니 들판에 살기가 가득해지며 천지가 칠흑처
럼 어두워져 지척을 분간할 수 없었다. 그때 한 무리의 횃불이 멀리서부터 가까워
오는 것이 보였다. 장정 일만 명의 떠들썩한 소리가 차츰 가까이 들려왔다. 파담자
는 정신을 바짝 차리고 그 자리에 멈춰 섰다. 모골이 송연했다. 급히 숲속으로 몸
파담자의 두려움을 표현함
을 피해 그들의 행동을 엿보았다. 장정들이 떼를 지어 몰려오며 울부짖는데 그 형체
몽유록에서 몽유자의 역할 – 주로 관찰자나 청자의 입장을 취함
만 간신히 분간할 수 있었다. 「머리가 없는 자가 있는가 하면, 오른팔이 잘린 자, 왼
「 」: 장정들의 처참한 모습 묘사 – 전투에서 죽은 군사들임을 드러냄
팔이 잘린 자, 왼발이 잘린 자, 오른발이 잘린 자도 있고, 허리 위는 남아 있지만 다
리가 없는 자, 다리만 남고 허리 위는 없는 자도 있었다. 배가 부풀어 올라 비틀비틀
걷는 자는 강물에 빠져 죽은 자인 듯했다. 풀어헤친 머리카락으로 얼굴을 온통 가린
채 비린내 나는 피를 뿜어 대며 사지(四肢)가 참혹하게 망가진 그 처참한 모습」을 차
마 볼 수 없었다. 그들이 하늘을 향해 한번 울부짖고 가슴을 치며 통곡하니 산이 흔
죽은 장정들의 울분과 원통함을 드러냄
들리고 흐르는 강물도 멈춰 서는 듯했다.

이윽고 구름이 흩어지며 달이 높이 떠오르고 사방이 고요해졌다. 하얀 이슬이 서
리가 되어 우거진 갈대 위에 내리니 차갑고 적막한 밤의 들판이 흰 비단을 펼쳐 놓은
것처럼 보였다. 귀신들은 눈물을 닦으며 말했다.

"하늘이 무너지고 땅이 꺼져도 이 원한은 사라지지 않아. 달 밝고 바람 맑은 이 좋
과장을 통해 귀신들의 원한이 크다는 것을 드러냄

작품 분석 노트

- 환몽 구조(액자식 구성)

외부 이야기(현실)
• 암행어사인 파담자가 달천 강가에 쌓인 임진왜란 희생자들의 뼈를 보고 시를 지어 그들의 원혼을 위로함 • 화산 수령이 된 파담자가 글을 읽다 잠이 듦

↓(입몽)

내부 이야기(꿈)
• 탄금대 전투에서 죽은 귀신들이 신립 장군을 비판하는 이야기를 들음 • 죽은 병사들의 비판에 대해 신립이 자신의 입장을 밝힘 • 임진왜란에 참전한 여러 인물들이 모여 자신의 생각을 드러내고 시를 지으며 즐김 • 파담자도 시를 지어 감회를 드러냄 • 작별하고 오던 중 잔치에 참여하지 못한 원균을 귀신들이 조롱하는 것을 보고 파담자도 함께 조롱함

↓(각몽)

외부 이야기(현실)
• 파담자가 잠을 깨어 꿈에서 만난 인물들을 생각하며 슬퍼함 • 파담자가 제물을 마련하여 제문을 짓고 죽은 이들을 추모함

은 밤을 그냥 보내서야 되겠나. 한바탕 이야기로 오늘 밤을 보내세."
꿈속 사건의 핵심적인 내용

그러더니 한목소리로 노래를 부르기 시작했다.   ▶ 꿈에서 참혹한 형상을 한 장정 무리를 봄

(중략)

노래를 마치자 귀신들은 서로 팔꿈치를 맞대고 바싹 붙어 앉아 이야기를 나누었다.

"백발의 부모님께 맛난 음식은 누가 드릴까? 규방의 어여쁜 아내는 원망 어린 눈
『 : 늙은 부모에 대한 걱정과 자신의 죽음을 슬퍼할 아내에 대한 안타까움
물만 부질없이 흘릴 테지. 내 생사에 대해 반신반의하고 있다가 주인 잃은 말만

돌아오는 것을 보고는 천지간에 외로운 신세가 되어 괜스레 지전(紙錢)을 태우며
저승 가는 길에 쓰라는 뜻으로 관 속에 넣는 돈 모양으로 오린 종이
남편의 혼을 부르겠지.』이런 생각을 하면 마음이 울적해지지 않을 도리가 없어."

★주목 그중에 있던 한 귀신이 미소 지으며 말했다.

"너무 쩨쩨하게 굴지 말게. 속세에서 오신 손님이 지금 엿듣고 있으니."
파담자가 엿듣고 있음을 이미 알고 있음
파담자는 자신의 존재를 눈치채자 급히 나아가 인사했다. 그러자 귀신들이 일

어나 공손히 읍하고 말했다.
인사하는 예의 하나

감상 포인트
작품에 나타난 파담자가 어떤 역할을 하는지 파악한다.

"그대는 지난번 여기에 오셨던 분 아니십니까? 그때 우리에게 주신 시를 삼가 잘
파담자가 암행어사가 되어 달천을 지난 일을 가리킴   군사들의 죽음을 슬퍼하며 파담자가 지었던 3편의 시
받았습니다. 고시와 율시는 풍자하는 의미가 깊고 절구는 처절해서 차마 읽을 수
한시의 종류
없을 지경이었으니, 이른바 귀신을 울린다는 것이 바로 그 시들을 두고 하는 말입

니다. 오늘 밤이 어떤 밤이기에 군자를 만나게 되었는지 모르겠습니다. 지난 일은

구름과 같아 자세히 다 이야기할 수 없지만, 그중 한두 가지 이야기할 만한 것을
탄금대 전투의 패배 원인
말씀드릴 테니, 세상에 전해 주시면 참으로 다행이겠습니다."

▶ 귀신들이 파담자에게 자신들의 이야기를 전해 줄 것을 부탁함

그러고는 이야기를 시작했다.

"장수는 삼군(三軍)의 목숨을 담당하는 자리에 있고, 병사는 장수 한 사람의 통제
장수와 병사의 역할
에 따르는 존재입니다. 그러니 만일 장수가 현명하지 못하면 반드시 일을 망치는
장수의 역할의 중요성
것이지요.

「충주의 지세는 실로 남쪽 지방과 접한 요충지요, 조령은 하늘이 내려 준 최고의
『 : 험난한 지형을 활용하여 전술을 세웠다면 분명히 승리할 수 있었을 것이라는 생각이 드러남
요새이며, 죽령은 믿고 의지하기에 충분한 지형을 가지고 있습니다. 이 때문에 한

사람이 관문을 지키면 일만 병사도 길을 뚫지 못하니 저 험하다는 촉도보다도 험

난하고, 백 사람이 요새를 지키면 일천 사람이 지날 수 없으니 그 좁고 험하다는

정형구만큼이나 험준합니다. 이곳에 나무를 베어다 목책(木柵)을 만들고 바위를
말뚝 따위를 죽 잇따라 박아 만든 울타리, 또는 잇따라 박은 말뚝
늘어세우면 북방의 군대가 어찌 날아 넘어올 것이며, 남풍 구슬픈 소리가 어찌 예

까지 흘러올 수 있겠습니까? 편안히 앉아 피로한 적을 기다리니 장수와 병졸이 베

개를 높이 베고 편히 잘 것이요, 주인의 입장에서 객을 제압하니 승리가 분명했을
조령과 죽령의 지형을 잘 아는 입장에서 왜적과 싸우므로 당연히 승리했을 것임
겁니다.』

애석하게도 신 공(申公)은 이런 계책을 세우지 않고 자기 위엄을 내세워 제 고
전투를 지휘한 장수인 신립에 대한 비판
집만 부리며 남의 말을 듣지 않았습니다. 김 종사(金從事)의 청이 어찌 근거가 없
종사관 김여물이 조령의 지형을 이용하여 싸우자고 신립에게 건의한 것

• 귀신들이 한목소리로 부른 노래

살아서도 쓰이지 못했거늘
죽어서는 무엇할까.
나를 낳아 주신 분은 부모님이거늘
나를 죽인 자는 누구인가.
길러 준 나라의 은혜 깊거늘
나라의 일이 위급했네.
장부가 한번 죽는 거야
애석할 것 없네.
한스러운 건 장군의 경솔한 말
어쩌다 이 지경에 이르렀단 말인가.

↓

신립의 잘못된 전술로 인해 군사들이
죽게 되었음을 원망하고 한탄함

• 신립과 탄금대 전투

신립(1546년~1592년)
• 22세의 나이로 무과에 급제했으며,
선전관, 도총부 도사 등을 역임하
고 진주 판관을 지냄
• 온성 부사로 재직할 당시 두만강을
넘어온 여진족의 무리를 대파하여
용장(勇將)으로 이름을 떨침
• 1592년 임진왜란이 발발하자 선조가
신립을 삼도 순변사로 임명하고 충주
로 파견함
• 여진족과의 전투에서 조련된 기마
병으로 승리했던 신립은 기마병을
이용해 왜군과 평원에서 싸우기로
결정함
• 신립은 군사를 이끌고 달천에 배수
진을 쳤으나 왜군에게 방어선이 무
너지자 왜적 수십 명을 죽인 뒤 탄
금대에 뛰어들어 죽음

↓

• 임진왜란 당시에 벌어진 가장 중요
한 전투 중 하나인 탄금대 전투에
서 패배한 장수로 기록됨
• 초기에 왜군을 막지 못함으로써 한
양으로 향하는 길을 내주었다는 평
가를 받음
• 용감한 장수이나 전투의 계책 면에
서 부족한 인물로 평가되기도 함

었겠으며, 이 순변의 말이 참으로 이치에 맞는 것이었건만, 신 공은 귀담아듣지 않
<u>순변사 이일이 조령을 점거해서 왜적을 막아내지 못했으니 후퇴해서 서울을 지키는 것이 낫다고 말함</u>

고 감히 자기 억측만으로 결정했습니다. 신 공은 이렇게 말했지요.

'배에서 내린 적은 거위나 오리처럼 걸음이 무거울 것이요, 이틀 길을 하루에 달
<u>왜적에 대한 신립의 억측</u>

려온 적은 개나 돼지처럼 책략이 없을 것이다. 이런 적이라면 너른 벌판에서 한

번의 공격으로 박살 낼 수 있거늘, 무엇하러 높은 산 험준한 고개에서 군사를
<u>자신의 억측을 바탕으로 김여물과 이일의 말을 무시한 신립의 태도</u>

두 길로 나누어 지킨단 말인가?'

마침내 탄금대(彈琴臺)로 물러나 진을 치고는 용추 물가에 척후병을 보낸 뒤 거
<u>신립이 탄금대에 더 이상 물러설 곳이 없도록 배수진을 침</u>

듭 자세히 명령하며 북을 울리고 오위의 군사에게 재갈을 물렸습니다.

아무 이유 없이 군대를 놀라게 한 자의 목을 베는 것이 손자(孫子)의 병법이고,
<u>병법서로 유명한 손무</u>

사지(死地)에 든 뒤에야 살 수 있다는 것이 한신(韓信)의 기막힌 계책이라지만, 신
<u>중국 전한 시대의 무장</u>

공의 용병술은 교주고슬(膠柱鼓瑟)이요 수주대토(守株待兔)일 뿐이었습니다. 김효
<u>고지식하고 조금도 융통성이 없는 계책이라는 뜻</u>

원을 죽이고 안민의 목을 벤 일도 본래 이런 데서 말미암은 겁니다. 건장한 젊은이
<u>김효원과 안민이 왜적의 선봉이 이미 쳐들어왔다고 알리자 신립은 허황된 말로 군사들을 놀라게 한다고 하여 두 사람의 목을 벰</u>

는 핏덩이가 되고 씩씩한 병사는 고기밥이 되고 말았으니, 얼마나 참혹한 일입니
<u>배수진을 쳤으나 군사들이 모두 물에 빠져 죽게 되는 결과를 낳은 어리석음을 비판함</u>

까? 더욱 가소로운 일은 군사들이 서릿발 서린 큰 칼과 햇빛에 번득이는 긴 창을

휘둘러 섬광을 일으키고 펄쩍 뛰어올라 성난 함성을 지르는데, 전투 직전에 진법
<u>왜적이 들이닥치자 신립이 진(陣)의 대오를 바꾸게 한 일</u>

(陣法)을 바꾸고는 바라를 치고 군대의 깃발을 눕혀 군사를 물러나게 하니, 당당하
<u>놋쇠로 만든 타악기의 하나</u>

고 정연하던 군진이 구름이 흩어지고 새가 흩어지듯 허물어져 용감하고 씩씩한 군

사들이 좌우를 돌아보며 달아날 궁리만 하게 된 것입니다.

★주목 마침내 관문을 훌쩍 뛰어넘고 수레의 끌채를 끼고 달릴 만한 용력과 큰 쇠뇌를
<u>장수의 잘못된 판단과 전략으로 용감한 병사들이 모두 죽음을 당함</u>

쏘고 쇠뿔을 뽑을 만한 힘을 가진 병사들이 비분강개한 마음을 품은 채 핏덩이가

되고 말았으니, 당시의 일을 차마 입에 올릴 수 있겠습니까? 장수는 싸움에 능했

지만 병사가 싸움에 능하지 못했다면 우리의 목이 베인들 억울할 게 없습니다. 불
<u>장수의 어리석음으로 인해 전투에서 참혹하게 패배한 데 대한 억울함</u>

세출의 재주로 불세출의 공을 세웠다더니 우리가 여기서 죽음을 당한 건 어째서입
<u>용장으로 이름이 높았던 신립에 대한 당대의 평가</u>   <u>신립의 잘못으로 전투에서 패배했다는 비판적 인식</u>

니까?"

말을 마치고는 근심스러운 얼굴로 비 오듯 눈물을 쏟았다.

▶ 잘못된 계책으로 달천 전투에서 패배한 신립 장군에 대한 비판

■ 촉도: 촉(중국의 사천성 지역)으로 통하는 험준한 길.
■ 정형구: 중국의 하북성 지역의 군사 요충지로, 길이 험하고 좁음.
■ 북방의 군대가 어찌 날아 넘어올 것이며: 중국의 진나라 후주가 침공해 온 수나라 군대를 걱정하자 신하인 공범이 양자강은 천혜의 요새이니 북방의 군대(수나라 군대)가 양자강을 날아서 건널 수 없다고 한 것을 이름.
■ 남풍 구슬픈 소리가 어찌 예까지 흘러올 수 있겠습니까?: 진나라의 악사 사광이 남풍, 즉 남쪽 초나라의 음악은 활기가 없어 전쟁에서 패할 것이라고 한 것을 이름.
■ 척후병: 적의 형편이나 지형 따위를 정찰하고 탐색하는 임무를 맡은 병사.
■ 오위: 조선 시대의 중앙 군사 조직.
■ 교주고슬: 아교풀로 비파나 거문고의 기러기발을 붙여 놓으면 음조를 바꿀 수 없다는 뜻으로, 고지식하여 조금도 융통성이 없음을 이르는 말.
■ 수주대토: 한 가지 일에만 얽매여 발전을 모르는 어리석은 사람을 비유적으로 이르는 말.
■ 쇠뇌: 쇠로 된 발사 장치가 달린 활.

• 신립에 대한 죽은 병사의 평가

• 장수와 병사의 역할을 제시하고 전쟁에서 장수의 역할이 중요함을 밝힘
• 조령과 죽령의 지형적 특성이 전투의 승패를 좌우하는 조건임 → 신립은 지형적 조건을 활용하지 않아 승리할 수 있었던 전투에서 패함
• 신립은 고집을 부리며 이치에 맞는 김 종사나 이 순변의 말을 귀담아듣지 않음
• 신립은 탄금대로 물러나 배수진을 쳐 모든 병사들을 물에 빠져 죽게 함

↓

• 신립의 어리석음으로 인해 전투에 패하고 병사들이 죽음을 당했다고 평가함
• 신립이 뛰어난 장수라는 세간의 평가에 의문을 제기하여 비판적 인식을 드러냄

• 해당 장면은 군사들의 비판에 대해 신립이 자신의 입장을 변호하는 상황, 임진왜란에 참전한 여러 인물들이 등장하여 잔치를 벌이고 파담자 도 이에 참여하는 상황을 제시하고 있다.
• 탄금대 전투의 패배에 대한 신립의 생각 및 신립이 자신의 의도를 드러내기 위해 사용한 말하기 방식을 파악하도록 한다.
• 환몽 구조에 따라 서사가 전개되고 있다는 점에 주목하여 작품을 감상하도록 한다.

★**주목** 잠시 후 실의에 빠진 한 사내가 얼굴 가득 부끄러운 빛을 띤 채 고개를 떨구고 머
　　　　　　신립을 가리킴
뭇머뭇 발걸음을 주저하며 입을 우물거리다가 읍하고 말했다.

　"고아가 된 자식들과 과부가 된 아내들의 원망이 모두 나 한 사람에게 모였군요.
　　　패전으로 죽은 병사들의 자식과 아내들이 모두 자신을 원망하게 됨
제가 비록 죄를 지었지만, 오늘의 이야기에 대해 변명하지 않을 수 없습니다.
　　　잘못을 인정하면서도 탄금대 전투에 대한 변명을 하고자 함

　　저는 본래 장수 집안의 후예요, 귀한 가문 출신입니다. 기운은 소를 삼킬 만하
고 말달리기를 좋아해서, 삼대가 장군을 지내서는 안 된다는 경계를 모르고 병법
　　　　　　　　　진나라 왕전, 왕분, 왕리 삼대가 내리 장수가 되었으나 그 끝이 좋지 않았던 데서 유래한 말
을 배웠습니다. 그리하여 무과에 급제했는데 장원이 못 된 것은 한스러웠지만, 백
보 밖에서 버들잎을 꿰뚫을 정도로 활을 잘 쏘아 실로 이광의 활 솜씨를 이었다고
　양유기가 백 보 밖에서 활을 쏘아 버들잎을 꿰뚫었다는 고사 활용　　명궁으로 유명한 중국 한나라 때의 장수
할 만했습니다. 그러다 현명한 임금께 제 재주가 잘못 알려져 외람되이 변경을 지
키는 장수가 되는 은혜를 입었습니다. 「북방의 여진족이 준동하던 시절에 서쪽 요
　　　　　　　　　　　　　　　불순한 세력이나 보잘것없는 무리가 소란을 피움
새에 우뚝 성을 쌓고, 한 칼로 번개처럼 내리쳐 적의 우두머리를 모조리 해치우
니, 삼군이 우레처럼 떨쳐 일어나 여진의 소굴을 완전히 소탕했습니다. 장료의 이
　　　　　　　　　　　　　　　　　　　　　　「 」: 온성 부사로 재직할 당시 여진족 이탕개의 무리를 토벌한 일
름만 들어도 두려워 강동의 아이들이 울음을 그치고 이목의 위세에 굴복해서 북
조조의 장수 장료가 800명으로 손권의 10만 대군을 격파하여 울던 아이가 장료가 온다 하면 울음을 그쳤다고 함
쪽 변방의 말이 감히 나아가지 못했던 것과 같았습니다. 세운 공은 미약했지만 보
조나라 장군 이목이 변경을 지킬 때 흉노가 이목을 두려워하여 십 년 동안 침입하지 않았다고 함
답을 후히 받아서 지위가 높아지니 득의만만했습니다. 이 강 저 강을 누비며 황금
여진족을 소탕한 공로로 함경북도 병마절도사에 오름
띠를 허리에 찼고, 임금의 측근 신하들이 숙직하는 곳에 드나들며 임금의 칭찬을
받았습니다.

감상 포인트
작품에 나타난 신립에 대한 병사들의 평가와 그 근거를 파악한다.

　　변경에 적이 침입해서 석 달 동안 봉화가 그치지 않아 임금께서 수레를 밀어 주
　　　　　　　　　　　　　　　　　　　　　　　　임진왜란이 발발하자 선조가 신립을 삼도 순변사로 임명한 일
시니 싸움터에서 죽겠다고 결심했습니다. 어전에서 간절히 아뢰자 임금께서 감동
하시어 도성 밖에서 장수들을 통솔하는 대장군의 권한을 저에게 일임하셨습니다.
오랑캐들의 실태를 꿰뚫어 보고 군대를 운용하는 일이 내 손 안에 있다고 쉽게 여
겨서, 처음에는 적장의 맨 어깨를 드러내고 갑옷 위에 채찍질할 일만 생각했지,
　　　　　　　　　적장의 항복을 받는 일
문을 열어 적을 끌어들였다는 것은 깨닫지 못했습니다. 내 의견만 고집하면 작아
　　　　　　　　　조령에서 적을 막지 못한 것　　　　　　　　「서경」의 '중훼지고'에 나오는 말
진다는 옛사람의 가르침을 잊었고, 적을 가벼이 여기면 반드시 패한다는 점에서
마복군(馬服君)의 아들 조괄과 같은 잘못을 범했습니다. 사람의 계책만 나빴던 게
마복군 조사는 아들 조괄이 전쟁을 쉽게 여기는 것을 경계하였는데 조괄이 장군이 된 뒤 진나라 장군 백기에게 40만 대군이 몰살당함
아니라 하늘도 돕지 않았습니다. 어린진(魚麗陳)을 펼치기도 전에 적의 매서운 선
　　　　　　　　　　　　　　　　물고기가 떼를 지어 앞으로 나아가는 것처럼 둥글고 긴 대형이나 진법
제공격을 받았습니다. '먼저 북산을 점거한 자가 이긴다'는 말처럼 유리한 지형을
　　　　　　　　　　　　　　　　요충지를 먼저 점령해야 싸움에 유리하다는 뜻　　　　조령과 죽령의 산세
가지고 있었거늘, 병사들이 앞다투어 강물로 뛰어들기에 이르렀으니 대사를 이미
　　　　　　　　　　배수진을 침으로써 병사들이 몰살되고 전투에서 참패하게 되었음

작품 분석 노트

• 신립의 변론

• 명문가 출신으로 무인의 후손임
• 용력이 뛰어났으며 병법을 익힘
• 무과에 급제하였으며 탁월한 활 솜씨를 지녔음
• 변경을 지키는 장수가 되어 여진족을 소탕하고 임금의 신임을 얻음
• 장수를 통솔하는 대장군의 권한을 맡아 적의 실태를 파악하고 군대를 운용하는 일이 자신의 손에 달렸다고 생각함
• 자신의 의견만 고집하고 적을 가볍게 여겨 전투에서 패함
• 강물에 몸을 던져 자살함
• 죽어서도 수치를 씻기 어려운 답답한 마음을 하소연함
• 자신의 패배는 하늘의 결정에 의한 것이라 생각함

↓

• 자신의 일대기를 읊으며 무신으로서의 공로와 과실을 모두 드러냄
• 자신의 패배는 하늘이 결정한 것이라는 숙명론적 태도를 나타냄

그르치고 말았습니다.

아아! 어디로 돌아가리? 나 홀로 무엇을 한단 말인가? 마침내 8척 내 몸을 만

길 강물에 던지고 말았습니다. 성난 파도와 무시무시한 물결이 넘실넘실 치솟아

도 이 수치를 씻기 어렵습니다. 많은 강과 급한 여울은 슬피 울고, 원망하고, 부르

짖으며 제 마음을 하소연합니다. 계곡 어귀에 구름이 잠기고 연못에 달이 비칠 때

면 제 넋은 외로이 기댈 데가 없고, 제 그림자 또한 외로이 스스로를 조문합니다.

시간이 쏜살같이 흘러도 제 답답한 마음을 펴지 못했거늘, 다행히 그대를 만나

속마음을 토로할 수 있었습니다. 아아! 항우는 산을 뽑는 힘과 온 세상을 뒤덮는

기개를 가지고 백전백승했지만 끝내 오강에서 패했고, 제갈공명은 와룡의 재주와

몇 사람 몫의 지혜를 가지고 다섯 번이나 군사를 일으켰지만 결국 기산에서 아무

런 소득도 얻지 못했습니다. 하늘이 그렇게 정한 일이니 인간의 힘으로 어찌하겠

습니까? 누구를 원망하고 누구를 탓하겠습니까? 저 하늘은 유유하기만 하거늘!"

사내는 서글피 노래하고 눈물을 흘리며 몸을 가누지 못했다.

잠시 후 곁에 있던 한 사람이 눈썹을 추켜올리고 신 공을 향해 눈을 부라리며 말했다.

"시루는 벌써 깨졌고, 모든 일은 이미 끝났소. 일의 성패에는 운수가 있고, 시비는

이미 정해졌는데, 또다시 미주알고주알 이야기할 필요 있겠소? 오늘 밤 여러분이

모이기로 약속을 했고, 마침 방외인이 오셔서 저기 계시니 윗자리로 맞이해 우리

들의 즐거운 놀이를 구경하시도록 하는 게 좋지 않겠소?"

미처 앉기도 전에 요란한 거마 소리가 사방에서 들려왔다. 깃발을 휘날리며 창검을

빽빽하게 든 무리가 있는가 하면, 부절(符節)과 인수(印綬)를 차고 옷차림이 말쑥한 이

들도 보였다. 앞에서 "물렀거라!" 외치며 길을 인도하더니 대열이 금세 탄금대 앞에 이

르렀다. 백면서생과 젊은 무인들이 공손히 인사하고, 겸양하며 자리로 올라왔다.

문득 강에 많은 배가 모여들어 뱃길에 노 젓는 소리가 들려왔다. 바람을 타고 오

는 돛단배의 행렬이 꼬리를 물고 천 리에 이어지더니 마침내 강가 갈대숲에 닻줄을

묶었다.

「대장군이 누런 휘장을 두르고 내려오자 여러 손님이 일제히 일어나 맞이했다. 대

장군이 우선 오른쪽의 첫째 자리를 차지했다. 왼쪽의 첫째 자리에는 고 첨지가 앉았

다. 그다음 최 병사, 김 원주, 임 남원, 송 동래, 김 회양, 김 종사, 김 창의, 조 제독

이 차례로 앉았다. 오른쪽 둘째 자리에는 황 병사가 앉고, 그다음 이 병사, 김 진주,

유 수사, 신 판윤, 이 수사, 이 첨사, 정 만호가 차례로 앉았다.

남쪽 줄에는 심 감사, 정 동지, 신 병사, 윤 판사, 박 교리, 이 좌랑, 고 임피, 고

정자가 차례로 앉았고, 아랫자리에는 승장(僧將)이 앉았다.」

김 종사가 자리에 앉은 여러 사람들에게 말했다.

• 몽유록 소설의 특징

• 제목이 '~몽유록'으로 나타남
• 몽유자가 꿈속 사건의 관찰자나 청자, 전달자의 역할을 함
• 꿈의 형식을 통해 주로 현실 비판적 주제 의식을 형상화함
• 꿈속 사건에서 논쟁, 토론, 연설 등의 말하기를 통해 작가의 의도를 드러냄
• 대표 작품으로 〈원생몽유록〉, 〈안빙몽유록〉, 〈강도몽유록〉, 〈수성궁몽유록〉 등이 있음

"이승의 선비가 여기 계신데, 맞아들이는 게 어떻겠습니까?"

파담자

모두들 좋다고 해서 파담자도 말석에 앉게 되었다.

▶ 임진왜란에서 전사한 여러 인물들이 모여 잔치를 벌임

(중략)

파담자가 시를 써서 올리자 좌중의 사람들이 무릎을 치고 탄식하며 말했다.

"시어는 맑고 굳건하며 의기는 격렬하고 절실하니, 족하(足下)의 재주는 참으로

같은 또래에서 상대를 높여 이르는 말

대단하군요. 부(賦)를 지어 적을 물리쳤다고 하나, 시를 읊는 것이 나라를 지키는

데에는 도움이 못 되지요. 하지만 그대의 재주로 무예까지 겸비해서 활을 쏘고 말

파담자에게 무무의 겸비를 권면함

을 달린다면 못 할 일이 무엇 있겠습니까? 그대의 문장은 나라를 빛내기에 족하

고, 무예는 외적을 막아 내기에 충분할 겁니다. 우리는 이미 저승 사람이니 그대

파담자가 나라를 위해 힘써 줄 것을 부탁함

가 힘써 주십시오."

파담자가 일어나 감사를 표하고 말했다.

"가르침을 잘 받들겠습니다."

파담자가 작별하고 내려오니, 긴 강가에 뭇 귀신이 손뼉을 치며 웃고 있었다. 이

귀신들이 원균을 조롱함 → 임진왜란 당시 원균의 행적에 대한 부정적 평가

유를 물으니 통제사 원균을 기롱하는 것이었다. 원균은 살이 쪄서 배가 불룩하고,

인물의 외양 묘사 – 인물에 대한 부정적 인식 표현

입은 삐뚤어졌으며, 얼굴은 흙빛이었다. 엉금엉금 기어왔으나 배척당해 모임에 참석

하지 못하고, 강가에 두 다리를 펴고 앉아 팔뚝을 내뻗으며 탄식할 따름이었다.

잔치에 참석하지 못하고 배척당하는 원균의 처지

파담자가 껄껄 웃으며 원균을 조롱하고 기지개를 켜다가 깨어나 보니 한바탕 꿈

원균에 대한 파담자의 비판적 태도   꿈에서 깸(각몽)

이었다.

▶ 꿈속에서 만난 이들과 시를 나눈 후 원균을 조롱하다가 잠을 깸

■ 부절: 예전에, 돌이나 대나무·옥 따위로 만들어 신표로 삼던 물건. 주로 사신들이 가지고 다녔으며 둘로 갈라서 하나는 조정에
보관하고 하나는 본인이 가지고 다니면서 신분의 증거로 사용하였음.
■ 인수: 병권(兵權)을 가진 무관이 발병부(發兵符: 조선 시대에 군대를 동원하는 표지로 쓰던 동글납작한 나무패) 주머니를 매어 차
던, 길고 넓적한 녹비(사슴 가죽) 끈.

• 잔치에 모인 인물들과 원균

대장군	충무공 이순신
고 첨지	의병장 고경명
최 병사	의병장 최경회
김 원주	왜군과 싸우다 전사한 원주 목사 김제갑
임 남원	정유재란 때 전사한 남원 부사 임현
송 동래	성을 지키다 전사한 동래 부사 송상현
김 회양	성문 앞에서 왜적에게 참살당한 회양 부사 김연광
김 종사	신립의 종사관 김여물
김 창의	창의사 김천일
조 제독	공주 제독을 지낸 조헌
황 병사	진주성에서 전사한 무신 황진
이 병사	남원성에서 전사한 무신 이복남
김 진주	진주성 전투에서 전사한 진주 목사 김시민
유 수사	임진강 방어전에서 전사한 유극량
신 판윤	한성부 판윤을 지낸 신립
이 수사	부산에서 전사한 전라 우 수사 이억기
이 첨사	노량 해전에서 전사한 첨절제사 이영남
정 만호	좌수영 앞바다 싸움에서 전사한 녹도 만호 정운
심 감사	경기도 삭녕에서 왜군의 기습으로 전사한 경기도 관찰사 심대
정 동지	남원성 함락 때 전사한 문신 정기원
신 병사	신립의 동생 신할
윤 판사	상주 전투에서 전사한 판 중추부사를 지낸 윤섬
박 교리	상주에서 전사한 교리 박호
이 좌랑	상주에서 전사한 병조 좌랑 이경류
고 임피	진주성이 함락되자 남강에 투신한 임피 현령 고종후
고 정자	금산 전투에서 아버지 고경명과 전사한 고인후로 정자 벼슬을 지냄
승장	승병을 일으켜 왜적과 싸우다 전사한 승려 영규
원균	이순신을 무고하여 투옥시키고 삼도 수군통제사가 되었으나 적에게 대패하여 목숨을 잃음

핵심 포인트 1 　서사 구조에 대한 이해

이 작품은 환몽 구조를 바탕으로 하는 액자식 구성을 취하고 있으므로, 이러한 서사 구조의 특징을 알고 사건의 전개를 파악할 수 있어야 한다.

✛ 환몽 구조(액자식 구성)

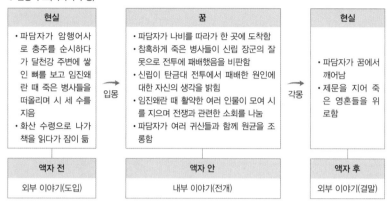

✛ '액자 안(내부 이야기)'의 서사 구조

핵심 포인트 2 　인물의 성격과 태도 파악

이 작품에는 임진왜란이라는 실제 역사적 사건과 관련하여 다양한 인물들이 등장한다. 이러한 인물들에 대한 작가의 관점 및 인물들을 통해 작가가 드러내고자 하는 바를 파악할 수 있어야 한다.

✛ 주요 인물에 대한 이해

파담자	•몽유자이자 작가와 동일시되는 인물 •꿈속에서 만난 인물들의 외양, 말과 행동 등을 관찰하여 전달하는 역할 •시와 제문 등을 지음으로써 작가의 생각을 드러냄
병사들	•참혹한 형상으로 묘사되어 전쟁의 비극성을 드러냄 •장수인 신립의 잘못을 비판함으로써 패전의 원인에 대한 당대의 인식을 나타냄
신립	•무인으로서의 공로와 과실을 아울러 제시함 •항우, 제갈공명과 같은 역사적 인물들의 실패를 들어 패전이 하늘이 정한 운명이었다고 변론함
잔치에 참여한 인물들	•임진왜란 때의 실제 전사자들 •나라를 위해 순국하여 '충의(忠義)'의 가치를 드러내는 긍정적 인물들
원균	•잔치에 참여하지 못하고 조롱거리가 됨. •이순신을 무고하고 전투에서 대패한 인물로 파담자(작가)의 부정적 평가의 대상

✛ 신립에 대한 관점

작가 윤계선은 병사들의 목소리를 통해 패전의 원인이 신립에게 있다고 밝히면서도 그를 부정적으로만 평가하고 있지는 않다. 잔치에 원균이 배척되는 것과 달리 신립(신 판윤)은 참석하고 있고, 추모의 대상에 포함되기도 한다. 탄금대 전투 때 신립의 전술에 대해서는 그럴 수밖에 없었다는 평가도 존재하고, 같은 제목의 다른 작품인 황중윤의 〈달천몽유록〉은 패전의 더 큰 원인을 당대의 잘못된 제도와 정책에서 찾으며 신립의 충의를 부각하고 있기도 하다.

작품 한눈에

• 해제
〈달천몽유록〉은 '현실 → 꿈 → 현실'의 환몽 구조를 통해 역사와 현실에 대한 작가의 비판적 의도를 드러낸 몽유록계 소설이다. 제목인 〈달천몽유록〉은 꿈에서 '달천 전투'에서 죽은 귀신들을 만난 일을 기록하였기 때문에 붙여진 것이다. '탄금대 전투'로도 불리는 달천 전투는 임진왜란이 발발하자 한양으로 가는 요충지였던 충주를 방어할 임무를 맡은 신립 장군이 조령과 죽령의 지세를 이용하여 왜적을 격파해야 한다는 주변 사람들의 말을 듣지 않고 탄금대에 배수진을 치고 싸우다가 패배한 전투이다. 작가는 꿈의 형식을 통해 달천 전투의 패배 책임을 신립 장군에게 물으면서 동시에 그 전투에 대한 신립의 생각을 제시함으로써 신립에게 변론의 기회를 제공하고 있다. 또한 잔치에 참여한 인물들과 참여하지 못하고 배척당하는 원균의 대비를 통해 임진왜란에 참전한 인물들의 공과에 대한 작가의 평가를 보여 주고 있다.

• 제목 〈달천몽유록〉의 의미
－ 꿈에 달천 전투에서 죽은 혼령들을 만난 이야기
〈달천몽유록〉은 꿈에서 만난 인물들을 통해 임진왜란 패배라는 비극적 역사를 드러내고 전쟁의 공과에 대한 견해를 드러낸 몽유록계 소설이다.

• 주제
임진왜란의 비극과 전쟁의 공과에 대한 평가

한 줄 평 │ 계모의 학대와 처첩 간의 갈등을 극복하고 이루어진 사랑을 그린 이야기

정을선전 ▶ 작자 미상

💬 전체 줄거리

송나라에 황성 동문 밖에 정치공(또는 정 승상)이라는 이름난 관리가 있었다. 그는 부인 경씨와의 사이에 자식이 없는 것이 근심이었으나, 삼십이 넘은 후 아들 하나를 얻어 이름을 을선이라고 지었다. 정 승상은 우승상 유한성과 절친하였다. 유 승상도 수십 년 만에 부인 최씨가 딸을 낳으니 이름을 추연이라고 지었으나, 최 부인은 딸을 낳은 지 삼 일 만에 죽고 말았다. 수년이 흐른 후 유 승상은 노씨를 후실로 들이는데, 계모 노 씨는 어질지 못한 사람이라 유 승상을 예로써 섬기지 못하고 일가친척과 노복을 박대하였다. 또한 노씨는 유 승상이 보는 곳에서는 추연을 사랑하는 척하였으나 사실은 노예처럼 대하였으며, 이로 인해 추연이 슬퍼함을 유 승상은 알지 못하였다. ▶ 정을선과 유추연의 탄생

세월이 흘러 추연이 15세가 되었다. 노 씨는 유 승상이 딸을 아끼는 것을 시기하여 추연을 죽이기로 결심하였다. 한편 유 승상은 소인의 모함을 받아 관직에서 쫓겨났다. 이후 유 승상은 자신의 회갑 잔치에 정 승상을 초대하였고, 정 승상은 아들 을선을 데리고 유 승상의 집에 방문하였다. 을선을 후원을 산책하던 중 그네를 뛰고 있는 추연을 보고 한눈에 반하게 되었다. 황성으로 돌아온 을선은 추연을 그리워하는 마음이 깊어져 병을 얻었다. 정 승상은 아들이 사람 때문에 병이 난 것임을 알고는 을선에게 그 사연을 물었다. 을선은 아버지에게 유 승상 댁 후원에서 그네를 뛰던 낭자를 보고 반한 일이 있었음을 고백하였고, 그 낭자가 추연인 것 같다고 말하였다. 이에 정 승상은 매파를 통해 유 승상에게 구혼하는 편지를 보내고 매파에게 을선의 혼인을 정하도록 하였다. 매파는 유 승상의 집에 가서 정 승상의 편지를 전하고, 추연의 현숙한 성품을 알아채고는 추연으로 혼인을 정하였다. 유 승상은 정 승상의 편지를 보고 기뻐하며 혼인을 허락하였다. 황성으로 돌아온 매파가 정 승상에게 추연으로 혼인을 정한 소식을 전하였고, 이를 전해 들은 을선은 병이 완전히 나았다. ▶ 정을선과 유추연의 만남과 정혼

장면 포인트 ❶ 138P

태평한 시절을 맞아 을선은 공부에 힘써 과거 시험을 보고 장원 급제하였다. 이 소식을 들은 유 승상과 추연은 매우 기뻐하였지만, 노씨는 거짓으로 기쁜 척하며 추연을 해칠 계획을 세웠다. 한편 천자는 을선에게 조왕의 딸과 결혼하기를 청하였다. 그러나 을선은 조왕과의 신분 차이가 크고, 이미 추연과 결혼한 사이임을 들어 청혼을 거절하였다. 이후 을선은 추연과 혼인하기 위해 유 승상의 집으로 떠났다. 한편 노 씨는 추연을 해칠 생각으로 죽에 독약을 타서 추연에게 먹이려고 하였다. 추연이 죽을 먹으려고 하자, 죽에 먼지가 날아들었다. 추연이 먼지를 건져서 버리자 푸른 불이 일어났다. 놀란 추연의 유모는 그 죽을 개에게 먹였는데, 개가 죽어 버렸다. 이후 추연은 유모의 집에서 밥을 가져다 먹으며 겨우 목숨만 연명하였고, 노 씨는 독약을 먹고도 추연이 죽지 않는 것을 이상하게 여

기며 다시 추연을 죽일 기회를 엿보았다. ▶ 을선의 과거 급제와 추연의 위기

유 승상 댁에 도착한 을선은 추연과 혼례를 올렸다. 혼인한 날 밤에 을선과 추연이 부부의 연을 맺고자 할 때, 갑자기 창밖에 수상한 남자가 나타나 을선에게 남의 계집을 품었다고 말하였다. 이에 을선이 분노하여 뛰쳐나갔지만 낯선 이는 사라지고 없었다. 을선은 추연이 부정한 짓을 했다고 오해하여 정 승상과 함께 황성으로 떠나 버렸다.

유 승상이 노 씨에게 을선이 떠난 이유를 묻자, 노 씨는 아무것도 모르는 척하며 유 승상에게 지난 밤에 있었던 일을 설명하였다. 을선이 떠난 후, 추연은 적삼에 자신의 억울함을 담은 혈서를 남기고 죽었다. 이후 유모는 추연이 남긴 유서를 유 승상에게 전하고, 사건의 전말을 알게 된 유 승상은 노 씨의 시비를 조사하였다. 그때 갑자기 시비를 벌하지 말라는 추연의 목소리가 들리더니, 노 씨가 피를 토하고 죽었다. 유 승상 또한 병이 들어 죽게 되고, 유모가 유 승상의 장례를 치렀다. ▶ 유추연의 정절을 오해하여 떠나는 정을선과 유추연의 죽음

황성에 돌아온 정 승상은 을선과 조왕의 딸을 혼인시켰다. 천자는 을선을 좌승상에, 조왕의 딸을 정렬부인에 봉하였다. 어느 날 천자는 익주 자사로부터 장계를 받았다. 장계의 내용은 유 승상의 딸이 원귀가 되어 나타나 마을 사람들이 죽는 기이한 일이 일어났으니 익주로 어진 신하를 보내달라는 것이었다. 천자는 을선을 어사로 임명해 익주로 보냈다. 을선은 익주에서 추연의 유모를 만나 자초지종을 듣고, 이를 천자에게 알렸다. 천자는 추연을 충렬부인에 봉하고 직첩과 교지를 내렸다. 을선은 유모의 도움으로 추연의 원혼을 만나고, 추연은 을선에게 자신을 되살릴 방법을 알려 주었다. 추연은 을선이 나무 아래에서 주워 온 구슬과 익주 자사를 통해 구해온 약을 먹고 되살아났다. 환생한 추연은 황성으로 가서 왕비(을선의 어머니)를 만났다. 왕비는 추연을 사랑하여 정실부인으로 정하였다. 이에 정렬부인 조 씨는 추연을 시기하였다. ▶ 유추연의 소생과 유추연을 시기하는 조 씨

시간이 흘러 추연이 아기까지 갖게 되자 조 씨는 추연을 해할 결심을 하였다. 을선이 대원수가 되어 전쟁에 나가자, 조 씨는 시비 금련에게 남복을 하고 추연의 침소에 숨어 있으라고 하였다. 또한 왕비의 사촌인 성복록에게 뇌물을 주고 왕비에게 추연이 다른 남자와 통정한 것처럼 모함하도록 하였다. 추연을 찾아간 왕비는 때마침 남복한 금련이 추연의 방에서 나가는 것을 보았다. 왕비는 추연이 부정한 짓을 저질렀다고 오해하여 옥에 가두었다. 추연은 억울함에 옥에서 자살하려고 하지만, 시비 금섬의 만류로 마음을 접고 혈서를 썼다. 금섬은 이 편지를 자신의 오라비를 시켜 을선에게 보

장면 포인트 ❷ 141P

냈다. 금섬은 다른 시비 월매와 함께 추연을 탈옥시키고, 자신이 추연인 것처럼 꾸미고 자살하였다. 그러나 시체가 추연이 아닌 것을 알게 된 조 씨는 월매를 잡아다 고문을 하였다. 주목 그동안 구덩이에

숨어 있던 추연은 사내아이를 낳았다. 한편 을선은 금섬의 오라비가 가지고 온 추연의 편지를 읽고 삼 일 만에 황성으로 돌아왔다.

▶ 추연의 정절을 의심한 왕비와 추연의 해산

을선은 죽을 위기에 놓인 월매와, 구덩이에서 숨어 지내던 추연을 구하였다. 을선은 국문을 열어 금련을 문초하며 진상을 밝혀냈다.

그 결과 조 씨는 사약을 받아 죽게 되고, 금련은 참수를 당하였다. 이후 추연의 부탁으로 을선은 월매를 첩으로 맞이하고, 월매는 아들 충현을 낳았다. 을선과 추연은 부귀영화를 누리며 살다가, 말년에 자식들을 불러 화목하게 살 것을 당부하고는 한날한시에 세상을 떠났다.

▶ 정을선과 유추연의 재회와 부귀영화

🎭 인물 관계도

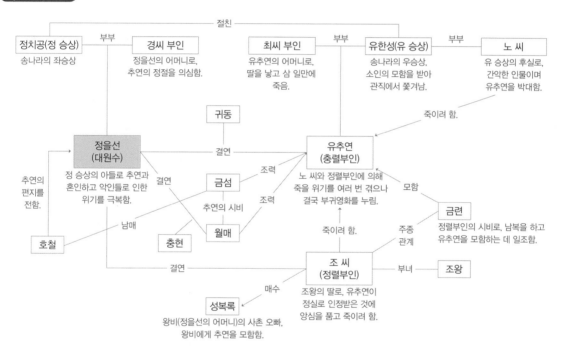

<보기>로 나오는 작품 외적 준거

〈정을선전〉의 선인과 악인의 대립 구도

〈정을선전〉에서 선인과 악인은 대등한 위치에서 다투거나 경쟁하지 않고, 악인의 일방적 괴롭힘 또는 가해의 양상으로 나타난다. 〈정을선전〉에서 선인과 악인 구도를 형성하고 있는 유추연과 노 씨, 그리고 조 씨는 모두 여성으로 가정 내에서 딸, 어머니, 부인의 지위를 가진다. 조선 시대 가족 구성원으로서 여성에게 부여된 의무와 역할은 바로 정절과 후사의 생산이었다. 〈정을선전〉에서 선인으로 그려지는 여주인공 유추연은 악인으로 그려지는 계모 노 씨와 정렬부인 조 씨의 모해로 위기에 처한다. 이 모해는 유추연이 외간 남자를 만났다는 누명을 씌움으로써 각각 죽음과 죽음 직전의 위기에 봉착하는 결과로 이어진다. 반면, 유추연은 계모 노 씨에게 구박을 받는 와중에도 부모님을 지성으로 섬기는 효성이 지극한 인물로 그려진다. 가내 구성원들과 원만한 관계를 맺지 못하는 노 씨와 평판이 좋은 전실 소생의 딸 사이의 갈등은 일견 당연한 수순으로 보인다. 특히, 이 둘 사이를 중재할 수 있는 유일한 인물인 유 승상은 둘 사이에 발생한 문제를 인식조차 못하고 있다. 그래서 이 둘의 갈등은 해결될 수 없는 비극적인 끝으로 향한다. 반면, 정을선과 조 씨는 두 번에 걸친 황제의 명에 의해 성사된 인연으로, 두 사람 사이에 특별한 감정적 교류는 드러나지 않는다. 그러나 조 씨와는 혼인 후 적처(정식으로 예를 갖추어 맞은 아내)로 함께 부친상을 치르면서 별다른 문제 없이 부부 관계를 이어 오고 있었다. 그런데 갑작스럽게 충렬부인으로 나타난 추연의 존재가 조 씨에게 위기감을 갖도록 하였다. 특히 시어머니와 황제의 뜻으로 나중에 나타난 충렬부인에게 적처의 자리를 빼앗기게 되고, 연이어 추연이 임신까지 하게 되자 조 씨는 적처의 자리를 다시 되찾기가 힘들다는 위기 의식을 갖게 된다. 추연과 조 씨는 겉으로는 서로를 예로써 대하며 원만한 사이를 유지했지만, 한 남편을 사이에 두고 부인의 자리가 서열화되면서 갈등이 심화된다.

– 백지민, 〈정을선전〉의 악인 형상화와 그 의미, 2022

- 이 작품은 주인공 정을선이 유추연과 정혼한 후 행복한 가정을 이루기까지의 우여곡절을 그린 가정 소설이다. 전반부는 계모의 음모에 의한 추연의 자결과 회생, 후반부는 정을선과 먼저 혼인한 조 씨(조왕의 딸)의 질투와 모함으로 인한 추연의 시련과 그 극복 과정을 다루고 있다. 따라서 추연이 겪는 갈등을 중심으로 작품을 감상하도록 한다.
- 해당 장면은 천자가 정을선에게 조 씨와의 혼인을 권하였으나 정을선이 이를 사양하고 유추연과 혼례를 올리는 부분과 혼례를 올린 날 밤에 교 씨에 계략으로 정을선이 유추연을 오해하여 집으로 돌아가는 상황이다.
- 정을선과 유추연의 애정 성취를 방해하는 다양한 갈등 요소를 파악하도록 한다.

[앞부분의 줄거리] 송나라 인종 때 정 승상의 아들 을선은 부친과 함께 유 승상의 회갑 잔치에 갔다가 유 승상의 딸 추연을 본 후 상사병을 앓게 된다. 집으로 돌아온 을선의 병세가 위중하자 그 이유를 알게 된 정 승상이 유 승상에게 구혼하는 편지를 보낸다. 추연이 을선과 혼인을 약속하자 유 승상의 후처 노 씨는 추연을 시기한다.

차시 유승상이 정을선의 등과함을 듣고 기쁨을 이기지 못하여 편지를 가지고 내당에 들어가 노 씨에게 "정 승상의 아들이 장원급제하여 벼슬이 벌써 시랑에 이르렀으니 아니 장한 일인가?" 노 씨 거짓 기뻐하는 체하나 내심에 추연 해할 흉계를 생각하더라. <u>자신의 친딸과 을선이 혼인하기를 바랐으나 뜻대로 되지 않았기 때문에</u> 소저가 유모의 전언을 좇아 정생의 과거하였다는 말을 듣고 기쁨을 이기지 못하는 중 모친을 생각하고 슬퍼하더라. <u>추연이 죽은 친모를 생각하며 슬퍼함</u> ▶ 유추연과 정혼한 정을선이 과거에 급제함

차시 황상이 사랑하시는 조왕이 일녀(一女)를 두고 구혼하더니 을선을 보고 청혼한대, 시랑이 허락지 아니커늘, 조왕이 대로하여 이 연유를 천자께 주한대, 상이 초왕 <u>추연과 정혼하였으므로 조왕의 구혼을 거절함</u>   <u>을선이 장원 급제하자 천자가 정 승상을 초왕으로 봉함</u> 부자를 부르도록 명하시니, 승상 부자가 황망히 들어가 엎드리니, 상 왈,

"짐의 조카 조왕이 아들이 없고 다만 일녀가 있어 경의 아들과 짝하염직하고, 또 짐이 사랑하더니, 금일 들은즉 경의 아들이 퇴혼(退婚)하고 거절한다 하니 짐이 사혼(賜婚)코자 하노라." <u>임금이 혼사를 맡아 주관함</u>

초왕이 엎드려 주 왈, / "과연 그러하여이다." <u>천자가 을선의 아버지를 초왕에 봉함</u>

상 왈,

"짐이 조왕의 공주와 을선을 사랑하여 친히 권하는 것이니 사양치 말고 허혼하라."

초왕이 주왈, / "일이 그렇지 아니하오니 을선을 불러 하문(下問)하옵소서." <u>윗사람이 아랫사람에게 물음</u>

상이 옳이 여기사 즉시 시랑을 불러 허락하지 않은 사연을 물으니, 을선이 주 왈,

"<u>소신은 미천하옵고 조왕은 지존하오니 불가하옵고</u>, 신이 모년월일시 아비를 따 <u>을선이 자신과 조왕의 신분 차이를 들어 혼인할 수 없음을 밝힘</u> 라 전 승상 유한경의 집에 가 잔치 참예를 하옵더니, 풍경을 탐하여 그 집 내 화원에서 <u>추천(鞦韆)하는</u> 규수를 보옵고 마음이 자연 방탕하와 인하여 병이 나서 죽기 <u>그네 뛰는</u>   <u>추연에 대한 그리움으로 인해</u> 에 이르매, 하릴없어 매파를 보내어 정혼 납채하였사오니, 부부는 오륜에 뚜렷하 <u>신랑집에서 신붓집에 혼인을 구함. 또는 그 의례</u> 오니 납채한 혼인을 물리치고 부귀를 탐하여 타처에 성례하옴은 국법에 손상하온 <u>추연에게 구혼하여 정혼한 이후 조왕의 딸(공주)과 혼인하는 것은 국법에도 어긋난 것임을 들어 혼인할 수 없음을 밝힘</u> 바이니 원컨대 폐하는 <u>신민의 지극한 원통함이</u> 없게 하소서." <u>추연과 혼인하지 못하게 되면 몹시 억울할 것임을 드러냄</u>

상이 한참 동안 깊이 생각한 후에 이르시길

- 〈정을선전〉에 나타나는 늑혼 화소

늑혼 화소
늑혼은 억지로 혼인을 하는 것으로, 권력이나 지위를 이용하여 혼인 당사자의 의사와 상관없이 혼인을 진행시키려 하는 이야기 단위임

↓

천자의 개입으로 인한 늑혼
• 천자의 조카인 조왕이 자신의 딸과 정을선이 혼인하기를 바라고 구혼하나 정을선이 이를 거절함 • 조왕이 천자에게 이 사실을 고하여 정을선과의 혼사를 주선하도록 청함 • 천자가 정을선의 아버지인 정 승상에게 정을선과 조 공주의 혼인을 권하나 정 승상은 정을선의 의사를 묻기를 청함 • 정을선이 천자에게 유추연과 정혼한 사이임을 들어 조 공주와 혼인할 수 없다고 밝힘

↓

천자가 정을선의 뜻에 따르기로 함

"경의 사정이 그러하고 혼인은 또한 인륜대사라. 어찌 위력으로 하리오? 또 유녀
가 자모(慈母)를 잃었다 하니 그 경상이 가련한지라. 어찌 남의 천연(天緣)을 어기
리오? 네 원대로 하라."

하시며, 이에 특별히 유한경의 죄를 사하라 본직을 주시고 사관을 보내어 부르시니
초왕 부자가 천은을 감사하고 물러나니, 조왕이 천자의 위세를 빌어 을선을 사위 삼
으려 하였더니 황제의 뜻이 군으사 사혼지를 도로 거두시니, 하릴없어 애달픔을 이
기지 못하더라.

▶ 정을선이 조왕의 사위가 되기를 거절함

길일이 가까우매 위의를 갖추어 길을 떠나니 혼인을 온전히 이룰 수 있을 것인가?
다음을 볼지어다.

이적에 유 승상 부인 노 씨 추연 소저를 해할 꾀를 생각하고 일일은 독약을 죽에
타 소저를 주어 먹으라 하니, 소저가 마침 속이 불평한지라. 이에 받아 유모를 들
리고 침소에 돌아와 먹으려 할새, 하늘이 살피심이 소소(昭昭)한지라, 홀연 난데없
는 바람이 일어나 티끌이 죽에 날려 들거늘, 소저가 티끌을 건져 문 밖에 버리니 푸
른 불이 일어나는지라. 대경하여 이에 유모를 불러 연유를 말하니, 유모가 크게 놀
라 이에 개를 불러 먹이니 그 개 즉시 죽거늘, 소저와 유모가 더욱 놀라 차후는 주는
음식을 먹지 아니하고 유모의 집에서 밥을 지어 수건에 싸다가 겨우 연명만 하더라.
노 씨 마음에 생각하되, '약을 먹여도 죽지 아니하니, 가장 이상하도다.' 하고 다시
해할 계교를 생각하더니, 세월이 여류하여 길일이 다다르매, 정 시랑이 위의를 갖추
어 여러 날을 행하여 유 부(府)에 이르니, 시랑의 풍채 전일보다 더욱 뛰어나 몸에
운무사관대를 입고 허리에 금사각대를 띠었으니, 천상 신선이 하강한 듯하더라.

(중략)

▶ 계모 노 씨가 유추연을 해치고자 함

이튿날 예를 갖추어 전안(奠雁)할새, 근처 방백 수령이며 시비 하리(下吏) 쌍으로
무리 지어 신부를 인도하여 이르매 신랑이 교배석에 나아가 눈을 들어 신부를 잠깐
보니 머리에 화관을 쓰고 몸에 채의(彩衣)를 입고 무수한 시녀 웅위하였으니 그 절묘
한 거동이 전에 그네 뛰던 모양보다 더욱 아름답더라. 그러하나 신부 근심스러운 기
색이 얼굴에 가득하고 유모 눈물 흔적이 있거늘 심중에 괴이하나 누구를 향하여 물
으리오. 이에 교배하기를 마치고 동방에 나아가니 좌우에 옥촉과 운무병이 황홀한지
라. 괴로이 소저를 기다리더니 이윽고 소저가 유모로 등불을 잡히고 들어오거늘 시
랑이 팔을 들어 맞아 앉을 자리를 정하매 인하여 불을 끄고 원앙 이불 속에 나아갔더
니, 문득 창밖에 수상한 인적이 있거늘 마음에 놀라 급히 일어앉아 들으니 어떤 놈
이 말하되,

"네 비록 시랑 벼슬을 하였으나 남의 계집을 품고 누웠으니 죽기를 아끼지 아니하
는가?"

· 〈정을선전〉과 계모형 소설의 특성

계모형 소설

· 계모와 의붓자식 간의 갈등을 주된
내용으로 하는 소설
· 악인의 전형인 계모의 학대로 인해
전처 자녀가 고통과 수난을 겪음
· 계모나 전처 자식을 돕는 조력자들
이 등장하여 선악 대립 구조를 형
성함
· 계모가 악행을 하는 원인은 주로
재산이나 가정의 계승권 때문이나,
계모의 악한 성품 자체가 원인이
되기도 함
· 가장의 부재나, 어리석음, 주변 인
물의 오해 등이 전처 자식의 고난
을 가중함

↓

노 씨 ↔ 유추연
(계모) (전처 자식)

· 성품이 어질지 못한 노 씨는 자신
이 낳은 딸과 정을선이 혼인하기를
바랐으나, 유추연이 정을선과 정혼
하자 이를 시기함
· 노 씨가 유추연의 죽에 독약을 타
서 유추연을 죽이고자 하나 실패함
· 노 씨가 사촌 노태를 시켜 유추연이
다른 남자와 간통한 것처럼 꾸밈

하거늘, 창틈으로 열어 보니 신장이 구 척이오 삼 척 장검을 빗기고 섰거늘, 이를 보

매 심신이 떨리어 칼을 뽑아 그놈을 죽이고자 하여 문을 열고 보니, 문득 간 데 없거

늘, 분을 참지 못하여 탄식하고 생각하되, '오늘 교배석에서 보니 근심스러운 기색이

<u>얼굴에 가득하여 괴이히 여겼더니, 원래 이런 일이 있도다.</u>' 하고 분을 이기지 못하
　　　　　　　　　　　추연에게 사통하던 남자가 있다고 오해하고 있음

여 칼을 들어 소저를 죽여 분을 풀고자 하다가 다시 생각하되, '나의 옥 같은 마음으

로 어찌 저 더러운 계집을 침노하리오.' 하고 옷을 입고 급히 일어나니, 소저가 경황

중에 아름다운 목소리로 가로대,

"군자는 잠깐 앉아 첩의 말을 들으소서."

하거늘, 시랑이 들은 체 아니하고 나와 부친께 전후 사정을 고하고 바삐 가기를 청

한대, 초왕이 대경하여 바삐 승상을 청하여 지금 발행하여 상경함을 이르고 하인을

불러 '행장을 차리라.' 하니, 유 승상이 계단에 내려 허물을 청하여 왈,

"어찌한 연고로 이 밤에 상경코자 하시나뇨?"　　　　　　.

<u>정공 부자가 한마디도 대답하지 아니하고</u> <u>발행하니라.</u>
　　　　　　　　　　　　　　길을 떠남
　　몹시 화가 난 상태이므로　　　　　　　　　▶ 유추연을 오해한 정을선이 집으로 돌아감

원래 이 <u>간부(姦夫)</u>로 칭하는 자는 노 씨의 사촌 오라비 노태니, 노 씨 전일에 독
　　　　간통한 남자

약을 시험하되 무사함을 애달아 밤낮으로 깊이 생각하여 소저 죽이기를 꾀하더니,

문득 길일이 다다르매 한가지 꾀를 생각하고 이에 <u>심복으로</u> 노태를 불러 가만히 차
　　　　　　　　　　　　　　　　　　　마음놓고 부리거나 일을 맡길 수 있는 사람

사를 이르고, 금은을 많이 주어 행사하라 하매, 노태 금은을 욕심내어 삼척장검을

집고 월광을 띠어 소저 침소에 이르러 동정을 살피고 입에 담지 못할 말로 유 소저를

함정에 빠뜨리니, <u>가련하다, 유 소저 백옥 같은 몸에 누명을 실으니 원통한 심정을</u>
　　　　　　　추연이 자신의 정부(情婦)라며 모함한 말

<u>뉘게 말하리오.</u> 분하고 원통한 마음을 이기지 못하여 칼을 빼어 죽으려 하다가 다시
추연의 원통한 상황에 대한 감정 표출 – 서술자의 개입

생각하니, '이렇듯 죽으면 내 일신이 옥 같음을 뉘 알리오.' 하고 이에 속적삼을 벗어
　　　　　　　　　　　　자결하면 자신의 결백을 밝힐 수 없다고 생각함

<u>손가락을 깨물어 피를 내어 혈서를 쓰니</u> 눈물이 변하여 피 되더라.
　　자신의 결백함을 드러낸 글을 써서 유모에게 남김　　　　　　▶ 노 씨의 계교로 추연이 위기에 빠짐

• 인물의 고난을 가중하는 요인: 오해

혼례식
• 혼례일에 신부인 유추연이 돌아가신 어머니 생각에 얼굴에 슬픈 기색이 있으며, 유모도 눈물 흔적이 있었음 • 정을선이 추연과 유모의 슬퍼하는 모습을 보고 이상하게 여김

↓

오해
• 혼인한 날 밤에 창밖에 외간 남자가 나타나 유추연이 자신의 여자라고 말함 • 정을선은 유추연이 다른 남자와 통정했다고 확신함

↓

비극적 결과
• 정을선이 자신의 집으로 돌아감 • 유추연이 원통함과 억울함으로 슬피 울다가 죽음에 이름

• 해당 장면은 유추연(유 부인 = 충렬부인)이 자신보다 먼저 을선과 혼인한 정렬부인 조 씨의 계략에 의해 외간 남자와 간통했다는 모함을 받고 옥에 갇힌 이후의 상황이다.
• 유추연의 고난과 그 극복 과정에서 보인 주변 인물들의 행위와 그에 따른 결과를 통해 권선징악의 주제 의식을 파악하도록 한다.

금섬이 탄 왈,

「우리 부모는 나의 동생이 여럿이니 설마 부모의 경상(景狀)이 편치 못하리오? 사
　　　　　　　자신이 죽어도 동생들이 부모를 돌볼 것임
람이 세상에 나매 장부는 입신양명(立身揚名)하여 나라를 섬기다가 난세를 당하
　　　　　　　　　　유교적 이념인 입신양명과 임금에 대한 충성을 강조함
면 충성을 다하여 죽기를 무릅써 임금을 도움이 직분이요, 노주간(奴主間)은 상전
　　　　　　　　　　　　　　　　　　　　　　　　　종과 주인
(上典)이 급한 일이 있으면 몸이 마치도록 섬기다가 죽는 것이 당연하니, 내 이리
종이 그 주인을 일컫는 말　　　금섬은 자신의 주인인 유 부인을 위해 목숨을 바치는 것을 당연한 도리라고 여김
하는 것은 나의 직분을 다함이니, 너는 말리지 말라. 부디 내 말대로 시행하여 부
주인을 위한 종의 죽음을 임금을 위한 신하의 죽음과 동일시함　　　　　　「」금섬이 충성스러운 시비임을 알 수 있음
인을 잘 보호하라.」

하고 옥문을 열고 월매와 한가지로 들어가 고 왈,

"부인은 빨리 나오소서."

부인 왈, / "너는 어디로 가고자 하느냐?"

금섬이 대 왈 / "일이 급박하니 바삐 나옵소서."
　　　　　　　　　　　예에 어긋남
부인이 비례(非禮)임을 알되 애매히 죽음에 원통한지라. 이에 나올새, 월매는 부
유 부인(유추연)은 자신이 정렬부인의 모함을 받아 죽게 된 것을 억울하게 생각함 → 금섬의 말에 따름
인을 뫼시고 나오되 금섬은 도로 옥으로 들어가니, 부인이 괴히 여기나 묻지 못하고
　　　　　　　　　　　　　　　　　금섬이 옥중으로 들어가는 것을 이상하게 여김
월매를 따라 한 곳에 이르니, 월매가 부인을 인도하여 구덩이 속에 감추고 왈,
　　　　　　　　　　　　　월매가 유 부인을 구덩이 속에 숨김
"이목이 번거하오니 말씀을 마시고 종말을 기다리소서." 하더라.
다른 사람의 눈을 피해 일이 해결될 때까지 숨어 있으라고 함
어시에 금섬이 옥중에 들어가 백포 수건으로 목을 매어 자는 듯이 죽었는지라.
이때에　　금섬이 유 부인을 대신하여 옥에 들어간 뒤 자결함　　▶ 시비 금섬이 유추연을 대신하여 죽음

(중략)

★주목 이적에 월매 유 부인을 구덩이 속에 넣고 밥을 수건에 싸다가 겨우 연명하더니,
　　　이때에　　　　　　유 부인을 숨긴 장소　　　　　　　　　목숨을 거우 이어 살아감
하루는 기운이 시진(澌盡)하여 죽기에 임하였더니 문득 해복(解腹)하니, 여러 날에
　　　　　　기운이 다함　　　　　　　　　　　　　아이를 낳음. 해산
굶은 산모가 어찌 살기를 바라리오? 정신을 수습하여 생아를 보니 이 곧 남자이어
유 부인의 고달픈 처지에 대한 서술자의 개입　　　　　　유 부인이 지황 속에서 아들을 낳음
늘, 일희일비(一喜一悲)하여 차탄(嗟歎) 왈,
아들을 낳은 기쁨과 자신의 처지로 인한 슬픔
"박명한 죄로 금섬이 죽고 월매 또한 죽기에 이르렀으니, 어찌 참혹지 않으리오?"
　　　　　　　　　　　금섬과 월매가 자신 때문에 희생을 당하는 것에 대해 매우 안타까워하고 슬퍼함
하여 아이를 안고 이르되,

"네가 살면 내 원수를 갚으려니와 이 구덩이 속에 들었으니 뉘라서 살리오?"
　아들　　　　　　　　　　　　도와줄 사람이 없어 유 부인(또는 유 부인과 그 아들)이 죽을 위기에 처함
하며 목이 메어 탄식하니, 그 부모의 참혹함과 슬픔을 이루 측량치 못할러라.
　　　　　　　　　　　　　　　　　▶ 시비 월매의 도움으로 탈출한 유추연이 구덩이에서 아들을 낳음
「차시 월매가 독한 형벌을 당하고 옥중에 갇히었으나 저의 괴로움은 생각하지 아
　　　　　　　밥을 갖다주던 월매가 옥중에 갇히자 유 부인이 죽을 위기에 처하게 됨
니하고 도리어 부인의 주림을 자닝하여 탄식하기를 마지아니하더라.」
유 부인이 굶주리는 것을 불쌍하고 애처롭게 생각하여　　　　「」월매가 충성스러운 시비임을 알 수 있음
차시 금섬의 오라비 유 부인의 글월을 가지고 주야배도(晝夜倍道)하여 서평관에
　　　　　　　　　　　　　　　　　　　　　밤낮을 가리지 않고 길을 걸어

• 갈등과 해결 양상

갈등 상황
조 씨가 유 부인(유추연)이 외간 남자와 사통하는 것처럼 꾸며 유 부인을 모함함 → 왕비(= 정을선의 모)가 유 부인을 옥에 가두도록 함

↓

조력자에 의한 구출
• 시비 금섬이 유 부인을 대신하여 옥에 들어간 후 자결함 → 월매가 자결한 금섬의 얼굴을 훼손하여 얼굴을 알아보지 못하게 만듦 • 월매가 유 부인을 옥에서 빼내어 구덩이에 숨겨 놓고 음식을 가져다줌

다다라 진(陣) 밖에 엎드려 대원수 노야 본댁(本宅)에서 서찰을 가지고 왔음을 고하

정을선   유 부인의 편지

니, 차시「원수가 한 번 북 쳐 서융을 항복받고 백성을 진무하며 대연(大宴)을 배설

난리를 일으킨 백성들을 진정시키고 어루만져 달램   큰 잔치를 베풀어

(排設)하여 삼군으로 즐길새, 장졸이 희열하여 승전고(勝戰鼓)를 울리며 즐기더라.」

「 」: 전쟁에서의 승리 과정을 요약적으로 제시함

일일은 원수가 일몽(一夢)을 얻으니 충렬부인이 큰칼을 쓰고 장하(帳下)에 들어와

유 부인이 죽을 위기에 처했음을 알려 주는 기능을 함   죄인에게 씌우던 형틀   장막 아래

이르되,

"나는 팔자가 기박하여 정렬부인의 음해(陰害)를 입어 죽기에 임하였으되, 승상은

조 씨가 유 부인이 간통한 것처럼 꾸민 일

타연(妥然)히 여기시니 인정(人情) 아니로소이다."

사리에 어긋나지 않고 알맞게 여기시니   꿈속에서 유 부인이 자신을 구하러 오지 않는 정을선을 원망함

하거늘, 원수가 다시 묻고자 하더니, 문득 진중(陣中)에 북소리 자주 동(動)하매 놀

부대 안

라 깨니 남가일몽(南柯一夢)이라. 놀라고 몸이 떨리어 일어나니 군사가 편지를 드리

유 부인이 위기에 처해 있는 꿈으로 인한 불안감

거늘 개탁(開坼)하여 보니 유 부인 서간이라.

봉한 편지나 서류 따위를 뜯어 봄   유 부인이 자신의 처지를 적어 보낸 편지

(중략)

★주목 원수가 이에 청총마(靑驄馬)를 채찍질하여 필마단기(匹馬單騎)로 삼 일 만에 황성

혼자 한 필의 말을 타고 감

에 득달하니라.

목적한 곳에 다다름

차시 조 씨가 다시 형틀을 차리고 월매를 잡아내어 형틀에 올려 매고 엄히 치죄하

유 부인을 지키기 위한 월매의 충성스러운 면모

며 유 부인의 간 곳을 묻되 종시 승복하지 아니하고 죽기를 재촉하는지라. 조 씨가

치다 못하여 그치고 차후에 혹 탄로할까 겁을 내어 가만히 수건으로 목을 매어 거의

자신의 악행이 드러날 것을 두려워하여 월매를 목을 메어 죽이려 함

죽게 되었더니 뜻밖에 승상이 말을 타고 들어와 말에서 내려 정히 들어오더니 문득

보니 한 여자가 백목으로 목을 매었거늘 놀라 자세히 보니 이 곧 월매라.

▶ 전장에서 돌아온 정을선이 죽을 위기에 놓인 월매를 구함

바삐 끌러 놓고 살펴보니 몸에 유혈이 낭자하여 정신을 모르는지라. 즉시 약을 흘

려 넣으니 이윽한 후 정신을 차려 눈물을 흘리며 인사를 차리지 못하니 승상이 불쌍

정신을 잃어 의식이 없음. 인사불성

히 여겨 이에 약물로 구호하매 쾌히 정신을 진정하거늘 원수가 연고를 자세히 물으

니 월매가 이에 금섬이 죽은 일과 유 부인이 화를 피하여 구덩이 속에 계심을 자세히

고하니 승상이 분하게 여겨 급히 월매를 앞세우고 구덩이에 가 보니 유 부인이 월매

의 양식에 의지하여 겨우 목숨을 보전하다가 해산하매 복중이 허한 중 월매가 옥중

유 부인이 처한 상황과 그에 대한 서술자의 판단 – 서술자의 개입

에 곤하매 어찌 양식을 이으리오?「여러 날을 절곡하매 기운이 쇠진하고 지기가 일신

음식을 먹지 못함

에 사무치니 몸이 부어 얼굴이 변형되어 능히 알아볼 수 없는지라.」그 가련함을 어

「 」: 유 부인의 비참하고 가련한 모습 → 유 부인의 고난

찌 다 말로 하리오? 아이와 부인을 월매로 하여금 보호하라 하고 내당에 들어가 왕

유 부인의 처참한 모습에 대한 감정 표출 – 서술자의 개입

비께 뵈오니 왕비가 크게 반겨 승상의 손을 잡고 왈,

"만리 전장에 가 대공을 세우고 무사히 돌아오니 노모의 마음이 즐겁기 측량없도

다. 그러나 네가 출전한 후 집안에 불측한 일이 있으니 그 통한한 말을 어찌 다 형

유 부인이 간통을 저질렀다고 오해하고 있음

언하리오?"

하고 충렬부인의 자초지종을 말하니 승상이 고 왈,

"모친은 마음을 진정하옵소서. 처음에 충렬의 방에 간부(姦夫) 있음을 어찌 알았

간통한 남자

• 소재의 의미와 기능

꿈	• 유 부인이 죽을 위기에 놓였음을 알려 줌으로써 문제를 해결할 수 있는 실마리가 됨 • 정을선에 대한 유 부인의 원망을 드러냄
편지	• 꿈의 내용을 확인시켜 줌 • 정을선이 유 부인의 문제를 해결하기 위해 집으로 돌아가는 계기가 됨

으리오."/ 하니 왕비 왈,

"노모의 서사촌 복록이 와서 이리이리하기로 알았노라."
<small>왕비가 복록의 말을 믿고 유 부인이 간통했다고 판단함</small>

승상이 대로하여 복록을 찾으니, 복록이 간계가 발각될까 두려워 벌써 도주하였

거늘, 승상이 외당에 나와 형구를 배설하고 옥졸을 잡아들여 국문하되,
<small>형벌을 가하는 기구</small>　　　　<small>나라에서 중대한 죄인을 심문하던 일. 갈등 해결의 기능</small>

"너희들이 옥중의 죽은 시신이 충렬부인이 아닌 줄 어찌 알았으며 그 말을 누구더
<small>금섬의 시신</small>

러 하였느냐? 은휘치 말고 바른대로 아뢰라."
<small>꺼리어 감추거나 숨기지</small>

하는 소리 우레와 같으니 옥졸들이 황겁하여 고 왈,

"소인들이 어찌 알았겠냐마는 염습할 때에 보니 얼굴과 손길이 곱지 못하여 부인
<small>시신의 얼굴과 손의 모습을 보고 유 부인이 아니라고 판단함</small>

과 다르므로, 소인들이 의심하여 서로 말할 적에 정렬부인의 시비 금련이 마침 지

나가다가 듣고 묻기에, 소인이 안면에 말하지 않기가 어려워 말하고 행여 누설치
<small>금련과 친분이 있어</small>

말라 당부하올 뿐이요, 후일은 알지 못하나이다."

승상이 들은 후 대로하여 칼을 빼어 서안을 치며 좌우를 꾸짖어

"금련을 바삐 잡아들이라."/ 호령하니 노복 등이 황황하여 금련을 잡아다 계하에
<small>남복을 하여 유 부인을 곤경에 빠뜨린 인물</small>

꿇리니 승상이 고성으로 문 왈,

"너는 옥졸의 말을 듣고 누구더러 말하였느냐?"

금련이 혼불부체하여 주 왈, 「정렬부인이 금은을 많이 주며 계교를 가르쳐 남복을 입
<small>몹시 놀라 혼이 몸에서 떨어져나감. 혼비백산</small>

고 충렬부인의 침소에 들어가 병풍 뒤에 숨었던 말과 정렬부인이 거짓 병든 체하오매

충렬부인이 놀라 문병하고 탕약을 갈아 드려 밤이 깊도록 간병하시니 정렬부인이 '병

이 잠깐 낫다' 하고 충렬부인더러 '그만 침소로 가소서.' 하니, 충렬부인이 마지못하여

침실로 돌아가신 후 조 부인이 성복록을 청하여 금은을 주고 왕비 침전에 두세 번 참

소하던 말을 자초지종을 낱낱이 고하니,」왕비가 하늘을 우러러 탄식하고 통곡하여 왈,
<small>「 」: 조 씨가 유 부인을 모해한 과정을 금련이 사실대로 밝힘</small>

"내 불명(不明)하여 악녀의 꾀에 빠져 애매한 충렬을 죽일 뻔하였으니 무슨 낯으
<small>사리에 밝지 못하여</small>　　　　　　　　　　　　　　　　<small>정렬부인 조 씨</small>

로 현부(賢婦)를 대면하리오?" / 하고 슬퍼하니 승상이 고 왈,
<small>어진 며느리 = 유 부인</small>

"이는 모친의 허물이 아니시고 소자가 집안을 다스리지 못한 죄오니, 바라옵건대

모친은 심려치 마옵소서."

왕비가 흐르는 눈물을 거두고 침석에 누워 일어나지 않으니, 승상이 재삼 위로하
<small>유 부인을 오해하여 옥에 가둔 일에 대한 미안함과 자책감</small>

고 즉시 조 씨를 잡아들여 계하에 꿇리고 크게 꾸짖어 왈,

"네 죄는 하늘 아래 서지 못할 죄니 입으로 다 옮기지 못할지라. 죽기를 어찌 일시나

너그러이 용서하리오마는 사사로이 죽이지 못하니 천자께 주달하고 죽이리라."
<small>개인적으로 처리하지 않고 조 씨에 대한 처분을 천자에게 맡기려고 함</small>

조 씨가 애달파 가로되,

"첩의 죄상이 이미 탄로되었으니 상공의 임의대로 하소서."
　　　　　　　　　　　　　　　　　　▶ 정을선이 국문을 통해 사건의 진상을 밝힘

승상이 더욱 노하여 큰칼 씌워 궁 옥(窮獄)에 가둔 후 상소를 지어 천정(天庭)에
　　　　　　　　　　　　　　　　　　　　　　　　　　　　　　<small>천자의 궁궐</small>

올리니 그 글에 하였으되,

금섬, 월매	금련
・금섬은 유 부인을 대신하여 옥에 갇힌 후 자결함 ・월매는 유 부인을 옥에서 구출한 후 돌봄 → 유 부인을 위해 자신의 몸을 아끼지 않는 충직한 시비	・조 씨를 도와 유 부인을 모함하고 죽이려는 데 가담함 → 조 씨에게 매수되어 악행도 서슴지 않는 시비
↓	↓
유 부인의 조력자	조 씨의 조력자

・작품에 나타난 주변 인물의 역할

승상 정을선은 돈수백배하옵고 성상 탑하에 올라나이다. 「신이 황명을 받자와 한
　　　　　　　　　머리가 땅에 닿도록 절하고　　　　　　황제의 자리 앞. 탑전
번 북 쳐 서융을 항복 받고 백성을 진무하온 후 회군하려 하옵더니 신의 집 급한 소
식을 듣고 바삐 올라와 보온즉 여차여차한 가변(家變)이 있사오니 어찌 부끄럽지 아
　　　　　　　　　　　　　　　　　　　　　집안의 변고
니하겠습니까?」이 일이 비록 신의 집 일이오나 스스로 처단하지 못하여 이 연유를
「 」: 집안일로 인해 자신의 임무를 수행하지 못하고 돌아온 데 대한 잘못과 부끄러움을 드러냄
자세히 상달하옵나니 원하옵건대 폐하는 극형으로 국법을 쓰시어 죄있는 자를 밝히
　　　　　　　　　　　　　　　　　　　　　　　　　　　　정렬부인 조 씨
다스리시고 신의 집 시비 금섬이 상전을 위하여 죽었사오니 그 원혼을 표창하심을
　　　　　　　　　　유 부인을 위해 목숨을 바친 시녀 금섬의 선행을 알리고 이를 치하할 것을 제안함
바라나이다.

하였고 그 끝에 유 씨가 구덩이에 들어 해산하고 월매의 충의를 힘입어 연명 보전하

감상 포인트
주인공의 위기 극복과 갈등 해결 양상을 통
해 작품의 주제 의식을 파악한다.

였음을 세세히 주달하였더라.

상이 보신 후에 대경하사 가라사대,

"승상 정을선이 국가의 대공을 여러 번 세운 짐의 주석지신이라. 가내에 이런 해
　　　　　　　　　　　　　　　　　　　　　　나라의 중요한 신하
괴한 변이 있으니 어찌 한심치 아니리오."

이에 전지(傳旨)하사 왈,
　　　　왕의 명령을 전달하는 문서
"정렬과 금련의 죄상이 전고에 짝이 없으니 즉각에 참(斬)하라."
　　　　　　　　　　　　　　　　　　　　참수. 목을 베어 죽임
하시니 여러 신하들이 주 왈,
　　　　　　　　　　┌─ 높은 신분 ─┐
"이 여인의 죄가 중하오나 조왕의 딸이요, 승상의 부인이니 참형이 너무 과하오니
　　　　　　　　　　　　　　　　　　　조 씨의 신분을 고려할 때 너무 잔혹한 형벌이니
다시 전교하사 집에서 사사(賜死)함이 옳을까 하나이다."
　　　　　　　　　독약을 내려 스스로 죽게 하는 일
천자가 옳게 여기사 비답을 내리시되,
　　　　　　　　　　상소에 대한 임금의 대답

짐이 덕이 부족하여 경사는 없고 변괴가 일어나니 매우 참괴하도다. 비록 그러하
　　　　　　　　　　　　　　　　　　　　　　　　부끄럽도다
나 정렬은 일국 승상의 부인이니 특별히 약을 내려 집에서 죽게 하나니 경은 그리 알
고 처사하라. 금섬과 월매는 고금에 없는 충비(忠婢)니 충렬문을 세워 후세에 이름
　　　　　　　　　시비인 금섬과 월매의 충성스러운 행동에 대해 보상함
이 나타나게 하라.

하시니 승상이 사은하고 퇴궐하여「즉시 조 씨를 수죄하여 사약한 후 금련은 머리를
베고 그 나머지 죄인은 경중을 분간하여 다스리고 금섬은 다시 관곽을 갖추어 예로
써 장례하고 제 부모는 속량하여 의식을 후히 주어 살리고, 충렬문을 세워 주고 사
　　　　　　종의 신분에서 벗어나게 함
시로 향화를 받들게 하고 월매는 금섬과 같이하여 충렬부인 집 앞에 일좌 대가(大家)
　　　　　　「 」: 인물의 행위에 따른 결과. 권선징악의 주제 의식이 나타남
를 세우고 노비 전답을 후히 주어 일생을 편하게 제도하니라.」
　　　　　　　　　　　　　　　▶ 정을선이 조 씨를 징계하고 유추연을 도운 시비들에게 상을 내림

• 갈등의 해결 양상과 주제 의식

정을선의 '국문'에 의한 진상 조사
• 조 씨가 흉계를 꾸며 유 부인을 모함한 것임을 밝혀냄 • 금련이 조 씨를 도와 월매와 유 부인을 위기에 빠뜨렸음을 밝혀냄 • 조 씨가 성복록을 매수하여 유 부인을 참소하는 말을 왕비에게 하도록 한 사실을 밝혀냄

↓

처리
• 조 씨는 사약을 내려 죽이고 금련은 머리를 베어 죽임 → 악인에 대한 징치 • 금섬은 예를 갖추어 장례하고 부모를 속량하여 잘 살도록 마련해 주었으며, 월매는 일생을 편하게 살도록 해 줌 → 선인에 대한 보상

↓

주제 의식
악인은 벌을 받고 선인은 상을 받는 결과를 통해 권선징악의 주제 의식을 드러냄

핵심 포인트 **1** 　서술상 특징 파악

이 작품의 사건 전개 양상을 중심으로 서술상 특징을 파악할 수 있어야 한다.

✚ 〈정을선전〉의 서술상 특징

동일한 갈등 요인의 반복	유추연과 계모 노 씨, 유추연과 조 씨의 갈등은 모두 유추연을 시기하는 여인들로 인해 발생함 → 유추연이 정절을 의심받도록 상황을 꾸며 유추연을 위기에 빠뜨림
비현실적 사건	• 노 씨가 갑자기 피를 토하고 죽음: 악행에 대한 천벌의 의미를 지님 • '유추연의 원혼이 나타남 → 유추연이 회생함'의 사건 전개 • 정을선의 꿈에 유추연이 나타나 자신의 위기를 알림
조력자	• 악인을 돕는 조력자 : 노태, 복록, 금련 등 • 선인을 돕는 조력자 : 유모, 금섬, 월매 등
편집자적 논평	인물의 행위나 상황에 대한 서술자의 감정, 평가, 반응 등이 직접적으로 나타남

핵심 포인트 **2** 　작품의 갈등 양상 파악

이 작품은 계모와 전처 자식 간의 갈등을 다룬 계모담과 일부다처제로 인한 여인들의 갈등을 다룬 쟁총담이 결합되어 있다. 따라서 인물 간의 갈등과 그 해결 양상을 통해 작품의 주제 의식을 파악할 수 있어야 한다.

✚ 갈등 양상과 주제 의식

계모담 유추연 ↔ 노 씨	• 계모 노 씨가 유추연을 시기하여 유추연에게 독약을 탄 죽을 먹여 죽이려고 함 → 실패함 • 계모 노 씨가 노태를 간부로 위장시켜 정을선과 유추연이 있는 신방으로 보냄 → 유추연과 정을선의 혼인이 깨지고 유추연이 죽음 → 유모가 유추연의 혈서가 담긴 적삼을 유 승상에게 전함 → 노 씨는 피를 토하고 죽고 노태는 목을 매어 자결함 → 유추연의 혼령의 도움으로 정을선이 신기한 구슬을 얻어 와 유추연이 회생함

+

쟁총담 유추연 ↔ 조 씨	정렬부인 조 씨가, 충렬부인이 되어 아이를 가진 유추연을 시기함 → 조 씨가 남장을 한 금련를 보내어 유추연이 간통한 것처럼 모함함 → 유추연이 옥에 갇힘 → 유추연이 시비 금섬과 월매의 도움으로 옥에서 빠져나와 목숨을 연명함 → 정을선이 집으로 돌아와 사건의 진상을 밝힘 → 정을선이 천자에게 상소를 올려 조 씨와 금련을 처벌하고 금섬과 월매를 포상함

주제 의식	• 악행을 저지른 인물들은 모두 죽고 주인공을 도와준 인물들은 후한 상을 받음 • '권선징악(勸善懲惡)', '사필귀정(事必歸正)', '선자필흥 악자필멸(善者必興 惡者必滅)'의 주제 의식을 구현함

핵심 포인트 **3** 　외적 준거에 따른 감상

이 작품은 가족 간의 갈등을 그린 가정 소설의 성격을 지니고 있으므로 가정 소설의 특징을 바탕으로 작품을 감상할 수 있어야 한다.

✚ 가정 소설의 특징

가정 소설은 가정을 배경으로 하여 가정 내에서 일어나는 갈등을 그린 소설로, 갈등 요인에 따라 처첩 간의 갈등을 그린 쟁총형 가정 소설, 계모와 전처 자식 간의 갈등을 그린 계모형 가정 소설, 형제간의 갈등을 그린 우애형 가정 소설로 나뉜다. 이 중 쟁총형 가정 소설과 계모형 가정 소설에서 첩이나 계모는 악인으로 그려지며, 그들은 정실부인과 전처 자식을 미워하고 시기하는 것부터 그들을 죽이기 위해 음모를 꾸미는 등의 횡포를 부린다. 정실부인과 전처 자식은 가정에서 축출됨으로써 맞게 된 고난을 조력자나 배우자를 만나 극복하거나, 과거 급제와 같은 출세를 통해 극복하며 그 과정에서 전기적 요소가 나타나기도 한다. 소설의 결말은 대체로 권선징악이라는 교훈을 전달하는데, 이는 가족 구성원 사이의 윤리 문제를 중요시한 당시의 분위기를 반영한 것으로 볼 수 있다. 대표적인 계모형 가정 소설에는 〈장화홍련전〉, 〈콩쥐팥쥐전〉, 〈어룡전〉 등이 있으며, 대표적인 쟁총형 가정 소설에는 〈사씨남정기〉, 〈소현성록〉, 〈월영낭자전〉 등이 있다.

⊙ 작품 한눈에

• **해제**
　〈정을선전〉은 조선 후기의 가정 소설이다. 이 작품의 전반부에서는 남녀 주인공의 결연담과 여주인공에 대한 계모의 학대 사건을, 후반부에서는 한 남편을 두고 벌이는 처첩 간의 갈등을 다루고 있어, 가정 소설의 대표적인 갈등 구조를 모두 담고 있다. 이 작품은 당대 여성에게 중요시되던 정절을 훼손당했다는 모함에 의해 여성이 겪는 수난과 시련을 잘 보여 준다. 또한 죽은 사람이 귀신이 되어 나타나고 다시 살아나는 비현실적 사건을 통해 이야기가 전개되고, 억울한 여자 주인공을 위한 시비들의 조력이 나타난다는 점이 특징적이다.

• **제목 〈정을선전〉의 의미**
　정을선이 유추연과 안정된 가정을 이루기까지의 과정을 그린 이야기
　〈정을선전〉은 정을선이 유추연과 행복한 가정을 이루기까지 유추연이 겪는 두 번의 위기와 그 해결 과정을 그린 가정 소설이다.

• **주제**
　가정 내의 갈등으로 인한 여성의 수난과 극복

한 줄 평 | 유씨 가문의 두 남매가 혼사 장애를 극복하는 과정을 그린 이야기

옥린몽 ▶ 이정작

💬 전체 줄거리

[권지 1]

송나라 때 강서 남창부의 옥화산에서 도를 닦던 도사 현묘진인이 득도하여 학을 타고 하늘에 오른다. 백성들이 그 신령함을 사모하여 현묘사를 세우고 계절마다 제사를 지냈는데, 소원을 빌 때마다 이루어지는 신령한 효험이 있었다. 청명이 되어 답청하는 행렬이 십 리에 이어 있고, 사람들마다 현묘사에 들러 한 가지씩 소원을 빌었다. 어느 날 현묘사에 소박한 옷차림을 하고 느긋한 걸음걸이로 들어온 사람이 있었는데, 맑고 깨끗한 풍채와 웅장하고 빼어난 기상이 가득했다.

▶ 사람들이 현묘진인의 사당을 세우고 제사를 지내며 소원을 빎

그는 당나라 때 하동절도사 공직의 후예 유담으로, 명문거족이자 집안에서는 충성과 효도의 풍모로 이름이 높은 사람이었다. 부인 정 씨는 이부상서 정백의 딸로, 천성이 단정하고 용모가 조용하고 그윽하였다. 유담은 부인 정 씨와의 사이에서 딸 혜란을 낳았으나 슬하에 아들이 없어 부부가 명산과 대천에 두루 빌어 정성을 다했지만 효험이 없었다. 이때 강서 지방에 기근이 계속되자 황제는 매우 근심하여 예부상서 유담을 강서 지방 안찰사로 보낸다. 유담은 소박한 옷차림을 하고 민간에 들어가 행정을 두루 살피다가 사람들이 한 사찰에 매우 바쁘게 왕래하는 것을 보고 그 연유를 묻는다. 한 사람이 대답하기를, 이곳은 옥화산 현묘진인의 사당으로 사람들이 소원을 빌 때마다 이제까지 이루어지지 않은 것이 없다고 한다. 이에 유담은 향과 초를 준비하여 의관을 가지런히 정제하고 꿇어앉아, 강서 지방의 백성들이 가뭄의 폐해로 고통받고 있으니 한바탕의 단비를 내려 달라고 정성을 다해 기도한다. 그러자 그날 저녁부터 검은 구름이 옥화산에서부터 일어나 비가 세차게 내리기 시작한다.

▶ 유담이 강서 지방의 안찰사로 부임하여 현묘사에서 비를 내려 달라고 기도함

유담은 현묘사의 신령스러운 효험을 기이하게 생각하며 다시 향과 초를 갖추어 현묘사에 나아가 슬하에 아들을 얻기를 엎드려 빈다. 이날 밤 유담의 꿈에 젊은이처럼 환한 늙은이의 얼굴로 백발에 멋진 눈썹을 한 사람이 학처럼 고고한 모습으로 나타나 소매 속에서 한 마리의 짐승을 꺼내어 준다. 그리고 나라를 먼저 생각하고 자신을 나중에 생각하는 충성심에 감동하여 이것으로써 충성을 표하니 잘 보호하라고 한다. 유담이 받아 보니 비호 같기도 하고 비룡 같기도 한 것으로, 그 모습이 옥을 깎아서 만든 듯하고 머리에 하나의 뿔이 있는데 신기한 빛이 밝게 비치고 상서로운 구름이 둘러 있었다.

▶ 유담이 다시 현묘사에 가 아들을 얻기를 빌자, 현묘진인이 꿈에 나타나 옥기린을 줌

이후 유담은 황제의 부름으로 집을 떠난 지 일 년 만에 경성으로 돌아와 부인 정 씨를 만나는데 부인이 이상한 꿈을 꿨다고 하면서, 꿈에서 상공이 사랑채에서 한 마리 짐승을 품고 들어오더라고 한다. 그리고 '이는 우리 집의 경사로 밤낮으로 바라던 바를 얻게 되어 어찌 기쁘지 않겠는가? 다만 한탄하는 바는 옥화산 도사에게 빌린 것이라

삼십 년이 안 되어서 도로 찾아갈 것이니 가히 아깝도다.'라고 하였다고 한다. 유담이 매우 이상하게 여겨 현묘사에서 소원을 빈 일과 꿈의 내용을 부인에게 전하는데, 부인이 꿈을 꾸던 날이 공이 기도하던 때와 꼭 같았다. 그리고 정 부인은 이달부터 임신하여 열 달 만에 아들 '원'을 얻었는데, 골격이 매우 뛰어나고 기품이 맑고 깨끗하였다.

▶ 정 씨가 유담에게 꿈 이야기를 하고, 열 달 만에 아들을 얻음

전 전도우후 장경은 황상이 황제가 되기 전에 옆에서 모시던 부하 장수로, 석한경 등의 모함에 빠져 죽게 되자 유담이 그를 구하려고 한다. 유담은 거짓된 말 때문에 충성스러운 신하를 해치는 것이 도리가 아니라고 하지만, 황제는 자신이 간신에게 속임을 당하였다는 말이냐며 크게 화를 내고 유담의 관직을 박탈하여 감옥에 가두라고 한다. 유담이 감옥에 들어간 후, 장경은 자신이 죽음을 면하지 못할 줄 알고 노모에게 영원히 이별하는 인사를 보낸 후 자결한다. 황제는 장경의 재산을 몰수하면서 그가 쌓아 놓은 재산이 없음을 알고 장경의 청렴함에 잘못을 뉘우친다. 그리고 승상 유담의 관직을 돌려주고 자신의 잘못을 인정한다.

▶ 유담이 장경을 구하려 감옥에 가고, 황제가 잘못을 뉘우침

세월이 흘러 유원의 나이가 다섯이 되었는데, 글솜씨가 매우 뛰어났다. 승상은 이를 천상의 기린이요 인간 세상의 봉이라고 하면서 반드시 집을 번창하게 할 것이라고 칭찬한다. 한편 딸 유혜란의 나이가 십 세에 이르렀는데, 금과 옥 같은 덕성과 꽃 같은 용모에 사람들이 감동하였다. 정 부인은 이를 사랑하여 세상에 합당한 짝이 있을까 근심하였다. 이에 유담은 친구 노국공 범질은 청렴한 대신이고 명망이 높은 사람으로, 작년에 세상을 떠났으나 셋째 아들 경문이 빼어나 손색이 없다고 하며 범질의 삼년상이 끝난 후 딸과 혼인시키자고 한다. 어느 날 유담이 갑자기 큰 병이 생겨 스스로 회복하지 못할 줄 알고 부인을 향하여 말하기를, 범씨 가문과의 약속을 어기지 말고 유 소저를 경문과 혼인시킬 것을 당부한다. 유담이 나이 사십에 세상을 떠나고, 황제도 유담의 죽음을 슬퍼한다.

▶ 유담이 친구 범질의 셋째 아들 경문과 딸을 혼인시킬 것을 당부하고 세상을 떠남

범 공자가 삼년상을 무사히 치르고 나이가 십삼 세가 되었는데 용모가 뛰어나고 총명하여 주변에서 구혼하는 자들이 많았다. 그러나 범 공자는 아버지들 간의 약속을 지켜 유 소저와 혼인하고자 한다.

장면 포인트 ❶ 154P

이때 부마도위 여방은 태조 황제의 친동생 태원 공주와의 사이에서 딸이 하나 있었으니, 이름이 교란이었다. 교란은 용모와 재주가 상당히 뛰어났으나, 성품이 간사하고 교활하였다. [주목] 교란이 십오 세가 되어 부마가 교란의 짝을 찾다가 범 공자의 소문을 듣고 매파를 보내 구혼하지만 정혼한 곳이 있다고 거절당한다. 이에 태원 공주가 황제에게 간곡히 청원하고, 황제는 경문의 형 간의대부 경완의 만류에도 불구하고 먼저 여 씨를 아내로 맞고 과거에 급제한 후에

다시 유 씨를 맞이하라는 뜻을 전한다. 이렇게 황제의 명령에 의해 범씨 가문의 경문과 교란(여 씨)의 늑혼이 이루어지게 되지만, 유 소저는 오히려 여 씨가 좋은 가문에서 자라 자신보다 몸가짐과 어른 섬기는 법도가 뛰어날 것이라고 어머니 정 부인을 안심시킨다.

▶ 황제의 명령에 의해 부마도위 여방의 딸 교란과 경문이 혼인함

경문과 여 씨가 혼인한 후, 여 씨는 모든 일을 처리하는 데 교묘하게 꾸며서 조금도 불량한 모습을 보이지 않으며 자신의 권세를 믿고 마음 놓고 세월을 보내고 있었다. 이에 경문은 여 씨가 성품과 행동이 온순하고 공손하다고 생각하고, 유 씨 또한 현숙하니 앞으로 한평생이 평안할 것이라고 여긴다. 이후 경문은 과거에 장원으로 급제하고, 황제는 기뻐하며 경문에게 집현전 학사를 제수한다. 과거에 급제한 경문은 유 씨(유 소저)를 둘째 부인으로 맞이하고, 경문과 유 씨의 혼례 날 시어머니 위 부인은 유 씨의 태도와 예절에 칭찬을 거듭한다. 이에 편협하고 시기 질투가 많은 여 씨는 불평하는 마음을 품는다. 위 부인은 경문을 불러, 유 씨를 보니 여 씨와 비교할 바가 아니라 대장부의 마음에 차별이 있을 것인데, 여 씨의 원망을 일으키게 하면 온 집안에 재앙이 일어날 것이니 조심하라고 이른다. 그날 밤 여 씨가 어지러운 마음에 잠을 이루지 못하고 경문과 유 씨의 신방을 엿보자, 경문이 유 씨를 존경하여 예의와 사랑으로 대하는 모습이 자신을 대접할 때와 아주 달랐다. 이에 여 씨가 방으로 돌아와 슬픈 탄식을 하던 중, 시녀 취섬이 들어와 위로하며 유 부인을 내칠 방도를 찾자고 한다. 이후 여 씨는 겉으로는 유 씨와 화목하여 경문의 마음을 놓게 하지만, 취섬과 밤낮으로 틈을 엿보고 계교를 꾀한다. 여 씨는 취섬을 시켜 유 씨의 침실을 엿보게 했으며, 유 씨의 시비 중 마음이 약하고 어리석은 춘교를 꾀어서 자신의 편으로 삼고자 하였다. 춘교는 취섬의 달콤한 말에 취섬을 자매처럼 여기고, 자신을 불러 좋은 말로 위로해 주는 여 씨에게 유 씨의 일거수일투족을 모두 보고한다. 취섬은 춘교를 통해 유 씨가 임신한 것을 알고 여 씨에게 독약을 쓰는 것을 제안하지만, 유 씨는 때마침 친정으로 가게 되고 열 달 후 아들 '징'을 낳는다.

▶ 경문이 과거에 급제하고 유 씨와 혼인하자, 여 씨가 시기하는 마음을 품게 됨

한편 유 공자 원이 열네 살이 되어 풍채가 맑고 총명하였는데, 밤낮으로 학문 수학에도 게으르지 않아 어린 나이로 과거에 급제한다. 유 공자가 적은 답안지를 보고 뽑은 것은 예부시랑 장 공이었는데, 장 공은 합격자의 이름을 써 붙일 때 유 공자의 이름을 알게 된다. 장 공은 유담과 같은 해에 급제하여 친함이 형제와 같고 그 성품이 매우 강직하였는데, 합격자의 이름을 보고 좋은 인재를 뽑은 데다 친구 유담의 자식을 얻게 되었다고 매우 기뻐하였다.

유원은 황제 앞에 인사를 드리고 좋은 날을 받아 도림산 아래에 있는 선산에 가서 제사를 지내고 며칠을 머물며 경치를 즐기다가, 영

홍암의 벽 위에서 조금 전에 완성한 듯한 훌륭한 시 하나를 발견한다. 유원이 주변을 찾아보니 얼굴이 파리하고 의복이 남루하나 용모가 빼어나고 맑은 기운을 가진 소년이 있었다. 이 소년의 이름은 설억으로, 문필이 뛰어났지만 일찍 부모를 여의고 집이 가난하여 십칠 세가 되도록 결혼을 하지 못하고 이번 과거에도 낙방하여 돌아다니다가 우연히 유원을 만난 것이었다. 유원은 서로 의지하면서 함께 학문을 하자며 설생을 집으로 데려온다. 이후 유원은 황제에게 한림원 직학사를 제수받고, 집에서는 설생과 시를 서로 주고받으며 정이 더욱 친밀해진다.

▶ 유원이 과거에 급제하고 선산에 제사를 드리다가 설억을 만나 집으로 데려옴

장면 포인트 ❷ 158P

유 학사(유원)의 재주와 용모로 인해 구혼하는 사람이 늘어났는데, 그중 간의대부 사복이 매파를 보내 자신의 딸과의 혼인을 청한다. 유 씨는 어머니 정 부인에게 그 딸의 재주와 덕을 알 수 없다며 쉽게 허락할 수 없다고 한다. 이에 매파가 사복에게 부인과 소저의 문답하던 말을 전하고, 사복은 분함을 이기지 못한다.

한편, 장사원은 장경의 아들로, 하나의 누이가 있었는데 재주와 덕행을 두루 갖추었으나 좋은 짝을 구하지 못하였다. 이에 장사원이 자신의 친구이자 유 학사의 매형인 경문을 집으로 초대해 누이를 유원과 혼인시키고자 하는 뜻을 전한다. 경문이 바로 장모인 정 부인에게 달려가 이야기를 전한다. 정 부인은 장 소저의 아버지인 장경의 충성과 지조를 언급하며 기뻐한다. 혼인날이 정해지고, 유 학사에게 거절당한 사복은 한바탕 분한 생각을 하다가 황제가 나라의 후사를 잇기 위해 귀비를 간택한다는 소식을 듣고 장사원의 누이 장 소저를 추천한다. 장 소저는 황제에게 자신이 이미 혼인날을 정하였다며 남편을 좇고자 한다고 하였지만, 황제는 장 소저를 보고 기뻐하며 궁중에 머물도록 한다. 이에 장 소저가 스스로 목숨을 끊고자 하니 궁녀들이 이를 막고, 황제 또한 장 소저가 돌아갈 것을 허락한다. 결국 이자현의 딸이 황제의 현비가 되고, 사복의 딸이 첩여가 된다.

▶ 사복이 황제의 비로 장 소저를 추천하지만, 황제가 장 소저의 굳은 뜻을 알고 돌려보냄

장 소저는 절의를 지켜 집으로 돌아오고, 유 학사와 혼인하여 시어머니와 남편을 정성으로 섬긴다. 유 학사는 집현전 태학사로 승진하고, 범 학사 또한 예부상서에 이른다. 한편, 설억은 일을 도울 사람이 필요하다는 범 상서의 요청으로 상서의 집에 머물게 된다. 유 씨가 친정에 머문 일 년 동안 여 씨는 딸을 낳게 되어 실망하고, 마음속에 한이 맺혀 화병을 얻는다. 상서는 설생이 필적을 보고 일생의 화복을 점친다는 것을 알고 여 씨와 유 씨의 필적을 들고 온다. 설생은 유 씨의 글씨체를 보고 오복이 두루 갖추어졌으나 중년에 재액이 있을 것이고, 여 씨의 글씨체를 보고 초년에는 복을 누리나 글자 사이에 살기가 있어 그 복이 오래가지 못할 것이라고 말한다. 여 씨의 시비 취섬이 이를 엿듣고 여 씨에게 자세히 고하자, 여 씨

는 두 필적을 챙겨 두고 시비 취섬과 모의해 설억을 해하기로 마음 먹는다. 유 씨가 친정에서 돌아오자 취섬은 유 씨의 시비 춘교를 꾀어 부모에게 보낼 편지를 써 달라며 부탁할 사람이 없다고 하소연한다. 이에 춘교는 취섬을 위해 설생의 방 안으로 가 글을 써 달라고 하고, 설생은 이를 거절하지만 인정에 마지못해 몇 줄을 써서 건네준다. 그리고 여 씨는 유 씨의 필적과 설생의 서찰을 가지고 오랫동안 연습해서 글자의 획을 똑같이 옮기게 된다.

    ▶ 설생이 범 학사의 집으로 오고, 여 씨가 설생을 해할 마음을 먹음

얼마 후 유 씨가 둘째 아들을 낳아 이름을 청이라고 한다. 불안한 마음이 심해진 여 씨는 어느 날 기절한 척을 하고, 설생이 주었다고 하며 청심환 약을 독약으로 바꾸어 설생을 살인 미수로 모함한다. 상서는 이에 의심을 품고 설생에게 약에 대해 묻지만, 설생은 약에 대해 전혀 알지 못한다. 상서는 이에 근심하다가 유 씨에게 설생의 대답과 취섬의 진술을 이야기하며 옳고 그름을 밝힐 실마리가 없다고 의논한다. 유 씨는 이미 시비를 통해 이 소식을 듣고, 설생이 자신의 남동생의 문객이었기 때문에 여 씨가 화근의 빌미로 삼으려고 한다는 것을 깨닫고 있었다. 이에 설생을 문하에 두지 않는 것이 좋겠다고 대답하지만, 상서는 까닭 없이 어진 사람을 내보내는 것은 도리에 맞지 않는다고 거절한다. 취섬이 이 대화를 엿들어 전하자, 여 씨는 유 씨의 똑똑함을 깨닫고 자신의 계교를 급히 실행하기로 마음먹는다.

    ▶ 유 씨는 둘째 아들을 낳고, 여 씨가 설생을 살인 미수로 모함함

[권지 2]

이후 상서는 도림산에 가서 머물게 되는데, 암자의 벽 저쪽에서 하는 대화를 듣게 된다. 이는 여 씨가 취섬을 시켜 장안의 술집에 출입하는 한량인 위격과 석윤을 매수하여 설생의 부정에 대하여 말하도록 한 것이었다. 또 설생과 유 씨의 필적을 위조한 후, 춘교를 시켜 유 씨의 방에 서로 주고받은 편지를 두고, 취섬을 시켜 설억의 방에도 유 씨의 편지를 둔다. 편지의 내용을 읽은 상서는 유 씨와 설생의 사통을 확신하고, 상서의 동생 범 소저는 이를 안타깝게 여겨 유 씨를 찾아간다. 그리고 오빠가 도림산에서의 말을 듣고 편지를 발견하였는데, 편지의 내용이 교묘하게 일치하고 글씨체도 똑같아서 오빠의 의심을 풀기 어렵다고 말한다. 결국 상서는 설생을 내쫓고 설생은 유 학사의 소개로 병부시랑 동진의 서기로 가게 된다. 그리고 가문의 이름과 두 아이들의 앞날을 위해 유 씨는 형벌로 처리하는 것 대신 조용히 아이들과 친정으로 돌려보낸다.

    ▶ 설생과 유 씨가 여 씨의 계교로 상서에게 쫓겨남

시어머니 위 부인은 소인이 군자를 모함하는 데 있어 잠시 동안 남의 눈을 속일 수 있지만 그 종적을 오래 숨기지는 못한다고 하며, 착한 며느리가 위험을 피하여 잠시 기다릴 때라고 유 씨를 위로한

다. 유 씨는 친정에 돌아가 스스로 죄인을 자처하며 살아가고, 상서는 유 씨의 남동생인 유 학사와는 변함없는 관계를 유지한다. 세월이 지나 정 부인이 딸과 며느리 장 소저와 함께 정성을 다해 제를 올리던 밤에 괴이한 꿈을 꾸는데 어떤 진인이 소매 속에서 한 짐승을 내어 주며, "내가 준 옥기린 한 마리가 이미 부인께 있다. 이는 곧 태평성대의 상서로운 일이다. 잘 보호할지어다."라고 말한다. 이는 이전에 꿈속에서 유담이 옥화산 도사에게서 얻은 짐승과 똑같았다. 이달부터 장 씨가 임신하여 열 달이 지난 후 아들을 낳게 되고, 아이의 이름을 재교라 하였다.

    ▶ 정 부인의 꿈에 현묘진인이 나타나 옥기린을 주고 며느리 장 씨가 아들을 낳게 됨

거란이 국내 문제를 송나라의 힘을 빌려 해결하고자 송나라에 화친을 청한다. 이에 황제가 북쪽으로 갈 사람을 천거하라고 하나 모두가 어떤 변고가 있을지 몰라 사신으로 가기를 꺼린다. 이때 병부상서 경문이 자원하여 거란에 가기를 청하자, 황제는 기뻐하며 경문을 병부상서 겸 자경 태학사 북조통신사로 임한다.

경문이 거란에 도착하고, 화친파인 거란의 실력자 소병이 예의를 갖추어 대접하나 야율경이 소병을 죽이고 태후를 폐궁에 가둔 후 권력을 휘두른다. 그리고 화친을 거절하고 송을 치겠다고 위협한다.

    ▶ 경문이 자처하여 거란의 사신으로 가지만, 야율경이 소병을 죽이고 화친을 끊음

[권지 3]

야율경은 경문에게 거란을 섬기라고 하지만, 야율경의 온갖 회유와 협박에도 불구하고 상서는 끝까지 굴복하지 않고 추운 방에서 일주일 동안이나 물 한 방울도 마시지 않고 버틴다. 이에 거란의 왕이 경문을 돌려보냄을 의논하지만, 야율경은 경문을 돌려보내면 거란에 큰 근심이 될 것이라면서 경문을 북해에 보내어 양을 치게 한다. 경문은 북해에 추방당해 고국과 부모 형제에 대한 그리움 속에서 주역을 읽으며 세월을 보낸다.

    ▶ 거란의 왕이 경문을 북해로 유배 보냄

상서가 떠나자 여 씨는 유 씨를 완전히 제거하기 위해 춘교를 시켜 유 씨의 방에 있는 상자를 열고 피로 글씨를 쓴 무명 저고리와 가짜 편지를 깊이 감추게 한다. 그리고 숙부 여위에게 부탁하여 여위의 사주를 받은 처남 이문호가 황제에게 글을 올리도록 한다. 황제는 이에 매우 노하여 설생을 잡아 옥에 가두고 유 씨의 침실을 수색하여 피로 쓴 글씨가 있는 속적삼과 십여 장의 편지를 발견한다. 특히 흰 속적삼은 설억이 입었던 것을 벗어 스스로 팔을 찔러 피를 내어 맹세의 글을 써서 유 씨에게 보낸 것으로 보였다. 이에 황제는 유 씨를 남방 수천 리 밖 영능부에 유배 보내고, 설억은 북쪽 변방을 지키는 군사에 충원되도록 한다. 한편, 범씨 집안의 위 부인과 경문의 형 경완은 시녀들을 심문하여 일의 전말을 알고자 하나, 여 씨가 미리 춘교를 독살하여 입을 막는다.

    ▶ 여 씨가 숙부 여위를 사주해 설생과 유 씨를 유배 보냄

유 씨가 남자의 의복을 한 벌 지어 시녀 운홍 등과 함께 유배지로 떠나 사처에 이르는데, 여 씨가 후환을 없애기 위해 다시 취섬으로 하여금 오대랑과 위격을 매수하여 유 씨를 겁탈하고 죽이려 한다. 시녀 운홍의 도움으로 위기를 벗어난 유 씨는 가져온 남자의 의복을 입고 도망하다가 여 도사들이 있는 학림원이란 곳에 몸을 의탁하게 된다.

▶ 유 씨가 유배지에서 죽음의 위기를 넘기고 학림원에 몸을 의탁함

한편, 유원은 다른 사람들이 해석하지 못하는 주역을 해석해 내는 등 모든 경서와 병법에까지 통달하여 황제가 유원을 특별히 총애한다. 이때 남쪽 지방에 가뭄으로 인해 기근이 발생하자, 황제가 귀양 간 누이를 만나기 위해 자원하는 유원을 계양지부로 임명한다. 유원은 부인 장 씨 모자와 어머니, 징과 청을 모두 데리고 계양으로 향하는데, 여 씨가 유 씨 집안을 완전히 없애기 위해 다시 오대랑과 석윤을 매수하여 유원과 가족들을 모두 죽이고 장 씨를 겁탈하도록 사주한다. 유원이 부임 도중 병이 나자 배를 이용하여 가기로 하는데, 이때를 틈타 석윤이 그 지방의 부랑배들을 모아 밤에 배를 습격하여 재교를 강물에 던지고 장 소저를 강에 투신하게 한 뒤 칼로 유원을 찌르고 도망간다. 정 부인은 어쩔 수 없이 위중한 유원을 데리고 부임지로 가서 도움을 얻고자 딸의 유배지에 노복들을 보내는데, 딸조차 간 곳을 알 수가 없어서 더욱 슬픔에 빠진다.

▶ 여 씨의 사주를 받은 석윤이 부임지로 향하는 유원의 가족들을 공격함

칼에 찔린 유원은 장 소저와 아들 재교의 소식까지 듣자 백약이 무효하여 거의 죽게 되고, 정 부인은 다시 현묘사에 가서 기도한다. 정 부인은 옛날에 옥기린을 주던 도사가 다시 나타나 옥기린을 돌려주는 꿈을 꾸고, 유원이 회복한다. 아들이 살아나자 정 부인은 현묘진인에게 감사를 드리기 위해 시녀 하나를 학림원에 보냈다가 그곳에 숨어 지내는 유 씨를 찾게 된다. 모녀가 상봉하여 회포를 풀고, 함께 장 씨와 재교의 죽음을 슬퍼한다. 한편, 정 부인은 아들 유원의 재혼을 추진하다가 옛날에 남편 유담이 남창부 지부로 왔을 때 수청을 들던 기생 조파가 낳은 서녀 지란을 만난다.

황제가 유원의 공적을 높이 평가하여 예부상서를 제수하고 집현전 태학사를 겸하여 부르자, 유원은 누나와 눈물의 이별을 하고 어머니와 지란과 함께 옛날 집으로 돌아온다. 정 부인은 집에 도착하여 며느리와 손자의 빈 관을 선산에 안장한다. 그리고 유원은 장 시랑의 사촌 누이이자 환장각 대제 이공의 딸 이 씨를 후처로 맞이한다.

▶ 정 부인이 딸을 다시 만나고, 유원은 이 씨를 후처로 맞이함

거란의 야율경이 10만 대병을 이끌고 송나라 변경을 침범하자 유원이 자원하여 병부상서 겸 평북 대원수가 되어 정벌에 나선다. 유 상서(유원)가 군사를 이끌고 대주에 이르렀는데, 설생이 군사에 충원된 곳이었다. 유 상서는 설생의 초췌한 얼굴을 보고 위로하며 설생을 대장군 비서로 삼아 문서 담당 서기의 임무를 맡긴다. 유 상서가

군사 운용을 귀신같이 하여 연전연승을 하고 거란국을 침범하자, 거란의 왕이 전쟁의 죄를 야율경에게 미루고 북방으로 내친 범경문을 찾아와 화친을 중재해 달라고 간청한다.

한편, 범경문은 야율경이 소령이라는 대신의 모함에 죽게 되었는데, 이는 소령이 야율경의 글씨를 교묘하게 모방하여 반역하는 글을 만들었기 때문이라는 말을 듣고 유 씨를 떠올리며 과거 자신의 급한 결정을 뉘우친다.

▶ 유원이 거란과의 싸움에서 승리하자 거란의 왕이 범경문을 다시 데려와 화친을 간청함

[권지 4]

유 원수(유원)가 거란을 압박하자, 거란의 왕은 경문에게 더욱 간절하게 화친을 청한다. 경문은 유원이 이곳에 왔음을 알고 편지를 보내 명분과 실리로 화친을 권하고, 유 원수는 이를 옳게 여겨 황제에게 청하여 거란과 송이 화친을 맺게 된다. 경문은 유원과 만나 그간의 이야기를 듣고, 지난날 유 씨를 의심하여 내친 것을 후회하며 자신의 판단이 잘못되었음을 깨닫는다. 북쪽에서 처리할 일이 남은 유 원수보다 앞서서 경문이 먼저 귀국하자 황제가 그 공을 높이 평가하여 경문을 문하시랑 겸 태자 소보단명전 태학사로 임명한다. 집에 돌아온 경문은 가족들과 그간의 회포를 풀고, 정 부인이 보내 주어 징과 청 두 아들도 만난다. 위 부인은 여 씨를 의심하는 경문에게 유 씨의 시녀 중 여 씨와 내통하는 자가 있었을 것으로 의심했는데, 유 씨가 유배를 가고 유 씨의 시녀 춘교가 갑자기 입에 피를 흘리며 죽어 의심스럽게 생각한다고 말한다. 경문은 억울하게 고난을 겪는 유 씨를 데려와 사죄해야겠다고 다짐한다.

유원이 돌아오자, 황제는 크게 환대하며 유원을 호서 추밀원사 겸 상서복야 소문전 태학사 관북후로 삼고 식읍으로 삼천 호를 내린 뒤 유원의 휘하 장수들에게도 상을 내린다. 유원은 집에 돌아와 가족들과 재회하고, 장 시랑이 순무어사가 되어 남쪽으로 떠났다는 소식을 듣는다. 한편 병부에서 북쪽 정벌에 참여한 병사들의 공로마다 상을 내리는데, 설생 또한 그 공을 인정받아 죄를 용서받고 고향으로 돌아가게 된다.

▶ 경문과 유원이 집으로 돌아오고, 경문은 유 씨를 내친 자신의 판단이 잘못되었음을 깨달음

한편 유 씨를 대신하여 위격에게 끌려가 유 씨인 척하며 부부의 연을 맺고 살던 운홍은 위격을 통해 유 씨가 누명을 쓰게 된 사연을 알게 된다. 운홍은 유 씨의 누명을 벗기고자 남편이 된 위격을 회유하여 서울로 올라와 등문고를 쳐서 그간의 일을 설명한다. 이에 위격과 오대랑이 잡혀 와 여 씨와 취섬이 시켰던 일들을 모두 자백한다. 법관이 유원의 집으로 가 유원과 경문에게 이 일을 알리고 다음날 취섬을 잡으러 가지만, 여 씨는 취섬을 멀리 도망가게 하고 자신이 공주의 딸이라는 배경을 이용하여 죄를 은폐하려 한다.

▶ 운홍의 도움으로 위격과 오대랑이 잡혀지지만, 여 씨는 자신의 죄를 은폐함

심양강에서 도적의 핍박을 당하여 강물에 떨어진 장 씨는 그곳을 지나가던 상서 장수예에 의해 구출된다. 그리고 장 상서를 따라 태주로 가 수양딸이 되어 기운을 회복하기를 기다리며 지낸다. 장 상서는 유담과 같은 해에 급제를 했던 막역한 사이로, 유원이 과거 시험을 볼 때 유원의 답안지를 추천했던 사람이다. 장 상서의 아들 장세륜과 며느리 최 씨에게서 딸 소아가 태어나고, 장 씨는 죽은 아들 재교에 대한 그리움으로 집으로 돌아가고자 하는 생각이 더욱 깊어진다. 장 상서가 복직하여 성도지부가 되고, 장 상서와 가족들은 장 씨를 데리고 계양으로 향하나, 가는 도중에 장 상서가 병이 들어 죽고 장 씨는 혼자 계양에 도착한다. 장 씨는 남편 유원과 가족들이 이미 계양을 떠나 서울로 간 것을 알고 실망하지만, 우연히 조파를 만나 학림원에 머물고 있는 유 씨를 만나게 되고 유 씨의 도움으로 남장을 하고 길을 떠난다. 장 씨는 서울로 가는 도중 회남 지방의 큰 산에서 석대랑과 도적들을 만나 위기에 처하지만, 순무어사가 된 친정 오빠 장사원을 우연히 만나 구출된다. 붙잡힌 석대랑은 자신의 이름이 석윤이고, 계양으로 부임하던 유원과 가족들을 공격하여 재물을 훔쳤음을 고백한다. 장사원은 석윤이 가족들을 공격한 것은 물론, 석윤의 부친 석한경이 자신의 아버지 장경을 모함하여 재앙에 빠뜨린 것을 기억하고 원수를 갚고자 한다. 장 씨는 장사원이 돌아올 때까지 천축암에 잠시 머물기로 하는데, 그곳에서 여승 영원을 만난다. 그리고 영원을 통하여 영원의 동생 소칠이 심양강에서 고기를 잡기 위해 배를 타고 나갔다가 자신의 아들 재교를 구했음을 알게 된다. 장 씨는 아들을 찾기 위해 시녀 금련을 소칠의 집으로 보내지만, 소칠이 남과 싸운 후 가족들을 데리고 몰래 도망하여 거처를 알지 못한다는 소식을 듣고 매우 실망한다. 금련은 천축암으로 돌아오는 길에 유리걸식하는 여인을 영원의 제자로 삼으려고 데려오는데 이는 바로 취섬이었다.

▶ 장 상서의 도움으로 목숨을 구한 장 씨가 유 씨와 오빠 장 사랑을 만나고
아들 재교가 살아있음을 알게 됨

[권지 5]
취섬은 그동안 칠파라는 부자에게 팔려 가 춤과 노래를 배우며 학대당하기도 하고, 석윤에게 팔려가지만 석윤이 살인죄로 잡혀가자 떠돌아다니는 거지가 되는 등 도망한 지 반 년 만에 온갖 고생을 다 한다. 그리고 결국 삭발을 하고 영원 승려의 제자가 되지만, 장 소저와 그곳에 온 장 시랑을 보고 도망가다가 체포되어 서울로 압송된다. 장 소저가 장 시랑과 함께 집으로 돌아오자 모든 가족이 기뻐하지만, 한편으로는 재교의 행방을 알 수 없어 안타까워한다.
한편, 이 현비가 태자를 낳고, 여 씨는 취섬이 잡혔다는 소식을 듣고 사 첩여와 공모한다. 사 첩여의 아버지 사복은 형부상서로 옥사를 담당하고 있었는데, 여 씨는 사람을 보내 간수들에게 뇌물을 주고 옥에 갇힌 취섬과 위격, 오대랑의 입을 맞추어 사건을 뒤집으려고 노력한다. 이 현비는 사 첩여와 여 씨의 친밀함을 의심하고, 어느 날 여 씨가 사 첩여에게 보낸 편지가 황제에게 적발된다. 황제가 이를 의심하여 직접 심문을 하자, 위격과 오대랑은 바로 죄를 자백하고 취섬은 모진 고문 끝에 모든 것을 실토한다. 이에 취섬과 위격은 능지처참되고, 오대랑은 먼 곳에 유배된다. 또한 여 씨는 유 씨가 갔던 영능으로 유배되고, 사복은 벼슬을 잃는다. 황제는 사 첩여 또한 서인으로 폐하여 사가로 돌려보낸다. 한편 운홍은 풀려났지만, 위격에게 욕을 당하여 절의를 잃었으므로 자결하고 만다. 누명을 벗은 설억은 전공으로 개봉부 녹사참군이 되고, 유 씨는 상원부인의 직첩을 받아 집으로 돌아온다.

▶ 취섬이 잡혀 오고, 여 씨는 사 첩여와 공모하지만 황제의 심문으로 모든 사실이 탄로남

여 씨는 귀양지로 가는 도중 도적의 습격을 받아 재물을 다 뺏기고, 자신의 처지를 탄식하며 목을 매려다 실패한다. 이때 유 씨가 집으로 돌아오던 중 조파와 함께 여승 영원을 객점에서 만나고 있는데, 이웃 객점에서 들려오는 여 씨의 울음소리를 듣는다. 유 씨는 여 씨에게 음식과 술, 금을 보내 주고 여 씨는 이에 진심으로 감동하여 자신의 지난 일을 뉘우친다. 유 씨는 영화롭게 돌아와 가족들과 상봉하지만, 시댁에 가지 않고 친정에 머문다. 한편 설억이 유원을 찾아와 그간 일의 내력을 듣고, 경문은 설억을 유원의 이복 동생인 지란의 남편으로 추천한다.

▶ 귀양지로 가던 여 씨가 도적을 만나지만, 유 씨의 도움을 받고 자신의 잘못을 뉘우침

[권지 6]
어느 날 유 씨의 꿈에 운홍이 나타나, 유 씨의 아들로 태어나게 되었음을 알리며 가슴 속으로 달려든다. 유 씨와 경문은 화해하고 유 씨는 시댁으로 돌아온다. 경문은 벼슬을 사양하고 집으로 돌아오고, 이 씨는 아들 재전을, 장 씨는 딸 경아를, 지란은 아들 택생을 낳는다. 유 씨도 운홍의 꿈을 꾼 이후 홍이라는 아들을 낳는다. 설억은 과거에 급제하고 황제의 총애를 입어 원주지부가 된다.
한편, 이소칠은 재교를 구출하여 자식으로 삼고 사랑하였으나, 술을 마시고 취해 살인을 저지른 후 배를 타고 도망하여 떠돌며 장사를 하다가 풍파를 만나 모든 것을 잃고 유리걸식하게 된다. 이때 남창부 풍성현에 가덕인이라는 사람이 있었는데, 전중시어사의 벼슬을 버리고 고향에 돌아와 예부 원외랑을 했던 왕식이라는 벗과 우정을 나누고 있었다. 어느 날 가덕인이 재교의 특별함을 알아보고 자식으로 삼아 기르고자 한다. 소칠은 백금 수십 냥을 받고 가덕인에게 재교를 맡기게 되고, 가덕인은 유재교의 이름을 고쳐 가인지라고 정한다. 한편 같은 동네의 왕식은 천하 명산대천을 두루 다니며 구경하는 것을 좋아했는데, 동남 지역에 갔다가 도적들의 난리에 부모를 잃어버린

상서 장수예의 손녀 소아를 데려오게 된다. 왕식은 장소아의 이름을 왕정완으로 고치고, 인지와 함께 공부를 하게 한다. 둘의 나이가 6세가 되었을 때, 인지가 장난으로 보낸 옷과 금가락지에 답례로 보낸 백옥 서진이 빌미가 되어 두 사람은 정혼하게 된다.

왕 소저(정완)가 십 세에 이르고 구혼하는 사람이 점점 많아졌지만, 왕식 부부는 정혼한 곳이 있다고 모두 거절한다. 그런데 이문호의 아들 희인이 정완을 사모하여 아버지의 권세를 앞세워 여러 번 청혼하다가 모두 거절당한다. 어느 날 왕식이 회계 산음지현이 되어 부인과 딸 정완을 데리고 부임지로 가게 되었는데, 왕식의 부인을 따라 현묘관에 간 정완은 자신의 시녀였던 계섬을 만나 친부모를 찾게 된다. 딸을 데리러 온 장세륜에게 왕식은 정완이 옥 서진과 금가락지로써 가인지와 정혼한 사실을 말하고 어기지 말 것을 당부한다.

▶ 재교는 가덕인의 아들이 되고, 장 상서의 손녀 소아는 왕식의 딸이 되어 두 사람이 정혼함

왕 소저가 왕식 부부와의 이별을 슬퍼하며 친부모를 따라 태주로 돌아가고, 가인지는 남창부의 시험에 응시한다. 시험을 보고 돌아오는 길에 등왕각에서 우연히 이희인과 염첨 등을 만나 함께 시를 읊고 술을 마시는데, 술에 취해 점방에서 하룻밤 묵으려다가 이희인의 계교로 점방 주인에게 죽을 위험에 처한다. 이때 등왕각에서 인지의 글에 감탄한 기생 설빙심이 지나가던 지부의 관리에게 도움을 요청해 인지를 구해 주는데, 그 관리가 바로 설억이었다. 설억은 사처에 돌아와서 가인지와 회포를 풀다가 인지가 쓴 글이 유원의 문장과 비슷하다고 말한다. 인지는 친부모에 관한 이야기를 듣고 설억을 따라가기로 하고, 빙심은 인지에게 뒷날을 기약하며 함께하겠다는 맹세를 한다.

한편, 천축암의 여승 영원이 혜심이라는 여승을 만나기 위해 남악 형산으로 가는 도중, 영능에 있는 여 씨의 초가집을 방문하여 여 씨가 죽은 시녀 춘교의 악몽에 시달리는 것을 알게 된다. 이에 영원이 제를 올려 여 씨의 병이 회복되도록 한다. 영원은 수륙제를 마치고, 잿밥을 얻어먹으러 온 소칠의 처를 우연히 만나 소칠 부부와 함께 남창부 풍성현으로 재교를 찾아 나선다.

▶ 설억이 위기에 빠진 재교(가인지)를 구해 주고, 재교는 설억을 따라감

[권지 7]

영원이 소칠 부부와 함께 가덕인의 집으로 가지만, 가덕인은 가인지가 유원의 아들 재교라는 말을 믿지 않고 내쫓아 버린다. 영원은 남창부 현묘사에 기도한 후, 현묘사 문을 나서다가 가 어사(가덕인)의 아들에게 약을 먹여 죽이려고 했다는 점방 주인을 끌고 가는 관리들을 만난다. 그리고 이들을 따라가 남원지부 설억과 가인지를 만나게 된다. 영원과 소칠은 설 지부에게 그간의 일을 설명하여 가인지가 유재교임을 밝힌다. 재교는 남창부의 집으로 돌아가 가덕인 부부에게

친부모를 찾은 내력을 이야기하고 눈물의 이별을 한다. 그리고 어사 중승으로 승진하여 올라가는 설생을 따라 서울로 간다. 한편, 여승 영원은 남창부에 있던 오빠 부부가 죽고 잃어버린 조카딸을 찾다가 그 아이가 바로 재교를 위험에서 구한 기생 설빙심이라는 것을 알게 된다. 재교는 십 년 만에 헤어졌던 가족과 재회한다.

▶ 영원과 소칠이 설억에게 가인지가 재교임을 밝히고 재교가 집으로 돌아옴

영원은 재교를 찾은 공으로 정 부인의 시비 묘련을 제자로 얻고, 또 여 씨의 병을 치료한 공으로 태원 공주로부터 시녀 방란을 제자로 얻어 예운암에 머문다. 한편 동평장사 여몽정이 재교의 재능을 매우 사랑하여 중매를 자청하지만, 유 참정(유원)이 재교가 왕 소저와 정혼하였음을 말하며 거절한다. 황제가 태자의 교육을 위해 태자와 비슷한 나이의 신동을 구하여 태자의 스승 겸 벗으로 삼고자 하자 여몽정이 다시 재교를 추천한다. 이에 황제가 재교를 불러 여러 가지 문제를 낸 뒤에 재교가 쓴 글을 보고 그 재주에 감탄하며 신동과의 장원으로 인정하고, 비서 저작랑 겸 동궁시강으로 임명한다.

▶ 황제가 재교의 재주를 사랑하여 태자의 스승 겸 벗으로 삼음

[권지 8]

황제는 태자에게 재교를 가리켜 스승 겸 벗으로 사귀도록 당부하고, 재교는 태자와 학문을 토론하며 그 정이 매우 친밀해진다. 한편 여승 영원이 태원 공주 병문안을 갔다가 여 씨의 귀가를 위해 불사를 베풀기로 하고, 유 씨의 집에 가서 공주의 사연을 말한다. 유 씨는 여 씨를 구할 기회라고 하며 영원에게 자신이 황후에게 말을 할 수 있는 기회를 만들어 줄 것을 요청한다. 이에 태자의 결혼식 날, 태원 공주와 유 씨가 황후에게 청원하고 황후가 황제에게 청하여 여 씨가 남교의 대사면이 있을 때 사면을 받게 된다.

▶ 여 씨가 영원과 유 씨의 도움으로 사면을 받게 됨

설빙심은 자신을 사모하여 핍박하는 이희인을 피해 인지(재교)와 정혼하였다는 왕 소저를 찾아간다. 왕 소저가 현묘사에 분향하러 간다는 말을 들은 설빙심은 현묘사에서 왕 소저(장소아)가 시비 계섬을 만나 친부모를 찾는 것을 보고 스스로 왕 소저의 시녀가 되어 따라간다.

한편, 이희인은 왕 소저와 설빙심을 손에 넣고자 하는 악한 마음이 커 간다. 그러던 중 가인지와 왕 소저가 각각 친부모를 찾아갔다는 말을 듣고 영첨에게 의논한다. 영첨은 가덕인과 왕식의 필체를 모방하여, 가인지에게 왕 소저가 죽었다고 기별하고 장세륜에게 가인지가 죽었다고 연락하여 혼약을 깨자고 한다. 이에 이희인은 가인지가 죽었다는 거짓 부고를 장세륜의 집으로 보내고 다시 왕 소저에게 혼인을 청하려고 한다. 그러나 왕 소저와 설빙심은 가인지의 죽음을 믿지 않고 의심한다. 영첨은 희인을 배반하고, 희인에게 받은 돈으로 스스로 왕 소저를 취하려고 계교를 부리다가 설빙심에게 발각되어 달

아난다. 가인지의 죽음을 믿지 않은 설빙심은 사실을 확인하기 위해 태주로 가던 길에 현묘사에 들렀다가 영원의 제자 묘련과 방란을 만나 가인지가 유 참정의 아들 유재교이며, 이미 부모를 찾아 서울에 갔다는 소식을 듣고 이를 왕 소저에게 전한다.

▶ 설빙심은 왕 소저의 시녀가 되고, 현묘사에 갔다가 가인지가 유재교임을 알게 됨

한편, 태자는 재교(가인지)가 가덕인 부부와 왕 소저의 부모가 먼 곳에 있어서 그리워하는 사정을 안타깝게 여겨 황제에게 부탁하여 이들을 서울로 데려올 것을 청한다. 이에 황제가 태자의 학문을 사랑하는 마음을 기쁘게 여겨 가덕인에게 상서우승을 제수하고 왕식에게 환장각 대제를 제수하여 서울로 오게 한다. 그러나 왕 소저가 죽었다는 가짜 편지가 유 참정 댁에 전달되자 모두 슬픔을 이기지 못한다. 이때 태주의 장세륜(왕 소저의 친부)이 가인지가 죽었다고 생각하여 장 씨에게 보냈던, 재교와의 혼인의 청이 담긴 편지가 도착한다. 소아를 사랑하는 장 부인은 소아가 왕 소저임을 모르고, 적극적으로 혼인을 추진하여 재교와 왕 소저는 다시 정혼하게 된다.

▶ 왕 소저가 죽었다는 가짜 소식에 유 씨 가족들이 슬퍼하고,
장 부인에 의해 재교와 왕 소저가 다시 정혼함

[권지 9]
이희인은 자신의 숙부가 태주 지부로 오자 숙부를 부추겨 왕 소저와 혼인을 하고자 하지만, 거짓말이 탄로 나서 숙부에게 크게 꾸중을 듣는다. 이에 영첨과 모의하여 왕 소저가 서울로 가는 길에 납치하려고 한다. 이희인은 아버지의 외사촌 누이 담현 승려의 도움을 받아 장세륜과 함께 서울로 가는 왕 소저를 구강 근처의 파양호에서 납치하여 담현의 암자에 감금한다. 딸을 잃은 장세륜은 관부에 신고한 뒤 눈물을 흘리며 어찌할 줄 몰라 한다. 한편 고향에 있는 부모의 묘지에 들렀다 온 설빙심은 구강에서 왕 소저를 기다리지만, 왕 소저는 오지 않는다. 자신에게 책임이 돌아올까 두렵기도 하고 왕 소저를 무사히 찾으면 장세륜과 가덕인이 자신의 공을 인정할 것을 계산한 영첨은 이희인을 강주지부에게 신고하고, 설빙심에게 사건의 전말을 알린다. 한편 황제가 남교에 나아가 대 사면령을 내리고, 여 부마는 딸을 데리러 영능으로 간다. 여 씨는 서울로 올라오는 길에 태원 공주의 시녀였다가 영원의 제자가 된 방란을 만나고, 방란은 여 씨에게 왕 소저가 재교가 혼인하기로 하고 서울로 가던 중 도적의 변고를 만나 담현의 암자에 갇혔음을 알려 준다. 방란과 설빙심은 여 부마와 여 씨의 도움을 받아 왕 소저를 구하고, 왕 소저는 서울로 올라가 여 승상(여몽정) 댁에 머물게 된다.

▶ 이희인이 왕 소저를 납치하고, 설빙심은 여 씨의 도움으로 왕 소저를 구출함

유 참정과 재교가 장세륜의 소식을 기다릴 때, 가덕인과 왕식이 찾아온다. 유 참정이 왕식에게 왕 소저의 죽음을 전하며 편지를 보여주자, 가덕인이 편지가 가짜임을 밝힌다. 또한 가족들은 왕 소저가

곧 장 소저(장소아)임을 알고 기뻐한다. 범경문이 가덕인의 조카 양익을 보고 마음에 들어 하자, 유 참정이 중매하여 여 씨의 딸과 양익이 정혼한다. 한편 파양호에서 왕 소저를 잃었다는 장세륜의 소식이 갑자기 전해지자, 온 집안이 슬픔에 잠기고 특히 왕식은 슬픔이 너무 커서 벼슬을 버리고 즉시 고향으로 돌아가려 하나 가덕인이 말려 함께 고향으로 돌아가기로 한다. 유 참정 집안에서는 후사를 위해 다시 재교의 혼인을 고민하고, 유 참정을 찾아온 여몽정이 숨겨 둔 딸이 있다고 하면서 청혼하여 서로 혼인하기를 약속하니 혼인 날짜가 열흘 정도 남아 있었다.

▶ 왕 소저가 죽었다는 소식에 온 집안이 슬픔에 잠기고, 재교는 여몽정의 딸과 정혼함

[권지 10]
재교는 왕 소저가 죽은 지 얼마 되지도 않아서 다른 사람과 혼인하는 것은 너무 신의가 없는 행동이라고 하지만, 부모의 뜻을 거스를 수가 없어 여 소저와 혼인한다. 재교는 첫날밤에 여 소저가 바로 장 소저이고 장 소저가 바로 왕 소저임을 알고, 여몽정이 왕 소저를 여 소저라고 속인 것을 알게 된다. 여 부마가 왕 소저를 구해 서울로 데려왔을 때, 재교의 재주를 사랑하던 동평장사 여몽정이 여 부마에게 왕 소저를 구해 온 일을 듣고, 딸로 삼아 구혼을 한 것이었다. 이에 가족이 모두 여 소저가 바로 왕 소저임을 알고 환호하여 기뻐한다. 한편 가덕인의 조카 양익은 과거에 장원급제하고, 여 씨의 딸과 혼인한다. 여 부마가 경문에게 딸 여 씨를 부탁하자 경문은 여 씨를 용서할 뜻을 보인다.

▶ 재교는 왕 소저와 혼인하고, 양익은 여 씨의 딸과 혼인함

한편, 설억이 황제에게 글을 올려, 황제가 이희인 부자와 담현 승려를 각각 먼 곳에 유배를 보내니 희인은 미친 증세가 나타나 물에 빠져 죽고, 이문호도 화병이 나서 죽는다.
재교는 설빙심을 첩실로 맞이하고, 시어머니 위 부인과 유 씨는 경문의 허락을 받아 여 씨를 돌아오게 하려고 징과 청 두 아들을 보내나, 여 씨가 면목이 없다고 거절한다. 그러나 위 부인이 병환이 나서 몸져눕자, 여 씨는 시가로 돌아와 시어머니를 정성스럽게 간호한다. 이후로 범씨 집에서는 여 씨가 모든 일을 유 씨에게 물어서 행하니 집안이 편안하고 모든 일이 뜻과 같아서 집안에 봄바람이 부는 것과 같았다.

▶ 이문호 부자가 벌을 받고, 여 씨가 집으로 돌아옴

황제는 보필의 공을 생각하여 유 참정의 벼슬을 평장사에 봉하고, 재교를 경연시강 겸 태자 좌서자에 임명한다. 그리고 연회를 열어 늙은 부모가 있는 자는 특별히 상을 주어 집으로 돌아가 잔치를 베풀게 한다. 유 참정의 어머니 정 부인이 읍향정에서 잔치하기를 희망하자, 모든 가족이 함께 읍향정에서 하루를 즐긴다. 잔치를 마친 후 정 부인은 꿈속에서 다시 현묘진인을 만나 가문이 끝없이 번창하리라는 예언을 듣고 잠을 깬다.

▶ 정 부인이 꿈속에서 현묘진인을 만나 가문이 번창하리라는 예언을 들음

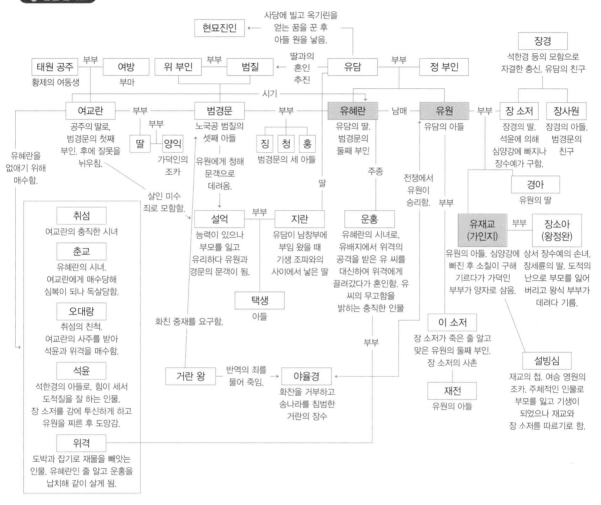

<보기>로 나오는 작품 외적 준거

가정 소설로서의 〈옥린몽〉의 구조

고전 소설의 한 유형을 이루는 가정 소설은 가족 구성원 사이의 갈등과 극복을 다루고 있는 소설이다. 특히 가족 구성원이 '화목-불화-화목'의 과정을 밟으면서 가정 내의 문제를 해결해 가는 소설이다. 다시 말하면, 고전 소설의 가정 소설 유형은 그 제재가 가정 문제이며 대체로 화목과 불화, 그리고 화목의 회복이라는 구조상의 공통점을 지니는 것으로 파악된다. 또한 이러한 유형적 구조를 통해 가정의 화목이라는 전통적 윤리를 견지한다는 주제적 측면을 드러낸다.

〈옥린몽〉의 구조는 그 배열로 보아 절반은 가정 소설의 전형적 유형인 도입, 화목, 불화, 파탄, 반전, 회복의 단계로 짜여 있고, 나머지는 혼사 장애담과 군담으로 짜여 있어 종합적인 특성을 지닌다고 볼 수 있다. 이 작품에서 가정 불화담은 유 씨와 여 씨라는 두 부인의 갈등으로 이루어지고, 혼사 장애담은 유원과 장 씨의 혼사를 방해하는 부당한 권력의 횡포가 갈등 구조를 이룬다. 또 유재교와 왕 소저의 혼사를 방해하는 인물들의 계교가 갈등을 야기한다. 따라서 이 작품은 남편을 둘러싼 두 부인의 갈등이 주를 이루고, 여기에 부당한 권력이나 간사한 인물에 시달리는 혼사 장애의 갈등이 부차적으로 나타나 있다고 하겠다. 이 작품에 등장하는 주요 인물로는 유교적 윤리 의식을 지닌 유 씨와 장 씨, 악을 저지르고 회개하는 여 씨, 두 부인 사이에서 흔들리는 가장 범경문, 비범한 능력을 지닌 유원과 유재교 등이 있고, 그 밖의 보조적 인물로 선인을 돕고 악인을 선도하는 여승 영원, 주인을 충성으로 돕고 의리를 지키는 시녀 운홍, 자신의 의지로 사랑을 찾아 나서는 적극적 여인인 기생 설빙심, 온갖 계교를 꾸며 악행을 일으키는 시비 취섬과 이희인 등이 있어 다양하고 복잡한 기능을 담당하고 있다.   - 정종대, 〈옥린몽〉의 구조와 의미, 한국어교육학회, 1990

- 이 작품은 유씨 가문의 남매 유원과 유혜란이 황실의 개입에 의한 혼사 장애를 극복하고 각각의 배우자와 결연하는 과정을 그린 가정 소설로, 유원과 유혜란의 서사가 유씨 가문과 범씨 가문을 중심으로 나란히 전개된다. 절대 권력이 개인의 혼인에 개입하는 늑혼(억지로 혼인을 함) 화소를 중심으로 작품을 감상하도록 한다.
- 해당 장면은 양가 부모에 의해 정혼한 사이인 범경문과 유혜란이 황제의 개입으로 인해 혼인을 하지 못하게 된 상황을 제시하고 있다.
- 갈등 상황에 대처하는 인물의 말과 행동을 통해 인물의 성격을 파악하도록 한다.

[앞부분의 줄거리] 송나라 때 유담은 슬하에 딸 혜란을 두었지만 아들이 없었는데, 현묘진인의 사당에 후사를 빌고 옥기린을 받는 꿈을 꾼 후 아들 원을 얻게 된다. 유담은 자신의 딸 혜란과 노국공 범질의 아들 경문을 정혼시킨다. 그 후 범질이 죽고 유담도 병이 들자 유담은 혜란과 경문의 정혼을 지킬 것을 당부하고 죽는다.

이때 부마도위 여방은 태조 황제 친동생 태원 공주의 부마더라. 다른 자식은 없고
_{임금의 사위에게 주던 칭호}
다만 딸아이가 하나 있으니 이름은 교란이라 하더라.
_{부마도위 여방의 외동딸 여교란의 등장}
「용모가 상당히 빼어나고 태도가 아름다워 해당화 한 가지가 아침 이슬을 머금어
_{비유를 활용하여 여교란의 외모와 태도 제시}
봄바람에 흔들리는 것 같고, 가는 허리와 가벼운 몸놀림 그리고 아름다운 눈썹과 붉
은 입술은 족히 탐내어 볼 만하더라.」
_{「」: 여교란의 아름다운 외모와 태도 묘사}
비록 한 나라를 기울일 정도의 미색은 아니지만, 또한 가히 당대의 아름다운 여자
_{경국지색}   _{서술자의 개입 – 여교란의 외모 평가}
라 일컬을 만하더라.

「재주와 정신이 잽싸고 빨라서 한번 입을 열면 목소리가 맑고 깨끗하며 열 손가락
가운데 또한 묘한 재주가 있어서 글씨를 쓰는 재주가 세밀하고 교묘하여 다른 사람
의 글씨체를 똑같이 모방하고 옛사람의 뛰어난 필체를 또한 익숙하게 익혔더라.」
_{필체 위조를 통해 유혜란을 모함하고 집안에서 축출하는 데 활용됨}   _{「」: 여교란의 재주 제시}
그러나 안으로는 크게 갖추지 못한 것이 있으니 그것은 타고난 성품이 간사하고
교활하여 마음이 부정하되 부드러운 말솜씨와 온순하고 공손한 태도로 밖으로만 꾸
밈이 있으니 부마 부부가 어찌 그 문제가 심각함을 알겠는가?
_{여교란의 표리부동한 면모}
_{부마 부부가 딸의 교활한 성품을 제대로 알지 못함(편집자적 논평)}
「오직 사랑으로만 길러 귀중함이 비교할 곳이 없고 또 얌전하고 아름다운 숙녀가
_{금지옥엽}
재주마저 빼어났으니 비록 반희나 최녀라도 미치지 못할 것이라 하여 당대의 가장
빼어난 남자를 얻어 아름다운 인연을 이루고자 하더라.」
_{「」: 여교란에 대한 부마 부부의 애정이 드러남}
널리 그 짝을 찾아보되 마침내 마땅한 곳을 얻지 못하여 세월만 보내더니 소저의 나
이가 이러구러 벌써 십오 세에 다다랐더라.   ▶ 태원 공주의 딸 여교란의 뛰어난 외모와 재주 및 간교한 성품

★주목 ▶ 부마가 범 공자의 금옥같이 빼어난 문장과 용모를 듣고 매파를 보내어 구혼하다
_{범경문}   _{범씨 가문이 유혜란과 정혼한 것을 들어 구혼을 거절함}
가 물리침을 당하고 또 소저가 처음 범생의 아름다운 소식을 듣고 매우 흠모하더니
_{여교란}
매파가 돌아와 범가의 소식을 낱낱이 전하니 마음속에 번뇌함을 마지아니하더라.

공주가 딸의 그러한 거동을 보시고 마음속으로 딱하고 안타깝게 여겨 예의에서
금하는 것을 어기고 황제께 조회할 때 정사(政事)가 한가한 틈을 타 말씀드리기를,
_{공주가 딸을 위해 예의에 어긋나는 행동을 함(정혼자가 있는 범 공자를 사위로 삼으려 함)}
"신이 아들이 없고 다만 늦게야 천한 딸아이를 하나 두었는데 그 아이의 나이가 바
_{여교란}
야흐로 비녀를 꽂아 시집을 갈 나이가 되었습니다. 노국공 범질에게 아들이 있다

작품 분석 노트

- 인물의 성격 – 여교란

여교란의 성품
• 타고난 성품이 간사하고 교활하여 마음이 부정함 • 겉으로만 부드러운 말과 온순하고 공손한 태도로 꾸밈

↓

- 어질고 너그러운 성품을 지닌 유혜란과 대비되는 반동 인물로, 갈등을 형성함
- 유혜란을 모함하고 죽이고자 계략을 꾸밈

는 말을 듣고 구혼했더니 저쪽에서 말하기를 범질이 생시에 정혼한 곳이 있다고

범질의 아들에게 구혼하였으나 성사되지 못한 이유를 밝힘

하며 허락하지 아니합니다. 만일 황상께서 권고하지 않으시면 일이 진실로 이루어

황제의 힘을 빌려 혼인을 이루고자 하는 공주의 의도

지지 못할 것 같습니다. 엎드려 바라건대 폐하께서는 이 뜻을 살피셔서 소녀로 하

여금 태평성대에 원한을 품은 여자가 되지 않게 하신다면 신의 모녀는 하늘 같은

딸이 범질의 아들과 혼인하지 못하면 깊은 원한이 될 것임을 드러내어 자신의 뜻을 이루고자 함

폐하의 성덕을 뼈에 새겨 저승에 가더라도 그 은혜를 가히 잊지 못할 것입니다."

황제가 말없이 한참 동안 생각에 잠겼다가 말씀하시되,

"임금과 부모는 한가지다. 범질이 생시에 정하였을 것 같으면 어찌 임금의 명령으

범질의 뜻을 어길 수 없다는 의미   범질이 생전에 정한 아들의 정혼자를 임금이 개입해서 바꿀 수 없다는 의미

로서 아버지의 명령을 어그러지게 할 수 있겠는가?"

공주가 거듭 빌기를 간절하게 하니 황제가 어쩔 수 없어 허락하시더라.

정당한 행위가 아니라고 인식하면서도 공주의 청을 들어줌

공주가 매우 기뻐하며 집에 돌아와 이 말을 이르니 소저가 입으로 말하지는 아니

하나 기쁜 빛이 얼굴에 가득하더라.

▶ 공주가 딸 여교란과 범경문이 혼인할 수 있도록 주선해 주기를 황제에게 부탁함

황제가 다음 날 조회를 받으실 때 모든 신하들이 예의를 갖추기를 마칠 때까지 기

다렸다가 말씀하시기를,

「지금 부마도위 여방이 하나의 딸을 두었는데 금지옥엽(金枝玉葉)이요 덕과 재주

① 왕실의 자손 ② 귀한 자손

를 겸하였다. 젊은 남자를 얻어 그 짝을 이루고자 한다. 승상과 간의대부는 각각

한 명의 남자아이를 들은 대로 아뢰어라. 짐이 마땅히 친히 중매가 되리라.」

┚ 황제가 공주의 딸과 범경문의 혼사를 주선하기 위해 승상과 간의대부에게 남자아이를 추천하도록 함

이날 조정의 대신들이 비록 자식을 둔 자가 있으나 어찌 감히 임금의 뜻을 감당하

임금의 뜻에 맞는 사람을 추천하기 어려움(편집자적 논평)

겠는가? 조정의 모든 관리들이 함께 말씀드리기를,

"비록 천한 자식을 둔 사람이 있으나 재주와 용모가 충분하다고 일컬을 사람이 없

고 이제 간의대부 범경완의 한 아우가 있으니 아름답고 잘생긴 외모와 소년의 문

주변 인물을 통해 범경문의 뛰어난 외모와 재주가 드러남

장이 당대에 제일인가 합니다. 폐하께서 부마의 집을 위하여 사위를 구할 것 같으

면 이 사람이 거의 폐하의 찾음에 합당할까 합니다."

황제가 매우 기뻐서 말씀하시기를,

"부마는 짐이 매우 소중하게 여기는 사람이다. 이제 딸을 위하여 사위를 선택함에

그 아들 범생이 또 이렇게 뛰어나니 어찌 하늘의 뜻이 아니겠는가? 사천감으로 하

여교란과 범경문의 인연이 하늘의 뜻임 → 두 사람이 천정배필이라는 의도를 드러냄

여금 빨리 날짜를 가려서 혼인을 이루게 하라."

경완이 머리를 조아리며 빌어서 말하기를,

"신의 아우는 재질이 용렬하고 학문이 부족하니 이미 폐하가 구하시는 것에 미치지

경문이 여교란과 혼인할 수 없는 이유 ① - 재주와 학문이 부족함

못하고 또 신의 아비가 생시에 고승상 유담으로 더불어 정혼한 지 오래되었습니다.

경문이 여교란과 혼인할 수 없는 이유 ② - 이미 정혼자가 있음

폐하의 명령이 비록 엄하시나 이제 돌아가신 부친의 약속을 저버리는 것은 인간의

경문이 여교란과 혼인할 수 없는 이유 ③ - 아버지의 약속을 어기는 것은 자식의 도리가 아님

자식으로서는 차마 하지 못할 것입니다. 신이 감히 폐하의 명령을 따르지 못하오니

어진 군자를 다시 찾아보시고 신의 아우를 물리쳐 사사로운 정을 펴게 하소서."

황제가 말씀하시되,

· 혼사와 관련한 황가 인물들의 태도 ①

공주	예의에 어긋남을 알면서도 황제에게 부탁하여 자녀의 혼사를 이루려 함
황제	부모가 정한 혼사를 임금이 바꿀 수 없다고 생각하면서도 공주의 청탁을 들어줌

↓

유혜란과 이미 정혼한 경문을 여교란과 혼인시키는 것이 부당함을 인지하면서도 권력을 행사하여 이를 추진함

· 혼사와 관련한 갈등 양상 ①

공주 부부	범씨 가문
· 딸 여교란을 정혼자가 있는 범경문과 혼인시키고자 함 · 권력(황제)을 동원해 혼사를 성사시키려 함	범경문이 이미 정혼한 곳이 있음과 아버지의 약속을 들어 구혼을 거절함

황제의 개입

범경문이 여교란과 먼저 혼인하고 과거에 급제한 후 유혜란과 혼인하도록 명함

"경의 말과 같다면 먼저 여 씨를 아내로 맞고 과거에 급제한 후에 다시 유 씨를 맞

는 것이 마땅하다."
　　　　　　　　　　갈등 상황을 해결하기 위해 황제가 제시한 방안

경완이 다시 아뢰되,

"신의 아우는 재주와 학문이 얕고 짧아서 만일 등용문에 오르지 못할 것 같으면

돌아가신 아버지의 남긴 말씀을 헛되게 할 것입니다. 어찌 한평생의 한이 되지 않
　황제의 말에 따를 경우 경문이 급제하지 못하면 유혜란과 혼인할 수 없으므로 아버지의 유언을 지키지 못하게 됨

겠습니까?"

감상 포인트
작품의 갈등 양상을 혼사 장애 화소를
중심으로 파악한다.

황제가 말씀하시되,

"경의 아우는 뛰어난 재주가 있는데 어찌 과거에 급제하지 못할까 근심하겠는가?

짐의 뜻은 이미 결정되었으니 다시 물리쳐서 내치지 말라."
　　　황제의 개입으로 인한 늑혼 화소와 혼사 장애 화소가 나타남　　　▶ 황제가 여교란과 범경문의 혼인을 명함

경완이 능히 마지못하여 황제의 은혜에 감사를 드리고 집에 돌아와 태부인께 말
　　　　　　　　　　　　　　　　　　　부인을 높여 이르는 말로, 범경문의 어머니를 가리킴

씀드리니 **부인과 공자가 놀라움을 이기지 못하여 서로 돌아보며 말이 없고** 이 소식
　　　　　황제의 명령으로 유혜란과 혼인할 수 없게 된 상황에 대한 범경문과 그 어머니의 반응 ─ 놀람과 당황

을 모두 유가에 알리니 부인이 쓸쓸하게 얼굴빛을 변하고 눈썹을 찡그리며 소저를
　　　유혜란의 어머니(정 부인)　　　　표정 묘사를 통한 심리(염려와 걱정) 제시

돌아보아 말하기를,

"저가 이미 황제의 명령을 받들어 여 씨를 취하여야 되는데 '여 씨가 만일 사람 된
　범경문　　　　　범경문이 여 씨와 혼인하는 것을 피할 수 없는 상황

바탕과 타고난 성품이 인자하다면 너의 화목하고 숙성되며 너그럽고 어진 마음씨
　　　　　「」: 여 씨의 성품이 어질다면 유혜란과 함께 남편인 경문을 받들며 살아도 좋다는 생각

로 자매의 정을 맺어 함께 군자를 받드는 것이 어찌 아름답지 않겠는가마는,「다만

여 씨가 황실의 친척으로서 황상이 중매하였음을 자랑스럽게 여겨 의기양양한 가

운데 현명한 사람을 시기하여 상대방을 재해에 빠지게 한다면 어찌 너의 일생이
　　　　　　　　유혜란

가련할 뿐이겠는가? 반드시 범생의 총명을 가리고 황제의 은혜로운 조치를 욕되

게 할 것이다. 걱정이 이런 것에 미치니 어찌 한심하지 않겠는가?"
　　　　　　　　　　　　　　　　　　　　　　　「」: 여교란의 성품이 어질지 못하면 자신의 딸을
　　　　　　　　　　　　　　　　　　　　　　　시기하여 재앙이 일어날 것이라고 염려하는
소저가 즐겁고 기쁜 말씀으로 나직하게 말씀드리기를,　　　마음 → 여 씨와 유 씨 간 갈등 암시

"이것은 모두 팔자에 있는 앞날의 운수입니다. 사람의 힘으로 어찌할 수 있는 것
　　　　　자신에게 일어난 일이 모두 팔자에 의한 것임 → 운명에 순응함

이 아닙니다. 여 씨는 금지옥엽으로 좋은 가문에서 생장하였으니 몸가짐과 어른

섬기는 법도가 반드시 저보다 뛰어날 것입니다. 어머니께서는 어찌 저의 마음속

을 먼저 알아서 지나치게 허물을 말씀하시는 것이 옳겠습니까? 쓸데없는 걱정으

로 귀하신 몸을 상하게 하지 마소서."

하더라.
　　　　　　　　　　　　　　　　　　　　　▶ 범경문과 여교란의 혼인을 수용하는 유 소저

범씨 집안에서 혼례일이 다다름에 여 씨를 맞을 때 빛난 위의(威儀)와 풍성한 추
　　　　　　　　　　　　　　　　　　　　　　　　　　　　　　　　따르는 자

종들이 십 리에 이어져 있으니 보는 자가 공경하여 부러워하지 아니할 사람이 없더

라. 다만 태부인이 홀로 기쁜 마음이 사라져 삭막하고 비록 밖으로 손님들의 축하를
　　　　황제의 명에 따라 공주의 딸과 아들 경문이 혼인하게 되었지만 유 씨와의 혼인을 이루지 못한 것을 근심하는 태부인

받으나 얼굴에는 근심을 띠시니 어찌 황제의 은혜가 도리어 좋은 일에 방해가 되지

않겠는가?

그러나 공자는 신부의 매우 예쁘고 꽃같이 아름다운 태도를 보고 일단 살뜰하게
　　　　　　　　　　범경문이 여교란의 외모와 태도를 보고 사랑하게 됨

• 유혜란의 혼사에 나타나는 화소

늑혼 화소
'늑혼'은 억지로 혼인을 하거나 강제에 의해 이루어진 혼인을 의미함 → 황제의 명에 따라 범경문이 어쩔 수 없이 공주의 딸인 여교란과 먼저 혼인하게 됨

혼사 장애 화소
부모의 유언을 지켜 혼인하고자 하는 범경문과 유혜란의 소망이 좌절됨

• 인물의 미래와 갈등 암시

정 부인의 예측
여 씨의 성품이 어질지 않다면 시기와 질투로 딸 혜란이 곤경에 빠지고 재앙이 닥칠 것임

↓

• 여 씨와 유 씨 사이에 갈등이 발생할 것을 암시함
• 여 씨의 계교로 유혜란이 고초를 겪게 될 것을 암시함

• 인물의 성격 ─ 유혜란(유 소저)

유혜란의 성품과 태도
• 화목하고 숙성되며 너그럽고 어진 마음씨를 지니고 현명함 • 정혼자인 범생이 여 씨와 혼인하게 된 상황을 팔자에 따른 것으로 생각함 • 여 씨가 자신보다 몸가짐이나 법도에서 뛰어날 것이라 말함

↓

• 어진 성품을 지닌 긍정적 인물(주동 인물)
• 숙명론적 태도
• 자신을 낮추고 타인을 높이는 겸손한 태도

사랑하는 정이 비교할 곳이 없더라. 부인은 여 씨의 사덕이 부족함을 모르는 것이
<u>아니나</u> 여 씨가 말을 주고받으며 응대하는 것이 매우 민첩해서 남편의 뜻을 잘 받들
어 사랑을 받음이 많기에 어찌할 방법이 없더라.

세월이 오래되니 정이 저절로 깊고 두터워지니 여 씨 스스로 자신의 신세가 쾌활
함을 기뻐하고 <u>모든 일을 처리하는 데 교묘하게 잘 꾸며서 조금도 불량한 모습을 나</u>
<u>타내지 아니하더라.</u> 또 지금의 장부가 하는 태도로 보아서 유 씨의 여자가 비록 들
어온다고 해도 어찌 나의 권세와 총애를 흔들어서 침범할 수 있겠는가? 이로부터 마
음을 놓고 세월을 보내더라.

▶ 여교란에 대한 범경문의 애정이 두터워짐

생이 또한 마음속으로 생각하기를

"이제 <u>여 씨가 비록 태임(太妊) 태사(太姒)의 덕량이 없으나 성품과 행동이 온순하고</u>

<u>공손하여 시어머니와 남편을 공경하며 도리에 거슬리는 것이 없고</u> 또한 유 소저가

현숙하다는 말을 들은 지 오래되었으니 나의 한평생은 가히 쾌활할 것이다. 「내가 만

일 한 번의 과거에서 합격하지 못한다면 위로는 <u>선조의 남긴 뜻을 저버리는</u> 것이 될

것이고 아래로는 <u>유 소저의 규방에서의 팔자 사나움을 맛보게</u> 할 것이다."

세월이 흐르는 물과 같아서 벌써 삼 년이 지나니 유 부인이 공자와 소저로 더불어

승상의 삼년상을 마쳤으나 슬픔이 가득 찬 모습과 야위고 파리한 거동이 오랫동안

변하지 않더라.

이때에 황제가 문묘(文廟)에 참배하시고 인재를 뽑으시니 범생이 붓끝을 가다듬어

<u>시험장에 나아갈 때 붓을 떨침에 수많은 말들이 아주 짧은 시간 사이에 이루어지더라.</u>

▶ 과거에 급제하여 유혜란과 혼인하고자 하는 범경문

- 위의: 위엄이 있고 엄숙한 태도나 차림새.
- 태임 태사: '태임'은 주나라를 건국한 문왕의 어머니. '태사'는 문왕의 비이자 무왕의 어머니로, 주나라 왕실의 기틀을 확립하는 데
  기여한 여성 성인들로 추앙받음.
- 문묘: 공자를 모신 사당.

· 여 씨에 대한 주변 인물의 태도

범경문	· 겉으로 드러나는 여 씨의 아름다운 외모와 태도에 사랑하는 마음을 가짐 · 여 씨가 덕을 갖춘 인물은 아니나 성품과 행동이 온순하고 공손하여 시어머니와 남편을 공경하며 도리에 어긋나는 것이 없다고 여기며 만족함
태부인	· 여 씨의 덕이 부족하다고 판단함 · 여 씨의 태도가 민첩하고 남편을 잘 받들어 사랑을 받으므로 여 씨를 받아들임

↓

여 씨의 교활하고 간사한 본색을
알아차리지 못함

- 해당 장면은 범경문이 과거에 급제하여 유혜란을 둘째 부인으로 맞이한 이후, 유혜란의 남동생인 유원과 범경문의 친구인 장사원의 동생 장 소저가 겪는 혼사 장애 상황을 제시하고 있다.
- 갈등 상황에 대처하는 인물들의 태도를 통해 인물의 성격을 파악하도록 한다.
- 개인의 혼사에 황실이 개입하여 갈등을 일으키는 서사가 지니는 의미를 파악하도록 한다.

이름난 높은 벼슬아치들이 <u>유 학사</u>의 재주와 얼굴 생김새를 사랑하여 구혼하는
유혜란의 동생 유원
사람이 날이 갈수록 북적북적하고 복잡하지만 <u>각각 모자란 곳이 많더라.</u> 옳고 그름
마땅한 혼처가 나타나지 않음
을 따지는 일이 어지러워 마침내 마땅한 곳을 얻지 못하더라.

간의대부 사복이 그 딸아이로써 구혼하자 비중 있는 매파가 소리를 응하여 왕래
하니 말씀이 높은 산에서 흐르는 물처럼 유창하고 <u>그 숙녀의 아름다움이 빼어나며</u>
매파가 사복의 딸이 아름답고 집안이 대단함을 들어 중매를 함
<u>그 집안이 대단함을 다투어 칭찬하더라.</u>

<u>정 부인</u>이 딸아이를 대하여 말하기를,
유혜란, 유원의 어머니

"중매쟁이의 말을 들어보면 사씨 집안의 소저가 현세에 제일인 것 같다. 혼인을

허락하는 것이 어떻겠는가?"

소저가 대답하기를,

"비록 그러하나 중매쟁이의 말을 다 믿지는 못할 것입니다. 이미 재주와 덕을 일
유 소저의 신중한 면모가 드러남
컬음이 없으니 이 또한 <u>수상한</u> 일입니다. 너무 쉽게 허락하는 것은 좋은 방법이
매파가 사 소저의 재주와 덕이 아니라 외모를 칭찬함 → 유 소저의 지혜로움이 드러남
아닌가 합니다."

부인이 머리에 새겨 두고 말하기를,

"너의 말이 정말 나의 뜻과 한가지다. 또 <u>일찍 사복의 인물 됨됨이를 들으니 원래</u>
사복의 평판을 근거로 그 딸의 인물 됨됨이를 판단함
<u>덕행이 있는 군자가 아니라 하니 어찌 능히 그 자식을 모범으로 가르침이 있겠는</u>
<u>가?</u> 하물며 부귀를 자랑하는 것은 군자의 좋은 짝을 구하는 바른 도리가 아니다.
매파가 사복의 집안이 대단히 부유함을 들어 혼인을 성사시키고자 하였음
그러니 결단코 가볍게 허락하지 못할 것이다."

하고 여러 매파를 대하여 말하기를,

"<u>나의 자식이 못나고 가문이 한미하여 능히 좋은 뜻을 받들지 못하니 이 뜻으로</u>
가문과 아들의 부족함을 들어 혼인을 거절함
<u>돌아가 말씀드려라.</u>"

매파가 사씨 집에 돌아가 부인과 소저의 문답하던 말들을 자세히 전하여 말하니

사복이 듣고 마음속으로 분함을 이기지 못하여 하더라.
▶ 사복이 딸의 구혼이 거절되자 유씨 가문에 원한을 품게 됨

(중략)

이때 사복이 유 학사가 장 씨와 정혼함을 듣고 마음속에 한바탕 분한 생각이 끝없
범경문의 친구인 장사원의 누이
이 일어나더라.

그래서 <u>유가의 백년가약을 방해하여 가슴속의 분한 마음을 풀고자 하여</u> 생각이
사복이 딸의 혼인을 거절한 유씨 집안에 앙심을 품고 유원의 혼인을 방해하기 위한 방법을 고민함
<u>매우 바쁘되 묘한 방법을 찾지 못하여 온갖 고민을 다하더라.</u> 그때 마침 초왕의 질

작품 분석 노트

- 혼사와 관련한 갈등 양상 ②

사복	유씨 가문
• 유원을 딸과 혼인시키고자 매파를 보내 구혼하나 거절당함 • 매파를 통해 거절당한 이유를 듣고 앙심을 품음	• 사 소저가 재주와 덕을 갖추었는지 의심함 • 사복은 덕행 있는 군자가 아니며, 부귀 자랑도 바른 도리가 아님

황제의 개입

사복의 계교로 황제가 유원과 정혼한 장 소저를 귀비로 간택하려 함

병이 날이 갈수록 깊어져서 회복할 기약이 없으니 세자의 자리가 비게 되어 나라의
후사를 잇는 중한 임무가 돌아갈 곳이 없게 되었더라.

황제가 매우 근심하셔서 오직 당대의 현명한 여자를 간택하여 삼천 궁녀의 위치
에 두어 종묘사직(宗廟社稷)의 대통을 잇는 매우 즐거운 일을 행한다는 명령을 내리
_{왕실과 나라를 통틀어 이르는 말}
시거늘 사복이 매우 기뻐서 말하기를,

"이것은 정말 나의 교묘한 꾀를 펼칠 때다."
_{장 소저를 황제의 귀비로 간택되도록 하여 유원과의 혼사를 방해할 계략을 꾸밈}

하고 드디어 태감 주옥에게 당세에 재주와 외모를 쌍으로 갖추어 귀비의 위치에 마
땅할 자는 오직 장사원의 누이를 넘어설 사람이 없다고 하면서 매우 칭찬하고 다음
날 조회에 나아가 엎드려 아뢰기를,

"폐하께서 요사이 중대한 자리를 염려하셔서 귀비를 널리 구하시니 이것은 다만
_{「」: 장 소저가 귀비로 간택되도록 하려는 사복의 의도}
등한시할 일이 아니라 생각됩니다. 그 신하가 된 자는 마음에 새겨 받들어 모셔야
_{신하의 도리를 앞세워 자신의 의도를 달성하려 함}
하는 것이 도리에 합당하다고 생각합니다. 높은 벼슬아치 중에서 딸을 둔 자는 마
땅히 귀비를 다시 정하는 일에 참여하여 폐하께서 간택하심을 기다리되 감히 위
_{장 소저가 반드시 황명을 따르도록 하려는 의도}
반하는 자가 있으면 불충한 죄로 다스리는 것이 마땅하다고 생각됩니다."
▶ 사복이 황제의 귀비 간택을 이용하여 유원과 장 소저의 혼인을 방해하고자 함

폐하께서 허락하시니 대단한 가문이 다투어 아름다움을 다투며 궁궐의 간택에 나
아갈 때 사복이 또한 어쩔 수 없이 딸아이를 아름답게 꾸며서 내보내더라.
_{사복이 자신의 딸도 황제의 귀비를 간택하는 데 내보냄}

자신전 넓은 뜰에 매우 화려하고 야단스러운 잔치를 성대하게 베풀고 궁중에 있
는 내명부의 여자들이 모든 여자들을 인도하여 차례로 나오니 옥으로 만든 패물 소
리가 요란하고 붉고 푸른빛이 햇빛을 가릴 정도가 되었더라.
_{여인들의 치장이 매우 화려함}

아리따운 낭자들의 향기로운 바람이 일렁이니 온갖 꽃이 모두 한 자리에 모여 수
_{비유적 표현을 통해 아름다운 여인들이 모인 광경을 나타냄}
풀을 이룬 것 같더라.

궁궐 문을 활짝 열고 맑은 바람이 임금의 거동을 알리니 용과 봉의 부채 그림자가
움직이는 곳에 만세 황제가 옥좌에 왕림하셔서 잠시 눈을 들어 수많은 여자를 점검
해 보아도 한 명도 마음에 드는 사람이 없더라.
▶ 황제가 귀비 간택에 참여한 여인들 중에서 마음에 드는 사람을 찾지 못함

황제의 얼굴에 기쁜 빛이 사라지니 태감 주옥이 황제를 향하여 잠시 기색을 살피
다가 엎드려 아뢰기를,

"한림편수 장사원이 한 명의 누이가 있는데 달과 꽃을 부끄럽게 할 만한 아름다움
_{「」: 태감이 사복을 통해 장 소저에 대해 알게 된 내용을 황제에게 고함}
이 있어 족히 북쪽의 아름다운 여인을 능멸할 만합니다. 조용하고 정숙하여 덕성
스러움이 옛사람에게 부끄럽지 아니합니다. 궁중의 높은 위엄을 이 사람이 아니
면 감당하지 못할까 합니다."

황제가 말씀하시기를,

"새로 명령을 내린 것이 매우 엄격하거늘 장사원이 건방지게 죄를 범하여 황제의
_{장 소저를 귀비 간택에 참여시키지 않음}
위엄을 두려워하지 않으니 빨리 대리옥이란 감옥에 넣어 그 죄를 법으로 다스리

• 황제의 귀비 간택 사건

사복의 상황	황실의 상황
유씨 집안이 자신의 딸과의 혼담을 거절하자 원한을 품게 됨	세자가 병들어 후사를 잇기 위해 황제가 귀비를 간택하고자 함

• 사복이 유씨 가문에 대한 원한을 풀기 위해 황제의 귀비 간택을 이용함
• 유원과 장 소저의 혼사 장애가 유발되는 계기가 됨

고 그 누이는 간택에 참여하게 하라."

하시니 사원이 조정의 명령에 따라 감옥에 나가니 동평장사 이방이 상소를 올려서 말하기를,

"장씨의 여자가 이미 다른 사람에게 허락하여 예단을 받았으니 제가 만일 죽음으 <u>로써 신의를 지킨다면 어찌 필부라 하여 그 뜻을 빼앗을 수 있겠습니까?</u> 만약 그

　　└ 이방이 황제에게 올린 상소의 내용 – 장사원을 용서하고 장 소저를 간택에 참여시키는 일을 철회할 것을 청함
　　　　　　　　　　신분이 낮은 여자

렇지 않다면 그 행실이 가볍고 낮은 여자일 것입니다. 어찌 임금을 모시는 후궁의 위치에 두는 것이 옳겠습니까? 굽어살피시어 사원의 죄를 용서하시고 빨리 조정의 명령을 거두시어 여자의 사사로운 정을 펴게 하신다면 성스러운 덕이 더욱 아름답게 되지 않을까 합니다."

황제가 보기를 마치니 사복이 아뢰기를,

"폐하가 새로 명령을 내려서 그 뜻이 매우 엄격하시거늘 사원이 건방지게 죄를 범하여 임금의 뜻을 받들 뜻이 없으니 그 죄가 심상치 않다고 하겠습니다. 반드시 용서하지 못할 것입니다. <u>이방이 나라의 법을 경멸하여 죄인을 구하려고 하니 마</u>

　　　　　　　　황제가 이방의 뜻에 따르면 자신의 계책대로 되지 않을 것이므로 사복이 이방을 공격함
<u>땅히 사원과 함께 죄를 논해야 할 것입니다.</u>"

황제가 말하기를,

"이방은 나라의 중요한 신하다. 체면이 손상될까 걱정이 된다. 가볍게 죄를 논하지 못할 것이다. 이후에도 망령되게 이 문제로 시끄럽게 하는 사람이 있으면 무거운 법률을 더하여 처리할 것이다. 빨리 장씨 여자를 귀비 간택에 참여하게 하라."

하시는 명령이 성화같더라. 온 집안이 놀라고 당황하여 장 부인이 두 눈에 눈물을 흘리고 딸아이를 어루만지며 말하기를,

"복 없는 남은 인생에 찬 그림자가 세상에 머물러 모든 희망이 다 무너지고 <u>소상</u> <u>강에서 피눈물을 흘리던 아황(娥皇)과 여영(女英)처럼 피눈물마저 마르게 되니 어</u>

　　　　　　　　고사를 활용하여 자신의 심정을 드러냄
<u>찌 잠시라도 살 뜻이 있겠는가?</u> 저승으로 가는 마음이 어쩔 수 없이 너희들을 간절하게 생각하여 밤낮으로 혼인이나 하기를 바랐다. 마침 사원이 등용문에 올랐고 너 또한 뛰어난 인물의 구혼함을 얻으니 어찌 늙은이의 행복이 아니겠는가? 늘 그막에 거의 근심스러운 회포를 위로할까 하였다. <u>그런데 천만뜻밖에 어려움을</u> <u>만나 황제의 위엄으로써 연분을 옮겨 다시 맺고자 하는 생각이 급하니</u> 이에 이르

　　　　　　　　황제의 개입으로 인한 혼사 장애
러 어찌 좋은 방법이 있겠는가? 의지할 곳 없는 약한 몸이 이런 일 때문에 죽음을 맞게 될 것이니 <u>이것은 모두 나의 팔자가 사나운 탓이로다.</u> 내 어찌 이러한 상황

　　　　　　　　숙명론적 태도
을 대하여 차마 살기를 바라겠는가?"

소저가 머리를 숙이고 길게 탄식하며 말하기를,

"<u>오빠의 살고 죽음이 소녀의 거취에 달려 있으니</u> 어찌 작은 내 몸을 위하여 조용

　└ 자신의 결정에 오빠인 장사원의 목숨이 달려 있음
한 평지에 풍파를 일으키겠습니까? <u>마땅히 황제 앞에 나아가 만일 철없는 여자아</u>

　　　　　　　　　자신의 마음을 드러내어 황제를 설득하고자 하는 의도

• 유원의 혼사에 나타나는 화소

늑혼 화소
유씨 가문에 양심을 품은 사복의 계교에 의해 황제가 개입하여 이미 유원과 정혼한 장 소저를 귀비로 간택하려 함
혼사 장애 화소
귀비 간택으로 인해 유원과 장 소저의 혼인이 무산될 위기에 처함

이의 한마디 말이 족히 황제의 마음을 감동시키지 못할 것 같으면 차라리 <u>의로운</u>
<u>혼백이 천정연분의 신의를 지킬 것입니다.</u> 마음속의 분명한 속내를 나타내는 것
　　죽음으로 유원에 대한 의리를 지키고자 하는 의지
이 오직 이번 한 번 가는 것에 달려 있습니다. 어머니께서는 미리 지나치게 근심

하지 마소서."
　　　　　　　　　　　　　　　　　　　▶ 황제가 장 소저를 귀비 간택에 참여시킬 것을 명함

　그날 바로 궁궐에 들어갈 때 부인과 소저가 다만 흐느껴 울며 다시 아무 말도 없

고 아름다운 얼굴에 눈물만이 계속 흐를 뿐이더라.

　드디어 황제 앞에 나아가 엎드려 눈물을 흘리며 말씀을 드리고자 할 때에 황제가

눈을 들어 잠깐 살펴보시니 「의복의 빛남이 없고 아름답게 화장을 하지 않았으나 이
　　　　　　　　　　　　「　」 황제의 시선을 통해 장 소저의 아름다움을 표현함
미 꽃과 달의 빛난 모습과 옥구슬의 맑은 빛을 품수(稟受)하여 행동거지가 조용하고
　　　　　　　　　　　　비유적 표현을 통해 장 소저의 뛰어난 외모와 태도를 드러냄
한가하며 태도가 지극히 아름다워서 가을 달이 근심을 머금고 봄꽃이 말을 전하고자

하는 듯하더라.

　황제가 얼굴에 은은하게 기쁜 빛을 띠며 말씀하시기를,

　"이는 진실로 덕성과 용모를 겸하여 갖추었으니 반드시 수명과 복이 두루 갖추어

졌을 것이다. 한 번 보면 가히 알 것이니 어이 하늘의 뜻이 아니겠는가? <u>오늘부터</u>

<u>궁중에 머물게 하고 사천감으로 하여금 좋은 날을 택하라.</u>"
　　　　황제가 장 소저를 귀비로 간택함
하시니 좌우에 모신 궁녀들이 다투어 만세를 부르더라. 장 소저가 황제 앞에 머리를

조아려 말하되,

　"신첩이 어려서 <u>아버지의 참혹한 화를 당하고</u> 오직 어머니와 서로 의지하여 단지
　　　　　　　　　장 소저의 아버지 장경이 모함을 받아 죽은 일
살기만을 도모하였기에 재주와 본바탕이 용렬하고 누추하며 덕행을 배운 것이 없

으니 폐하 앞의 높은 자리를 감히 제가 감당할 수가 없습니다. 하물며 저는 이미

다른 사람에게 시집가기로 약속하여 예단을 받고 혼인할 날을 정한 지가 이미 오

래되었습니다. 비록 혼례식을 올리지는 않았지만, 오히려 <u>삼종지의의 의리</u>가 있
　　　　　　　　　　　　　　　　　　여자가 지켜야 할 세 가지 도리. 어려서는 아버지를, 결혼해서는 남편을, 남편이 죽은 후에는 자식을 따라야 함
으니 여자가 남편을 좇음에 가히 터럭만큼도 구차해서는 안 될 것입니다. 이제 만

일 <u>천정가연의 의로운 혼인을 꺼리고 금과 옥같이 화려한 부귀를 사모할 것 같으</u>

<u>면 자손만대에 더러운 이름이 저에게 머물러 열녀와 현명한 사람들의 끝없는 시</u>
　　　유원과의 정혼을 깨고 부귀를 좇아 황제의 귀비가 되는 것은 사람들의 비난을 받게 될 일임
<u>비와 침 뱉어 욕함을 받을 것입니다.</u> 차라리 놀란 혼백이 날카로운 칼끝에 흩어져

즐거운 귀신이 되기를 오히려 다행으로 생각할 것입니다. <u>열녀와 충신의 두 사람</u>
　　　　　　　　　　　　　　　　　　　　　　　　죽음으로 유원에 대한 의리를 지키고자 하는 의지를 드러냄
<u>섬기지 아니하는 의리를 살펴서 천한 소녀의 사사로운 정을 굽어살펴 주시면</u> 산
　　　　　　　　　　　유원과 혼인할 수 있도록 황제가 은혜를 베풀어 주기를 간청함
과 바다 같은 덕택을 마땅히 뼈에 새길 것입니다. 저의 아버지가 저승에서라도 이

사실을 아신다면 또한 <u>풀을 맺어</u> 은혜 갚을 것을 생각할 것입니다."
　　　　　　　　　　　결초보은
　황제가 말하기를,

　"부부는 만복의 근원이다. 처음에 가히 삼가지 아니치 못할 것이다. <u>짧은 인생은</u>

<u>햇빛을 받은 아침 이슬과 같은 것이다.</u> 어찌 괴롭게 <u>조그마한 신의</u>를 지켜서 금방
　　인생의 유한성(비유적 표현)　　　　　　　　　　유원과 정혼한 일

• 장 소저의 말에 나타난 당대의 가치관

삼종지의(三從之義)
아버지, 남편, 자식으로 이어지는, 남성에게 종속된 여성의 삶 → 가부장적 가치관

열녀불경이부(烈女不更二夫)
열녀는 두 남편을 섬기지 않음 → 정절을 강조하는 유교적 가치관

충신불사이군(忠臣不仕二君)
충신은 두 임금을 섬기지 않음 → 충의를 강조하는 유교적 가치관

• 혼사와 관련한 황가 인물들의 태도 ②

공주	황제
정혼자가 있는 범경문을 딸과 혼인시키려 함	정혼자가 있는 장 소저를 귀비로 간택하려 함

↓

도덕과 윤리를 알면서도 자신들의 욕망 추구를 위해 이를 저버리는 태도를 나타냄 → 비판의 대상

사라질 청춘의 아름다운 자질을 상하게 해서 봄바람과 호랑나비들로 하여금 꽃이

떨어지는 한을 머금게 하겠는가? 궁궐의 빛나는 부귀를 차지해서 황제를 도와 천

_{황제의 귀비가 되어 부귀영화를 누리며 황제를 보필하는 것이 여자로서 누릴 수 있는 귀한 행복임}

하를 태평하게 할 것 같으면 진실로 여자의 아름다운 일이 아니겠는가? 모름지기

고집을 부려 사양하지 말라."

소저가 옷깃을 여미고 애달픈 말씀으로 열렬한 의논이 청산에 흐르는 물처럼 도

_{황제 앞에서 자신의 의도를 분명하게 드러내는 장 소저의 의연한 태도}

도하니 말이 정대하고 기운이 매우 엄숙하여 다른 사람으로 하여금 존경해서 복종하

게 하는 생각이 저절로 일어나 칭찬하지 않을 수 없게 하더라.

▶ 장 소저가 황제에게 유원과 혼인하고자 하는 뜻을 밝힘

■ 아황과 여영: 중국 고대의 제왕인 요임금의 두 딸. 자매가 모두 순임금과 혼인하였는데 후에 순임금이 죽자 강에 빠져 죽음.
■ 품수: 선천적으로 타고남.

<table>
<tr><th colspan="1">• 인물의 성격 – 장 소저</th></tr>
</table>

장 소저의 태도
• 황제 앞에 나아가 귀비가 될 수 없음을 고함 • 유원과 혼인하지 못하게 된다면 죽음으로 의리를 지킬 것을 다짐함

↓

• 권력에 굴하지 않는 의연한 태도 • 죽음도 불사하고 지조와 절개를 지키려는 결연한 태도

핵심 포인트 **1** 인물의 성격과 태도 파악

이 작품에 등장하는 다양한 인물들의 성격과 태도를 파악할 수 있어야 한다.

+ 주요 인물들의 성격과 태도

유 씨	• 주어진 상황에 순응하고 자신을 낮추는 겸손한 태도를 갖춤 • 상황을 파악하는 데 신중한 면모를 보이며 지혜롭고 현명함 • 부모에 효도하고 남편에 순종하며 형제와 화합하는 전통적인 여성의 미덕을 실천함(이상적인 여성상으로 제시됨)
여 씨	• 아름다운 용모와 태도를 지니고 있으나 간사하고 교활한 성품을 타고남 • 황제의 힘을 빌려 범경문과 혼인하고 본성을 감추어 총애를 받자 의기양양한 태도를 나타내는 부정적 면모를 보임
황제	• 정혼자(유혜란)가 있는 범경문과 공주의 딸인 여교란의 혼인을 명령하는 부도덕한 면모를 보임 • 정혼자(유원)가 있는 장 소저를 자신의 귀비로 간택하려는 부도덕한 면모를 보임
사복	• 유원과 자신의 딸을 혼인시키려 구혼하였으나 거절당하자 유씨 가문에 적대적 태도를 나타냄 • 사사로운 원한을 풀기 위해 귀비 간택을 악용하는 부정적 면모를 보임
장 씨	• 유원에 대한 정절을 지키기 위해 권력에 굴하지 않는 용기를 지님 • 부덕(婦德)을 실천하는 이상적인 여성상으로 제시됨

핵심 포인트 **2** 작품의 갈등 양상 파악

이 작품에서 갈등의 요인이 되는 늑혼과 이로 인한 사건 전개를 파악할 수 있어야 한다.

+ 늑혼에 의한 혼사 장애 화소의 반복

유혜란 (유 소저)	양가 부모에 의해 범경문과 유 소저가 정혼함 → 공주가 딸 여교란을 범경문과 혼인시키고자 함 → 범씨 가에서 유 소저와의 정혼을 이유로 공주의 구혼을 거절함 → 공주가 황제에게 딸의 혼사를 이루어 주기를 청함 → 황제가 조정 신하들에게 여 씨에게 마땅한 배우자를 천거하도록 함 → 조정 신하들이 범경문을 추천함 → 범경완이 아우가 이미 정혼하였음을 들어 거절함 → 황제가 범경문에게 여 씨와 혼인한 후 과거에 급제하면 유 씨와 혼인하도록 명령함 → 범경문이 여 씨와 혼인함
유원	사복이 유원을 사위로 삼고자 함 → 유씨 가에서 사복의 인물 됨됨이를 탐탁지 않게 여겨 구혼을 거절함 → 사복이 이 사실을 알고 유씨 가에 원한을 품음 → 유원과 장 소저가 정혼하자 사복이 이를 방해하고자 함 → 황제가 귀비를 간택하려 하자 사복이 계교를 내어 장 소저를 추천하도록 함 → 황제가 유원과 정혼한 장 소저를 귀비로 간택하고자 함

핵심 포인트 **3** 작품의 주제 의식 파악

이 작품에 나타나는 갈등과 그 해결 양상을 통해 드러나는 주제 의식을 파악할 수 있어야 한다.

+ 〈옥린몽〉의 주제 의식

가정 화목의 중요성	• 간교한 여 씨로 말미암은 가정의 불화와 파탄 및 그 회복 과정을 통해 화목한 가정의 중요성을 드러냄 • 가족 구성원들의 이별과 재회 과정을 통해 가정의 소중함을 강조함
권선징악	• 여 씨가 여러가지 간계로 유 씨를 괴롭히고 유 씨가 여 씨와의 대결에서 정도(正道)로 맞섬으로써 선인과 악인, 소인과 군자의 대립이라는 갈등 구조를 형성함 • 선인의 승리를 통해 권선징악의 주제 의식을 드러냄
유교적 윤리의식 강조	• 처처 갈등과 혼사 장애 갈등 속에서 유교적 윤리에 충실한 사람들이 승리함 • 도덕과 예의에 어긋나는 황제에 의한 늑혼이 성사되지 않거나 불행한 결과를 초래함 • 유 씨, 장 씨를 통해 여성이 지녀야 할 부덕, 범경문과 유원 등을 통해 충(忠)의 가치를 드러냄

• **해제**
  〈옥린몽〉은 조선 후기의 문인 이정작이 창작한 장편 소설로, 제목에 '몽(夢)'자가 붙어 있으나 환몽 구조를 통해 사건을 전개하는 '몽자류 소설'의 특성이 나타나지는 않는다. 이 작품은 중국 송나라를 배경으로 하며 유씨 가문의 남매인 유혜란과 유원의 혼사 장애 및 가족의 이별과 재회를 중심으로 전개된다. 먼저 유원과 장 소저의 결연 및 유원의 입신양명 과정이 작품의 한 축을 이룬다. 작품의 핵심 서사인 유원과 장 소저의 혼사 장애담의 구조는 유원의 아들 유재교와 장소아의 결연 과정에서도 나타난다는 점이 특징적이다. 한편 작품의 또 다른 한 축을 이루는 것은 유혜란의 결연과 '처처 갈등'이다. 유혜란은 범경문과 혼인하여 범씨 가문의 일원이 되는데, 범경문의 첫째 부인인 여교란과 갈등을 빚게 된다. 간교한 여교란의 모함으로 인한 유혜란의 수난과 그 극복 과정을 통해 권선징악과 유교적 윤리 의식 강조라는 주제 의식이 드러난다.

• **제목 〈옥린몽〉의 의미**
  – 신선이 나타나 옥기린을 주는 태몽을 꾸고 낳은 아들인 유원과 그 가족의 삶을 그린 이야기
  〈옥린몽〉은 신선이 나타나 옥으로 만든 기린을 주는 꿈을 꾸고 낳은 아들인 유원이 입신양명하기까지의 과정과 그의 누이 유혜란이 범경문과 혼인하여 겪게 되는 '처처 갈등'을 그린 가정 소설이다.

• **주제**
  ① 가정 화목의 중요성
  ② 선인의 승리를 통한 권선징악의 교훈
  ③ 충(忠)과 부덕(婦德)의 유교적 가치 실현

한 줄 평 | 역적을 물리치고 나라를 구한 영웅의 활약상을 그린 이야기

조웅전 ▶ 작자 미상

💬 전체 줄거리

중국 송나라 문제 때 충신 조정인은 이부상서였는데, 남란을 당하자 문제를 모시고 달아난 후 원병을 구해 석 달 만에 남란을 진압하는 공을 세웠다. 이 공로로 조정인은 좌승상으로 벼슬이 올랐고, 그의 부인 왕 씨는 공렬 부인에 봉해졌다. 여러 해가 지난 후 간신인 우승상 이두병이 조 승상을 시기하여 참소하였다. 이에 조 승상은 독약을 마시고 자결하고, 문제는 조 승상의 죽음을 애통해 하며 충렬묘를 만들어 여러 차례 조문하였다. 우승상 이두병은 자기의 지위를 튼튼하게 하기 위해 아들인 이관을 병부시랑에 앉혔다. 어느 날 이관은 황제에게 충렬묘를 헐어 버리자고 제안하였다. 문제는 괘씸한 생각이 들어 이관을 끌어내라고 엄명한 후 환궁하여 왕 부인을 정렬부인에 봉하고 많은 금을 하사하였다. 한편 왕 부인은 자식을 잉태한 지 일곱 달 만에 조 승상을 여의고, 열 달 만에 아들을 낳은 후 이름을 웅이라고 하였다. 7살이 된 웅은 황제의 초대를 받아 궁에 갔다. 웅을 본 황제는 충신의 아들이라며 웅의 나이가 13세가 되면 관직을 내릴 것이니, 열심히 공부하여 나랏일을 도우라고 말하였다. 이후 황제가 조웅을 데려다 나랏일을 익히게 하려고 하자 이두병이 나서서 반대하였다. 이두병은 조웅을 천거하는 자가 있으면 죄를 받을 것이라며 조웅이 관직을 얻는 것을 막았다.

▶ 이두병의 참소로 죽은 조 승상과 조웅의 탄생

이후 황제가 병이 깊어져 죽자, 이두병은 태자의 나이가 8세임을 이유로 들며 역모를 일으켰고 신하들은 이두병의 뜻을 따랐다. 이두병은 스스로를 황제라 일컬으며 태자를 섬으로 유배를 보냈다. 이를 알게 된 웅은 분을 이기지 못하고 대궐 문에 이두병을 욕하는 글을 적고 돌아왔다. 이날 왕 부인의 꿈에 조 승상이 나타나 날이 밝으면 큰 화를 당할 것이니 웅을 데리고 도망가라고 알려 주었다. 왕 부인은 놀라 깨어난 후 웅에게 자신의 꿈에 대해 말하며 어디를 다녀온 곳이 있는지를 물었다. 이에 웅은 사실대로 말하였다. 왕 부인은 웅의 행동을 꾸짖은 후 행장을 꾸려 도망갔다. 어느 강가에 이르자, 선동이 나타나 왕 부인과 웅을 일엽주에 태워 멀리 달아날 수 있도록 도움을 주었다. 한편 아침이 되자 이두병은 조웅이 궁궐 문에 남긴 글을 읽고 분노하여 조웅 모자를 잡아 올 것을 명하였다.

▶ 역모를 일으킨 이두병을 피해 도망한 조웅 모자

조웅 모자는 정처 없이 걷다가 계량섬 백자촌이라는 마을에 사는 한 노파의 도움으로 그 집에 머무르게 되었다. 세월이 흘러 마을을 떠난 왕 부인과 웅은 해산현 옥구역에 도착하나 자신들을 잡으라는 명이 내려졌음을 알게 된 후 깊은 산속으로 도망쳤다. 조웅 모자는 산중에 있다가는 굶어 죽기 십상이라는 생각에 중인 척하며 마을에 내려가 밥을 빌어먹으며 살았다. 하루는 마을에 도적이 나타나 웅이 잡히게 되었다. 웅은 도적에게 봇짐 안의 물건을 다 내주면서도 아버지의 화상만은 지켰다. 이후 조웅 모자는 떠돌아다니다가 우연히 길에서 왕 부인을 알아보는 중을 만났다. 중은 자신이 조 승상의

화상을 그린 월경 대사라고 밝히며 조웅 모자를 절에 머물게 하였다.

▶ 월경 대사를 만나 도움을 얻는 조웅 모자

세월은 유수같이 흘러 조웅의 나이가 어느덧 15세가 되었다. 하루는 웅이 세상에 나아가고 싶다고 말하자 왕 부인은 마지못해 허락하였다. **장면 포인트 ① 166P** 반년 동안 세상을 떠돌던 웅은 삼척검을 가진 한 노인을 만나게 되었다. [주목] 노인은 웅을 알아보고는 하늘의 보검을 받아 주인을 찾아다녔는데 드디어 주인을 만났다며 웅에게 '조웅검'이라고 새겨져 있는 삼척검을 주었다. 조웅은 노인에게 어디로 가면 어진 선생을 얻을 수 있는지 물었다. 이에 노인은 관산에 철관 도사가 있으니 정성이 지극하면 만날 수 있을 것이라고 알려 주었다. 웅은 철관 도사를 찾아가 도사가 가르치는 술법을 배우게 되었다. 하루는 짐승이 우는 소리를 듣고 철관 도사에게 물어 말이 있는 곳으로 갔다. 웅이 말에게 임자를 모르느냐고 소리치자 말이 웅을 반겼다. 철관 도사는 하늘이 낸 용마의 임자는 웅이라며 웅에게 말을 주었다. 웅이 도사를 공경하고 신선의 술법을 더욱 익히며 세월을 보냈다.

▶ 삼척검과 용마를 얻고 무예를 익히는 조웅

조웅이 하루는 어머니 왕 부인을 보러 가던 중 우연히 들린 위국공 장 진사의 집에서 그의 딸 장 소저를 만나 몰래 백년가약을 맺었다. 그러나 장 소저는 웅과 헤어진 후 병으로 몸져눕고 말았다. 웅은 월경 대사로부터 장 소저가 위중하다는 소식을 듣고는, 도사가 주는 약을 가져가 장 소저를 구했다. 이에 위 부인은 웅과 딸의 혼인을 허락하였다. 이후 조웅은 산사에서 공부를 마친 후, 도사의 분부를 받아 역적 이두병과 서번을 무찌르고 송나라 황실을 회복하기 위해 길을 나섰다. 웅은 황 장군의 영혼을 만나 갑주와 보검을 얻은 후 위왕을 도와 위국을 침입한 서번을 격파하였다. 한편 장 소저는 병이 나은 후 조웅이 과업을 달성하고 돌아오기를 기다렸다. 그런데 강호 자사가 권세를 이용해 장 소저를 자신의 후실로 삼으려 하였다. 위 부인은 이미 정혼을 했음을 들어 구혼을 거절했으나, 강호 자사는 혼인을 강행하였다. 장 소저는 자결을 하려다가 아버지의 유서를 읽어 보는데, 유서에는 급한 일을 당하거든 산양의 강선암으로 가라고 적혀 있었다. 장 소저는 행장을 차려 도망하고, 어머니 위 부인은 옥에 갇혔다.

▶ 장 소저와 조웅의 결연과 장 소저의 시련

장면 포인트 ② 169P 장 소저는 강선암에서 월경 대사와 왕 부인을 만났다. 장 소저는 왕 부인에게 자신의 신분을 밝히지 않았으나, 왕 부인이 장 소저의 행장에 들어 있는 조웅의 부채를 보고 장 소저임을 알게 되었다. 왕 부인이 장 소저에게 자신이 조웅의 어머님임을 밝히자 장 소저는 그동안의 사연을 왕 부인에게 모두 털어놓았다. 한편 유배 중인 태자를 구출하기 위해 계량도로 가던 조웅은 강호에서 장 소저의 소식을 듣게 되었다. 조웅은 강호 자사를 처단한 후 위 부인을 모시고 어머니가 계신 강선암으로 갔다. 그리고 그곳에서 조웅은 어머니와

장 소저를 만났고, 장 소저는 헤어졌던 어머니와 재회하였다. 조웅은 다시 행군의 길에 올라 태자에게 가던 중 이두병이 태자를 죽이려고 보낸 사자를 물리치고 태자를 구출하였다.

▶ 모친과 재회하는 장 소저와 태자를 구하는 조웅

한편 서번의 왕은 태자를 모시고 오는 조웅을 죽일 흉계를 꾸미고 있었다. 그러나 그 일은 실패로 끝나고 서번의 왕은 조웅에게 곤욕을 당하였다. 이후 위국에 도달한 조웅은 어머니 왕 부인과 장 소저를 다시 만나고, 위왕의 부탁을 받아 위왕의 장녀를 태자비로, 차녀를 자신의 후처로 삼았다. 그 후 웅은 위왕과 힘을 합쳐 수십만 대군을 이끌고 황성을 공격하여 이두병을 처단하고 태자를 황제에 등극시켰다. 이로써 송나라 황실이 회복되고 조웅은 서번의 왕이 되어 백성들을 보살폈다.

▶ 간신 이두병을 물리치고 송나라를 구한 조웅

👥 인물 관계도

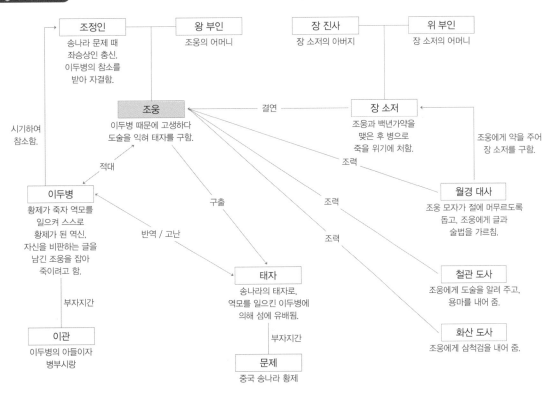

<보기>로 나오는 작품 외적 준거

〈조웅전〉의 결연 모티프와 군담 모티프

─── 보기 ───

〈조웅전〉에는 흥미를 이끌어 내는 요소로 '결연' 모티프와 '군담' 모티프가 주로 사용되고 있다. 일반적으로 '결연' 모티프는 개인적 욕망과 사회적 규범의 긴장 관계 속에서 남녀 간의 인연이 맺어지는 과정을 그린 이야기 단위인데, 천명에 따르거나 주체적 의지에 따라 결연하는 주인공, 결연에 반대하거나 동의하는 부모, 결연을 합리화하는 장치 등으로 구성된다. '군담' 모티프는 개인의 영웅적 능력이 국가적 위기에서 발현되는 과정을 묘사한 이야기 단위인데, 조력자의 개입, 강력한 적수의 등장, 역동적 전투 장면 등으로 구성된다.

– 2014년 6월 고3 모평

• 이 작품은 주인공 조웅이 자신의 아버지를 모함하고 반역을 일으킨 이두병을 응징하고 나라를 구하는 활약상을 그린 영웅 소설이다. 영웅 소설의 서사 구조를 중심으로 인물의 행적을 이해하도록 한다.
• 해당 장면은 조웅이 노옹에게 보검을 얻은 후 철관 도사를 만나 도술을 익히고 말을 얻는 상황이다.
• 조웅이 영웅적 면모를 지닌 인물로 거듭나는 과정을 파악하도록 한다.

[앞부분의 줄거리] 송나라 문제 때 승상 조정인은 간신 이두병에게 참소를 당하자 음독자살을 한다. 문제가 병으로 죽은 후 이두병이 어린 태자를 폐하고 스스로 황제가 되자, 조웅은 이두병의 악행을 고발하는 글을 써 궁궐 문에 붙인다. 이 일로 조웅은 어머니와 함께 이두병을 피해 도망하고 그 과정에서 여러 차례 위기를 겪는다. 그러다가 월경 대사를 만나 강선암으로 들어가 지낸다. 그곳에서 월경 대사에게 학문과 술법을 배운 조웅은 15세가 되자 세상 구경을 하기 위해 절 밖으로 떠난다.

웅이 보기를 다함에 대경 대희하여 노옹께 극진 배례하고 칼 값을 물으니 노옹이
└ 칼 위에 붙어 있는 글로, 노옹이 웅에게 칼을 팔고자 하는 내용이 적혀 있음
익히 보다가 웅의 손을 잡고 크게 기꺼 왈,

★주목 "그대 이름이 웅이냐?" / 대 왈,
└ 노옹이 웅을 이미 알고 있음

"웅이옵거니와 존공은 어찌 소자의 이름을 아시나니이까?"

노옹 왈,

"자연 알거니와, 하늘이 보검을 주시매 임자를 찾아 전코자 하여 사해 팔방을 두
└ 하늘이 내린 칼의 주인을 찾아 온 세상을 다님
루 다니더니, 수월 전에 장성(將星)이 강호에 비쳤거늘, 찾아와 수월을 기다리되
└ 칼의 주인이 나타날 것이라는 하늘의 계시
종시 만나지 못하매 극히 괴이하여 밤마다 천기를 보니 강호에 떠나지 아니하고,
└ 이상하여   └ 하늘에 나타난 조짐
그대의 행색이 짝 없이 곤박하매 분명 유리걸식(流離乞食)하는 줄 짐작하였거니
└ 비할 데 없이 └ 절박   └ 떠돌아다니며 빌어먹음
와, 찾을 길이 없어 방을 써 붙이고 만나기를 기다리니, 그대 만남이 어찌 그리 늦
┌ 천기를 통해 웅의 처지를 짐작함 → 고전 소설의 전기성이 드러남
은가?"

하며 칼을 내어 주거늘, 웅이 고두(叩頭)사례하고 칼을 받아 보니, 장(長)이 삼 척
└ 머리를 조아려 감사를 표함   └ 길이
이 넘고 칼 가운데 금자(金字)로 새겼으되, '조웅검'이라 하였거늘, 웅이 다시 절하고
└ 칼 주인이 정해짐 → 우연성. 전기성이 드러남
왈,

"귀중한 보배를 거저 주시니 은혜 백골난망이라. 어찌 갚사오리까?"
└ 조웅검   └ 백골이 되어도 은혜를 잊기 어려움

노옹 왈, / "그대의 보배라. 나는 전할 따름이니 어찌 은혜라 하리오?"
└ 하늘이 내려 준 조웅검을 조웅에게 전달하는 역할을 함

하고 웅을 데리고 수일을 머물고 못내 사랑하다가 이별하여 왈,

"훌훌하거니와 그대 갈 길이 바쁘니 부디 힘써 대명(大命)을 이루게 하라."
└ 천명. 웅이 하늘로부터 받은 명령

웅 왈, / "어디로 가면 어진 선생을 얻어 보리이까?"

노옹 왈,

"이제 남방으로 칠백 리를 가면 관산이란 뫼가 있고 그 산중에 철관 도사 있나니,
└ '어진 선생'에 해당하는 인물: 조력자
정성이 지극하면 만나 보려니와, 그렇지 아니하면 낭패할 것이니 각별 근성(謹省)
└ 어진 선생을 만나기 위한 조건   └ 조심하여 살핌
하여 선생을 정하라."   ▶ 조웅이 노옹으로부터 하늘의 보검을 얻음

하고 서로 손을 나누어 이별하고 웅이 허리에 삼척장검을 차고 남방을 향하여 여러

작품 분석 노트

• 조웅의 시련과 극복

시련의 과정
• 조웅이 태어나기 전, 아버지 조 승상이 이두병의 참소로 음독자살함 • 조웅이 이두병을 비판하는 글을 써 궁문에 붙이자 이두병이 조웅 모자를 죽이려고 함 • 조웅이 어머니와 함께 유리걸식하며 다니다가 도적을 만나는 등 많은 고난을 겪음

↓

극복의 과정
• 조웅 모자는 월경 대사를 만나 강선암에서 숨어 살게 됨 • 조웅은 월경 대사에게 무예와 학문을 익힘 • 조웅은 노옹에게 조웅검이라는 보검을 받음 • 조웅은 철관 도사에게 도술을 배우고 명마를 받음

• 다른 영웅 소설의 차이점

• 신이한 탄생은 나타나지 않음 • 주인공이 후천적 수련을 통해 비범한 능력을 획득함

스스로의 운명을 개척하며 고난을 극복하는 조웅의 의지와 노력이 강조됨

• '월경 대사'와 '노옹'의 행위와 역할

월경 대사	• 조웅 모자가 절에서 숨어 지낼 수 있도록 함 • 조웅에게 학문과 도술을 가르침 → 조웅 모자를 보호하고 조웅이 영웅적 활약을 할 수 있는 힘을 기르도록 돕는 조력자 역할
노옹 (화산 도사)	• 조웅에게 보검을 전해 줌 • 조웅에게 철관 도사를 찾아가 술법을 배우라고 당부함 → 조웅이 영웅적 활약을 하는 데 필요한 무기를 제공하는 조력자 역할

날 만에 관산을 찾아 들어가니 「산세 기이하고 경개(景槪) 절승한지라. 만장(萬丈) 절

벽 간에 개벽하여 천지를 열어 있고 <u>수간모옥(茅屋)</u>에 석문(石門)을 열었거늘 <u>공수</u>
　　　　　　　　　　　　　　　　　몇 칸 안 되는 작은 초가　　　　　　　　　　두 손을 앞으로 모개어 잡음

<u>(拱手)</u>하고 들어가니 <u>지당(池塘)</u>에 연화는 만발하고 층계에 국화로 둘렀더라. 외당
　　　　　　　　　　　　연못

(外堂)이 고요하고 몇몇 동자 앉아 바둑을 희롱하거늘 웅이 나아가 선생이 있는지를
　　　　　　　　　　　　　　　　　　　　　　『 』: 공간적 배경 묘사 → 탈속적 분위기

물으니 동자 일어나 읍하고 왈,

　　　"근간(近間) <u>천렵(川獵)</u>에 골몰하사 벗님을 데리고 나가 계시오니 늦게야 오시리라."
　　　　　　　　　　　　냇가에서 하는 고기잡이

　　　웅이 낙심하여 문 왈, / "어느 때에 오시리까?"

　　　동자 답 왈, / "<u>황혼에 달을 띄우고 돌아오시리라.</u>"
　　　　　　　　　　　　　달이 뜰 무렵에 돌아올 것임

　　　　　　　　　　　　　　　(중략)

★주목▶ 이때 철관 도사 산중에 그윽이 앉아 그 거동을 보더니 벽상에 글 쓰고 감을 보고
　　　　　　　　　　　　　　　　　조웅이 철관 도사를 만나지 못하자 자신이 왔다 간 사실을 글로 써서 남김

마음에 <u>척연</u>하여 급히 내려와 벽의 글을 보니, 그 글에 하였으되,
　　　　근심스럽고 슬퍼

　　　기작십년객(幾作十年客)이　　　　십 년을 지내 온 <u>나그네가</u>
　　　　　　　　　　　　　　　　　　　　　　　　　조웅이 자신을 가리키는 표현

　　　영견만리외(迎見萬里外)라　　　　만 리 밖에서 찾아보도다

　　　몽택(夢澤)에 <u>용유비(龍有飛)</u>어늘　흐린 연못에 용이 있어 날아오르거늘
　　　　　　　　　　　　　　　　　　　　　　　　조웅이 자신을 가리키는 표현

　　　시성(是誠)이 <u>미달야(未達也)</u>라.　<u>이 정성이 도달하지 않는구나.</u>
　　　　　　　　　　　　　　　　　　자신의 정성이 부족하여 철관 도사를 만나지 못했다는 생각이 드러남

도사 보기를 다하매 <u>대경</u>하여 급히 동자를 산 밖에 보내어 청하니, 웅이 동자를
　　　　　　　　　　크게 놀라

보고 문 왈,

　　　"선생이 왔더니까?" / 동자 왈,
　　　　　　　　　　　　　　　감상 포인트
　　　　　　　　　　　　　영웅 소설의 서사 구조를 중심으로
　　　"이제야 와서 청하시나이다."　인물의 행위와 역할을 파악한다.

웅이 반겨 동자를 따라 들어가니 도사 <u>시문(柴門)</u>에 나와 웅의 손을 잡고 흔연(欣然)
　　　　　　　　　　　　　　　　　사립문　　　　　　　　　　　　　　　　기쁘게

소 왈,
웃으며
　　　"험하고 험한 길에 여러 번 <u>근고(勤苦)</u>하도다."
　　　　　　　　　　　　　마음과 힘을 다하여 애씀

하고 동자로 하여금 <u>석반(夕飯)</u>을 재촉하여 주거늘 웅이 먹은 후에 치사 왈,
　　　　　　　　　　저녁밥

　　　"여러 날 주린 창자에 <u>선미(善味)</u>를 많이 먹으니 향기 배에 가득하니 감사하여이다."
　　　　　　　　　　　　철관 도사가 대접한 음식

　　　"그대 <u>식량(食量)</u>을 어찌 알아서 권하였으리오?"
　　　　　　　음식을 먹는 양

하고 책 두 권을 주며, / "이 글을 보라."

하거늘, 웅이 무릎을 꿇고 살펴보니 이는 <u>성경현전(聖經賢傳)</u>이라. 「다 본 후에 다른
　　　　　　　　　　　　　　　　　　　　유학의 성인과 현인이 지은 책

책을 청하니, 도사 웃고 <u>육도삼략(六韜三略)</u>을 주거늘 받아 가지고 큰 소리로 읽으
　　　　　　　　　　　주나라 태공망과 진나라 황석공이 지은 병법서

니 도사 더욱 기특히 여겨 <u>천문도(天文圖)</u> 한 권을 주거늘 받아 보니 기묘한 법이 많

은지라. 도사의 가르치는 술법을 배우니 <u>의사(意思)</u> 광활하고 <u>안전사(眼前事)</u>를 모
　　　　　　　　　　　　　　　　　　　생각이 넓어지고 모든 일에 통달함

를 것이 없더라.」　　　　　　　　　　　　　▶ 조웅이 철관 도사에게 학문과 술법을 배움
「 」: 자신의 능력을 키우기 위해 적극적으로 노력하는 조웅의 의지가 드러남 → 조웅이 영웅적 능력을 갖추어 나감

• 조웅이 지은 글의 의미와 기능
　조웅이 벽에 쓴 글에는 철관 도사를 만나지 못하고 돌아가는 조웅의 심리적 정황이 담겨져 있는데, 이 글을 읽고 철관 도사가 조웅을 급하게 부르고 있으므로, 조웅이 지은 글은 조웅의 고민이 해소되는 계기가 된다.

1행	자신이 위협을 피해 다니며 때를 기다려 왔음을 드러냄 · 십 년: 조웅이 이두병을 피해 도망다니며 때를 기다려 온 시간 · 나그네: 조웅 자신을 가리킴
2행	자신의 정성과 노력을 드러냄 · 만 리: 긴 시간을 지나 멀리서 찾아왔음
3행	자신이 영웅적 능력을 지닌 인물임을 드러냄 · 흐린 연못: 혼탁한 세상을 비유함 · 용: 영웅적 능력을 지닌 조웅 자신을 비유함
4행	철관 도사를 만나지 못하고 돌아가는 안타까움을 드러냄

• '철관 도사'의 행위와 역할

철관 도사	· 조웅에게 책을 제공하고 술법을 가르침 · 조웅에게 용총을 줌 → 조웅이 영웅적 활약을 하는 데 필요한 능력을 길러 주고 말을 제공하는 조력자 역할

일일은 석양이 이서(移西)하고 숙조투림(宿鳥投林) 할 제, 광풍이 대작하며 무슨
　　　　　　　서쪽으로 움직임　　　새들이 잠을 자려고 숲으로 들어갈 때

소리 벽력 같아서 산악을 스치거늘 웅이 대경하여 왈,
　　　과장적 표현을 통해 말의 신이함을 드러냄

"이곳에 어찌 짐승이 있나니까?" / 한대, 도사 왈,

"다름이 아니라 내 집에 심히 노곤한 피마를 두었으되 수척(瘦瘠)하여 날이 새면
　　　　　　　　　　　　　　　　　성장한 암말　　　　　몹시 야위고 말라

산중에 놓아기르더니 「하루는 천지진동하며 산중이 요란하거늘, 괴이하여 말을 찾

아 마장(馬場)에 들어가니 오운(五雲)이 만산(滿散)하여 지척을 분별치 못하고 말

이 없더니, 이윽하여 뇌성이 그치고 구름이 걷혀 오며 말이 몸을 적시고 정신없

이 섰거늘, 진정하여 이끌고 집에 와 여물과 죽을 먹여 두었더니 새끼를 배어 낳

은 후 한 달이 못 되어 어미는 죽고 새끼는 살았으되, 사람이 임의로 이끌지 못하

고 점점 자라나매 사람이 근처에 가지 못하고 날이 새면 산중에 숨고 밤이면 마구
　　　　　　　　　　　　　말이 거칠고 사나워 보통 사람이 다루기 어려움

간에 자고 신풍(晨風)에 고함하고 가니 사람이 상할까 염려라."

하거늘, 웅이 다시 보니 천장 만장(千丈萬丈) 층암절벽으로 나는 듯이 오르고 내리
　　　　　　　나는 듯이 빨리 달리는 호랑이　　　　　　　　　말이 매우 빠르고 날쌤

기는 비호(飛虎)라도 당치 못할러라. 이윽하여 들어오거늘 「웅이 내달아 소리를 크게

하니 그 말이 이윽히 보다가 머리를 들고 굽을 치며 공순(恭順)하거늘 웅이 경계하여
　　　　　　　　　　　　　사나운 말이 조웅을 보자 유순해짐

왈,

"인마역동(人馬亦同)이라. 임자를 모르난다?"
　　　사람과 말이 한가지라　　　주인

그 말이 고개를 들고 냄새를 맡으며 꼬리를 치며 반겨하는 듯하거늘,「웅이 크게 기
　　　　　　　　　　　　　　　　　　　　　　「 」: 웅에게 순종하는 말의 모습을 통해 웅이 말의 주인임을 알 수 있음 → 웅의 비범함을 드러냄

뻐 목을 안고 굴레를 갖추어 마구간에 매고 도사에게 청하여 왈,

"이 말의 값을 의논컨대 얼마나 하나이까?"

도사 왈,
웅의 조력자

"하늘이 용총(龍驄)을 내시매 반드시 임자 있거늘, 이는 그대의 말이라. 남의 보
　　　　용마. 매우 잘 달리는 훌륭한 말　　　　　　　　조웅이 하늘이 낸 영웅임을 의미함

배를 내 어찌 값을 의논하리오? 임자 없는 말이 사람을 상할까 염려하더니 오늘날
　　말의 주인을 찾았으므로 값을 치를 필요가 없음　　　말이 주인을 만났음을 다행으로 여김

그대에게 전하니 실로 다행이로다."

웅이 감사 배 왈. / "도덕문(道德門)에 구휼(救恤)하옵신 은덕 망극하옵거늘, 또
　　　　　절하며　　　　　　　　　조웅에게 밥을 주어 굶주림을 면하게 해 준 일에 대한 감사

천금준마를 주시니 은혜가 더욱 난망이로소이다."
　　값비싼 말

도사 왈,

"곤궁(困窮)함도 그대의 운수요, 영귀(榮貴)함도 그대의 운수라. 어찌 나의 은혜라
　　　　　　　　　　　　　곤궁함과 영귀함이 조웅의 운명임 → 운명론적 사고

하리오?

웅이 도사를 더욱 공경하여 도업(道業)을 배우니 일 년이 지내어 신통 묘술을 배
눈을 비비고 상대편을 본다는 의미로, 웅의 재주가 몰라보게 향상되었음을 뜻함　　　　시간의 흐름이 나타남

워 달통하니 진실로 괄목상대(刮目相對)러라. ▶ 조웅이 철관 도사에게 용총을 얻고 도업을 배우며 성장함

• 소재의 의미와 기능

| 조웅검 | 하늘이 내려 준 보검으로, 노옹을 통해 얻음 |
| 용총 | 하늘이 내려 준 명마로, 철관 도사를 통해 얻음 |

↓

• 조웅의 영웅적 활약을 위해 필요한 수단을 의미
• 하늘이 내린 물건들이 조웅에게 전해짐으로써 조웅이 비범한 인물임을 드러냄
• 조웅의 역할이 천명에 의한 것임을 드러냄

- 해당 장면은 조웅과 백년가약을 맺은 장 소저가 정절을 지키기 위해서 강호 자사의 청혼을 거부하고 조웅의 모친이 있는 강선암으로 몸을 피한 이후의 상황이다.
- 작중 인물들의 만남과 이별이 우연한 계기로 이루어진다는 점을 이해하고, 그 과정에서 인물들의 행동이나 대화에 담긴 심리와 태도를 파악하도록 한다.
- 사건 전개에 중요한 역할을 하는 소재의 기능을 파악하도록 한다.

조웅의 모
일일은 부인이 소저와 월경을 데리고 한가지로 말씀하다가 왈,

"내 들으니 강호 장 소저는 절대가인이라 하되 내 소견에는 아마도 그대에게 지나
소저가 조웅의 배필인 장 소저에 가깝다고 생각하고 물음   소저의 아름다움을 칭찬함
지 못할까 하노라."

소저 내념(內念)에 공경 왈, / "어찌 장 소저를 알으시나이까?"
내심   자신은 부인을 모르는데, 부인이 자신에 대해 알고 있으므로

부인 왈, / "내 일찍 들었거니와 소저는 장 소저를 아느냐?"

소저 대 왈, / "규중 여자 어찌 남의 집 처자를 알리이까?"
부인이 어떤 사람인지 몰라서 아직 자신의 정체를 밝히지 못함
하며 내념에 가장 괴이히 여기고 부인도 소저의 진적(眞迹)을 몰라 호의(狐疑)하더니
마음속에 깊이 새겨진 근심 = 조웅에 대한 그리움   의심하더니
일일은 장 소저 명월을 대하여 수회를 이기지 못하여 행장의 무엇을 내어 물전(物前)
조웅을 떠올리는 매개체   여행할 때 쓰는 물건과 차림
에 놓고 이윽히 축원하거늘 부인이 가만히 들으니 소저 불전에 분향재배하고 축원하
향을 피우고 두 번 절함
여 왈,

남편, 연인
"부모와 낭군을 이리 만나 보옵게 산령지하(山靈之下)에 아뢰나이다."
축원의 내용 → 어머니와 조웅을 만나게 해 달라고 빎
하고 무수히 발원하며 슬퍼하다가 흔적을 감추고 나오거늘 부인이 괴이히 여겨 월경
장 소저가 혼인하지 않았다고 했는데 낭군과의 재회를 빌고 있으므로
더러 그 일을 설화하니 월경 왈,

겉으로만 꾸미고 속마음을 드러내지 않음
"그 여자 분명 낭군이 있으되 일양(一樣) 기정(欺情)하니 그 행장을 보면 가고(可
한결같이 그대로   考)할 것이 있으리라."
考)할 것이 있으리라."

하고 의논하더라.
▶ 장 소저가 강선암에서 조웅의 어머니(왕 부인)를 만남

일일은 소저 시비를 데리고 목욕탕에 가 목욕하거늘 부인과 월경이 소저의 행장을

펴 보니 다른 것은 고사하고 한 자루 부채 있거늘 자세히 보니 과연 공자의 부채뿐이
조웅이 장 소저에게 신표로 준 것. 장 소저가 조웅의 배필임을 알게 해 줌
라. 부채에 풍월을 썼으되, '장 씨에게 신물(信物)로 주노라.' 하고 '조웅은 서(書)하노
신표로 주는 물건으로, 여기서는 장 소저와 조웅이 혼인을 약속했음을 나타냄
라.' 하였으니 다시 의심이 없어 부인과 월경이 대희하여 부인이 월경더러 치사 왈,
소저가 조웅의 배필임을 확인했기 때문에   칭찬하여
"대사의 명감은 귀신도 측량하지 못할지라. 이 사람이 무슨 연고로 행색이 이러한
소저가 혼인한 듯하고, 조웅의 배필인 장 소저일 수도 있다고 판단한 현명함
고? 기이한 일이로다."
양반집 딸이 시비와 함께 초라한 행색으로 깊은 산속에까지 들어온 것에 대한 의구심
하며 둘이 수작하더니 소저 들어와 부인을 보니 희색이 안면에 가득하거늘 소저 문 왈,
소저가 조웅의 배필임을 알고 기뻐함
"희색이 상안(上顔)에 천연히 나타나오니 무슨 즐거운 일이 있나이까?"

부인이 왈,

"자식을 난중에 보내고 사생을 알지 못하더니 아까 대사를 데리고 불전에 정성으
『 』 사실을 밝히지 않고 상대의 정체를 확인하기 위해 떠보고 있음. 우회적 말하기
로 발원하여 소식을 들으니 과연 즐거운 마음이 있도다."

작품 분석 노트

- '조웅'과 '장 소저'의 결연담과 '장 소저'의 시련담

'조웅'과 '장 소저'의 결연담	조웅이 '조웅검'과 '용총'을 얻은 후 어머니가 있는 강선암으로 돌아가던 중 장 소저의 집에서 묵게 됨 → 딸의 배필을 구하던 위 부인이 웅을 보고 탄복함 → 장 진사가 장 소저의 꿈에 나타나 웅이 장 소저의 배필임을 알려 줌 → 조웅이 몰래 장 소저와 혼인을 약속함 → 조웅이 장 소저에게 부채를 신표로 줌
'장 소저'의 시련담	강호 자사가 장 소저를 강제로 후처로 삼으려 함 → 장 소저가 아버지 장 진사의 유서를 보고 강선암으로 가서 의탁함 → 장 소저가 강선암에서 왕 부인을 만났으나 자신의 신분을 드러내지 않음

소저 역시 자식을 난중에 보냈다는 말을 듣고 일변 괴이히 여기고 일변 반가운 마
_{자신과 혼인을 약속한 조웅이 말한 가족사와 비슷한 내용이어서}
음이 중심에 나는지라. 소저 문 왈, / "어찌 소식을 알았나이까?"

부인이 왈,

"이 절 불상은 각별 신령하여 정성이 지극하면 소원을 다 가르치나니 소저도 무슨
_{소저가 기도하기 위해 부채를 찾는 과정에서 부채가 사라진 사실을 알게 하기 위해}
소원이 있거든 정성으로 대사를 모시고 불전에 가 발원하라."

소저 즉시 기꺼 행장을 내어 무엇을 찾다가 대경실색하거늘 부인이 거짓 놀래어
_{조웅에 대한 소식을 알고 싶은 간절함   부채가 없어서}
문 왈, / "무엇이 없느냐?"
_{자신들이 숨겨 놓고도 모른 체함. 소저가 조웅의 배필임을 직접 말하게 하려고}

소저 정색 대 왈,

"행장에 신물(信物)을 두었삽더니 없사오매 가장 괴이하여이다."
_{조웅이 신표로 준 부채}

부인이 왈, / "잃은 것이 부모의 신물이냐?"
_{조웅이 준 것임을 알면서도 모른 체함}

소저 묵묵부답하고 눈물이 솟아 옥면에 흐르는지라. 시비 곁에 있다가 종시 속이
_{부채를 잃은 슬픔}
지 못하여 여쭈어 가로되,

"과연 소저 낭군을 처음 만나와 즉시 이별하올 제 낭군이 주고 가신 신물이로소이

다."

하거늘 부인이 그제야 비회를 이기지 못하여 소저의 손을 잡고 가로되,
_{소저가 조웅의 배필인 장 소저임을 알게 된 감격}

"네 어찌 장 소저면, 장 소저는 나의 며느리라."
_{자신과 조웅의 관계를 장 소저에게 밝힘}

하시며 부채를 내어 주며 왈,

"이 부채는 자식 웅의 부채라. 연전에 강호 왕래할 때에 장 진사 댁 사위가 되었노
_{조웅이 과거에 장 소저에 대해 부인에게 말하였음}
라 하고 네 말을 하되 생전에 보지 못하고 죽을까 주야 한이 되었더니 오늘날 이

리 만날 줄이야 꿈에나 뜻하였으리요?"

하며 반갑고 사랑하온 마음을 어찌 다 측량하리요?
_{서술자가 장 소저와 웅의 모친이 만난 상황에 대한 감격을 드러냄 – 서술자의 개입}

소저도 내심에 절로 의혹이 있다가 그제야 쾌히 파혹(破惑)하고 일어나 재배 왈,
_{의혹을 풀어 없앰}

"객지에 모친을 두셨단 말씀을 들었삽더니 이곳에 계신 줄을 어찌 알았으리까."

하며, 비회를 이기지 못하거늘 부인이 다시 문 왈,
_{마음속에 서린 슬픈 시름이나 회포}

"나는 팔자 기박하여 이리 와 머물거니 너는 무슨 연고로 이곳에 이르렀느뇨?"
_{장 소저가 깊은 산골까지 오게 된 사연에 대한 궁금증}

소저가 비회를 그치고 처음 공자 만나던 말씀이며 중간에 병 고치던 사연과 여차
_{조웅과 헤어진 후 장 소저가 중병에 걸리자 웅이 나타나 소저의 병을 고친 일}
여차하여 도망하여 나오던 말씀을 자세히 여쭈오니 부인과 제승들이 듣고 못내 기특
_{강호 자사가 장 소저에게 혼인을 강요하여 도망친 일}
히 여겨 이날부터 고부지례(姑婦之禮)를 차려 부인 섬기기를 지성으로 하니 그 효행
_{시어머니와 며느리 사이에 지켜야 할 예절}
은 비할 데 없더라.   ▶ 조웅의 어머니(왕 부인)가 장 소저가 조웅의 배필임을 확인함

(중략)

이 적에 왕 부인이 소저와 월경 대사와 그 선문을 보고 일경일희(一驚一喜)하여
_{조웅이 대원수가 되어 장 소저의 어머니(왕 부인)를 모시고 강선암으로 온다는 글   한편으로는 놀라며 한편으로는 기뻐함}
부인을 모시고 산정에 높이 올라 오는 양을 구경하더니 이윽고 「동구(洞口)에 천병만
_{「 」: 조웅이 강선암으로 올라오는 모습 묘사. 조웅의 당당함과 영웅적인 면모를 드러냄}
마 덮어 들어오나니 그 가운데 일원 소년 대장이 황금 갑주에 삼척검을 비껴들고 금

안 준마(金鞍駿馬)에 뚜렷이 앉았으니 황룡이 오운에 싸여 일월광(日月光)을 앗음 같
비유적인 표현(황룡 = 조웅, 오운 = 천병만마)

은지라. 석문 밖에 유진하고 암당에 들어가니 제승이 부인을 모시고 원수를 맞을새
군사들이 머물러 있게 하고   조웅

부인이 원수를 붙들고 일희일비 왈,

　　"꿈이냐 생시냐? 네가 분명 웅이냐 아니냐?"
　　부인이 아들 조웅과 만남

하시며 여광여취(如狂如醉)하여 실성함 같은지라. 원수 위로 왈,
아들이 살아 돌아오는 것이 실감 나지 않을 만큼 기쁘고 반가움

　　"모친은 정신을 수습하옵소서."

하며 붙들고 앉히며 위로하니 부인이 정신을 진정하여 왈,

　　"너를 난중에 보내고 소식이 적조하니 살아 돌아옴을 일신들 잊으리오? 대체 그
　　　　　　　　　　서로 연락이 끊겨 오랫동안 소식이 막힘

　　때 일을 대강 설화하라."

하신대 원수 다시 땅에 엎드려 주 왈,「서번을 쳐 항복 받고 위국을 도와 평정한 말씀

이며 대원수 되어 오옵는 길에 강호에 들렀삽더니 진사 댁이 환란을 만나 이러이러
　　　　　　　　　　　　　　　　　　　　장 소저와 혼인하고자 하는 강호 자사에 의한 시련

하옵거늘 다른 옥수들도 통개옥문(洞開獄門)하여 놓삽고 자사는 죄상이 거중하옵기
은사(恩赦)로 죄의 경중을 가리지 아니하고 모든 죄인을 풀어 주던 일   장 소저의 정절을 빼앗으려 했던 인물

로 처참하옵고 장 소저는 도망하여 부지거처(不知去處) 하옵기로 위 부인을 모셔 오
목을 베어 죽이는 형벌   간 곳을 모름

는 사연을 자상히 아뢰니 부인과 월경이며 제승이 다 듣고 기꺼 칭찬하며 즐기더라.
「 」: 조웅의 활약과 조웅이 겪는 사건을 요약적으로 제시함

　　부인이 왈,

　　"혈혈단신이 이렇듯이 귀히 와 나의 눈앞에 영화를 뵈니 귀함을 어찌 다 측량하
　　의지할 데 없이 외로운 홀몸

　　며, 장 진사 댁 소식은 먼저 들었노라. 모월 모일에 장 소저 도망하여 이리 왔기로
　　　　　　　　　　　　　　　장 소저가 자신과 함께 있음을 아들에게 알림

　　내 서로 수회를 지켜 있고 서로 의지하여 있더니 네 오늘날 사부인을 모셔 오니
　　　　　　　　　　　　　　　　　　　　　　　　장 소저의 어머니. 위 부인

　　이런 즐거움이 어디 있으리오?"

하며 소저를 청하니 소저 나가 위 부인 오심을 듣고 급히 나오니 위 부인이 소저를
　　　　　　　　　　　　　　　　생사를 몰랐던 딸을 만난 기쁨의 표현

안고 궁굴며 통곡하니 즐거운 암자가 도리어 비창한지라. 부인이 또한 위로하며 왈,

　　"모녀 상봉하였으니 이제야 무슨 근심이 있사오리까? 너무 슬퍼 마옵소서."

　　위 부인이 정신을 차려 왈,

　　"경아 네 죽어 혼이 왔느냐? 살아 육신이 왔느냐?"
　　딸이 살아 돌아온 것이 믿기지 않음

하며 보고 다시 보며 아마도 꿈인가 싶으다 하고 하 반겨하며 하 슬퍼하니 보는 사람

이 뉘 아니 울리요?
서술자가 위 부인과 장 소저의 만남에 대한 감격을 드러냄 – 서술자의 개입

　　소저가 울음을 그치고 부인을 붙들고 위로 왈,

　　「모친은 천금 귀체를 진중(鎭重)하소서. 천지간 불효 막대하온 자식을 위하여 이
　　「 」: 생사를 모르는 딸을 만난 기쁨과 놀라움에 정신을 가누지 못하는 어머니를 안심시키는 장 소저의 모습

　　렇듯 슬퍼하시니 어찌 자식이라 하오리까마는 천우신조하와 오늘날 이렇게 만났
　　　　　　　　　　　　　　　　　　　　하늘과 신령이 도움

　　사오니 복망 모친은 잠깐 진중하옵소서."
　　간절히 바람

하며, 무수히 위로하니 부인이 진정하거늘 원수가 두 부인과 소저를 별당으로 모셔

그리던 정회와 고생하던 말씀을 밤이 되도록 수작하며 못내 반기더라.
▶ 조웅이 어머니와 장 소저를 다시 만남

• 가족의 이별과 재회를 중심으로 한
'장 소저'의 시련담

장 소저가 강호 자사를 피해 집을 떠나면서 위 부인과 이별함
↓
장 소저가 강선암에서 조웅의 모친인 왕 부인을 만남
↓
서번을 물리친 조웅이 강 소저의 집에 들러 위 부인을 만나 강 소저의 사정을 듣게 됨
↓
조웅이 장 소저의 모친인 위 부인을 모시고 강선암으로 감
↓
강선암에서 장 소저와 위 부인이 재회함

작품의 갈등 양상 파악

이 작품에 나타난 인물 간의 갈등 양상과 주변 인물의 역할을 파악할 수 있어야 한다.

+ 〈조웅전〉에 나타난 인물 간의 갈등 양상

조웅 ↔ 이두병	• 간신 이두병의 참소로 조웅의 아버지인 승상 조정인이 음독자살함 → 조웅의 개인적 원한을 형성함 • 조웅이 이두병의 반역 행위를 비판하자 이두병이 조웅을 죽이려고 함 → 조웅이 국가적 위기를 해결하기 위한 명분을 획득함 • 조웅은 태자의 목숨을 구한 후 위왕과 연합하고 강백을 합류시켜 이두병의 많은 장수들을 물리치고 이두병의 목을 벰
이두병 ↔ 태자	• 황제인 문제가 죽자 이두병이 어린 태자를 섬으로 유배보내고 스스로 황제라 칭함 • 이두병이 사자를 섬으로 보내 태자를 죽이려고 하지만 조웅이 태자를 구출함
조웅 ↔ 서번 왕	• 서번이 위국을 침공하자 조웅이 위국을 도와 서번의 군대를 격파하고 서번 왕의 항복을 받음
장 소저 ↔ 강호 자사	• 강호 자사가 강제로 장 소저를 후처로 삼고자 함 → 장 소저가 위기에서 벗어나려고 도망함 • 조웅이 강호 자사를 징계함으로써 갈등이 해소됨

+ 〈조웅전〉에 등장하는 조력자들

월경 대사	• 조웅 모자가 이두병의 화를 피해 강선암에서 지낼 수 있도록 도와줌 • 조웅에게 글과 술법을 가르침
노옹	• 조웅에게 하늘이 내린 보검을 전달하고 철관 도사를 찾아가라고 당부함
철관 도사	• 조웅에게 책을 제공하고 술법을 가르치고 하늘이 내린 용총을 내어 줌
황 장군	• 전쟁터에서 죽은 귀신으로, 조웅에게 갑옷과 칼을 줌
위왕	• 조웅이 황성을 치고 송나라를 회복하는 데 조력함

소재의 의미와 기능 파악

이 작품의 서사 전개에 중요한 역할을 하는 소재의 의미와 기능을 파악할 수 있어야 한다.

+ 소재의 의미와 서사적 기능

조웅검, 용총	• 하늘이 조웅에게 내려 준 것으로 조웅의 영웅적 활약을 위해 필요한 수단을 의미함 • 하늘이 내린 물건들이 조웅에게 전해짐으로써 조웅이 비범한 인물임을 드러냄 → 조웅의 역할이 천명에 의한 것임을 드러냄
조웅의 글	• 조웅의 처지와 심정을 압축적으로 드러냄 • 철관 도사와의 만남이 이루어지는 계기가 됨
부채	• 조웅이 장 소저에게 준 신표 → 조웅과 장 소저를 이어 주는 매개체 • 왕 부인이 소저와 조웅의 관계를 알게 되는 계기가 됨

외적 준거에 따른 감상

이 작품은 조선 시대에 가장 널리 읽힌 영웅 군담 소설이다. 주인공이 위업을 달성하는 과정에 나타난 군담의 의미를 파악할 수 있어야 한다.

+ 〈조웅전〉에 나타난 군담에 담긴 의미

중국을 배경으로 한 창작 군담 소설은 중국과 오랑캐의 갈등, 충신과 역신의 갈등을 통해 주제 의식을 구현한다. 창작 군담 소설에서 황제의 통치를 끊임없이 위협하는 주변 오랑캐와 군신의 의리를 위반하는 역적은 통치 질서를 어지럽히는 악한 세력으로서 완벽하게 척결되어야 할 대상으로 규정된다. 〈조웅전〉에서는 역적 이두병과 오랑캐인 서번국과의 대결을 통해 영웅적 능력을 발휘하고 현실 세계의 질서를 바로잡는 조웅의 과업을 '천명'에 의해 정당화함으로써 주제 의식을 더욱 분명하게 드러낸다.

작품 한눈에

• **해제**
〈조웅전〉은 조선 후기에 널리 향유된 작품으로, 나라에 충성하는 마음과 자유연애를 주제로 한 영웅 군담 소설이다. 영웅의 일대기 구조에 따른 조웅의 영웅적인 면모가 잘 드러나 있다. 작품의 전반부에서는 조웅의 고행담과 장 소저와의 결연담이 주된 서사를 이루고, 후반부에서는 적대자 두병을 물리쳐 나라를 구하는 조웅의 영웅적 무용담(군담)이 펼쳐진다. 이 작품은 일반적인 영웅 소설들에서 나타나는 기자 정성에 대한 이야기나 적강 모티프는 나타나 있지 않다. 유교적 사상인 효와 충을 배경에 둔 작품이지만 조웅의 고행을 사실적으로 그리고 있으며, 당대로서는 보기 드문 솔직한 연애 감정이 드러나 있다.

• **제목 〈조웅전〉의 의미**
– 아버지의 원수를 갚고 국가를 위기에서 구한 조웅의 영웅적 일대기
〈조웅전〉은 자신의 아버지를 참소하여 죽게 하고 황제의 자리를 찬탈한 역적 이두병을 죽여 원수를 갚고 나라를 구한 조웅의 영웅적 행적을 그린 영웅 소설이다.

• **주제**
진충보국(盡忠報國)과 자유연애

이대봉전 ▸ 작자 미상

💬 전체 줄거리

대명 효종 황제 즉위 삼 년에 기주 땅 모란동에 이부시랑 이익이 살았다. 집안은 명망이 높았으나 슬하에 자식이 없어 부인 양 씨와 함께 눈물로 세월을 보냈다. 하루는 한 노승이 찾아와 절을 고치기 위한 시주를 부탁하였다. 시랑은 자식이 없어 재물을 남겨 줄 사람이 없다며 황금, 백미 등 많은 재물을 시주하였다. 노승은 시랑에게 자식이 없을까 봐 걱정하지 말라고 말하고는 사라졌고, 시랑은 그가 부처임을 깨달은 후 자식을 점지해 달라고 빌었다. 그 달부터 양 부인에게 태기가 있었는데, 하루는 졸더니 하늘에서 봉황 한 쌍이 내려와 수컷은 양 부인의 품으로 날아들고, 암컷은 장미동에 사는 장 한림의 집으로 날아갔다. 이윽고 아들이 탄생하자 이름을 대봉이라고 지었다.
▸ 대봉의 기이한 출생

한편 장미동에는 한림학사인 장화가 살았는데 그 역시 자녀가 없어 부인 소 씨와 함께 매일 슬퍼하였다. 그러다 우연히 소 부인에게 태기가 있었는데, 하루는 졸더니 하늘에서 봉황 한 쌍이 내려와 암컷은 소 부인의 품으로 날아들고, 수컷은 모란동에 사는 이 시랑의 집으로 날아갔다. 이윽고 딸이 탄생하자 이름을 애황이라고 지었다. 소 부인에게 꿈 이야기를 들은 장 한림은 즉시 이 시랑의 집에 찾아가 두 부인이 꾼 꿈 이야기를 나누었다. 장 한림과 이 시랑은 꿈이 같은 것을 기뻐하며 딸과 아들을 훗날 혼인시키기로 약속하였다.
▸ 애황의 기이한 출생과 대봉과의 혼담

세월이 흘러 대봉이 십삼 세가 되었을 때, 우승상 왕희가 나랏일을 마음대로 처결하니 나라가 점차 혼란스러워졌다. 이에 이 시랑은 상소를 올려 조정의 한심함과 왕희의 모반을 비판하였으나 오히려 왕희 일파의 탄핵을 받아 관직을 잃고 아들 대봉과 함께 유배를 가게 되었다. 대봉 부자가 바다에 도착하자 왕희에게 매수당한 사공은 이들을 결박하여 바다에 던지려고 하였다. 이에 이 시랑이 분노하자 한 늙은 사공이 다른 사공들을 달래어 결박을 풀고 이 시랑을 바다에 밀어 버렸고, 이를 본 대봉은 아버지를 부르며 바다에 뛰어들었다.
▸ 간신의 모함으로 유배를 가게 된 대봉 부자

한편 장 한림은 대봉 부자의 참변을 보고 분노하여 병을 얻은 후 죽었다. 그 후 소 부인 또한 죽으니 애황은 부모를 모두 잃게 되었다. 세월이 흘러 16세가 된 장 소저(애황)는 총명함과 아름다움으로 나라 안에 이름을 떨쳤다. 이때 장 소저의 소문을 들은 왕희는 장 소저를 자신의 아들 석연의 배필로 삼고자 하였으나, 장 소저는 혼담을 단칼에 거절하였다. 그러자 왕희는 혼인을 추진하기 위해 장 한림의 육촌인 장준을 매수하였다. ▸ 부모 잃고 왕희의 혼담을 거절하는 애황

장면 포인트 ❶ 176P
한편 대봉 부자가 바다에 빠지자 서해 용왕은 두 동자에게 대봉 부자를 구하라고 명령하였다. 한 동자는 이 시랑을 구해 섬에 데려다주고, 다른 한 동자는 대봉을 바다에서 건져 살렸다. 동자는 대봉에게 금화산 백운암에 찾아가라고 알려 주고, 대봉은 그곳에서 노승

(이 시랑이 시주한 승려)을 만나 수학하였다.
▸ 서해 용왕과 노승의 도움을 받는 대봉

장면 포인트 ❷ 179P
주목 한편 왕석연이 장 소저를 납치하고자 장미동에 오자 이를 알게 된 장 소저는 죽으려고 하고, 시비 난향은 이를 말렸다. 난향은 장 소저에게 자신이 장 소저인 척할 테니 도망가라고 하고, 장 소저는 어쩔 수 없이 자신의 옷을 벗어 난향에게 준 후 남자 옷으로 갈아입고 도망갔다. 난향은 장 소저의 옷을 입은 후 장 소저인 척하면서 더러운 욕을 볼 수 없다며 죽으려고 하였다. 그러다 왕 승상의 집에 끌려간 난향은 자신이 장 소저가 아니며 왕 승상을 속였다는 것을 고백하였다. 왕 승상은 난향의 말을 믿지 못하나, 장준에 의해 장 소저가 아니라 난향임이 밝혀졌다. 이에 화가 난 왕희가 난향을 죽이려고 하였으나, 사람들이 말리는 바람에 난향을 살려 보냈다. 한편 도망친 장 소저는 여람 땅에 도착하였고 이름을 계운이라고 바꾼 후 최 어사 집에 가 밥을 구걸하였다. 최 어사의 부인은 장 소저의 모습을 보고 걸인이 아님을 알아보고는 그녀에게 자신의 집에 머무를 것을 권유하였다. 최 어사의 부인은 장 소저에게 서책을 주며 학업에 힘쓸 것을 조언하고 친자식처럼 여기며 돌보았다. 삼 년이 지나 장 소저가 19세가 되니 재주와 능력이 뛰어났다.
▸ 난향의 도움으로 남장을 하고 도망친 애황

세월이 흘러 천자는 인재를 구하겠다며 과거를 열었고, 장계운(장 소저)은 과거에 응시하여 장원 급제한 후 한림학사가 되었다. 이때 강성해진 선우족이 중원을 공격하자 장계운은 군대에 자원하여 대원수로서 출전하였다. 대원수가 선우족을 추격하여 대군을 격파하

장면 포인트 ❶ 177P
나 이와 동시에 북흉노가 중원을 침공하여 황성을 점령하고 천자를 핍박하였다. 한편 산사에서 노승의 도움을 받아 수학하던 대봉은 노승의 지시로 황성에 달려와 흉노군을 무찌르고 황제를 구하였다. 대봉은 황제에게 자신의 이름도 알리지 않은 채, 도망가는 흉노를 서릉까지 추격하여 무찌르고 항복을 받았다. 돌아오는 길에 대봉은 폭풍을 만나 무인도에서 표류하던 중에 헤어졌던 아버지 이 시랑과 재회하였다. 대봉은 아버지와 함께 황성에 돌아와 황제를 만났다.
▸ 오랑캐의 반란을 진압한 애황과 대봉

한편 대원수 장계운은 선우를 무찌르고 돌아와 천자에게 자신이 장 한림의 딸이라는 사실을 밝혔다. 장계운은 황제에게 왕희를 처단할 것을 청하고 대봉 역시 황제에게 같은 청을 하였다. 대봉과 장 소저는 상봉하고, 왕희 부자를 유배 보내어 부모의 원수를 갚은 두 사람은 혼인하여 초왕과 왕비가 된 후 부귀영화를 누리다가 일생을 마쳤다.
▸ 간신을 물아낸 후 부귀영화를 누린 대봉과 애황

👹 인물 관계도

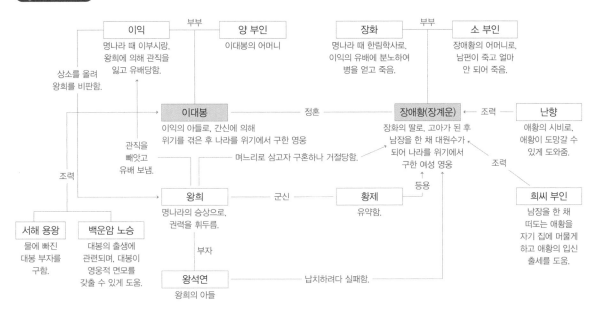

이익
명나라 때 이부시랑.
왕희에 의해 관직을
잃고 유배당함.

부부

양 부인
이대봉의 어머니

장화
명나라 때 한림학사로,
이익의 유배에 분노하여
병을 얻고 죽음.

부부

소 부인
장애황의 어머니로,
남편이 죽고 얼마
안 되어 죽음.

상소를 올려
왕희를 비판함.

이대봉
이익의 아들로, 간신에 의해
위기를 겪은 후 나라를 위기에서 구한 영웅

정혼

장애황(장계운)
장화의 딸로, 고아가 된 후
남장을 한 채 대원수가
되어 나라를 위기에서
구한 여성 영웅

조력

난향
애황의 시비로,
애황이 도망갈 수
있게 도와줌.

관직을
빼앗고
유배 보냄.

며느리로 삼고자 구혼하나 거절당함.

조력

등용

희씨 부인
남장을 한 채
떠도는 애황을
자기 집에 머물게
하고 애황의 입신
출세를 도움.

왕희
명나라의 승상으로,
권력을 휘두름.

군신

황제
유약함.

서해 용왕
물에 빠진
대봉 부자를
구함.

백운암 노승
대봉의 출생에
관련되며, 대봉이
영웅적 면모를
갖출 수 있게 도움.

부자

왕석연
왕희의 아들

납치하려다 실패함.

〈보기〉로 나오는 작품 외적 준거

〈이대봉전〉의 특징

| 보기 |

〈이대봉전〉은 개인적 가치보다 집단적 가치를 우선하며 군주에게 충성을 다하는 남녀 주인공을 통해 유교적 이념을 드러내고 있다. 남녀 주인공이 역할을 분담하여 협력하는 모습을 그린 점, 사회적 제약을 뛰어넘는 여성 영웅의 활약상을 부각한 점, 군주가 자신의 잘못을 인정하는 모습을 보인 점 등이 특징적이다.

– 2020년 6월 고2 교육청

〈이대봉전〉의 서사 구조

| 보기 |

〈이대봉전〉에는 여자 주인공인 장애황과 남자 주인공인 이대봉의 서사가 각각 전개되는 부분이 있다. 두 서사는 유사한 구조를 띠고 있는데, 세부 요소의 측면에서 보면 서로 구별되는 요소를 지니고 있기도 하다. 이러한 특징은 장애황이 선우의 군사들을 물리치는 군담과 이대봉이 흉노왕의 군사들을 물리치는 군담을 통해 잘 드러난다. 두 군담의 서사는 별개의 공간에서 전개되면서 남녀 주인공의 특성을 나타내어 두 주인공의 대등한 면모를 유추할 수 있게 하고 있다.

– 2023년 3월 고3 교육청

[앞부분의 줄거리] 이부시랑 이익은 금화산 백운암에 시주한 후에 아들 대봉을 얻는다. 그의 지기인 장 한림이 같은 날 애황을 얻자 두 사람은 대봉과 애황을 혼인시키기로 한다. 이익은 국정을 어지럽히는 우승상 왕희를 비판하는 상소를 올렸다가 왕희의 참소로 아들 대봉과 함께 귀양을 가게 된다. 왕희는 뱃사람을 매수하여 귀양지로 가는 이대봉 부자를 물에 빠뜨려 죽이게 한다.

각설(却說), 선시(先先)에 이 시랑 부자가 적소로 가다가 사공의 불측(不測)한 해
_{이에 앞서} _{이익} _{귀양지} _{음흉한}
를 입어 만경창파(萬頃蒼波)에 떨어지니, 사람이 나래가 없으니 무변대해(無邊大海)
_{죽을 위기에 처한 이 시랑 부자의 상황에 대한 서술자의 생각. 편집자적 논평}
중에 어찌 살아나리오? 차시(此時) 서해 용왕이 시랑 부자가 창파에 빠진 줄 알고 크
_{초월계의 조력자}
게 놀라 용자(龍子) 둘을 불러 분부 왈,

『"대명국(大明國) 사람 이익의 부자가 애매히 간신의 참소를 입어 적소로 가다가
『 』 서해 용왕이 이대봉 부자의 일을 다 알고 있음 _{왕희}
속절없이 죽게 되었으니, 급히 가 구하라."』

하니, 두 동자가 명을 받들어 각각 표주(瓢舟)를 타고 서남을 향하여 가더라.
_{이 시랑, 대봉을 따로 구하러 감} _{작고 가벼운 배}
『이때 시랑이 물에 빠져 정신을 모르더니, 어떤 동자가 배를 타고 와 시랑을 건져
『 』 서해 용왕의 명에 따라 동자가 물에 빠진 이 시랑(이익)을 구함
언덕에 눕히고 약물로 구호(救護)하니, 오래지 아니하여 정신이 돌아오는지라』시랑
이 동자를 대하여 무수히 사례 왈,

"어떠한 선동(仙童)이완대 죽은 사람을 구하여 내시니 은혜 난망(難忘)이로소이다."

동자가 대 왈, / "소동(小童)은 서해 용왕의 동자이옵더니, 우리 왕이 급히 상공을
_{이 시랑을 구하러 오게 된 경위를 밝힘}
구하라 하시기로 이에 와 구하였사오니 다행이로소이다."

하고 다시 배를 저어 한 곳에 이르러 배를 대고 내리라 하거늘, 시랑이 살펴보니 만
_{위기에서 벗어난 이 시랑이 머물 곳. 이후 이대봉과 재회하는 공간이 됨}
경창파 중에 한 섬이라. 동자더러 문 왈(問曰)

"이 섬 이름이 무엇이며 예서 중원(中原)이 얼마나 되나뇨?"

동자가 대 왈, / "이곳 이름은 무인도요, 중원이 삼만 리로소이다."
_{가족이 있는 중원에서 멀리 떨어진 곳에 위치함}
시랑이 배에 내려 동자를 이별하고 좌우를 살펴보니 과실나무 무수하거늘, 가지
를 휘어 얽어 집을 삼고 떨어진 과실을 주워 먹어 목숨을 보전하나, 부인과 아들을
_{무인도에서 홀로 지내며 가족을 그리워하는 시랑에 대한 서술자의 생각. 편집자적 논평}
생각하고 주야 눈물로 세월을 보내니, 그 참혹한 정경(情景)을 어찌 다 기록하리오?
_{가족에 대한 그리움} ▶ 적소로 가던 중 물에 던져진 이익을 서해 용왕의 동자가 구함
공자가 그때에 부친과 한가지로 창파에 떨어져 거의 죽게 되었더니 풍랑에 밀리
_{이대봉} _{이익}
어 한 곳에 다다르니, 어떠한 동자가 배를 타고 급히 와 공자를 건져 배에 얹거늘,
_{또 다른 동자가 서해 용왕의 명에 따라 대봉을 구함}
공자가 정신을 차려 동자를 보니『푸른 소매가 달린 옷을 입고 월패(月佩)를 차고 왼
_{예전에 허리나 가슴에 차던 달 모양의 패옥}
손에 금강(金剛) 옥피리를 쥐고 앉았거늘,』공자가 일어나 동자더러 사례하여 왈,
『 』 동자의 모습에 대한 묘사

"어떠한 동자완데 대해 중에 귀한 몸을 아끼지 아니하옵고, 잔명을 구하시나잇가?"

작품 분석 노트

• 갈등 상황과 위기 극복

갈등 상황
이대봉의 아버지 이 시랑이 국정을 어지럽히는 승상 왕희를 비판하는 상소를 올림 → 왕 승상의 참소로 이대봉 부자가 섬으로 유배를 당함 → 왕 승상이 사공을 매수하여 이대봉 부자를 물에 빠뜨려 죽이려 함

↓

위기 극복
• 서해 용왕이 보낸 동자가 이 시랑을 구해 무인도에 데려다줌 • 서해 용왕이 보낸 동자가 이대봉을 구해 금화산 백운암으로 갈 것을 알려 줌

이대봉 부자가 초월적 조력자에 의해 위기를 극복함

동자가 답 왈,

"나는 서해 용왕의 동자러니, <u>우리 왕의 명을 받자와 공자를 구하였나니이다.</u>"
<small>이대봉을 구하러 오게 된 경위를 밝힘</small>

대봉이 다시 치사(致謝) 왈, / "사지에 든 인생을 용왕이 구하시니 그 은혜 <u>백골난</u>
<small>고맙고 감사하다는 뜻을 표시함</small>
<u>망(白骨難忘)</u>이라. 만분지일이나 갚사오리오?"
<small>죽어서 백골이 되어도 은혜를 잊을 수 없음</small>

하고 다시 문 왈,

"나는 중원 사람으로서 서해 산천을 알지 못하니, 이 지명이 어느 땅이라 하나뇨?"

동자 왈, / "이 땅은 서촉국(西蜀國)이라 하나이다."

하고 이윽히 가다가 배를 언덕에 대고 내리라 하거늘, 공자가 배에 내려 다시 문 왈,

"어디 가야 잔명을 보전하리잇가?"
<small>이익이 재물을 시주한 절로, 대봉의 출생과 관련이 있는 곳</small>

동자가 왈, / "저 산명(山名)은 금화산이요, <u>그 산중에 절이 있으되 이름은 백운암</u>
<small>이대봉이 가야 할 목적지, 백운암</small>
이라. 그 절을 찾아가면 <u>자연히 구할 사람이 있으리이다.</u>"
<small>이대봉에게 도움을 줄 조력자</small>

대봉이 동자를 이별하고 금화산을 찾아가니, 만학천봉(萬壑千峰)은 하늘에 닿아
있고 오색구름이 산봉우리 위에 걸렸더라. ▶ 동자의 도움으로 목숨을 건진 대봉이 백운암을 찾아감

(중략)

차시 <u>이 공자 대봉이 금화산 백운암에 있어 불철주야(不撤晝夜)</u>하고 공부를 부지
<small>♪ 이대봉이 영웅적 능력을 획득해 가는 과정</small>　　　　<small>밤낮을 가리지 아니함</small>
런히 하여, 시서백가(詩書百家)와 육도삼략을 무불통지(無不通知)하는지라. 세월이
<small>16세 무렵의 꽃다운 청춘, 또는 혈기왕성한 젊은 시절</small>　<small>병법서</small>　　<small>무슨 일이든지 환히 통하여 모르는 것이 없음</small>
여류하여 나이가 <u>이팔(二八)</u>에 이르렀더니, 일일(一日)은 선사(禪師)가 공자더러 왈,
<small>시간의 흐름을 통해 사건을 빠르게 전개함</small>

"이제는 공자가 <u>액운(厄運)이 진(盡)하고 길운(吉運)이 돌아왔으니</u> 빨리 경성에 올
<small>나쁜 운수가 끝나고 좋은 운수가 돌아옴 → 운명론적 사고</small>
라가 공명을 이루라."

공자가 대 왈, / "소생의 궁박한 운명이 대사의 두터운 은혜를 입사와 <u>칠 년을 의</u>
<u>탁하였삽더니,</u> 오늘날 나가라 하시니, 부모의 생사를 알지 못하고 아는 사람이 아
<small>이대봉이 7년간의 수련으로 영웅성을 획득했을 것임을 짐작할 수 있음</small>
무도 없는데 어디로 가라 하시니잇고?"

노승 왈, / "공자가 이 절에서 노승과 칠 년을 동거하였사오나, 금일은 인연이 다
하고 <u>공자의 부모를 반기고 국난(國難)을 평정하여 공적을 이루소서.</u>"
<small>이대봉이 해야 할 일 → 앞으로 전개될 사건을 암시함</small>

말을 마치고 행장을 재촉하니, 공자 왈,

"예서 중원이 얼마나 되며, 어디로 가야 도달하리잇가?"
<small>이대봉이 가려는 목적지</small>

노승 왈, / "황성은 예서 일만사천 리요, <u>농서(隴西)는 삼천 리오니, 농서로 가오</u>
<small>중원을 가기 위해 이대봉이 거쳐 가야 할 곳</small>
면 자연 중원을 득달하리이다."

하며 바랑을 열고 실과(實果)를 내어 주며 왈,

"서(西)로 향하여 가다가 시장하거든 이로써 요기하소서."

하고 서로 이별할새, 피차(彼此)에 연연(戀戀)한 정을 이기지 못하더라.

이날 공자가 금화산을 떠나 농서로 향하다가 <u>천문(天文)을 살펴보니 북방(北方)</u>
<small>이대봉의 비범한 능력이 드러남</small>
<u>신성(新星)이 태극(太極)을 범하였거늘,</u> 북흉노가 중국을 범하는 줄 알고 분기를 이

금화산 백운암

• 이 사랑이 절을 중수할 수 있도록 재물을 청하는 노승에게 시주를 많이 한 후에 이대봉을 얻음
　→ 이대봉의 신이한 출생과 관련 있음
• 죽을 위기에 처한 이대봉이 초월적 조력자의 도움으로 살아난 후 찾아가 학문과 무예를 수련한 곳
　→ 이대봉의 비범한 능력과 관련 있음. 이대봉은 '백운암'을 거쳐 영웅적 면모를 갖추게 됨

기지 못하여 밤낮으로 달려가더라. ▶금화산 백운암에서 수련한 이대봉이 중원으로 감
　　이대봉의 충성심이 드러남

　각설, 흉노가 대병을 거느려 상군 땅에 다달아 묵특남 동돌수를 돌아보아 왈,
　흉노가 중원을 침범한 장면으로 전환됨

"중원 산천을 보니 장부의 마음이 즐겁도다. 오늘은 비록 명제(明帝)의 강산이나

지나는 길은 반드시 우리 천지 될 것이니 어찌 즐겁지 않으리오? 중원에 비록 인
　명나라 땅을 지나가면서 자신들의 땅으로 만들 것임

물이 많다고 하나 나 같은 영웅과 그대 같은 명장이 어디 있으리오?"
　　　　　　　　　　　　└ 흉노가 중원을 차지할 수 있다는 자신감을 드러냄

하며 상군읍에 이르러 보니, 대명 대원수 곽대의 성중에 들어 군사를 쉬이고 격서를
　　　　　　　　　　　　　　　　　　　　　　　　군병을 모집하거나. 적군을 달래거나 꾸짖기 위한 글

보내 싸움을 청하거늘, 흉노가 동돌수를 불러 대적하라 하니, 동돌수 내달아 곽대의

와 싸워 수합에 못하여 곽대의를 사로잡고 진중에 들어가 좌충우돌하니, 명진 장졸
　　　　　　　　　　　　　　　　　　　　　진중에서의 전투를 간략히 서술함

장수를 잃고 적세를 당하지 못할 줄 알고 성문을 열어 항복하거늘, 동돌수가 항서를

받고, 「이튿날 북해 태수가 나와 항복하거늘 북지를 또 얻고, 이튿날 진주를 얻고, 또
　　　└ 사건의 요약적 진술 – 흉노가 중원을 점령해 나가는 과정을 빠르게 전개함. 흉노의 기세가 거침없음을 드러냄(파죽지세)

이튿날 건주를 쳐 얻고, 하북에 다다르니 절도사 이동식이 군을 거느려 대진하다가

패하여 달아나거늘 하북을 얻고, 군사를 재촉하여 여러 날 만에 기주에 이르니 자사

가 대진하다가 도망하거늘,」흉노의 장졸이 기주 성중에 들어가 자칭 천자라 하고 군
　　　　　　　　　　　　　　　흉노의 횡포

사로 하여금 백성의 곡식을 노략하니, 그때 백성이 다 견디지 못하여 도망하더라.
　　　　　　　　　　　　　　　　　　　　　　　　　　▶흉노가 중원을 침입함

　이적에 양 부인이 또한 흉노의 난을 피하여 모란동을 버리고 천천히 나아가 여러
　　　　　이대봉의 어머니　　　　　난향과 만나는 계기가 됨

날 만에 서주 지경에 이르니, 어떤 여자가 앞에 와 반기며 절하고 슬피 체읍 왈,
　　　　　　　　　　　　　　　난향　　　　　　　　　　　　　　눈물을 흘리며 슬피 움

"부인이 소비를 몰라 보시나잇고?"

부인이 경문 왈,

"그대는 어떤 여자완대 나 같은 궁도행인을 보고 이다지 하난다?"
　　　　　　　　　　　　　곤궁한 처지의 행인

그 여자가 다시 고 왈,

"소비는 장미동 장 소저의 시비 난향이옵더니, 난을 피하와 이리 지나다가 부인을
　　　　　　이대봉의 정혼자 장애황　　　　　　　　　고전 소설의 우연성이 나타남

뵈오니 마음에 우리 소저를 대한 듯 한편 반갑삽고 한편 비감하여이다."

부인 왈,

"나도 또한 난을 피하여 고향을 버리고 천 리 타향에 와 너를 보니 소저를 본 듯

슬픈 마음이 한가지라. 나는 노야와 공자를 이별하고 비회 골수에 박히니 어찌 다
　　　　　　　　　　　나이 많은 남자를 높여 이르는 말. 남편인 이 시랑을 가리킴　　슬픈 시름이나 회포

말하리오? 너의 소저는 왕희의 아들 석연의 욕을 피하여 어디로 갔다 하더니, 네
　　　　　　　　　장 소저가 겪은 일을 이대봉의 어머니가 알고 있음

그 사이 혹 소식을 들었느냐?"

난향이 여쭈오되,

"작년에 소저가 남자 옷을 입고 잠깐 다녀가시더니 그 후에 다시 소식이 아득하여
　　　여성 영웅담의 남장 화소와 관련됨

이다."
　　　　　　　　　　　　　　　　　　　▶피란 중에 이대봉의 모친이 난향을 만남

• '흉노의 침입'에 따른 위기 발생과 극복

위기 발생
• 흉노의 침입으로 인해 성이 함락되고 백성들의 피해가 심각함 → 국가의 위기 • 이대봉의 어머니 양 부인이 흉노의 난을 피해 피란함 → 가족이 모두 헤어짐으로써 개인의 위기가 심화됨

↓

위기 극복
• 탁월한 능력을 갖춘 이대봉이 흉노를 물리쳐 국가적 위기를 해결함 • 부모와 재회하고 장 소저와 혼인함

장면 포인트 ②

• 해당 장면은 난향이 장 소저를 대신하여 왕석연에게 끌려가고, 남장을 하여 탈출한 장 소저가 '장계운'으로 개명한 후 학업과 무예를 익히는 상황을 제시하고 있다.

• 여주인공 장애황의 서사와 관련하여 '남장 화소'의 서사적 기능을 파악하도록 한다.

★주목 차설(且說), 왕희의 아들이 길일(吉日)을 당하매 노복과 교자(轎子)를 갖추어 장미
　　　　　왕석연　　　　　운이 좋거나 상서로운 날　　　　　　　　　　가마
동에 나아가니, 이때 야색(夜色)이 삼경(三更)이라. 노복이 들어가 소저를 납치하고자
　　　　　깊은 밤　　　　　　　　　장 소저를 납치하려 함　　　　　왕석연이 장미동에 온 목적이 드러남
하더니 이때 소저가 등촉을 밝히고 《예기(禮記)》를 보더니, 외당(外堂)에서 사람들이
시끄럽게 떠드는 소리가 들리거늘, 소저가 마음에 놀라 시비(侍婢) 난향을 불러 왈,

　"외당에서 사람 소리가 요란하니, 네 가만히 나가 그 동정을 보라."

　난향이 나아가 보고 급히 들어와 고 왈,

　「"왕 승상의 아들이 노복, 가마꾼을 거느려 외당에서 주저(躊躇)하더이다."」
　『』 외당에 나가서 소저를 향한 위협을 확인하고 내당으로 와 소저에게 이를 알림　　머뭇거리며 망설임
　소저가 대경(大驚) 왈,

　"지난번에 왕희 청혼하였거늘, 내 허락하지 아니하고 중매하는 이를 물리쳤더니
　　　　　　　　　　　　　　　　　사건의 발단: 왕희의 청혼에 대한 소저의 거절
오늘 밤 작당하여 옴이 분명 나를 납치하고자 함이라. 이 일이 급박하니 장차 어
　　　　　　무리를 지어
찌하리오?"

하고 비단 수건을 들어 목을 매려 하거늘, 난향이 고 왈,
　　　　　　　　　　　　　　　　　　　　　　　　　　　　　제사　　　　이대봉
　「"소저는 잠깐 진정하소서. 소저가 만일 자결하시면 부모 향화(香火)와 낭군의 원
　　　　　　　　　　　　　　　　　　가족 간의 인륜을 들어 소저를 설득함
수를 누가 갚으리잇고? 바라건대 소저는 소비(小婢)와 의복을 바꾸어 입고 소비가
　　　　　　　　　　　　　　　난향의 제안 - 애황의 위기 상황에 대한 해결책 ①
소저의 모양으로 앉았으면 적인(敵人)이 반드시 소저로 알지니, 소저는 급히 남자
　　　　　　　　　　　　원수　　　　　　　난향의 제안 - 애황의 위기 상황에 대한 해결책 ②
옷으로 바꾸어 입고 후원을 넘어 피신하옵소서."」
　『』 갈등 상황에 침착하게 대처하는 난향의 모습이 드러남
　소저가 왈, / "네 말이 당연하나 내 몸이 규중(閨中)에 생장하여 능히 밖 문을 아
　　　　　　　　　　　　　자신의 성장 환경을 근거로 난향의 제안을 거절. 바깥출입이 자유롭지 않은 규중 여인의 생활상이 나타남
지 못하거늘 어디로 갈 바를 알리오? 차라리 내 방에서 죽으리라."

하고 슬피 우니, 난향이 다시 고 왈,

　"천지(天地)는 넓고 크며 인명(人命)이 하늘에 달렸사오니, 어디 가 몸을 보전치 못

하리오? 일이 가장 급하오니 소저는 천금같이 귀한 몸을 가볍게 버리지 마소서."
　　　　　　　　　　　　　　　　　소저가 자결하지 않기를 당부함
하며 급히 도망하기를 재촉하니, 소저가 눈물을 흘리며 왈,

　"난향아, 만일 네 행색이 탄로나면 왕희의 손에 네 목숨을 보전치 못하리니 한가
　　　　　　　　　　　　　　　난향이 겪게 될 고난을 염려함
지로 도망함이 어떠하뇨?"
　함께
　난향이 왈, / "소비 또한 이 마음이 있으되, 왕가 노복이 소저를 찾다가 없으면 근
　　　　　　　　　　「』 자신의 목숨보다 소저의 안위를 먼저 생각하는 난향의 충직한 면모가 나타남
처로 흩어져 찾을 것이니, 소저가 어찌 화를 면하려 하시나니잇고? 빨리 행하시

고 지체하지 마소서."

　소저가 하릴없어 복(服)을 벗어 난향을 주고 남자 옷을 갖추고 후원 문을 나가 몇
　　　　　　　　난향이 제안한 해결책을 따름
리를 행하니라.
　　　　　　　　　　　▶ 왕석연의 납치를 피해 장 소저가 남장을 하고 탈출함

작품 분석 노트

• '장 소저'에게 닥친 위기와 해결 과정

위기 상황
간신 왕희의 참소에 의해 이대봉 부자가 유배된 것에 상심한 장 한림이 죽자 얼마 후 그의 부인도 죽음 → 왕희가 장 소저의 미모를 듣고 며느리로 삼고자 함 → 장 소저가 거부하자 왕희의 아들이 밤중에 소저를 납치하려 함

↓

위기 해결
장 소저는 남장을 하고 피신함 → 시비 난향이 장 소저 대신 끌려감

차시 난향이 소저의 의복을 입고 서안(書案)에 의지하여 앉았더니, 이윽고 왕 공
_{난향이 소저인 척 행세함}
자가 노복과 시녀를 거느려 내정(內庭)에 돌입하여 시녀를 명하여,
_{부녀자가 거처하는 곳}

"소저 빨리 뫼시라."

하니, 시녀가 명(命)을 받고 들어가 소저를 보고 문안하니, 난향이 들은 체 아니하거
늘, 시녀가 다시 고 왈,

"왕 공자 찾아오셨사오니, 소저는 백년가약(百年佳約)을 맺으소서. 이 또한 천정
_{왕석연}　　　　　　　　　　　　　_{평생을 함께할 것을 다짐하는 아름다운 언약}
연분(天定緣分)이오니 이런 좋은 때를 잃지 마소서."
_{하늘이 정해 준 부부의 인연}

하고 교자에 오르기를 재촉하거늘, 난향이 마음속으로 우습고 또한 분노하여 꾸짖어
　　　　　　　　　　　　　　　　　_{심리의 직접 제시 – 난향이 지닌 충절을 드러냄}
왈,

"내 집이 비록 가난하고 변변치 못하나 조정 중신(重臣)의 집이어늘, 너희들이 외람
되이 무단(無斷) 돌입(突入)하여 어찌코자 하느뇨? 내 어찌 더러운 욕을 보리오?"
　　　　_{함부로 쳐들어옴}　　　　　　　　　　　　　　　　_{수치}

하고 비단 수건으로 목을 조르니, 왕가 노복 등이 많은지라 강약(强弱)이 부동(不同)
　　　　　　　　　　　　　　　　　　　　_{힘이 같지 않으니 난향의 뜻대로 할 수 없음. 서술자의 개입}
하니 어찌 당하리오? 하릴없어 교자에 올라 장안으로 향하여 갈새, 동(東)으로 벽파
_{난향의 애황 행세가 지속됨}
장 이십 리에 다다르니 동방(東方)이 밝는지라. 벽파장 노소인민(老少人民)이 다 구
경하며 하는 말이,

"장 한림의 여아 애황 소저와 승상의 자제가 정혼 신행(新行)하신다." / 하더라.
　　　　　　　　　　　　　　　　　_{신부가 신랑집으로 감}

난향이 승상의 집에 다다르니, 잔치를 배설하고 대소빈객(大小賓客)이 구름같이
모였더라. 「난향이 교자에서 내려 내아(內衙) 대청(大廳) 위로 들어가니, 모든 부인이
　　　　　　　　　　「　」 사람들이 장 소저의 얼굴을 모르고 있어 난향을 장 소저로 여김
모여 앉았다가 난향을 보고 칭찬 왈,

"어여쁘다, 장 소저여! 진실로 공자의 짝이로다."

하며 칭찬이 분분(紛紛)할새, 난향이 일어나 외당으로 나아가니 내외빈객(內外賓客)
이 대경(大驚)하는지라. 난향이 승상 앞에 나아가 좌우를 돌아보며 왈,
　_{크게 놀람}

"나는 장미동 장 한림댁 소저의 시비 난향이러니 외람이 소저의 이름을 띠고 승상
　　　　　　　　　　　　　　　　　　　　　　　_{장 소저처럼 행세하여 왕희를 속임}
을 잠깐 속였거니와, 왕희는 나라의 녹을 받는 중요한 신하로 명망(名望)이 일국
　　　　　　_{왕희를 치켜세움으로써 왕희가 저지른 일의 무례함과 부당함을 부각함}
에 으뜸이요, 부귀 천하에 제일이라. 네 자식의 혼사를 이룰진대, 매파를 보내어
　　　　　　　　　　　　　　　　　　　　　　　　　　　_{혼인을 중매하는 노파}
혼인의 예(禮)를 갖추어 인연을 맺음이 당연하거늘, 네 무도불의(無道不義)를 행
　　　　　　　　　　　　　　　　　　　_{사람이 마땅히 지켜야 할 도덕과 의리에 어긋남}
하여 깊은 밤에 노복을 보내어 가만히 사부가(士夫家) 내정에 돌입하여 규중처자
　　　　　　　　　_{애황이 왕희 부자에게 당한 억울한 일을 밝힘}
(閨中處子)를 납치함은 무슨 뜻이뇨? 우리 소저는 너의 더러운 모욕을 피하여 계
시나 결단코 자결하여 원혼이 되었을 것이니 어찌 통분치 않으리오?"

말을 마치고 슬피 통곡하니, 승상이 대경(大驚)하여 난향을 위로 왈,

"소저는 백옥(白玉) 같은 몸으로서 천한 난향에게 비(比)하니 어찌 이런 말을 하나
　　　　　　　　　　　　　　　　　　_{승상이 난향의 말을 믿지 않음}
뇨?"
_{난향이 애황 행세를 하며 왕석연과 왕희를 속일 수 있었던 이유를 짐작할 수 있음}
하고 시비로 하여금 내당으로 보내고 소저의 진가(眞假)를 분별치 못하여 장준을 청
　　　　　　　　　　　　　　　　　_{장 한림의 육촌으로 애황과 석연의 혼사를 위해 왕희가 매수한 인물}

• '신부 바꿔치기'를 통한 위기 극복

난향이 장 소저를 대신하여 왕희의 집으로 감
↓
난향이 왕희 앞에 나가 자신이 장 소저가 아니라 시비임을 밝힘 → 난향은 왕희가 혼인의 예를 갖추지 않고 규중처자를 납치하는 무도한 행위를 한 것을 꾸짖음
↓
왕희가 장 한림의 육촌인 장준을 불러 난향의 말을 확인함
↓
왕희가 난향을 죽이려 하다가 난향이 충비이므로 살려 줄 것을 청하는 손님들의 말에 따라 난향을 돌려보냄

하여 보라 한데, 장준이 들어가 보니 과연 질녀가 아니요 난향이라. 대경하여 바삐
<small>조카딸</small>

승상께 고하니,「왕희 대로(大怒)하여 난향을 죽이려 한대, 만좌(滿座) 빈객(賓客)이
<small>「」: 만좌 빈객의 만류로 왕희의 처분이 좌절되고,　　　　　　자리에 가득한 손님</small>
<small>난향이 위기에서 벗어남</small>

말려 왈,

"난향은 진실로 충비(忠婢)이니, 그 죄를 용서하소서."
<small>충성스러운 시녀</small>

승상이 크게 부끄러워 장준을 몹시 꾸짖고 난향을 보내니라.」
<small>▶ 왕희의 집으로 간 난향이 자신의 정체를 밝힘</small>

각설. 장 소저가 그날 밤에 도망하여 남(南)으로 향하여 정처 없이 가더니, 수일
<small>화제 전환</small>

만에 여람 땅에 이르러 이름을 고쳐 장계운이라 하고 한 집에 가 밥을 빌더니, 이 집
<small>장애황의 위기 극복에 남장과 개명이 활용됨</small>

은 최 어사 집이라. 어사는 일찍 기세(棄世)하고 부인 희 씨 한 딸을 데리고 치산(治
<small>세상을 버린다는 뜻으로, 웃어른이 돌아가심을 의미</small>

産)하되 살림이 부유한지라. 부인이 문을 사이에 두고 장 소저의 거동을 보니, 인물
<small>집안 살림살이를 잘 돌보고 다스림</small>

이 비범하고 풍채 준수하거늘, 부인이 소저에게 왈,

"차인(此人)의 행색을 보니 본대 걸인이 아니라."
<small>희씨 부인이 사람을 보는 안목이 있음</small>

하고, 시비로 하여금 서헌(書軒)으로 청하여 앉히고, 부인이 친히 나와 소저를 향하
<small>공부하기 위해 마련한 방</small>

여 문 왈,

"공자는 어디 살며 나이 몇이나 되고, 이름은 무엇이라 하나뇨."
<small>애황을 남성으로 생각함</small>

소저가 대 왈,

"본대 기주 땅에 사는 장계운이라 하옵고 나이는 십육 세로소이다."
<small>애황은 이름을 장계운으로 바꾸고 남성으로 살아가려 함</small>

부인이 또 문 왈,

"부모는 구존(俱存)하시며, 무슨 일로 이곳에 이르시나뇨?"
<small>모두 살아 계심</small>

소저가 대 왈,

"일찍 부모를 여의고 의탁할 곳이 없어 동서로 떠돌며 사해(四海)로 다니나이다."

부인 왈, / "공자의 모양을 보니 걸인으로 다니기는 불쌍하니, 공자는 아직 내 집
<small>부인의 제안</small>

에 있음이 어떠하뇨?"

소저가 사례 왈, / "부인이 소생의 고혈(孤孑)함을 생각하사 존문(尊門)에 두고자
<small>가족이나 친척이 없어 외로움</small>

하시니 하해(河海) 같은 은혜를 어찌 다 갚으리잇고?"
<small>부인의 제안을 수용함</small>

「부인이 희열하여 노복을 명하여 서당을 깨끗이 치우고 서책을 주며 왈,
<small>「」: 부인은 애황을 남성으로 생각하여 애황이 사회 진출을 할 수 있도록 도움</small>

"부디 학업을 힘써 공명(功名)을 취하라."
<small>입신양명의 유교적 출세관이 반영됨</small>

소저가 서책을 받아 보니, 성경현전(聖經賢傳)과 손오병서(孫吳兵書)라.「소저가
<small>유학의 경전　　　　　　　　손무와 오기의 병법에 관한 책</small>

학업을 공부할새 낮이면 시서백가를 읽고 밤이면 손오병서와 육도삼략(六韜三略)을
<small>「」: 장애황이 영웅적 능력을 획득해 가는 과정　　　　　　　　　　병법서</small>

습독(習讀)하여 창검(槍劍) 쓰는 법을 익히니,」부인이 각별 사랑하여 기출(己出)같이
<small>글을 익혀 읽음　　　　　　　　　　　　　　　　　　　　　　자기가 낳은 자식</small>

여기더라.

일월이 흘러서 삼 년이 지나니, 장 소저가 나이 십구 세라. 재주는 능히 풍운조화
<small>장 소저가 재주와 용력이 탁월한 인물로 성장함</small>

(風雲造化)를 부리고 용력(勇力)은 능히 태산을 끼고 북해(北海)를 뛸 듯하더라.

<small>▶ 장 소저가 이름을 계운으로 바꾸고 최 어사 집에서 학문과 무예를 익힘</small>

• '남장 화소'의 서사적 기능

• 왕희의 노복들이 장 소저를 납치하
려 오자 소저는 난향의 말에 따라
남장을 하고 피신함
→ 위기 극복의 방법으로 활용됨
• 애황을 남자라고 생각한 희씨 부인
의 호의로 최 어사 집에 의탁하게 됨
→ 조력자를 만남
• 희씨 부인 장 소저가 공명을 이
루기를 바라며 학업에 힘쓸 수 있
도록 서책을 주며 도와줌
→ 희씨 부인의 조력으로 장 소저
가 비범한 능력을 길러서 관직에
오를 수 있는 계기가 됨

이 작품은 남주인공 이대봉과 여주인공 장애황의 서사가 유사한 구조로 나란히 전개되는데 공간이나 조력자 등 서로 구별되는 요소가 있으므로, 이를 바탕으로 작품을 감상할 수 있어야 한다.

+ 남녀 주인공의 서사 : '영웅담'과 '애정담'이 결합된 서사

이대봉	출생	자식이 없던 이 시랑이 시주하고 낳은 아들로, 장애황과 한날한시에 태어남
	결연	부모에 의해 하늘이 정해 준 배필인 장애황과 정혼함
	시련	유배지로 가던 중 왕희의 계략으로 아버지와 함께 바다에 빠짐
	구출	초월적 조력자인 서해 용왕의 도움으로 구출됨
	비범한 능력	금화산 백운암에서 무예와 학문을 수련한 후 세상에 나감
	과업 수행	황성을 점령한 흉노를 물리치고 왕희 부자를 무인도에 유배 보냄
	결말	장애황과 혼인하고 초왕이 되어 부귀영화를 누림
장애황	출생	이 시랑의 죽마고우인 장 한림의 딸로, 이대봉과 한날한시에 태어남
	결연	부모에 의해 하늘이 정해 준 배필인 이대봉과 정혼함
	시련	부친의 죽음 → 모친의 죽음 → 왕희의 청혼 거절 후 왕석연이 납치하러 옴
	구출	시비 난향의 도움으로 남장을 하고 피신함 → 남장한 채 최 어사의 집에 의탁하며 무예와 학문을 수련함
	비범한 능력	과거에 장원 급제하여 한림학사가 됨
	과업 수행	선우족이 침략하자 대원수로 출전하여 이를 물리침
	결말	자신이 여성임을 황제에게 밝힘 → 이대봉과 혼인하여 부귀영화를 누림

이 작품은 여성 영웅 소설의 전개 양상을 보이는 장애황의 서사에서, 여성인 장애황이 남성 중심 사회의 제약 속에서 능력을 획득하고 발휘하는 데 '남장 화소'가 활용되고 있으므로, 이를 중심으로 작품의 의미를 파악할 수 있어야 한다.

+ 장애황의 서사에서의 '남장 화소'

- 장애황은 자신을 납치하여 아들과 혼인시키고자 하는 왕 승상에게서 벗어나기 위해 남장을 함
  → 위기를 해결하기 위해 선택한 수단으로, 여주인공의 혼사 장애 화소와 결합되어 나타남
- 남장한 후 이름을 장계운으로 바꾸고 최 어사의 집에 의탁하여 희씨 부인의 도움으로 무예와 학문을 익힘
  → 조력자를 얻고 미래를 위해 준비할 수 있는 힘을 기르게 됨
- 과거에 장원 급제하여 한림학사가 되고 선우족이 침략하자 대원수가 되어 출전하여 적을 물리침
  → 입신양명이 남성의 영역으로 제한된 사회에서 여성도 동등한 성취를 이룰 수 있음을 입증함
- 황제가 이부상서 벼슬을 내리자 스스로 황제에게 글을 올려 자신이 여성임을 드러냄
  → 불가피한 상황으로 인해 어쩔 수 없이 남장을 선택하게 되었음을 밝힘

이 작품에 나타난 이대봉의 서사와 관련된 다양한 화소를 중심으로 사건 전개를 파악할 수 있어야 한다.

+ 이대봉과 관련된 다양한 화소

가족 이합 화소	• 아버지와 섬으로 유배 가던 중 왕희의 계략으로 인해 아버지와 이별함 → 섬으로 달아난 흉노를 추격하다가 돌아오던 중에 대풍에 휩쓸려 무인도에 도착함 → 무인도에서 아버지를 만남 • 우연적·비현실적인 사건 전개로 헤어진 가족과 재회함
복수 화소	• 왕희와 그의 아들을 무인도로 유배 보내어 그 죄를 평생 사면받지 못하도록 함 • 왕희가 이대봉 부자에게 한 행위와 동일한 방법으로 복수함
군담 화소	• 중원을 침범한 흉노를 물리침

• **해제**
〈이대봉전〉은 조선 후기의 대표적인 창작 군담 소설로, 첫째는 〈조웅전〉이요 둘째는 〈이대봉전〉이라는 뜻의 '일 조웅 이 대봉'이라는 속담이 있을 정도로 높은 인기를 누린 영웅 소설이다. 이 작품은 천정배필인 남녀가 정혼하였으나 적대자로 인해 이별한 후 우여곡절 끝에 재회한다는 애정담의 서사 구조와, 시련을 극복하고 비범한 능력을 발휘하여 과업을 수행하고 승리하는 영웅담의 서사 구조가 결합되어 있다. 특히 남녀 주인공인 이대봉과 장애황의 서사를 번갈아 전개하면서 두 인물의 영웅적 행적을 그린 것이 특징적이다. 두 인물의 개별적 서사를 결합하여 국가적 위기를 해소하고 개인적 시련을 초래한 적대자를 징치하며 천정배필인 남녀가 재회하는 과정을 그려 내고 있다.

• **제목 〈이대봉전〉의 의미**
– 이대봉과 그 배필인 장애황이 시련을 극복하고 영웅적 활약을 펼친 후 혼인하는 이야기
남자 주인공 이대봉과 여자 주인공 장애황이 각자의 시련을 극복하고 탁월한 능력을 발휘하여 외적을 물리친 후 혼인하는 과정을 그린 영웅 소설이다.

• **주제**
국가의 위기를 해결하고 사랑을 성취하는 남녀 주인공의 영웅적 활약상

한 줄 평 | 개인적 고난을 극복하고 영웅적 능력을 발휘하여 나라를 위기에서 구하는 설홍의 일생을 그린 이야기

설홍전 ▶ 작자 미상

💬 전체 줄거리

대명 금능 땅에 설희문이라는 처사가 있었는데, 나이가 오십이 되어도 자식이 없었다. 부인은 남편에게 덕음산 쌍용사에 가서 발원하면 자식을 둔다고 하니 가서 빌자고 하고, 설희문과 부인은 쌍용사 노승에게 예단을 바치고 정성으로 소원을 빌었다. 그날 밤 부인은 신선이 학을 타고 와 쌍용사 부처님이 부인에게 의탁하라고 하여 왔다고 말하는 꿈을 꾸고, 그날부터 태기가 있어 아들을 낳았다. 설희문은 아들 이름을 '설홍'이라고 지었다. 그러나 얼마 후 부인은 병이 들고 진 숙인(설희문의 후실)에게 설홍을 부탁한 뒤 죽는다. 부인의 죽음에 식음을 끊고 슬퍼하던 설희문도 병이 들어 죽게 된다. 진 숙인은 남편을 잃자 집안을 돌보지 않고 술만 마신다.

▶ 설홍의 탄생과 부모의 죽음

진 숙인은 설홍의 죄 때문에 자신이 남편과 이별하였다며 설홍을 원수로 여겨 죽이려 한다. 진 숙인은 설홍을 굶겨 죽일 생각으로 시비 운섬에게 설홍을 깊은 산에 내버리라고 명하고, 운섬은 설홍을 흑운산 당월굴에 두고 온 후 설홍이 어머니를 잃고 제대로 먹지 못해 죽었다는 거짓 소문을 퍼뜨린다. 버려진 설홍은 굶주려 죽을 위기에 처하나 봉황이 환생초를 물고 나타나 설홍을 구해 준다. 이후 설홍은 봉황의 보살핌 아래 선과(신선이 먹는 과일)만 먹고 자라고, 배우지 않아도 글을 알고 세상만사를 모두 알아차린다.

▶ 진 숙인에 의해 산에 버려진 설홍

팔 년이 지난 어느 날, 봉황이 눈물을 흘리며 날아가 버리고, 슬퍼하던 설홍에게 염라국의 사자가 갑자기 나타나 그를 저승으로 데려간다. 염라대왕은 설홍이 원래 옥황상제를 모시는 선관이었는데, 선녀와 글을 지어 주고받은 죄로 인간 세상에 떨어졌다는 것을 알려 준다. 그러면서 봉황에게 천도를 훔쳐 오도록 한 죄와 훔친 천도를 먹은 죄를 따져 묻는다. 설홍은 자신이 먹은 게 천도인지 몰랐다고 답하고, 이에 염라대왕은 설홍을 풀어 주고 인간 세상에 다시 돌려보낸다. 울며 걷던 설홍은 부모인 설 처사와 부인을 만나고, 부인은 설홍에게 백세 후에 다시 보자고 한다. 부인이 연화봉으로 떠나자 설홍은 꿈에서 깬다. ▶ 염라대왕을 만나고 부모와 재회한 후 꿈에서 깬 설홍

장면 포인트 ① 186P

주목 이때 진 숙인은 설홍을 버린 후 몸이 좋지 않아 점쟁이를 부르고, 점쟁이는 원한 맺힌 혼을 풀어 주어야 한다고 말한다. 설홍이 원귀가 되었다고 생각한 진 숙인은 운섬을 시켜 설홍의 뼈를 찾아 설 처사의 묘 아래 묻어 주라고 한다. 그런데 운섬은 산에서 설홍을 만나 집으로 데려온다. 진 숙인은 독약을 먹여 설홍을 죽이려 하지만 설홍은 죽지 않고 곰 새끼처럼 털이 나고 검게 변한다. 진 숙인은 설홍을 우리 안에 가두고 인곰이라고 부르며 괴롭히다가, 자신의 악행이 탄로날까 걱정하여 설홍을 물에 빠뜨린다. 설홍은 죽을 위기에 처하나 마침 파도에 실려 온 나무둥치를 붙잡고 북산도까지 가게 되고, 나무하는 아이의 도움으로 목숨을 구한다. 이후 응백

이 설홍을 집으로 데려와 돌봐 준다. 이때 짐승(설홍)에 대한 소문을 들은 명선이 돈을 주고 설홍을 사려 하지만 응백은 이를 거절한다. 명선은 몰래 설홍을 훔쳐 도망간 후

장면 포인트 ① 187P

설홍을 데리고 다니며 춤추기와 재주 부리기를 시켜 돈을 번다. 우연히 이를 본 왕 승상은 설홍을 불쌍히 여겨 은자 백 냥으로 설홍을 구하고, 시비를 시켜 설홍을 북산도에 데려다주라고 명령한다. 북산도로 돌아온 설홍은 꿈에 나타난 노승에게 약을 받아 먹은 후 병이 낫는다. 그 후 설홍은 노승의 명에 따라 운담 도사를 찾아가 도술과 병법을 배운다.

▶ 독약을 먹은 후 곰처럼 변하여 고난을 겪다 구출된 설홍

한편 왕 승상에게는 윤선(왕 소저)이라는 딸과 돌쇠라는 종이 있었다. 어느 날 왕 승상은 황성에 사는 친구를 만나러 가는 길에 방탕하게 행동하는 돌쇠를 보고 꾸짖는다. 이에 돌쇠는 왕 승상을 살해하고 집으로 돌아와 왕 소저에게 왕 승상이 화재를 당해 죽었다고

장면 포인트 ② 189P

거짓말을 한다. 그러나 왕 소저의 꿈에 왕 승상이 나타나 돌쇠가 자신을 살해했다는 것과, 왕 소저가 설홍과 부부가 될 것을 말한다. 왕 소저가 분함을 이기지 못하고 있는 사이, 돌쇠는 왕 소저와 혼인하고자 소저를 협박한다. 이때 운담 도사가 설홍을 불러 급히 구화동에 가서 왕 승상의 은혜를 갚으라고 한다. 설홍이 왕 소저를 구하고 돌쇠를 죽이자, 왕 소저는 설홍에게 자신이 배필임을 알린다. 설홍은 왕 승상의 장례를 치르는 중이니, 삼 년 후에 혼인하자고 말한다. 둘은 정표로 부채와 옥가락지를 주고받은 후 헤어진다. 한편 돌쇠의 동생 돌뿌리는 형이 죽었다는 소식에 복수를 다짐하고, 왕 소저의 꿈에 다시 왕 승상이 나타나 도망가라고 알려 준다. 왕 소저는 시비 앵난과 함께 도망치고 '연소암'이라는 절에 가서 머리를 깎고 중이 되어 숨는다. 돌뿌리는 우연히 용화산에서 설홍을 만나고 형의 원수를 갚기 위해 설홍을 공격하지만 설홍에게 죽임을 당한다.

▶ 돌쇠, 돌뿌리와의 대결에서 승리하고 왕 소저와 결연한 설홍

이후 설홍은 과거에 장원 급제하여 어사가 된다. 기주에 도적이 나타나자 천자는 설홍을 기주로 보내고, 그곳에서 설홍은 반란을 일으킨 곽섬과 자신을 괴롭혔던 명선을 죽인다. 또한 자신을 구해 준 응백을 찾아가 은혜를 갚은 후 그의 딸(매월)과 혼인한다. 이때 왕 소저는 도적의 습격을 받아 위기에 처하지만 앵난의 도움으로 간신히 살아난다. 큰 부상을 당한 왕 소저를 보고 앵난이 탄식하자 하늘에서 환생초가 내려와 왕 소저를 구한다. 이후 구걸하며 다니던 앵난은 우연히 설홍을 만나고, 왕 소저의 소식을 들은 설홍은 왕 소저와 재회한다.

▶ 반란을 진압한 후 왕 소저와 재회한 설홍

이때 가달이 전쟁을 일으키니 황제는 여러 장수들을 보내 이를 토벌하고자 하나 실패하고 죽을 위기에 처한다. 설홍은 황제의 소식을 듣고 전쟁터로 달려가 황제를 구한다. 황제는 설홍을 대원수에 임명하여 반란을 진압하게 하고, 설홍은 가달의 여러 장수들과 가

달왕을 죽여 전쟁에서 승리한다. 황제는 설홍을 강동의 왕으로 책봉한다. 설홍은 왕비가 된 왕 소저, 후궁이 된 매월, 앵난과 함께 많

은 자식을 낳고 살다 장자 설공에게 왕위를 물려준다.

▶ 가달을 토벌하고 황제를 구한 설홍

🎭 인물 관계도

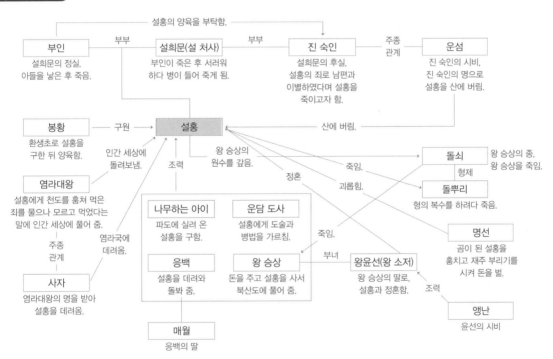

<보기>로 나오는 작품 외적 준거

「선율 환생」과 〈설홍전〉

| 보기 |

『삼국유사』의 「선율 환생」은 이승의 행위에 대한 저승에서의 가치 판단을 통해 선업(善業)과 악업(惡業)을 구별하고 상벌을 받게 함으로써 특정 행위의 당위성과 정당성을 강조하고 있다. 이와 같은 화소(話素)는 후대의 저승 체험담에서도 발견된다. 후대의 고소설인 〈설홍전〉에서는 이승의 행위에 대한 저승에서의 판단에 따라 인물이 저승으로 잡혀가고 저승에서 체험하는 것을 통해 윤리 의식을 강조하고 있다. 그리고 〈설홍전〉은 저승을 이승에서 오갈 수 있는 곳으로 형상화하고 오가는 길에 인물이 겪은 일을 제시하여 저승 체험에 구체성을 더하고 있는데, 이와 같은 특징을 「선율 환생」에서도 찾아볼 수 있다.

— 2021년 3월 고3 교육청

- 이 작품은 '변신 화소', '저승 체험', '계모 박대 화소', '주노(主奴) 갈등', '군담 화소' 등의 화소를 중심으로 설홍의 영웅적 일대기를 그린 영웅 소설이다. 변신 화소를 중심으로 한 설홍의 고난과, 주인과 노비 간의 갈등을 중심으로 한 여주인공(왕 소저)의 고난을 당대의 현실과 연관 지어 감상하도록 한다.
- 해당 장면은 진 숙인이 먹인 독약 때문에 짐승으로 변한 설홍이 갖은 고난을 겪다가 왕 승상에게 구출되고 노승의 도움으로 회복하는 상황을 제시하고 있다.
- '변신 화소'와 설홍의 고난을 '영웅의 일생' 구조와 연관하여 파악하도록 한다.

[앞부분의 줄거리] 설 처사는 늦도록 자식을 얻지 못하자 쌍용사 금불암에 축원하여 아들 설홍을 얻는다. 설홍을 낳은 후 친모가 죽고 설 처사마저 세상을 뜨자 설홍은 설 처사의 후처인 진 숙인에게 맡겨진다. 진 숙인은 설홍이 전생에 지은 죄로 설 처사가 죽었다고 생각하여 설홍을 학대하다 시비를 시켜 설홍을 산중에 버린다. 흑운산 당월굴에 버려진 설홍이 죽게 되자 봉황이 환생초를 물어 와 설홍을 살려 낸다.

★주목 ▶ 이때 진 숙인은 <u>설홍을 산중에 버린 후에 자연히 몸이 노곤하여 피골이 상접하고</u>
영웅의 일생 구조에서 '기아' 화소, 설홍의 시련 ／ 진 숙인이 점쟁이를 부른 이유
<u>몸에 살 한 점이 없는 고로 점쟁이를 불러 물으니</u>, 점쟁이 말하기를,

「"<u>자식 같은 사람</u>을 산중에 버리니 그것이 <u>원혼(冤魂)</u>이 되었으니 부인의 일신이
설홍　　　　　　　　　　　　　　　분하고 억울하게 죽은 사람의 넋
어찌 편하겠습니까? 그러한 일이 있거든 원혼을 착실히 풀어 주시면 몸도 자연히
편해지고 죽기도 면할 것입니다." 」♪ 진 숙인이 아픈 이유가 설홍을 산중에 버린
일 때문임을 알려 줌
하니, 부인이 이 말을 듣고 속으로 생각하되

'<u>설홍의 원귀로구나.</u>'
점쟁이의 말을 믿는 진 숙인
하고, 이튿날 시비를 불러 말하기를

"설홍을 산중에 버린 지 여러 해라. 굶어도 죽었을 것, 얼어도 죽었을 것이니
만 번 죽어도 아까울 것 없음
제 죄는 <u>만사무석(萬死無惜)</u>이라 산중에 썩어도 아깝지 아니하지만, <u>처사의 골육</u>
진 숙인은 설홍의 전생의 죄로 설 처사가 죽었다고 생각함　　　　　　　　처사의 혈육
이므로 뼈나 찾아다가 제 부친 묘 아래 묻어 주라." ▶ 진 숙인이 산중에 버린 설홍의
진 숙인은 자신의 건강을 위해 점쟁이의 말을 받아들여 설홍의 유골을 찾아 원혼을 풀어 주려 함　뼈를 찾아 묻어 주도록 함
하였다. 시비 운섬이 명령을 따라 <u>흑운산 당월</u> 아래로 들어가 살피니 <u>뼈가 한 개도</u>
설홍을 버린 곳
<u>없는지라.</u> 마음에 생각하되 설홍은 어린아이라 필연 무슨 짐승이 잡아먹었으리라 생
설홍의 유골을 찾지 못함
각하고 집으로 돌아오고자 하였으나, 갑자기 어디서 울음소리가 들리거늘 이상한 생

각이 들어 소리를 찾아가니 과연 아이가 바위에 앉아 울거늘, 그 아이에게 물어

"<u>공자는 뉘시기에 이런 공산(空山)에 앉아 우나이까?</u>"
설홍을 산중에 버린 지 오래되어 설홍을 알아보지 못함
하니, 설홍이 울음을 그치고 한참을 보다가 가로되

"나는 금능 땅 앵무동 설 처사의 아들 홍이오니 일찍 부모를 잃고 이곳에 와 머뭅

니다."

하였다. 「운섬이 그제야 설홍인 줄 알고 거짓으로 반기는 체하며
♪ 죽은 줄 알았던 설홍이 살아 있는 것을 보고 거짓말함
"소저는 공자 댁의 시비 운섬이오니 <u>부인</u>께서 공자를 데려오라 하옵기로 왔나이다." 」
진 숙인
하며, 안아 노복의 등에 업히니 설홍이 생각하되,

'<u>부인이 나를 버리고 연화봉으로 가시더니 이제 나를 데려오라 하시나 보다.</u>'
설홍은 얼마 전 만난 친모가 연화봉으로 간다는 말을 하였으므로 친모가 부르는 것으로 생각함

■ 작품 분석 노트

- '영웅의 일생' 구조와 설홍의 시련

영웅의 일생 구조
고귀한 혈통 → 비정상적인 출생 → 비범한 능력 → 유년기의 위기(1차) → 구출자(조력자)에 의한 위기 극복 → 성장 후 위기(2차) → 위기 극복과 과업 성취

↓

설홍의 위기와 시련
부모의 사망으로 홀로 세상에 남겨짐 → 계모인 진 숙인에게 학대를 당함 → 진 숙인에 의해 산중에 버려져 죽을 위기에 놓임 → 봉황(조력자)에 의해 살아남 → 진 숙인이 준 독약을 먹고 짐승으로 변함 → 진 숙인에게 조롱과 학대를 당함

↓

- 계모에 의한 학대가 주인공에게 시련으로 작용함
- 계모의 학대로 인한 주인공의 변신이 시련을 가중하는 요소로 작용함

- 진 숙인이 설홍의 유골을 찾으려는 이유와 태도

점쟁이의 말
진 숙인이 설홍을 산중에 버린 일 때문에 진 숙인이 마르고 몸이 아픈 것이니 설홍의 원혼을 풀어 주라고 함

↓

진 숙인이 시비에게 설홍의 유골을 찾아 설 처사의 무덤 아래에 묻어 주라고 함

↓

- 설홍으로 인해 설 처사가 죽었다고 생각해 설홍이 죽어 산중에 썩어도 아깝지 않다고 여김 → 몰인정한 태도
- 설홍을 내다 버린 자신의 죄를 뉘우치는 것이 아니라 자신의 건강을 회복하기 위해 설홍의 유골을 찾음 → 이기적 태도

하고, 노복의 등에 업혀 갔다.   ▶ 시비 운섬이 설홍을 찾아 집으로 데려감

운섬이 숙인에게 알리되

"노복을 데리고 그 산중에 가오니 죽지 아니하고 살아 있기에 데려왔나이다."

하고, 홍을 숙인 앞에 보내니 부인이 홍을 보고 칼 같은 마음이 불꽃같이 일어나거
                                          설홍에 대한 증오심
늘, 시비 운섬을 불러

"내 설홍을 보면 안 하던 병이 절로 나므로 너로 하여금 홍을 산중에 버려 죽게 하

였더니, 너는 내 말을 생각지 아니하고 무고한 사람의 자식을 데려와 내 심장병이
                                          인연이 없는
나게 하니 어찌 노복 간에 정이 있으리오?"

하고, 은돈을 주며,   🔔 **감상 포인트**
       은으로 만든 돈   작품에 나타나는 '변신 화소'를 중심으로
"남모르게 독약을 구하라."   작품의 내용을 파악한다.

하더라. 설홍은 남의 흉계를 모르고 독약을 받아먹으나 본디 불에 익힌 음식을 먹
       설홍에게 독약을 먹여 죽이려는 진 숙인의 흉계
지 아니하고 생식만 한 탓으로 죽지는 아니하고 수족이 굳어 놀리지를 못하여 혀가
설홍이 그동안 봉황이 물어다 준 선과신선이 먹는 과일만 먹었음을 의미함
굳어 말을 못 하고 얼굴에 검은빛이 나며 몸빛도 검은 털이 가득하여 눈만 빠끔하니
                   독약을 먹고 짐승의 형상으로 변신한 설홍
갓 난 곰의 새끼 같더라. 진 숙인이란 사람의 마음이 악한 일 하기를 조석으로 더하
                           진 숙인의 성격을 직접적으로 제시함
니 포악하고 잔학한 자라. 「부인이 더욱 미워하여 설홍의 모양을 보고 큰길 누각 위
                    독약을 먹고도 죽지 않기 때문임   곰의 형상
에 자리를 깔고 우리를 만들어 그 안에 가두고 이름을 인곰이라 하고 매일 나와 구

경하되 작대기로 쑤시니 홍이 괴로움을 이기지 못하여 그 작대기를 피하여 이리저리

다니니 부인은 그리하는 거동을 보고 더욱 기뻐 좋아하여 이리저리 쫓아가며 작대

기로 무수히 찌르니 홍이 더욱 견디지 못하여 몸을 웅크리고 통곡하는 모양을 보고

박장대소하더라. 「」 곰처럼 변한 설홍을 괴롭히는 진 숙인의 행동 ▶ 진 숙인이 독약으로 인해 곰처럼 변한 설홍을 학대함
손뼉을 치며 크게 웃음   통해 잔인하고 비인간적인 진 숙인의 성격이 드러남

(중략)

★**주목** 세월이 물처럼 흘러 여러 해를 지남에 설홍의 발길이 안 간 곳이 없더라. 이날 소
       설홍이 명선에게 납치되어 여러 곳에 끌려다니며 재주를 부림 → 변신으로 인한 설홍의 시련
주 땅 구화동에 이르러 놀이를 시작하는데 남녀노소 모여 구경하니 세상에 보지 못
      색깔이 고운 옷   짐승으로 변한 설홍이 세상 사람들의 구경거리가 됨
하던 짐승이라. 「채복(彩服)을 갖추어 앞발로 소고(小鼓)를 들고 한참 치다가 온갖 재
      설홍이 사람들 앞에서 재주를 부리는 모습을 묘사함
주를 하니 모듬뛰기 살판이며 공중으로 덕수도 넘으며, 앞발을 들고 섰더니 옥잔에
          몸을 날려 땅을 넘거나 공중제비를 하는 모양
술을 부어 앞앞이 올리며 절을 공순히 하니, 사람마다 술을 받아먹고 은전을 많이 주니
                                          은돈
                          명선이 곰이 된 설홍을 돈벌이 수단으로 삼음
그 재물이 적지 아니하더라. 왕 승상이라는 한 재상이 나와 구경하여 그 짐승을 보
          돈벌이 수단으로 설홍을 착취하는 명선으로부터 설홍을 구조함
니 「제 주인을 두려워하여 재주를 잘하나 그 괴로움과 슬픔을 이기지 못하여 검은 눈
    명선   「」 왕 승상이 곰처럼 변한 설홍을 불쌍히 여김 – 명선에게 설홍을 사서 북산도에 데려다 놓는 이유
물을 털 속에서 흘리거늘, 승상이 자연 슬픈 마음이 들어 그 주인을 불러 말하기를,

"저 짐승을 어디에서 데려왔으며 본디부터 재주를 잘하더냐?"

명선이 여쭈오되,
설홍을 돈벌이 수단으로 이용하는 인물
"이 짐승이 북산도에서 귀한 물건으로 하나밖에 없다고 들었습니다."

승상 왈,

• 소재의 기능 – 독약

독약	▶	• 진 숙인이 설홍을 죽이려 하는 데 이용한 것 • 설홍을 짐승으로 변신하게 하는 소재 • 설홍의 시련을 가중하는 계기로 작용함

• 설홍의 고난과 극복 과정

진 숙인	어린 설홍을 산중에 버려 굶어 죽도록 함

↓

봉황	선과를 먹여 설홍을 키우고 돌봐 줌

↓

진 숙인	설홍에게 독약을 먹여 죽이려 함 → 설홍이 죽지 않고 곰의 모습으로 변하자 설홍을 괴롭힘 → 설홍의 일이 알려질 것을 두려워하여 설홍을 물에 빠뜨려 죽이도록 함

↓

나무 둥치	갑자기 나타나 바다에 빠진 설홍을 태우고 북산도로 데려다 줌

↓

응백	북산도의 초동들이 발견한 설홍을 불쌍히 여겨 집으로 데려가 돌봐 줌

↓

명선	응백의 집에서 설홍을 훔쳐 달아남 → 돈을 벌기 위해 설홍을 데리고 다니며 재주를 부리도록 함

↓

왕 승상	설홍이 우는 것을 보고 명선에게 설홍을 사서 북산도에 데려다 놓도록 함

↓

노승	설홍의 꿈속에 나타나 설홍에게 약을 줌 → 약을 먹은 설홍이 원래 모습으로 변신함

• 적대자: '진 숙인', '명선'은 설홍을 시련에 빠뜨려 갈등 관계를 형성함
• 조력자: '봉황', '나무둥치'는 비현실적 조력자, '응백', '왕 승상'은 현실적 조력자, '노승'은 현실계와 비현실계를 넘나들며 설홍의 고난을 해소하는 역할을 함

"섬 속에 있는 짐승을 데려다가 은전을 많이 얻으니 너는 좋지마는 저 짐승은 불쌍하지 않으냐? 내 은전 백 냥을 줄 것이니 팔고 가라."

하거늘, 명선이 생각하니 은전 백 냥도 적지 아니하거니와 승상의 말씀을 어찌 거역하리오.
<u>왕 승상의 명을 거역할 수 없어 은전 백 냥을 받고 설홍을 승상에게 내어 줌</u>

"그리하옵소서."

하면서 그 짐승을 바치고 돌아갔다.

승상이 그 짐승을 데리고 집으로 돌아와 며칠을 머문 후에 시비를 불러 말하기를,

"이 짐승이 북산도에 있었다 하니 그곳에 남모르게 두고 오라."

하니, 시비가 명을 따라 그 짐승을 데리고 남모르게 북산도에 버리고 오라는 말씀대로 하였다.

▶ 왕 승상의 도움으로 설홍이 북산도로 돌아감

<u>슬프다.</u> 설홍이 승상의 손에 구해져 명선과 이별하고 그곳에 와 있으니, 즐겁기는
설홍의 처지에 대한 서술자의 개입 / <u>왕 승상이 설홍의 조력자 역할을 함 – 설홍의 고난이 일시적으로 해소됨</u>
측량없으나 배고픔을 이기지 못하여 풀로 머리를 고이고 수목 사이에 누웠으니 홀연

몸이 노곤하여 <u>잠깐 졸았더니</u> 한 노승이 나타나
입몽(入夢) / <u>설홍을 굶주림에서 구조함</u>

"공자는 전생에 무슨 죄로 <u>저러한 허물을 쓰고</u> 이곳에 와 굶주려 죽게 되었는고?"
곰의 형상

하며, 바랑에서 대추를 내어 주면서 이것을 먹으라 하거늘, 홍이 받아먹으니 배부르고 정신이 씩씩하더라. 홍이 일어나 공경히 절하며

"<u>존사(尊師)</u>는 어디에 계시며, 무슨 일로 <u>굶주려 죽게 된 인생</u>을 살려 주시니 그
'도사'를 높여 이르는 말 / 설홍 자신
은혜가 백골난망이로소이다."
<u>죽어서 백골이 되어도 은혜를 잊지 못함</u>

하니, 노승이 웃으며 말하기를

"소승은 <u>덕음산 쌍용사</u>에 있사오니 <u>동구</u>에 다니다가 잠깐 굶주린 모양을 보고 위
설 처사가 자식을 낳기 위해 기도한 곳 / 절로 들어가는 산의 어귀
로하였거늘 어찌 은혜라 하오리까. <u>이곳을 떠나 북편 소로(小路)로 수백 리를 들
어가면 추용산이라 하는 산이 있고 그 안에 운담 도사 있사오니 그 도사를 만나</u>
<u>설홍이 해야 할 일을 지시함 → 앞으로 전개될 사건을 알려 주는 기능을 함</u>
도업을 배운 후에 왕 승상의 은혜를 잊지 마시옵소서."

하면서, 한 <u>약을 주거늘 홍이 받아먹으니 노승의 은혜는 측량할 수 없더라. 그러나
설홍이 본래의 모습(인간)으로 변신하도록 하는 기능</u>
곧 간데없거늘 이상한 마음에 두루 살폈더니 문득 <u>뒷동산의 뻐꾹새가 뻐꾹뻐꾹 우는
각몽(覺夢)
소리에 깨어 보니 꿈인지라.</u> 일어나 자신의 몸을 살펴보니 일신에 가득하던 병이 없고 수족을 임의로 놀리면서 능히 말을 하니 <u>죽은 재에서 다시 불꽃이 살아나 피운 것
꿈에 노승이 준 약을 먹고 본래의 모습으로 변한 설홍 → 전기적 요소가 드러남
같더라.</u>

▶ 설홍이 노승이 준 약을 먹고 원래의 모습을 회복함

감상 포인트
작품에서 갈등 해소의 계기가 되는 '꿈'의 서사적 기능을 파악한다.

• 〈설홍전〉에 나타나는 변신 화소 ①

진 숙인이 준 독약을 먹고 곰으로 변함	→	노승이 준 약을 먹고 인간으로 변신함
↓		↓
진 숙인에게 학대당하고 명선에게 돈벌이 수단으로 이용당함 → 고난의 계기가 됨		고난이 극복되고, 운담 도사에게 도술을 배워 영웅적 면모를 갖추게 됨

→ 자신의 의지와 상관없이 외부 인물의 개입에 의해 신체적 변화가 일어남

• '노승'이 나타난 '꿈'의 기능

꿈속에서 설홍이 노승과 만남

↓

• 노승이 준 약을 먹고 설홍이 본래의 모습으로 변함 → 설홍의 갈등 상황을 해결하는 기능을 함
• 추용산에 가 운담 도사에게 도업을 배우고 왕 승상의 은혜를 잊지 말라고 함 → 설홍이 가야 할 곳과 해야 할 일을 알려 줌(앞으로 전개될 사건을 알려 주는 기능을 함)

• 공간적 배경의 의미

북산도	• 진 숙인에 의해 바다에 빠진 설홍을 나무둥치가 구해 데려다준 곳 • 명선에게 설홍을 산 왕 승상이 설홍을 다시 데려다준 곳 • 꿈에서 만난 노승이 준 약을 먹고 설홍이 원래의 모습을 되찾은 곳
덕음산 쌍용사	• 설 처사가 자식을 낳기 위해 기도한 곳 • 설홍의 꿈에 나타난 노승이 있는 곳
추용산	• 설홍의 꿈에 나타난 노승이 설홍이 찾아가도록 지시한 곳 • 설홍에게 도업을 가르쳐 줄 운담 도사가 있는 곳 → 설홍이 영웅적 능력을 갖추기 위해 거쳐 가야 할 곳

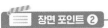
- 해당 장면은 돌쇠가 윤선을 죽이려 할 때 설홍이 나타나 돌쇠를 꾸짖는 상황을 제시하고 있다.
- 이 작품에 빈번하게 나타나는 '꿈'과 설홍의 '변신'이 지니는 서사적 기능에 주목하여 작품을 감상하도록 한다.
- 왕 승상이 노비인 돌쇠의 손에 죽고 돌쇠가 그의 딸과 혼인하고자 위협하는 '주인과 노비 간의 갈등'을 통해 당대의 사회적 현실을 파악하도록 한다.

이날 밤 삼경에 승상이 피를 흘리고 들어와 소저의 손을 잡고 눈물을 흘리며

"너를 버리고 집을 떠난 후에 돌아오지 못하고 돌쇠의 손에 죽었으니 한심하지 아
왕 승상은 황성에 사는 친구를 만나기 위해 돌쇠를 데리고 가던 중 돌쇠에게 살해당함
니하리오. 그러나 오늘 밤 삼경에 돌쇠가 들어와 너를 해하고자 할 것이니 돌쇠는
왕 소저에게 일어날 일을 미리 알려 줌
너의 불구대천(不俱戴天)의 원수라. 죽어도 말을 듣지 말고 살아서 모월 모일의
하늘을 함께 이지 못한다는 뜻으로, 이 세상에 같이 살 수 없을 만큼 큰 원한을 가짐을 비유함
금능 땅 앵무동에 사는 설홍 공자가 이곳에 와 나의 원수를 갚아 주고 너의 분함
왕 소저에게 일어날 일을 미리 이야기함 → 전개될 사건을 알려 주는 기능
을 풀 것이니 모쪼록 목숨을 보존하여 있으라. 또한 그 사람은 너와 배필이 될 것
설홍과 왕 소저가 혼인하게 될 것임: 전개될 사건을 알려 주는 기능
이니라. 예절을 생각하고 백년가약을 잃지 말라. 그 사람은 천지 무가객(無家客)
집이 없는 손님. 설홍이 정처 없이 떠돌아다니는 인물임을 드러냄
이라. 한번 가면 만날 기약이 어려울 것이니 명심하여 잊지 말거라."
「」: 왕 승상이 왕 소저의 꿈에 나타나 자신이 살해당한 일과 앞으로 소저에게 있을 일을 알려 줌

하며, 문득 사라지거늘 소저 놀라 깨어 보니 꿈인지라. 그제야 돌쇠의 흉계인 줄 알
꿈을 통해 과거에 일어난 일과 미래에 일어날 일을 알려 줌   아버지 왕 승상이 죽게 된 일
고 시비 난양을 불러 꿈의 일을 말하고 분함을 이기지 못하였다. 과연 이날 밤 삼경

에 돌쇠가 삼척검을 들고 들어와 소저 곁에 앉아 말하기를

"소저는 그 사이에 기체 안녕하십니까?"
몸과 마음의 상태

하니, 소저 안색을 숨기고 대답하기를

"나는 천지를 이별한 사람이라. 어찌 편하다 하리오. 너는 집에서 자지 아니하고
부모를 가리킴
어찌 왔느냐?"

돌쇠 대답하기를

"내 임의로 들어온 것은 다름 아니라 소저와 오늘 밤 인연을 맺고자 왔나이다."
주노(主奴) 관계를 저버린 돌쇠의 무례함이 드러남

하니, 소저 크게 노하여 말하기를

"노복 간이 분명한데 너는 상하를 모르고 이러한 강상지죄(綱常之罪)를 범하니 하
사내종   주인과 종의 관계   사람이 지켜야 할 도리를 어긴 죄
늘이 두렵지 아니하느냐?"

하니, 돌쇠 소저의 말을 듣고 크게 분하여

"내 너의 가없은 신세를 생각하여 인연을 맺고자 하였더니 너는 나를 천한 신분이
아버지를 잃은 신세   원래부터 정해져 있는 것이 아니라는 뜻
라 여겨 이렇게 홀대하니 왕후장상(王侯將相)이 어디 씨가 있다더냐? 내 말을 듣
왕과 제후와 장군과 상승. 고귀한 신분
지 아니하면 이 칼로 너의 목을 베리라."
「」: 상전의 딸을 위협하여 혼인하려 함

하고, 칼을 들어 소저의 목을 치려 하거늘, 소저 속으로 생각하되

'내가 죽으면 부친의 원수를 뉘가 갚으료? 제 마음을 달래어 나중을 봄이 옳다.'

하고, 거짓으로 웃으며 말하기를

"이 미련한 놈아, 내 부친을 여의고 수일간 누워 잠자지 못한 줄은 너도 알 듯하
설홍이 나타날 때까지 시간을 벌기 위한 왕 소저의 행동

작품 분석 노트

- '왕 승상'이 나타난 '꿈'(왕 소저)의 기능

꿈속에서 왕 소저가 왕 승상과 만남

▼

- 돌쇠가 자신을 살해했음을 알려 줌
- 돌쇠가 왕 소저를 해치려 할 것임을 알려 줌
- 설홍이 나타나 왕 소저를 구해 줄 것임을 알려 줌
- 설홍과 왕 소저가 부부가 될 것임을 알려 줌

↓

- 과거에 일어난 사건을 요약적으로 제시하는 기능을 함
- 미래에 전개될 사건을 미리 알려 주는 기능을 함

- 〈설홍전〉에 나타나는 주노(主奴) 갈등

- 노복인 돌쇠가 상전인 왕 승상을 살해하고 주인 행세를 함
- 노복인 돌쇠가 상전의 딸인 왕 소저와 혼인하고자 함

↓

- 극단적인 주인과 노비 간의 갈등을 통해 신분제가 동요되던 당시 사회상을 엿볼 수 있음
- 양반 지배층에 대한 부정적 인식이 반영된 것으로 볼 수 있음

니, 돌아가 내가 찾을 때를 기다리라."

하니, 돌쇠 그제야 칼을 놓고 말하기를

"소저의 말씀이 당연하오니 사흘 후에 다시 오겠나이다."

하고, 칼을 들고 나가거늘 소저 분함을 이기지 못하였으나 부친의 말씀을 생각하며

날로 설홍 공자가 오기만을 기다렸다. 삼 일이 지나지 못하여 돌쇠가 올 날을 생각
설홍이 나타나 자신을 구하고 아버지를 죽인 원수에게 복수하기를 기대함

하니 하룻밤이 남았고 설홍 공자는 아니 오니 <u>이런 막막한 일이 어디 있으랴?</u> 내 몸
서술자가 개입하여 왕 소저의 심정을 대변함

이 차라리 죽어 이도 저도 모르는 것이 좋겠다 싶어 수건으로 자결하고자 하니 시비

난양이 붙들고 울며 왈

「"소저 승상을 버리고 죽으시면 승상의 원수를 뉘라서 갚겠사옵니까? <u>소비를 따라</u>
계집종이 상전에게 자신을 낮추어 이르는 말

쌍용사의 승을 찾아가 그곳 스님과 같이 삭발하고 머물러 다음을 기다립시다."」
「」: 난양이 왕 소저에게 승상의 원수를 갚아야 함을 강조하며 자결을 만류함

하였다. 소저 생각다 못해

"네 말이 옳다."

하고, 통곡하더니 돌쇠 깊은 밤에 창검을 들고 들어와 앉아 말하기를

"소저는 길일(吉日)을 당해 어찌 이렇게 서러워하십니까?"
운이 좋거나 상서로운 날. 왕 소저가 돌쇠 자신과의 혼례를 올리는 날임을 의미함

하니, 소저 말하기를

"너는 내 아버지를 죽인 원수라. 게다가 분한 마음을 먹고 나를 범하고자 하니 너

는 짐승이라. 너 같은 놈이 사람 모양을 하고 있는 것이 안타깝구나."

하니, 돌쇠 소저의 말을 듣고 분심이 탱천하여 눈을 부릅뜨고 소리를 높여 칼을 겨
분한 마음이 하늘을 찌름

누며 말하기를

"내 너를 지난밤에 죽여야 할 것을 네 간사한 꾀에 속았거니와 오늘 밤에는 네게
설홍이 나타날 때까지 시간을 벌기 위해 부친을
여읜 슬픔을 핑계로 혼인을 기다려 달라고 한 일

속지 아니할 것이라."

하고, 소리를 크게 지르며 달려드니 소저 계속 고함을 지르노라 목이 막혀 말을 못

하다가, 크게 꾸짖어 왈

"<u>도마 위에 오른 고기가 어찌 칼을 두려워하리오.</u> 이놈아 칼로 찌르려거든 찌르고
죽을 위기에 처한 왕 소저의 상황을 비유함

베려거든 베어라. 내 죽은 혼이라도 너를 베어 원수를 갚으리라."

하더라.
▶ 왕 승상을 살해한 노복 돌쇠가 왕 소저에게 혼인할 것을 위협함

<u>한편 이때 운담 도사 설홍을 불러 이르기를</u>
동일한 시간에 다른 공간에서 일어난 사건을 제시함 ┌─ 아주 많은 군사와 말

"너는 세상에 나가 <u>천병만마(千兵萬馬)</u>에 둘러싸여도 염려 없으리라."
설홍이 운담 도사 밑에서 수련한 후 탁월한 능력을 지니게 됨

하며,

"<u>급히 산 밖에 나가 소주 구화동 왕 승상의 은혜를 갚으라.</u> 나는 서촉 익산봉으로
설홍이 해야 할 일을 알려 줌

가리라."

<u>남에게 보이지 않게 여러 가지 술법을 써서 몸을 마음대로 감추는 일</u>

하며, <u>둔갑장신을</u> 베풀어 소리도 없는 바람이 되어 가거늘 설홍이 이에 따라서 그곳
전기적 요소

을 향하여 몸을 돌려 산 밖에 나오니 몸과 마음이 광활하여 눈앞에 겁이 없더라.
▶ 설홍이 왕 승상의 집으로 감

• 갈등 상황에 대한 인물의 대처 방식

노복인 돌쇠가 주인인 왕 승상을 살해하고 그 딸인 왕 소저와 혼인을 하고자 하는 상황
↓

왕 소저	• 강상지죄를 범한 돌쇠를 꾸짖음 → 원수인 돌쇠에 대한 분노 • 아버지를 죽인 원수를 갚기 위해 돌쇠를 달래어 보냄 → 임기응변으로 위기를 일시적으로 넘김 • 설홍이 오지 않자 자결하고자 함 → 절망감에 극단적 선택을 하려 함
난양	왕 승상의 원수를 갚기 위해 피신하여 기회를 기다리자고 함 → 훗날을 도모할 것을 설득함

• 운담 도사의 역할

운담 도사
• 설홍에게 도술과 병법을 가르쳐 줌 → 조력자로 설홍이 영웅적 능력을 갖추도록 하는 역할 • 소주 구화동으로 가 왕 소저를 구하도록 함 → 설홍이 해야 할 일을 알려 주는 역할

여러 날 만에 소주 구화동에 이르니 이미 날이 저무니 유숙할 곳이 없었다. 마침

바라보니 한 집이 있으되 가장 깨끗하거늘 주인 없는 줄 알고 객실에 머물렀더니,

이 집은 설홍을 돈을 주고 사다가 북산도에 버려 주었던 왕 승상의 집이라. 잠깐 조

는데 승상이 와서 가로되

"설홍 공자는 접대할 주인도 없는데 무슨 재미로 이다지 깊이 자는가? 선생의 명

을 받아 나를 찾아왔거든 내정에 들어가 나의 여식을 살려 줌이 어떠하오?"

하고, 간데없거늘 설홍이 깨어 보니 꿈이었다. 그제야 왕 상국의 집인 줄 알고 바

로 내정에 들어가니 등촉이 휘황한데 방 안이 요란하거늘 급히 문을 열고 들어가니

어떤 한 놈이 삼척검을 들고 앉았는데, 처자가 방 안에 혼절한 듯 쓰러져 있거늘 놀

라 말하기를

"그대는 어떠한 사람이기에 이 깊은 밤에 사람을 죽였는가?"

하니, 돌쇠 왈

"나는 이 집 주인이라 저 아이가 내 말을 듣지 아니하기로 죽이고자 했거니와 너

는 어떠한 아이길래 외람되게 남의 내정에 들어와 이러한 말을 하느냐?"

하며, 설홍을 칼로 치거늘 홍이 둔갑장신을 베풀어 칼을 피한 후에 소저를 업어다가

순금 장식 각계수리에 두 층 쇠로 된 용두 위에 삼중석으로 돋우어 높이고 운무가 그

려진 병풍 두른 안에 뚜렷이 높이 앉히고 상체를 살펴 소저를 구하니, 왕 소저 겨우

정신을 차려 묻기를

"공자는 금능 땅 앵무동 설홍 공자 아니요?"

하니, 홍이 대답하기를

"과연 그러하나 소저는 저를 어찌 아십니까?"

하였다. 소저 그제야 눈물을 흘려 말하기를

"부친께서 몸에 피를 흘리시며 들어와 눈물 흘리며 탄식하기를 나는 돌쇠의 손에

죽은 몸이 되었으니 그 누가 알리요. 모월 모야에 설홍 공자가 이곳에 와 원수를

갚아 주리라 하셨기에 알았습니다. 돌쇠는 본디 포악한 놈이라 몇 번이나 검을 차

고 집에 들어와 나쁜 뜻을 먹고 더러운 말을 하기에 분함을 이기지 못하여 꾸짖었

더니 칼을 들어 찌르려 하였나이다."

하며, 그간의 모든 일을 설홍에게 얘기하였다. 이에 설홍이 크게 분하여 돌쇠를 꾸

짖으며

"이놈, 너는 승상 댁 노복으로 불의한 마음을 먹고 승상을 죽여 소저에게 강상대

죄(綱常大罪)를 범하였으니 네 어찌 세상이 용납하리오. 내 너에게 이 칼을 더럽

히고 싶지 않으나 하는 수 없어 내 칼로 네 목을 베어 소저의 원수를 갚으리라."

▶ 설홍이 왕 소저를 구하고 돌쇠의 죄를 꾸짖음

• '왕 승상'이 나타난 '꿈'(설홍)의 기능

꿈속에서 설홍이 왕 승상과 만남

▼

• 설홍에게 운담 도사의 명에 의해
자신에게 은혜를 갚으러 왔음을 일
깨움 → 사건의 긴박성과 달리 설
홍이 잠이 들어 꿈을 꾸는 화소를
삽입함으로써 갈등 해결을 의도적
으로 지연시킴

• 왕 소저의 위기를 알리고 해결해
줄 것을 요청함 → 설홍과 돌쇠의
대결을 예상할 수 있도록 함

• 〈설홍전〉에 나타나는 변신 화소 ②

설홍이 운담 도사에게 도업을 배운 후
둔갑장신술을 부려 왕 소저를 구함

↓

설홍의 영웅적 능력을 드러내는 기능

• '설홍'과 '돌쇠'의 대결이 갖는 의미

돌쇠		설홍
상전인 왕 승상을 살해하고 그 딸을 능욕하는 포악한 노복	↔	돌쇠와 왕 소저의 갈등을 대신 해결하는 역할

• 설홍이 왕 승상에게 입은 은혜를
보답하는 기회가 됨

• 설홍이 비범한 능력을 발휘하는 계
기가 됨

이 작품은 설홍이 다양한 인물과 겪는 갈등과 그것을 극복해 가는 과정을 중심으로 사건이 전개되므로 갈등 양상을 바탕으로 작품의 내용을 파악할 수 있어야 한다.

+ 〈설홍전〉에 나타나는 갈등 양상

설홍 ↔ 진 숙인	진 숙인이 설홍을 산속에 버려 굶어 죽도록 하고, 살아 돌아온 설홍에게 독약을 먹여 설홍이 짐승의 형상이 되자 학대하며, 설홍을 죽이려고 물에 빠뜨림 → 어린 시절 설홍이 겪는 시련
설홍 ↔ 명선	북산도에서 설홍을 돌보는 응백의 집에서 명선이 설홍을 훔쳐 달아나 설홍에게 재주를 부리도록 하여 사람들에게 구경시키고 재물을 모음 → 설홍의 시련이 심화됨
설홍 ↔ 돌쇠	상전인 왕 승상을 살해하고 그 딸과 혼인하려는 노복 돌쇠를 죽임 → 설홍의 영웅적 능력을 드러냄
설홍 ↔ 돌뿌리	돌쇠의 동생인 돌뿌리가 형을 죽인 설홍에게 복수하려고 하자 돌뿌리를 죽임 → 설홍과 돌쇠의 갈등의 연장선으로, 설홍의 비범한 능력을 드러냄
설홍 ↔ 곽섬	곽섬이 반란을 일으키자 곽섬의 목을 베어 죽임 → 설홍의 비범한 능력으로 국가적 위기를 해결함
설홍 ↔ 가달왕	가달의 군대를 물리치고 가달의 장수들과 가달왕을 죽임 → 설홍이 국가의 위기를 해소하고 강동의 왕이 됨

이 작품에 빈번하게 나타나는 '꿈'의 서사적 기능을 파악할 수 있어야 한다.

+ '꿈'의 서사적 기능

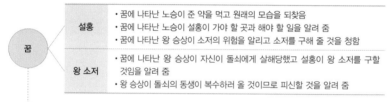

꿈	설홍	• 꿈에 나타난 노승이 준 약을 먹고 원래의 모습을 되찾음 • 꿈에 나타난 노승이 설홍이 가야 할 곳과 해야 할 일을 알려 줌 • 꿈에 나타난 왕 승상이 소저의 위험을 알리고 소저를 구해 줄 것을 청함
	왕 소저	• 꿈에 나타난 왕 승상이 자신이 돌쇠에게 살해당했고 설홍이 왕 소저를 구할 것임을 알려 줌 • 왕 승상이 돌쇠의 동생이 복수하러 올 것이므로 피신할 것을 알려 줌

• '꿈'은 인물의 갈등을 해소하는 기능을 하며, 사건 전개의 방향을 알려 주는 기능을 함
• '꿈'을 통한 갈등 해소는 비현실적 사건 전개로 환상적 분위기를 조성함

이 작품에 나타나는 '변신 화소'와 관련된 외적 준거를 바탕으로 작품을 해석할 수 있어야 한다.

+ 주인공의 유년기에 나타나는 변신 화소

변신 화소는 특정 대상이 자의나 타의에 의해 신체적 변화를 겪는 이야기로, 갈등을 유발하거나 해결하는 장치로서 서사적 흥미를 유발한다. 〈설홍전〉에서 설홍의 유년기에 나타나는 변신 화소는 주인공의 시련과 적대자의 횡포, 조력자에 의한 위기 극복 등 영웅 소설의 특징 및 주변 인물의 성격을 드러내는 요소로 활용된다.

• 설홍이 '독약'을 먹은 후 '곰' 형상으로 변함 → 설홍이 자신의 의지와 무관하게 적대자에 의해 변신함
• 진 숙인이 설홍을 우리에 가두어 괴롭히고, 명선이 설홍으로 하여금 재주를 부리고 구경거리가 되도록 함
 → 설홍이 유년기에 겪는 극심한 시련 및 진 숙인과 명선의 비인간적인 면모를 드러냄
• 왕 승상이 설홍을 명선에게서 구출하고 '북산도'로 돌려보내도록 함 → 설홍의 시련이 일시적으로 해소되며, 설홍의 조력자 역할을 하는 왕 승상의 자애로운 면모를 드러냄
• 노승이 설홍의 꿈에 나타나 '약'을 주어 설홍을 '짐승'의 형상에서 인간의 모습으로 돌아오도록 함 → 변신으로 인해 설홍이 겪는 현실의 갈등 상황이 해결됨

• 해제
〈설홍전〉은 개인적 고난을 극복하고 국가를 위기에서 구하는 설홍의 영웅적 행적을 그린 영웅 소설이다. 전반부는 부모가 죽은 후 계모에 의해 버림받아 죽을 위기에 처하고 짐승으로 변하는 등 설홍이 겪는 다양한 시련이, 후반부는 조력자의 도움으로 원래의 모습을 회복한 설홍이 영웅적 능력을 갖추고 왕 소저와 결연하며 가달국과의 전쟁에서 승리하여 강동왕이 되는 과정이 전개된다. 이 작품에는 설홍과 여러 인물들 간 갈등이 나타난다. 설홍의 계모, 명선, 돌쇠, 돌쇠의 동생인 돌뿌리, 반적 곽섬, 가달국 적장인 묵특 등은 설홍과 갈등을 빚는 적대자이다. 반면 응백, 왕 승상, 쌍용사 노승, 운담 도사 등은 갈등 해결에 도움을 주는 조력자이다. 설홍은 적대자들을 징벌하고, 조력자들의 은혜에 보답한다. 이러한 설홍의 행위는 권선징악의 주제 의식을 잘 보여 준다.

• 제목 〈설홍전〉의 의미
 – 주인공 설홍이 시련을 극복하고 영웅적 활약을 펼치는 이야기
 〈설홍전〉은 설홍이 가달국과의 전쟁에서 승리하여 강동왕이 되기까지 겪는 고난들과 그 극복 과정을 그린 영웅 소설이다.

• 주제
설홍의 시련과 영웅적 활약상

한 줄 평 │ 쥐와 다람쥐를 의인화하여 조선 후기 지방 관리와 토호의 부패상을 그린 이야기

서대주전 ▸ 작자 미상

💬 전체 줄거리

농서에 있는 작은 산의 절벽 아래 중서암이라는 바위가 있었다. 그 바위에는 서대주라는 큰 쥐가 살았다. 어느 날 서대주는 무리들에게 수년 동안 흉년이 심해져 일가 친족들이 모두 굶주려 살기 어려운 형편에 처하게 될 것이라며 굶주림에서 벗어날 묘책을 생각해 내라고 말하였다. 이에 서대주의 사촌인 서표가 농서 남악산의 장성 석굴에 타남주라는 이름난 다람쥐가 있는데 무리 수백 명을 불러 모아 알밤 오십여 석을 주워 소굴에 모아 두었다고 하였다. 그러고는 힘이 좋고 빠른 자 사오십 명을 보내 알밤을 훔쳐 오면 굶주림에서 벗어날 수 있을 것이라는 묘책을 내놓았다. 이 말을 들은 서대주는 기뻐하며 서표를 선봉으로 삼고 무리 중에 건장하고 훔치기를 잘하는 쥐들을 뽑아 타남주 사는 산으로 보냈다.
▸ 굶주림에서 벗어날 묘책을 생각한 서대주 무리

한편 그보다 앞서 타남주는 무리를 데리고 산중에서 부지런히 알밤 오십여 석을 주워 저장해 두었다. 타남주는 다람쥐 무리의 공을 칭찬하고 흉년의 심한 추위에도 굶주리지 않게 되었으니 즐거운 일이라며 한바탕 잔치를 열었다. 이에 굴 안의 모든 다람쥐가 술에 취하게 되었다. 다람쥐 무리가 사는 굴 근처에 도착한 서표는 어린 쥐를 보내 진짜 알밤이 있는지를 확인하게 하였다. 어린 쥐는 굴 안으로 몰래 들어가 알밤을 수북이 쌓아 둔 더미를 확인하고 이를 서표에게 보고하였다. 서표와 그 무리는 알밤뿐만 아니라 옷, 보배, 기물 등을 모두 훔쳐 갔다. 서대주는 서표가 도적질해 온 것들을 무리의 쥐들에게 나누어 주었다.
▸ 다람쥐들의 재물을 훔친 서대주 무리

밤이 깊어지자 타남주가 술기운이 깨고 보니 모두가 알몸이 되어 추위에 떨고 있었다. 타남주는 작은 다람쥐를 시켜 등불을 밝히도록 했다. 그제서야 타남주는 하룻밤 사이에 모든 재산을 누군가에게 도둑맞았음을 알게 되었다. 타남주는 농서 소토산 절벽 밑에 새로 모여든 강도 중 서대주라는 이름난 도적놈에 대한 말을 들은 것을 떠올렸다. 그는 자신들의 물건을 훔쳐 간 것이 서대주의 소행일 거라고 여기고 원님께 고소장을 올리겠다고 말하였다. 이때 한 늙은 다람쥐가 타남주를 말리며 먼저 서대주의 소굴에 영리한 다람쥐를 보내 사실 여부를 확인하라고 조언하였다. 이에 타남주는 서대주의 소굴로 작은 다람쥐를 보냈다. 서대주의 소굴을 찾아간 작은 다람쥐는 자신을 동료로 착각하고 문을 열어 준 작은 쥐 덕분에 서대주 무리가 자기 무리의 물건을 훔쳐 갔음을 확인하였다. 작은 다람쥐의 보고를 받은 타남주는 도적질을 한 서대주의 죄를 고발하고, 그에게 도둑맞은 물건을 찾아 줄 것을 부탁하는 내용의 고소장을 원님께 보냈다.
▸ 서대주 무리가 도적질한 증거를 잡아 고소하는 타남주

고소장을 본 원님은 서대주를 잡아올 것을 명하였다. 사령은 서대 **장면 포인트 ❶ 196P** 주의 무리가 사는 바위를 찾아갔다. 사령이 서대주의 호를 함부로 부르자 사령의 신분을 알지 못한 서대주는 사령에게 호통을 쳤다. 하

지만 이내 그가 자신을 잡으러 온 사령임을 알고 태도를 바꿔 비굴하게 굴었다. 서대주는 사령을 집안으로 들어오게 하였다. 사령은 화려하게 치장된 서대주의 집에 놀랐다. 서대주는 사령에게 갖은 음식과 술을 대접하였다. 그런 다음 사령에게 야광주 한 쌍을 뇌물로 바쳤다. 사령은 처음에는 거절하다 뇌물을 챙겼다. **주목** 서대주는 사령에게 관아까지 노새를 타고 가는 것을 허락받았다. 서대주는 갖은 장신구로 사치스럽고 화려하게 몸단장을 한 채 관아로 갔다.

장면 포인트 ❷ 199P

서대주가 관아에 잡혀 오자 원님이 심문을 시작하려고 하나 날이 저물었다는 형리의 말에 다음 날 조사하기로 하고 서대주를 옥에 가두었다. 옥을 지키는 수졸들은 돈을 내라며 서대주를 괴롭혔다. 하지만 서대주가 자신이 가져온 물건을 나눠 주자 그들은 하인처럼 서대주를 돌봐 주었다.
▸ 사령과 옥졸들에게 뇌물을 준 서대주

다음날 원님은 서대주를 불러 놓고 고소장에 근거하여 타남주 무리의 물건을 하룻밤 사이에 모두 훔친 것이 사실인지 심문하였다. 서대주는 속으로는 두려웠으나 겉으로는 평소처럼 태연한 척하면서 도적놈이라고 멸시당하는 것이 억울하고 원통하다고 호소하였다. 서대주는 자신이 공훈이 있는 가문의 후예라며 28대조 조상부터 업적을 나열하기 시작하였다. 이후 서대주는 자신의 대에 이르러 시운이 불행하고 운수가 나빠 자식들이 대부분 죽었으며, 아내마저도 자식들의 죽음으로 울화병에 걸려 위독하다고 말하였다. 이러한 까닭으로 자신도 죽고자 했지만 죽지 못했다며, 한이 많아 다른 일은 생각할 수 없는데 도적질을 할 겨를이 있겠냐고 반박하였다. 그런 후에 서대주는 흉년에 알밤을 갈무리해 두었다는 것은 맹랑한 말이라며 타남주가 원님을 속인 것이라고 모함하면서, 자신은 원래 부유하기 때문에 타남주의 밤을 훔쳤다는 것은 말이 안 된다고 주장하였다. 덧붙여 서대주는 타남주가 매번 가을걷이 후에 그의 무리 중 절름발이, 도둑놈, 귀머거리, 맹인, 늙은 할미를 쫓아내는 것을 알고 있다고 말하였다. 서대주는 타남주와 예전에 마주쳤을 때 이를 꾸짖은 적이 있었는데, 타남주가 이에 분노하여 도리에 어긋난 송사를 벌이는 것이라고 말하였다. 그러면서 타남주를 무뢰한이라고 몰아세우면서 자신은 억울하다며 원한을 풀어 달라고 읍소하였다.
▸ 억울함을 주장하며 타남주를 모함하는 서대주

원님은 서대주의 말이 사리에 들어맞고 죄를 주기도 어려워 술을 내려 서대주의 마음을 진정시킨 후 풀어 주었다. 원님은 타남주가 도리에 어긋난 간악한 소송을 했다며 타남주를 몽둥이로 때린 후 귀양을 보냈다. 이에 서대주는 원님께 머리를 조아리고 돌아갔다.

훗날 서대주는 자손이 번성하여 온 마을에 그의 자손이 살았다. 그들은 도적질로 생활을 하였으므로 사람들과 만나기만 하면 죽임을 당하였다.
▸ 풀려난 서대주와 서대주 일족의 시련

🎭 인물 관계도

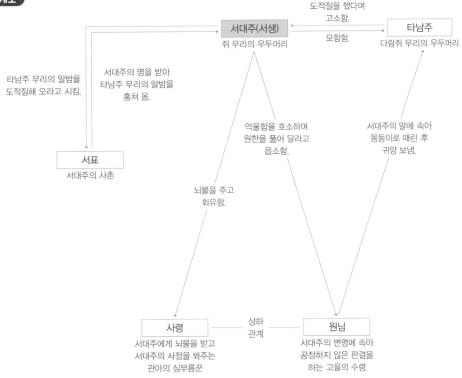

<보기>로 나오는 작품 외적 준거

우화 소설의 개념과 특성

우화 소설은 동물을 인격화하여 풍자를 바탕으로 교훈을 전달하는 작품을 말한다. 동물들의 언행을 통해 그 이면에 담겨 있는 인간 세계의 진면목을 보여 준다는 점에서 우회적인 방식으로 주제를 드러내는 서사 양식이다. 우화 소설의 주요 유형으로는 소송 사건을 다루는 송사형 소설과 시비를 가리는 쟁론형 소설 등이 있다.

우화 소설은 인물의 성격이나 가치관의 대립을 보여 주는 사건을 중심으로 전개된다. 이러한 대립 구도는 소설에서 인물의 갈등을 부각하는 서사적 장치로 독자의 흥미를 유발한다. 또한 동물의 외형이나 생태적 특성을 반영하여 인물을 형상화하며, 구어나 비속어 또는 기지나 재치 있는 언술을 활용하여 해학적 분위기를 조성한다. 우화 소설은 이러한 소설적 형상화 방식을 통해 인간 세태에 대한 풍자를 드러내는 문학이라 할 수 있다.

조선 후기의 〈서대주전〉은 쥐를 의인화한 대표적 우화 소설이다. 서대주가 타남주가 모아 놓은 밤을 몰래 훔치자 타남주가 서대주를 관가에 고소하는 사건을 통해 당대 관리들의 행태를 고발하고 있다. …(중략)… 이처럼 우화 소설은 동물을 소재로 하여 인간의 부정적인 면모나 봉건 사회의 부조리한 모습을 풍자한다. 즉, 우화 소설은 인간의 삶과 사회에 대한 문제의식을 드러내어 인간에게 필요한 윤리 의식과 도덕적 교훈을 제시한다는 점에서 바람직한 사회상을 모색하려는 문학적 시도라고 평가할 수 있다.

– 2017년 3월 고2 교육청

- 이 작품은 서대주(큰 쥐)가 타남주(다람쥐)의 물건을 훔쳤음에도 불구하고 뇌물과 교묘한 언변으로 소송에서 이긴다는 내용의 우화 소설이다. 우화 소설은 동물을 통해 인간 사회를 풍자하는 의도를 담고 있으므로 동물 간의 갈등을 통해 드러나는 당대 현실에 주목하여 감상하도록 한다.
- 해당 장면은 타남주가 자신들의 물건을 훔친 죄로 서대주를 관가에 고발하자, 이에 원님의 명을 받은 사령이 서대주를 잡으러 간 상황이다.
- 서대주를 잡으러 온 사령을 대하는 서대주의 태도와 서대주에게 뇌물을 받은 사령의 태도를 파악하도록 한다.

[앞부분의 줄거리] 농서의 소토산 아래 바위 구멍에 사는 서대주(큰 쥐) 무리는 굶주림을 해결하기 위해 타남주(다람쥐)가 저장해 둔 알밤을 훔쳐 간다. 타남주는 작은 다람쥐를 서대주의 소굴로 보내 그 무리가 알밤을 훔쳐 간 사실을 확인하고 관가에 고소장을 제출한다. 이를 본 원님은 서대주를 체포해 오라고 사령에게 명한다.
<u>조선 시대에 각 관아에서 일하던 하급 관리</u>

<u>석굴의 문 앞에 도달하여</u> 문을 두드리며 소리 지르니, 조금 있다가 어린 쥐가 허
서대주의 소굴
둥지둥 나와서는 아주 심하게 꾸짖었다.

감상 포인트
송사 소설의 서사 구조를 중심으로 작품의 내용을 파악한다.

"너는 어느 곳에 사는 놈이관데, 감히 이 <u>존문(尊門)</u> 앞에 와서 이리도 요란스럽게
남의 가문이나 집을 높여 이르는 말
떠드는 것이냐? <u>우리 주인 어르신</u>께서 병이 들어 아직 화평하지 못하고 쾌차하지
서대주
못하거늘, 네놈이 어찌 감히 이리도 스스로 죽음을 재촉한단 말이냐? 얼른 가 버
려 남은 목숨이라도 보존토록 해라."

사령은 <u>노기가 등등하여</u> 크게 꾸짖으며 말하였다.
노하거나 성난 기운이 얼굴에 가득하여
"네 놈의 말이야 꾸짖을 거리도 못 된다. <u>너의 집 주인 영감</u>을 <u>불이 나게</u> 불러오
서대주   빨리
되, 만일 <u>일각</u>이라도 지체하면 소굴을 헐어 부수고 그 소굴 속의 무리도 전멸시킬
아주 짧은 시간
것이다."

사령이 허락도 없이 뛰어들려는 기색을 보이니, 어린 쥐가 놀라고 당황하여 벌벌
떨며 들어가 제 주인 영감을 뵙고 알렸다.

"<u>문밖에 어떤 흉악한 놈이 와서 이러이러하옵니다.</u>"
사령이 온 사실을 서대주에게 알림
조금 후에, 석굴의 문이 열린 곳으로 크고 작은 쥐들이 한 늙은 쥐를 부축하며 왔
서대주
다. 사령이 성난 눈으로 쳐다보니, 『초췌한 얼굴에 흰 수염이 나고, 등은 굽어 활과
『』: 늙은 서대주의 모습을 묘사함
같고 뾰족한 입은 송곳 끝과 같고, 눈은 검은 콩과 같았으며, 머리에는 <u>풍차(風遮)</u>를
추위를 막기 위하여 머리에 쓰는 방한용 두건
쓰고 왼손에는 파리채를 들었고 오른손에는 <u>청려 지팡이</u>를 짚고서 천천히 걸어 나오
명아줏대로 만든 지팡이
는 것이었다.』

사령이 그 거동을 보고는 저도 모르게 한바탕 웃고 큰 소리로 꾸짖었다.

"네놈이 서대주냐?"

서대주(鼠大州)가 대답하였다.

"『내 <u>존호</u>야 정녕 그러하다만, 네놈은 어디 사는 상놈이관데』감히 내 집에 와서 이
남을 높여 부르는 칭호   『』: 자신을 높여 부르고 사령을 하대하는 서대주의 태도
같이 소란을 피우고 또 나의 호를 버릇없이 함부로 부르는 것이냐? 그 죄가 가볍
지 않도다."

작품 분석 노트

- 갈등의 발생 양상

타남주	서대주
· 겨울을 나기 위해 모아 둔 알밤을 모두 도둑맞음 · 서대주 무리가 알밤을 훔친 사실을 확인함 · 관가에 고소장을 제출함	서대주 무리가 굶주림을 면하기 위해 타남주 소굴로 몰래 쳐들어가 알밤과 보물 등을 훔쳐 옴

↓

사령

- 원님의 명을 받아 서대주를 잡으러 감
- 서대주에게 좋은 음식과 술을 대접받고 야광주 한 쌍을 뇌물로 받음
→ 부패하고 타락한 관리를 상징함

- 송사의 진행 과정 ①

타남주의 서대주 고발

- 원고는 타남주이며, 피고는 서대주임
- 타남주가 자신의 알밤을 훔쳐 간 서대주를 관아에 고발함

↓

서대주의 출두

- 원님은 사령을 보내 서대주를 잡아 오게 함
- 사령에게 뇌물을 바친 서대주가 편의를 제공받으며 관아에 출두함

사령이 더욱 더 크게 노하여 패자(牌子)를 던져 보이고는 손으로 귀싸대기를 때리
<small>지위가 높은 사람이 낮은 사람에게 권한을 위임하던 공식 문서</small> <small>사령의 횡포를 엿볼 수 있음</small>
며 꾸짖었다.

"이런 소견머리 좁은 쥐 새끼가 관가의 명도 모르고 망령되이 스스로 우쭐대며 허
<small>'소견'을 속되게 이르는 말</small> <small>늙거나 정신이 흐려서 말이나 행동이 정상을 벗어난 데가 있는 것처럼</small>
세를 부리어 관아의 사령을 능멸하다니, 다시 말할 여지가 없다! 이같이 억세고

사나운 놈을 번거롭게 끌고 갈 것까지 있으랴?"

사령이 두 팔을 잡고는 오랏줄을 꺼내어 서대주가 손을 내밀기도 전에 결박을 하
<small>도둑이나 죄인을 묶을 때에 쓰던 붉고 굵은 줄</small>
니, 서대주는 놀래어 덜덜 떨면서 말하였다.
<small>서대주의 태도가 변함</small>

"다만 개인의 일인 줄로만 알았지, 관가의 명이 있는 줄은 몰랐소이다. 만약 관가

의 명이 있었다는 것을 알았다면, 어찌 감히 거역하였겠소? 「다만 제가 나이가 너
<small>사령을 꾸짖은 데 대한 변명</small> <small>「 」 사령에게 굽실대며 용서를 구하는 서대주의 모습</small>
무 많은 데다가 묵은 병이 깊어서 바로 나와 영접하지 못하였소만, 그 죄야 만 번
<small>손님을 맞아서 대접함</small>
죽어도 시원찮을 만큼 무거우니 어찌 살기를 바라겠소? 바라건대, 관리님께서는
<small>사령에 대한 호칭의 변화: 네 놈 → 관리님</small>
이놈의 병을 살피시어 죄를 용서하고, 노여움을 푸시고 천천히 가시오.」"

서생이 후당(後堂)으로 들어갈 것을 청하니, 사령은 손을 내저으며 말하였다.
<small>▶ 사령이 서대주를 체포하러 옴</small>

"관가의 명이 지엄하기가 성화(星火)같으니 잠시라도 머물 수가 없다. 그대는 단
<small>몹시 급하고 심하니</small>
지 빨리 갈 따름이지 더 말할 필요가 없다."

사령이 문밖으로 끌어내니, 서생은 다시 애걸하며 말하였다.
<small>서대주</small>

"공직에 종사하는 사람의 도리는 진실로 마땅히 이리해야 할 것이오. 그러나 옛말
<small>사령이 공무 수행을 올바르게 하고 있다며 추켜세움</small>
에 '죽을 약 옆에 또한 살 약도 있다.'고 했소이다. 저 때문에 이 험한 곳까지 오셨
<small>아무리 힘든 일이라도 빠져나갈 구멍이 있다는 의미</small>
는데 아직 술 한 잔을 권하지도 않았고 따뜻한 정조차도 표하지 못하였으니, 집주
<small>사령이 온 이유가 자신의 탓이라며 미안한 마음을 드러내어 사령을 대접하고자 함 → 사령에게 뇌물을 주기 위함</small>
인 된 자의 간절한 부탁을 어찌해야 하시겠소?"

서생이 거듭거듭 간청하며 옷소매를 끌고 들어갔다.

사령은 처음에는 노하였으나, 이제는 애걸하는 것을 보니 가련한 마음이 들지 않
<small>사령의 태도 변화: 노함 → 가련함</small>
을 수가 없었다. 그리하여 결박한 것은 풀어 주고 서생의 뒤를 따르며 좌우를 둘러

보니, 정원은 탁 트여 넓고 뜰로 들어가는 대문이 겹겹이 세워져 있었다.
<small>서대주의 부유한 형편이 드러남 → 서대주는 조선 후기 부유한 토호 세력을 의인화한 것임</small>

(중략)

사령이 술을 받아 마시니 정신이 흐렸다가 깨어났는데, 비로소 세상의 재미를 깨
<small>진귀한 술과 안주로 서대주에게 대접을 받은 사령의 모습</small>
달은 듯했다.

서생이 손수 한 물건을 받치면서 말하였다.
<small>야광주 한 쌍</small>

"이 물건은 비록 하찮은 것이지만 험악한 곳을 산 넘고 물 건너서 오신 수고에 보
<small>사령에게 야광주 한 쌍을 뇌물로 건넴</small>
답하려는 것이니 제 뜻을 받아 주시기를 바라나이다."

사령이 손을 내저으며 사양하며 말하였다.

"천한 제가 이 귀한 곳에 와서 정성스런 대접을 받고 두루 노닐며 경치를 구경한
<small>서대주의 대접을 받고 서대주에 대한 태도가 처음과 달라진 사령의 모습</small>
데다 맛이 좋은 술과 음식을 배부르게 먹고 취했으니 더할 나위 없이 감사하외다.

• '사령'에 대한 '서대주'의 태도 변화

사령의 정체를 알기 전
• "네놈은 어디 사는 상놈이관대 ~" 등으로 사령을 하대하는 모습을 보임 • 사령이 자신의 호를 함부로 부르는 것을 꾸짖음

↓

사령의 정체를 알고 난 후
• 놀라서 덜덜 떨면서 사령을 꾸짖은 데 대한 변명을 늘어놓음 • 사령에게 굽실대며 용서를 구함 • 사령을 '관리님'이라고 칭함

• '쥐'들의 송사 사건을 다룬 우화 소설

〈서대주전〉	도둑인 서대주(쥐)와 피해자인 타남주(다람쥐)의 송사에서 죄를 저지른 서대주가 승리함 → 부당한 판결을 통해 관리들의 무능과 부패를 풍자함
〈서동지전〉	어질고 후덕한 서대주(쥐)의 도움을 받은 다람쥐가 서대주를 거짓으로 고발하여 소송을 벌이지만 현명한 관리가 시비를 분간하여 정당한 판결을 내림 → 배은망덕한 인간들을 경계하고 당대의 사회적 현실을 풍자함
〈서옥기〉	나라 창고를 침범한 큰 쥐가 창고 신에게 잡혀 심문을 받는 과정에서 자신의 죄를 면하기 위해 다른 동물들을 거짓으로 고발함 → 자신의 죄를 남에게 전가하는 교활하고 비굴한 인간의 행동을 풍자함

어찌 또다시 다른 물건을 주려는 특혜를 바라겠소?"

사령이 굳이 사양하여 받지 않았다. 서생이 거듭 절하며 애걸하였다.

"주인 된 자로서의 정을 표하고자 하는 것이지 정녕 다른 뜻이 아니온데, 귀한 손
　　　　　　　　　　　　　　　　　　　　　뇌물이 아니라는 의미
님이 이같이 물리치신다면 주인 된 자의 심정이 어떠하겠습니까?"
야광주 한 쌍은 뇌물이 아니라 자신의 마음이 담긴 선물이라며 받아 줄 것을 간청함

서생이 여러 번 애걸함에 사령이 부득이 받아서 보니 야광주(夜光珠) 한 쌍이었
　　　　　　　　　　마지못하여 하는 수 없이　　　　　어두운 데서 빛을 내는 구슬. 뇌물
다. 겉으로는 사양했을지라도 속으로는 실로 바라는 것이어서 옷 속에다 단단히 넣
　　　　　　　　　　서대주가 주는 뇌물을 받은 사령 → 부패한 관리의 모습
어 두고는, 서생에게 감사의 말을 하였다.

"받은 물건이 너무 많아 감사하기 그지없소."　▶ 서대주가 사령에게 술과 음식을 대접하고 뇌물을 줌

★주목 ▶ 그리고 사령이 떠나자고 하니, 서생이 말하였다.

"늙은 놈이 여러 해 동안 병으로 집 안에 틀어박혀 있어서 다리 힘이 없으니, 먼
　　서대주가 늙고 병들어서 관아까지 걸어갈 수 없다는 의도를 드러냄
길 걷는 것은 실로 감당하기가 어렵습니다. 감히 청하건대, 노새를 타고 가다가
　　　　　　　　　　　　　　　　　　개인적 편의를 제공해 달라는 의미
관아에 이르러서야 법대로 잡아들여 주시면, 실낱같은 남은 목숨일지언정 관아에
가기까지는 보전할 수 있을 것이옵니다. 잘 모르겠습니다만, 사령님의 뜻은 어떠
　　　　　　　　　　　　　　　　　　관아까지 노새를 타고 갈 수 있도록 해 달라는 의도가 담겨 있음
한지요?"

사령은 많은 후한 대접을 받았고 게다가 뇌물까지 받았기 때문에, 어쩔 수 없이
서대주의 뇌물을 받고 서대주를 일반 죄인과 다르게 호송함 → 부패한 관리(부정부패가 만연한 현실)의 모습을 보여 줌
그렇게 하도록 허락했다.

서생은 머리를 조아리며 고맙다고 인사하고 안으로 들어가 세수 목욕하고는「가느
옥으로 만든 망건 관자(망건에 달아 당줄을 꿰는 작은 단추 모양의 고리)　　　　　　망건의 당 앞쪽에 대는 장식품
다란 망건에 옥관자(玉貫子) 달고 정주 탕건관(宕巾冠)에 풍잠(風簪) 찌르고, 대구
「♪ 열거와 비유를 통해 사치스럽고 화려하게 몸단장을 한 서대주의 외양을 묘사함
(大邱) 허리띠에 누런 주머니 달고, 흰 비단 땀받이에 초록 토시 끼고, 공단(貢緞) 홑
　　　　　　　　　　　　　　　　　　　두껍고 무늬는 없지만 윤기가 도는 비단
바지, 왜단(倭緞) 장옷, 옥색 조끼, 여우 가죽의 갖옷, 명주 낭의, 흰색의 모시 솜옷,
　　　　일본 비단
우단 건(巾), 돼지털로 만든 쓰개, 은으로 된 갓끈, 호박 구슬, 붉은 융사로 감싼 가
는 줄의 띠, 중의 머리처럼 꼭지가 둥근 부채, 병투서(屛套書), 이궁정 현추(离宮丁
　　　　　　　　　　　　　　　　　　　부채와 인장 등으로 화려하게 꾸밈
懸墜) 등과 같은 것을 이리 매고 저리 매고 하여 든든히 몸단장을 끝내고」노새를 타
고 앉았는데, 옷차림은 사치스럽고도 화려하고 거동은 기세당당하여, 의젓하고 점잖
　　　　　　　　　　　　화려하고 사치스러운 옷차림 → 자신의 부유함을 과시하는 모습
기가 부잣집의 자제와 같았다. 말 앞에서 끄는 마부나 뒤따르는 심부름꾼들도 옷차
림이 화려하였다. 어린 쥐 하나가 편발에 기름을 바르고, 푸른 도포에 검은 띠를 매
　　　　　　　　　　　　　　　길게 땋아 늘인 머리
고, 가슴팍을 꾹 눌러 질근 통영(統營) 서랍장을 동여매고는, 삼등초(三登草)를 김해
동래의 좋은 담뱃대에 넣어 법도 있게 손에 들고서 주인을 부축하여 가는 것이 마치
겸종(傔從)과도 같았다.　　　　　　　　　　▶ 화려하게 치장한 서대주가 말을 타고 관아로 감
양반집에서 집일을 맡아보거나 시중을 들던 사람

• '사령'을 대하는 '서대주'의 태도 변화와
그 의도

| '사령'의 신분임을 알기 전 | '사령'에게 호통을 치며 무례하게 행동함 |
| '사령'의 신분임을 알게 된 후 | • 좋은 음식과 술을 대접함
• 진귀한 물건('야광주 한 쌍')을 뇌물로 줌 |

↓

의도
• 자신에 대한 상대방의 적대적인 태도를 호의적으로 바꾸기 위해 • 자신이 준 뇌물을 받은 상대방이 자신의 요구를 들어주도록 만들기 위해

• 장면의 극대화

장면의 극대화
'가느다란 망건에 옥관자를 달고 ~ 든든히 몸단장을 끝내고'에서 열거와 비유를 통해 사치스럽고 화려하게 몸단장을 한 서대주의 모습을 묘사함

효과
몸단장에 치중하는 당대 양반들의 행태를 풍자함

• 관아로 가는 '서대주' 일행의 모습

| • 서대주가 사치스럽고 화려한 치장을 하고 감 → 부유함을 드러내어 타남주의 알밤을 훔칠 이유가 없음을 보여 주고자 함
• 어린 쥐가 통영 서랍장을 동여매고 삼등초를 김해 동래의 좋은 담뱃대에 넣어 손에 들고 감 → 옥졸들을 매수하기 위해 여러 가지 물건을 챙겨 감
• 여러 쥐들이 서대주를 따라감 → 옥에 갇힌 서대주의 몸종 노릇을 하기 위해 따라감 |

장면 포인트 ❷

• 해당 장면은 원님이 서대주를 심문하자 서대주가 원님에게 억울함을 호소하며 결백을 주장하고 타남주를 모함하는 상황이다.
• 송사에서 이기기 위한 서대주의 말하기 방식과, 가해자인 서대주가 승소하는 원님의 잘못된 판결을 통해 드러나는 당대 현실의 문제점을 파악하도록 한다.

★주목 관아의 문이 점점 가까워지자, 사령은 미리 관문 앞에 가서 서 있었다. 서생이 말을 달리게 하여 관문에 도착하니, 사령이 서생을 잡아 내려 관대(冠帶)를 벗기고 문
　　　　　　　　　　　　　　　　　　　　　　관문까지 말을 타고 온 서대주를 관아로 데려가기 위해 결박함
밖에서 결박하였다. 그러고는 급히 형리(刑吏)에게 알리니, 형리가 다시 바로 원님
　　　　　　　　　　　　　　지방 관아의 형방에 속한 구실아치
께 아뢰었다. 원님이 크게 화를 내며 '즉시 잡아들이라.' 하니, 사령이 상투를 틀어쥐
고 나는 듯이 재빠르게 서대주를 잡아가는데 발이 땅에 닿지도 않았다. 머리칼이 바
　　　　　　　원님의 권위가 높음을 드러냄. 비유법, 과장법
람에 흩날려 더펄거린 채 넋을 잃고, 심한 두려움이 온몸에 엄습하여 덜덜 떨며 앉
　서대주의 외양 및 행동 묘사를 통해 서대주 취를 의인화한 인물임을 환기하면서 서대주의 무섭고 불안한 심리를 드러냄
았는데, 뾰족한 입이 오물거리고 두 귀가 발쪽거리며 두 눈이 깜작거리는 것이 죽은
것도 같고 산 것도 같았다.

　원님이 성난 목소리로 물었다. / "네가 서대주냐?"

　대주가 정신을 수습하여 얼굴빛이 조금도 변하지 않은 채 대답하였다.

　"참으로 그 이름이 적실하옵니다."
　　　　　　　　틀림이 없이 확실하옵니다
　원님이 죄상을 막 심문하려 할 즈음, 형리가 앞으로 나아와 고하였다.

　"날이 이미 저물어서 심문하기가 어려우니 잠깐 하옥하였다가, 날이 밝기를 기다
려 심문하는 채비를 차리시되, 둘 모두 잡아들여서 상세히 조사하여 물어보시는
　　　　　　　　　　　　　　　　서대주와 타남주를 모두 불러 조사하는 것이 공정한 재판이 될 것이라는 의견을 제시함
것이 사리에 맞고 또 마땅하옵니다."

　원님이 말하였다.

　"그러면 옥에 넣어 엄히 가두어라! 내일 심문하겠다."

　형리가 사령을 불러 말하였다. / "서생 놈을 칼을 씌워 하옥하라."
　　　　　　　　　　　　　　　　　　▶ 원님이 서대주를 다음 날 심문하기로 함
　사령이 형리의 분부를 받고는 큰칼을 씌우고, 그 몸을 검은 포승으로 묶고 수족(手
足)에다 차꼬를 채워 갔다. 서생을 모시고 따라온 쥐들은 일시에 슬피 탄식하고, 길가
　　　죄인의 발에 채우는 형벌 도구
에서 보는 자들은 크게 비웃지 않은 자가 없으니, 차마 보기가 딱한 광경이었다. 사령
　　서대주에 대한 인식이 좋지 않음을 보여 줌
이 데리고 가서 옥졸에게 넘겨주자, 옥졸이 옥에 끌고 들어가 단단히 가두고 나서 '돈
　　　　　　　　　　　　　　　　　　죄인에게 뇌물을 요구하는 하급 관리들의 부패한 행태
내라.'고 괴롭히니, 서대주는 가지고 온 물건을 옥의 수졸(守卒)에게 많이 주었다. 수
졸들이 매우 기뻐하고는 큰칼을 풀어 편히 쉬게 하면서 마치 부리는 하인처럼 돌봐 주
　　　　　　　　　서대주가 옥졸들에게 가지고 온 물건을 뇌물로 주고 옥에서 편히 지냄 → 부패한 옥졸들의 모습
니, 돈이라도 많으면 존귀해진다고 할 수 있는 것이었다. 서대주가 피로에 지쳐 누워
　　조선 후기 시대상에 대한 편집자적 논평
있는데,「대서는 그 손을 주무르고, 중서는 그 다리를 안마하고, 동서는 그 허리를 밟으
　　　　　　　큰 쥐　　　　　　　　중간 쥐　　　　　　　　어린 쥐
며 대주의 심란한 마음을 위로하고 약간의 대추와 밤 등속으로 시장기를 면케 하면서
「」: 옥에 갇힌 서대주를 극진히 대하는 서대주 무리의 행동을 열거함 → 부유한 자들의 행태를 엿볼 수 있음
밤을 새우니, 보는 자가 배를 움켜잡고 웃지 않는 사람이 없었다.
　주변 반응을 통해 서대주에 대한 비판적 인식을 해학적으로 드러냄
　　　　　　　　　　　　▶ 서대주가 옥졸들에게 뇌물을 바치고 옥에서 편하게 지냄

작품 분석 노트

• '서대주'를 대하는 관리들의 모습

사령	서대주의 뇌물을 받고 관문까지는 서대주가 말을 타고 갈 수 있게 함 → 관문 앞에서 서대주를 결박하여 원님 앞으로 데려감
원님	성난 목소리로 서대주를 심문함 → 서대주에게 속아 공정하지 못한 판결을 내림
형리	서대주와 타남주를 모두 잡아들여 다음날 심문할 것을 권함 → 서대주에게 칼을 씌워 하옥하도록 함
옥졸	서대주에게 돈을 요구하며 괴롭힘 → 서대주가 준 물건을 받고서는 서대주를 극진하게 대함

• '서대주'의 모습을 본 사람들의 반응

• '길가에서 보는 자들은 크게 비웃지 않은 자가 없으니'
• '보는 자가 배를 움켜잡고 웃지 않는 사람이 없었다.'

↓

효과
서대주와 같은 인물을 지켜보는 당대 사람들의 일반적인 반응이나 인식을 드러냄

02 고전 산문 **199**

다음 날, 원님이 심문할 채비를 크게 차리고는 둘 모두를 잡아들여서 동서로 나누

어 꿇어앉히고, 고소장에 근거하여 크게 꾸짖었다.

"변변하지 못하고 조그마한 네 놈이 간악하기가 매우 심하여 남의 물건을 하룻밤

<u>사이에 모두 훔쳐 갔다는데, 과연 그러하냐?</u> 사실 그대로 말할 것이되, 조금이라
　　　　서대주의 절도 사실을 확인하기 위한 질문

도 거짓이 있다면 당장에 엄한 형벌로 무겁게 다스릴 것이다."

형리가 성내어 큰 소리로 꾸짖는데, 그 소리가 너무나 우렁차 비록 겁이 없고 배

짱이 두둑한 자라도 놀라서 겁낼 만하거늘. 하물며 죄가 있는 작고 나약한 자임에

랴!

서대주가 이 말을 듣고서 속으로는 벌벌 떨렸으나 겉으로는 평소처럼 태연한 척

하면서, 정신을 힘써 진정하고 얼굴빛을 조금도 변치 않은 채 우러러보고 크게 웃으

며 말하였다.
감상 포인트　자신의 죄를 감추기 위한 서대주의 행동
　　　　　　　인물의 말하기 방식과 그것을 통해 드러나는 인물의 성격을 파악한다.

"<u>원님께서는 어찌 이리도 멸시함이 심하십니까?</u> 평소에 두터운 친분조차 없는 터
　자신을 죄인으로 단정하고 무시하는 원님에 대한 항변 → 죄가 없음을 드러내기 위한 의도

에 처음에는 간악하다 하시고 다시 도적놈이라 하시니. <u>원님께서 객(客)을 대하는</u>

<u>태도가 아주 억울하고 원통하옵니다.</u> 제가 지금 심히 애매하게도 뜻밖의 일에 걸
　자신을 객(= 손님)이라 칭함. 억울함을 호소하며 죄를 짓지 않았다는 의도를 드러냄

려들어 죄수로 있기 때문에 <u>홀대를 잠깐 참고 있지만, 평소에 이 같은 말을 듣는</u>
　　　　　자신이 현재 처한 상황은 뜻밖이며, 자신은 평소 이와 같은 대접을 받는 인물이 아님을 밝힘

<u>다면 열 마디이건 한 마디이건 간에 그 분함을 참지 못했을 것입니다.</u> 비록 그러

하나 <u>저 또한 공훈이 있는 가문의 후예입니다.</u>
　　　　자신이 나라에 공을 세운 훌륭한 가문의 후손임을 드러냄

「저의 28대조(代祖) 서원은 전국 시대 때 족속 수백만을 인솔하고 밤에 적의 진중
『 」: 조상들이 나라에 세운 공훈을 구체적으로 드러냄 → 타남주의 알밤을 훔치지 않았음을 드러내기 위한 근거로 활용됨

으로 들어가 적의 화살을 갉아 없애고 환의 줄을 끊어서, 우리나라가 크게 승리하

였습니다.」조정에서 이것을 듣고 천자님께서 그 충성된 뜻을 가상히 여기시어 즉시

<u>농서백(隴西伯)</u>을 제수하셨습니다. 또 각 도 부 현 중 곡식이 있는 곳에서 백 섬 중
　직위를 얻음

한 섬씩을 거두어 주어 여러 생명이 살아갈 수 있도록 은택을 베풀어 주셨습니다.

27대조 서문은 재주가 출중하여 당대에 유명했고, 26대조 서경 이하 서동, 서언,

서석, 서각, 서이, 서오, 서추, 서혼, 서족, 서혁, 서유, 서작, 서리, 서분, 서발, 서

번, 서겸, 서태, 서비, 서요, 서표, 서류, 서지, 서익이 대대로 부유하고 자손이 번

성했습니다.

<u>저의 대에 이르러서는 시운이 불행하고 운수가 순탄하지 못하여 다섯 아들과</u>
　조상들과 다른 자신의 불행한 처지를 드러냄 → 남의 물건을 훔칠 마음이 생기지 않을 정도로 힘들었음을 주장함

두 딸을 두었으나,「큰아들 서사는 주색에 빠져 기생집과 술집을 쓸고 다니어 모르
　　　　　　　　　『 」: 자신의 불행한 처지를 드러내기 위해 자식들이 죽은 사연을 제시함

는 곳이 없더니, 상사동 임 군 집의 술 빚은 큰 항아리 속에 빠져 죽었습니다. 둘

째 아들 서포는 음탕한 짓을 함부로 즐기며 방탕함을 그치지 않고 쏘다니더니, 마

전교의 우 첨지 집의 큰 개에게 물려 죽었습니다. 셋째 아들 서돌은 쌀을 받아 오

는 일 때문에 <u>선혜청</u>에 갔다가 창고 안으로 잘못 들어가서 뚫린 창고 구렁 속에
　　　　　　조선 시대에, 대동미와 대동목, 대동포 따위의 출납을 맡아보던 관아

압사하였습니다.」

• 송사의 진행 과정 ②

심리 시작
타남주와 서대주를 모두 잡아들여 심리를 진행해야 한다는 형리의 말을 듣고 원님이 타남주와 서대주를 모두 잡아들임

• '서대주'의 발언 내용과 말하기 방식

말하기 방식
• 자신을 무시하는 원님에게 자신의 억울함을 태연하게 토로함 • 이번 소송은 타남주의 속셈에 의한 것이라고 주장함 • 자신이 공훈을 세운 훌륭한 가문의 자손임을 밝힘 • 자신은 집안에 불행이 겹쳐 일어난 불쌍한 처지라고 밝힘 • 자신의 부유함을 드러냄 • 흉년으로 인해 타남주는 알밤을 모을 수 있는 형편이 아님을 지적함 • 타남주의 무례함과 타남주와 자신의 불편한 관계를 밝힘

↓

의도
• 자신이 타남주의 알밤을 훔친 도둑이 아님을 강조함 • 타남주의 말이 거짓이며 타남주가 자신을 모함하고 있다고 지적함 　→ 자신에게 유리한 판결을 얻어 내기 위함

명백한 범죄를 저지르고도 상대방을 비방하고 모함하는 서대주의 비양심적이고 뻔뻔한 면모를 보여 줌

(중략)

★주목

이런 신세라서 차라리 돌연 죽고자 했지만 죽지 못했습니다. 여러 해 동안 쌓인
  _{자신의 신세가 죽고 싶을 정도로 힘든 상황임을 드러냄}
한스러움에 만념(萬念)이 모두 재처럼 식어 버렸으니, 타인의 물건을 훔쳐 가는
  _{서대주가 자신의 불행을 언급한 의도가 드러남 – 타남주의 알밤을 훔치지 않았음을 말하기 위함}
일을 할 겨를이 어디에 있었겠습니까? 저놈이 올린 고소야말로 어찌 윗분을 속인
          _{적반하장 격인 서대주의 태도}
것이 아니겠습니까? 하물며 또한 근년 이래 흉년이 극심하여 살아 나갈 길이 없는
          _{흉년이 극심하였으므로 곡식을 저장해 놓기 어려웠음 →}
터에 어떻게 알밤을 갈무리해 둘 수가 있겠습니까? 이것은 더욱 아주 맹랑한 말이
_{타남주가 알밤을 저장해 둘 수 있는 상황이 아님}
옵니다.

저는 본시 대대로 부유하여 이와 같은 흉년에 한 홉조차 다른 것들한테 꾸지 않
  _{흉년에도 곡식을 남에게 빌리지 않을 정도로 부유한 형편임 → 남의 것을 훔칠 이유가 없음 →타남주의 말이 사실이 아님}
아도 되는데, 빌어먹는 놈의 밤을 훔쳤다는 것이 어찌 옳겠습니까? 이놈의 평상
시 소행을 제가 하나하나 다 아뢰겠나이다. 「매년 봄여름이 되면 농사 잘 짓는 자
  _{타남주가 부도덕하고 흉악한 인물임을 드러내고자 함 → 타남주가 자신을 무고하였음을 드러내기 위함}
들을 널리 구하여 밤낮으로 가을걷이를 한 후에는, 그들 중에서 질름발이, 도둑
  _{타남주가 농사 잘 짓는 자들에게 일을 시킨 후 쫓아냈으며 늙고 병들고 불쌍한 자들은 감금하였다고 거짓말함}
놈, 귀머거리, 맹인, 쓸모없는 늙은 할미는 방 가운데에 가두어 두고, 그 밖의 자
들은 쫓아내어 흩어지게 하였는데, 또 봄여름이면 이와 같이 그대로 하였습니다.
  _{「 ♪ 타남주의 악행을 구체적으로 제시하여 자신의 말에 신빙성을 부여함}
매년 겨울이 되면 방에 가둔 자들을 마을에 떠돌아다니는 거지가 되게 하여, 보는
            _{타남주가 늙고 병들고 불쌍한 이들에게 구걸을 시켰음}
자가 차마 볼 수 없고 들을 수 없는 짓을 행하였기 때문에 분개하는 바가 있었습
니다.」 마침 사냥하러 나갔을 때, 소토산 왼편의 용강산 기슭에서 만나고도 인사조
    _{타남주의 무례함과 자신의 엄정함을 드러냄}
차 하지 않기에 그 행실머리 없음을 아주 심하게 꾸짖었습니다.

그 후로 자기의 잘못을 스스로 알지 못한 채 항상 분노의 마음을 품고는, 사리
에 맞지 아니한 터무니 없는 말로 저를 얽어매는, 도리에 어긋난 간악한 송사를
  _{타남주가 자신에게 질책받은 일에 앙심을 품고 거짓 소송을 했다는 의미}
꾀했으니, 세상천지에 이와 같은 맹랑하고 무뢰한 놈이 있겠습니까? 제가 비록
        _{타남주의 행위에 대한 비판과 분노가 담김}
매우 졸렬하기는 하지만 역시 대대로 공훈이 있는 가문의 후손으로서, 이러한 무
도하고 못난 놈한테 구차하게 고소를 당하여 선조의 공훈에 더럽힘을 끼치고 관
          _{타남주의 고소가 조상의 명예를 더럽히는 일이 되었음}
정을 소란스럽게 하오니, 죽으려고 하여도 죽을 만한 곳이 없어서 사는 것이 죽는
            _{죽고 싶을 만큼 억울한 일임}
것만 못하옵니다. 밝게 살피시는 원님께 엎드려 바라건대, 사정을 살피시어 원한
을 풀어 주옵소서."

「서대주가 옷섶을 고쳐 여미며 단정히 꿇어앉았는데, 뽀족한 입이 오물거리고 두
「 ♪ 소송에서 이기기 위한 서대주의 가식적인 행동
귀가 발쪽거리며 두 눈이 깜작거리면서 두 손 모아 슬피 빌고 눈물이 흘러내려 옷깃
        _{서대주의 행동을 쥐가 하는 행동으로 표현함}
을 적시니, 보는 자가 더할 나위 없이 애처롭고 불쌍하다고 할 만한 것이었다.
_{서대주의 행동이 주변 사람들에게 동정심을 불러일으켰음」 ▶ 서대주가 거짓말을 늘어놓으며 타남주가 자신을 무고한 것이라 주장함}
원님이 서대주의 진술하는 말을 들으니 말마다 사리에 꼭 들어맞고, 형세가 본디
    _{원님이 서대주의 말에 속아 부당한 판결을 내림 → 무능한 지배층의 모습이 드러남}
부터 그러하여 죄를 주기도 어려워, 결박한 것을 풀고 씌운 큰칼을 벗겨 주고는, 술
을 내려 주어 놀랜 바를 진정케 하고 특별히 놓아주었다. 타남주는 도리에 어긋난
간악한 소송을 한 죄로 몽둥이 세 대를 맞고 멀리 떨어진 외딴섬으로 귀양을 가니,
    _{부당한 판결로 인한 타남주의 시련 → 부패하고 무능한 지배층으로 인한 백성의 시련을 드러냄}
서대주가 거듭거듭 절하고 머리를 조아리며 갔다.
        _{서대주의 승소}   ▶ 원님의 잘못된 판결로 서대주는 풀려나고 타남주는 귀양을 감

• 송사의 진행 과정 ③

서대주와 타남주에 대한 심문 진행
• 서대주는 타남주가 올린 고소장 내용에 대해 타남주가 거짓 소송을 벌였다고 주장함
• 원님은 서대주의 말만 듣고 타남주의 말은 듣지 않음

↓

판결
원님은 서대주의 진술만 듣고 서대주를 방면하고 타남주에게 형벌을 내림

• 등장인물 간의 관계

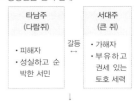

타남주 (다람쥐)		서대주 (큰 쥐)
• 피해자 • 성실하고 순박한 서민	갈등 ↔	• 가해자 • 부유하고 권세 있는 토호 세력

↓

원님
피해자를 징계하고 가해자를 석방하는 판결자 → 무능한 관리

• 송사의 결말과 그 의미

서대주	명백한 범죄를 저질렀으나 타남주의 고발이 무고인 것처럼 속여 무죄로 풀려남
타남주	양식을 탈취하였으나 죄인으로 몰려 매를 맞고 귀양을 감

↓

• 지방 토호들이 관권의 비호를 받으며 백성을 부당하게 착취하고 횡포를 부리는 현실을 드러냄
• 무능하고 부패한 관리들에 의해 억압받고 고통을 당하는 서민들의 현실을 드러냄
• 서대주의 진술만으로 판결이 이루어지는 것을 통해 공정한 재판이 이루어지지 않는 당대 현실을 드러냄

서술상 특징 및 갈등 양상 파악

이 작품에 나타난 서술상 특징과 갈등의 해결 양상을 파악할 수 있어야 한다.

+ 서술상 특징

- 묘사를 통해 서대주의 외양을 표현함: '가느다란 망건에 옥관자 달고 ~ 이리 매고 저리 매고 하여 든든히 몸단장을 끝내고'
- 편집자적 논평을 통해 부정적 인물과 당대 시대상에 대한 비판적 의도를 드러냄: '돈이라도 많으면 존귀해진다고 할 수 있는 것이었다.'
- 열거를 통해 서대주를 따라가는 쥐들의 행동을 구체적으로 묘사함: '어린 쥐 하나가 편발에 기름을 바르고, 푸른 도포에 검은 띠를 매고, ~ 주인을 부축하여 가는 것이', '대서는 그 손을 주무르고, 중서는 그 다리를 안마하고 ~ 밤을 새우니'

+ 갈등의 발생과 해결 양상

타남주	• 월동을 위해 모아 둔 알밤을 서대주에게 도둑맞음 • 서대주가 훔쳐 간 것을 확인하고 관가에 고소함 • 선량한 서민을 상징함		원님
↕ 갈등		송사	• 심문 과정에서 서대주의 말만 듣고 판결을 내림 • 서대주의 거짓말에 속아 서대주를 풀어 주고 타남주를 귀양 보냄 • 무능한 관리를 상징함
서대주	• 타남주가 모아 둔 알밤을 모조리 훔쳐 감 • 가문과 부를 과시하며 거짓말로 타남주가 자신을 무고했다고 몰아감 • 지방 토호 세력을 상징함		

인물의 말하기 방식 파악

이 작품에서 서대주는 타남주의 알밤을 훔쳐 간 범죄를 은폐하면서 자신의 무죄를 호소하고 있다. 이러한 서대주의 말하기 방식에 드러난 서대주의 성격을 파악할 수 있어야 한다.

+ '서대주'의 말하기 방식

- 자신의 조상들이 나라에 공을 세워 대대로 부유한 가문이므로 남의 물건을 훔칠 필요가 없음
- 집안에 닥친 불행한 일로 인해 한탄하느라 남의 물건을 탐낼 경황이 없음 → 동정에 호소하는 오류, 논점 일탈의 오류
- 근년의 심한 흉년으로 인해 타남주가 알밤을 모아서 저장하는 것은 불가능하므로 타남주의 말은 거짓임 → 성급한 일반화의 오류
- 타남주는 무례하고 무도한 인물이며, 자신이 타남주의 무도한 행동을 꾸짖은 일이 있었는데, 타남주가 이에 대한 앙심으로 송사를 벌였을 가능성이 높음 → 인신공격의 오류

+ '서대주'의 성격

- 타남주가 애써 모은 양식을 탈취하고도 죄의식을 갖지 않으며 오히려 당당한 모습을 보임
- 교활한 언변으로 타남주에게 죄를 뒤집어씌우는 뻔뻔한 모습을 보임

외적 준거에 따른 작품 감상

이 작품은 조선 후기에 집중적으로 나타난 송사형 우화 소설이므로 조선 후기의 시대상과 연관하여 작품에 나타난 사회 현상을 파악할 수 있어야 한다.

+ '송사형 우화 소설'에 나타난 시대상

송사에서 뇌물 수수는 법의 권위를 훼손하여 사회 기강을 문란하게 하는 행위로 조선 전기부터 꾸준히 지적되어 온 폐단이었다. 그런데 조선 후기에 송사형 우화 소설이 집중적으로 나타난 것은 상품 화폐 경제의 발달로 인해 '경제력이 송사의 향방마저 좌우하기 시작한 세태'의 영향이라 할 수 있다. 〈서대주전〉에서 죄인인 서대주가 뇌물로 사령과 옥졸을 매수하여 여러 가지 편의를 제공받고, 옥졸들이 서대주에게 노골적으로 뇌물을 요구하는 행태는 뇌물이 횡행했던 당대 현실의 일면을 보여 주는 것이다. 이처럼 '송사형 우화 소설'에 나타나는 뇌물 수수 문제는 조선 후기의 사회적 폐단을 보여 준다고 할 수 있다.

작품 한눈에

• **해제**
〈서대주전〉은 타남주(다람쥐)의 알밤을 훔친 서대주(큰 쥐)가 관가에 고발당하여 발생한 소송을 다룬 조선 후기의 우화 소설이다. 이 작품은 도적질한 서대주는 석방되고 피해자인 타남주는 벌을 받는 판결을 통해 당대 현실의 문제점을 드러내고 있다. 가령 소송을 당하자 사령과 옥졸을 뇌물로 매수하며 교묘한 언변으로 타남주에게 죄를 뒤집어씌우는 서대주의 모습은 관권의 비호를 받으며 백성을 부당하게 착취하는 조선 후기 지방 토호의 전형을 보여 준다. 또한 사건의 진위를 밝히지 못하고 부당한 판결을 내리는 원님은 백성의 삶을 더욱 힘들게 만드는 무능하고 부패한 관리의 모습을 보여 준다.

• **제목 〈서대주전〉의 의미**
– 다람쥐의 알밤을 훔쳐 간 뻔뻔한 쥐 이야기

〈서대주전〉은 겨울나기를 위해 모아 둔 알밤을 도둑맞은 타남주(다람쥐)와 타남주의 알밤을 훔쳐 간 서대주(큰 쥐) 사이의 소송을 통해 가해자가 풀려나고 피해자가 벌을 받는 상황을 그린 우화 소설이다.

• **주제**
① 불공정한 판결이 이루어지는 당대 현실에 대한 풍자
② 부패하고 무능한 관리에 대한 비판

한 줄 평 │ 기생 모가비(우두머리)가 된 도학자 이춘풍의 삶을 그린 이야기

삼선기 ▶ 작자 미상

💬 전체 줄거리

장면 포인트 ❶ 206P

명문 귀족 집안에 이춘풍(이생)이라는 사람이 있었다. 이생의 동생들은 공명에 뜻을 두어 대소과에 급제하였으나, 사형제의 맏이인 이생은 부귀를 불의라 여기며 벼슬하지 않았다. 사람들은 이생을 아까운 인물이라고 하였으나 정작 이생은 들은 척도 하지 않고 하루종일 경학에 빠져 있었다. 또한 이생은 여자에 관심이 없어 그를 흠모하는 여인들이 달려 들었으나 멀리하였으므로, 세상 사람들은 그를 부처라고 부를 지경이었다. 이생의 높은 학식이 나라에 두루 유명해지자 대신들이 이생을 관직에 천거하였으나 여러 가지 핑계를 대며 세상에 나아가지 않았다. ▶ 부귀공명에 뜻이 없는 도학자 이춘풍

하루는 이생이 부모님의 성묘를 가는 길에 홍제원을 지나는데 활을 쏘던 활량들이 모두 나와 인사를 하며 만나기를 바랐다. 그러나 이생은 후일을 기약하며 거절하였다. 이튿날 활량들은 돌아오던 이생을 데리고 홍제원으로 들어가 술을 권하였다. 이생이 술을 먹지 못한다고 하자 활량들은 이생이 무변(무과 출신의 벼슬아치)을 천하게 여긴다며 그 까닭을 묻고는 여러 말로 조롱하였다. 활량들은 이생에게 자신들이 연회를 할 때면 부채로 얼굴을 가리고 지나가는 이유가 무엇이며 읽는 글들이 모두 저희 같은 사람을 욕하는 글이라 하니 그 말이 옳은지 캐묻고, 벼슬을 주어도 아니 하니 그 좋은 벼슬을 자신들이나 시켜 달라며 억설을 하였다. 이생이 좋은 말로 타이르고 떠나려 하였으나 활량들은 무례하게 굴며 술을 권하였다. 잠시 후 이생이 취하여 쓰러지자 활량들은 이생의 도학(유교 도덕에 관한 학문)이 높다고 하니 그 도학을 깨뜨리자고 모의하였다. ▶ 활량들에게 수모를 당하는 이춘풍

한편 평안도의 명기 홍도화와 류지연은 자신들의 견문이 좁은 것을 한탄하면서 경성으로 올라와 구경을 다니고 있었다. 그들은 문장과 인물과 취지가 당나라 이태백과 같은 인물을 만나고자 하였는데 경성에도 특출난 군자가 없음을 탄식하였다. 그러다 두 기생은 홍제원에서 활량들이 이생을 조롱하는 모습을 보게 되었다. 그들은 이생의 풍채와 기상이 모든 사람 중에 으뜸임을 알아보았다. 그리고 이생의 도학을 깨뜨리자는 활량들의 말을 듣고 홍도화가 나서 자신이 이생의 절개를 깨뜨리겠다고 하였다. ▶ 홍도화와 류지연이 이춘풍을 만남

수일 후 홍도화와 류지연은 각각 홍명학(홍생)과 류봉학(류생)이라는 선비로 성별과 신분을 바꾸어 이생을 찾아갔다. 이생은 두 선비를 제자로 삼았다. 하루는 두 선비가 이생에게 자신들의 집이 있는 평양에 가자고 제안하였고, 평생 세상 구경을 못 해 본 이생은 기회를 놓치고 싶지 않아 두 선비와 함께 평양 구경을 가기로 하였다. 두 선비는 이생을 평양 대성산에 미리 준비한 집으로 데려갔다. 어느 날 이생이 대성산에 있는 정자에 대해 물으니 두 선비는 신선이 다녀가는 정자라고 하였다. 그러나 이생은 신선은 허황된 것이라 하며 믿지 않았다. ▶ 남장을 한 이춘풍을 속이는 홍도화와 류지연

며칠 후 홍생은 고향에 다니러 가고, 류생은 성밖으로 책을 얻으러 간다며 밖으로 나갔다. 밤늦게 책을 읽던 이생의 귀에 퉁소 소리가 들렸는데, 이생이 이 소리를 따라 가니 대성산 석실이었다. 이생은 그곳에서 홍도화가 다시 신분을 바꿔 선녀인 척하는 벽도 낭자를 만났다. 벽도 낭자는 이생과 자신이 전생에 인연이 있었으며 이생 역시 적강한 선관(仙官)이라 속이고는 술을 권하였다. 이생은 자신의 어린 시절과 홍제원에서의 일을 벽도 낭자가 모두 알고 있는 것에 놀라며 술을 마셨고 결국 그의 절개는 무너지게 되었다. 며칠 후 돌아온 홍생과 류생은 볼일이 있다며 집을 다시 나갔다. 혼자 공부하던 이생은 밖에서 거문고 소리가 들려오자 그 소리를 따라갔고, 이번에는 류지연이 신분을 바꿔 선녀인 척하는 홍류 낭자를 만나 술을 나눠 마시며 인연을 맺었다. ▶ 선녀로 가장하여 이춘풍을 속이는 홍도화와 류지연

장면 포인트 ❷ 209P

주목 이후 홍도화와 류지연은 이생에게 자신들이 선녀인 척하며 이생을 속였다는 사실을 고백하였다. 이생은 학문을 닦는 사람으로서 자신이 부족하여 속은 것이라며 두 사람을 원망하지 않았다. 홍도화와 류지연도 이생을 속인 자신들의 행동을 반성하였다. 그 후 이생은 두 사람에게 앞으로의 계획을 묻고는 경학하던 선비로서 기생을 첩으로 앞세우고 집으로 돌아갈 수 없다며 두 사람이 편한 대로 하자고 제안하였다. ▶ 이춘풍을 속인 죄를 고백하는 홍도화와 류지연

이후 이생은 평양의 기생들에게 음률을 가르치면서 '관서제일루'라는 교방을 세워 운영하였다. 이때 평양 감사가 새로 부임했는데, 그의 아들은 수통인(지방 관아에 속한 통인의 우두머리) 노영철을 통해 기생들과 놀 궁리만 하였다. 그런데 이생이 교방 주인이 된 후에 교방의 예의범절이 분명하였으므로 간교한 노영철이 기생 심일청과 더불어 이생에게 불만을 품고 이생을 해치고자 하였다. 노영철은 주색을 탐하는 사또 자제에게 이생이 일부러 인물 좋은 기생을 감추었다고 거짓 보고하여 이생을 모함하였다. 그리고 기생 심일청은 사또 아들을 유혹하여 이름을 옥경선이라 하고, 사또 아들에게 사또께 말해 이생의 권리를 빼앗아 달라는 부탁을 하였다. 급기야 노영철은 사또 아들더러 이생에게 살인죄를 씌우라고 부추겼는데, 이생이 살인한 증거가 분명하지는 않다고 판단한 평양 감사는 이생을 귀양 보냈다. 이후 교방은 폐지되었다. ▶ 살인죄로 모함당해 유배 가는 이춘풍

그 후 새로운 평양 감사가 오고 감사의 생일을 맞아 기생들을 불러 잔치를 하였다. 그때 갑자기 옥퉁소 소리가 들렸는데 옥경선은 사또에게 이생이 연주한 퉁소 소리 같다며 이생이 교방의 모가비가 되었다가 살인죄를 범하고 유배를 간 내력을 말해 주었다. 사또는 노영철을 불러 옥경선의 말이 사실인지 확인하고자 하였다. 이때 류채향과 오채란은 옥경선과 노영철의 말이 사실이 아니며, 오히려 이들이 이생을 모함하여 살인죄로 몰아 유배 보낸 것임을 주장하였다. 화가 난 사또는 이춘풍, 홍도화, 류지연, 류채향, 오채란을 모두 잡아들여 차

례로 심문하였다. 사또는 다섯 사람의 죄에 차등이 없다며 형문 30도씩의 벌을 내렸는데, 병방 비장이 죽일 죄는 아니라고 하자 원악지로 유배를 보내는 데 그쳤다. 또한 노영철과 옥경선도 이생 무리를 따라가게 하였다. 노영철과 옥경선은 이생을 찾아가 사죄하였고 이생도 그들을 용서한 뒤 밤늦도록 술을 마시며 어울렸다. 얼마 후 사또는

비장을 통해 이춘풍이 억울하게 모함당한 일을 듣고는 이춘풍의 유배를 풀어 주었다. 이후 이춘풍은 홍도화, 류지연과 더불어 대성산 아래 초당에서 소박하게 살다 생을 마쳤다. 이에 사람들은 이 세 사람을 지상의 삼선이라고 하였다.

▶ 무고함이 밝혀진 후 유배에서 풀려나는 이춘풍

※ 수능 연계 교재에서는 홍도화를 홍도 낭자로, 류지연을 벽도 낭자로 지칭함. 본 교재에서는 「(역주) 조선후기 세태소설선」, 신해진 역주, 월인, 1999,에 근거하여 홍도화를 벽도 낭자로, 류지연을 홍류 낭자로 기술하였음.

🎭 인물 관계도

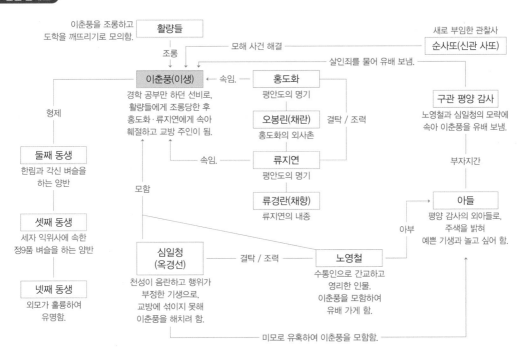

<보기>로 나오는 작품 외적 준거

〈삼선기〉의 사실적 표현과 내용

〈삼선기〉는 앞부분에서 한량들을 내세워 주인공 이생에게 온갖 모욕을 줌으로써 조선 시대의 특권 계급인 양반의 생활을 힐난하며 비판하고 있다. 이때 사실적인 표현을 시도해서 사건은 물론 등장인물들의 성격이나 배경 등을 구체적·현실적으로 잘 표현하였다. 또한 조선 시대 작가들이 추상적인 언어를 쓴 데 반해, 이 작품은 적절하고도 정확한 용어를 선택해서 사실적인 표현을 했다는 점이 특징이다. 그리고 또 하나의 특색은 조선 시대의 지방 관청에 소속되어 있는 통인들이 관청이나 공공의 일을 이용하여 개인의 이익을 꾀하는 간악한 생활과 통인과 관기들의 기묘한 관계를 잘 표현했다는 점이다. 이것은 평양 감영의 수통인이 요사한 관기와 음모해서 감사의 아들을 유혹한 뒤 이용하고, 교방 주인인 춘풍의 올바른 행동을 시기한 나머지 감사에게 무고해서 유배시키는 사건에서 매우 잘 보여 주고 있다.

– 구인환 엮음, 《배비장전》 중 〈삼선기〉, 2003

- 이 작품은 이춘풍이 홍도화·류지연이라는 두 기생에게 속아 도학자의 삶을 버리고, 기생 교방을 운영하는 모가비(우두머리)가 되어 새로운 삶을 살게 되는 과정을 그린 세태 소설이다.
- 도덕군자인 체하다 훼절 사건으로 위선적 실체가 폭로되는 대개의 훼절 소설의 주인공들과 달리, 이춘풍은 훼절 이후에도 고결한 성품과 품위를 유지하므로 그의 훼절은 조롱의 대상이 아니라는 점에 주목하여 작품을 감상한다.
- 해당 장면은 이춘풍의 고결한 도학자로서의 특성을 보여 주는 일화와 홍도화·류지연이 경성으로 올라와 활량들에게 수모를 당하는 이춘풍을 보고 그의 절개를 꺾고자 마음먹는 상황을 다루고 있다.
- 이춘풍의 인물됨과 이춘풍을 대하는 주변 인물들의 태도를 파악하도록 한다.

훌륭한 문벌의 큰 집안

[앞부분의 줄거리] 이춘풍은 명문대가의 장남으로 사형제 가운데 가장 뛰어난 인물이다. 경학(經學)에 깊이 몰두하여 학식과 덕망을 갖추었으나 부귀공명에는 뜻이 없어 관직에 나아가지 않는다. 또한 인물이 준수하여, 여염의 여인들이 모두 그를 흠모할 정도이지만 이춘풍은 여색을 멀리하고 학문에만 전념한다.

중요한 자리에 있는 벼슬

이생의 이름난 학식이 나라에 두루 유명하여 대신이 천거하되, <u>이모(李某)는 명환</u>
　　　　　　　　이춘풍의 학식이 뛰어난 것이 널리 알려져 대신이 그를 관직에 추천함
귀족의 자손으로 공명에 뜻이 없어 세상 번화를 뜬구름같이 여기고, 경학에 깊이 마
대신이 이춘풍을 천거한 이유: 명문가 자손으로 부귀공명을 멀리하고 경학을 깊이 연구하여 훌륭한 관리가 될 재주와 덕을 갖춤
음을 두어 치국평천하(治國平天下)할 만한 재덕을 품었다 하여, <u>사헌부 장령과 경연</u>
　　　　　　　　　　　　　　　　　　　　　　　　이춘풍을 위해 천거한 내직
시독관을 시키되 들은 체 아니하고, <u>군위 현감 영광 군수</u>를 제수하니, 내직(內職)도
　　　　　　　　　　　　　　지방관. 민정을 다스리게 됨
아니하거든, 어찌 어수선하고 소란스러운 민정을 다스리려 하리요. 공부가 차지 못
　　　　　　　　군위 현감, 영광 군수를 맡아 할 리 없음
하고 몸에 병이 있음을 갖추어 표(表)를 올리고, 벼슬에 나아갈 마음이 아주 없으니,
이춘풍이 벼슬을 거절한 이유
뉘 능히 그 분명한 뜻을 돌리리요. 이른바 <u>불사왕후고상기사(不事王侯高尚其事)</u>요,
서술자의 개입　　　　　　　　　　　　　　　　　　　　　　은자의 지조
<u>종남첩경(終南捷徑)</u>을 코웃음 치더라.　　　　　　　▶ 부귀공명에 뜻이 없는 도학자 이춘풍
쉽게 벼슬하는 길　　　　이춘풍이 진실로 벼슬에 뜻이 없음

「하루는 그 처남 김시랑(金侍郎)이 와 보고 왈,

　"형이 성현의 도를 즐거하오음은 인정하려니와, <u>대(代)를 이를 생각을 하지 아니하</u>
　　　　　　　　　　　　　　　　　　　　　　이춘풍의 성격: 여색을 멀리함
<u>니 후사(後嗣)를 어찌 하려느뇨. 불효를 범하지 아니할까.</u>"
　　대를 잇는 자식　　　　후사가 없는 것을 불효라고 여기는 당대인의 인식이 나타남
하온되, 이생이 이윽고 보다가 왈,

　"형의 말씀이 지당하도다."「」 아내조차 멀리할 정도로 여색을 꺼림
　　　　　　　　　　　　　　→ 이춘풍의 고고하고 깨끗한 도학자로서의 면모를 드러내는 일화
하더니, 그 부인이 잉태하여 일자(一子)를 두니라.」　　　▶ 여색을 멀리하며 깨끗하게 살아가는 이춘풍

　항상 그 아우더러 경계 왈,

　"너희들이 너무 일찍 공명에 뜻을 두어 어지러이 다툼을 면하지 못하니, 부디 조
심하여 옛 성현의 <u>심연박빙(深淵薄氷)</u>의 훈계를 생각하고, <u>동동촉촉(洞洞屬屬)</u>하
　　　　　　　　　　깊은 못을 임한 듯 얇은 얼음을 밟듯 두려워하며 행동을 삼감　　　공경하고 삼가며 매우 조심함
여 부모와 조상에게 욕이 돌아오지 아니하게 하라."
　　　　　　　　　　　　　　　　겸손한 태도로 남에게 양보하거나 사양하는
그 아우 형제 형의 엄한 훈계를 받들어 겸양하는 덕이 조정에 유명하더라.
　　　　　　　　　　　　　　　　　　　　　　▶ 엄한 가르침으로 아우들의 존중을 받는 이춘풍
　　　　　　　　　　중국 사신들이 서울 성안에 들어오기 전에 임시로 묵던 공관┐
하루는 부모의 산소에 성묘하러 갈새, 홍제원(弘濟院)을 지나니, 모든 활량들이
이춘풍은 매월 음력 초하룻날과 보름날마다 부모의 산소에 성묘를 함 → 효성이 지극함
활을 쏘다가 이 학자 지남을 보고 일시에 나와 인사하고 뵈옵기를 청하거늘, 면면
　　　　　　　　이춘풍을 가리킴
(面面)이 답례하고 후일 만남을 기약하였더니, 이튿날 돌아올 제, 마침 날이 저문지

■ 작품 분석 노트

- '이춘풍'의 인물 특성과 의미

　- 높은 학식으로 유명하여 대신이 관직에 추천하나 공부가 차지 못하고 몸에 병이 있음을 이유로 거절함
　　→ 부귀공명에 뜻이 없음
　- 처남이 후사가 없는 것을 걱정할 정도로 부인조차 가까이 하지 않음
　　→ 여색을 멀리함
　- 동생들이 이춘풍의 가르침을 존중하여 따름
　　→ 집안을 잘 다스림
　- 매월 초하룻날과 보름날마다 부모의 산소에 성묘하러 감
　　→ 부모에 대한 효성이 지극함

↓

이춘풍

도덕군자인 체하다 위선적 인물이 아닌, 학문과 덕을 갖춘 이상적 인물임

- 고사의 의미

불사왕후고상기사

벼슬하기를 싫어하고 숨어 살면서 뜻을 높이하여 절도를 지키는 은자의 지조 있음을 의미함

종남첩경

사람 발길이 드문 곳에 지조 높은 척 은거하면서 세상 사람들의 존경을 받아 허명(실속 없는 헛된 명성)을 널리 알려 출사하는 지름길로 이용함을 의미함

라. 활량들이 기다리고 있다가 일시에 겨드랑이를 붙들어 모시고 가거늘, 이생이 대
① 무과의 합격자로서 전직이 없던 사람 ② 일정한 직무 등이 없이 놀고먹던 말단 양반 계층

경하여 무수히 막은들 어찌 당하리요. 한 곳에 이르러 모셔 앉히거늘 마지못하여 앉
서술자의 개입. 활량들이 갑자기 달려들자 이춘풍이 당해 내지 못하고 끌려감

았더니, 그중 한 손[客]이 꿇어앉아 왈,

"우리들이 사람 되는 도리를 알지 못하나니, 원컨대 선생님께옵서 가르치소서."
활량들이 도학이 높기로 유명한 이춘풍에게 사람의 도리를 가르쳐 줄 것을 청함

하고 차례로 술을 권하거늘, 이생이 사양하며 왈,

"학생이 아는 것이 없으니, 어찌 여러분들을 가르치며, 본디 술을 먹지 못하오니
이춘풍이 스스로를 겸손하게 가리켜 이르는 말

용서하시어 수이 놓아 보내소서."

좌중이 일시에 웃고 왈,

문반과 무반　　　　　　　　　　　　무과 출신의 벼슬아치
"세상에 문무(文武) 양반(兩班)이거늘 무슨 일인지 본디 무변(武弁)을 천히 여기는
문반과 무반이 모두 양반이나 세상이 무반을 천하게 여기는 가운데, 이춘풍이 더욱 무반을 무시한다는 말

중 선생님이 더욱 더하신 까닭으로, 오늘 모시고 온 것은 그 연유를 묻고자 함이라."
이춘풍을 데리고 온 핑계

하고, 패악한 말과 무례한 행동이 듣던 바 처음이라. 이생이 귀를 씻고자 하나 아무
도리에 어긋나고 흉악한

리 할 수 없어, 「따뜻하고 부드러운 말씨로 사양하며 왈,
「」: 활량들의 모욕에도 너그러움을 잃지 않는 이춘풍의 모습

"학생이 성질이 너그럽지 못하고 옹졸하여 외인(外人)과 교섭(交涉)이 없사오니
자신이 무반을 업신여긴다는 활량들의 주장은 사실이 아님

어찌 여러분들을 괄시하오리까."　　　　　▶ 선산 성묫길에 활량들에게 수모를 당하는 이춘풍

(중략)

이에 모든 활량들이 의논 왈,
유교 도덕에 관한 학문　　　　이름이나 평판이 높다
"이 사람의 도학(道學)이 대단히 고명하다 하니, 우리 그 도학을 깨뜨림이 어떠하
이춘풍의 도학을 훼손하고자 하는 활량들의 제안

뇨? 그러나 술만 깨면 그 빙설 같은 마음을 누가 능히 돌리리요?"
얼음과 눈처럼 결백한 마음씨

좌중에 한 여자가 자원하되,
홍도화. 평안도 기생　　훼절
"내 능히 그 절개를 변하게 하리니, 나와 백년해로(百年偕老)하여도 아무 양반도
이춘풍을 훼절시키고 그와 부부가 되어 살아가려 함

시비 말으시리이까?"　　　　　　　　　▶ 홍도화가 이춘풍의 절개를 꺾겠다고 나섬

모두 보니, 이는 기생 홍도화(紅桃花)라, 본디 성천(成川) 사람으로 십 세에 가무
갖추고
와 음률을 구비(具備)하고 인물이 빼어나게 아름답더라.
홍도화의 성격 직접 제시

평안도 내에 이름난 기생이 두 명 있으니, 안주(安州)에 류지연(柳枝蓮)이요, 성천

에 홍도화니, 음률은 물론이고 문필이 유여하며 지조가 특출하되, 이미 기생 출신인
류지연과 홍도화 성격 직접 제시

까닭에 마지못하여 행공거행(行公擧行)하나, 항상 마음이 답답하여 사람을 구하더라.
평생의 반려자로 삼을 이상적인 남성

「감사(監司)와 수령(守令)은 세력으로 꼼짝 못하게 하고, 호화로운 가문의 자제와
「」: 기생을 대하는 태도　　　　　　　　기생으로서 겪는 홍도화, 류지연의 괴로움

오입쟁이들은 노류장화(路柳墻花)를 다투되,」 어찌 복종하여 괴로움을 견디리오. 나
아무나 쉽게 꺾을 수 있는 길가의 버들과 담 밑의 꽃이라는 뜻으로 기생을 비유적으로 이르는 말

이 십구 세 되도록 사람을 만나지 못하여 양인(兩人)이 의논 왈,

"우리 외딴 시골에서 나고 자라 견문이 넓지 못하니, 천금씩 들여 기안(妓案)에서
관아에서 기생의 이름을 기록하여 두던 책

제명(除名)하고, 경성에 올라가 마음대로 구경하리라."
이름을 뺌

하고, 수천금을 들여 정속(正贖)한 후 즉시 올라와 두루 다니며 살펴보되 하나도 마

음에 들지를 않는지라, 교방(敎坊)을 찾아가니 모든 기생이 모였고, 곳곳에 오입쟁
기생을 양성하고 관리하는 기관

이가 돌아앉아 재주를 시험하거늘, 면면이 인사하고 말석에 앉으니, 좌중이 적적하여 정신이 없더라.

양인이 다시 일어나 치하 왈,

"우리들이 멀리 떨어진 시골에서 나고 자라 견문이 부족하옵기로, 장안 물색을 구경하고자 하여 왔삽다가 오늘날 화려한 잔치에 참여하오니, 시골의 천한 사람에게 지극히 범람하와 두서를 차리지 못하오니, 여러 군자들과 모든 형제께옵서 용
분수에 넘쳐   교방에 모인 사람들
서하시오리까?"

                                                    공경하여 우러러 사모함
좌중이 처음 그 모양의 출중함을 보고 십분 흠앙하더니, 그 말을 들으매 뉘 아니
마음속 깊이 존경하여 복종함   홍도화와 류지연의 뛰어남에 대한 서술자의 평가
흠복하리오.
                                ▶ 견문이 좁은 것을 한탄하며 경성으로 온 홍도화와 류지연

장면 포인트 ②

• 해당 장면은 홍도화 · 류지연이 성별과 신분을 바꿔 그의 문하생이 되기를 청한 뒤 다시 선녀로 가장하여 이춘풍을 속였음을 모두 고백하는 부분으로 이춘풍이 이전과는 다른 삶을 살아가기로 결정하는 상황이다.

• 이춘풍이 삶이 변화하는 계기가 되는 사건을 찾고, 일반적인 '훼절담'과 비교하여 이 작품만의 특성을 파악하도록 한다.

★주목 양랑이 좌우에 모시고 앉아 다시 술을 권할새, <u>벽도 낭자 왈,</u>
　　두 낭자, 홍도화와 류지연　　　　　　　　홍도화가 자신을 선녀인 벽도 낭자라며 이춘풍을 속임

"오늘 즐거움이 평양 객점(客店)에서 홍 · 류 두 문생(文生)을 데리고 <u>경학 강론(經</u>
　　　　　　　　　　　　홍도화와 류지연이 남장을 하고 이춘풍에게 와 제자가 되기를 청하므로 이춘풍이 두 문생에게 경학을 강론한 일

<u>學講論)</u>하시던 것과 어떠하시니잇고?"

이생이 <u>흔연(欣然)</u>히 왈,
　　　　　기쁘거나 반가워 기분이 좋게

"<u>온자한</u> 재미는 있거니와 <u>몹시 흥거운 풍취야 어찌 이만하오리오!</u>"
　포용력이 크고 점잖은　　　　　　　선녀인 두 낭자들과 보낸 시간이 더욱 흥거움

또 <u>문(問)</u> 왈,
　문하에서 배우는 제자

"두 문생의 온화 정대하옴이 첩들과 어떠하니잇고?"
　　　　　　의지나 언행 따위가 올바르고 정대함

답 왈,

"<u>차등이 없을 듯하여이다.</u>"
　두 문생과 두 낭자가 모두 훌륭함 → 두 문생과 두 낭자가 동일인임을 인식하지 못하는 이춘풍의 모습

또 문 왈,

「"낭군이 항상 허황한 일을 믿지 아니하시거니와, 만일 홍 · 류 두 문생이 일조(一
　　　　　　　　　　　　　　　　　　　홍명학(홍도화) · 류봉학(류지연)

朝)에 <u>남화위녀(男化爲女)</u>하여 평생을 모신다 하오면 낭군은 어찌하시리잇고?"
　　　　　남자가 변화하여 여자가 되는 것　　　「: 두 기생이 이춘풍을 속인 사실을 털어놓기 위해 춘풍의 의중을 떠봄

이생이 <u>추연(惆然)</u>히 왈,
　　　　　처량하고 슬프게　　두 문생을 자기의 속마음을 알아주는 참된 벗으로 생각함

"그럴 이치가 없으나 두 문생은 나의 <u>지기지우(知己之友)</u>라. 평생을 함께 지내기
　홍명학(홍도화) · 류봉학(류지연)이 고향에 다녀온다는 핑계 등으로 자리를 비우고 선녀로 꾸민 뒤 춘풍을 속임

로 서로 약속하여 잠시 이별을 하였으니, 만일 <u>범절(凡節)</u>과 모양이 그러한 여자
　　　　　　　　　　　　　　　　　　　　이춘풍이 자신을 가리키는 말 → 속세에서 온 손님

있으면 어찌 아름답지 아니하리오! 그러나 두 낭자가 <u>속객(俗客)</u>을 대하여 조롱이
　　　　　　　　　　　　　　　　　　두 낭자를 진짜 선녀로 믿기에 자신을 속객이라 칭함

심하도다."
　　　　　　　　　　　　　　▶ 두 기생이 선녀 행세를 하며 이춘풍을 속임

이에 두 낭자가 비녀를 빼어 일시에 땅에 엎드려 사죄하며 왈,

"백 년을 함께 사는 일이 <u>지중(至重)</u>하여 <u>천첩(賤妾)</u>이 대군자께 중죄를 지었사오
　　　　　　　　　홍도화와 류지연이 이춘풍과 부부의 연을 맺기 위해 그를 속인 일을 실토함

니 <u>차생차세(此生此世)</u>에 어찌 다 속죄하오며, 대군자의 하늘 같은 <u>대덕(大德)</u>을

<u>세세생생(世世生生)</u>에 어찌 다 갚사오리까? 일월(日月) 같으신 군자의 <u>안광(眼光)</u>
　　　　　　　　　　　　　　　　　　　　　　　　　　　　사물을 보는 힘

으로 어찌 몰라 보시리잇가? 첩들을 어여삐 여기사 용서하심인가 하나이다. 당초

에 <u>여화위남(女化爲男)</u>하여 몇 달 모실 때와 평생을 배운다 하여 모시고 내려올
　　홍도화와 류지연이 남장을 하고 이춘풍의 문하생 되어 지낼 때

때는 혹 분별하지 못 하실 듯하옵고 첩들의 죄상도 오히려 용서하심을 바라려니
　　　　　　　　　　　　　　　　선녀인 척하며

와, 허황한 <u>휼계(譎計)</u>로 선녀를 <u>가탁(假託)</u>하여 <u>정대하오신 군자</u>를 산 위로 유인
　　　　　남을 속이는, 간사하고 능청스러운 꾀　　　　　　　　이춘풍

하여 <u>연분(緣分)</u>을 맺는다 하옴은 그 죄상이 만 번 죽어도 아쉽지 않으리라. 그러

하오나 <u>하향</u> 천첩들이 대군자의 <u>권고지택</u>을 받자오니 오늘 죽어도 한이 없을지라.
　중앙에서 멀리 떨어져 있는 지방　　돌보아 준 은혜

엎드려 삼가 바라건대 대군자 서방님께옵서 용서하옵소서. 오늘 이후 첩들의 <u>사생</u>

작품 분석 노트

• '속고 속이기'의 서사 구조

주체	기생인 홍도화와 류지연
대상	도학자인 이춘풍
의도	문장과 인물이 뛰어난 이상적 남성을 찾던 두 기생이 이춘풍의 비범함을 알아보고 이춘풍과 부부의 인연을 맺으려 함
과정	두 기생이 남장을 하고 이춘풍에게 와서 제자가 되기를 청함 → 이춘풍이 두 문생과 지기(知己)가 됨 → 두 기생이 이춘풍을 속여 평양으로 데려간 후 선녀로 가장하여 춘풍을 훼절시킴
결과	두 기생이 이춘풍을 속인 사실을 모두 털어놓고 용서를 구함 → 이춘풍이 기생의 모가비(우두머리)가 되어 교방을 운영함 → 고고한 도학자로 살아가던 이춘풍의 삶이 이전과 달라짐

영욕(死生榮辱)이 서방님께 달렸사오니 강과 바다와 같은 은혜를 바라나이다."
죽고 사는 일, 영예와 치욕

하거늘, 이생이 청파(聽罷)에 정신이 어지러워 꿈인지 생시인지 깨닫지 못하다가 한
듣기를 다 마침

참 후에 왈,

"말씀이 하도 맹랑하여 믿지 못하겠으니 자세히 해명하라. 중원(中原)에서 밤에
두 사람이 털어놓은 사실을 믿기 어려워함

홍도 낭자 만날 때에는 홍생이 성천에 간 자취가 분명하고, 이번은 류생이 안주에
홍생(홍명학)으로 행세하던 홍도화가 고향인 성천에 간다고 거짓말을 한 후 선녀로 꾸며 이춘풍을 속였음

간 일이 확실하거늘 어찌 그러하리오?" ▶ 두 기생이 춘풍을 속인 사실을 실토하나 믿지 못하는 이춘풍
류생(류봉학)으로 행세하던 류지연이 고향인 안주에 간다고 거짓말을 한 후 선녀로 꾸며 이춘풍을 속였음

두 낭자가 머리를 조아리며 사죄하여 왈,
기만, 남을 속여 넘김

"조그마한 천첩들이 하늘이 내신 대군자를 기망하올 때에 무슨 꾀를 아니 쓰리잇
이춘풍을 속이기 위해 두 기생이 계략을 꾸몄음

고? '성천이나 안주에 간다' 하고 지척에 있은들 서방님 눈에 띄지 않으면 어찌 아
고향에 간다는 거짓말을 하고 이춘풍 가까이 있었으나 이춘풍이 알아차리지 못했음을 뜻함

시며,「자고로 소인과 천인은 얕은꾀가 많사와 군자를 모함할 때 도리를 벗어난 악

한 짓을 갖가지로 하는 법이옵고, 군자는 정직한 심장과 정대한 행세가 평생 거짓

된 일과 사곡(邪曲)한 꾀는 아주 모르시니 어찌 요량하시려잇고? 그런고로 왕왕
요사스럽고 교활한

히 소인의 모함에 빠져도 요행으로 면할 궁리를 아니 하나니, 서방님께옵서 천성

이 고상하시와 부귀 번화를 좋아하지 않으시고, 세상에 태어나 이십팔 년 동안 정

대한 성인(聖人)의 책만 읽으시어 정대한 마음과 정대한 일만 아시고 바깥 사람들
부정한 책모와 교묘한 계략

과 접촉하지 않으시니, 어찌 권변술수(權變術數), 사모기계(邪謀奇計)를 아시리잇
일의 형편에 따라 임기응변으로 일을 처리하는 온갖 재주

고? 맹자 말씀이 '군자는 가기이기방(可欺以其方)'이라 하시오니, 첩들의 백 가지
군자는 도에서 어긋난 그럴듯한 꾀로 속일 수 있음

흉계를 어찌 측량하시리잇고?」「 」: 자신들이 온갖 재주와 계략으로 속이는 것을 정대한 마음을 지닌 이춘풍은
알기 어려움 → 일의 책임을 자신들에게 돌리며 이춘풍을 옹호함

하고, 전후 사실을 일일이 이야기하온대, 이생이 다만 두 사람의 입만 보고 아무 말

도 아니하다가, 다시 꿇어앉으며 왈,

"도무지 학생의 공부가 차지 못한 연고이니, 누구를 원망하리오."
두 사람에게 속은 것을 학문이 깊지 못한 자신의 탓이라 여김

하고, 묵묵히 앉았으니 위엄이 있는 사색과 정대한 언사 감히 우러러 보지 못하되,

엄위한 가운데 춘풍 화기(春風和氣)가 융융하고 정대한 가운데 인자하고 자상하여

두렵기도 그지 없고 반갑기도 한량 없어 천만인의 심간(心肝)을 녹일 지경이니, 하

물며 문무에 능하고 문장과 색태를 구비한 여중호걸인 홍류 두 낭자의 마음이 어떠

하리오.
▶ 두 기생에게 속은 일들 자신의 학문이 부족한 탓이라 여기는 이춘풍

(중략)

양인이 청파에 땀이 등에 흠씬 젖고 낯이 두터워 감히 우러러보지 못하고 떨며 왈,

"지금 이후에는 첩들의 생사고락이 서방님께 달렸사오니 분부대로하리이다."

이생이 냉소(冷笑)하여 왈,
겉으로 드러나는 언행과 속으로 가지는 생각이 다름

"남복하고 있을 때에 그다지 공손한 듯하되 속에는 딴 마음을 두고 표리부동하다
두 기생이 남장을 하고 이춘풍의 문하생 되어 살던 일(첫 번째 속임)

가 선녀를 가탁하여 대장부를 요혹케 하되 농락이 무상하더니, 오늘은 다시 지극
두 기생이 선녀로 가장하여 이춘풍과 인연을 맺은 일(두 번째 속임)

히 공경하는 것이 간교한 일이요, 제 임의로 못할 짓 없다 하다가, 이제 나에게 달

• '홍도화 · 류지연'의 가짜 선녀 행세

• 이춘풍과 인연을 맺어 평생을 함께
살고자 하는 두 기생의 욕망이 반
영된 행위
→ 이춘풍을 훼절시킴
• 이춘풍의 삶을 변화시키는 계기로
작용함
→ 홍도화 · 류지연이 가짜 선녀 행
세로 자신을 속인 것을 알게 된 이
춘풍이 이전의 삶을 버리고 두 사
람을 받아들여 기생의 모가비가 됨

렸다 함도 요약한 말이요, 그리 당돌하여 못할 말 없이 하다가 이제 새로이 두려

워 떨기는 무슨 일인고? 도무지 흉계 중 농락이요, 이제 나의 용모에 혹하여 잠시

그러함이나 그 조변석개하는 무리를 어찌 믿으리오! 자세히 설명하라.",

> 계획이나 결정 따위를 일관성이 없이 자주 고침

『』 교묘한 꾀로 자신을 속인 일을 꾸짖으며 때때로 태도를 바꾸는 두 사람의 말을 믿을 수 없다고 함

하고 사색이 염려하고 언사가 정대하니 추상 같은 호령이 늠름하여 사람의 정신이

어지러울지라. 이에 두 낭자가 대단히 황공하여 혼이 몸에 붙지 못할 듯, 겨우 입을

열어 아뢰되,

"다시 형언할 말 없사오니 서방님 처분만 바라나이다."

> **감상 포인트**
> 두 기생이 이춘풍을 속이는 과정과
> 이춘풍의 삶에 일어나는 변화를 파악
> 한다.

★주목 이생이 사색(辭色)을 풀고 왈,

> 말과 얼굴빛   백년해로

"내 너희를 버리거나 두는 것은 내게 달렸거니와, 만일 너희들과 백 년을 함께할

경우에는 너희 생각에 어찌하고자 하는고?"

> 두 사람과 부부의 연을 맺고 살아갈 경우를 상정하여 두 사람의 계획을 물음

두 낭자가 꿇어 고(告) 왈,

"이전의 죄상은 만 번 죽어도 아깝지 않사오나, 하해 같으신 홍량대덕(洪量大德)

> 몸이 부서지도록 노력함   넓은 도량과 큰 덕

으로 첩들을 거두실진대 첩들이 분골쇄신하고 부탕도화(赴湯蹈火)라도 사양치 않

> 끓는 물에 뛰어들고 불을 밟는다는 뜻으로, 위험을 피하지 않음을 이르는 말

을 것이어늘 어찌 스스로 편안코자 하리잇고?"

이생이 왈,

"그런 게 아니라 내 명색이 경학하던 선비로 기생첩을 엽렵히 세우고 들어가면 우

> 사서오경을 연구하는 학문

선 아우들의 모양이 어찌 되며, 또 너희들을 데려다가 규중에 가두고 나는 다시

> 아우들에게 망신이나 폐를 끼칠 수 있음

공부할 지경이면 너희들의 적막함은 물론이고 내 일도 쓸데없는 짓이라. 공연히

> 이춘풍이 예전과 같은 삶을 살 경우: 두 사람이 외로워지며 자신의 삶도 의미가 없음 → 삶의 방식을 바꾸고자 하는 이유

식구만 보탬이니 무슨 효험이 있으리오! 너희들 편함이 곧 나의 편함이니 좋은 도

> 두 사람의 뜻에 따라 삶의 방식을 결정하려고 함

리로 의논하라 함이요, 너희들을 겁주려 하는 것은 아니라. 그러므로 예부터 선비

된 자의 조심하기 어려움이 이러한 연고로다."

두 낭자가 그제야 안색에 화기가 돌아오고 공경하여 대답 왈,

"서방님께옵서 은택을 드리우사 첩들의 중죄를 용서하옵시고, 천금같이 귀하신

몸이 친히 왕림하실 지경에는 첩들의 재물이 수천 석이오니 무슨 도리를 못 하오

> 훗날 홍도화·류지연의 재물로 이춘풍이 평양에 교방을 운영하게 됨

리까? 좋을 대로 주선하올 터이옵고 일동일정(一動一靜)을 서방님께 여쭈어 하올

> 모든 행동

것이어니와, 우선 압경(壓驚)이나 하사이다."

> 놀란 마음을 진정시킴. 술을 마심을 의미함

이생 왈,

> 우두머리

"오죽 못난 놈이 무당의 서방 되며, 여간 잡놈이 기생의 모가비가 되겠느냐? 너희

> 이춘풍이 도학자로서의 삶을 버리고 새로운 삶을 선택하게 됨

생각대로 하라.

▶ 두 기생과 함께 새로운 삶을 살아가기로 결정한 이춘풍

• '쓸데없는 짓'의 의미

> **내 일도 쓸데없는 짓이라**
>
> 기생첩을 집에 들이고 도학자로 살아
> 가는 것
> → 이율배반이며 위선적인 모습으로,
> 예전과 같이 공부를 이어 가는 의미
> 가 없음

• 훼절 사건으로 인한 '이춘풍'의 변화

> • 고고한 도학자 → 기생의 모가비
> • 평양에 '관서제일루'라는 교방을 세
>   우고 운영하여 교방 풍속을 교화함
> • 도학자로서의 학식과 덕을 교방 운
>   영에 발휘하여 교방 문화의 격을
>   높임 → 유교적 가치를 다른 영역
>   에서 실현한 것이라 할 수 있음

이 작품의 제목인 〈삼선기〉는 세 명의 신선에 대한 이야기라는 뜻이다. 이때 '삼선'은 이춘풍, 홍도화, 류지연을 가리키므로, 작품의 주인공인 세 사람의 행적을 알아 두어야 한다.

+ 주요 인물에 대한 이해

이춘풍		홍도화 · 류지연
• 명문대가의 자손 • 부귀영화를 추구하지 않고 학문에 몰두함 • 여러 여인의 흠모를 받으나 여색을 멀리함 • 홍도화 · 류지연과 함께 평양에 교방을 세우고 풍속을 교화함 • 수통인 노영철과 기생 심일청(옥경선)의 모함으로 유배를 떠남 • 모해 사건이 해결된 이후, 홍도화 · 류지연과 더불어 대성산 아래 초당을 짓고 살다가 여생을 마침		• 평양의 이름난 기생 • 견문이 좁은 것을 한탄하며 경성으로 올라옴 • 이상적인 남성을 찾다 이춘풍의 비범함을 알아봄 • 남장을 한 뒤 신분을 바꾸어 이춘풍의 문하생이 됨 • 온갖 꾸며 낸 이야기로 이춘풍을 평양으로 데리고 옴 • 가짜 선녀 행세를 하면서 이춘풍을 속이고 인연을 맺음(→ 이춘풍의 훼절)

이 작품은 대개의 '남성 훼절담'과는 다른 특징을 지니고 있으므로 이를 파악하고, 동명의 인물을 주인공으로 한 훼절형 소설 〈이춘풍전〉과 비교하여 감상할 필요가 있다.

+ 일반적인 '남성 훼절담'과 〈삼선기〉의 비교

남성 훼절담	사건	도덕군자로 자처하는 남성의 절개를 깨뜨리고 조롱하기 위해 관리와 기생이 공모함
	주제 의식	지배층의 위선과 허위를 폭로하는 비판적 의도를 구현함
	작품	대표적으로 〈배비장전〉 〈오유란전〉 등이 있음
〈삼선기〉	사건	• 관리와 기생의 공모가 약화됨 　→ 홍제원 활량들이 이춘풍의 도학을 깨뜨리고자 모의하고 두 기생이 실행하나 활량들은 '남성 훼절담'에 나타나는 관리와 성격이 다름 • 두 기생이 이름난 도학자인 이춘풍의 위선을 폭로하고 조롱하기 위해서가 아니라, 자신들이 찾는 이상적인 남성으로 인식하여 훼절시키고자 함 • 두 기생이 자발적으로 치밀한 계획을 세워 이춘풍에게 접근함 → 가짜 선녀 행세를 하며 이춘풍을 훼절시킴 → 이춘풍이 기생의 모가비가 되어 교방을 운영함
	주제 의식	기존의 경직된 관념에서 벗어나 새로운 삶을 선택하는 도학자 이춘풍의 가치관 변화를 보여 줌

+ 〈삼선기〉와 〈이춘풍전〉의 인물 비교

〈삼선기〉의 이춘풍	〈이춘풍전〉의 이춘풍
• 높은 학식과 고결한 인품을 지닌 인물 • 홍도화 · 류지연이라는 두 기생에게 속아 그들과 인연을 맺으면서 훼절을 경험하고, 도학자의 삶을 버리게 됨 • 홍도화 · 류지연과 함께 평양에서 '관서제일루'라는 교방을 운영하면서 세속적 삶을 살지만 오히려 교방 문화를 교화하는 등 고결한 정신을 유지함 • 홍도화 · 류지연과 속세를 떠나 살아감	• 방탕하고 위선적인 인물 • 평양으로 장사하러 가나 추월이라는 기생에게 빠져 돈을 모조리 탕진하고, 추월의 집에서 하인 노릇까지 하며 박대와 수모를 겪음 • 아내가 비장으로 변장하고 나타나 이춘풍을 구출하고 돈을 찾아 주었으나, 이춘풍은 또다시 거만하게 굴다 정체를 드러낸 아내에게 망신을 당함 • 개과천선하여 아내와 화목하게 살아감

• **해제**
　〈삼선기〉는 고결한 도학자의 삶을 살아 가던 이춘풍이 두 기생을 만나면서 이전의 삶을 버리고 기생의 모가비가 되는 과정을 그리고 있다. '삼선'은 '세 명의 신선'이라는 뜻인데, 대성산 아래에서 초당을 짓고 이춘풍, 홍도화, 류지연이 신선과 같은 삶을 살아가므로 세상 사람들이 이들을 지상의 삼선이라고 불렀다고 한다. 이때의 '신선'은 세속적 욕망에서 벗어나 자신이 추구하는 삶을 자족적으로 누리는 사람을 가리킨다고 볼 수 있다. 이 작품에서 아내마저도 멀리하던 이춘풍이 두 기생으로 인해 훼절하는 훼절 화소는 대개의 '훼절형 소설'에 나타나는 양반 남성의 훼절과는 다른 형태를 보인다. '훼절형 소설'의 훼절은 대개 인물의 위선과 허위를 폭로하고 조롱하기 위한 도구로 사용되지만, 이춘풍의 훼절은 기생의 모가비가 되는 새로운 삶을 선택하게 되는 계기로 작용함으로써 인물의 성격 변화를 가져 오게 된다. 중세적 가치관에서 탈피하여 새로운 가치관을 형성해 나가는 이춘풍의 모습은 신분 질서가 동요되던 조선 후기에 나타난 새로운 인간형이라 할 수 있다.

• **제목 〈삼선기〉의 의미**
　– 지상의 신선이라 불린 이춘풍, 홍도화, 류지연 세 사람의 이야기
　〈삼선기〉는 고결한 도학자인 이춘풍이 홍도화 · 류지연이라는 두 기생에게 속아 도학자로서의 삶을 버리고 기생의 모가비가 되어 새로운 삶의 가치를 찾아가는 과정을 그린 세태 소설이다.

• **주제**
　도학자 이춘풍의 훼절 및 새로운 삶에 대한 모색

유광억전 ▶ 이옥

💬 전체 줄거리

장면 포인트 ① 216P

주목 온 세상 사람들은 이익을 숭상한 지 오래되었다. 그러나 이익을 위하여 사는 사람은 반드시 이익 때문에 죽는다. 그러므로 군자는 이(利)를 말하지 않으나 소인은 이익을 위해 죽기까지 한다. 서울은 장인바치(손으로 물건 만드는 일을 직업으로 하는 사람)와 장사꾼들이 모이는 곳으로, 남에게 손으로 품을 파는 사람이 있고, 어깨와 등을 파는 사람도 있고, 뒷간 치는 사람도 있고, 칼을 갈아서 소 잡는 사람도 있고, 얼굴을 꾸며 몸을 파는 사람도 있다. 외사씨는 수요가 있어야만 파는 사람이 생기는 것이고, 자기에게 없는 다음에라야 다른 사람에게서 구한다고 하였다.

▶ 이익을 위해 사고파는 것이 극에 달한 세상

영남 합천 사람인 유광억은 시를 아주 잘하지는 못하지만 과체(문과 과거에서 시험을 보던 문체)를 잘하기로 남쪽 지방에 소문이 난 사람이었다. 그런데 그는 집이 가난하고 지체 또한 미천하여 과거 글을 팔아 생계를 삼았다. 그 당시 시골의 풍속에는 과거 글을 팔아 먹고사는 이가 많았다. 유광억이 일찍이 영남 향시에 합격하여 서울로 과거를 보러 갔을 때였다. 어떤 사람이 부인들이 타는 수레로 길에서 그를 맞이하였다. 유광억은 그 수레를 타고 붉은 문이 여러 겹이고 화려한 집이 수십 채인 어느 부잣집에 도착하였다. 그 집의 주인은 안채에 광억의 숙소를 마련하고 매일마다 다섯 번씩 진수성찬을 바쳤고, 서너 번씩 광억을 뵈러 와서 공경히 대하였다. 이윽고 과거를 치렀는데 주인의 아들이 광억의 글로 진사에 올랐다. 그러자 주인은 광억에게 말 한 필과 종 한 사람을 내주었다. 광억이 자기 집에 돌아와 보니 이만 전이나 되는 돈을 가지고 온 사람도 있었고, 그가 빌렸던 환자는 감사가 대신 갚은 터였다.

▶ 과거 글을 팔아 생계를 이은 유광억

광억의 문사(문장)는 격이 그렇게 높은 것이 아니었다. 다만 가벼운 잔재주를 부리는 것이 그의 장기여서 과거 글에서 재주를 뽐낼 수 있었다. 광억이 이미 늙었는데도 불구하고 그의 재주는 나라에 더욱 소문이 나게 되었다. 하루는 경시관(조선 후기에, 3년마다 각 도에서 과거를 치를 때 서울에서 파견하던 시험관)이 감사를 만나 영남의 인재 중 누가 제일이냐고 묻자, 감사는 유광억을 말하였다. 경시관은 자신이 이번에 반드시 유광억을 장원으로 뽑겠다고 하자, 감사는 유광억의 글을 골라낼 수 있겠느냐고 물었다. 이에 경시관은 능히 할 수 있다고 대답하였다. 경시관과 감사는 서로 논란하다가 광억의 글을 알아낼 수 있는지를 두고 내기를 하게 되었다.

▶ 유광억의 글을 찾을 수 있는지를 두고 내기를 한 경시관과 감사

이윽고 경시관은 과거 시험장에 나가서 시제를 내었다. 시제는 '영남 시월에 중구회를 여니, 남쪽과 북쪽의 기후가 같지 않음을 탄식한다.'는 것이었다. 조금 있다 시권(과거를 볼 때 글을 지어 올리는 종이) 하나가 들어오자 이를 본 경시관은 이것이 광억의 솜씨가 틀

림없다고 말한 후 장원으로 뽑았다. 하지만 장원, 이등, 삼등으로 뽑힌 글을 쓴 사람을 확인하니, 광억의 이름은 어디에도 없었다. 이에 몰래 조사해 보니 세 글은 모두 광억이 남에게 돈을 받고 대신 써 준 것으로, 돈의 많고 적음에 따라 글에 차등을 두어 적은 것이었다. 경시관은 이런 사실을 알았지만 자신의 글 보는 안목을 감사가 믿지 않을 것을 먼저 걱정하였다. 이에 경시관은 광억의 공초(조선 시대에, 죄인이 범죄 사실을 진술한 것)를 얻어 증거로 삼고자 합천군에 공문을 보내어 광억을 잡아 보내게 하였다.

▶ 돈의 많고 적음에 따라 글을 다르게 써 준 유광억

경시관이 실제 옥사를 일으킬 뜻이 있었던 것은 아니었다. 그런데 유광억은 군수에게 잡혀 압송(죄인을 한 곳에서 다른 곳으로 호송하는 일)되기 전에 스스로 두려워하며 자신은 과적(과거에 합격하기 위하여 온갖 부정행위를 하는 사람)이라 가더라도 죽을 것이라고 말하였다. 그러고는 밤에 친척들과 술을 마신 후 몰래 강에 투신하여 죽었다. 유광억이 죽었다는 소식을 들은 경시관은 애석해하였다. 유광억이 죽은 후 어떤 사람들은 그의 재능을 아까워하였지만, 군자는 광억이 죽어 없어지는 것이 마땅하다고 하였다.

▶ 유광억의 죽음과 그에 대한 사람들의 생각

매화외사는 세상에 팔 수 없는 것은 없으나, 아직 마음을 파는 사람은 없었다고 말하였다. 그것은 모든 사물은 다 팔 수 있지만, 마음은 팔 수 없기 때문이라고 보았다. 하지만 유광억과 같은 자는 마음까지도 팔아 버린 사람이라고 보았다. 그러면서 천하의 파는 것 중에서 지극히 천한 매매를 글 읽는 자가 하였다고 탄식하며, 법전에서는 '주는 것과 받는 것이 죄가 같다'고 했음을 지적하였다.

▶ 글 읽는 자의 천한 매매에 대한 매화외사의 평가

🎭 인물 관계도

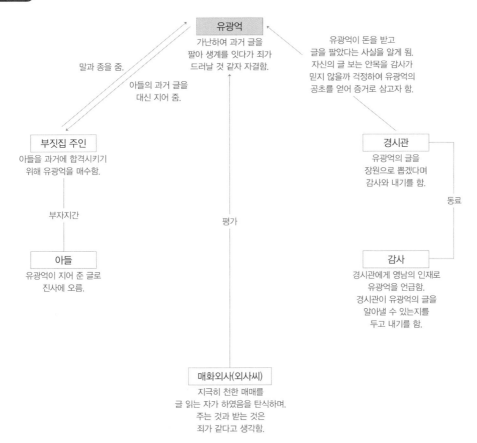

유광억
가난하여 과거 글을
팔아 생계를 잇다가 죄가
드러날 것 같자 자결함.

말과 종을 줌.

아들의 과거 글을
대신 지어 줌.

유광억이 돈을 받고
글을 팔았다는 사실을 알게 됨.
자신의 글 보는 안목을 감사가
믿지 않을까 걱정하여 유광억의
공초를 얻어 증거로 삼고자 함.

부짓집 주인
아들을 과거에 합격시키기
위해 유광억을 매수함.

경시관
유광억의 글을
장원으로 뽑겠다며
감사와 내기를 함.

동료

부자지간

평가

아들
유광억이 지어 준 글로
진사에 오름.

감사
경시관에게 영남의 인재로
유광억을 언급함.
경시관이 유광억의 글을
알아낼 수 있는지를
두고 내기를 함.

매화외사(외사씨)
지극히 천한 매매를
글 읽는 자가 하였음을 탄식하며,
주는 것과 받는 것은
죄가 같다고 생각함.

<보기>로 나오는 작품 외적 준거

과거 제도와 〈유광억전〉

과거 제도는 고려 시대 이후 오랫동안 행하여 내려온 제도이다. 철저한 중앙 집권적 관료 국가였던 조선 시대에 있어서도 과거는 양반 사류의 관계 진출에 유일한 법적인 근거를 가져다 주었다. 그러나 모든 관료의 관계 진출의 길이 과거로 집중되었기 때문에 자연히 그들 간에는 과거를 둘러싼 대립과 충돌이 불가피했고 후대로 내려오면서 과거 제도의 문란과 사회 질서의 붕괴가 거듭된 결과 관직 매매의 비리가 발생하기도 하였으며, 이것이 당쟁의 한 원인이 되기도 했다. 출세의 유일한 도구요 관료로서의 출발인 과거는 모든 사람이 염원하고 바라는 바였다. 그러나 불합리 속에서 치러졌던 과거는 대작(남을 대신하여 작품을 만듦.) 등 부정행위로 금전이 거래되는 여러 가지 불미스러운 모습을 보였다. 급기야 과거를 치르고 보니 주인의 아들이 과연 광억이 대작한 글써 진사에 올랐다. 이는 생계의 수단으로 행해지는 과시를 파는 세태와 당시 과거 제도의 모순을 풍자한 것이다. 이옥은 유광억 같은 자는 역시 그의 마음을 팔아먹은 자가 아니겠느냐며, 만일 법으로 따진다면 뇌물을 준 놈이나 받은 놈이나 죄가 같은 것이라고 하여 물질이 정신까지 오염시키는 세태를 한탄하였다. 이는 작가의 비판 의식을 볼 수 있는 교훈적이며 풍자적인 내용이라 할 수 있다.

– 박성훈, 이옥의 〈전〉에 나타난 풍자 연구, 1984

- 이 작품은 과거 시험의 답안을 팔아 생계를 삼은 유광억이라는 인물을 대상으로 하는 전(傳)이다.
- 해당 장면은 작품의 전문으로, 당시 세태에 대한 논평으로 시작하여 가난하고 미천한 유광억의 처지, 과거 시험의 답안을 대신 써서 생계를 유지하다가 자신의 죄가 드러날 것을 두려워하여 자결한 유광억의 행적, 그리고 그에 대한 논평으로 이루어져 있다.
- '유광억'이라는 인물의 행적을 통해 드러난 당대의 부정적 현실에 주목하여 작가의 논평이 지니는 의미를 파악하도록 한다.

★주목 천하가 버글거리며 온통 이끗을 위하여 오고 이끗을 위하여 간다.
　　　　　　　　　　이익. 재물의 이익이 되는 실마리　　　　　　　　　　　　　세상이 이(利)
를 숭상함이 오래되었다. 그러나 이끗을 위하여 사는 사람은 반드시 이끗 때문에 죽
　　　　　　　　　　　　　　　이익을 추구하는 세태를 드러냄　　　　　　　　　이익을 추구하는 행위가 불러올 부정적 결과를 경계함 → 유광억의 삶에 대한 평가
는다. 그렇기 때문에 「군자는 이(利)를 말하지 아니하고 소인은 이끗을 위하여 죽기
까지 한다.」　　　　　　　　　　『』 이익을 추구하는 것은 소인의 행동임　　　　　　유광억을 평가하는 말
「서울은 장인바치와 장사치들이 모이는 곳이다. 뭇 거래할 수 있는 물품은 가게들
손으로 물건을 만드는 일을 하는 '장인'을 낮잡아 부르는 말　　
이 별처럼 벌여 있고 바둑판처럼 펼쳐 있다.」 남에게 손과 손가락을 파는 사람이 있
『』 상업이 발달한 조선 후기 서울의 모습을 알 수 있음　　　　　　　　　　허드렛일을 하는 사람
고 어깨와 등을 파는 사람도 있고, 뒷간 치는 사람도 있고 칼을 갈아서 소 잡는 사람
많은 물품이 거래되는 서울의 즐비한 가게를 비유적으로 표현함　　짐꾼　　　　　　　　화장실의 대소변을 퍼내는 사람　　　　　백정
도 있고, 얼굴을 꾸며 몸을 파는 사람도 있으니, 세상에 사고파는 것이 이처럼 극도
　　　　　　　　　　　　　　기생이나 창녀　　　　　　　　　　　　　사회 전반에 이익을 좇는 행위가 만연함
에 달하고 있다.　　　　　　　　　　　　　　　　　　　　　　→ 당시의 사회상을 알 수 있음

외사씨(外史氏)는 말한다.
전(傳)의 논평자. 작가 자신을 가리킴　　　　　　　　　　시장
"벌거숭이 나라에는 실과 비단을 파는 저자가 없고, 살아 있는 것을 잡아 날 것으
로 먹던 시대에는 솥을 팔지 않았다. 수요가 있어야 파는 자가 생기는 것이다.
　　　　　　　옷에 대한 수요가 없음　　음식을 익혀 먹는 도구인 솥에 대한 수요가 없음　　과거 시험의 부정과 관련된 대전제 – 과거 시험의 답지를 사는 사람이 있어 답안을 대신 써 주는 사람도 있음
큰 대장장이의 문 앞에서는 칼이나 망치를 선전하지 못하고, 힘써 농사짓는 집에
　　　　　　　　　이미 갖추고 있어서 수요가 생기지 않으므로 팔 수 없음을 드러내기 위한 예시
는 쌀 행상이 지나가면서도 소리치지 않는다. 자기에게 없는 다음에라야 남에게
서 구하는 것이다."　　　　　　　　　　　　　　　　　　　사고파는 것이 이루어지는 전제 조건
　　　　　　　　　　　　　　　　　　　　　　▶ 이익만을 추구하는 세태에 대한 비판
　　　　　　　　　　　　　　　　　　문과 과거에서 시험을 보던 문체
★주목 유광억은 영남 합천군 사람이다. 그는 시를 대강 할 줄 알았으며 과체(科體)를 잘
　　　　　　　　유광억의 집안 사정과 신분에 대한 소개　　　신분이나 지위 따위가 하찮고 천함
한다고 남쪽 지방에 소문이 났으나, 그의 집이 가난하고 지체는 미천하였다. 먼 시
골 풍속에 과거 글을 팔아 생계를 삼는 자가 많았는데, 광억 또한 그것으로 이득을
　　　　　　　부정한 방법으로 과거를 치르는 사람이 많았던 당대 사회상을 보여 줌　　　과거 시험 답안을 대리로 작성하여 돈을 벌
취하였다. 일찍이 영남 향시(鄕試)에 합격하여 장차 서울로 과거 보러 가는데, 부인
　　　지방에서 실시하던 과거의 초시. 여기에 합격해야 서울에서 복시를 치를 수 있음
들이 타는 수레로 길에서 맞이하는 사람이 있었다. 당도해 보니 붉은 문이 여러 겹
　　　　　　대리 답안 작성을 위해 유광억을 기다려 맞이함
이고 화려한 집이 수십 채인데, 얼굴이 희고 수염이 성긴 몇 사람이 바야흐로 종이
를 펼쳐 놓고 팔 힘을 뽐내며 글을 써 보여 그 진퇴를 기다리고 있었다. 그 집 안채
에 광억의 숙소를 정해 두고 매일 다섯 번의 진수성찬을 바치고, 주인이 서너 번씩 뵈
　　　　　　　　　　유광억을 극진히 대하는 주인의 태도 → 과거 시험에서 좋은 결과를 얻게 해 달라는 의도가 담긴 행동
러 와서 공경히 대하는 것이 마치 아들이 부모를 잘 봉양하듯이 하였다. 이윽고 과거
를 치렀는데 주인의 아들이 광억의 글로 진사에 올랐다. 이에 짐을 꾸려 보내는데,
　　　　　　　　　　　　　　　　　유광억이 과거 시험 답안을 대신 써 주고 이익을 얻음
말 한 필과 종 한 사람으로 자기 집에 돌아와 보니 이만 전을 가지고 온 사람도 있었
돈과 권력을 가진 자들이 유광억에게 과거 시험에 대한 청탁을 함 → 부정적 세태가 드러남
고, 그가 빌렸던 고을의 환곡(還穀)은 이미 감사가 갚은 터였다.
　　　　　　　　　　　　　　　　　　　▶ 유광억이 과거 시험의 답안을 팔아 이익을 얻음

■ 작품 분석 노트

- 〈유광억전〉의 구성
  인물의 가계나 내력을 먼저 기록하는 인물전의 일반적 구성(가계-행적-논평)과는 다른 형식을 취한다.

논평
당대 세태에 대한 외사씨의 논평 → 당대 세태를 잘 보여 주는 인물인 유광억의 삶을 서술하기 위한 도입부 역할을 함

  ↓

유광억의 삶
• 인물 소개: 영남 합천 사람. 가난하고 미천한 선비 • 인물의 행적: 돈을 받고 과거 시험의 답안을 대신 써 줌 → 자신의 잘못이 발각되려 하자 지레 겁을 먹고 자결함

  ↓

논평
유광억과 같은 타락한 지식층과 부패한 현실에 대한 비판

「광억의 문사(文詞)는 격이 별로 높은 것이 아니고 다만 가볍게 잔재주를 부리는
서술자의 평가
것이 장기인데, 이로써 또한 과거 글에 득의하였던 것이다.」 광억은 이미 늙었는데도
「 」: 유광억의 글이 지닌 특징 → 당시 과거 시험의 한계를 드러냄
더욱 나라에 소문이 났다.
유광억이 과거 시험의 답안을 잘 작성하는 사람으로 유명해짐

경시관(京試官)이 감사를 만난 자리에서 물었다.
조선 후기에, 3년마다 각 도에서 과거를 치를 때에 서울에서 파견하던 시험관

"영남의 인재 가운데 누가 제일입니까?"

감사가 답하였다.

"유광억이라는 사람이 있습니다."
감사는 유광억이 글을 잘 쓴다는 것을 알고 있음

"이번에 내가 반드시 장원으로 뽑겠소."
유광억의 글을 알아볼 수 있다고 자신함

"당신이 그렇게 골라낼 수 있을까요?"

"능히 할 수 있습니다."
경시관이 글을 평가하는 자신의 안목에 대한 자신감을 드러냄

마침내 서로 논란하다가 광억의 글을 알아내느냐, 못 하느냐로 내기를 하게 되었다.
유광억이 자결하게 되는 계기로 작용함 ──────────── ▶ 유광억의 글을 두고 경시관과 감사가 내기를 함

경시관이 이윽고 과장(科場)에 나와 시제(詩題)를 내는데 시제는 '영남 시월에 중
과거를 보는 장소

구회(重九會)를 여니, 남쪽과 북쪽의 기후가 같지 않음을 탄식한다.'라는 것이었다.
음력 9월 9일에 여는 모임. 중양절 놀이

조금 있다가 시권(試券) 하나가 들어왔는데 그 글에,

중양절 놀이가 또한 중음달에 펼쳐지니,   重陽亦在重陰月
중 음 역 재 중 음 월

북쪽에서 오신 손 남쪽 데운 술 억지로 먹고 취하였네.   北客强醉南烹酒
손님   북 객 강 취 남 팽 주

감상 포인트
유광억의 삶을 통해 드러나는 당대
현실의 문제점과 논평자의 입장을 파
악한다.

라고 하였다. 시관이 그것을 읽고 말하였다.

"이것은 광억의 솜씨가 틀림없다."
유광억의 글임을 확신하는 경시관

주묵(朱墨)으로 비점(批點)을 마구 쳐서 이하(二下)의 등급을 매겨 장원으로 뽑았
붉은 빛깔의 먹   시가나 문장 따위를 비평하여 아주 잘된 곳에 찍는 둥근 점

다. 또 어떤 시권이 있어 자못 작법에 합치되므로 이등으로 하였고, 또 한 시권을 얻

어 3등으로 삼았는데, 미봉(彌封)을 떼어 보니 광억의 이름은 없었다. 몰래 조사해
과거를 볼 때 답안지 오른편 끝에 응시자의 성명, 생년월일, 주소, 아버지·할아버지·증조할아버지·외할아버지 따위를 쓰고 봉한 일

보니, 모두 광억이 남에게 돈을 받고 돈의 많고 적음으로써 선후를 차등 있게 한 것
돈의 액수에 따라 차이가 나게 답안을 작성함. 유광억이 글의 수준을 조절할 정도로 과제에 능했음을 보여 줌

이었다. 시관은 비록 그러한 사실을 알았지만, 감사가 자신의 글 보는 안목을 믿지
경시관이 유광억을 조사하려 한 이유

않을 것을 염려하여 광억의 공초(供招)를 얻어 증거로 삼기 위해 합천군에 이관(移
범죄 사실에 대한 죄인의 진술

關)하여 광억을 잡아 보내도록 하였다. 그러나 실상 옥사(獄事)를 일으킬 뜻이 있었
공문을 다른 부서로 보내어   유광억을 벌주기보다 감사와의 내기에서 자신이 이겼음을 밝히기 위한 의도였음

던 것은 아니다.

광억이 군수에게 잡혀 장차 압송되기 직전에 스스로 두려워하면서,

'나는 과적(科賊)이라 가더라도 역시 죽을 것이니, 가지 않는 것만 같지 못하다.'고
과거에 합격하기 위해 온갖 부정행위를 하는 사람   경시관의 의도를 모른 채 처벌당할 것에 대한 두려움을 가짐

여겨, 밤에 친척들과 더불어 마음껏 술을 마시고 아내 몰래 강에 투신하여 죽었다.
유광억이 지레 겁을 먹고 자결함

시관은 듣고 애석해하였다. 광억의 재능을 아까워하지 않는 이가 없었지만, 군자는
자신이 내기에 이겼음을 증명할 수 없고 글재주가 있는 유광억이 허무하게 죽었기 때문임

"광억의 죽어 없어지는 것이 마땅하다."라고 말하였다.
당대의 논평. 유광억이 저지른 행위에 대한 비판   ▶ 옥사를 두려워한 유광억의 자결

• 감사와 경시관의 대화

감사	유광억이 글을 잘 쓴다는 사실을 이미 알고 있었음이 드러남
경시관	자신의 글 보는 안목에 대한 자신감을 가지고 있음 → '반드시', '능히' 등의 어휘에서 그런 경시관의 태도가 잘 드러남

• '내기'의 과정과 기능

경시관과 감사의 내기
유광억의 글을 알아낼 수 있느냐를 두고 경시관과 감사가 내기를 함 → 경시관이 장원, 이등, 삼등으로 뽑은 글이 모두 유광억이 대리로 쓴 답안이었음 → 유광억의 진술을 얻기 위해 경시관이 유광억을 체포하도록 함 → 유광억은 잡혀가 벌을 받게 될 것이 두려워 자결함

↓

유광억이 자결하게 되는 계기로 작용함

• 경시관이 유광억을 잡으려 하는 이유

경시관이 유광억을 장원으로 뽑겠다고 감사에게 장담함: 자신이 글을 평가하는 안목이 있음을 증명하려 함

↓

경시관이 장원으로 뽑은 글에 유광억의 이름이 없음: 경시관이 글을 보는 안목이 없다는 것을 말해 주는 꼴이 됨

↓

유광억을 찾아 자신이 과장에서 뽑은 글이 유광억이 쓴 글이라는 사실을 밝히려 함: 자신이 글을 보는 안목이 있음을 입증하고 감사와의 내기에서 이기기 위함

매화외사(梅花外史)는 말한다.
논평자. 작가 자신(작가 이옥의 호임)

세상에 팔 수 없는 것이 없다. 몸을 팔아 남의 종이 되는 자도 있고, 미세한 터럭

과 형체 없는 꿈까지도 모두 사고팔 수 있으나 아직 그 마음을 파는 자는 있지 않
　　　　　　　　　　　　　　　　　　　　　　　　　　　　　　　양심

았다. 아마도 모든 사물은 다 팔 수 있지만 마음은 팔 수가 없어서인가? 하지만

유광억과 같은 자는 또한 그 마음까지도 팔아 버린 자인가? 아! 누가 알았으랴,
대리 답안을 작성하여 돈을 번 유광억의 행위에 대한 서술자의 비판적 논평

천하의 파는 것 중에서 지극히 천한 매매를 글 읽는 자가 하였다는 사실을. 법전
　　　당대 지식인의 매문 행위와 그러한 행위가 통용되는 현실에 대한 탄식과 비판

(法典)에 "주는 것과 받는 것이 죄가 같다."라고 하였다.
유광억뿐만 아니라 답지를 산 자들도 똑같이 처벌받아야 함 → 과거에 부정행위가 만연한 현실에 대한 비판적 인식

▶ 양심을 팔아 버린 지식인과 부패한 사회에 대한 비판

• 〈유광억전〉의 인물 유형

유광억	• 과거 시험의 답안을 대리로 작성하여 먹고삶 → 생계를 위해 자신의 능력과 양심을 파는 인물 • 작가가 비판하는 대상
주인	아들의 과거 급제를 위해 돈으로 사람을 매수해 대리 답안을 작성하게 함 → 자신의 이익을 위해 수단과 방법을 가리지 않는 타락한 인물
경시관	감사와의 내기에서 이기기 위해 유광억의 진술을 받으려고 그를 체포하려고 함 → 과거 시험의 부정을 알고도 자신의 체면을 먼저 생각하는 인물

• '매화외사'의 논평

　• 세상의 모든 사물은 팔 수 있지만 마음(=양심)은 팔 수 없는 것임
　• 유광억은 마음까지 팔아 버림 → 글 읽는 자가 지극히 천한 매매를 함 → 당대 지식인에 대한 비판
　• 유광억과 같이 글을 파는 자뿐만 아니라 그것을 산 자들도 모두 죄인임 → 부패가 만연한 지배층에 대한 비판

핵심 포인트 1 서술상 특징 파악

이 작품은 구체적인 일화를 통해 인물의 특성을 드러내고 있으므로 이와 관련된 서술 방식과 그를 통해 드러나는 대상에 대한 서술자의 태도를 파악할 수 있어야 한다.

+ 서술상 특징

- 일화를 통해 인물의 행적을 드러냄
- 요약적 제시를 통해 인물의 내력과 특성을 드러냄
- 인물의 행적에 대한 작가의 논평을 통해 주제 의식을 부각함
- 특정 인물의 삶을 통해 당대의 부정적인 세태를 드러내고 비판함

+ 〈유광억전〉에 나타난 작가 의식

유광억의 삶	과거 시험의 대리 답안 작성으로 이익을 챙김 → 경시관에 의해 부정행위가 밝혀질 위기에 처함 → 자신의 죄가 밝혀질 것이 두려워 강에 투신하여 자살함
작가의 논평	• 아마도 모든 사물은 다 팔 수 있지만 마음은 팔 수가 없어서인가? 하지만 유광억과 같은 자는 또한 그 마음까지도 팔아 버린 자인가? • 아! 누가 알았으랴, 천하의 파는 것 중에서 지극히 천한 매매를 글 읽는 자가 하였다는 사실을. 법전(法典)에 "주는 것과 받는 것이 죄가 같다."라고 하였다.
작가 의식	• 마음을 파는 것이 가장 천박한 행위임 → 그러한 행위를 '글 읽는 자'가 하고 있음 → 지식인들이 이 양심을 파는 천박한 행위와 그러한 행위가 일어나는 현실에 대해 비판함 • 주는 것과 받는 것이 죄가 같음 → 유광억뿐만 아니라 그에게 글을 산 자들도 마땅히 처벌받아야 한다는 인식을 드러냄

 핵심 포인트 2 외적 준거에 따른 감상

이 작품은 유광억의 행적을 줄여서 간략하게 쓴 약전(略傳)으로, 일반적인 인물전과 다른 구성상 특징을 보여 준다. 이와 관련된 내용을 제시한 외적 준거를 바탕으로 작품을 적절하게 감상할 수 있어야 한다. 또한 이러한 구성을 통해 작가가 드러내고자 하는 주제 의식을 파악할 수 있어야 한다.

+ 〈유광억전〉의 구성

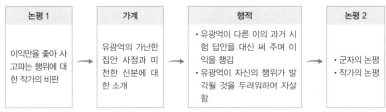

핵심 포인트 3 작품에 반영된 사회상 파악

이 작품에는 과거 시험의 부정이 만연한 세태와 이익만을 좇아 매매되지 않는 것이 없었던 조선 후기의 사회상이 반영되어 있으므로 이를 파악할 수 있어야 한다.

+ 〈유광억전〉에 반영된 사회상

- 조선 후기 상업이 발달한 도시의 면모를 보여 주는 서울 → 사회 전반에 이익을 추구하는 행위가 만연함
- 유광억의 과거 시험 답안 대리 작성 → 조선 후기 사회 질서와 기강이 문란해져서 각종 사회 제도가 그 역할을 제대로 수행하지 못하고 있었음을 보여 줌
- 유광억의 문사는 격이 높지 않고 잔재주를 부리는 것이 장기인데 과거 시험용 글을 잘 지음 → 인재 등용을 위한 과거 시험의 문제점과 한계가 드러남
- 글 읽는 자들이 지극히 천박한 매매 행위를 함 → 조선 후기 지배층 내에서 부패가 만연해 있음을 보여 줌

 작품 한눈에

• 해제
  〈유광억전〉은 과거 시험의 답안을 대리로 작성해 생계를 이어 가는 선비 유광억의 행적을 간략하게 쓴 이야기이다. 이 작품은 일반적인 인물전의 구성과 달리, 작품의 전반부에도 '논평'을 제시하고 있다. 이는 당대 현실에 대한 비판적 입장을 미리 밝힌 다음, 유광억의 삶을 예화로 활용하고자 한 작가의 의도로 보인다. 작가는 유광억의 삶을 통해 세상에 팔지 못할 물건이 없게 된 조선 후기의 현실을 개탄하고 있다. 특히 지극히 천박한 매매를 '글 읽는 자'가 하고 있음을 들어 양심을 파는 지식인들의 행위를 비판하고 양반 지배층에 존재하는 만연한 부패를 질타하고 있다.

• 제목 〈유광억전〉의 의미
  – 과거 시험의 답안을 팔아 이익을 챙긴 유광억에 대한 이야기
  〈유광억전〉은 가난하고 신분이 미천한 선비인 유광억이 과거 시험의 답안을 대리로 작성해 주고 돈을 벌지만 결국 자신의 잘못이 발각될 것을 두려워하여 자살하는 내용을 담은 작품으로 조선 후기의 현실을 잘 보여 주는 세태 소설이다.

• 주제
  ① 과거 시험에 부정행위가 만연한 당대 현실에 대한 비판
  ② 양반 지식층의 부패와 타락에 대한 비판

한 줄 평 | '지극한 선(善)'의 경지에 도달한 예술가의 삶을 그린 이야기

송경운전 ▶ 이기발

💬 전체 줄거리

장면 포인트 ① 222P

주목 삼월 상순의 어느 봄날, 내(무심자)는 해진 베옷을 입고 여윈 말을 타고 전주성 서쪽을 따라 얼음 고개를 오르고 있었다. 저 멀리 어떤 한 장부가 보였는데, 그는 대나무 지팡이를 등에 지고 허름하고 짤막한 베옷을 입은 채 노래하며 천천히 걸어가고 있었다. 그의 살쩍(관자놀이와 귀 사이에 난 머리털)과 머리칼은 눈처럼 희었다. 그가 말을 탄 내 앞으로 다가와 자세히 보니 바로 서울의 옛 악사(樂師) 송경운이었다. 나는 그와 과거 알고 지내던 사이였다. 나는 송경운에게 그렇게 마음껏 노래하는 이유를 물었다. 송경운은 활짝 웃는 얼굴로 자신은 나이가 일흔이 넘은 늙은 악사라며 봄날의 흥에 겨워 노래가 나오는 것이라고 답하였다. 그리고 송경운은 나에게 비단옷과 청총마, 그 많던 종들은 어찌하고 초라한 차림으로 서울의 큰길이 아닌 산길을 홀로 걷고 있는 것인지를 물었다. 그리고 자신이 이상해 보이냐며, 자신은 이렇게 고생을 사서 하고 있는 당신이 이상해 보인다고 말하였다. 그렇게 나와 송경운은 서로 즐겁게 노닐며 한나절을 보냈다. ▶ 우연한 만남으로 함께 놀게 된 나와 송경운

송경운은 서울 사람이었다. 자기 말에 따르면, 그는 과거 이 절도사의 노복이었는데 민첩하고 재주가 있어 노비 장부에서 특별히 빠져나올 수 있었고 군사상의 공을 세워 사과(정6품 무관직) 벼슬까지 얻었다고 했다. 송경운은 체구가 훤칠하게 컸고, 풍채가 좋고 피부가 희었으며, 가느스름한 눈은 별처럼 빛났는데 수염이 아름답고 담소를 잘했으니 참으로 호남자였다. ▶ 송경운의 출신과 외양

송경운은 음률에 관한 재능을 타고났다. 아홉 살 때 배운 비파는 노력을 들이지 않고도 지극한 경지에 이르렀고 열두어 살 무렵에는 서울은 물론 그 근방에서까지 송경운의 이름을 알 정도였다. 그는 반평생을 금인과 옥관자를 한 고위 관료, 꽃 장식을 하고 풍성하게 머리를 올린 기녀들과 더불어 화려한 잔치가 벌어지는 자리에 거처하며 비파를 연주했다. 누구의 집에서도 그에게 밥을 주었고 누구든지 그에게 옷을 주었다. 사람들은 잔치를 베푸는 북적이는 곳이라면 항상 그의 이름을 찾곤 했다. 그가 궁가(宮家)나 아무개 상공 등에게 불려가 버리고 나면 남은 자리가 쓸쓸해져 즐거워하는 이가 적었다. 예인(여러 가지 기예를 닦아 남에게 보이는 일을 직업으로 하는 사람) 송경운의 이름은 점점 더 널리 알려져 '어째 송경운의 비파 같네!'라는 말이 당시 서울을 풍미할 정도였다. 글씨 쓰기나 활쏘기, 말 타기, 그림, 바둑, 장기, 투호놀이같이 기예를 하는 사람들은 서로의 실력을 칭찬할 때 "어째 송경운의 비파 같네!"라고 하였고, 나무하고 소 먹이는 아이들도 모여 놀다 누가 몹시 재미있는 말을 했을 때 "어째 송경운의 비파 같네!"라고 하였다. 심지어는 말을 배우는 두어 살 된 어린애들조차 아무 상관없는 것을 가리키며 "어째 송경운의 비파 같네!"라고 하는 것이었다. ▶ 유행어가 등장할 정도로 대단했던 송경운의 인기

장면 포인트 ② 224P

송경운은 정묘년(1627) 난리 때 전주로 와 성 서쪽에 집을 빌려 살았다. 그가 화초를 가꾸는 데 마음을 두어 사람들에게 널리 구하자 친한 사람, 잘 모르는 사람, 멀리 사는 이, 가까이 사는 이 할 것 없이 아무리 귀하고 특별한 화초라도 아끼지 않고 가져다주었다. 이로써 송경운의 뜰에는 온갖 화초들이 가득하게 되었고, 화초 사이사이에는 괴석(怪石)들도 많이 있었다. 송경운은 꽃이 활짝 핀 아침이나 달빛이 좋은 저녁이면 언제나 비파를 안고 꽃길을 거닐었다. 그가 연주하는 비파의 맑은 가락은 향기로운 꽃들 사이로 흘러내렸다. 송경운은 떠들썩한 세상에 몸담고 있었지만, 마치 신선 사는 곳 같은 데 머물며 속세에 대한 찌든 생각을 끊어 버릴 수 있었기에, 언제나 스스로 이렇게 즐겁게 지냈다. ▶ 전주로 내려와 화초를 가꾸며 살았던 송경운

전주는 큰 도회지였다. 그러나 백성들이 살기에는 어려움이 많고 화려한 것을 숭상하지 않는 풍속이 있으므로 관가(官家) 말고는 음악 소리가 들린 적이 없었다. 그러나 송경운이 전주에 와서 살고부터는 이곳 사람들도 그의 음악을 들으며 즐거워하게 되었다. 사람들은 그의 음악을 듣고자 밀려오는 파도인 양 잔뜩 몰려들었다. 송경운은 손님이 찾아오면 비록 무슨 일을 하던 중이더라도 서둘러 멈추고 듣는 사람이 흡족할 때까지 마음을 다해 비파를 연주해 주었다. 별 볼일 없는 하인 같은 이가 찾아올 때에도 마찬가지였다. 이렇게 이십여 년을 보내자, 전주 사람들은 전주는 큰 도회지라 인물도 적지 않은데 송경운은 사람을 하나하나마다 그 마음을 다해 기쁘게 해 주니 아마 보통 사람은 아닐 것이라며 칭찬하였다. 나는 언젠가 송경운와 함께 음악 이야기를 한 적이 있었다. 그는 지금 사람은 대체로 요즘 곡조를 좋아하지만 자신만은 옛 곡조에 뜻을 두고 있다고 했다. 그리고 자신의 뜻대로 옛 곡조만을 연주하면 평범한 사람들은 그다지 기뻐하지 않고 잘 이해를 못해 즐거워하지도 않는다고 했다. 송경운은 음악에서 중요한 건 사람을 기쁘게 하는 것이기에, 자신의 곡조를 변주하여 요즘 곡조를 간간이 섞어 연주함으로써 사람들이 기뻐할 수 있도록 만들었다고 했다. ▶ 송경운에 대한 평가와 음악에 대한 송경운의 생각

한편, 뜻을 같이하는 이들이 수계 모임을 가지며 약속을 정해 서로 깨우쳐 주고 물품을 모와 도와주는 풍습이 있었다. 가난하기도 하였고 한결같이 약속을 지키는 것도 어려워 흐지부지되는 일이 많았다. 송경운은 몇 명의 아전들과 수계 모임을 가지면서 사람들이 조금이라도 약속대로 하지 않으면 정색을 하고 꾸짖었다. 그는 언제나 이치에 근거하여 말을 하였기에 아전들은 여항 백성의 부류인 송경운을 되레 공경하며 조심스럽게 대했다. 이렇게 십여 년이 되도록 조금도 차질이 없었으니 전주 사람들이 모두 그의 역량을 인정하게 되었다. ▶ 송경운을 공경하며 대하는 아전들의 태도

송경운이 갑자기 기궐(기의 순환이 제대로 일어나지 않아 숨결과 맥이 약하게 되는 병증)을 앓아 임종을 앞두게 되었다. 송경운은 제

자들을 모두 불러 모았다. 그리고 죽은 후 아무 산 양지에 묻어 주되, 자신은 음악을 업으로 삼은 사람이므로 해괴한 풍속이라 여기지 말고 그 가는 길에 음악을 연주하여 정신을 즐겁게 해 달라는 유언을 남겼다. 그가 일흔셋의 나이로 죽자 제자들은 그의 말대로 해 주었고, 이를 보던 사람들은 모두 눈물을 흘리며 송경운의 죽음을 슬퍼하였다. 나는 송경운이 대단히 뛰어난 능력을 가지고도 전주 사람들을 즐겁게 해 주다 일생을 마친 것을 서글퍼하며, 고금의 사람들 가운데 위대한 재능이 있으면서도 이를 펼쳐보지 못한 사람

이 많음에 탄식하였다. 또한 나는 송경운이 자신의 재주로 남을 기쁘게 해 주는 일을 행복하게 여기며, 작은 재주를 가졌다고 교만하게 굴지 않았음을 생각하며 벼슬하는 사람들이 그런 마음을 본받는다면 천하와 국가를 다스리는 데 도움이 될 것이라 생각하였다. 제자들에게 비파를 합주하며 마지막 가는 길을 보내도록 한 것은 그가 마음에 스스로 터득한 바가 있어 속박을 훌쩍 벗어던진 사람임을 보여 준다고 생각하였다.

▶ 송경운의 죽음과 나의 평가

🎭 인물 관계도

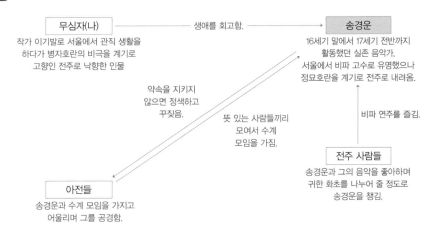

- 무심자(나): 작가 이기발로 서울에서 관직 생활을 하다가 병자호란의 비극을 계기로 고향인 전주로 낙향한 인물
- 생애를 회고함.
- 송경운: 16세기 말에서 17세기 전반까지 활동했던 실존 음악가. 서울에서 비파 고수로 유명했으나 정묘호란을 계기로 전주로 내려옴.
- 약속을 지키지 않으면 정색하고 꾸짖음.
- 뜻 있는 사람들끼리 모여서 수계 모임을 가짐.
- 비파 연주를 즐김.
- 전주 사람들: 송경운과 그의 음악을 좋아하며 귀한 화초를 나누어 줄 정도로 송경운을 챙김.
- 아전들: 송경운과 수계 모임을 가지고 어울리며 그를 공경함.

<보기>로 나오는 작품 외적 준거

〈송경운전〉에 나타난 실존 인물과 그 관계

〈송경운전〉은 17세기의 비파 연주자 송경운을 다룬 한문 산문으로, 한국의 문학사와 음악사에서 공히 주목을 받은 작품이다. 그 작가인 이기발(1602~1662)은 송경운을 실제로 만나 이야기를 나눈 경험을 바탕으로 이 빼어난 음악가의 생애를 재현했다. 이기발은 전주에서 나고 자란 사대부 문인으로, 20대 중반이던 1625년부터 10년 남짓 서울에 거주하며 공부와 벼슬살이를 했고 1636년 병자호란 이후로는 모든 관직을 접고 고향으로 돌아와 여생을 보낸 인물이다.

한편 송경운은 1580년대 중, 후반의 서울에서 이담(1567~1644)으로 추정되는 종친의 노비로 태어났고, 임진왜란을 거치며 면천한 이력을 지니고 있다. 그는 50대 중반까지 악사로 활동하며 서울과 그 인근에서 대단한 명성을 누렸으나 정묘호란(1627)을 계기로 전주에 이주하여 향년 73세로 타계할 때까지 20년 남짓의 여생을 보냈다.

이 인연에 더해 서울에 있는 동안 송경운의 명성을 익히 들어 알고 있던 이기발은, 전주로 낙향한 후 송경운을 다시 만나 이 악사의 마지막 10년을 같은 공간에서 가깝게 지켜봤다. 〈송경운전〉은 이처럼 중심 인물과 작가가 시공(時空)을 함께 한 경험의 결과로서, 작가가 주인공을 만나 대화를 나눈 기억을 장면 재현의 방식으로 생생하게 제시한 예가 많다. 그 중 구체적으로 거론된 전주의 지명을 통해 송경운의 거주지를 전주성 서문 안쪽의 다가동 어름으로 추정할 수 있으며 전주에서 보낸 송경운의 여생이 담고 있는 다채로운 이야기를 다가산과 용머리고개, 서천(西川) 등의 현전하는 장소에 고스란히 결부시킬 수 있다.

– 김하라, 이기발의 〈송경운전〉과 17세기 전주 재현, 2019

- 이 작품은 17세기에 비파 연주가로 명성을 날린 송경운의 행적을 기록한 '예인전(藝人傳)'이다. 송경운이 지닌 음악에 대한 관점과 그가 사람들에게 미친 선한 영향력을 이해하고, 이러한 송경운의 삶에 대한 작가의 논평에 주목하여 감상하도록 한다.
- 해당 장면은 작가가 길에서 우연히 송경운을 만난 일화를 제시하며 송경운이라는 인물을 소개하고 그의 명성을 드러내는 부분이다.
- 도입부에서 작가가 말하는 '선'의 의미를 송경운의 행적과 관련지어 이해하고, 송경운의 행적을 드러내는 서술 방식을 파악하도록 한다.

다들 말하는 선(善)이라는 것을 숭상하지 않을 이 누가 있으랴? 그런데 그중 가장
_{모두가 '선'을 숭상함(설의법). 작가가 말하는 '선'은 인간이 지닌 미덕을 포괄적으로 나타냄}
위대한 선을 찾고자 한다면, 그것은 자신의 마음을 다하는 일이라 할 수 있을 터이
_{'가장 위대한 선 = 자신의 마음을 다하는 일'. 맹자는 "자기 마음을 다하면 그 성(性)을 알 수 있고 그 성을 알면 천(天)을 안다."라고 하였다.}
다. 자신의 마음을 다하는 사람이라면 그의 마음은 공정할 것이며, 그 마음이 공정
한 사람이라면 그의 내면은 조화(造化)를 따를 것이다. 그 내면이 조화를 따르는 사
람이라면 하늘로부터 얻은 순수한 본성이 손상되지 않았다고 할 수 있겠다. 만약 하
_{'가장 위대한 선'을 행하는 사람이 지닌 마음}
늘로부터 얻은 것을 조금도 손상시키지 않은 사람이라면, 그가 펼치는 행위들은 반
드시 스스로에게만 훌륭한 데 그치지 않고 장차 온 세상과 나라에 영향력을 미칠 수
_{'가장 위대한 선'을 행하는 사람의 영향력: 자신 → 온 세상과 나라로 확장됨}
있을 터이니, 어찌 이보다 나은 것이 있을 수 있겠는가?
_{'가장 위대한 선'을 행하는 사람에 대한 예찬 ♪: 연쇄법을 활용하여 작가의 주장을 드러냄}
「그런데 그의 지위가 비천하고 그의 이름이 남에게 알려져 있지 않다는 이유로 그
를 훌륭하다 여기지 않는다면 어찌 지혜로운 사람이라 하겠으며 어찌 이치에 합당한
말이라 하겠는가?」
_{「♪: 지위가 비천하고 이름이 알려지지 않았다고 하여 '가장 위대한 선'을 행하는 사람의 가치를 깎아 내리는 것은 옳지 않다는 작가의 인식이 드러남 → 서술 대상인 송경운의 신분과 삶을 염두에 둠}
▶ 지위와 명성에 관계없이 가장 위대한 선을 행한 자의 위대함에 대한 예찬

★주목 무심자(無心子)는 이렇게 말한다. 「예전에 있었던 일이다. 나는 해진 베옷을 입고
_{작가의 호　　　사내종}
여윈 말을 타고 노복(奴僕)도 없이 혼자 전주성(全州城) 서쪽을 따라 얼음 고개를 오
_{벼슬에서 물러난 무심자(작가)의 처지가 드러남}
르고 있었다. 그때는 봄이고 삼월 상순(上旬)이라 복사꽃과 자두꽃이 온 성안에 가
_{초하루부터 초열흘까지의 사이}
득 피어 있었다. 저 멀리 어떤 장부(丈夫) 한 사람이 보였다. 대지팡이를 등에 지고
_{┌ 송경운의 자유롭고 호탕한 면모를 알 수 있음. 간접 제시}
허름하고 짧막한 베옷을 입은 그는 마음껏 노래하며 천천히 걸어가고 있었는데, 그
_{송경운의 외양에 대한 묘사}
살쩍과 머리칼이 눈처럼 희었다.
_{┌ 관자놀이와 귀 사이에 난 머리털}

그의 노래를 들어 보니 이러했다.

강호(江湖)에 기약(期約) 두고 십 년을 분주하니
_{자연. 화자가 지향하는 세계　　성은의 지중함을 실현하기 위해 보낸 시간}
그 모르는 백구(白駒)는 더디 온다 하건마는
_{┌갈매기, 자연의 대유　　자연으로 돌아가지 못함}
성은(聖恩)이 지중(至重)하시니 갚고 갈까 하노라.
_{사대부로서의 책임감이 드러남}

감상 포인트
서술 대상인 송경운의 행적과 그에 대한 무심자의 태도를 파악한다.

내가 탄 말 바로 앞에 다가와 그제야 자세히 보았더니,
바로 서울의 옛 악사(樂師) 송경운(宋慶雲)이었다.
_{송경운이 장악원 등에 소속된 악사로 활동했음을 드러냄}
■■ : 무심자와 송경운의 대화가 상대의 초라한 행색을 지적하기 위한 것이 아니라 친근감을 표현한 것임을 알 수 있음
무심자는 예전에 그와 교분(交分)이 있었기에 웃으며 이렇게 말했다.
_{무심자와 송경운이 알고 있는 사이임}
"대지팡이를 짚은 건 늙어서일 테고, 짧막한 베옷을 걸친 건 가난해서일 테고, 그
냥 걸어가는 건 말이 없어서일 텐데, 그렇게 마음껏 노래하는 건 어째서인가?"
_{송경운이 노래하는 이유를 궁금해함}
경운은 이내 활짝 웃는 얼굴로 대답했다.

작품 분석 노트

- '선(善)'에 대한 작가의 인식

  - '선'은 모두가 숭상하는 인간의 미덕임
  - '가장 위대한 선'은 자신의 마음을 다하는 일임 → 자신의 마음을 다하는 사람의 마음은 공정할 것임 → 마음이 공정한 사람은 내면이 조화를 따를 것임 → 내면이 조화를 따르는 사람은 하늘로부터 얻은 순수한 본성이 손상되지 않았을 것임 → 순수한 본성이 손상되지 않은 사람은 자신의 행위로 인한 영향력이 온 세상과 나라에 미칠 것임

  - 지위와 명성에 상관없이 '가장 위대한 선'을 행하는 사람은 훌륭함
  - 지위와 명성을 따져 '가장 위대한 선'을 행하는 사람의 가치를 깎아 내리는 것은 지혜롭지도 정당하지도 않음

↓

작가의 의도

비천한 신분이었지만 지극한 경지에 이른 비파 연주자 송경운이 '위대한 선'을 행한 사람이었음을 예찬함

- 송경운이 노래한 시

현대어 풀이

자연에 묻혀 살겠다고 약속을 하고도 십 년을 바쁘게 일(벼슬)을 하니 그 뜻을 모르는 갈매기는 더디 온다고 하겠지만 임금의 은혜가 지극히 무거우니 그것을 갚고 갈까 하노라.

↓

조선 중기의 문신인 정구가 지은 시조로, 자연을 즐기며 살고 싶지만 관리로서 임금의 은혜를 받은 이상 그 은혜에 보답하고 가겠다는 뜻을 드러냄

"쇤네 이제 나이가 일흔이 넘었습니다. 그리고 쇤네는 예전에 음악을 좋아했지요. 그러니 쇤네는 늙은 악사입니다. 노래란 음악 중에 으뜸가는 것이지요, 늙은 악사로서
　　　　　　　　　　　　　　　　　　노래에 대한 송경운의 인식
봄날의 흥에 겨워 노래가 나오는 것입니다. 선생님은 이게 이상하신지요? 쇤네가 알
악사인 자신이 노래를 부르는 것은 당연하다는 의미
기로 선생님은 옛날에 임금님을 가까이서 모시던 분인데, 수놓은 비단옷을 해진 베옷
　　　　　　작가가 과거에 중앙의 높은 관료였음을 알 수 있음
으로 바꿔 입고 멋진 청총마(靑驄馬) 대신 여원 말을 타고설랑 그 많던 뒤따르던 종들
　　　　　　　　　　　　갈기와 꼬리가 파르스름한 흰말
은 어찌하시고 노복 하나도 없이 서울의 큰길 대신 산길을 가고 계시는지요? 어째서
이렇게 고생을 사서 하고 계십니까? 쇤네는 선생님이 유독 이상해 보입니다."
송경운이 화려했던 과거와 다른 무심자의 초라한 모습을 보고 고생을 사서 하니 무심자가 자신보다 더 이상하게 보인다며 농담을 함
그리하여 마침내 서로 즐겁게 노닐며 한나절을 보냈던 것이다.
『 」 전주에서 산길을 가다가 송경운을 만난 일화　　　　▶ 어느 봄날 무심자가 악사 송경운을 만나 즐거운 시간을 보냄
송경운은 서울 사람이다. 자기 말로는 옛날에 이 절도사(李節度使)의 노복이었는
　　　　　　　　　　　　　　　　충청 수군절도사를 지낸 이담으로 추정됨　　　군사상의 공적
데 민첩하고 재주가 있어 특별히 노비 장부에서 빠져나올 수 있었고 마침내 군공(軍
　　　　　　　　　　조선 시대 오위(五衛)에 둔 정6품의 무관직　　　송경운이 노비의 신분에서 벗어나 평민이 됨
功)으로 사과(司果) 벼슬까지 얻었다고 한다. 체구가 훤칠하게 컸고, 풍채가 좋고 피
임진왜란 무렵 군공을 세워 정6품의 무관 지위에 오름
부가 희었으며, 가느스름한 눈은 별처럼 빛나는 데다, 수염이 아름답고 담소를 잘했
으니, 말하자면 참으로 호남자(好男子)였다.　　　　　　　　　▶ 송경운의 출신과 외양
　　　　　　　　송경운에 대한 긍정적 평가를 보여 줌
그는 타고나길 유독 음률을 잘 알았다. 아홉 살 때 비파를 배웠는데 노력하지 않고
　송경운이 음악적 재능을 타고났음
도 잘하게 되어 지극한 경지에 이르렀고, 열두어 살에는 서울과 그 근방까지 이름이
천부적인 음악적 재능으로 지극한 경지에 이른 송경운의 비파 연주 실력　　　　3품 이상의 고위 관료만 사용함
났다. 「아로새긴 대들보 아래 화려한 잔치 자리가 그의 거처였고 금인(金印)과 옥관자
　　　　　지체 높은 집안의 잔치에 자주 불려 있음을 드러냄　　　높은 벼슬아치가 쓰는 도장
를 한 고위 관료가 그의 동반자였다. 꽃 장식을 하고 구름같이 풍성하게 머리를 올린
기녀들이 그의 좌우에 있었고 둥둥 울리는 장구와 삘릴리 하는 피리가 그의 위의를 도
왔다. 강물 같은 술에 산과 같은 안주, 일천 속(束)의 비단과 일만 관(貫)의 돈이 그 잔
치의 비용으로 쓰였다. 누구의 집에서도 그에게 밥을 주었고 누구든지 그에게 옷을 주
었다. 하루가 이렇게 지나갔고 한 달이 이렇게 지나갔다. 한 해가 이렇게 지나갔거니
와, 반평생 역시 이렇게 지나간 것이다.」 사람들이 어깨를 부딪고 말들이 서로 발굽을
「 」 탁월한 비파 연주로 고위 관료가 모인 화려한 잔치에 초대되어 연주를 하며 살아온 송경운의 삶
밟으며 서로 밀 틈조차 없을 정도로 북적거리는 연회석에서는 이런 말이 나오곤 했다.
　　　　　　　　　　　　　　　　　　　　왕족의 집
"송 악사 어딨나?" / "아무 궁가(宮家)에서 불러 갔다지."
화려한 잔치에는 당연히 송경운이 있을 거라는 기대를 함
"송 악사 어딨나?" / "아무개 상공(相公)이 불러 갔다는군."
그가 이미 한 군데에 불려 가 버리고 나면 남은 자리가 쓸쓸해져 즐거워하는 이가
　　　　　　　　　송경운의 비파 연주가 모든 사람들을 즐겁게 하였음을 드러냄
드물었다. 온 도성 사람들이 모두 그랬다.
「온갖 기예들, 이를테면 글씨 쓰기나 활쏘기, 말타기, 그림, 바둑, 장기, 투호 놀이
같은 것을 하는 이들은 서로의 지극한 경지를 칭찬할 때 다들 자기 친구에게 "어째 송
경운의 비파 같네!"라고 했고, 나무하고 소 먹이는 아이들이 모여 놀다가 누가 몹시 재
송경운의 비파 연주 실력이 뛰어난 경지에 이르렀음을 드러냄 → 무언가를 매우 잘할 때 칭찬하는 표현으로 널리 쓰임
미있는 말을 했을 때도 자기 친구에게 "어째 송경운의 비파 같네!"라고들 했으며, 말을
배우는 두어 살 된 어린애들조차도 아무 상관없는 것을 가리키며 '어째 송경운의 비파
같네!'라고 하는 것이었다. 당시 송경운의 이름이 알려진 것이 대략 이러하였다.
「 」 송경운의 비파 연주가 지극히 훌륭하였으며 그의 명성이 널리 알려졌음을 드러내는 예
　　　　　　　　　　　　　　　　▶ 탁월한 비파 연주 솜씨로 서울에서 명성을 날린 송경운

• 인물에 대한 이해

무심자 (작가)	• 송경운의 행적을 '전(傳)'으로 서술한 작가 • 서울에서 벼슬살이를 할 때 악사인 송경운과 알고 지낸 사이임 • 벼슬에서 물러나 전주에서 송경운을 다시 만났으며, 송경운의 행적을 기록하여 그의 삶을 예찬함
송경운	• 서울 출신의 노비였으나 면천한 후 군공을 세워 무관 지위에 오름 • 음악적 재능을 타고난 비파 연주가임 • 정묘호란 이후 서울에서 전주로 주거지를 옮김 • 자유롭고 우아한 예술가의 풍모를 보여 줌

• 무심자와 송경운의 대화

무심자
'대지팡이를 짚은 건 늙어서일 테고, ~ 그렇게 마음껏 노래하는 건 어째서인가?' → 늙고 가난한 처지에 무엇이 좋아 즐겁게 노래를 부르냐는 뜻이지만, 자유롭고 호방한 송경운의 면모에 대한 무심자의 긍정적 인식을 농담조로 표현한 것임

↓↑

송경운
'쇤네가 알기로 선생님은 옛날에 임금님을 가까이서 모시던 분인데, ~ 어째서 이렇게 고생을 사서 하고 계십니까?' → 중앙 관료로 화려한 생활을 했던 무심자를 기억하며 오늘날 초라한 행색을 한 것을 농담조로 말한 것으로, 무심자에 대한 송경운의 친근감을 바탕으로 함

• 비파 연주자인 송경운의 서울에서의 삶

• 천부적인 음악적 재능으로 9살 때 비파를 배워 탁월한 연주자가 됨
• 화려한 잔치나 고관대작의 연회에서 연주를 하며 생활함
• 특정 분야에서 최고의 경지에 이르렀을 때 '어째 송경운의 비파 같네!'라고 하는 유행어가 생길 정도로 송경운은 뛰어난 비파 연주로 유명했음

- 해당 장면은 송경운이 전주로 내려온 이후의 그의 행적과 전주 사람들에게 미친 음악적 영향력에 대한 내용이다.
- 음악을 통해 주변 사람을 대하는 송경운의 태도와 그러한 송경운에 대한 주변 사람들의 평가를 파악하도록 한다.
- 음악에 대한 송경운의 관점과 송경운의 삶에 대한 작가의 논평이 지니는 의미에 주목하여 작품을 감상하도록 한다.

그는 정묘년(1627)의 난리 때 전주로 흘러와 성 서쪽에 집을 빌려 거처했다. 집과
　　　　정묘호란　　　　　　　　　　　　　　전주성 서문 근처
마당을 깨끗이 청소하고 이내 <u>화초를 가꾸는 데 마음을 두어 사람들에게 널리 구하</u>
　　　　　　　　　　　　　　화초를 구하면서 자연스럽게 전주 사람들에게 다가감
였다.「그러자 친한 사람, 잘 모르는 사람, 멀리 사는 이, 가까이 사는 이 할 것 없이
　　　「: 외지인인 송경운에게 호의적인 전주 사람들의 모습
모두, 아무리 희귀하고 특별한 화초라도 아까워하지 않으며 저마다 자기가 가지고

있는 것들을 지치지도 않고 가져다주었으니,」천만 가지 화초가 빠짐없이 그의 뜰에

갖춰지게 되었다. 게다가 <u>괴석(怪石)</u>을 많이 가져다가 화초 사이에 두기도 했다. 경
　　　　　　　　　　과상하게 생긴 돌
운은 꽃이 활짝 핀 아침이나 달빛이 좋은 저녁이면 언제나 비파를 안고 꽃길을 거닐
　　　　　　　　　　　예술가 송경운의 운치 있는 풍모가 드러남
었다. 그 우아한 정취는 조그만 화단과 잘 어울렸고 맑은 가락은 향기로운 꽃들 사

이로 흘러내렸다. <u>마치 신선이 사는 곳을 도시 한복판에 옮겨다 놓은 것과 같아,</u> 떠
　　　　　　　　　속세에 있으면서도 신선과 같은 삶을 누리는 송경운의 삶
들썩한 세상에 몸담고 있으면서도 속세에 찌든 생각을 끊어 버릴 수 있었기에, 경운

은 언제나 스스로 이렇게 즐겁게 지냈다.　　　　　　　▶ 정묘호란 때 전주로 내려온 송경운

★주목 전주는 큰 도회지이다. 인물이 많기로는 우리나라에서 제일가지만 백성들이 살기

에는 어려움이 많고 화려한 것을 숭상하지 않는 풍속이 있었기에 관가(官家)에서 말
　　　　　　　　　　　　당시 전주라는 도시의 특성을 드러냄 → 음악을 즐기는 분위기와는 거리가 멂
고는 그 경내에 음악 소리가 들린 적이 전혀 없었다. 그런데 경운이 전주에 와서 살

고부터 이곳 사람들은 그의 음악을 듣고 모두들 즐거워하게 되어 밀려오는 파도인
　　　　　　　　　　송경운이 전주 사람들에게 자신의 비파 연주로 즐거움을 줌
양 잔뜩 몰려들었다. 손님이 찾아올 때마다 경운은 비록 무슨 일을 하던 중이더라도

어김없이 서둘러 그만두고 비파를 가져오는 것이었다. 그의 말은 이러했다.

　　"쉰네같이 하찮은 것을 귀하께서 좋게 보아 주시는 이유는 쉰네의 손에 있습지요.

　　<u>쉰네 어찌 감히 손을 더디 놀릴 수 있겠으며 쉰네 어찌 감히 마음을 다하지 않을</u>
　　　자신의 연주를 듣고자 하는 사람에게 마음을 다하여 연주함 → 작가가 말하는 '가장 위대한 선'을 행하는 인물임
　　<u>수 있겠습니까?"</u>

그러고는 곡조를 갖추어 비파를 타기 시작하여, 듣는 사람의 마음이 흡족하게 되

었다는 것을 알고서야 연주를 끝냈다. 비록 별 볼 일 없는 하인 같은 사람들이 찾아

와도 이렇게 응대하지 않는 경우가 없었다. 이러기를 20여 년에 이르도록 게을리하
신분을 가리지 않고 자신의 연주를 듣고자 하는 사람을 극진히 대함 → 마음이 공정한 송경운의 면모
지 않았으니 이로써 전주 사람들의 마음을 기쁘게 해 줄 수 있었다. 전주 사람들은

이렇게 말했다.

　　"<u>전주는 큰 도회지라 인물도 적지 않은데 사람들 하나하나마다 그 마음을 다해 기</u>
　　　전주 사람들의 긍정적 평가를 통해 도입부에서 작가가 말한 '가장 위대한 선'을 행하는 송경운의 면모를 드러냄
　　<u>쁘게 해 주다니, 송경운은 아마 보통 사람은 아닐 것이야.</u>"
　　　　　　　　　　　　　　▶ 전주 사람들에게 항상 진심을 다해 비파 연주를 들려주는 송경운
항상 수십 명의 제자들을 거느리고 있었는데, 그 행동거지의 범절이나 스승을 사랑

작품 분석 노트

- 비파 연주자인 송경운의 전주에서의 삶

> - 뜰에 화초를 가꾸며 꽃이 핀 아침이나 달밤에 비파를 안고 꽃길을 거니는 운치 있는 삶을 살며 즐겁게 지냄
> - 사람들이 자신의 음악을 듣고자 찾아올 때마다 하던 일을 멈추고 마음을 다하여 연주함
> - 신분을 가리지 않고 자신의 연주를 듣고자 하는 사람에게 마음을 다하여 연주함
> - 전주의 옛 풍속인 수계 모임을 오랫동안 이끌어 나감

↓

> - 전주 사람들이 송경운의 음악을 듣고 모두 즐거워함
> - 많은 제자들이 송경운을 사랑하고 존경함
> - 송경운의 명성이 전주에 널리 알려짐

- 전주 사람들에게 미친 송경운의 영향력

송경운이 전주에 오기 전
관가 밖에서는 음악 소리가 들린 적이 없음

↓

송경운이 전주에 온 후
음악을 듣고 즐거워하는 일이 많아짐

- 송경운에 대한 전주 사람들의 평가

송경운은 아마 보통 사람은 아닐 것이야.
- 송경운은 자신의 연주를 좋아하는 사람들에게 손을 더디 놀릴 수 없다고 하며 마음을 다해 연주함 → 자신의 마음을 다하는 사람 - 송경운은 신분의 귀천에 상관없이 자신의 연주를 듣고자 하는 사람에게 극진히 연주함 → 마음이 공정한 사람

↓

송경운은 도입부에서 작가가 말한 '가장 위대한 선(善)'을 행하는 인물에 해당된다고 할 수 있음

하고 존경하는 방식은 유교에서 인륜을 가르치는 경우와 다름이 없었다. 그래서 그

의 명성은 나이가 들수록 더욱 성대해졌다. 근방의 고을 수령이나 절도사 등이 틈을
제자들이 송경운을 존경하는 태도가 그의 명성을 드높이도록 함 　　　　　　　　그의 명성이 널리 알려졌음을 드러냄

보아 먼저 데려가려고 다툴 지경이었으므로 그가 집에 있는 경우는 드물었다.
　　　　　　　　　　　　　　　　　　▶ 제자들의 존경과 관리들의 사랑을 받는 송경운

언젠가 그와 함께 음악 이야기를 한 적이 있었는데, 경운은 이런 말을 했다.

"비파는 옛 곡조와 요즘 곡조가 다른데, 지금 사람은 대체로 옛 곡조를 내치고
　　　　　　　　　　　　　　　　　　당대의 음악적 경향이 드러남

요즘 곡조를 숭상하고 있지요. 유독 저는 옛 곡조에 뜻을 두고 있습니다. 그래
　　　　　　　옛 곡조를 숭상하며 이를 통해 바른 음악을 회복할 수 있다고 여김 → 송경운이 근본적으로 추구하는 음악적 지향

서 소리를 낼 때 전부 옛 곡조로 채우고 요즘 곡조가 끼어들지 못하게 하면 저

의 마음에 흡족하고 이야말로 음악답다고 여겨집니다. 그렇게 하여 조급하지도

천박하지도 않으며 넉넉하게 여유가 있는 소리를 낸다면 말세의 사악한 소리를
　　　　　　　　　　　　　　　　　　　　　　송경운이 생각하는 요즘 곡조의 특징

씻어 내고 저 훌륭한 옛날의 바른 음악을 회복할 수 있을 것 같고, 내 평생을 그

런 음악을 하여 후세까지 전하는 것이 마땅하다고 생각하고 있습니다. 그렇지만

저의 연주를 듣는 이들은 모두가 평범한 사람들인지라 그렇게 연주를 하면 그다
옛 곡조로 연주하면 연주를 듣는 사람이 즐거워하지 않음 → 송경운이 옛 곡조에 요즘 곡조를 섞어 연주하는 이유

지 기뻐하지도 않고 잘 이해를 못해 즐거워하지 않더군요. 가만히 생각해 보니

음악에서 중요한 건 사람을 기쁘게 하는 일인데 만약 음악을 듣고도 즐겁지 않
　　　공자의 제자로 곤궁하게 지내면서도 거문고를 타며 도를 즐긴 인물들

다면 비록 안회(顔回)나 증점(曾點)이 여기서 거문고를 연주한다 한들 또한 사
　　　　　　　　　　　　　　고매한 정신을 담아 거문고를 연주한들 듣는 이들을 즐겁게 하지 않으면 쓸모가 없음

람들에게 무슨 유익함이 있겠는가 싶습니다. 이 때문에 저는 다만 저의 곡조를
　　음악의 효용을 즐거움에 있다고 생각하는 송경운의 인식이 드러남

변주하여 요즘 곡조를 간간이 섞음으로써 사람들이 기뻐할 수 있도록 만들었습
　　　옛 곡조와 요즘 곡조를 섞어 연주함 → 청중의 취향에 따라 자신의 음악에 변화를 줌

니다." **감상 포인트**
　　　　비파 연주자 송경운의 음악에 대한 관점과 태도를 파악한다.　　　▶ 송경운의 음악관

전주의 옛 풍습으로 뜻을 같이하는 이들이 수계(修契) 모임을 가지며 약속을 정해
　　　　　　　　　　　　　　　　　　일종의 계 모임

서로 깨우쳐 주고 물품을 모아 도와주는 것이 있었다. 그러나 가난하기 때문에 계획
　　　　　　　수계 모임의 성격

대로 물품을 모으는 것이 여의치 않고 또 한결같이 약속을 지키지도 못해 대체로 시
　　　　　　　　　수계 모임이 오래 지속되지 못하는 이유

작은 했어도 끝은 유야무야되는 일이 많고 몇 년이 지나도록 폐지되지 않는 경우는
　　　　　　　　　　흐지부지하게 되는　　　　　　　　오래 지속되지 않음

없었다. 전주에서는 아전들이 제법 피폐하지 않은 편이라 여항(閭巷)의 백성들은 아
　　　　　　　　　　관아에 속한 구실아치　　　　　서민들을 가리킴

전을 꽤 공경하고 조심스레 대했다.

경운은 몇 명의 아전들을 인솔하여 수계 모임을 가졌는데 봄과 가을마다 한 번씩

모였다. 조금이라도 약속대로 하지 않으면 경운은 그때마다 정색을 하고 꾸짖었는데
　　　　　　　　　　　　　　　　　올곧은 송경운의 성격이 드러남

언제나 이치에 근거하여 말을 했기에 좌중이 모두 숙연해지는 것이었다. 경운은 여

항 백성의 부류인데도 아전들이 되레 그를 공경하고 조심스레 대하게 되었으니 사람
송경운의 신분 → 서민　　　　　　　　아전들이 자신보다 낮은 신분인 송경운을 공손한 태도로 받듦

들은 이렇게 말했다.

"기개(氣槪) 있는 사람이라서, 지역의 분위기나 관습도 그를 어쩌지 못하는구나!"
　　씩씩한 기상과 굳은 절개

이렇게 십여 년이 되도록 조금도 차질이 없었으니 전주 사람들은 모두 그의 역량
　　　송경운이 오래 지속되지 못하던 수계 모임을 오랫동안 운영함 → 송경운의 역량을 알 수 있음

에 대해 일컬었던 것이다.　　　　　　　　　▶ 아전들을 인솔하여 수계 모임을 주도한 송경운의 역량

평소에 아픈 적이 별로 없었는데 갑자기 기궐(氣厥)을 앓아 일어나지 못하게 되었
　　　　　　　　　　　　　　기가 순환되지 않아 생기는 병

- 음악에 대한 송경운의 관점과 태도

  - 노래를 음악 중의 으뜸이라 여김
  - 비파의 옛 곡조를 숭상하여 연주할 때 옛 곡조로만 채우고 싶어 하며, 옛 곡조만이 음악답다고 여김
  - 자신의 연주를 듣는 평범한 사람들이 옛 곡조를 이해하지 못해 즐거워하지 않음 → 자신의 곡조를 변주하여 옛 곡조에 요즘 곡조를 간간이 섞어 연주함으로써 듣는 사람을 즐겁게 만듦

  ↓

  - 옛 곡조를 통해 옛날의 바른 음악을 회복할 수 있다고 생각함 → 옛 곡조를 지켜 후세에 전하는 것을 자신의 사명으로 인식함
  - 음악의 효용을 즐거움으로 인식하는 관점이 드러남
  - 자신의 음악관을 고수하기보다 듣는 이의 즐거움을 위해 연주하고자 하는 태도가 드러남

- 송경운의 성격

자신이 숭상하는 옛 곡조만을 고수하지 않고 듣는 이를 위해 요즘 곡조를 섞어 연주함	세상의 변화에 대처하는 유연한 성격임
오래 지속되기 어려운 수계 모임을 자신보다 높은 신분인 아전들을 인솔하여 오랫동안 운영함	기개 있고 통솔력이 있음

다. 임종 무렵 제자들을 모두 불러 이렇게 말했다.

"불행히도 나는 자식이 없다. 타지에서 흘러들어 온 사람으로, 자식도 없이 고향
도 아닌 곳에서 죽게 되었으니, 어찌 보잘것없지 않겠느냐? 그렇지만 나는 음악
을 업으로 삼은 사람이다. 내가 죽으면 나를 아무 산의 양지에다 묻어 주고 그 가
는 길에 너희들이 모두 나의 업인 음악을 연주하여 나의 정신을 즐겁게 해 다오.
혹시라도 해괴한 풍속이라 여기지 말고."

말을 마치자 세상을 떠났으니 이때 나이가 일흔 셋이었다. 제자들은 그의 말대로
했으니, 새벽달 아래 서천(西川)을 건너 상여 행렬이 산 남쪽을 향할 때 여럿이 연주
하는 비파 소리가 상엿소리에 섞여 들려오는 것이었다. 성안 가득 나와서 구경하던
이들은 모두 눈물을 흘리며 이렇게 말했다.

"세상에서 이런 사람을 어찌 다시 볼 수 있겠는가!"

아아! 경운은 이러한 재능을 가지고 있었으나 크게는 순임금의 뜰에서 오현금(五
絃琴)에 화답하여 연주할 수 없었고, 작게는 태산과 같은 높은 산에 올라 연주함으
로써 천하의 불평한 기운이 모두 사라지게 할 수도 없었다. 다만 전주성 서쪽에 흘
러들어 와 거처하면서 전주 사람들을 즐겁게 해 주며 그 일생을 마쳤으니 어찌 서글
프지 않은가? 고금의 사람들 가운데 위대한 재능이 있으면서도 울울하게 그 마음을
펼쳐 보지도 못한 사람이 오직 경운뿐이랴?

'아! 선하여라, 경운의 마음이여! 그는 사람들이 자기에게 바라는 것을 알고 그들
이 바라는 것을 이루어 주었다. 그는 사람들을 기쁘게 해 주는 일이 중요하고, 자신
의 조그만 수고로움을 괘념할 시간은 없다는 것을 알았다.

그는 자신의 작은 재주가 많은 사람을 기쁘게 해 줄 수 있어 행복하다는 것을 알
았다. 그는 작은 재주가 있다고 남에게 교만하게 굴어서는 안 된다는 것을 알았다.
그는 자신의 업인 음악으로 남들에게 좋은 영향력을 미칠 수 있다는 것을 알았다.
그는 음악을 저 혼자 소유해서는 안 된다는 것을 알았다. 그는 으스댈 필요가 없다
는 것을 알았다. 그는 이렇게 하고 나서야 자신의 천성을 손상시키지 않게 되리라는
것을 알았다.」

그의 이런 마음을 더 위대한 일에 옮겨 놓았더라면 얼마나 훌륭한 성취를 이루었
을지 상상할 수 있다. 만약 벼슬자리에 있는 사람들이 그 마음을 가져와 본받는다면
천하와 국가를 다스리는 데 얼마나 큰 도움이 되겠는가? 그런데 지위가 낮다고 하찮
게 여기고 이름 없는 사람이라고 무시할 수 있겠는가?

[좌측 주석]

송경운은 서울 출신임

음악에 대한 사랑과 예속에서 벗어난 자유롭고 초탈한 면모

상례에 어긋나는 행동으로 여겨 꺼리지 않도록 당부하여 자신의 유언을 실천해 주기를 바람

송경운의 유언대로 상여가 지날 때 제자들이 비파를 연주함

「」 음악으로 자신들을 즐겁게 해 주다가 일생을 마친 송경운에 대한 전주 사람들의 슬픔

▶ 송경운의 유언에 따른 장례

다섯 줄로 된 고대 현악기의 하나

송경운은 평범한 사람이 아니었음 → 송경운은 '가장 위대한 선'을 실천한 인물이라는 작가의 의도를 드러냄

송경운의 재능이 제대로 쓰이지 못한 데 대한 아쉬움을 드러냄

송경운의 음악이 천하의 모든 사람들의 불평한 마음을 위로할 수 있는 기회를 얻지 못한 데 대한 안타까움을 드러냄

송경운의 재능이 전주 사람들에게만 영향을 준 데 대한 아쉬움

마음이 상쾌하지 않고 매우 답답함

작가는 송경운을 위대한 재능을 지녔으나 그 재능을 제대로 펼치지 못한 인물로 평가함

도입부에 제시한 '선'의 의미와 연결됨

마음에 두고 걱정하거나 잊지 아니할   송경운이 생각하는 음악의 우선적 가치

송경운은 사람들을 위해 연주하는 것을 수고롭게 여기지 않음

송경운의 겸손한 면모

「」 송경운의 선한 마음을 구체적으로 제시함 → 마지막 부분에서 벼슬아치가 지녀야 할 마음으로 확장됨

송경운의 삶의 태도를 벼슬아치들이 지녀야 할 바람직한 태도와 연결함

▶ 송경운의 삶에 대한 예찬적 논평

송경운의 신분을 따져 그의 삶을 하찮게 여기거나 무시할 수 없음

[우측 주석]

• 송경운의 삶에 대한 작가의 예찬적 태도

송경운
• 사람들이 자신에게 바라는 것을 알고 그것을 이루어 줌
• 사람들을 기쁘게 해 주는 일이 중요하므로 연주하는 것을 수고롭게 생각하지 않아야 한다는 것을 알고 있음
• 자신의 재능이 많은 사람을 기쁘게 해 줄 수 있는 것을 행복하게 여김
• 자신의 재능을 겸손하게 여기며 남에게 교만하게 굴어서는 안 된다는 것을 알고 있음
• 음악으로 남들에게 좋은 영향력을 미칠 수 있다는 것을 알고 있음
• 음악을 혼자 소유해서는 안 된다는 것을 알고 있음
• 으스댈 필요가 없다는 것을 알고 있음
• 이렇게 해야 자신의 천성을 손상시키지 않게 되리라는 것을 알고 있음

↓

• 송경운이 갖춘 덕을 드러내어 예찬함
• 송경운이 도입부에서 작가가 말한 '가장 위대한 선'을 실천한 인물이라는 인식을 드러냄

• 송경운의 마음을 지녀야 할 벼슬아치들

송경운이 지녔던 마음을 지닌다면 더 위대한 일에서도 훌륭한 성취를 이룰 수 있을 것임

↓

벼슬아치들이 송경운의 마음을 본받으면 천하와 국가를 다스리는 데 큰 도움이 될 것임

이 작품의 주인공 송경운의 삶은 '서울'과 '전주'를 중심으로 살펴볼 수 있으며, 음악을 통한 송경
운의 영향력은 전주의 삶에서 드러나므로 공간을 중심으로 인물의 삶을 파악할 수 있어야 한다.

+ 송경운의 삶

서울	• 노비 출신이지만 민첩하고 재주가 있어 주인에 의해 면천됨 → 군공으로 무관 지위에 오름 • 음악에 대한 천부적인 재능이 있어 어릴 때 배운 비파 연주 솜씨가 지극한 경지에 도달하여 서울과 그 근방에 이름을 떨침 • 궁중 악사로 활동하였으며 고관대작의 화려한 잔치에 불려 다니며 비파를 연주함 • 최고의 경지에 이르렀음을 칭찬할 때 '어째 송경운의 비파 같네!'라는 말이 있을 정도로 유명했음

↓ (정묘호란)

전주	• 자신의 음악을 듣기를 원하는 사람이 있으면 신분을 가리지 않고 마음을 다해 비파를 연주함 → 송경운으로 인해 전주의 사람들이 그의 음악을 듣고 즐거워함 • 수십 명의 제자들이 스승인 송경운을 존중하고 사랑하므로 그의 명성이 더욱 높아짐 • 송경운은 죽기 전에 예법에 어긋난다 하더라도 자신의 상여가 지나가는 길에 제자들이 비파를 연주해 줄 것을 당부함 → 예속에서 벗어난 자유롭고 초탈한 면모를 보여 줌

이 작품은 당대 최고의 비파 연주가인 송경운의 삶과 예술을 기록하고 있으므로, 음악에 대한 송경
운의 관점과 태도를 파악할 수 있어야 한다.

+ 송경운의 음악에 대한 관점과 태도

• 노래를 음악 중에 으뜸가는 것이라고 여김: 송경운은 연주가이면서도 기악보다 성악을 우위에 둠
• 별 볼 일 없는 하인 같은 사람들이 찾아와도 듣는 사람의 마음이 흡족하게 되었다는 것을 알고서야 연주를 끝냄: 항상 진심을 다해 연주하는 송경운의 태도가 드러나며, 음악은 신분에 상관없이 누구나 동등하게 즐길 수 있는 것이라는 송경운의 인식을 엿볼 수 있음
• 비파의 옛 곡조를 숭상하여 옛 곡조를 통해 옛날의 바른 음악을 회복할 수 있다고 생각하고 평생 이와 같은 음악을 하여 후세에 전하는 것을 사명으로 여김
• 평범한 사람들이 자신의 연주를 이해하지 못해 즐거워하지 않으므로 옛 곡조에 요즘 곡조를 섞어 듣는 이를 즐겁게 함: 세상의 변화와 듣는 이의 요구를 수용하여 자신을 변화시킴. 이러한 태도는 음악에서 중요한 것은 사람을 기쁘게 하는 것이라는 인식에서 비롯됨

이 작품에서 작가는 미천한 신분의 음악가인 송경운을 긍정적 시선으로 바라보며 그의 삶을 예찬하
고 있다. 이러한 태도가 드러나는 논평부를 통해 작가의 의도를 파악할 수 있어야 한다. 또한 송
경운에 대한 논평과 관련하여 도입부가 하는 기능도 함께 이해할 수 있어야 한다.

+ 송경운에 대한 작가의 서술 태도와 주제 의식

도입부	• '선'은 모두가 숭상하는 인간의 미덕임 → '가장 위대한 선'은 자신의 마음을 다하는 일임 → 자신의 마음을 다하는 사람의 마음은 공정할 것임 → 마음이 공정한 사람은 내면의 조화를 따를 것임 → 내면의 조화를 따르는 사람은 하늘로부터 얻은 순수한 본성이 손상되지 않았을 것임 → 순수한 본성이 손상되지 않은 사람은 자신의 행위로 인한 영향력이 온 세상에 미칠 것임 • 지위와 명성에 상관없이 '가장 위대한 선'을 행하는 사람은 훌륭하며, 지위와 명성을 따져 '가장 위대한 선'을 행하는 사람의 가치를 깎아내리는 것은 지혜롭지도 정당하지도 않음 ➡ 도입부에 나타난 작가의 주장은 송경운의 삶을 평가하기 위한 전제로 기능함
논평부	• 비천한 신분이었지만 지극한 경지에 이른 비파 연주자 송경운을 '위대한 선'을 행한 사람으로 평가하여 예찬함 • 벼슬아치들이 송경운의 마음을 본받으면 천하와 국가를 다스리는 데 큰 도움이 될 것이라는 의도를 드러냄

• **해제**
　〈송경운전〉은 17세기 중엽까지 활동한 비파 연주자 송경운의 생애를 다룬 전(傳)이다. 이 작품은 조선 후기에 창작된 예술가의 전기 가운데 최초의 작품으로, 문학성이 높다는 평가를 받고 있다. 송경운은 서울의 노비였으나 면천된 후 군사적 공적을 세워 벼슬까지 한 인물이다. 그는 음악에 천부적인 재능이 있어 아홉 살 때 비파를 배운 후 비파 연주자로 명성을 떨쳤다. 정묘호란을 계기로 전주로 거처를 옮긴 송경운은 자신의 연주를 듣고자 하는 전주 사람들에게는 신분을 막론하고 진심을 다해 연주를 들려주었다. 작가 이기발은 서울에서 관직 생활을 한 사대부로, 서울에서 알고 지낸 송경운을 자신의 고향인 전주에서 다시 만난 것을 계기로 송경운의 삶을 기록했다. 작가는 송경운의 전주에서의 삶을 중심으로 그의 삶과 음악이 전주 사람들에게 미친 선한 영향력을 드러내어 '가장 위대한 선'의 경지에 오른 예술가 송경운의 덕을 예찬하고 있다.

• **제목 〈송경운전〉의 의미**
－ 비파 연주자 송경운의 삶을 담은 전기
　〈송경운전〉은 천부적인 음악적 재능으로 당대 최고의 비파 연주가로 살아가며 명성을 떨친 송경운의 삶을 기록한 전(傳)이다.

• **주제**
　음악으로 선(善)의 경지를 이룬 송경운의 삶

노비 반석평 ▸유몽인

💬 전체 줄거리

장면 포인트 ❶ 229P

주목 한 재상의 집에 반석평이라는 노비가 있었다. 반석평이 어렸을
때, 재상은 그의 순박함과 명민함(총명하고 민첩한)을 아낀 나머지
그에게 시서(시와 글씨)를 가르쳐 주었다. 또한 재상은 그를 자신의
여러 아들, 조카들과 함께 공부하도록 하고, 더불어 같은 자리에 앉
게 하여 어울릴 수 있게 하였다. 재상은 반석평이 조금 자라자 먼
시골에 사는, 아들이 없는 사람에게 반석평을 주었고, 자취를 감추
고 배움에 힘쓰면서 주인집과는 관계를 끊는 교류하지 못하게 하
였다. ▸재상의 도움으로 공부를 하게 된 노비 반석평

반석평은 자라서 어른이 되자 노비는 과거를 볼 수 없다는 나라의
법을 어기고 과거에 응시하였다. 하지만 아무도 그가 법을 어겼다
는 사실을 알지 못했다. 반석평은 과거에 합격하여 재상의 반열에
올랐지만 인품이 겸손하고 청렴하였다. 그는 나라를 위해 충성을
다하는 뛰어난 신하가 되어 팔도의 관찰사를 역임하고 지위가 2품
에 이를 정도였다. ▸법을 어기고 재상이 된 반석평

주인집 재상이 죽은 후 그의 아들과 조카들은 모두 외출할 때 나귀
도 없이 거리를 걸어 다녀야 할 정도로 가난하고 천하게 되었다. 반
석평은 길거리에서 그들을 만나면 매번 타고 가던 수레에서 내려
그들에게 달려가 절을 올렸다. 이런 반석평의 모습을 지켜본 사람
들은 대부분 괴상하고 이상하다고 생각하였다.
▸가난해진 주인집 가족들에게 예를 갖추는 반석평

반석평은 조정에 글을 올려 자신이 법을 어기고 과거에 합격한 일
을 사실대로 말하고 자신의 관직을 삭탈해 줄 것과 주인집 아들과
조카에게 관직을 줄 것을 청하였다. 조정에서는 이러한 반석평의
행동을 의롭게 여겨 나라의 법을 없애고 반석평이 본래의 직책에
나아가 예전처럼 계속 관직을 수행하게 하였다. 뿐만 아니라 조정
에서는 주인집 자손에게도 역시 관직을 주었다.
▸잘못을 고백한 반석평이 용서받음

고흥 유 씨는 우리 동방의 땅은 치우쳐 있고 작아서 인재가 중국의
천분의 일도 되지 못하게 나오는데, 기자(고조선 때에 있었다고 하
는 전설상의 기자 조선의 시조)가 남긴 법에 한정되어 노비가 벼슬
에 오르는 것을 허락하지 않는다고 하였다. 그리고 현자(어질고 총
명하여 성인에 다음가는 사람)를 세우는 데 출신을 따지지 않는 것
이 삼대(三代)의 성스러운 법인데도 우리나라에서는 노비가 벼슬길
에 오르지 못하도록 견고하게 막고 있으니, 사대부의 의견이 편협
하고 시기심이 많다고 비판하였다.
▸노비의 벼슬 진출을 막는 법에 대한 주인집 아들의 비판

반석평은 충성스럽고 의리 있는 사람이었으며, 자신은 법의 그물에
서 벗어나 조정의 높은 벼슬아치가 되었는데도 상정(사람에게 공통
적으로 있는 보통의 인정)으로 인해 자신의 흔적을 감출 겨를도 없
이 수레에서 내려 한미한(가난하고 지체가 변변하지 못한) 선비에
게도 몸을 굽힐 수 있었다. 또한 반석평은 조정에 말해 스스로 자신

의 천한 신분을 드러냈는데 이는 진실로 동방에서 듣기 어려운 아
름다운 소문이었다. 뿐만 아니라 주인집 재상은 법을 분하게 여겼
으며 편협함과 시기하는 마음을 버리고 인간의 미덕을 이룬 사람이
었다. 이와 같은 인(남을 사랑하고 어질게 행동하는 일)을 두고 지
인(사람의 됨됨이를 잘 아는 사람)이 선비를 얻었다고 말할 만하다.
▸반석평과 주인집 재상에 대한 평가

🎭 인물 관계도

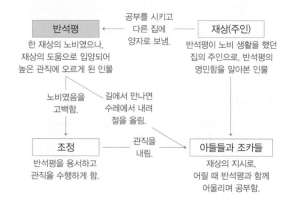

<보기>로 나오는 작품 외적 준거

장관급으로 출세한 노비, 반석평

반석평은 실학자 이익의 저서 《성호사설》뿐만 아니라 《어우야담》에
도 등장하는 인물이다. 그는 가난한 노비의 아들이었는데 원래 성은
반씨가 아니었으며, 반씨라는 성은 양아버지의 성이었다. 그의 주인
이 학업 능력이 뛰어난 그를 출세시킬 목적으로, 아들이 없는 부자인
반서린의 양자로 들여 보냈기 때문에 반씨 성을 갖게 된 것이다.

그는 연산군 시절인 1504년 과거 시험 소과에 급제해 생원이 된 데
이어, 중종 때인 1507년 대과에 급제하여 조정에 진출했다. 그 뒤 함
경도 병마절도사(지역 사령관), 평안도 관찰사, 공조 판서, 형조 판서
등을 역임했다. 명나라에 사신으로 다녀오기도 했다. 노비로 태어난
사람이 장관급까지 올랐으니 대단한 성공 신화라 하지 않을 수 없다.

당시는 지금과 달리 친족 중에 양자를 들이던 시절이었기 때문에, 혈
연 관계없는 노비를 양자로 인정하지 않았다. 그래서 반석평의 입양
은 공개적으로 드러낼 일이 아니었다. 하지만 그는 자신이 노비였다
는 사실을 숨기지 않았다. 말을 타고 가다가도 원래 주인집 가족을
만나면 말에서 내려 진흙탕에 무릎을 꿇고 절을 했다. 나중에는 조정
에 자기 신분을 고백했다가 탄핵 위기를 겪기도 했다. 그럼에도 불구
하고 의리와 솔직함, 무엇보다도 뛰어난 행정 실력을 인정받아 위기
를 면하고 관직 생활을 계속할 수 있었다.

― 김종성, 신분의 한계를 딛고 출세 가도를 달린 노비들, 2016

■ **장면 포인트 ❶**

- 이 작품은 조선 중기에 유몽인이 지은 《어우야담》에 수록된 야담 중 하나이다. 민간의 야사를 바탕으로 한 이야기 속에 담긴 당대 사회상과 민중의 의식에 주목하여 감상하도록 한다.
- 해당 장면은 노비 출신 반석평이 신분을 숨기고 급제하여 관직을 얻은 후에도 주인집에 예를 갖추었으며, 신분을 숨기고 과거에 합격했다는 사실을 밝힌 이후에도 조정에서 표창을 받고 관직을 유지했다는 내용이다.
- 이야기 뒤에 덧붙인 글쓴이의 논평을 통해 이 이야기를 제시한 글쓴이의 의도 및 가치관을 파악하도록 한다.

★주목 ▶ 반석평은 재상집의 노비였다. 어렸을 적 재상이 그의 순박하고 명민함을 사랑한
　　　　　　반석평의 신분　　　　　　　　　　　　　　　　재상이 반석평을 사랑한 이유
나머지 시서(詩書)를 가르쳐 아들, 조카들과 함께 배우도록 하였다. 석평이 조금 자
　　　　　　신분보다 재능을 중시한 재상의 배려
라자 재상은 그를 먼 시골의 자식 없는 자에게 주어 자취를 감추고 배움에 힘쓰면서
　반석평을 아들로 받아들이기 쉽도록 자식 없는 자에게 반석평을 양자로 보냄 – 반석평의 과거 응시가 가능했던 이유
주인집과는 관계를 끊고 통하지 못하게 하였다.　　　　　▶ 반석평의 신분과 성장 과정
　　반석평이 노비 출신임을 숨기려는 의도

　　석평은 성장하여 법을 범하고 과거에 응시하였으나 사람들이 알아차리지 못하였
　　　　　　　　　　　　노비는 과거를 볼 수 없게 한 법을 어김
다. 드디어 과거에 급제하여 재상 반열에 이르렀지만 겸손하고 청량하였다. 나라의
　　　　　　　　　　　　　　　　　　　　　　　　인품이나 성격이 깨끗하고 선량함
뛰어난 신하가 되어 팔도의 관찰사를 역임하고 지위가 2품에 이르렀다.
　신분을 뛰어넘어 탁월한 능력으로 출세함　　　　▶ 신분을 숨기고 벼슬길에 나가 성공한 반석평
　　주인집의 재상은 이미 죽고 그의 자손들은 모두 빈궁하고 천하게 되어 외출할 때
　　　　　　　　　　　　　재상이 죽은 후 주인집이 몰락함
에 나귀도 없이 거리를 걸어가야 할 정도였다. 반석평은 그들을 길거리에서 만날 때
　　　　　　　　　　　　　　　　　　　　「 」: 주인집의 은혜를 잊지 않고 예를 갖춤
마다 매번 초헌에서 내려 진흙탕 길을 종종걸음으로 달려 나가 절을 올리니, 길가에
조선 시대에, 종이품 이상의 벼슬아치가 타던 수레
서 이를 지켜본 사람들은 매우 이상하게 생각하였다.　　▶ 주인집 자손들에게 예를 다하는 반석평
　　　　　　　　　　재상이 천한 사람들에게 예를 갖추었기 때문
　　그러자 반석평은 글을 올려 사실을 실토하고 관작을 삭탈해 줄 것과 주인집 자손
　　　　　　　　　　　　　　　　　　　관직과 작위
에게 관직을 줄 것을 청하였다. 조정에서는 이를 의롭게 여겨 그를 표창하고 노비
문권을 찢어 본래 직분에 나가 전처럼 계속 관직을 지니도록 하고 주인집 자손에게
　　　　　　　　　　　　　　　　　　　재상의 의로움을 높이 평가한 결과
도 관직을 주었다.　　　　　　　　　　　　　　　　　▶ 반석평의 실토와 조정의 표창

감상 포인트
작품에 등장하는 인물들의 태도와 행적을 바탕으로 글쓴이의 가치관을 파악한다.

고흥 유 씨가 말한다.
글쓴이인 유몽인
"우리 동방의 땅은 치우쳐 있고 작아서 인재의 산출이 중국의 천분의 일도 되지
　조선을 가리킴
못하는 데다 기자(箕子)가 남긴 법에 국한되어 노비가 벼슬길에 오르는 것을 허락
　　　　　　전설상의 기자 조선의 시조
하지 않는다. 현자(賢者)를 세움에 출신을 따지지 않는 것이 삼대(三代)의 성법(盛
　　　　　　글쓴이의 가치관과 부합　　　　　　고대 중국의 세 왕조인 하·은·주
法)인데도 우리나라에 이르러서는 벼슬길에 오르지 못하도록 막는 것이 매우 견
고하니 사대부의 의론은 편협하고도 시기심이 많다.
　　　　　당대의 관직과 신분 제도에 대한 비판
　　반석평은 충성스럽고 의리 있는 사람이다. 자신은 법망(法網)에서 벗어나 조정
　　반석평에 대한 긍정적 총평
의 높은 벼슬아치가 되었는데도 상정(常情)으로 말미암아 종적을 가리고 감출 겨
　　　　　　　　　　　　　　사람에게 공통적으로 있는 보통의 인정
를 없이 수레에서 내려 한미한 선비에게조차 몸을 굽힐 수 있었다. 또 조정에 아
　　　　　　　　　　　한미한 주인집 자손
뢰어 스스로 자신의 천한 신분을 드러냈으니 이는 진실로 동방에서 듣기 어려운
아름다운 소문이다. 또 「주인집의 재상은 법에 통분했을 뿐만 아니라 편협과 시기
　　　　　　　　　　　「 」: 주인집 재상에 대한 칭송
를 버리고 인간의 미덕을 이루었으니 이 같은 인(仁)을 두고 "지인(知人)이 선비를
　여타 사대부들과 대조되는 면모　　　　　　　　　사람의 됨됨이를 잘 알아보는 사람
얻었다."라고 이를 만하다.」
　　　　　　　　　　　　▶ 반석평 이야기에 대한 글쓴이의 논평

작품 분석 노트

- 작품의 구성

인물의 일화
주인공 반석평의 출신과 성장 과정
↓
높은 벼슬의 성취(탁월한 능력)
↓
주인집에 대한 충의
↓
사실의 실토와 조정의 표창

글쓴이의 논평
• 당대의 신분 제도와 이에 따른 관직의 제한에 대한 비판 • 반석평의 인물됨과 주인집 재상의 인덕 칭송

- 실존 인물 '반석평'

　조선 중종 때의 문신. 중종 2년(1507)에 문과에 급제한 후 지중추부사를 거쳐 의정부 좌찬성에 이르렀으며, 온건하고 청렴한 관리로 이름이 높았다. 반석평의 출신에 대해서는 여러 기록이 있다.

- 족보와 무덤 앞 비석에 새겨진 글: 양반 출신으로 제시
- 《어우야담》과 《성호사설》, 홍명희의 소설 〈임꺽정〉 등: 노비 출신으로 제시
- 《중종실록》: 서얼 출신으로 제시

핵심 포인트 1 인물의 심리와 태도 파악

이 작품에 등장하는 인물들의 행위 및 태도에 담긴 의도나 심리를 파악할 수 있어야 한다.

주인집 재상		반석평	
행위 및 태도	의도나 심리	행위 및 태도	의도나 심리
자신의 자손들과 함께 반석평에게 학문을 가르침	신분에 구애됨 없이 인재를 키우고자 함	노비 신분이지만 법을 어기고 과거에 응시함	신분의 한계를 넘어 자신의 능력을 펼치고자 함
반석평을 먼 시골의 자식 없는 집에 양자로 보내고 왕래를 끊음	반석평이 신분을 감추고 벼슬길에 나아갈 수 있도록 하려 함	높은 관직에 오른 후에도 몰락한 주인집 자손에게 절을 올림	자신에게 은혜를 베푼 주인집에 끝까지 충성하고 의리를 지키려 함

핵심 포인트 2 외적 준거에 따른 감상

이 작품의 글쓴이인 유몽인과 관련한 외적 준거를 바탕으로 작품의 내용을 해석할 수 있어야 한다.

+ 유몽인의 문학관과 《어우야담》 집필 동기

> 유몽인은 자신의 본색을 '장자'에 견주었다. 《장자》의 핵심적인 서술 방식은 다른 것에 빗대어 논변하는 '우언(寓言)'이라 할 수 있는데, 《장자》에 따르면 "세상이 혼란할 때에는 진정한 말을 할 수 없으므로 우언을 하여 널리 퍼뜨린다."라고 하였다. 즉 우언은 부정적 현실에 대한 비판 의식과 밀접한 관련성을 지닌다고 할 수 있다. 이렇게 볼 때 유몽인은 장자식 우언으로서 민간의 패설*에 주목하여 《어우야담》을 저술함으로써 당대의 현실을 비판, 풍자하고자 하였고, 그 중심에는 17세기 전후 격변하는 시대에 대응하고자 했던 현실 인식이 자리 잡고 있었다고 볼 수 있다. 《어우야담》에는 다양한 인물 군상이 등장하는데 그 속에는 노비, 서얼, 여성 등 사회적 소수자가 포함되어 있다. 이는 유몽인의 소외 계층에 대한 관심과 중세 봉건적 질서의 모순에 대한 비판 의식을 반영한 것이다.
>
> * 패설(稗說): 민간에 떠도는 짤막한 이야기. 역사적 사실이나 인물, 문물제도, 세태 풍속, 고을 이름 등과 관련된 다양한 주제를 다룸.

→ 노비가 조정에 진출하여 능력을 펼친다는 이야기는 신분 체제의 이완이라는 당대의 사회상을 반영하며, 사회적 소수자인 노비와 당시의 봉건적 사회 제도에 대한 작가의 관점을 드러낸다.

핵심 포인트 3 작품의 주제 파악

이 작품의 뒷부분에 나타난 글쓴이의 논평을 중심으로 집필 의도와 작품의 주제 의식을 파악할 수 있어야 한다.

반석평 이야기		조선의 현실
• 노비 출신이지만 뛰어난 능력과 인품으로 관직에 진출한 반석평 • 편협함과 시기심을 버리고 재능과 인품을 겸비한 노비를 인재로 육성한 주인집 재상	↔	• 땅이 작아 인재의 수가 중국보다 적음에도 국법으로 노비의 관직 진출을 막음 • 사대부의 의론은 편협하고 시기가 많아 노비가 벼슬길에 오르는 것을 허락하지 않음

집필 의도와 주제 의식
• 신분에 따라 관직 진출을 제한하는 사회 제도 비판
• 신분에 구애되지 않는 인재 등용 주장

• 해제

　〈노비 반석평〉은 조선 광해군 13년(1621) 어우당 유몽인이 지은 야담집 《어우야담》에 수록된 야담이다. 조선 중종 때의 문신이었던 실존 인물 반석평에 대해 민간에 떠도는 야사를 바탕으로 지은 이야기에 글쓴이의 논평이 덧붙여진 구성을 취하고 있다. 논평의 내용으로 미루어 볼 때, 당대 신분 제도에서 최하층에 속하던 노비 출신 반석평이 국법을 어기고 급제하여 조정에 나아가 탁월한 능력으로 성취를 이룬 이야기를 제시한 것은, 인재 등용에 신분의 제한을 두지 않아야 한다는 글쓴이의 가치관을 부각하기 위한 의도로 볼 수 있다.

• 제목 〈노비 반석평〉의 의미
　– 조선 시대 때 신분의 벽을 뛰어넘어 입신양명을 이룬 노비 반석평에 관한 이야기

　비록 출생 신분은 천하지만 뛰어난 능력과 성품을 지닌 반석평과 그를 알아보고 기회를 제공한 주인집 재상에 대한 이야기를 통해 당대의 신분 제도와 인재 등용 방식에 대한 글쓴이의 비판적 인식을 드러내고 있다.

• 주제
　① 노비 반석평의 충의와 입신양명
　② 신분에 구애되지 않는 인재 등용의 중요성

한 줄 평 | 천자의 무리한 요구를 지혜로 해결한 아이를 그린 이야기

천자를 이긴 아이 ▸ 작자 미상

💬 전체 줄거리

장면 포인트 ❶ 233P

옛날에 중국의 천자가 자신의 권위를 조선에 과시하기 위해 조선에도 인재가 있는지 시험해 보겠다는 구실을 대며 중국 땅 전체를 덮을 만한 크기의 바람막이 휘장과 두만강의 물을 모두 담을 가마를 바치라는 명령을 조선에 내렸다. 조선의 왕은 천자의 명령을 수행할 만한 인재를 찾지 못해 근심하였다.

▸ 중국 천자에 의해 인재가 있는지 시험당하는 조선

어느 정승의 집에 열두 살 된 한 아이가 있었다. 하루는 어머니가 글방에 다녀온 아이에게 나라에 큰 근심이 있다고 하였다. 아이가 무슨 근심인지 묻자, 어머니는 중국에서 사신을 보내 달라고 했는데 사신으로 보낼 만한 사람이 없어 왕이 걱정하고 있다고 하였다.

▸ 나라의 근심에 대해 묻는 정승의 아들

주목 어머니의 말을 들은 아이는 왕을 찾아가 자신이 중국에 사신으로 가겠다고 하였다. 왕은 아이에게 가마를 얼마나 크게 구워 주면 되는지와 포장을 얼마나 크게 만들어 주면 되는지를 물었다. 그런데 아이는 가마도 싫고 포장도 모두 싫으니 자 하나와 주발 하나만 달라고 하였다. 왕이 아이에게 자와 주발을 마련해 주자 아이는 자와 주발을 도포 소매 안에 넣고 중국으로 갔다.

▸ 스스로 조선 사신이 되기를 청하는 아이

중국에 가 천자를 만난 아이는 자신을 조선에서 온 사신이라고 소개하였다. 천자는 아이에게 자신이 조선에 공문서인 첩서를 보낸 것을 알고 온 것인지를 물었고 아이가 그렇다고 하자 다시 무엇을 마련해 가지고 왔는지를 물었다. 아이는 가마를 구워 왔는지와 포장을 만들어 가지고 왔는지를 묻는 천자의 물음에 그렇다고 대답한 후 도포 소매에서 자 하나와 주발 하나를 꺼내 놓았다. 아이가 가져온 자와 주발을 본 천자는 아이에게 이것으로 어떻게 두만강을 담고 바람을 막느냐고 물었다.

▸ 자와 주발을 들고 중국의 천자를 만난 아이

아이는 아무리 천재라도 중국의 땅이 몇 자 몇 치인지 알아야 포장을 똑같이 만들어 올 것이니 이 자로 중국 땅의 크기를 재서 적어 달라고 하였다. 그리고 아무리 천재라도 두만강의 물이 몇 백에 몇 말인지를 알아야 가마를 만들 수 있으니 이 주발로 두만강 물을 재서 알려 달라고 하였다. 그리고 아이는 이를 알려 주면 조선으로 돌아가 그것과 똑같이 휘장과 가마를 만들어 오겠다고 하였다. 아이의 말을 들은 천자는 무릎을 치며 조선에도 인재가 있다고 탄식하며 아이에게 벼슬을 주었다고 한다.

▸ 지혜를 발휘하여 천자의 시험을 풀어 내는 아이

🎭 인물 관계도

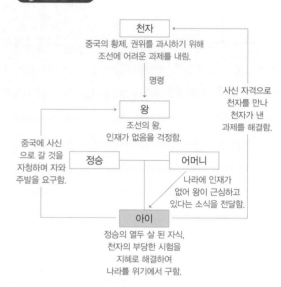

<보기>로 나오는 작품 외적 준거

〈천자를 이긴 아이〉의 서사적 모티프

〈천자를 이긴 아이〉는 대국 천자가 중국의 바람을 다 막을 휘장과, 두만강 물을 다 담을 가마를 만들어 올 사람을 사신으로 보내 달라고 했는데, 아이가 천자를 만나 불가능한 일을 지혜로써 해결하고 벼슬을 얻었다는 줄거리이다. 〈천자를 이긴 아이〉의 주요 모티프는 '아이의 지혜', '천자의 시험' 등이다. 〈천자를 이긴 아이〉는 중국이 제시한 어려운 과제를 조선의 뛰어난 아이가 해결하는 유형에 속한다. 시험을 제시하는 중국의 인물은 천자 등과 같이 되도록 높게 설정되고, 시험을 통과하는 조선의 인물은 아이 등과 같이 되도록 낮게 설정되어 있다. 이는 상대적으로 낮은 위치에 있는 사람이 높은 위치에 있는 사람에게 당당히 맞서서 인정을 받는 과정을 그려 통쾌함을 주기 위한 서사적 장치라고 볼 수 있다.

– 한국학중앙연구원, 향토문화전자대전

- 이 작품은 논박형 '아이 지혜담'으로 분류되는 민담이다. 중국 천자가 조선에 인재가 있는지 시험한다는 명목으로 중국 땅 모두를 덮을 만큼 큰 바람막이 포장과 두만강 물 전체를 퍼 담을 가마를 바치라는 명을 내리자 조선의 한 아이가 지혜를 발휘하여 재치 있게 문제를 해결하는 과정을 다루고 있다.
- 해당 장면은 정승의 열두 살짜리 아들이 중국 천자의 무리한 요구에 임금이 근심한다는 이야기를 전해 듣고 중국으로 건너가 논리적 대화를 통해 천자가 자기 주장의 비합리성을 인정하게 함으로써 문제 상황을 해결하는 부분으로, 작품의 전문이다.
- 중국 천자와 아이 사이에서 이루어지는 대화 내용, 아이의 논박 양상 등에 주목하여 작품을 감상하도록 한다.

대국 천자가 조선 왕한테루 <u>사신</u>을 보내 달라 그랬어요. 그러니깐 사신을 보낼 만
　　　　　　　　　　　　　　　　임금이나 국가의 명령을 받고 외국에 사절로 가는 신하
한 사람이 없드란 말이죠. 예 그래서 어무니가, 나라에서는 근심두…… 인제 아들이
중국 천자의 무리한 요구를 해결할 만한 사람이 없음 → 임금의 근심으로 이어짐　문제 상황을 논리적 대화로써 슬기롭게 해결하는 인물
글방에 갔다 왔는데, 과택(寡宅)에 외아드님인데, 글방에 갔다 오니까는,

"나라에서는 큰 근심이 계시단다."

그러니까,

"무슨 근심인가요?"

"그래 나라에서 중국에서 사신을 보내 달라고 허는데 사신을 보낼 만한 사람이 없
　　　　　　　　　　나라가 곤경에 처한 상황 → 공동체의 문제 발생
단다."

그랬어요.

"무신 사신인가요?"

하니까는,

"중국이 너무 넓어서……"

인제 중국이…… 임금님한테 찾아 갔에요. 가 가주구,

"무신 사신을 보내시는데 사신이 그렇게 귀합니까?"

하니까는,

「"에 중국에서 바람이 셔서 중국을 막을 바람 막을 <u>휘장(揮帳)</u>을 가져오는 사람, 또
「: 중국 천자의 요구. 중국 땅 모두를 덮어 바람을 막을 휘장과 두만강 물을 모두 담을 가마를 바치라는 말
　두만강을 퍼 가주구 한 가마가 되게—물이 남지두 않구 모자라지두 않게 똑같으게

　가마 져 가주구—귀 가주구 들어오는 사람이믄에 자기네 사 — <u>충신</u>을 삼겠다."」
　　　　　　　　　　　　　　　　　　　　　　　　　　보상의 제시
그랬어요.　　　　　　　　　　　　▶ 중국 천자의 무리한 요구로 인한 문제 상황의 발생
　　　　중국 땅 모두를 덮을 바람막이 휘장과 두만강 물을 모두 담을 가마를 마련할 방법
★주목 "그러니 그거 아는 인재가 우리 한—우리 조선 땅에 있으냐?"
　　　임금의 말. 중국의 천자가 조선에 인재가 있는지 시험한다는 것을 명목 삼아 비합리적 요구를 함
그러니까는 그 열두 살 먹은 정승의 아드님이 하는 소리가,
　　　　　천자를 이긴 아이. 임금이 근심하는 소식을 전해 듣고 임금님을 찾아옴
"제가 가겠습니다."
　정승의 아들이 문제를 해결하기 위해 중국으로 가겠다고 함
그랬어요.

"그러믄 가마를 얼마나 크게 귀 주랴. 그러면 포장을 얼마나 크게 해 주랴?"
　　　　　　　　조력자로서의 임금의 모습. 정승의 아들을 도와주려는 말
그러니까는,

"가마도 싫고 포장도 싫고 자 하나하구 주발 하나하구만 주십시오."
　　　　정승의 아들이 문제 해결의 수단으로 요구한 것

작품 분석 노트

- 논박형 '아이 지혜담'

주장이나 요구가 부딪히는 대결이나 투쟁의 상황에서 논란이 벌어지고, 주로 언어를 통한 지적인 대결을 펼쳐 상대의 생각이나 주장이 잘못된 것임을 공격하면서 승부가 갈리는 이야기

- 인물 간의 대결

천자		정승의 아들
조선의 인재가 있는지 확인하겠다는 이유로 무리한 요구를 함	→	천자의 요구가 비합리적인 것임을 깨닫게 하여 문제를 해결함

그랬어요. 「그래서 그거를 참 다 임금님께서 해 주시니깐 그거를 이 도포 소매 안에
　　　　　『♪: 유사한 말의 반복 → 구비 문학의 특성
다 너가주구 중국을 건너갔어요. 그래 중국을 건너가 중국 천자한테로 들어스니까는,」

　"조선서 들어온 사신입니다—사신입니다."
　　　　정승의 아들이 사신이 되어 중국 천자를 만나러 옴

하구 아뢰니,

　"아 그러냐?"구.
　　　천자의 말
　"그리믄 내가 첩서(牒書) 내린 거를 알구 왔느냐?"
　　　　　　　천자의 요구가 담긴 공문서
　"예 알구 왔습니다."

　"그러믄 뭐를 해 가주구 왔느냐? 가마 귀 가주구 왔느냐?"
　　　　　　　　　　　　　두만강 물을 모두 담을 가마
　"예."

　"그러믄 포장두 해 가주구 왔느냐?"
　　　중국 땅을 모두 덮을 바람막이 포장
　"예."

　"그러믄 가지구 들어오너라."

하니까는, 이 도포 소매에서 자 하나하구 주발 하나하구 내놔 줬어.
　　　　　　　천자의 요구가 비합리적임을 드러내기 위한 수단
　"그래 이게— 이걸루 어떻게 두만강을 재치며 이 바람을 막느냐?"니깐,
　　　　정승의 아들이 내놓은 물건에 의아해하는 천자
「"제아무리 천재라두 중국 땅이 몇 자 몇 치가 되는 줄 알아야 포장을 똑같이 지어 올

겁니다. 제아무리 천재래두…… 두만강에 물이 몇 백에 몇 말이 되는 거를 재 주십

시오. 글쎄 이 자로는 재서 적어 주시구 두만강은 이 주발루 퍼서 물을 재 주신다면,

제가 우리 조선에 나가서 그와 같이 똑같이 해 가주구 들어오겠습니다."」

　그러니깐 천자가 무릎을 딱 치면서,　「: 천자의 요구를 실현하기 위한 기본 전제로 중국 땅
　　천자가 자신의 요구가 비합리적이라는 것을 인정함　의 크기와 두만강 물의 양을 측량해 달라고 요청함
　　　　　　　　　　　　　　　　　　→ 문제 해결의 책임을 중국 천자에게 넘긴 것
　"아 조선도 인재가 있구나!"

　그리고 그때 벼슬을 줬대는 거예요.　▶ 정승의 아들이 지혜를 발휘하여 문제를 해결함
　　　정승의 아들이 보상을 받음

감상 포인트

중국 천자의 주장을 아이가 논리적으로 반박해 나가는 양상을 파악해야 한다.

• 소재의 의미와 기능

포장, 가마	• 정승의 아들이 거부한 것 • 천자의 요구에 따라 마련해야 하는 대상
자, 주발	• 정승의 아들이 요청한 것 • 천자의 요구가 비합리적인 것임을 드러내기 위해 활용된 대상

• 논박형 '아이 지혜담'의 일반적인 대화 구성

(어른의 주장)
어른의 온당치 않은
주장이나 요구, 처사 등이 제시됨

↓

(아이의 요구/대응)
아이가 어른의 특정한 반응을
유도하기 위해 새로운 상황을 조성함

↓

(어른의 반응)
어른이 첫 번째 주장과
모순되는 질문이나 답변을 함

↓

(아이의 반문)
아이가 상대방 발화 사이의
모순 관계를 지적함

↓

(어른의 인정)
어른이 자신의 주장이나
요구가 잘못되었음을 인정함

(※ 본문은 색 부분만 나타남)

• '하늘 덮을 천' 유형의 이야기

• 이 작품은 아이 지혜담 중에서도 '하늘 덮을 천' 유형에 해당하며 세부적 변이가 다양하게 나타난다.
• 권력관계에 있는 두 인물이 등장하고, 불가능한 요구를 하는 것이 특징이다. 이 유형의 불가능성은 무한에 가까운 어마어마한 수나 크기에서 기인하는 경우가 많다.
• 불가능한 요구나 질문에 대해서 같은 방식의 불가능한 요구나 질문으로 대응함으로써 논박하는 구조로 나타난다.
• 논박형 아이 지혜담의 일반적인 대화 구성에서 (어른의 반응 → 아이의 반문)이라는 세네 번째 단계가 함축되어 나타난다.

대화의 특징 파악

이 작품은 문제 상황 → 지혜 발휘 → 해결 결과(문제 해결)의 구조로 이루어진 아이 지혜담이다. 이때 아이의 지혜 발휘 과정이 상대방과의 논리적 대화 형태로 구체화되므로 이를 알아 두어야 한다.

단계	발화자	내용
1단계	어른	(요구) 어른의 온당치 않은 주장이나 요구, 처사 등이 제시됨
		중국 천자가 조선에 첩서를 보내어 중국의 모든 땅을 덮을 만한 바람막이 포장과 두만강 물 전체를 담을 가마를 바치라는 명령을 함
2단계	아이	(대응) 아이가 어른의 특정한 반응을 유도하기 위해 새로운 상황을 조성함
		정승의 아들이 천자에게 가 중국 땅의 크기와 두만강 물의 양을 먼저 측량해 달라는 요구를 함 → 천자의 불가능한 주장에 대해 동일하게 불가능한 요구를 기본 전제로 내세움으로써 문제 해결의 책임을 천자에게 돌림(전제 실현 불가 → 요구 실현 불가)
3단계	어른	(질문) 어른이 첫 번째 주장과 모순되는 질문이나 답변을 함
		생략
4단계	아이	(반문) 아이가 상대방 발화 사이의 모순 관계를 지적함 – 직접적인 반박
		생략
5단계	어른	(인정) 자신의 주장이나 요구가 잘못되었음을 인정함
		중국 천자가 자신의 요구가 비합리적이라는 것을 깨닫고 잘못을 인정함 → 중국 땅의 크기와 두만강 물의 양을 측량할 수 없으므로, 중국 땅을 모두 덮을 포장과 두만강 물을 모두 담을 가마를 준비하라는 요구는 실현될 수 없는 비합리적인 것임

+ 〈천자를 이긴 아이〉의 대화에서 3·4단계가 생략된 것에 대한 추측

- 3단계에서는 중국의 천자가 '어떻게 중국 땅의 크기와 두만강 물의 양을 측량할 수 있겠는가?' 정도의 질문을 하는 것이 가능함. 그러나 중국 천자는 그 말이 자신이 앞서 한 요구와 배치된다는 것을 깨달아 이와 같은 질문을 하지 않고 바로 5단계의 반응을 보였다고 볼 수 있음
- 3단계에서 천자의 질문이 나타나지 않았으므로 4단계 아이의 반문도 제시되지 않음. 만약 천자의 질문이 있었다면 '(측량하지 못한다면) 중국 땅을 모두 덮을 바람막이 포장과 두만강 물 전체를 담을 가마는 어떻게 만들 수 있겠습니까?'와 같은 반문을 통해 원래 요구의 부당함을 드러낼 수 있음

→ 천자와 아이의 대결을 중국과 조선이라는 국가적인 대결로 해석할 때 이를 대화의 형식으로 드러내는 것이 곤란하여 함축하고 있다는 추측이 가능함

외적 준거에 따른 감상

아이 지혜담에 등장하는 아이는 통념을 상징하는 어른에 맞서 대화를 통해 자신의 지적 능력을 보여 주는 존재로서 신화적 아이의 이미지를 가진 인물에 해당한다. 민담이 신화의 내용을 이어받아 형성되는 과정에서 일부 내용이 세속화되어 나타나므로 이를 파악해 두어야 한다.

+ 신화의 내용을 이어받은 '아이 지혜담'

	신화	민담
아이의 성격	신화적 영웅	세속적 인재
아이와의 대결 대상	신·신적인 존재	세속적 권력관계에서 우위의 존재 (중국, 정승, 양반, 아버지)
아이와의 대결 원인	신적 능력의 확인	권력자들의 세속적인 욕망
아이의 능력 표현	초현실적 능력이 과장된 형태로 나타남	과도하게 포장되지 않고 세속적인 훌륭함을 드러낼 수 있는 정도로 표현됨
아이의 능력 입증 후 결과	건국이나 왕위 계승 등을 통해 세상을 다스리게 됨	훌륭한 인재, 높은 관직에 진출했다는 식의 세속적인 성공으로 귀결됨

작품 한눈에

- **해제**
  〈천자를 이긴 아이〉는 논박형 아이 지혜담 중에서도 '하늘 덮을 천' 유형에 해당하는 민담이다. 중국 천자의 온당치 않은 요구에 나라가 근심에 빠지고 지혜로운 아이가 사신이 되어 집단의 문제를 해결한다는 비교적 단순한 구조의 이야기이다. 문제 해결의 과정에서 아이와 천자 사이에 논리적 연관 관계를 맺고 있는 대화가 펼쳐진다는 점이 특징적이다.

- **제목 〈천자를 이긴 아이〉의 의미**
  – 논리적 대화법으로 천자를 이긴 아이의 이야기
  천자가 중국의 모든 땅을 덮을 바람막이 포장과 두만강 물을 모두 담을 가마를 요구하자 어린 정승의 아들이 논리적 대화를 통해 그 주장의 비합리성을 인정하게 한다는 내용을 함축적으로 표현한 말이다.

- **주제**
  천자의 무리한 요구로 발생한 집단의 문제를 논리적 대화로 지혜롭게 해결한 아이의 재치

한 줄 평 | 원하는 것을 얻기 위해 거짓말로 상전을 속인 하인의 재치를 그린 이야기

종놈이 상전을 속이다 ▸ 작자 미상

💬 **전체 줄거리**

장면 포인트 ❶ 238P

주목 성주에 사는 김 진사의 집에는 득거리라는 하인이 있었는데, 그는 매우 교활한 사람이었다. 어느 날 김 진사가 중요하게 볼 일이 있어 득거리에게 자신이 탄 말을 몰게 한 후 길을 떠났다. 길을 가던 중 날이 저물어 여점(오가는 길손이 음식을 사 먹거나 쉬던 집 = 객점)에서 쉬게 되었다. 김 진사는 진수성찬(푸짐하게 잘 차린 맛있는 음식)이 가득 차려진 밥상을 받았다. 이를 본 득거리는 자신도 진수성찬을 먹고 싶어 군침을 흘렸지만, 상전인 김 진사는 득거리에게 음식을 한 숟가락도 나누어 주지 않았다. 이에 분한 마음이 든 득거리는 내일 아침에 김 진사가 밥을 한 숟가락도 먹지 못하게 한 후 자신이 다 뺏어 먹겠다고 마음속으로 결심하였다.

▸ 상전의 밥을 뺏어 먹으려고 꾀를 내는 득거리

다음 날 아침에 득거리는 부엌에 들어갔다. 마침 여점의 아낙이 밥상을 차리는 중이었다. 그런데 이날은 날씨가 매우 추워 수저에 얼음이 얼어 있었다. 이를 본 득거리는 아낙에게 자신이 모시는 샌님(김 진사)은 수저가 차가우면 밥을 먹지 않고 역정(몹시 언짢거나 못마땅하여서 내는 성)을 내니 수저를 뜨겁게 해야겠다고 말했다. 득거리는 차가운 수저를 숯불에 묻어 두었다가 상에 올렸다.

▸ 상전의 수저를 불에 달구어 상에 올리는 득거리

아침 밥상을 받은 김 진사는 식사를 하려고 숟가락을 들었다가 숟가락이 너무 뜨거워 자신도 모르게 "드거라('뜨거라'의 방언)!"라고 소리쳤다. 김 진사 옆에서 시중을 들고 서 있던 득거리는 김 진사의 이 말을 듣고는 "득거리, 여기 있습니다요."라고 말하고는 잽싸게 김 진사의 밥상을 들고 툇마루로 나왔다. 그리고는 김 진사가 먹어야 할 아침 밥상을 자신이 먹어 치웠다. 이를 본 김 진사는 득거리를 부른 것이 아니라 수저가 너무 뜨거워서 자신도 모르게 "드거라!"라고 소리친 것이라며, 주인이 식사를 한 숟가락도 뜨지 않았는데 밥상을 들고 나가 냉큼 먹어 치운 득거리의 당돌한 행동을 나무랐다. 김 진사의 꾸지람을 들은 득거리는 김 진사가 자신에게 밥상을 물려주려고 자신의 이름을 부른 줄 알았다며 변명을 하였다.

▸ 꾀를 써서 상전의 밥상을 먹어 치운 득거리

김 진사는 여점 아낙을 불러 수저를 불에 달군 이유를 물었다. 여점 아낙은 김 진사가 쓸 수저를 불에 달군 것은 자신이 한 일이 아니라며, 득거리가 부엌에 와서 김 진사는 수저가 차면 진지를 잡숫지 않는다고 제멋대로 수저를 가져다 숯불에 달군 것이라고 자초지종을 말해 주었다. 여점 아낙의 말을 들은 김 진사가 득거리를 다시 꾸짖었다. 그러자 득거리는 자신은 김 진사가 쓸 수저에 얼음이 얼어붙어 있는 것을 보고 차가워서 들지 못하겠다 싶어서 수저를 불에 쬐어 녹여서 김 진사가 잡숫기에 편안하게 하려고 한 것이라며 죄를 지을 줄 몰랐다고 변명하였다. 이에 김 진사는 밥상을 다시 한 상 시켜서 먹을 수밖에 달리 어찌할 도리가 없었다.

▸ 자신을 꾸짖는 김 진사에게 변명을 하는 득거리

다시 길을 떠나 10여 리쯤 가는데, 목이 마른 김 진사는 득거리에게 돈을 주고 술을 사 오도록 하였다. 술을 사 오던 득거리는 자신도 술을 마시고 싶어졌다. 그래서 득거리는 가던 길을 멈추고 길에 한참을 서서 술을 손가락으로 휘저었다. 이를 본 김 진사가 무엇을 하느냐고 묻자, 득거리는 술에 떨어뜨린 콧물을 건져 내고 있다고 하였다. 이를 들은 김 진사는 구역질이 나서 득거리에게 실컷 처먹으라고 소리를 질렀다. 득거리는 얼씨구나 하고 술을 들이켰다.

▸ 꾀를 내어 상전의 술을 뺏어 먹은 득거리

김 진사와 득거리가 다시 10여 리를 가는데, 진사가 똥이 마려워 득거리에게 말을 맡기고 일을 보고 돌아오니 득거리와 말이 모두 사라지고 없었다. 멀리 떨어진 곳에서 득거리가 말을 타고 달리는 모습을 본 김 진사는 돌아오라고 소리치고, 득거리가 말을 멈추자 김 진사는 화가 나서 득거리를 쫓아갔다. 김 진사가 혼을 내자 득거리는 말을 타고 달릴 생각이 없었다며 시험 삼아 말을 타 보았는데 이 말이 질주를 하는 바람에 자신이 제어할 수 없었다고 사과하였다. 그리고 멈추라는 김 진사의 목소리를 듣고 말이 멈추었다고 하자 김 진사는 더 이상 혼내지 못하고 분을 참으며 집으로 돌아올 수밖에 없었다. ▸ 말을 함부로 탄 후 변명하는 득거리

당시 고을 수령은 김 진사의 친구였는데, 김 진사는 득거리를 자기 힘으로 제어할 수 없자 수령에게 득거리의 죄를 다스리도록 부탁하는 편지를 써서 득거리에게 주고는 수령에게 가져다 주라고 하였다. 읍내로 간 득거리는 도중에 한 젊은 아낙이 아이를 업고 삶은 콩을 찧는 모습을 보았다. 삶은 콩이 먹고 싶던 득거리는 꾀를 내어 아기를 업고 방아를 찧는 것이 딱하다며 자신이 도와주겠다고 하였다. 아기를 안은 득거리는 확(돌절구 모양으로 우묵하게 판 돌) 위에 흩어진 콩을 줍는 척하다가 자배기(질그릇)에 콩을 퍼 담았다. 그리고는 갑자기 아기를 확 안에 집어 넣고는 자배기를 들고 도망쳤다. ▸ 심부름을 가던 중 아낙을 속이고 삶은 콩을 빼앗은 득거리

장면 포인트 ❷ 240P

득거리는 삶은 콩을 들고 길을 가다가 꿀 파는 사람을 만나 자신이 꿀을 모두 살 테니 꿀을 자배기에 모두 부으라고 하였다. 득거리는 꿀이 모두 다섯 되이고 두 냥 오 전이라는 말에 꿀을 살 수 없으니 도로 가져가라고 하였다. 꿀 장사가 꿀 값을 내놓으라고 독촉하자 득거리는 집에 가서 셈해 주겠다며 꿀 장사를 데리고 가서는 꿀떡을 만들었다. 꿀 장사가 무심코 득거리가 주는 꿀떡을 받아 먹자 득거리는 꿀 장사에게 꿀떡 값을 내놓으라고 하였다. 꿀 장사는 당황하여 꿀 값을 달라고 하지 못한 채 돌아갔다. ▸ 꿀 장사를 속이고 꿀을 빼앗은 득거리

김 진사의 편지 내용이 궁금했던 득거리는 지나가는 학동(글 배우는 아이)을 불러 꿀떡을 줄 테니 편지를 읽어 달라고 하였다. 자신의 죄를 물어 벌을 주라는 편지의 내용을 알게 된 득거리는 멀리 도망쳤다. ▸ 김 진사의 편지 내용을 알게 되자 도망가는 득거리

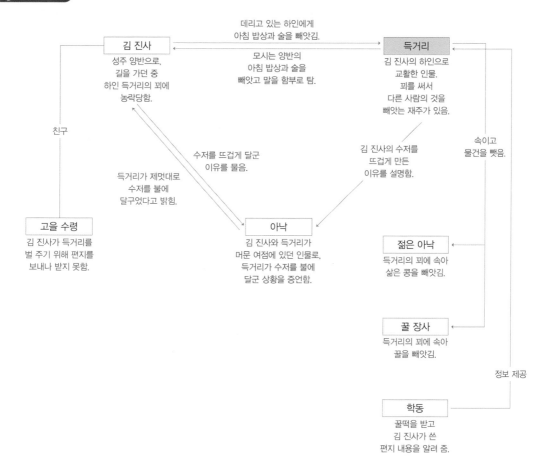

데리고 있는 하인에게
아침 밥상과 술을 빼앗김.

김 진사
성주 양반으로,
길을 가던 중
하인 득거리의 꾀에
농락당함.

모시는 양반의
아침 밥상과 술을
빼앗고 말을 함부로 탐.

득거리
김 진사의 하인으로
교활한 인물.
꾀를 써서
다른 사람의 것을
빼앗는 재주가 있음.

친구

수저를 뜨겁게 달군
이유를 물음.

김 진사의 수저를
뜨겁게 만든
이유를 설명함.

속이고
물건을 뺏음.

득거리가 제멋대로
수저를 불에
달구었다고 밝힘.

고을 수령
김 진사가 득거리를
벌 주기 위해 편지를
보내나 받지 못함.

아낙
김 진사와 득거리가
머문 여점에 있던 인물로,
득거리가 수저를 불에
달군 상황을 증언함.

젊은 아낙
득거리의 꾀에 속아
삶은 콩을 빼앗김.

꿀 장사
득거리의 꾀에 속아
꿀을 빼앗김.

정보 제공

학동
꿀떡을 받고
김 진사가 쓴
편지 내용을 알려 줌.

〈보기〉로 나오는 작품 외적 준거

〈종놈이 상전을 속이다〉 구성의 피카레스크적 면모

득거리라는 이름의 종놈이 상전을 실컷 골탕 먹이고 도주하는 이야기로, 득거리는 탈춤의 말뚝이에 대응되는 인물이다. 탈춤의 말뚝이는 양반의 권위를 형편없이 깔아뭉개는데, 득거리는 그런 면도 보이지만 일종의 사기꾼이라고 할 수 있다. 전반부는 득거리가 상전을 상대로 속이고 놀려 먹는 세 가지 일화가 연속되다가, 후반부로 가서는 득거리가 남의 삶은 콩과 꿀을 갈취하는 사기 행각을 벌이며, 마지막에는 득거리가 학동을 꾀어내어 편지의 비밀 사연을 알아내고 달아나는 것으로 끝난다. 전반부와 후반부를 구성하는 일화들은 서로 성격의 차이를 보이는데 작은 이야기류의 구비 전승 화소들이 결합하여 한 편을 이루고 있다. 이처럼 여러 화소가 조합을 이루게 되면 구성이 산만해지기 쉬운데, 이 작품은 '종놈이 상전을 속이다'라는 작품 표제에 명시된 대로 문제의 해법을 찾아가는 방향으로, 즉 상전의 의도와는 반대쪽으로 서사가 일관되게 진행되고 있다. 이로 인해 주인공의 성격이 못된 인간으로 부각되어 작품은 전체적으로 피카레스크 소설의 면모를 띠게 된 것이다. — 임현택, 《한국 서사의 영토 2》, 태학사, 2012

■ 피카레스크 소설: 16세기 중엽부터 17세기에 이르기까지 에스파냐에서 유행한 소설 양식. 주인공이 악한이며, 그의 행동과 범행을 중심으로 유머가 풍부한 사건이 연속되지만 대부분 악한의 뉘우침과 결혼으로 끝남.

- 이 작품은 득거리라는 하인이 거짓말로 상전인 김 진사를 속여 이득을 취하는 내용을 담은 문헌 설화이다. 인간적인 배려가 없는 주인을 재치와 임기응변으로 속여 넘기는 득거리의 말하기 방식에 주목하여 감상하도록 한다.
- 해당 장면은 득거리가 김 진사를 속여 밥과 술을 뺏어 먹고 그가 용변을 보는 사이에 말을 달려 골탕을 먹이는 상황이다.
- 득거리와 김 진사의 대결 구도와 자신의 욕망을 실현하기 위해 김 진사를 속이는 득거리의 말하기 방식을 파악하도록 한다.

★주목 성주(星州) 김 진사 댁에 득거리란 이름의 하인이 있었는데 매우 교활한 놈이었
<u>김 진사와 득거리의 관계를 알 수 있음 → 수직적 관계</u>　　　　　　　　　　<u>득거리의 성격을 직접적으로 제시함</u>

다. 하루는 김 진사가 어디 긴히 볼일이 있어 득거리에게 말고삐를 잡히고 길을 떠
　　　　　　　　　　　　　<u>득거리가 상전인 김 진사를 모시고 길을 떠나게 됨</u>

나, 날이 저물어서 여점에 들었다. 득거리가 상전의 밥상을 보니 진수성찬이 상에
　　　<u>예전에, 오가는 길손이 음식을 사 먹거나 쉬던 집</u>

가득히 차려져 있다. 물론 식욕이 동해 군침을 흘렸지만 상전은 단 한 숟가락도 베
　　　　　　　　　　　　　　　　　　<u>김 진사가 인간적인 배려가 없는 이기적 인물임이 드러남. 사건의 발단</u>

풀어 주지 않았다. 이에 분한 마음이 들어 '내게 좋은 꾀가 있다. 내일 아침은 상전

이 숟가락을 들지도 못하게 만들고 내 다 뺏어 먹으리라.'라고 혼자 다짐하였다.
<u>득거리의 심리적 반응 – 혼자 저녁밥을 먹은 상전을 속여 밥을 먹고 싶은 욕구를 채우고자 함</u>　▶ <u>득거리가 몰인정한 김 진사를 골탕 먹이기로 다짐함</u>

득거리가 이튿날 아침에 부엌으로 들어가니 여점 아낙이 마침 밥상을 차리는 중

이었다. 날씨가 몹시 추워 수저에도 얼음이 붙어 있었다.
　　　　　　<u>시간적 배경(겨울)이 득거리의 말에 신빙성을 부여함</u>

　"우리 샌님은 수저가 차면 잡숫지 않고 역정을 몹시 내시니 아무래도 뜨겁게 해야
　　　　　　　　　　　<u>몹시 언짢거나 못마땅하여서 내는 성</u>

겠소." └ <u>날씨가 추운 상황을 교묘히 이용한 거짓말. 밥을 빼앗아 먹기 위해 상전인 김 진사를 위하는 척함</u>

득거리가 그 아낙에게 이렇게 말하고는, 수저를 숯불에 묻었다가 상에 올리는 것
　　　　　　　　　　　　　　　<u>숟가락을 뜨겁게 달구어 김 진사가 숟가락을 들지 못하게 하려 함</u>

이었다. 김 진사는 상을 받아 놓고 앉아 숟가락을 들다가 뜨거워서 저도 모르게 소

리쳤다.

　"드거라!"
　<u>'뜨거워라'의 방언</u>

그때 마침 득거리가 옆에서 시중들고 섰다가 잽싸게
　　　　　　　<u>옆에서 직접 보살피거나 심부름을 하고</u>

　"예이! 득거리 여기 있습니다요."
<u>'드거라(뜨거워라)'와 자신을 부르는 말(득거라)의 말소리가 유사하다는 점을 이용함. 자신의 이름을 부른 것으로 오해한 것처럼 행동하는 득거리</u>

하며, 상전의 밥상을 들고 툇마루로 나와서 날름 먹어 치웠다.
　　　　　　　　　<u>'내 다 뺏어 먹으리라.'라는 다짐과 연결됨</u>

　"네놈을 부른 게 아니라, 수저가 너무 뜨거워서 나도 모르게 '드거라' 하고 소리친
　　<u>득거리</u>

것이다. 나는 밥 한술도 뜨지 않았는데, 네놈이 어찌 감히 당돌하게 주인 밥상을

들고 나가서 냉큼 먹어 치운단 말이냐?"

　"쇤네는 샌님께서 이 밥상을 물려주시려고 쇤네 이름을 부른 줄로 알았습죠. 참으
　<u>김 진사가 자신을 배려해 밥을 남긴 줄 알았다고 거짓으로 둘러댐 → 당시 하인은 상전이 먹고 남긴 밥을 먹었음</u>

로 죽을죄를 지었습니다요."

상전은 여점 아낙을 불렀다.

　"너는 어찌하여 내 수저를 불에 달구어 놓았느냐?"
　<u>여점 아낙이 숟가락을 달구었다고 판단하여 여점 아낙을 추궁함 → 김 진사의 어리석음이 드러남</u>

　"쇤네가 한 짓이 아닙니다. 나리 댁 하인이 부엌에 들어와 제게 샌님은 수저가 차
　<u>신분이 낮은 자가 자신을 낮추어 이르는 말</u>　　　　　　　<u>득거리</u>　　　　　　　<u>김 진사</u>

면 진지를 잡숫지 않는다고 제멋대로 수저를 가져다가 숯불에 달군 것입니다. 쇤

네는 정말로 아무 잘못도 없습니다."

■ 작품 분석 노트

- 〈종놈이 상전을 속이다〉의 구성
　〈종놈이 상전을 속이다〉는 각 편으로 존재하여 구비 전승되던 이야기가 결합하여 한 편의 작품이 된 것으로, 각각의 이야기는 다음과 같다.

첫 번째 삽화	김 진사가 저녁밥을 혼자서만 먹자, 이에 화가 난 득거리가 김 진사를 속여 김 진사의 아침밥을 뺏어 먹음
두 번째 삽화	김 진사가 목이 말라 득거리에게 술을 사 오라고 하자, 득거리가 김 진사를 속여 술을 뺏어 먹음
세 번째 삽화	김 진사가 볼일을 보기 위해 말에서 내리자, 그 사이에 득거리가 말을 달려 김 진사를 골탕 먹임
네 번째 삽화	득거리가 수령에게 편지를 전하라는 김 진사의 심부름을 하던 길에 방아 찧던 젊은 아낙을 속여 삶은 콩을 훔침
다섯 번째 삽화	득거리가 김 진사의 심부름을 하던 길에 꿀 장사를 속여 꿀을 빼앗음
여섯 번째 삽화	득거리가 길에서 만난 학동에게 부탁하여 김 진사의 편지 내용(고을 수령에게 득거리의 죄를 다스려 달라는 내용)을 알게 되자 멀리 도망침

김 진사가 다시 득거리를 꾸짖자 득거리가 아뢰었다.

"쉰네는 수저에 얼음이 얼어붙어 있기에 차서 들지 못하시겠다 싶어 불에 쬐어 녹
여, 나리께서 잡숫기 편하게 하려 한 것이었습니다. 이처럼 죄를 짓게 될 줄은 몰
랐사옵니다." 「」: 김 진사의 호된 꾸지람을 피하기 위한 득거리의 변명
　지체가 높거나 권세가 있는 사람을 높여 부르는 말

김 진사는 더 어찌할 도리가 없었다. 밥상을 종놈에게 빼앗기고 다시 한 상을 시
켜서 먹을 수밖에 없었다. ▶ 득거리가 꾀를 내어 김 진사의 아침밥을 뺏어 먹음

그러고 나서 다시 길을 떠나 10여 리를 갔다. 김 진사는 갑자기 목이 심히 말라 종
놈에게 돈을 주고 술을 사 오도록 하였다. 득거리는 술을 사 오다가 저도 마시고 싶
　　　사건의 발단
은 생각이 불쑥 일어났다. 그래서 길에 한참 서서는 손가락으로 술을 휘저었다.
　상전을 속여 술을 마시고 싶은 욕구를 채우고자 함

"너 지금 뭣하는 짓이냐?"

"콧물이 술에 떨어져 꺼내지 않을 수 없기에 이렇게 건져 내고 있습니다요."
　콧물이 술에 빠졌다고 거짓으로 고하여 김 진사가 술을 마시지 못하도록 손을 씀
김 진사는 구역질이 나서 "난 안 마신다. 네놈이나 실컷 처먹어라."라고 소리 질
　　　　　　　　　득거리의 거짓말에 속아 술을 뺏김
렀다. ▶ 득거리가 김 진사를 속여 술을 뺏어 먹음
　　　　　　　　술
득거리는 얼씨구나 하고 그것을 쭉 들이켰다. 다시 10여 리를 갔다. 김 진사가 똥
　득거리의 속내가 드러남
이 마려워 말을 종놈에게 맡기고, 후미진 곳에 가서 일을 보고 돌아와 보니 사람이
　사건의 발단　　　　　　　　　　　득거리가 말과 함께 사라짐
고 말이고 어디 갔는지 눈에 띄지 않았다. 깜짝 놀라 주변을 둘러보았으나 그림자도
눈에 띄지 않았다. 문득 앞길 몇 정 되는 곳에서 득거리 놈이 말을 달리는데 나는 듯
득거리와 말이 나타날 기미가 없음　거리의 단위. 약 109미터　　　　　　김 진사를 골탕 먹이려는 의도
하였다. 김 진사는 있는 힘을 다해서 소리쳤다.

"득거라, 네 이놈, 무슨 버르장머리냐? 빨리 말을 돌이켜 오너라."
　　　　　　　　　　　김 진사의 이동 수단
득거리는 그 소리를 듣고야 달리던 말을 멈추었다. 김 진사는 노기가 충천하여 빠
　　　　　　　　　　　　　　　　　　　　잔뜩 성이 남
르게 쫓아가느라 정신이 아찔하고 숨을 헐떡여 곧 죽을 지경이었다. 겨우 따라잡아
　　　　상전으로서의 권위와 체통이 무너짐
말고삐를 잡고 꾸짖었다.

"네놈에게 말을 달리지 말라고 당부했거늘 감히 상전을 무시하고 멋대로 말을 달
렸으니 네 죄는 단단히 매를 맞아야 할 것이다."

하며 주먹을 들고 호통치자 득거리는 또 사죄하였다.

"쉰네는 말을 타고 달릴 생각은 없었습니다. 한번 시험 삼아 올라타 보니 이놈 말
「」: 김 진사를 골탕 먹이기 위해 일부러 말을 달렸으면서도 천연덕스럽게 거짓말을 함. 표리부동(表裏不同)
이 질주하는데 바람같이 빨라서 쉰네 힘으로는 제어할 수가 없었습니다. 이놈이
　　　　　　　　말을 핑계로 대며 말을 타고 달린 것이 고의가 아니라고 주장함
달리는 대로 맡길 수밖에 없었는데, 샌님의 목소리를 듣고서야 멈추고 더 닫지를
　　　　　　　　　　　　　김 진사
않습니다. 필시 말도 역시 주인을 알아보아서 소인으로 하여금 함부로 내달지
　　　　　　　　　　　　　　주인　　　　　　소인　득거리
못하게 하는 것 같습니다. 백번 죽을죄를 지었습지요."
　　　　　　　　　　　　표면적으로는 순종적인 태도를 취함
김 진사는 분을 참고 참으며 집으로 돌아왔다.
　　　　　　　　　　　▶ 김 진사가 볼일을 보는 사이에 득거리가 말을 달려 김 진사를 골탕 먹임

감상 포인트
작품이 지닌 서사 구조(상대 속이기 → 욕구 충족하기)를 바탕으로
작품의 주제 의식을 파악한다.

• 〈종놈이 상전을 속이다〉의 대립 구도

갈등	
김 진사	득거리
하인에 대한 배려심이 없고 고 기적인 상전(지 배충)	어리석은 듯 행동하면서 상전을 농락하는 하인 (피지배충)

득거리는 인색하고 근엄한 상전을 꾀를 내어 속임으로써 원하는 바를 얻음

↓

효과
• 골계미를 드러냄 • 지배충과 당대 세태에 대한 조롱과 비판을 드러냄

• '득거리'가 술을 차지할 수 있었던 이유

• 김 진사는 득거리가 손가락으로 술을 휘저었는 것을 봄 • 김 진사는 콧물이 술에 떨어졌다는 득거리의 말을 믿음

득거리는 김 진사가 더러운 것을 싫어한다는 점을 이용하여 술을 독차지할 수 있었음

• 소재의 의미

밥, 술	• 양반만 저녁상을 받음 → 상하의 엄격한 구분과 김 진사의 몰인정함을 보여 줌 • 김 진사의 밥과 술을 득거리가 뺏어 먹음 → 득거리가 상전을 속여서 얻은 이익
말	• 양반의 이동 수단 → 상하의 엄격한 구분을 보여 줌 • 김 진사를 두고 득거리 혼자 말을 달림 → 득거리가 상전을 농락하는 수단

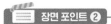
- 해당 장면은 득거리가 꿀 파는 사람을 속여 꿀을 빼앗고, 지나가는 학동의 도움으로 김 진사의 편지 내용을 듣고는 벌 받을 것이 두려워 도망치는 부분이다.
- 속고 속이는 것이 반복되는 서사 전개를 중심으로 득거리의 심리와 태도를 이해하고, 편지의 의미와 기능을 파악하도록 한다.

[앞부분의 줄거리] 득거리는 고을 수령에게 편지를 전하라는 김 진사의 분부에 따라 읍내로 향하던 중 아이를 업은 채 삶은 콩을 찧는 젊은 아낙을 보고, 아이를 봐 주겠다며 아낙을 속이고 콩을 훔쳐 도망친다.

득거리는 삶은 콩 자배기를 들고 길을 계속 가다가 꿀 파는 사람을 만났다.
<u>아낙을 속여 얻은 이익</u>

"이 꿀 값이 얼마요?"
<u>욕망의 대상</u>

"한 사발에 오 전이오."
<u>동글넓적하고 아가리가 넓게 벌어진 질그릇</u>

「내 이 꿀을 몽땅 사리다. 당신은 꿀을 이 자배기에다 쏟아부으슈.」
「ㄱ: 꿀을 살 듯이 하면서 일단 돈을 주지 않고 삶은 콩에 꿀을 묻히려 함 → 꿀 장사를 기만하여 꿀을 가로채려 함

<u>꿀 장사는 그의 말대로 꿀을 전부 자배기에 쏟았다.</u> 득거리가 하늘을 쳐다보고 한
<u>득거리의 말을 무조건 믿는 실수를 함</u>

참 서 있더니 묻는다.

"이 꿀이 모두 몇 되나 되우?"
<u>부피의 단위</u>

"다섯 되요."

<u>득거리는 깜짝 놀라며 말했다.</u>
<u>거짓으로 놀란 척함. 교활함</u>

"다섯 되라면 값이 두 냥 오 전이 아니오? 내 힘을 헤아리지 않고 경솔히 말했소.

지금 생각해 보니 값이 많아 살 수가 없구려. 꿀을 도로 가져가구려."
<u>꿀 장사가 꿀을 되돌려받기 어렵다는 것을 알고 있으면서도 모르는 체함</u>

꿀 장사는 화를 내 봤자 아무 소용이 없었다. 다시 꿀을 따르니 태반이나 삶은 콩

이 묻어 있었다. 꿀 장사가 꿀 값을 내놓으라고 독촉하자 득거리가 말하는 것이었다.

"나를 따라오슈. 내 꼭 집에 가서 셈해 주리다."
<u>꿀 값을 치르겠다고 상대를 안심시키며 자신을 따라오도록 유인함</u>

꿀 장사는 하는 수 없이 그의 뒤를 따라갔다. 득거리는 삶은 콩에 뒤범벅이 된 꿀
<u>자신을 속인 득거리가 못 미더우나 돈을 받기 위해 그를 따라감</u>

과 콩을 섞어서 꿀떡을 만들었다. 그걸 꿀 장사에게 주며 말했다.

"이거 참 맛이 좋군, 한번 먹어 보려요?"
<u>꿀떡을 먹임으로써 꿀 값을 대신하려는 의도가 담김</u>

꿀 장사는 무심코 받아먹었다. <u>그러자 득거리는 그에게 꿀떡 값을 내놓으라고 하는</u>
<u>적반하장(賊反荷杖). 자신의 욕구를 충족하기 위해 꿀 장사를 기만함</u>

<u>것이었다.</u> 꿀 장사는 당황하여 꿀 값은 더 추궁하지 못하고 돌아섰다. ▶ 득거리가 꿀떡을 내어
<u>꿀떡을 받아먹는 바람에 낭패를 본 꿀 장사 → 득거리에게 꿀을 빼앗김</u>   꿀 장사의 꿀을 가로챔

득거리는 읍내에 당도해 김 진사의 편지 내용이 궁금하여 지나가는 <u>학동</u>을 붙들
<u>글을 아는 사람. 득거리가 위기를 모면하도록 도움</u>

고 말을 붙였다.

🔲 감상 포인트
서사 전개에 주목하여 인물의 심리와 태도를 파악한다.

"이 꿀떡을 줄 터이니 편지를 읽어 다오."
<u>득거리는 종의 신분이므로 글을 읽을 수 없음</u>

학동은 편지를 개봉해서 내용을 들려주었다.

"맑은 바람이 이는 연막에 들르지 못한 지도 오래되었소. '석양 노을, 봄 나무'에
<u>왕래한 지 오래 되었음</u>

그대를 간절히 그리며 우러러 읊기를 하오만 한 몸이 얽매인바 되어 대신 종놈을

보내 안부를 전합니다. 이번에 가는 <u>이놈</u>은 교활하고 사나워 상전을 모욕하고 제
<u>득거리</u>

작품 분석 노트

- **설화의 유형 – 트릭스터담**
  - 재치를 발휘하여 사람들을 속이면서 자신의 욕망을 채우는 인물형인 트릭스터(trickster)가 주인공으로 등장하여 그 성격을 잘 표현하는 이야기
  - 일종의 사기꾼인 주인공이 기지와 말솜씨를 이용하여 상대방을 속이고 골탕 먹여 자신의 이익을 챙기는 이야기가 많은 부분을 차지함
  - 반드시 속이는 사람과 속는 사람이 등장해야 트릭스터담이 되는 것은 아님 → 재미있는 말로 웃음이나 통쾌함을 유발하는 이야기도 트릭스터담이 될 수 있음

※ 트릭스터: '속임수를 쓰는 자'로 정의되어 온 인물형으로, 공간, 시간, 사회, 언어 등 모든 면의 경계에 존재하면서 다른 이를 속이고 장난치며 사회 질서를 공격하는 특성을 가진다. 트릭스터는 자신의 행동이 가져올 결과를 두려워하지 않고 현재의 욕망에 충실하며 자신이 얻고자 하는 것을 얻기 위해서라면 도덕적 규범은 고려하지 않는다.

- **'편지'의 내용과 의도**

편지의 내용
• 김 진사가 친구인 고을 수령에게 안부를 전하고자 함
• 친구에 대한 김 진사의 애틋한 정이 드러남
• 부정적 속성을 지닌 하인 득거리의 행태를 고발함
• 편지를 전하는 득거리를 처벌해 줄 것을 부탁함

↓

의도
김 진사가 계층적 우위와 친분을 이용해 자신을 우롱한 득거리를 벌하고자 함

동료들을 능멸하기를 일쑤로 한다오. 내가 치죄를 하자 해도 놈이 강포한 것이 두려워 형벌을 실시하지 못하고 있다오. 이번에 이 편지를 가지고 아문에 이르면 성주께옵선 바라노니 이놈을 잡아다 엄히 죄를 묻고 벌을 독하게 가하여 이놈의 패악한 소행을 영원히 고치도록 해 주시면 천만다행이겠소이다."

이 사연을 듣고 나자 득거리는 저도 모르게 등에 땀이 흘렀다. 드디어 학동에게 떡 하나를 집어 주고는 멀리 도망을 쳤다.

▶ 득거리가 김 진사의 편지 내용을 듣고 두려워 도망침

이 작품은 원하는 것을 얻기 위해 상대를 속이는 인물의 행동이 반복적으로 나타나고 있으므로, 상대를 기만하는 인물의 말하기 방식을 파악할 수 있어야 한다.

+ '득거리'의 말하기 방식

"우리 샌님은 수저가 차면 잡숫지 않고 역정을 몹시 내시니 아무래도 뜨겁게 해야겠소."	날씨가 몹시 추워 수저에 얼음이 얼어붙어 있는 상황을 교묘하게 이용하여 여점 아낙을 속임
"예이! 득거리 여기 있습니다요."	발음의 유사성을 이용하여 김 진사가 자신을 부른 것으로 잘못 알아들은 척함
"쇤네는 수저에 얼음이 얼어붙어 있기에 차서 들지 못하시겠다 싶어 불에 쬐어 녹여, 나리께서 잡숫기 편하게 하려 한 것이었습니다."	김 진사를 위한 행동이었다고 억지를 부림으로써 김 진사의 추궁을 차단함
"필시 말도 역시 주인을 알아보아서 소인으로 하여금 함부로 내닫지 못하게 하는 것 같습디다. 백번 죽을죄를 지었습지요."	대상의 권위를 인정하는 듯한 말을 하면서 김 진사를 우롱함

이 작품의 특징을 종합적으로 이해하고 파악할 수 있어야 한다.

+ 〈종놈이 상전을 속이다〉의 특징

	득거리	김 진사
주요 갈등 양상	• 신분적으로 우위에 있는 김 진사를 속여 이익(밥, 술)을 취하려 함 • 김 진사의 당부를 어기고 말을 달려 김 진사를 골탕 먹임	• 하인인 득거리의 속임수에 넘어가 밥, 술을 빼앗김 • 볼일을 보러 간 사이에 득거리와 말이 사라져 낭패를 봄

주제 의식	거짓말로 사람들을 속여서 이익을 취하는 하인 득거리의 재치
소재의 의미	'밥', '술', '콩', '꿀'은 모두 득거리가 얻고자 하는 대상이자, 거짓말로 빼앗는 대상에 해당함
서술상의 특징	• 중심인물의 행동을 중심으로 하여 유사한 구조의 이야기가 반복됨 • '상대 속이기 → 욕구 충족하기'의 서사 구조를 보여 줌

인물	김 진사	• 득거리의 배고픔을 헤아려 주지 않는 몰인정한 상전으로, 득거리에게 여러 번 속임과 조롱을 당함 • 득거리에게 당한 일에 대한 분을 풀기 위해 친구인 고을 수령에게 득거리를 처벌해 달라는 편지를 보냄
	득거리	• 이득을 취하기 위해 꾀를 내어 다른 사람(상전, 젊은 아낙, 꿀 장사)들을 속임 • 김 진사가 친구에게 보낸 편지로 인해 벌을 받을 위기에 처하자 도망침
	젊은 아낙	득거리에게 속아 삶은 콩을 빼앗김
	꿀 장사	득거리에게 속아 꿀을 빼앗김
	학동	편지를 읽어 줌으로써 득거리가 위기를 모면하도록 도움

• 해제
〈종놈이 상전을 속이다〉는 《거면록》에 '노만상전'이라는 제목으로 수록된 문헌 설화로, 개별적으로 구비 전승되던 이야기를 한데 유기적으로 연결하여 한 편의 이야기로 만든 작품이다. 이 작품은 전반부에서 하인인 득거리가 상전인 김 진사를 기만하고 골탕 먹이는 세 가지 일화가 연속되다가 후반부에서 득거리가 다른 사람의 콩과 꿀을 빼앗고 편지의 사연을 알아낸 뒤 달아나는 내용으로 끝이 난다. 이 작품의 주인공인 득거리는 트릭스터라는 인물형에 해당하는데, 트릭스터는 이익을 얻기 위해 남을 속이고 장난하며 사회 질서를 공격하는 특성을 가진다. 이러한 득거리의 모습은 해학적 웃음을 주는 동시에 계급 사회에 대한 비판을 담고 있다.

• 제목 〈종놈이 상전을 속이다〉의 의미
– 상전인 김 진사를 농락하는 득거리의 이야기

말솜씨와 재치가 뛰어난 하인 득거리가 주인을 교묘하게 속이고 골탕 먹이는 이야기로, 상하 관계가 역전되는 내용을 통해 독자에게 위안과 웃음을 주고 있다.

• 주제
거짓말로 상전을 속여서 이익을 취하는 하인 득거리의 재치

수성지 ▶ 임제

💬 전체 줄거리

장면 포인트 ❶ 246P

천군이 즉위하여 인(仁)·의(義)·예(禮)·지(智)·희(喜)·노(怒)·애(哀)·낙(樂) 등을 신하로 삼아 다스리니 제각기 직분에 충실하여 태평성대를 누렸다. 천군이 왕이 된 지 두 해가 지난 어느 날, 한 늙은이가 스스로 자신의 이름을 주인옹이라 하며 상소를 올렸다. 주인옹은 위태로움은 편안함에서 생겨나므로 현명한 군주라면 예기치 않은 변고와 뜻하지 않은 재난에 대비해야 한다고 했다. 그리고 문장과 서화에 빠져 고금의 영웅들을 생각하며 밤낮으로 도홍(벼루)과 모영(붓)을 가까이 하는 천군의 태도를 지적했다.

▶ 천군에게 조언하는 주인옹

하지만 천군은 문장을 즐기는 마음을 끝내 버리지 못하고 계속하여 고금의 일을 읊조리곤 했다. 천군이 이러하자 주인옹이 다시 찾아와 고금의 일을 읊조리는 것은 올바른 마음을 보존하는 데 보탬이 되지 않으며, 글을 짓는 일은 선한 성품을 기르는 데 아무런 유익함이 없다고 거듭 조언했다. 그리고 인(仁)·의(義)·예(禮)·지(智)·희(喜)·노(怒)·애(哀)·낙(樂) 등을 잘 다스리고 중화를 이루어 어느 한쪽으로 치우침 없는 나라를 만들어야 한다고 주장했다. 천군은 주인옹의 말에 감동하여 스스로의 허물을 반성했고, 신하들을 모아 모두 맡은 바 중책을 저버리지 않도록 하라는 명을 내렸다.

▶ 주인옹의 거듭된 조언을 듣고 깨달음을 얻은 천군

그해 가을 어느 날, 갑자기 칠정(사람의 일곱가지 감정) 중 하나인 애공이 찾아와 가을의 풍경에 대해 장황한 이야기를 늘어놓으며 도대체 무엇 때문에 시름겨운 것인지 그 까닭을 모르겠다는 상소를 올렸다. 그 글을 읽은 천군은 어느새 걱정하는 마음이 일어나 좋지 않은 표정을 짓게 되었다. 마음이 흐트러진 천군은 의마에 수레를 연결하여 세상에 나아가려 했다. 그러나 주인옹이 말 앞을 가로막고 간언하자 반묘당가에 말을 멈추었다. ▶ 천군에게 쓸쓸한 마음이 깃듦.

이때 격현 사람 하나가 천군 앞에 나타나 흉해에 파도가 치며 태산과 화산이 바다 가운데로 옮겨 오고 있음을 고했다. 이러한 변괴는 평소에 없던 것이어서 모두 의아해하고 있었는데 멀리서 두 사람이 걸어오는 것이 보였다. 한 사람은 안색이 초췌하고 몸이 수척했는데 눈썹에는 나라를 걱정하는 마음이 가득했고 눈에는 임금을 그리는 눈물이 가득했다. 뒤따라 온 사람은 정신이 맑고 얼굴이 관옥처럼 아름다웠다. 이들은 천군의 땅이 매우 넓으니 한 귀퉁이에 뇌외(돌무더기)를 빌려 성을 쌓기를 청했다. 천군은 그들의 부탁을 들어주었다. 천군이 몸소 나아가 성 쌓는 모습을 바라보니 일만 줄기 원통한 기운과 일천 주름의 수심 가득한 구름 속에 옛날의 충성스러운 신하와 의로운 선비들, 죄 없이 죽어 간 사람들이 쓸쓸하고 풀죽은 모습으로 주변을 오가고 있었다. 이곳은 근심과 한이 모인 곳이므로 '근심의 성'이라고 이름 붙였다. 성안에는 조고대(옛일을 조문하는 누대)가 있었고 충의문·장렬문·무고문·별리문이라는 네

개의 문이 있었다. 천군이 네 문을 열고 들어가 조고대에 오르니 원한과 울분을 품은 사람들이 들어오는 것이 보였다. 천군은 관성자(붓)에게 그 광경을 기록하도록 했다. 천군은 관성자의 글을 다 읽고는 근심을 이기지 못하여 번민하며 그해가 다 가도록 울울해했다. ▶ 근심의 성으로 인한 천자의 근심과 걱정

천군은 계절이 바뀌어 봄이 되었는데도 근심, 걱정에서 벗어나지 못했다. 이를 염려한 주인옹은 천군에게 국생의 아들인 국양(술)을 들여 벼슬을 내리고 근심의 성을 평정하게 한다면 순박한 옛날의 기풍을 회복할 수 있을 것이라는 글을 올렸다.

▶ 근심의 성을 평정할 것을 간언한 주인옹

장면 포인트 ❷ 249P

주목 천군은 주인옹의 간언을 받아들이고 공방을 불러 국양을 데려 오라고 명령했다. 천군의 명을 받은 공방은 국양을 만나기 위해 백문과 함께 길을 나서 강촌과 산촌을 두루 다녔지만 국양을 만날 수 없었다. 그러던 중 목동 하나를 만나 국양의 행방을 물었다. 목동은 국양이 녹양촌 안의 붉은 살구꽃이 핀 담장 안에 있다고 알려 주었다. 공방은 국양을 만나 천군이 근심의 성 때문에 힘들어하시다가 아침저녁으로 국양이 오기를 바라고 있음을 전해 주었다. 국양이 병사를 일으켜 뇌주에 이르니 천군이 모영을 보내 국양을 삼주대도독 겸 구수대장군(근심을 물리치는 대장군)으로 임명한다는 뜻을 전했다. 그리고 진퇴의 시기를 짐작하여 근심의 성을 토벌할 것을 명했다. 국양은 즉시 천군에게 감사하는 표를 지어 올렸다. ▶ 근심의 성을 토벌하기 위해 국양을 부르는 천군

국양은 반드시 근심의 성을 소탕하고 돌아올 것을 맹세하였다. 국양은 근심의 성 근처 해구에 배를 정박한 뒤 모영을 불러 근심의 성에 보낼 격문을 짓게 했다. 그리고 출납관(입)을 시켜 임금에게 쫓겨난 신하, 근심에 잠긴 아낙, 절개 있는 선비와 시인들이 근심의 성으로 몰려들어 우환이 된 지 오래이니 항복하라는 내용의 격문을 읽게 했다. 그러자 성안 가득한 사람들이 모두 항복할 마음이 생겼지만, 오직 굴원만이 굴복하지 않고 머리를 풀어헤치고 어디론가 달아났다. 국양이 해구로부터 파죽지세로 내려오니 성문이 저절로 열렸으며 성안의 모든 사람들이 항복했다. 천군이 영대에 올라 바라보니 구름이 사라지고 안개가 걷혔으며 따뜻한 바람과 햇빛이 가득했다. 지난날 슬픔, 괴로움, 원망, 한, 분노, 근심하던 자들도 평온한 마음을 갖게 되었다. 이후 천군은 국양에게 벼슬과 재물을 주며 공덕을 예찬하였다. ▶ 근심의 성을 항복시키고 안정을 되찾은 천군의 나라

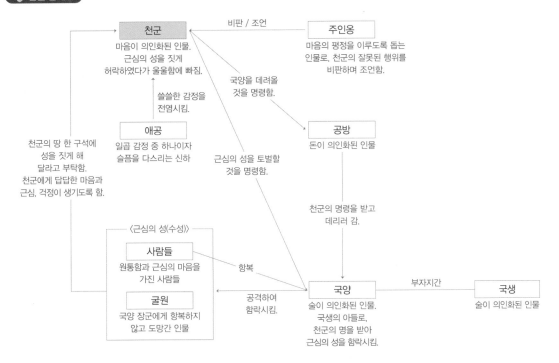

근심의 성(수성)

천군 — 비판 / 조언 → 주인옹
마음이 의인화된 인물. / 마음의 평정을 이루도록 돕는 인물로, 천군의 잘못된 행위를 비판하며 조언함.
근심의 성을 짓게 허락하였다가 울울함에 빠짐.

쓸쓸한 감정을 전염시킴.

애공
일곱 감정 중 하나이자 슬픔을 다스리는 신하

국양을 데려올 것을 명령함.

천군의 땅 한 구석에 성을 짓게 해 달라고 부탁함. 천군에게 답답한 마음과 근심, 걱정이 생기도록 함.

공방
돈이 의인화된 인물

근심의 성을 토벌할 것을 명령함.

천군의 명령을 받고 데리러 감.

〈근심의 성(수성)〉
사람들
원통함과 근심의 마음을 가진 사람들

굴원
국양 장군에게 항복하지 않고 도망간 인물

항복 / 공격하여 함락시킴.

국양
술이 의인화된 인물. 국생의 아들로, 천군의 명을 받아 근심의 성을 함락시킴.

부자지간

국생
술이 의인화된 인물

〈보기〉로 나오는 작품 외적 준거

〈수성지〉의 문학사적 의의

이 소설은 조선 선조 때 임제가 지은 한문 단편 소설로, 임제가 북평사에서 서평사로 전출하던 때에 길을 멈추고 현실에 대한 불만과 울적한 심정을 의인화하여 표현한 작품이다. 인간의 심성을 의미하는 천군이 수성(근심의 세계)을 쳐서 우울한 기분을 물리치고 주연을 베풀어 명량함을 되찾는다는 것인데, 현실 도피하기보다는 현실 풍자 수법으로 현실에 대한 불만과 울분을 토로한 것이다. 인간의 마음을 의인화한 천군은 마음이 만물의 주인이라는 뜻으로 주인공이며 그 외에 여러 사물들, 술, 돈 등이 의인화되어 있다. 작품의 전반부는 〈천군전〉 같은 초기 천군 소설의 영향을 받은 것으로 보이지만, 후반부에서 수성을 격파하고 국양 장군이 활약하는 상황은 임춘의 〈국순전〉, 이규보의 〈국선생전〉 등의 영향을 받은 것으로 보인다. 기존의 천군 소설과는 다르게 허구적 수법으로 복잡한 내용을 표현하는 데 커다란 진전을 보이고 있기는 하지만 본격적인 소설로는 아직 미숙한 단계에 머물러 있다. 또한 〈수성지〉는 사물을 의인화하는 가전체의 기법을 따르고 있지만 심적 세계와 사물의 세계가 공존하고 가전 문학의 일대기 형식을 벗어난 점이나 서술상의 평이 없는 점 등을 고려하면 가전체 문학이 소설 쪽으로 발전된 것으로 볼 수 있다.

천군 소설은 심성을 의인화한 가전체 소설로, 주로 심(心), 곧 천군, 이성을 대표하는 인물이나 감성을 대표하는 인물이 등장하며 온몸에서 일어나는 마음이 통하고 정이 생기는 모든 사건들을 소재로 다루고 있다. 공간적 배경은 천군의 나라이며, 소재와 주제도 대부분 천군과 관계되는 마음에 따른 것이다. 하지만 심성을 의인화 문학이라고 해서 모두가 천군 소설은 아니다. 이 소설의 작가들은 사대부로서 대부분 관직 생활을 하다가 은거하거나 유배된 문인들이다. 천군 소설은 16~19세기에 이르는 조선의 사상, 특히 성리학의 영향을 많이 받았다. 또한 전대의 가전체 소설과 당나라 가전체 작품에서 깊은 영향을 받았다. 고려 후기와 조선 전기에 성행했던 가전체 소설이나 전(傳)의 형식에서 사물이나 동식물을 의인화하여 어떤 도리나 새로운 의미를 보여 주었던 서사 기법을 계승하고 발전시켜 자신들이 중시하고 집착했던 마음의 법칙을 의인화한 것이다. 그래서 인간 심리를 깊이 성찰하고 마음의 행로를 구체적으로 나타내었다. 16세기 중기에 나온 〈천군전〉부터 19세기 초의 〈천군실록〉에 이르기까지 천군 소설은 소설을 금기시하던 사대부들이 직접 소설을 창작하고, 소설 속에 성리학의 심성론을 적용시킴으로써 소설과 사대부, 소설과 성리학의 거리를 좁혔다는 문학사적 의의를 갖고 있다.

– 임제 원작, 이미애 엮음, 《수성지》, 2009

- 이 작품은 인간의 마음과 감정을 의인화한 천군 소설이다. 천군(마음)이 다스리는 나라에 '근심의 성'이 자리 잡으며 원한과 시름을 안고 죽은 이들이 모여 드는 일이 발생하고, 이 '근심의 성'을 국양(술)이 함락시키면서 평온을 되찾는 과정을 그리고 있다.
- 해당 장면은 천군이 시름과 관련한 애공(슬픔)의 상소를 읽고 마음의 평안이 흐트러진 일화와 두 사람이 나타나 천군의 땅 한 귀퉁이에 성을 쌓기를 청하며 '근심의 성'이 만들어지는 부분이다.
- 의인화되어 나타나는 각 인물의 특성 및 역할, 전고(典故, 전례와 고사)의 활용 등 표현 기법에 주목하여 작품을 감상하도록 한다.

[앞부분의 줄거리] 천군이 즉위하여 사단(인·의·예·지), 칠정(희·노·애·낙·애·오·욕), 오관(귀·눈·입·코·피부) 등을 신하로 삼아 다스리니 제각기 맡은 바 임무를 잘 수행하여 태평성대를 이루었다.
<small>기쁨·노여움·슬픔·즐거움·사랑·미움·욕심</small>
2년 뒤, 정신이 맑고 풍모가 고고한 한 노인이 자신을 주인옹이라 하며 천군 앞에 나타나 예기치 않은 변고와 뜻하지 않은 재난을 경계하며 치우침 없이 나라를 다스려 중화에 이를 것을 간언한다.

복초(復初) 원년 가을 8월에 천군(天君)이 무극옹(無極翁)과 함께 주일당(主一堂)
<small>연호. 처음의 본성으로 돌아간다는 뜻</small> <small>천지만물의 본원인 무극의 의인화</small> <small>마음의 의인화</small> <small>마음을 오로지하는 집. '주일'은 성리학의 경(敬)을 의미함</small>
에 앉아 은미하고 정밀한 이치를 탐구하고 있는데, 갑자기 칠정(七情) 중 애공(哀公)
<small>묻히거나 작아서 알기 어렵고</small> <small>슬픔의 의인화</small>
이 와서 감찰관(監察官)·채청관(採聽官)과 함께 상소를 올렸다.
<small>눈의 의인화</small> <small>귀의 의인화</small>

엎드려 살피건대 하늘은 적막하고 가을바람은 서늘하며, 우물가 오동나무에는 차가운 기운이 일고 대숲에는 이슬이 떨어집니다. 귀뚜라미 울음소리에 풀이 시들고 기러기 울음소리에 구름은 차가우며, 낙엽은 우수수 떨어지고 부채는 버려져 잊혀가며, 반악(潘岳)의 귀밑머리는 하얗게 세고 송옥의 시름은 깊어 갑니다. 장안의 조
<small>초나라의 문인. 굴원의 제자로 애상적이고 낭만적인 시를 씀</small>
각달은 일만 여인의 다듬이질 소리를 재촉하고, 여인은 옥관 향한 외로운 꿈에 몸
<small>미남으로 유명한 진의 문인. 자신의 귀밑머리가 센 것을 보고 〈추흥부〉를 지었다고 함</small> <small>서역으로 나가는 변경의 관문</small>
이 여위어 옷이 헐렁해지며, 심양의 단풍잎과 갈대꽃에 백거이(白居易)는 눈물로 푸
<small>당나라 이백의 시 〈한밤중의 오나라 노래〉에서 따온 말</small> <small>변방에 나간 남편을 그리워하는 마음</small>
른 적삼을 적시고, 무산의 국화꽃과 일엽편주에 두보의 백발은 더욱 숱이 줄었다는
<small>당나라 시인 백거이의 시 〈비파행〉에서 따온 말</small>
것이 바로 지금의 풍경입니다. 더구나 밤비는 장문궁(長門宮) 외로운 베개로 들이치
<small>당나라 시인 두보의 시 〈추흥〉과 〈춘망〉에서 따온 말</small>
고, 달빛 아래 서리는 연자루(燕子樓)에 있는 한 사람을 위해 내리니, 초나라 난초는
<small>근심과 슬픔을 불러일으키는 풍경</small> <small>한나라 무제의 진황후가 총애를 잃은 뒤에 거처한 궁궐</small>
향기가 다했고 푸른 단풍나무는 쓸쓸하며, 상비(湘妃)의 눈물이 말라 반죽(斑竹)은
<small>백거이의 시 〈연자루〉에서 따온 말</small>
처연합니다. 「시름이 만물 때문에 시름겨운 것인지, 만물이 시름으로 인하여 시름겨
<small>소상반죽 고사에서 따온 말</small>
운 것인지 모르겠습니다. 시름겨워도 시름겨운 이유를 알 수 없으니, 또한 시름겹지
<small>「♪: 시름겨우니 무엇 때문에 시름하는지 원인을 알지 못함</small>
않은 이유를 어찌 알겠습니까? 무언가를 보고서 시름겨운 것인지, 무언가를 듣고서
시름겨운 것인지, 실로 그 까닭을 모르겠습니다.」 신등이 모두 외람되이 관직을 차지
<small>애공(슬픔), 감찰관(눈), 채청관(귀)</small>
하고 있어 감히 숨기지 못하고 삼가 번거롭게 아뢰나이다.

천군이 다 읽고 걱정하며 좋지 않은 표정을 지었다. 그러자 무극옹은 작별 인사도
<small>시름에 관한 상소를 읽고 마음의 평안을 잃음</small>
하지 않고 떠났다. ▶ 애공이 올린 상소를 읽고 천군의 마음이 흐트러짐

천군은 의마(意馬)에 수레를 연결하도록 명하여 온 천하를 두루 다니며 주(周)나
<small>의(意)의 사물화. 번뇌나 망상 등으로 헝클어진 마음을 의미함</small> <small>주나라 목왕이 여덟 마리 준마를 타고 천하를 두루 다녔다는 고사</small>
라 목왕(穆王)의 고사를 본받고자 했다. 주인옹이 말 앞을 가로막고 간언하자 천군

- 〈수성지〉의 표현상 특징

  - 역사적 전례와 고사의 활용이 많음
  - 동일한 음(音)의 한자어를 활용하여 중의적 의미를 형성하는 구절이 많음 → 작품 감상 및 내용 파악을 어렵게 함

- 전고의 활용 ①

장안의 조각달은 일만 여인의 다듬이질 소리를 재촉하고
장안의 가을 달밤에 일만 집의 여인들이 변방으로 출정을 나간 남편을 그리워하며 남편에게 보낼 옷을 손질함

심양의 단풍잎과 갈대꽃에 백거이는 눈물로 푸른 적삼을 적시고
백거이가 강주 사마로 좌천되어 심양으로 갔을 때 그곳에서 비파를 타는 한 여인을 만났는데 그 여인을 소재로 애상적 시를 지음

달빛 아래 서리는 연자루에 있는 한 사람을 위해 내리니
당나라 때의 상서 장음에게는 관반반이라는 애첩이 있었는데, 관반반은 장음이 죽은 후에도 절개를 지키며 연자루라는 누각에서 살았다고 함

상비의 눈물이 말라 반죽은 처연합니다
순임금의 두 비인 아황과 여영은 순임금이 죽자 슬피 울다 상수에 몸을 던짐. 그 후 상수가에는 눈물 자국으로 얼룩져 반죽(검은 반점이 있는 대나무)이 자랐다고 함

  ↓

공통점
시름을 불러일으키는 인물들의 이야기

은 반묘당가에 말을 멈추었다. 이때 격현(膈縣) 사람이 와서 고했다.
<small>천군, 즉 마음에 해당하는 심장이 횡격막 위에 있다고 보아 '격'을 지명으로 비유한 것</small>

"요사이 흉해(胸海)에 파도가 치며 태산과 화산이 바다 가운데로 옮겨 오고 있습니
<small>가슴을 바다에 빗댄 것</small>

다. 바라보니 산속에 어렴풋이 사람들이 보이는 데 수천수만 명이나 될 듯합니다."
<small>「」: 천군의 나라에 평소 없던 변괴가 발생함 → 마음의 평화가 깨어진 상황 ▶ 천군의 나라에 변괴가 생김</small>

이러한 변괴는 평소에 없던 것이어서 의아해하고 있는데, 저 멀리 몇 사람이 읊조
<small>흉해에 파도가 치고 태산과 화산이 바다 가운데로 옮겨 온 일</small>

리며 걸어오는 것이 보였다. 차츰 가까이 다가왔는데 두 사람이었다. 「앞에 선 사람
<small>「」: 굴원의 외양 묘사</small>

은 안색이 초췌하고 몸이 수척했다. 절운관(切雲冠)을 쓰고 장검을 차고 기하의(芰
<small>굴원의 〈어부사〉에 쓰인 표현   높이 솟은 모양의 관   연잎을 엮어 만든 옷. 은자가 입음</small>

荷衣)를 입고 초란(椒蘭)을 허리에 찼는데, 눈썹에는 나라를 걱정하는 마음이 가득
<small>향기로운 풀. 덕이 있고 고결한 사람의 비유</small>

하고 눈에는 임금을 그리는 눈물이 가득했다. 그렇다면 이 사람은 혹 회왕(懷王)을
<small>근심하는 원인이 나라를 걱정하고 임금을 그리워하는 마음에 있음을 보여 줌</small>

슬퍼하며 상관대부(上官大夫)에게 한을 품은 자가 아닐까? 뒤따라오는 사람은 정신
<small>굴원은 회왕에게 간언하였다가 상관대부의 참소로 조정을 떠난 처지임</small>

이 가을 물처럼 맑고 얼굴은 관옥처럼 아름다웠는데, 초나라 옷을 입고 초나라 관을
<small>굴원의 제자로 알려진 송옥의 외양 묘사</small>

쓰고 초나라 말로 초나라 노래를 읊조렸다. 그렇다면 이 사람은 혹시 평생 동안 초

나라 양 왕을 섬긴 이가 아닐까?

두 사람이 함께 와서 천군에게 절하고 말했다.

"전하의 의리가 높다는 말을 듣고 특별히 찾아와 뵙니다. 천지가 비록 넓다 하나
<small>「」: 굴원과 송옥이 천군에게 성을 쌓고자 청함</small>

우리들은 용납되지 못하고 있습니다. 지금 보건대 전하의 심지(心地)가 자못 넓으
<small>마음을 땅으로 공간화함</small>

니 한 귀퉁이의 뇌외(磊塊)를 빌려 성을 쌓고자 합니다. 전하께서는 허락해 주시
<small>돌무더기. 가슴속의 불평을 뜻하는 중의적 표현</small>

겠습니까?"

천군은 옷깃을 여미고 서글픈 얼굴로 말했다.

"장부의 회포는 예나 지금이나 똑같구려. 내 어찌 약간의 땅을 아껴 그대들이 있
<small>천군이 굴원과 송옥에게 근심의 성을 지을 곳을 내어 주기로 함</small>

을 곳을 마련해 주지 않을 리 있겠소?"

마침내 명을 내렸다.

"저들이 이곳에 와 살도록 감찰관이 알아서 조치하라. 저들이 성을 쌓도록 뇌외공
<small>뇌외를 담당하는 관리</small>

이 알아서 조치하라."

두 사람은 절하여 사례하고 흉해 바닷가로 떠났다. 그 뒤로 천군은 두 사람을 생

각하며 마음에 잊지 못하더니 출납관(出納官)으로 하여금 『초사』를 소리 높여 읊조리
<small>입의 의인화   중국 초나라 굴원의 사부(辭賦)를 주로 하고, 그의 작품을</small>

게 할 뿐 다른 일에는 일절 관여하지 않았다.
<small>이어받은 그의 제자 및 후인의 작품을 모아 엮은 책</small>
<small>▶ 굴원·송옥이 천군에게 성을 쌓기를 청하자 천군이 허락함</small>

가을 9월에 천군은 몸소 바닷가로 가서 성 쌓는 모습을 바라보았다. 1만 줄기 원

통한 기운과 1천 주름의 수심 가득한 구름 속에 옛날의 충성스러운 신하와 의로운 선
<small>근심의 성을 쌓는 사람들의 모습</small>

비들, 죄 없이 죽어 간 사람들이 쓸쓸하고 풀 죽은 모습으로 주변을 오가고 있었다.

그중에 진나라 태자 부소(扶蘇)가 있었다. 부소는 만리장성 쌓는 일을 감독한 바
<small>부소는 진시황의 미움을 받아 변방에서 만리장성 쌓는 일을 감독하다가 진시황이 죽은 뒤 환관 조고의 농간으로 사약을 받고 죽음</small>

있기에 몽염(蒙恬)과 함께 진시황의 분서갱유 때 형곡(硎谷)에 파묻힌 선비 400여
<small>진시황 때 명장으로 흉노를 정벌하고 만리장성을 쌓았으나 진시황이 죽은 뒤 조고 등의 음모로 죽게 됨</small>

명을 부려 급히 서두르지 않고도 며칠 만에 성을 완성했다. 그 성은 흙과 돌을 번거

• 의인화된 인물

천군	마음
사단	• 천군의 신하 • 인·의·예·지
칠정	• 천군의 신하 • 희·노·애·낙·애·오·욕
애공	칠정 중 하나인 애(哀, 슬픔)
오관	• 천군의 신하 • 귀·눈·입·코·피부
감찰관	눈
채청관	귀
출납관	입
주인옹	경(敬, 공경하는 마음)
무극옹	천지만물의 본원인 무극
관성자, 모영	붓

• '근심의 성' 축조를 청한 인물

굴원	• 중국 초나라의 정치가이자 시인 • 초사(楚辭)라고 하는 운문 형식을 처음으로 시작함 • 회왕에게 간언하였다가 참소를 입었고 자신의 뜻을 펼치지 못하다가 마침내 멱라수에 빠져 죽음 • 울분에 찬 서정성 높은 작품을 많이 지음
송옥	• 굴원의 제자로 알려짐 • 애꿎은 참소를 당해 쫓겨난 굴원을 애석하게 여겼고 그 비애를 담아 〈구변〉을 지었다고 함

로이 쌓아 만드는 것이 아니었으므로 운반하는 노고도 필요하지 않았다.
　　　　　　　　　흙과 돌이 아니라 근심을 쌓아 만듦

그 성은 큰가 하면 깃들어 살기에는 좁았고, 작은가 하면 그 안에 포괄할 수 있는 것이 많았다. 없는 듯하면서 있고, 형체도 없는 듯하면서 형체가 있었다. 북으로는 태산이 있고, 남으로는 바다에 이어지며, 지맥은 아미산으로부터 내려와서 울퉁불퉁 우뚝 솟았으니, 근심과 한이 모인 곳이므로 '근심의 성'이라 이름 붙였다. 「성안에는
　　　　　　　　　　　　　　근심의 성의 성격　　　　　　수성(愁城)　　　　　　　　　　『 』: 근심의 성의 구조
'조고대(弔古臺)'가 있고, 성에는 네 문이 있는데, 충의문(忠義門)과 장렬문(壯烈門)
옛일을 조문하는 누대
과 무고문(無辜門)과 별리문(別離門)이 그것이다.」
　　　　　　　심장의 밑부분인 중단전을 지명에 빗댄 것
　　천군은 단전에서 흉해를 건너 네 문을 활짝 열고 들어가 조고대에 올랐다. 때마
　　　　천군이 근심의 성으로 들어감 → 근심에 싸여 마음이 우울해지게 됨
침 서글픈 바람이 쏴아아 불어오고 수심에 찬 달빛이 처량히 비쳤다. 그러자 원한과
　　　　　　　　　　　　천군의 심리와 조응하는 외부 풍경
울분을 품은 사람들이 일제히 네 문 안으로 들어왔다. 천군은 애처로이 앉아 관성자
　근심의 성을 이루는 사람들
(管城子)에게 그 광경을 대략 기록하게 했다.　　　　　▶ 천군이 관성자에게 근심의 성에 대해 기록하도록 함

・ '근심의 성'의 구조

조고대	옛일을 조문하는 곳 → 과거를 비추어 보는 곳
네 개의 문	・ 충의문: 충성스럽고 절의 있는 사람들, 고금에 걸쳐 나라를 위해 몸 바쳐 의리를 따르고 인(仁)을 이룬 사람들이 들어옴 ・ 장렬문: 뛰어난 용기와 기개를 가졌으나 웅대한 포부를 끝내 이루지 못한 사람들이 들어옴 ・ 무고문: 큰 한을 품고 이승과 저승에 의분이 맺힌 사람들이 들어옴 ・ 별리문: 생이별·사별 등 한스러운 이별을 하여 마음 상한 사람들이 들어옴

↓

천군의 근심이 내적인 요인이 아니라 현실 세계의 모순과 같은 외적 요인에 의한 것임을 짐작할 수 있음

장면 포인트 ②

- 해당 장면은 '근심의 성'이 견고하여 천군의 울울함이 깊어지자, 주인옹이 국양(술)에게 벼슬을 내리고 '근심의 성'을 평정하게 하여 옛날의 순박한 기풍을 회복하라는 상소를 올린 이후의 상황이다.
- 화평 – 혼란 – 회복의 서사 구조와 더불어, '근심의 성'을 무너뜨려 천군이 겪는 마음의 혼란을 잠재우는 국양(술)의 역할·의미에 주목하여 작품을 감상하도록 한다.

★주목▶ 글을 올리자 천군이 비답(批答)을 내렸다.
　　　　　　　　　　상소에 대한 임금의 대답
주인옹이 천군에게 근심의 성을 평정하기 위한 인물로 국양 장군을 천거함

"내가 비록 부덕하지만 간언에 대해서만은 물 흐르듯이 따르고자 한다. 국 장군
　　　　　　　　　웃어른이나 임금에게 옳지 못하거나 잘못된 일을 고치도록 하는 말
(麴將軍)을 영접하는 일을 모두 주인옹에게 일임하니 힘써 주선하라!"
술의 의인화

주인옹이 말했다.

"공방(孔方)이 국 장군과 친분이 있으니 초치(招致)해 올 만합니다."
　　돈의 의인화　　　　　　　　　　　　　불러서 안으로 들임

천군은 즉시 공방을 불러 말했다.

"네가 가서 나를 위해 잘 말해서 인재를 갈망하는 내 뜻에 부응하도록 하라."
　　　　　　　　　　　　　　▶ 천군이 근심의 성을 평정하기 위해 공방을 시켜 국양을 불러오도록 함
공방이 천군의 명을 받들고 그 무리 백문과 함께 지팡이를 짚고 길을 나서 강촌과
　　　　　　　　　　　　　　1문은 엽전 한 개를 가리킴 → 돈의 의인화
산촌을 두루 다녔지만 국양을 찾지 못했다. 목동 하나가 도롱이를 걸친 채 소를 타고 오는 것을 보고 공방이 물었다.

"국양 장군은 지금 어디에 사느냐?"

감상 포인트
화평 – 혼란 – 회복의 서사 구조를 중심으로 작품의 내용을 이해한다.

목동은 웃으며 말했다.

"여기서 멀지 않습니다. 저기 바라보이는 곳에 계십니다."

목동은 녹양촌 안의 붉은 살구꽃이 핀 담장을 가리켰다. 공방은 즉시 풀이 우거진
　　　　　　　　　　　　　　　　　　　　　　　　　주점의 깃발
시냇가 오솔길을 따라가서 담장 앞에 이르렀다. 과연 국양이 푸른 깃발 아래 목로주점
　　　　　　　　　　　　　　　　　　　　　　　　　술집의 주모를 가리킴
의 미인을 데리고 앉아 있다가 공방이 오는 것을 보고 백안(白眼)으로 대하며 말했다.
　　　　　　　　　　　　　　　　　　　　　남을 업신여기거나 냉대하여 흘겨보는 눈

"힘들게 먼 곳을 찾아오셨는데 제가 무엇으로 보답하지요?"

공방이 꾸짖으며 말했다.

"금초로 바꾸어 오기를 바라오? 서량을 바라는 게요? 왜 이리 나를 경멸하시오?
　　　　= 지위 높은 신하가 나 대신 와야겠느냐　　　= 술을 가지고 오기를 바랐느냐
복초 임금께서 '근심의 성' 때문에 힘겨워하시다가 장군이 세상의 불평한 일을 제
　　　　천군
거하는 것을 자기 임무로 삼는 데 뜻을 두고 있다는 말을 들으셨소. 그리하여 아
　　술로써 세상의 불평한 일을 제거할 수 있다는 인식의 반영
침저녁으로 장군이 오기를 바라며 임금을 올바른 길로 인도해 달라는 부탁을 내
┌ ♪ 공방이 국양을 찾아온 이유
리고자 하시오. 내가 장군과 대대로 교분이 있기에 특별히 보내 맞아 오게 하셨거
　　　　　　　　　　　　국양의 무례한 태도에 대한 공방의 질책
늘, 어찌 이처럼 무례하오?"
　　　　　　　　두 사람이 일정한 거리에서 청·홍의 화살을 던져 병 속에 많이 넣는 수로 승부를 가리는 놀이
국양은 그제야 백안을 감추고 청안(靑眼)을 보이더니 채준(蔡遵)이 좋아하던 투호
　　　　　　　　　　좋은 마음으로 남을 보는 눈　　　　후한 광무제 때의 장수
를 하며 말했다.

"근심이 있고 없는 건 오직 자기에게 달려 있소이다." ▶ 공방이 국양을 만나 천군의 부름을 전함
　　　자기 마음먹기에

국양이 진귀한 천금구를 입고 오화마를 타고 병사를 일으켜 뇌주에 이르니, 이때
　　진귀한 갖옷(짐승의 털가죽으로 안을 댄 옷)　　　　　큰 술잔을 뜻하는 뇌(罍)를 지명으로 삼음

작품 분석 노트

•〈수성지〉의 서사 구조

화평	사단·칠정이 조화를 이루고 천군의 명령을 잘 받들어 나라가 평온함
혼란	초나라의 굴원과 송옥이 근심의 성을 지며 천군의 울울함이 깊어짐
회복	국양 장군이 근심의 성을 함락하여 천군의 마음이 평화로운 상태가 됨

• 의인화된 대상

국양	술
공방, 백문	돈

• 전고의 활용 ②

금초로 바꾸어 오기를 바라오
• 금초 = 높은 벼슬아치. 국양이 자신을 싫은 눈으로 보는 데 화가 난 공방이 자신 대신 지위 높은 신하가 오기를 바라느냐고 질책하는 말
• 동진의 완부가 황문시랑으로 있을 때 금초를 술과 바꾼 고사와 관련됨

서량을 바라는 게요
서량은 남북조 시대 5호 16국 중 하나. 감숙성 일대의 호족 이호가 서량을 세우고 주천(酒泉, 술의 샘)을 도읍으로 삼았다는 고사와 관련됨

국양은 그제야 백안을 감추고 청안을 보이더니
동진의 완적이 좋은 사람은 청안으로, 싫은 사람은 백안으로 맞이했다는 고사와 관련됨

는 3월 15일이었다. 천군은 모영(毛穎)을 보내 이렇게 위로하게 했다.
붓의 의인화

① 병사 ② 병(瓶), 술병
「고주(孤主)를 버리지 않고 병(兵)을 거느리고 왔으니, 이 기쁜 마음을 어찌 헤아릴
① 외로운 군주 ② 고주(沽酒, 시장에서 파는 술)
수 있겠는가? 경과 같은 큰 그릇이 바야흐로 후설(喉舌)을 맡으니, 우선 경을 옹주
① 국양=큰 인물 ② 큰 술잔   ① 재상 ② 목구멍과 허
(雍州)·병주(幷州)·뇌주(雷州)의 삼주 대도독 겸 구수대장군(驅愁大將軍)으로 임명
술동이[瓮], 술병(瓶), 술잔[罍]을 지명에 빗댐   근심을 물리치는 대장군
하노라. 도성 안은 과인이 맡을 테니, 도성 밖은 장군이 맡아 진퇴의 시기를 짐작하
① 헤아리다 ② 술을 따르다
여 병을 기울여 토벌하라.」『』 동일한 음의 한자어를 활용하여 의미를 중첩시켜 구절이 중의적으로 해석되도록 함
① 온 병사를 동원하여 ② 술병을 기울여
지금 중서랑 모영을 보내 내 뜻을 전하는 한편 장군 곁에 두어 장서기로 삼게 하
궁정의 문서와 조칙을 관장하는 벼슬   절도사 막하에서 문서를 관장하는 벼슬
니, 잘 살펴 시행하라.

국양은 즉시 모영을 시켜 천군에게 감사하는 표(表)를 지어 올렸다.

복초 2년 3월 모일, 옹주·병주·뇌주의 삼주 대도독 겸 구수대장군 국양은 황
공하여 백번 절하고 아룁니다.
저는 곡식을 먹지 않고 정기(精氣)를 단련하며 병 속의 해와 달을 길이 보전하
신선술의 하나로, 국양이 자신을 단련한 방식   오랜 세월 신선처럼 지냈다는 뜻
고, 어지러움을 평정할 성인(聖人)을 기다리다 마침내 벼슬을 내리시는 은택을 입
게 되었으니, 스스로 돌아보매 마음 아프고 분수를 헤아려 보건대 실로 외람된 일
입니다.
광동성 곡강현의 하천 이름. 물맛이 매우 향기롭다고 함
엎드려 생각하건대 저는 곡성의 후예요 조계(曹溪)의 유파로서, 왕탄지(王坦之)
곡식을 지명에 빗댄 말   동진의 명문가 사람으로 술과 풍류를 즐김
와 사안(謝安)을 따라 노닐며 강동의 풍류를 뽐냈고, 혜강과 유령의 풍치를 함께
즐겨 한적한 정을 죽림에 깃들였습니다. 「반평생 동안 드나든 곳은 오직 유리종과
동진의 호족 산간이 늘 술을 마셨다는 연못 하남성 고양의 술꾼이었던 역이기 술잔의 이름
앵무잔뿐이요, 백 년 동안의 사귐은 오직 습가지와 고양의 술꾼뿐이었습니다.」제
『』 국양은 천군에게 등용되기 전에 술을 마시며 강호에서 한가롭게 지냄 → 술이 술잔에 담겨 술꾼들과 함께한 것
행동이 예법에 맞지 않아 오랫동안 강호에 떠다니는 신세였거늘, 전하께서 저를
버리시지 않고 정벌의 임무를 맡기실 줄 어찌 알았겠습니까? 저 같은 광생(狂生)
미치광이. 고양 사람들이 술꾼 역이기를 광생이라 불렀다는 고사와 관련됨
이 어찌 큰 벼슬을 감당할 수 있겠습니까?
현인(賢人)을 등용하면 대적할 자가 없고, 근심을 공격하는 데에는 방책이 있습
니다. 전하께서는 제가 가진 한 가지 작은 재주를 들어 의심치 않고 등용하시며,
뭇사람의 입에 오르내리는 것을 저 홀로 결단하라 하시고, 마침내 얕은 재주를 바
① 뭇사람의 비난을 받음 ② 뭇사람이 술을 입에 댐
다 같은 도량으로 포용해 주시니, 감히 맑은 절개를 한층 더하고 향기를 더욱 발
① 임금의 바다와 같은 헤아림 ② 바다와 같은 주량   술 향기의 의미 내포
하지 않을 수 있겠습니까? 비록 술잔으로 병권을 내려놓게 한 조보의 계책에는 미
고사를 활용하여 천군에 대한 충정. 임무 수행의 자신감을 드러냄
치지 못하지만, 가슴속에 일만 병사를 간직한 범중엄의 위엄을 따르고자 합니다.

천군이 표를 읽고는 몹시 기뻐하며 즉시 서주역사를 영적 장군(迎敵將軍)으로 임
적을 맞아 싸우는 장군

명하여 도독의 휘하에 두었다.　　　　　　　▶ 천군이 국양에게 벼슬을 내리고 국양이 감사의 표를 올림

이때 해는 저물어 연기가 피어오르고 산들바람에 제비가 지저귀는데, 양쪽 진영에서는 화살에 매단 격문을 서로 쏘아 보내고 북소리와 피리 소리는 사기를 북돋고 있었다. 장군은 조구(糟丘)에 올라 주허후 유장에게 분부를 내렸다.
　　술지게미를 언덕에 빗댄 말

"군령이 지엄하니 네가 군령을 담당하여 기둥을 찌르는 교만한 장수와 술을 피해
　　　　　　　　　　　　　　　　　┌─ 한 고조의 손자, 여후가 권력을 잡고 술자리를 벌여 유장에게 술자리를
달아나는 노병이 없게 하라."　　　└─ 주관하게 하자, 유장이 군법으로 술자리를 다스리겠다 하며 술을 피해 달아나는 여홍의 친족을 칼로 베어 죽였다고 함

그러자 군중이 엄숙해져 감히 떠드는 자가 없었고, 나아가고 물러서는 데 질서가 있었으며, 공격하여 전투를 벌이는 데 법도가 있었다. 진법은 육화진법을 본받았으니, 이것은 해바라기 모양을 본떠 만든 것이다. 옛날 이정이 고구려를 공격할 때 산이 험준해서 제갈공명의 팔진법을 쓸 수 없었으므로 육화진법을 대신 썼던 것인데, 지금 이 진법을 쓴 것이다.
　　　　　　　　　　　술을 채워 만든 연못
장군은 옥주(玉舟)를 타고 주지(酒池)를 건너면서 칼로 삿대를 치며 맹세했다.
　① 옥으로 만든 배 ② 술잔

"반드시 '근심의 성'을 소탕하고 돌아올 것을 이 물에 걸고 맹세하노라."
　　동진의 조적이 강을 건널 때 칼로 삿대를 치며 반드시 중원을 평정하겠노라 맹세한 말을 본떠서 한 말
이윽고 해구에 배를 정박한 뒤 즉시 장서기 모영을 불러 당장 격문을 짓게 했다.

격문은 다음과 같다.
군병을 모집하거나, 적군을 달래거나 꾸짖기 위한 글

　모월 모일, 옹주·병주·뇌주 대도독 겸 구수대장군은 '근심의 성'에 격문을 보내노라.

　잠시 머물렀다 가는 하늘과 땅 사이, 나그네처럼 흘러가는 시간 속에서 장수하든 요절하든 매한가지 꿈이거늘, 살아서 시름겹고 한스러운 것이 해골의 즐거움만 못하니 어찌 슬프지 않으랴?
　　　　　　　　　　죽음이 근심으로 살아가는 삶보다 낫다는 의미 → 항복의 권유

　너희 '근심의 성'이 우환이 된 지 오래다. 임금에게 쫓겨난 신하, 근심에 잠긴
　　　　　　　　　　　　　　　　　　　　근심의 성에 머무는 이들
아낙, 절개 있는 선비와 시인들이 '근심의 성'을 찾아와 거울 속의 얼굴이 쉽게 시
　　　　　　　　　　　　　　　　　　근심으로 인한 부정적 변화
들고 머리카락이 서리처럼 하얗게 세니, 그 세력을 더 키워 제압하기 어려운 지경
　　　　　　　　　　　　　　　　　근심이 더 커지기 전에 물리쳐야 함
에 이르게 해서는 안 될 줄 안다.

　지금 나는 천군의 명을 받아 신풍의 병사를 통솔하여, 서주역사를 선봉으로 삼
　　　　　　　　　　　　술을 의미함　　　　　　제갈공명의 팔진법에 속하는 군진의 이름
고, 합리와 해오를 비장으로 삼았으니, 제갈공명이 진을 벌여 풍운진을 펴고 초패
　조개와 게. 안주를 가리킴　　　　　　어떠한 적이라도 물리칠 수 있다는 자신감을 드러냄
왕 항우가 고금 제일의 용맹을 떨친다 한들 우리 앞에서는 아이들 장난에 불과하
거늘, 어찌 우리를 당해 내겠느냐? 하물며 초나라에서 홀로 취하지 않은 굴원쯤
　　　　　　　　　　굴원이 〈어부사〉에서 '세상 사람들이 모두 취했지만 나 홀로 깨어 있다'고 한 것을 말함
이야 개의할 게 무엇 있겠느냐? 격문을 받는 날로 어서 백기를 들라!
　　　　　　　　　　항복을 요구함　　　　　　　　　▶ 국양이 격문을 지어 근심의 성 사람들에게 항복을 요구함

출납관으로 하여금 소리 높여 격문을 읽어 '근심의 성' 안에 두루 들리게 했다. 그
　　임의 의인화
러자 성안 가득한 사람들이 모두 항복할 마음이 생겼지만, 오직 굴원만이 굴복하지

• 전고의 활용 ④

기둥을 찌르는 교만한 장수

한나라 고조 유방이 천하를 통일하고 천자가 되어 궁궐에서 연회를 베풀었는데, 당시 뭇 신하들이 술에 취해 큰 소리를 지르며 칼을 뽑아 들고 궁전 기둥을 치기도 했다고 함

술을 피해 달아나는 노병

동진의 환온이 계속하여 술을 권하는 사혁 때문에 아내의 방으로 피하자, 사혁이 환온의 집을 경비하던 병사 하나를 데려와 술을 먹이면서 '노병 하나를 잃고 또 다른 노병 하나를 얻었다'고 말했다고 함

• 전고의 활용 ⑤

해골의 즐거움

장자가 길에 버려진 해골을 보고 안타까워했는데, 꿈에 그 해골이 나타나 '죽음이 왕 노릇하는 것보다 낫다'고 말했다고 함

• '격문'의 내용과 기능

• 적을 항복시키기 위한 목적으로 작성됨
• 근심의 성을 나라의 오래된 우환으로 지적함
• 전투에 임하는 아군의 우월함을 자랑하여 상대를 압박함
• 본격적인 전투를 하기 전에 적의 사기를 꺾고 근심의 성을 소탕하고자 하는 국양 장군의 기세를 드러냄

않고 머리를 풀어 헤치고 달아나 어디로 갔는지 알 수 없었다. 장군이 해구(海口)로
_{굴원은 항복하지 않고 달아남 → 굴원의 울분이 쉽게 물리지 않음을 암시함　　　　　　　　입을 가리킴}

부터 병 안의 물을 쏟아붓듯이 기세등등하게 파죽지세(破竹之勢)로 내려오니, 공격
_{① 거침없는 기세 ② 술병 안의 술을 쏟아부음　　　　　적을 거침없이 물리치고 쳐들어가는 당당한 기세}

하지 않아도 성문이 저절로 열렸고 싸우지 않고도 온 성이 항복했다. 장군은 무용을
_{국양 장군이 근심의 성을 함락함}

뽐내고 위세를 드날리며 군사를 흩어 외곽을 포위하기도 하고 군사를 모아 내부에

진을 치기도 하니, 바다에 밀물이 몰려오고 강가의 성곽에 비가 퍼부어 범람하는 듯

했다.　　　　　　　　　　　　　　　　　　　　　▶ 국양이 군사를 거느려 근심의 성을 무너뜨림

　　천군이 영대(靈臺)에 올라 바라보니 구름이 사라지고 안개가 걷히며, 온화한 바람
_{근심이 사라진 심리와 조응하는 풍경}

이 불고 봄날의 따뜻한 햇빛이 비쳤다. 「지난날 슬퍼하던 자는 기뻐하고, 괴로워하던

자는 즐거워하고, 원망하던 자는 원망을 잊고, 한을 품었던 자는 한이 녹아 버리고,

분을 품었던 자는 분이 사라지고, 노여워하던 자는 기뻐하고, 근심하던 자는 환희하
_{「」: 근심이 사라지고 평온함을 회복한 상태를 의인화함}

고, 답답해하던 자는 마음이 탁 트이고, 신음하던 자는 노래 부르고, 팔뚝을 내지르

며 분개하던 자는 발을 구르며 춤을 추었다.」　　　　　　　　　▶ 천군이 화평을 되찾음

· 결말의 의미

- 천군이 국양 장군의 도움을 받아 근심의 성을 무너뜨림
  → 술과 같은 외부적인 도움 없이 스스로 마음의 평정을 회복하는 것은 어렵다는 의미를 형성함
- 국양 장군을 통해 사람들의 슬픔, 괴로움, 원망과 한, 분노, 근심, 울분 등이 해소됨
  → 마음속의 근심을 술로 해소한 모습을 우의적으로 표현한 것으로 해석할 수 있음

핵심 포인트 1   서술상 특징 파악

이 작품은 가전(假傳)의 양식을 계승한 의인체 산문으로 갈래적 특징을 바탕으로 작품을 감상할 수 있어야 한다.

+ 가전체와 〈수성지〉의 비교

구분	가전체	〈수성지〉
공통점	• 의인화의 수법을 사용함 • 현실 세계에 대한 비판과 풍자가 드러남	
차이점	• 구체적 사물을 의인화함 • 일대기 형식을 활용함 • 서술자의 직접 평가가 드러남	• 추상적 마음을 중심으로 구체적 사물을 의인화함 • 일대기 형식에서 벗어남: '화평 → 혼란 → 회복' • 서술자의 직접 평가가 드러나지 않음

핵심 포인트 2   서사 구조 및 글의 의미 파악

이 작품은 작가의 의도를 드러내기 위해 의인화를 통한 알레고리의 방식을 활용하고 있으므로 내용의 표면적 의미와 이면적 의미를 파악할 수 있어야 한다.

+ 〈수성지〉의 사건 전개 및 의미

도입(화평)	• 천군이 즉위하여 천하가 태평함: 마음의 중심이 잡혀 편안함 • 주인옹이 천군에게 상소하여 천군의 흐트러진 마음을 바로잡음: 경(敬)의 자세로 마음의 평정을 회복함
전개(혼란)	• 애공(哀公)이 감찰관 · 채청관과 함께 상소하고 굴원과 송옥이 천군의 땅에 성을 쌓기를 청하자 천군이 이를 허락함: 마음에 걱정, 근심이 일어나 시름에 싸임 • 근심의 성(愁城, 수성)을 쌓자 원한과 울분을 품은 사람들이 충의문, 장렬문, 무고문, 별리문으로 일제히 들어옴: 고금에 원한과 울분을 품은 자들이 수없이 많음
결말(회복)	• 천군의 울울함이 깊어지자 주인옹이 천군에게 상소하여 국양 장군을 불러들여 근심의 성을 평정할 것을 간언함: 술로써 마음의 근심을 풀고자 함 • 공방을 시켜 국양 장군을 데려옴: 돈을 주고 술을 사옴 • 국양 장군이 근심의 성을 공격하여 항복시킴: 술을 마시자 근심이 해소됨 • 국양 장군에게 벼슬을 내림: 사람의 마음을 화평하게 하는 술을 예찬함

핵심 포인트 3   작품의 주제 의식 파악

이 작품 속 '천군'과 '근심의 성'의 특징을 인간 사회와 연관지어 이해하고, 이를 바탕으로 작품의 주제 의식을 파악할 수 있어야 한다.

+ 주제 의식의 형상화

천군			인간의 마음을 의인화한 존재로 임금으로 형상화됨. 천군의 조정은 사단(인 · 의 · 예 · 지)과 칠정(희 · 노 · 애 · 낙 · 애 · 오 · 욕)과 오관(눈 · 귀 · 코 · 입 · 피부) 등으로 구성됨
근심의 성의 축조 배경			초나라의 충신이지만 참소를 입어 멱라수에 빠져 죽은 굴원이 그의 제자 송옥과 더불어 천군의 땅에 성을 쌓기를 청하였고, 이를 천군이 허락함
근심의 성의 구조	조고대		옛일을 조문하는 곳 → 옛일을 드러내는 기능을 함
	네 개의 문	충의문	충성스럽고 절의 있는 사람들이 들어옴
		장렬문	뛰어난 용기와 기개를 가졌으나 웅대한 포부를 끝내 이루지 못한 사람들이 들어옴
		무고문	큰 한을 품고 이승과 저승에 의분이 맺힌 사람들이 들어옴
		별리문	생이별 · 사별 등 한스러운 이별을 한 사람들이 들어옴

↓

• 천군이 나라를 다스리는 것과 개인이 마음을 다스리는 것을 동일시함
• 과거의 역사적 사건으로 원한과 울분에 찬 사람들이 근심의 성을 이룸 → 천군의 근심이 현실 세계의 모순과 같은 외적 요인에 의한 것임을 짐작할 수 있음 → 부조리한 역사에 대한 비판으로 연결됨(주제 의식)

작품 한눈에

• 해제

〈수성지〉는 인간의 심성(心性)을 의인화한 한문 단편 소설로 '천군 소설'에 속한다. 인의예지의 사단(四端)이나 인간의 감정을 나타내는 칠정(七情) 등 성리학의 개념을 활용하여, 천군(마음)이 국양(술)을 불러들여 근심의 성을 무너뜨리고 마음의 평온함을 회복하는 과정을 그리고 있다. 수많은 전고를 활용하고 있으며 동일한 한자 음을 통해 중의적 의미를 형성하는 구절이 많다는 점에서 높은 수준의 기교를 엿볼 수 있다.

• 제목 〈수성지〉의 의미
  – '근심의 성'에 관한 기록

〈수성지〉는 근심의 성에 관한 기록이라는 뜻이다. 천군의 나라에 근심의 성이 축조되며 원한과 한을 가진 사람들이 몰려드는데, 천군이 국양을 불러들여 이 성을 함락시킴으로써 혼란스러웠던 마음에 화평을 되찾는 과정을 그리고 있다.

• 주제
① 근심의 발생 요인과 해소 과정
② 근심의 성을 통한 부조리한 역사와 현실에 대한 비판

영역별 찾아보기

2025 수능 연계 작품
메가스터디 분석노트

고전 수필

규정기 ▸조위

··· 기출 수록 교육청 2020 5월

글쓴이
내가 의주로 귀양 간 이듬해 여름이었다. 세든 집이 낮고 좁아서 덥고 답답함을 참
　　공간적 배경(의주)과 시간적 배경(여름)이 드러남　　　　　유배 생활의 열악한 환경 - 정자를 짓게 된 연유
을 수가 없었다. 그래서 채소밭에서 좀 높고 바람이 잘 통하는 곳을 골라 서까래 몇 개
로 정자를 얽고 띠로 지붕을 덮어 놓으니, 대여섯 사람은 앉을 만했다. 옆집과 나란히
　　　　정자의 구조와 규모가 드러남
붙어서 몇 자도 떨어지지 않았다. 채소밭이라고 해야 폭이 겨우 여덟 발인데, 단지 해
　　　　　　　작은 규모('발'은 두 팔을 양옆으로 펴서 벌렸을 때 한쪽 손끝에서 다른 쪽 손끝까지의 길이임)
바라기 수십 포기가 푸른 줄기에 부드러운 잎을 훈풍에 나부끼고 있을 뿐이었다. 그걸
　　　　　　　　　　　　　　　　　　　　　　　훈훈한 바람
보고 이름을 규정(葵亭)이라고 했다.　　　　　▸ 유배지에서 정자를 짓고 '규정'이라 이름 붙임
해바라기 규(葵) + 정자 정(亭): '해바라기 정자'라는 뜻

손님 가운데 나에게 묻는 이가 있었다.

"저 해바라기는 식물 가운데 보잘것없는 것입니다. 옛날 사람들은 여러 가지 풀이
　　　　　해바라기에 대한 손님의 평가 - 보잘것없음
나 나무, 또는 꽃 가운데서 어떤 이는 그 특별한 풍치를 높이 사기도 하고, 어떤
　　　　　　　　　　　　　　　　　　　　식물을 평가하는 주된 기준 - 풍치, 향기
이는 그 향기를 높이 치기도 하였습니다. 그래서 많은 이들이 소나무, 대나무, 매
　　　　　　　　　　　　　　　　　　　　　풍치나 향기가 뛰어나다는 평가를 얻은 식물들
화, 국화, 난이나 혜초로 자기가 사는 집의 이름을 지었지, 이처럼 하찮은 식물로
이름을 지었다는 말은 아직까지 들어 보지 못했습니다. 당신은 해바라기에서 무
　　　　해바라기에 대한 기존의 부정적 통념
엇을 높이 사신 것입니까? 이에 대한 말씀이 있으십니까?"
　　　　　　　　해바라기의 가치에 대한 글쓴이의 관점을 궁금해함
　　　　　　　　　　　　　　▸ 손님의 질문: 하찮은 해바라기로 정자 이름을 지은 것에 대한 의문

내가 그 말에 이렇게 대답했다.

"사물이 한결같지 않은 것은 그리 타고나서 그런 것입니다. 귀하고 천하고 가볍고
　　사물의 선천적 다양성 인정
무겁고 하여 만의 하나도 같은 것이 없습니다. 저 해바라기는 식물 가운데 연약하
고 보잘것없는 것입니다. 사람에 비유하면 더럽고 변변치 못하여 이보다 못한 것
　　해바라기에 대한 기존의 통념 인정
이 없는 것과 같습니다. 소나무, 대나무, 매화, 국화, 난초, 혜초는 식물 가운데
굳고도 세어서 특별한 풍치가 있거나 향기를 지닌 것들입니다. 사람에 비유하면
지조, 절개의 표상으로 간주됨
무리에서 뛰어나며, 세상에 우뚝 홀로 서서 명성과 덕망이 우뚝한 것과 같습니다.
'군계일학'과 같은 존재
　　내가 지금 황량하고 머나먼 적막한 바닷가로 쫓겨나서, 사람들은 천히 여겨 사
　　　　　　　　　　　　　유배당해 천대를 받으며 어려움을 겪고 있는 글쓴이의 상황
람 대접을 하지 않고, 식물도 나를 서먹서먹하게 내치는 형편입니다. 내가 소나무
나 대나무 같은 것으로 나의 정자 이름을 짓고자 한다 해도, 또한 그 식물들의 수
치가 되고 사람들의 비웃음거리가 되지 않겠습니까?
자신의 처지와 어울리지 않게 고결함을 상징하는 식물로 정자 이름을 짓는 것은 부적절함
　　버림받은 사람으로서 천한 식물로 짝하고, 먼 데서 찾지 않고 가까운 데서 취했
　　　　　유배 중인 자신을 해바라기와 동일시함　　　　　　글쓴이의 채소밭에 해바라기가 많으므로
으니 이것이 나의 뜻입니다. 또 내가 들으니 천하에 버릴 물건도 없고 버릴 재주
　　　　　　　　　　　　　　　　만물은 저마다의 쓰임새와 가치를 지닌다는 관점
도 없다고 합니다. 그래서 어저귀나 삼바귀, 무나 배추 같은 하찮은 것들도 옛사
람들은 모두 버려서는 안 된다고 했습니다. 거기다 해바라기는 두 가지 훌륭한 점
을 가지고 있습니다. 해바라기는 능히 해를 향하여 그 빛을 따라 기울어집니다. 그
　　　　　　　　　　글쓴이가 생각하는 해바라기의 장점 ①

작품 분석 노트

• 작품의 표현 - 대조

해바라기
• 사람들이 보잘것없고 연약한 대상으로 인식(부정적 통념) • 사람들에게 특별한 풍치나 향기가 없다고 평가받는 식물(부정적 통념) • 더럽고 변변치 못한 사람과 같음(비유)

↕

소나무, 매란국죽, 혜초
• 사람들이 굳고도 센 대상으로 인식(긍정적 통념) • 사람들에게 특별한 풍치나 향기가 있다고 평가받는 식물(긍정적 통념) • 무리에서 뛰어나며, 명성과 덕망이 우뚝한 사람과 같음(비유)

• 글쓴이가 정자 이름을 '해바라기'로 삼은 이유

유사성	임금에게 버림받은 자신의 처지가 천한 식물인 해바라기와 유사함
근접성	집 근처에서 쉽게 볼 수 있는 식물인 해바라기를 취함
지향성	전부터 흠모해 온 충성과 지혜라는 덕목을 해바라기가 갖춤

러니 이것을 충성이라고 해도 괜찮을 것입니다. 또 분수를 지킬 줄 아니 그것을 지

_{글쓴이가 생각하는 해바라기의 장점 ②}

혜라고 해도 괜찮을 것입니다. 대개 충성과 지혜는 남의 신하 된 자가 갖추어야 할

_{글쓴이가 해바라기에서 이끌어 낸 두 가지 가치}

절조이니, 충성으로써 임금을 섬겨 자기의 정성을 다하고 지혜로써 사물을 분별하

_{절개와 지조}　　　　　_{글쓴이가 지향하는 인간상}

여 시비를 가리는 데 잘못됨이 없는 것, 이것은 군자도 어렵게 여기는 바이지만,

내가 옛날부터 흠모해 오던 덕목입니다.

「이런 두 가지의 아름다움이 있는데도 연약한 뭇 풀들에 섞여 있다고 해서 그것

_{충성과 지혜}

을 천하게 여길 수 있겠습니까? 이로써 말하면 유독 소나무나 대나무나 매화나 국

「♪: 해바라기를 천하게 여길 수 없다는 견해(설의)

화나 난이나 혜초만이 귀한 것이 아님을 살필 수 있습니다.

지금 내가 비록 귀양살이를 하고 있지만, 자고 먹고 하는 것이 임금님의 은혜가

_{유배지에서도 변함없는 연군의 정}

아님이 없습니다. 낮잠을 자고 일어나 밥을 한 술 뜨고 나서 심휴문(沈休文)이나

사마군실(司馬君實)의 시를 읊을 때마다 해를 향하는 마음을 스스로 그칠 수가 없

_{임금(해)에 대한 충성}

었으니, 해바라기로 나의 정자의 이름을 지은 것이 어찌 아무런 근거도 없다 하겠

_{해바라기로 정자 이름을 지은 근거(충절 표출)가 있음을 밝힘(설의)}

습니까?」　　　　　　　　　　　　▶ 글쓴이의 답변: 해바라기로 정자 이름을 지은 이유

손님이 말했다.

"나는 하나는 알고 둘은 알지 못했는데, 그대 정자의 이야기를 듣고 보니 더할 것

_{자신의 생각이 부족했음을 깨닫고 인정함}　　　_{글쓴이가 해바라기로 정자 이름을 지은 이유를 수긍함}

이 없어졌소이다."

그리고는 배를 잡고 웃으면서 가버렸다.

기미년 6월 상순에 적는다.　　　　　　　　▶ 정자 이름에 대한 손님의 납득

■ 심휴문: 중국 남조 시대의 학자(441~513). 이름은 약(約). 음운학의 거두로 사성(四聲)을 처음으로 연구하고, 시의 팔병설(八病說)을 제창하였다.
■ 사마군실: 중국 북송 때의 학자 · 정치가(1019~1086). 이름은 광(光). 신종 초에 왕안석의 신법(新法)에 반대하여 은퇴하고 철종 때에 재상이 되자, 신법을 폐하고 구법(舊法)으로 통치하였다.

감상 포인트

작품에 나타난 문답의 방식을 통해 글쓴이
가 말하고자 하는 작품의 주제, 글쓴이의
가치관 등을 종합적으로 파악한다.

• 작품의 표현 – 설의

> '이런 두 가지의 아름다움이 있는데
> 도 ~ 그것을 천하게 여길 수 있겠습
> 니까?'

해바라기는 충성과 지혜라는 두 가지
훌륭한 점을 갖추고 있으므로 천하게
만 여길 수 없음(자신의 견해 강조)

> '낮잠을 자고 일어나 ~ 어찌 아무런
> 근거도 없다 하겠습니까?'

정자의 이름을 해바라기로 지은 근거
는 일상생활에서 해바라기와 같이 임
금에게 충성하는 마음이 지속되는 데
에 있음(근거 제시를 통해 주장의 타
당성 강조)

• 작품에 반영된 작가의 삶

이 작품은 무오사화에 휘말려 유배당
한 글쓴이 조위의 생애와 관련이 있
다. 조위는 《성종실록》 편찬에 힘을
쏟은 인물로, 《성종실록》에 실린 사
초(역사책의 초고) 〈조의제문〉이 문제
가 되자 이에 연루되어 참형을 당할
뻔하다 가까스로 목숨을 건져 의주로
유배를 가게 되었다. 그는 유배당한
자신의 억울함과 결백함을 가사 〈만
분가〉를 통해 표출하기도 하였다.

> ※ 무오사화: 조선 연산군 4년(1498).
> 유자광 중심의 훈구파가 김종직 중심
> 의 사림파에 대해 일으킨 사화. 유자
> 광이 《성종실록》에 실린 사초(역사책
> 의 초고) 〈조의제문〉이 세조의 왕위
> 찬탈을 비판하고 공신들을 비난한 것
> 이라고 문제 삼아 많은 선비들이 죽
> 거나 귀양 가는 일들이 벌어졌다.

핵심 포인트 1 　내용 전개 방식 파악

이 작품은 '기(記)'의 양식에서 자주 찾아볼 수 있는 문답 형식의 대화체를 통해 글이 전개되고 있으므로, 문답 형식에 주목하여 작품을 감상할 수 있어야 한다.

+ 작품의 구조

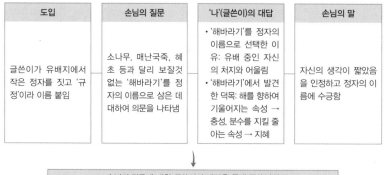

도입	손님의 질문	'나'(글쓴이)의 대답	손님의 말
글쓴이가 유배지에서 작은 정자를 짓고 '규정'이라 이름 붙임	소나무, 매난국죽, 혜초 등과 달리 보잘것 없는 '해바라기'를 정자의 이름으로 삼은 데 대하여 의문을 나타냄	• '해바라기'를 정자의 이름으로 선택한 이유: 유배 중인 자신의 처지와 어울림 • '해바라기'에서 발견한 덕목: 해를 향하여 기울어지는 속성 → 충성, 분수를 지킬 줄 아는 속성 → 지혜	자신의 생각이 짧았음을 인정하고 정자의 이름에 수긍함

손님의 질문에 대한 글쓴이의 대답을 통해 글쓴이의 경험 및 그로부터 얻은 깨달음과 가치관을 파악할 수 있음

핵심 포인트 2 　소재의 의미와 기능 파악

이 작품에서 글쓴이가 정자의 이름을 '규정'으로 지은 이유와 관련하여 '해바라기'의 의미와 기능을 파악할 수 있어야 한다.

+ '해바라기'의 의미와 기능

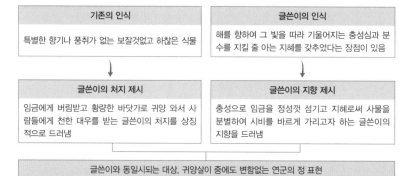

기존의 인식	글쓴이의 인식
특별한 향기나 풍취가 없는 보잘것없고 하찮은 식물	해를 향하여 그 빛을 따라 기울어지는 충성심과 분수를 지킬 줄 아는 지혜를 갖추었다는 장점이 있음

글쓴이의 처지 제시	글쓴이의 지향 제시
임금에게 버림받고 황량한 바닷가로 귀양 와서 사람들에게 천한 대우를 받는 글쓴이의 처지를 상징적으로 드러냄	충성으로 임금을 정성껏 섬기고 지혜로써 사물을 분별하여 시비를 바르게 가리고자 하는 글쓴이의 지향을 드러냄

글쓴이와 동일시되는 대상, 귀양살이 중에도 변함없는 연군의 정 표현

핵심 포인트 3 　글쓴이의 관점 파악

이 작품에 나타난 사물에 대한 글쓴이의 생각과 가치관, 관점 등을 파악할 수 있어야 한다.

+ 작품에 드러난 글쓴이의 가치관 및 관점

만물의 다양성과 선천성에 대한 인식	'사물이 한결같지 않은 것은 그리 타고나서 그런 것입니다. 귀하고 천하고 가볍고 무겁고 하여 만의 하나도 같은 것이 없습니다.'
해바라기에 대한 기존의 평가 수용	'해바라기는 식물 가운데 연약하고 보잘것없는 것입니다. 사람에 비유하면 더럽고 변변치 못하여 이보다 못한 것이 없는 것과 같습니다.'
만물은 고유의 가치와 기능을 지닌다는 관점 수용	'천하에 버릴 물건도 없고 버릴 재주도 없다고 합니다. 그래서 어저귀나 삼바퀴, 무나 배추 같은 하찮은 것들도 옛사람들은 모두 버려서는 안 된다고 했습니다.'
임금에 대한 충의 (유교적 가치관)	'충성과 지혜는 남의 신하 된 자가 갖추어야 할 절조이니 ~ 옛날부터 흠모해 오던 덕목입니다.', '자고 먹고 하는 것이 임금님의 은혜가 아님이 없습니다.'

작품 한눈에

• 해제
〈규정기〉는 글쓴이가 유배지에서 지은 정자에 '규정(해바라기 정자)'이라는 이름을 붙인 이유를 밝히고 있는 한문 수필이다. '기(記)'는 특정 대상과 관련한 경험 등을 기록하면서 그로부터 얻은 교훈이나 깨달음을 제시하는 한문 양식의 하나이다. 이 글 역시 글쓴이가 유배지에서 정자를 짓고 '규정(해바라기 정자)'으로 명명한 일과 그 과정에서의 깨달음을 제시하고 있다. 글쓴이는 유배 중인 자신의 비참한 처지를 '해바라기'에 빗대고 해바라기의 속성에서 충성과 지혜라는 가치를 도출해 내어 정자의 이름을 해바라기로 정하였음을 밝히고 있다. 이를 통해 글쓴이는 비록 유배지로 내몰렸지만 충의를 중시하며 임금의 은혜를 잊지 않고 있음을 드러내고 있다.

• 제목 〈규정기〉의 의미
– '규'는 해바라기, '정'은 정자를 뜻하는 말로, '해바라기 정자'라는 이름을 짓게 된 연유를 밝힌 글

글쓴이는 유배지에 작은 정자를 짓고, 정자에 '규정(해바라기 정자)'이라는 이름을 붙였다. 주변에 많이 자라고 있던 보잘것없는 해바라기를 보면서 자신의 형편과 유사하다고 여겼고, 또 해를 향하고 그 빛에 따라 기울어지며 분수를 지킬 줄 아는 해바라기의 모습에서 임금에게 충성하고 지혜를 갖춘 훌륭한 신하의 모습을 연상했기 때문이다.

• 주제
정자의 이름을 '규정(해바라기 정자)'으로 지은 까닭

한 줄 평 | 사별한 아내와의 영원한 사랑을 소망하며 아내의 무덤가에 나무를 심게 되었음을 밝힌 한문 수필

아내의 무덤에 나무를 심으며 ▶ 심노숭

나의 남원(南園)* 집은 옛날부터 꽃나무가 많았는데 날이 갈수록 황폐해졌다. 내가
주변머리. 일을 잘 처리하는 재주
주변이 없고 게을러서 가꾸지 않은 탓도 있지만, 한편으로는 집이 낡아서 집 안의
글쓴이가 남원 집에서 꽃나무를 가꾸려 하지 않는 이유
꽃나무까지 가꾸기가 싫어져 그렇기도 하다.

「아내가 언젠가 내게 말했다.
「♪ 아내와의 추억 회상(문답)
"다른 집 남자들을 보면, 꽃나무를 좋아하는 자가 많아 방에 들어가 비녀와 팔찌

를 뒤져 사들이기까지 한다는데, 당신은 어째서 그와 반대로 집이 낡았다고 꽃나
꽃나무를 가꾸지 않는 남편에 대한 질책
무까지 팽개쳐 두나요? 집은 낡았어도 꽃나무를 잘 가꾸면 우리 집의 좋은 구경거
글쓴이의 아내는 글쓴이가 꽃나무를 가꾸도록 유도함
리가 될 거예요."

나는 이렇게 대꾸했다.

"꽃나무를 가꾸려 한다면 집도 손을 봐야 할 게요. 나는 이 집에서 오래 살 마음이

없으니 남들 구경거리를 만들어 주자고 신경 쓸 필요가 굳이 있겠소? 늙기 전에
남원 집이 낡았다는 이유로 꽃나무를 가꿀 필요가 없다는 글쓴이의 생각(설의법)
당신과 고향에 돌아가 집을 짓고 꽃나무를 심어 열매는 따서 제사상에 올리고 부
파주
모님이 드시도록 하며, 꽃을 구경하며 머리가 세도록 함께 즐길 생각이오. 내 계
백년해로: 부부가 되어 한평생을 사이좋게 지내고 즐겁게 함께 늙음
획은 이런 것이오."」

내 말에 아내는 웃으며 즐거워했다.   ▶ 고향에 새집을 짓고 꽃나무를 심어 가꿀 계획을 세웠던
글쓴이의 생각에 대한 아내의 긍정적 반응   글쓴이와 아내
지난해 파주에 작은 새집을 짓기 시작하자 아내는 기뻐하며
글쓴이의 고향
"이제야 당신의 뜻을 이루겠어요."
새집을 짓고 꽃나무를 심어 부부가 함께 즐기는 것
라고 말했다. 뜰과 담장을 배열하고 창문과 방의 위치를 잡는 일을 아내와 상의하여
새집 곳곳을 함께 계획한 글쓴이와 아내
했다. 공사가 끝나기를 기다려 꽃나무를 심으려고 했는데, 미처 공사가 끝나기도 전

에 그만 아내가 병들고 말았다. 나는 아내의 병을 간호하다 차도가 있으면 파주로
병이 조금씩 나아지는 정도
가서 공사를 감독했다. 공사가 거의 끝날 무렵 아내가 위독해졌다. 임종을 앞에 두
새집을 짓는 일
고 내게

"파주 집은요? 집 옆에 묻어 줄 거죠?"
아내의 유언 – 죽어서도 남편과 함께하고 싶은 마음
라고 말하며 눈물을 흘렸다.

온 집안이 파주로 이사 오던 날, 아내는 관(棺)에 실려서 왔다. 집에서 백 보도 떨
새집으로 이사하기 전 아내가 임종을 맞음
어지지 않은 곳에 장지를 정하니 기거하고 밥을 먹을 때 아내가 오는 듯했다.
집에서 가까운 곳에 아내의 무덤을 정함 – 아내의 유언에 따름 → 아내에 대한 사랑을 알 수 있음
우리 산에는 아름드리나무가 많아 울창하기 때문에 서도(西道)의 많은 산 가운데
선산이자 아내가 묻힌 산   황해도와 평안도
으뜸이다. 선조고(先祖考) 무덤 아래에 아내의 무덤을 썼기 때문에 굳이 나무를 심
글쓴이의 할아버지
을 필요가 없었다. 하지만 장례를 치르고 나서 무덤 가까운 곳의 나무를 베어, 칡덩
아내의 무덤 주변을 가꿈

작품 분석 노트

• 글쓴이 '심노숭'에 대한 이해

조선 후기의 문신(1762~1837)으로,
호는 몽산거사(夢山居士)·효전(孝
田), 자는 태등(泰登)이다. 부인인 이
씨와의 사이에 1남 3녀를 두었으나 둘
째 딸을 제외하고 모두 일찍 죽었다.
이 씨 역시 병이 들어 1792년에 사망하
였다.
그는 성리학의 영향으로 감정의 순화
와 절제를 중시하던 당대의 관점에서
벗어나 인간의 욕구와 감정을 표출해
야 한다는 관점을 바탕으로 한 시문
을 여러 편 남겼다.

• 글의 종류

기(記)	• 한문 문학 양식의 하나로, 어떤 경험이나 사건의 과정을 기록한 것을 말함 • 대개 글쓴이의 깨달음이나 교훈을 전하는 것을 목적으로 함 • 끝부분에 글을 쓴 이유, 글을 쓴 날짜나 장소 등을 제시하는 경우도 있음
도망문 (悼亡文)	'도망(悼亡)'은 '죽은 아내를 생각하여 슬퍼함.'을 뜻하며, '도망문'은 사별한 아내를 생각하며 지은 글을 가리킴. 심노숭은 아내 이 씨의 사후 약 2년 동안 20편이 넘는 도망문을 지어 남김

• 글쓴이의 계획

남원 집이 낡아서 꽃나무를 가꿀 필요가 없다고 생각함
↓
고향 파주에서 새집을 짓고 꽃나무를 가꾸며 아내와 행복하게 살기를 소망함

쿨과 나무뿌리가 뻗어 그늘지는 것을 막았다. 또 좋지 못한 나무들을 베어 내고 소나무와 삼나무 따위만을 남겨 두자 나무들이 듬성듬성 서 있게 되었다. 그래서 다시 나무를 심기로 하여 이듬해 한식날, 삼나무 치목(稚木) 서른 그루를 심었다. 지금부터 내가 죽기 전까지 봄가을에 나무 심는 일을 관례로 할 것이다.
나서 한두 해쯤 자란 나무, 어린나무
▶ 아내와 사별하고 아내의 무덤을 쓴 산에 나무를 심기로 함
아내와 계획했던 나무 심기를 실천하기로 다짐함

오호라! 이것은 참으로 오래 묵은 계획이었다. 남원을 떠나 파주로 옮기겠다고 떠
감탄사 - 글쓴이의 탄식(영탄법)   고향에 집을 짓고 꽃나무를 가꾸며 살겠다는 계획
벌려 왔던 지난날의 내 계획은, 아내와 하루도 함께하지 못하고 뒤에 남은 자에게
아내와 사별한 글쓴이 자신
슬픔만 더하는 꼴이 되고 말았다. 그러고 보면 인간이 구구하게 살기를 도모하여 장
아내의 죽음을 경험한 글쓴이의 깨달음 - 인생무상
구한 계획을 세우는 것 자체가 미련한 일이 아닌가!

돌아보면 나는 심기가 허약해서 스스로 어떻게 될지 자신이 없다. 여생이라야 수
삼십 년을 넘지 않을 것이고, 한번 죽고 나면 그 뒤로는 천년 백년 끝이 없는 세월이
인간의 삶은 유한하지만 사후 세계는 영원할 것이라는 글쓴이의 생각
다. 그렇다면 내가 어떤 길을 선택해야 할지 잘 알겠다. 남원에서 파주로 집을 옮기
는 것은 아무것도 아니다. 살아서는 파주의 집에서 살지 못했지만 죽어서는 영원히
자연의 영원성에 의탁하여 아내와의 못다 한 사랑을 이어 가고자 함 - 아내의 무덤이 있는 산에 나무를 심는 이유
파주의 산에서 함께 살 수 있기에 그 즐거움이 그지없다. 이것이 내가 무덤을 새로
쓴 산에 나무를 심고, 집에 심었던 것을 종류에 따라 하나같이 산에다 옮겨 심는 까
산에 나무를 심는 이유를 밝힘 - 기(記)의 특성
닭이다.「그렇게 하여 나의 꿈을 보상받고, 나의 슬픔을 실어 보내며, 또 나의 자손과
고향에 집을 짓고 꽃나무를 가꾸며 아내와 즐겁게 살겠다는 꿈 └─── 아내를 잃은 슬픔
후인들로 하여금 내 마음을 알게 하려는 것이다.」그러니 손상치 말지어다.
「」♪ 아내의 무덤이 있는 산에 나무를 심는 일의 가치를 드러냄

누군가는 이렇게 말하리라.
글쓴이를 비판하는 입장   죽어서 아내와 함께 할 곳으로서의 산을 가꾸는 일
"그대는 앞으로 살아갈 방도는 꾀하지 않고 사후의 일만 계획한다. 죽은 뒤에는
현세적 관점에서 글쓴이를 비판함
지각이 없으니 계획한들 무슨 소용이 있는가!"
글쓴이에 대한 비판의 근거
나는 이렇게 말하련다.

"죽은 뒤에 지각이 없다는 말은 내가 차마 들을 수 없는 말이다."
죽음 뒤의 영원한 삶을 소망하는 글쓴이 - 사후 세계에 대한 부정적 입장을 수용하기 어려움
「계축년(1793) 4월 3일, 태등은 분암(墳菴)에서 쓴다.」
글쓴이의 자본이름 외에 부르는 이름   무덤 근처의 암자   「」♪ 기록 일시와 장소를 밝힘 - 기(記)의 특성
▶ 무덤을 새로 쓴 산에 나무를 심는 까닭을 밝힘

■ 남원: 서울의 남산 아래 주자동(지금의 필동 부근)을 가리킴.

감상 포인트

작품에 나타난 글쓴이의 경험을 살펴보고, 이에 대한 글쓴이의 정서와 깨달음 및 태도의 변화를 파악한다.

• 공간에 따른 대조적인 모습

남원
• 집이 낡음
• 아내가 살아 있음
• 글쓴이가 꽃나무를 가꾸지 않음

↓

파주
• 집을 새로 지음
• 아내가 죽음 → 파주 집에서 함께 살지 못함
• 글쓴이가 나무를 열심히 가꿈: 아내의 무덤이 있고 자신도 죽어 묻힐 산에 나무를 심고 가꿈 → 아내와 영원히 함께할 수 있다고 생각함

• '나무를 심는 행위'의 의미

글쓴이의 소망 실현	아내의 죽음으로 새집을 짓고 나무를 가꾸며 아내와 살아가려 했던 계획이 무산됨 → 아내의 무덤가에 나무를 심어 가꿈으로써 자신의 소망을 이루려 함
아내의 죽음으로 인한 슬픔의 극복	죽은 아내를 기리고 슬픔을 달래는 일종의 의식과도 같은 행위에 해당함
영원한 삶과 사랑의 성취	아내의 무덤이 있고 자신도 죽어 묻힐 산에 나무를 심는 것 → 영속성을 지닌 자연의 일부가 되어 아내와 영원히 함께하는 방법임

핵심 포인트 1 글쓴이의 경험과 깨달음 파악

이 작품에서는 글쓴이가 아내의 무덤가에 나무를 심어 가꾸게 되기까지의 과정에서 겪는 일과 깨달음을 파악하고, 이를 작품 제목과 관련해 이해할 수 있어야 한다.

글쓴이의 경험: 아내와의 사별

↓

글쓴이의 깨달음	
'인간이 구구하게 살기를 도모하여 장구한 계획을 세우는 것 자체가 미련한 일이 아닌가!', '한번 죽고 나면 그 뒤로는 천년 백년 끝이 없는 세월이다.' → 인간의 유한성, 인생무상	'살아서는 파주의 집에서 살지 못했지만 죽어서는 영원히 파주의 산에서 함께 살 수 있기에 그 즐거움이 그지없다.' → 죽음 이후에 자연 속에서 아내와 영원히 함께할 수 있음(내세 지향적 태도)

핵심 포인트 2 표현상 특징 파악

이 작품에서 글쓴이의 정서나 생각을 나타내기 위해 사용된 표현상의 특징을 파악할 수 있어야 한다.

문답	꽃나무를 가꾸지 않는 이유에 대한 아내의 질문과 글쓴이의 답변 → 글쓴이의 계획을 드러냄
설의	'나는 이 집에서 오래 살 마음이 없으니 남들 구경거리를 만들어 주자고 신경 쓸 필요가 굳이 있겠소?' → 글쓴이가 남원 집을 꾸미지 않는 이유를 밝힘
영탄	'오호라! ~ 인간이 구구하게 살기를 도모하여 장구한 계획을 세우는 것 자체가 미련한 일이 아닌가!' → 아내의 죽음으로 인한 슬픔과 인간 삶의 덧없음에 대한 탄식을 드러냄

핵심 포인트 3 다른 작품과의 비교

이 작품을 창작하게 된 동기는 아내와의 사별이다. 아내와의 사별을 제재로 하는 여러 갈래의 작품들은 죽은 아내에 대한 사랑과 그리움, 사별의 슬픔, 회한 등의 감정을 다양한 방식으로 표현한다. 따라서 이런 작품들을 비교, 감상할 수 있어야 한다.

+ 아내와의 사별을 노래한 한시, 김정희의 〈배소만처상〉

월하노인을 통하여 저승에 하소연해	聊將月老訴冥府
내세에는 내가 아내 되고 그대가 남편 되어,	來世夫妻易地爲
나는 죽고 그대는 천 리 밖에 살아서,	我死君生千里外
그대에게 이 슬픔 알게 했으면.	使君知有此心悲

→ 이 작품은 유배지에서 뒤늦게 아내의 죽음을 전해 들은 작가가 죽은 아내를 애도하며 지은 한시이다. 화자가 아내를 잃은 슬픔을 직접적으로 호소하는 것이 아니라 서로의 처지가 바뀌어 자신의 슬픔을 아내가 알도록 하고 싶다고 표현함으로써 죽은 아내에 대한 그리움과 안타까움을 절절하게 나타내고 있다.

+ 아내와의 사별을 노래한 현대시, 김춘수의 〈강우〉

조금 전까지 거기 있었는데 / 어디로 갔나. / 밥상은 차려 놓고 어디로 갔나.
넙치지지미 맵싸한 냄새가 / 코를 맵싸하게 하는데 / 어디로 갔나.
이 사람이 갑자기 왜 말이 없나. / 내 목소리는 메아리가 되어 / 되돌아온다.
내 목소리만 내 귀에 들린다. / 이 사람이 어디 가서 잠시 누웠나.
옆구리 담괴가 다시 도졌나. 아니 아니 / 이번에는 그게 아닌가 보다.
한 뼘 두 뼘 어둠을 적시며 비가 온다. / 혹시나 하고 나는 밖을 기웃거린다.
나는 풀이 죽는다. / 빗발은 한 치 앞을 못 보게 한다.
왠지 느닷없이 그렇게 퍼붓는다. / 지금은 어쩔 수가 없다고.

→ 이 작품은 아내와의 사별을 받아들이지 못하는 화자의 심정을 애절하게 나타낸 현대시이다. 화자는 여느 때와 같은 일상 속에서 계속해서 아내를 찾는 행위를 통해 아내를 잃은 상실감과 절망감, 체념의 정서를 부각하고 있다.

 작품 한눈에

• 해제
〈아내의 무덤에 나무를 심으며〉는 조선 후기의 문인인 심노숭이 아내를 사별한 후의 심정을 기(記)의 형식으로 쓴 글이다. 글쓴이와 아내는 새집을 짓고 꽃나무를 가꾸며 소박한 행복을 누리면서 일생을 함께할 것을 꿈꾸었으나 새집을 다 짓기도 전에 아내가 그만 병이 들어 죽고 만다. 글쓴이는 죽은 아내와의 영원한 삶을 기약하며 아내의 무덤가에 나무를 심고 가꾼다. 이처럼 이 작품은 글쓴이가 아내의 무덤이 있는 산에 나무를 심게 된 이유를 밝히며 아내에 대한 애틋한 사랑을 드러내고 있다.

• 제목 〈아내의 무덤에 나무를 심으며〉의 의미
 – 원제목인 '신산종수기(新山種樹記)'를 풀어 쓴 것으로, 아내의 무덤을 새로 쓴 산에 나무를 심게 된 까닭을 기록한 글이라는 의미

 아내 생전에 둘이 함께 꽃나무를 가꾸며 살자고 했던 계획을, 아내가 죽은 이후에 홀로 실행하는 글쓴이의 모습을 통해 사별로 인한 슬픔과 아내에 대한 절절한 사랑을 전하고 있는 고전 수필이다.

• 주제
① 사별한 아내에 대한 사랑
② 아내의 무덤이 있는 산에 나무를 심는 까닭

찾아보기